木

马

李小山

江苏凤凰文艺出版社
JIANGSU PHOENIX LITERATURE AND
ART PUBLISHING, LTD

目录

上部

一　离婚 \ 3

二　守门人 \ 16

三　自杀者 \ 21

四　说谎 \ 33

五　抗拒 \ 43

六　经过 \ 57

七　限度 \ 69

八　身份 \ 82

九　缘故 \ 96

十　\ 109

十一　眼前 \ 111

十二　城南 \ 116

十三　真的 \ 128

十四　说明 \ 140
十五　论爱情 \ 148
十六　药 \ 159

中部

一　哑语 \ 167
二　　 \ 177
三　排队 \ 180
四　灰尘 \ 189
五　皇上 \ 197
六　大笑 \ 203
七　年龄 \ 211
八　现场 \ 220
九　问题 \ 231
十　武器 \ 243
十一　回家 \ 249
十二　夜里 \ 264
十三　退却 \ 273
十四　倒悬 \ 282
十五　后来 \ 289
十六　车站 \ 293

下部

一　说明 \ 309
二　尤永 \ 317
三　此人 \ 325
四　　 \ 330

五　信赖 \ 338

六　出现 \ 346

七　为难 \ 358

八　帮助 \ 369

九　位置 \ 378

十　上下 \ 384

十一　变戏法 \ 391

十二　内心 \ 403

十三　说吧 \ 411

十四　大意 \ 417

十五　真实 \ 436

十六　空中望见你的倒影 \ 453

上部

一　离婚

他拿手遮在额前，使浊浪似的眼睛处在荫蔽之中。面前浓得发黑的咖啡在白瓷杯里左晃右晃，那是喝剩下的小半杯咖啡，没有加奶和糖。他捏着杯子不停地摇晃——用三粒手指捏着白瓷杯的把子，不受头脑支配，左右摇晃，宛若心旌摇荡不止。

他咂着嘴里的苦味，舌尖有些发麻。咖啡的苦味这么容易渗入心田吗？窥视那片崎岖起伏的不毛之地，板结而干裂。幸亏他拿手遮在额前，使荫蔽之下的凋零景色变得朦朦胧胧。两盘点心都没有动过，新鲜的蛋糕和布丁。一瓶法国白葡萄酒，商标的图案是烫金的。一行美丽的手写法文也是烫金的。他揣摩了半天法文单词的含义，按他所熟悉的英文读法，该是产地的地名。酒瓶是由深绿色磨砂玻璃制成，半透明状的，瓶颈颀长的，呈现女性气息。懂得让人舒适和宁帖的东西都吸附女性的特质。白色桌布上映出几点咖啡滴痕，淡褐色的。他用碟子盖住了。

不断有人从玻璃大门进进出出，簇拥着寒丝丝的风。弹簧发出的吱嘎声牵动他的视线。幽黑而发亮的玻璃门上流淌斑斓的光泽，变幻不定，宛如大街上的霓虹灯在寒冷的夜空中恍惚地闪烁，因为寒冷而显得格外辉煌。他几次直接想到门口望一望，但是他赌着气，屁股不肯挪一挪。

此刻，店里的座位差不多坐满了。谈话声音盖过了留声机的音乐。

那只曲子是他喜欢听的，舒曼的《诗人之恋》，委婉、凄清，百听不厌。今晚的事情很是异样，座位差不多坐满了，快成嘈杂的小饭馆了。他盯着一桌之隔为她预留的空位。椅子靠背墨黑的皮面泛出缕缕黄色，那是上好皮质的色泽，富有唯美风格。两个小时前她就该坐在这张椅子上，就该双肘撑在桌子上笑眯眯地听他谈话，一边细嚼点心，一边啜饮加了糖和奶的咖啡。她圆圆的脸盘上配了一双细而长的眼睛，在灯光下晶晶闪亮。她的鼻梁高耸，鼻翼薄薄的，翕动时微微呈现折痕，楚楚动人。她总是略微歪着脑袋朝人凝视，带着憨憨的笑靥。两根粗粗的辫子一前一后搭着，天真无邪地搭在胸前和背后。二十岁的姑娘具有天然的吸引力，娇嫩欲滴的，魅力四射的。他捏住她柔软的滑溜溜的双手就像有经验的渔民抓住珍贵的鱼——青春的骚动染红了她的双颊，薄薄的鼻翼蜂翅般扇动，下嘴唇印出浅浅的牙印，半推半就……

对失约她从不在乎，由他去猜测，哪种可能性都存在，最多下次见面时憨憨地笑一笑，装出无辜的天真的样子，随口胡诌一个理由。他紧蹙眉头赌气地暗暗骂人，骂她也不解恨。他的面部有棱有角，皮肤白净，带着知识分子自负而傲慢的气质。镜片后面那双公羊一般的眼睛闪着虚光，神经质的，又像是漫不经心的。他躬着腰呆坐着，表情木然。他绝望了，迷迷糊糊演示着如何惩罚她——她还会憨憨地笑一笑，轻描淡写地编一个借口吗？

他瞥见吧台后面年轻招待的不友好目光，一而再、再而三地朝他扫射。年轻招待的面色白得可怕，在深红背景的衬托下很像涂了层石灰。邻桌一位四十多岁的汉子一直气冲冲地发表议论。这位肥头大耳的汉子，鼻子通红，嘴唇厚得出奇，非洲佬似的，坐得笔挺，摆出一种居高临下的派头，梗着粗壮的疙疙瘩瘩的脖子不停地说啊说。他的听众，一个面孔蜡黄的瘦子，保持明显的阿谀的干笑，一直点头附和。他们都穿着灰蓝布中山装，上衣口袋插着钢笔。“必须查一查，”非洲佬用破裂的嗓门嚷着，“不查清楚决不放手！”

吕荧穿着崭新的黑色皮外套，戴了一顶狐毛皮帽，深灰哔叽裤子，一双雪亮的棕色皮鞋，这身“资产阶级”的打扮，引人注目和警觉。

干燥而严寒的夜。时间不早了。大街上冷冷清清。透明的风旋转着向街尾涌去，一溜尘埃留在地面上。霓虹灯冷漠地闪耀，斑斓的抖动的光。一个三十六岁的男人，大名鼎鼎的诗人、美学家和教授，结过婚，有了两个孩子，怀揣一瓶法国白葡萄酒，爱着一个二十来岁的姑娘，爱得死去活来——她选修了他的课程，文艺学和诗学。她的两根粗辫子一前一后搭着，老是偏斜脑袋憨憨地笑，光洁的面颊显现出不易察觉的弯月般的线条。此刻，他走出了门，把酒瓶狠狠地举过头顶，只等猛力一掷。风吹过他的手腕，像是什么凉冷的东西沿小臂迅速淌下来。他蓦地设想都是因为这瓶倒霉的酒——深绿色磨砂玻璃制成的酒瓶，半透明状的，富有女性特质的，一行美丽的手写体法文，是地名吧？

他把酒瓶搂在怀中，酒汩汩地晃动着撞击胸脯。霎时间他心酸、苦涩、虚渺、无奈，以及不可言喻的怅惘。他的头脑里泛滥出些许空洞的概念，恰如名声、地位、气质之类，恰如透明的旋转的风——它们在街尾阒无声息地消失。斑斓的灯和发白的路，留下一长溜笔直的尘埃。

刘湛秋靠门口的墙壁而立，倔起一条腿，双手绞着辫梢，将发梢绕住食指用力抽紧。指尖由红而发紫，紫而发白。一缕牵连心扉的隐痛。几张课桌拼成一张大会议桌，被与会者层层围着，形成涡旋形状。有点像电灯的光晕。主持人的胳膊肘下压着几张报纸，每讲几句话便敲一下桌子，稍作停顿，拿具有威迫力的目光睃巡全场。那双眼睛，闪耀着狂热的执拗的光芒，无畏而无情。心中有鬼的人免不了心虚。并且，她急于要知道时间，手腕上戴着他送给她的手表，一只漂亮的精致的瑞士女表。可是此时她怎么敢亮出它来？约定的时间肯定过去了。想想他那副气急败坏的模样。面孔青一阵白一阵。絮絮叨叨地诅咒着。她感到不安不是为了这个。她的手指被头发勒得过于疼痛，气恼似的将辫子甩到背后，仰起脸望着天花板。

这次聚会不算正式会议，属于自发活动。刘湛秋靠壁而立，其他三四个站立者全是男生。空位有的是。站立表现一种离心离德的姿态。窗玻璃上蒙了一层雾气，间杂闪亮的结晶粒。黑板上涂写着横一道竖一道的标语，与满街的标语一样，显露出风暴来临前神秘而威慑的前奏。道道闪电，隐隐闷雷。她心底里很久以来蕴藏着这种感觉——越是热烈越是紧张。她像一张随时被张贴上墙的纸，写着那些火药味十足的口号。口号成了利器般的指尖，弹奏细如发丝的脆弱的神经。户外的寒风正是这样渗入寒毛孔，冻僵心脏和血液的。

刘湛秋真心诚意要求进步，时刻盼望团组织吸收她。然而，她是一个任性又软弱的人，时常表现出孩子气的犟劲。组织的门对她是关闭的，那面神圣的旗帜下没有她的位置。她痛苦、灰心、自怨自艾，却不能自拔。她离不开这个集体，可是她随时都是孤立的。

令人担忧的结果就要发生，吕荧这个名字被他们点了出来。这个名字顺理成章与“资产阶级”联系在一起。她垂下脑袋，越垂越低，身体的摇晃感觉越来越明显。浑身突然一阵火烫，就如被人猛地推入洪炉内，但是心里却接连打着寒战，双手攥出冷汗。她的面孔一阵红一阵白，嘴唇失去了血色。

她依然靠壁而立，一条腿支在地上。她穿着一身朴素的蓝布衫，紧扣着领口，胸脯平坦而僵直。这种站立的方式对她是不利的，容易使人误解她的内心在反抗。

“吕荧上课简直错误百出，甚至反动，非常反动！不是文艺思想的问题，大家说，看不起工农兵是一个什么性质的问题?”

刘湛秋从来没有同时被二十多双眼睛这样紧逼过，多么难以理解难以承受的目光呵，变成一块巨大的磐石直压头顶。教室里变得这么安静，只听到她紊乱的喘息声，像寒风中呜咽着的枯萎的枝桠。

“说说吧，你表个态。”

刘湛秋无力地摇摇头，一股热潮涌到喉咙口。她再次无力地摇摇头。二十多双冷峻的眼睛，错落的和重叠的，犹如叠起的陌生面具。雪亮的灯。黑板上的标语。她感觉脊梁如锈牢的铁栓，脑袋里飞舞无数火星似的杂乱印象。

班长、党员，老成持重，具有天然的领导者风度——她蓦然发觉他每讲一句话都要重复两遍，以加重分量。这张绷紧的苍白面孔——他头脑里在想些什么呢？把每个人想的东西晾在一起一定无限复杂，比杂货铺比地摊比垃圾堆还要复杂，也许又肮脏又烘臭。墙壁突然震动了一下。她出奇不意地惊声说："我与他没有一点关系，真的，一点关系也没有。"她这么说时，眼泪不争气地淌下来。她原以为他们不会相信，会提出一连串责问。可是谁也没吭声，安静之中只有人轻轻地咳了一下。

"那么，那么让她也签个字，签个字，对吕老师的意见书，明天要送交校党委去。"

"你们……误解了，是他的问题，与我无关。"她轻轻地喃喃地说，少顷又提高嗓音说，"这是完全没有的事。请你们相信我。"

她感觉突如其来的一种兴奋：心病消失之后的兴奋，有资格打击别人的兴奋。她依然靠壁而立，汹涌的心情正缓缓平复，如流血的伤口结了一层痂。深入骨髓的痛楚变成迟钝。失血的嘴唇露出的笑，像一朵含毒的白色的花。

吕荧离婚后不久买了一所大房子，据说是一个在"三反"时被政府镇压的国民党官员的公馆。潘丽华觉得此人坏透了，心比炭黑。一个人占据那么大的一所房子，平时吃饭全包在馆子里，又一度拼命追求班里的女学生，遭到拒绝后还寻死觅活，丢尽了脸面。所有关于他的丑闻与此人都是吻合的。结婚不久她就发现他身上的致命缺点：自私、虚荣，又风流成性。她百般规劝皆归于无效，吵闹更不抵事，反而促他找到了反目的借口。正当她怀第二个孩子时，他提出来离婚，两人随即分居。她当时仅仅为感情的创痛而难过，有一种受蒙骗受愚弄的感觉——她只是他某个驿站，疲乏困倦的他在一个不明不白之夜闯入她的天地，一个没有落脚点的游客，心田干涸的三十岁男人，在她温暖的平实的呵护中吮吸情爱的甘露。她错在没有细心追问他是否有过爱情缱绻的经历。他确实兼有诗人的才情和理论家的雄辩，有一种比女人还要温存的柔情蜜意，也许还有一种情爱掩护下的娘娘腔。潘丽华没有指责他欺骗她，是她自己主动敞开驿站之门，任他匆匆来临又迫不及待离去。短短的四年时间，欢乐、辛酸，不可言喻。诗人天生风流吗？可是他早就搁下诗人之笔，早已失落诗人的纯真，虚荣而自私的家伙，被一点小聪明冲昏了头脑。他的理论观点遭到一次又一次的批判，成了反面教材。潘丽华了解他为什么写那些不合时宜的文章的动机：吕荧啊吕荧，这样的时代还在做出风头的梦，争你个人的发言权吗？

潘丽华在市广播电台当编辑，勤勤恳恳，十分称职。她了解形势的发展变化，不是刻意要去了解，她从上级的指示那里懂得文艺工作的性质，文艺与宣传的关系。其实谁都应该理会，一个新时代必然拥有一个新旋律。一股不可违背的潮流，绝对不能制造障碍。潘丽华再也没有机会劝说吕荧了。他不肯与她会面，她也抽不出空去找他。

吕荧可以由着性子胡来，可是——可是潘丽华承受着抚养和教育两个孩子的重担，靠她一个人每月的薪资是支撑不下去的。

潘丽华按好不容易打听来的地址找到吕荧的住所，她隐隐怀有的莫名的恐慌，生怕构想的场景被验证。礼拜日是多少天来头一个好天气。她站在光线充足的客厅的赭红地板中央，恐慌变成了气愤，转而萌发强烈的悲怆。一种被命运拨弄的战栗，被剥夺的嫉恨。

大玻璃窗外的太阳光毫无阻碍地流泻进来，反射着地板和墙壁的色泽，明亮、柔和，浑然一体。客厅里的所有陈设——紫檀木大座钟、大花布沙发、茶几上的玻璃罩台灯、卧柜上的收音机、吊灯、壁灯、绛红丝绒窗帘、玻璃门立橱里的小玩意——都深深地刺激她。

这个黑心人！她被哀伤噎住了，抽搐的手紧捏着手帕。他的亲生骨肉此刻正挤在一间黑洞洞的平房里经受阴冷和潮气的侵袭，小脸蛋上生着冻疮，像缺少阳光和营养的孱弱而瘦小的幼苗。她那患黄疸病的母亲，为照顾两个小外孙日复一日操劳，天晓得还能够撑多少日子。这黑心人——潘丽华咬碎牙齿也绝不向他诉苦。让他坏到底吧！然而，她把充满怒火的目光投向他，那份抚养费逃不了，坏到底也逃不了！

吕荧的一百八十度大转弯使潘丽华惊讶不已。恍惚中她感觉自己又处在悬崖边缘。黑森森的深处刮来呼呼阴风，吹得她东摇西摆，一阵阵哆嗦，身不由己，移一步都做不到。吕荧爽快地付了所有拖欠的钱，忙不迭解释自己太忙因而没有及时送去。发誓今后不会再发生拖欠钱的事情。如果潘丽华愿意，他很想接孩子来住几天。

这一百八十度大转弯怎么发生的？潘丽华万分惊讶——女人的心，女人的心。她竭力提醒自己：他又在哄骗我了。他哄骗我干什么呢？

吕荧拉拉她的手，表情是自然而亲切的，仿佛从来没有过隔阂似的。他请她坐到沙发上，为她泡了杯茶，顺势坐到她身旁。她不能不回答他的问话，牵牵拉拉的，如抽丝似的。他轻声细语讲述自己的近况，流露出对前途的悲观情绪——那是她熟悉的需要她同情的脉脉愁绪。潘丽华迫切地想要仔细检验他眼神中的真实含义。这一百八十度大转弯怎么发生的？她确实无法相信。她对他太了解了。然而，她不敢正视他的眼睛，那是可以想象的，那双公羊般的火热的眼睛。她只想赶紧逃走。

吕荧终于提出了要和她上床。这黑心人！热血在千分之一秒时间内涌上她的面孔，全身颤抖起来，这黑心人啊！她愤怒地断然地拒绝："不行！"

可是，吕荧及时扒光了她，仿佛他有这种天然的权力，自作主张，随心所欲。他对潘丽华实在是驾轻就熟，从颈脖到小脚趾，像经验丰富的工人干一件日常活儿，熟知该敲打该擦洗之处，领会喘息和心跳的时刻，每一个细部都了如指掌。潘丽华泪流满面，屈辱的可怜的泪水，宛如倒流的时光生出的一副翅膀，哗哗地扇动耳边的风。渗入窗帘的光源落在枕边。她意识到外面的日光下才是发亮、眩目的真实生活。失败归咎于谁？披散在枕头上的黑发吗？胸脯的一丝痒从血管直指心脏，是心脏解除了身体的抵抗。难以相信的事实是：她在他面前必然是失败者。

他的呼吸如脚步声近前又远去，浸透了这个季节的寒意。潘丽华不禁自问：我为何不知厌足地加深这种感受，仅仅是一种无可奈何的自艾自怨？

二十八岁的潘丽华丰满且白皙。肉感的、湿润的、柔滑的迷宫，令人心醉神迷。吕荧呓语般的说："过去的事全算了，不必追究谁对谁错。我现在很需要,太需要了。”他坦白难熬之夜有多么漫长,一个正当年龄的男人,冷却不了燥热的皮肤,攥不住器官中爬动的虫。

“我还不晓得你的德性?”潘丽华佯作冷酷地说,“我警告你,今生今世就此一次!”

吕荧离开老家后第一次踏上老家的土地。

接到母亲的信他感到惊奇。记忆里有关母亲和哥哥的褶痕早已抹平,几乎无影无踪,与有关老家的印象一样被他抛到黑咕隆咚的角落,从来懒得翻出来瞄上一眼。母亲要他赶紧回去一趟,并没有说明什么原因。他估计是因为母亲身体不好,年纪也大了,大约不久于人世,招他回去见最后一面。回去就回去吧,他极不情愿地在离家十多年以后匆匆赶回去。

他对“地主”这个阶级成分缺乏感性认识。阶级斗争的残酷性并未被他亲身体验,有如遥远的幻象。一个即使被剥夺了自由的城市知识分子,还远未遭受“地主”的待遇。这要怪他的哥哥,鼠目寸光、顽固不化的东西。他极其厌恶他的哥哥,从小就离得远远的。哥哥每一句话,哪怕一个眼神他都讨厌。不开窍的东西,死疙瘩一块。一九四八年年底那会儿上城里来向他借钱,说要再买几亩地,凑满一百亩整数。他大骂哥哥一顿:战乱时期抠着一分一厘钱买地,鬼迷了心窍!

吕荧无论如何想象不出来,眼前会是这样一幅凄惨绝伦的画面:哥哥几乎成了一个全身伤残的废人,一个被死神拽着头发快要拖进坟墓的半鬼。嫂嫂和侄男侄女全像十足的叫花子,一个个蓬头垢面、衣不遮体,缩在角落里拿发直的畏葸的目光瞪着叔叔。母亲最后从里间摸索着出来——这是母亲吗?母亲哑声喊他的小名:老二老二。母亲分明是一段枯死的丑陋的树桩啊!吕荧惊愣地站了好几分钟,耳朵内嗡嗡作响。昏暗和霉味逼使他眼眶发胀,视线模糊,喉咙里一束毛拉拉的东西在抽动,痒痒的,同时又窒息得要命。与记忆相关的那缕隐匿多时的至亲之脉,如割断了线洒落在地的珠子,纷纷钻入地缝。他的心逃离了,飞鸟一般的疾速。

吕荧离开老家后第一次踏上老家的土地。

这绝望的情景极深地刺激着他。都是活生生的亲人，让他在这世间多少还感受到那缕无形的至亲之脉，离得再远总还存在。然而，他有承载这种拖累的能力吗？这么多张嗷嗷待哺的嘴，死囚般求救的目光。他已经感觉两脚往地里陷下去，陷下去。母亲不敢靠近他，只是拿黯然的蛛丝似的眼光缠绕他。他无法表示对母亲的亲情，像面对素未谋面的陌生人。他默默掏出一把钱，对嫂嫂说：买米去吧，再买些东西给孩子吃。

当晚吕荧和衣睡在家中唯一的一张摇摇晃晃的床上。屋外呜呜的风声，枝桠划在泥墙上的哧哧声，隔壁草堆上的孩子们的磨牙声，黑暗中的不明之物的舞动声。死寂的老家之夜，黑得令人难以相信。寒气如冰水浸泡全身，每个关节都冻酥了。头痛得要命，胸脯也痛起来，如挨了重击之后的一阵阵虚脱，但是神志极其清醒，因清醒而头痛欲裂。母亲吃过一顿饱饭之后嘤嘤哭泣。母亲满头白发，整个身躯像一张弯屈到就将折断的弓，瘦小而萎瘪，喑哑的嗓音如苍老的破鼓。

"都是同宗同姓，打起人来可是往死里打。他们把你老大绑在梯子上，大人小孩轮流着抽，用树枝，竹子，麻绳。你嫂嫂跪在碎石子上，脸上涂着烂泥巴，三天三夜，不许吃喝，连解手都不许。老大自己吃苦还受得了，看到那些人打我，揪住我的头发在地上拖来拖去，全身是血，他告诉我他想死，全家人一起死了算吧。我是早就不想活了，看看孙子孙女，这么小，靠谁去呢？以前那些人种我们家的地。老大待他们不薄，逢年过节散些礼，从没有打过人，骂也很少骂。老大叫我去城里，找你。我不肯去，这把年纪了，生啊死的全听命吧……"

"哥哥划了地主成分，娘的成分不是中农吗？"

哥哥抱着头低声说："村里人都穷，邻近几个村也没田多的人家，干部叫他们斗争，说我是大地主。我们原来就六七间屋，两块场子，田也只有……"

第二天一早，吕荧穿着厚厚的毛领大衣，缩着脑袋沿屋子转了一圈。哥哥说这屋原先是长工二癞子的，搬来的时候快要倒塌了，重新撑木柱了，屋顶换过草了。屋子孤零零地坐落在远离村子的坟堆旁边。屋后的粪缸被砸破了，腐烂的稻草盖着干粪。旁边的竹篱笆匍匐在荒草丛中。周围黑灰的土地冒出稀疏的越冬麦苗。走过一面凹凸不平的场地，吕荧在结了薄冰的小池塘边停住。铅灰色天空下的死气沉沉的整片田野，暗淡的村落，烟尘似的杂树林，远处凝滞的人影，像一幅幅褪色的破旧的画。站在空旷里，他感觉不到寒风侵临，但是风擦过地面发生尖利的呼啸。黑灰的地块长出盐霜般的细毛。田埂两旁的枯草大约被牛羊一遍遍啃过，短发似的竖着。

吕荧不安而好奇地沿着断断续续的芦秆篱笆踱向村里。田埂很难走，潮湿、发软。他望见两个背着箩筐的瘦削汉子迎面走来，穿着一色的补丁加补丁的黑棉袄，面带菜色，木偶似的，离他十来步远便蹩到田里给他让道，敛息迸气等他经过。吕荧加快些步子，穿着皮鞋在潮湿发软的田埂上行走，脚踝硌得有些疼痛。他仰首挺胸走出很远，回头瞥见两个汉子正拱在一起欣赏他的鞋印。

除了寒冷和寂静再没有一丝生气，这在他的城市是无法想象的。穿着毛领大衣的吕荧站在通向村子的路口，心跳着想起了斯大林那个著名比喻：在历史的车子急转弯时，必然有人被甩出去。是啊，他们只能绝望地看着远去的车上人们笑得前俯后仰。

解放前吕荧翻译了普希金的《欧根·奥涅金》，费尽心血找不到愿意接受这部译作的书局，只能自己掏钱印了几百册，送送亲朋好友，剩下的全堆在床底下喂蠹虫。没料到这本书在解放后大受读者欢迎，连印了十几版还是供不应求。好几家出版社争着向他约稿，吕荧乘机脱开教书生活，当上了一家出版社的高级译员。这个职业收入颇丰，又是自己所爱，在不到半年的时间里他接连翻译了普希金、别林斯基、普列汉诺夫、契诃夫、费定、马雅可夫斯基、法捷耶夫的作品。如此多产连他自己也奇怪，常常工作到深夜不觉得累。他有单独的办公室，没人打扰他，同事们也尊重他，他感到从未有过的愉快。

吕荧把在大学里的教书生活说成是“浪费时间”，现在学生“无知”、“狂妄”，加上一些党内的外行领导拿政治压人，把好端端的大学搞得一团糟。吕荧一到顺利的时候又飘飘然了，又给刘湛秋一封封写信，恳求与她约会。刘湛秋不回信他就跑到学校去找。

潘丽华定期来吕荧这里，两人说不上几句话，例行公事似的上床，然后潘丽华匆匆逃离。

潘丽华萌生复婚的念头也许是受了母亲的影响，前思后量，又觉得希望渺茫。她是个循规蹈矩的人，解放初入了党，处处要求进步。广播电台的领导信任她，工作上对她十分放手。她毕竟要负担她母亲和两个孩子的生活，工作压力和生活压力动摇了她原先的决心。母亲说，吕荧坏归坏，终究还是两个孩子的父亲，复婚意味着重新造就一个完整的家庭。

吕荧压根儿没有考虑过复婚。他看不起潘丽华这种势利、庸俗的女人，政治上的积极分子。她理解她所忠于的东西吗？其实她只忠于一个上级的指示或一张报纸的标题，以及各种口号、会议、传单、游行等等。吕荧改变不了对她这样的看法，哪怕赤裸的她仍然带着令他不快的记号：额头上、胸脯上乃至大腿上。岁月流逝使记号愈益明显，见面次数愈多愈加深他这种印象。她在枕旁的呼吸犹如滚烫的膏药黏贴在他耳朵上，包括那双浓眉之下的冷漠的眼睛。吕荧曾旁敲侧击地说："法国大革命制定的第一条法令是离婚法，那时候无数人在巴黎街头昼夜排队办理离婚。结婚证和离婚证是有逻辑关系的。"潘丽华冷笑着说："别绕弯子，我懂你的意思！"吕荧吐吐舌头："上帝真是，为什么造人要造一公一母呢？"

二　守门人

野狗从一堵泥墙的洞口钻出来，抖一抖身体上的尘土和草屑，举起脑袋向四边察看，耳朵机敏地转动。它是一只土黄色草狗，瘦得只剩下一副骨架，癞疤似的皮毛上伤痕累累，半段灰白的尾巴无知觉地吊着，晃晃荡荡的。野狗的眼窝溃烂得厉害，淌着浓液，眼球鼓出来，发出烙铁般的红光。它不时摊出猩红的舌头，喘着气，蓦地又抿紧嘴巴，仿佛使劲克制身体的痛苦。

野狗在原地站了一会儿，试试伸出结了血痂的前爪，这时，它的肋骨部位风箱般的抽搐，喉咙里发出呜咽声。灼热的地面散发煅烧的气味。毒日藏进乌云之后，乌云如一层层烤焦的棉絮，越积越多，带着威逼的气势。从乌云深处传出的扣人心弦的闷雷一声声迫近。热风夹着沙子擦地而过，把刚才成群低飞的蜻蜓打得七零八落。不少蜻蜓跌落后再也飞不起来。热风在瓦砾堆的中央形成一个旋涡。纸屑、草叶、灰尘飞旋着喷向天空。空旷的荒凉的瓦砾堆，一道道高高矮矮的断墙残垣。一簇簇齐人高的蒿草。一条臭水沟曲曲折折伸入蒿草丛中，黑色的水面漂浮着数不清的杂物。野狗挪近臭水沟，犹豫着嗅嗅气味，然后埋下头贪婪地喝起水来。

翻滚的乌云逐渐呈现赭红色，宛如天庭的熊熊火焰蔓延出来。灼烫而干燥的风，像顽强的烧红的手，细致地刁钻地一层层揭扯野狗的皮毛。野狗张大嘴巴用劲喘息，猩红的舌头流淌水滴。它发现了一只浮在黑色水面上的死猫，已经发胀且发白，分辨不出它原先的毛色。死猫露出三分之一的身体，像枕着水下一块木板侧身而躺。野狗忿恚的觊觎的目光极力回避着，但是又忍不住时不时地盯着它看，每看一眼喉咙里都会发出呜呜的声音。

全兴带领十来个孩子从巷口冲进这块城区的荒地。全兴十一二岁的模样，圆圆的光头，牛眼睛，塌鼻梁，两瓣厚嘴唇透出蛮劲。他精瘦黝黑，穿着发乌的白褂，腰间束根草绳，短裤破烂，露出了腚，汗水将满身尘土冲出条条流痕。全兴的双眸熠熠生辉，像所有顽皮的孩子一样永远不知疲倦。这十来个街坊邻居的孩子都服膺全兴指挥。他们都打不过他，比他年龄大的孩子也赢不了他。因为他敢往死里整，随手捡一块砖头石块就敢往人脑壳上砸。其他孩子都做不到这一点，被他的胆量吓倒了。孩子们是因为怕他而追随他。大人们说，这小子是迟早要闯祸的。

这时候天色明朗了一些，乌云逐渐稀薄，像破烂的旧棉絮连缀起来，破洞处射出几支日光，射在远离城市的山那边。日光看上去有点儿离奇，使天宇变得狭窄起来。风也小了，仿佛被灼热的地面吮吸了。临近傍晚时分，是孩子们一天中的玩耍高潮。再说没有毒日头的天气是难得的，两三个月来每天烈日当空，连一片云都难得一见。一九五五年的夏天不下雨，土地被烤得干裂，酥脆，空中弥漫着大量的尘埃。植物萎蔫了，仿佛绿汁蒸发已尽。大人们得干活，一面抱怨鬼天气，一面挥汗如雨从事劳作，对孩子只能放任自流。学校放假的季节，孩子们全玩疯了。

其实孩子们也玩不出新鲜名堂，无非是分成两拨，玩打仗游戏——“志愿军”打“美国兵”。“美国兵”分头躲藏，“志愿军”分头去抓。全兴自封“总司令”，威风凛凛地站在一块大石头上，俯瞰排列在他脚下那伙歪七歪八的小喽罗。一个个满头满脑的汗水和尘土，把木棍或竹竿扛在肩膀上。被全兴指派装“美国兵”的孩子嘀嘀咕咕不乐意，但是只能服从。两个年龄最小的男孩贴在全兴脚边，胸前吊着肚兜，胸脯挺得老高，肚子圆溜溜的。全兴咧嘴笑了一下，用脚尖碰了碰一个男孩的小鸡鸡，于是全体孩子都笑起来，拍手跳脚地哄闹。这时全兴大喊一声：开始行动！

全兴一手扶持竹竿一手叉腰，微微眯起眼睛，紧抿嘴唇，学着电影里面的指挥官的模样，倾听此起彼伏的“缴枪不杀”的叫喊声。草丛和断墙间晃动着小喽罗们的脑袋，不时传来一阵抓获敌人的惊喜的狂喊声，夸张的求饶声。全兴头顶的天空此刻像洞开的天窗，发亮的云，竟使他目炫起来。灰白的瓦砾堆和灰绿的草丛，赭黄色断墙，污水沟闪烁着朦胧的黑色的磷光。

绰号叫“猪尾巴”的男孩一拐一拐朝他这儿跑来，哭着叫着，面孔被恐怖扭歪了，跌倒了又爬起来，爬起来又跌倒。全兴心里哆嗦了一下，几只黑鸟从视野里飞过，如箭一般。他跳下石头向“猪尾巴”迎去。

“那边一只狗……”

“猪尾巴”的左腿肚子流着血，在脏兮兮的皮肤上现出暗淡的深酱色。“猪尾巴”放声大哭，沾满血的手攥紧全兴的褂子。全兴稍稍镇定了一下，倏地蹦上一块大石头，他看到小喽罗们都惊慌失措地向这边跑。一只狗远远地坐在瓦砾堆上，拖下长长的猩红的舌头。全兴看到那只狗凸出的发红的眼睛，与他四目相视。全兴的心嘭嘭地狂跳，突然间感到口燥难忍。

昨天傍晚全兴浑身血迹回到家。李锁听闻儿子是被狗咬伤时眼睛一黑差点瘫倒。李锁着魔似的在原地打转，一面语无伦次叨念：要命喽，娘啊，要了命喽！

全兴自个儿喝过一碗水，爬到竹床上睡下来，脸庞如喝过酒似的红，因为伤痛而龇牙咧嘴嘘气。血迹斑斑的身躯蜷曲着，一阵阵地打颤，额头沁出密密的汗珠。

邻居们闻风而来，挤满了狭小的房间，汗臭味十足，烟雾缭绕。昏暗的灯泡在人们头顶晃动。隔壁的驼背婆婆绘声绘色讲述她的一个远房兄弟被疯狗咬伤之后的经历，讲得唾沫星子乱飞。驼背婆婆的远房兄弟是李锁的堂叔。李锁对堂叔得狂犬病的印象极深。堂叔死之前勇力非凡，四处追逐路人撕咬，后来被人绑在院子里的一棵树下。他一刻不停地挣扎和吼叫，血红的眼睛和白利的牙齿，恐怖极了。堂叔的胸脯和手臂全被麻绳磨破了，那也是个盛夏，一簇簇肥白的蛆往下掉……

全兴长这么大第一次进诊所的门。他有些昏迷了，断断续续说着胡话。大夫给他打过针，包扎好伤口，他便安静地睡着了。李锁坐在床前的木凳上端详儿子的面孔，目不转睛，神情呆滞。儿子通红的面孔有点浮肿，呼吸比平时粗重，夹着丝丝裂帛声。雪白的绷带捆扎在儿子的手臂上和双腿上，这雪白色绵绵不绝，无限伸展，如晕船一般的眩目。李锁僵直地坐在床前的老木凳上，不时试一试儿子额头上的体温。微弱的灯光下，他的脸色蜡黄，脸颊神经质地哆嗦着，仿佛皮肤下的血管蚯蚓似的翻动。他连大气都不敢出，迷惘的眼睛一次次投向镌刻在土墙上的自己的佝偻影子。外面异样地寂静，寂静中传来时续的虫鸣声。小小的木格窗溜进一叶月色。

李锁木笃笃的脑袋越来越沉重，如被水浸泡过的棉包。蒸笼般的夜，却使他不住地打着寒噤，冷得筋骨酸痛。老伴要是还活着……老伴，老伴啊，我们的独根苗被疯狗咬伤啦，要是要是……

全兴醒来的时候望见父亲趴在床沿睡着了。父亲黑油油的佝偻的背脊，青筋爬满手臂，树桩般的凝固。此刻，月色印在地上像一汪水银，一张晃动的白纸。黑夜在黑色的虚空中膨胀，激起一圈一圈的涟漪，他随着浪纹荡漾，胸腑涌跃阵阵恶心的感觉，像一片飘浮物，浮力一点一点地减弱，沉下去就要闷死了。但他狂喊一声，耳朵却听不见自己发出的声音。

李锁听到动静马上惊醒了，眼睛一睁开宛似遭到了强光照射，失明并且刺痛。他捂着眼睛叫道："全兴全兴。"

儿子直挺挺地坐着，瞪圆眼睛，愣张着嘴，拿颤栗的手指着地。儿子像一抹虚幻的白光在暗中飘浮。李锁猛地抱住儿子，犹如抱住了一团火。与此同时他嗅到一股浓烈的腥臭味——他万分惊讶地望见敞开的房门当中端坐着一只狗，皎洁的月光将它裹起来。他痴痴地望着狗的模糊轮廓和长长投影。

这个街区的居民接二连三遭到疯狗的袭击，这事惊动了区政府。区政府出面动员人们捕杀疯狗。气候变得更加反常了。母鸡像公鸡那样长啼，展开翅膀飞向半空，然后掼在滚烫的地上。家犬都躲在自家床底下，几天几夜不出来吃东西。连最令人讨厌的苍蝇蚊子都无踪影了。只有整日喧哗不已的蝉鸣，仿佛在为酷暑鼓劲。热浪渗透每个角落，衰弱的老人和病人挺不过去了，死去的人即使很快送走也留下异味，随热浪到处飘洒。疯狗与酷热使人们灰心丧气，像预示着不祥之兆的帷幕，在流火的日光中闪闪发亮，又繁密又牢固。人们感到越来越窒息了。

人们还是组织起来围剿疯狗，拿着武器汗如雨下在每个街角每条巷子搜寻着，连一道裂缝都不放过。李锁开始时加入在人群中，拖着木棍无精打采跟在后边。不过，他逐渐失去了耐心。这么一群吆吆喝喝的人能找到疯狗么？这么一群人凑在一起闹着玩儿似的。

成群结队的人过去后，疯狗便像从地底下突然钻出来，准确而残忍地袭击单个人。受伤的人数骤然增加，人们束手无策，开始求助迷信的说法，各种神秘诡谲的谣言流传开来。

疯狗其实就躲藏在李锁看守的库房内。库房后门的一个洞刚好容它自由出入。库房里是昏暗阴凉的。一堆堆棉包散发霉味。成百上千只老鼠无声息活动着，在它周围窥视着，偶尔吱吱叫唤几声。疯狗和老鼠多少天来就这么相安无事。然而疯狗越来越虚弱了，体内的病一天天吞噬它的体力，加上几天来吃不到食物，死亡的影子飞快朝它逼近。

疯狗离开库房飘飘忽忽来到大门外的水泥场上。天空被日光炙烤成黑压压的一片，烧白的地面蒸发透明的热焰。它卧在火烫的地上，烧白的地将它一点点熔化。

李锁在这一刻出现了，如重叠的影子，摇晃着，怒骂着。烈日下，他那瘦小的身躯黑得发亮。他跌跌撞撞举起木棍照准了疯狗的脑袋，慌乱中自己却先掼倒了，木棍如一段飘带飞离出去。疯狗就在他的面前，伸手就能捉住。疯狗已经站起来——万恶的疯狗——正晃着脑袋发出呜呜哀鸣。李锁生怕它再次逃掉，于是不顾一切伸手抓住了疯狗的前爪。

这个故事是以李锁咬死疯狗作为结局的。人们从地上的血迹判断，李锁虽然成功地咬死了疯狗，但可以肯定，李锁和疯狗是经历过一番残酷的搏斗的。

三　自杀者

郭雯蹑手蹑脚走进书房时刚好听到了他的叹息声，淅淅沥沥的细雨如诉如泣。水滴敲击洋铁皮管的均匀的声音，落珠般的连续不断。窗玻璃上吸满了水汽，绽出鱼肚白样的光芒，给室内抹上一层幻影样的病态色泽。因为安静而使听觉延展，安静中隐蔽的嘈杂声一会儿像成千上万人的喧哗，一会儿像细浪拍岸，由近而远，由远而近。

郭雯偏过脑袋使劲聆听，直到叹息声悄悄蒸发，在湿度很重的虚空里变幻成微尘纷纷落下，落在肩膀上衣袖上，发出宛若细雪的沙沙的声音。他那僵直的背影在阴雾中似是而非，单薄、荏弱。郭雯痛苦地瞥了一眼他的双袖，听到藤椅轻微地一响，与她惊悸的心跳融为一体。

彭定国转过身来，可是耷拉着眼帘，有意识地驱动嘴唇，犹疑了两三秒钟后，突然蹙紧眉头，伸手端起书桌上的茶杯凑到嘴边，做了个喝茶姿势，嘴唇碰到冰凉的茶杯时明显地哆嗦了一下。这是一只他从部队带回来的灰绿色搪瓷杯，上面用红漆写着某某师的番号。茶杯里只有一层茶叶末，水早喝干了。

“喊我去？”

“他们在电话里说……下午两点等你。”

郭雯接过他手中的茶杯，见他神情专注地盯着自己，此时此刻，说些什么好呢？郭雯觉得自己的思绪像石子似的四散滚动，无法汇拢。

他侧过身体将一只胳膊支在书桌上。他手背上的青筋明晰可见，没有皮肉的质感，像灰色纸做的——多像那幅著名油画里面的病人之手啊。郭雯很想说一句安慰的话，可是这当儿她心酸、气噎，生怕控制不住落泪。时间在这一刻凝结了。灰蒙蒙的天光，无数细小的气泡聚集了和破裂了。她赶紧端了茶杯出去冲水。

彭定国保持不变的坐姿，面部左侧处在一束光线里，如干缩的肥皂，蜡黄和发皱，眼睛深凹，眼窝的阴影里隐匿着捉摸不定的神情。鼻尖上的亮点像烛火，动一动便将熄灭。他的起皱的嘴唇紧抿着，仿佛着意要将千言万语牢牢锁住。颈脖上的皮肤松弛了，因为突然消瘦，皮肤像干枯的桔子皮，分布着紫红色的小疱。

这个季节，他仍然穿着米黄色毛线背心，一件棉布白衬衣，领口已经磨破了。他的双腿的膝盖胀疼，一股冰冷的流液凝止在那里，在骨髓深处，在摸不到的地方，就像是注入其中的，由它又胀又疼。他感觉皮肉如发酵的面团，手指的触觉在触摸自己身体某个极少知觉的部位时，不祥之感就会油然而生。他穿着洗旧了的军裤、军袜和圆口布鞋，脚背鼓成小半个圆。

他注视书房的门，聆听外间的动静。她往茶杯里倒水的声音，悄然而又清晰，盖住了屋外的细雨声和滴水声。她并不马上进来，无声无息地停留在外间。彭定国昏晕的头脑里有样东西在运动——像个蹦跳的球在堆满杂物的房间里乱撞。

郭雯双手端着茶杯进来了，热气在她的眼睫毛上留下水影。她俯身站在他身边，面无表情，嘴唇翕动了几回。彭定国去接茶杯时手抖了一下，烫水溅到了大腿上。

“这是为什么？”

“我写了封信给三野首长，他们了解我。”

“可是……”

“他们是了解我的。”

“我想……”

彭定国赶紧摇摇头，随即做了个手势。郭雯轻轻叹了一口气，悄悄坐到书桌旁的木凳上。两人一齐望着布满水汽的窗玻璃。

挂钟嘀嘀嗒嗒的指针声，像在很近的地方，又像在很远的地方，把混沌的时间如橡皮筋似的一点一点拉长。阴晦的光线下，陈旧的枣红色油漆家具浮现幽光。书橱里排放了一层层的书籍，一捆捆的报纸和杂志。顶层放置五六只汉代陶罐。受潮的发黄的墙壁上挂着几只镜框，里头的照片泛出赭黄色。穿军服的彭定国十分精神，阳光直射的面孔笑容清澈，一副风华正茂的样子。一张郭雯学生时代的剧照上，有当时上海市长题写的一行小楷：为人民演更多更好的剧。题词日期是一九五〇年九月二十一日。照片上的郭雯非常漂亮，流光溢彩的眼睛摄人心魄。

郭雯心里巴望彭定国说点什么，几次转过脸去看他。彭定国专注地盯着窗玻璃，无限愁绪堆积在眉宇上。他的喉结滑动着，像在咽口水，蓦地说："是谁想整死我们呢？"

他望了望惊骇地张大嘴巴的郭雯，重复地说："是谁想整死我们呢？"

郭雯不懂得怎样回答，其实是不敢回答。

桌子上的闹钟咔嚓咔嚓，干扰他倾听自己的心跳声。他估算这么干坐快半个钟头了。由于不便活动身躯已经僵硬，腰椎、颈脖、膝关节灌了铅似的，往下坠落，分量难以承受。

"据说你与胡风是刎颈之交？"

"是朋友关系，是文友……"

"呃？"

他低垂脑袋看着自己规规矩矩放在腿上的双手，心底的强烈战栗传到了指尖。他控制住急促的呼吸，主动说："这个问题，我可以详细谈一谈，可以……"

"你准备顽抗到什么时候？"

他听见一记拍桌子声，像枪声一般响亮。

"信呢？"

"……"

"为什么不交出来？"

他睁大眼睛逐个儿望望他们。柔软的手掌拍击在硬邦邦的桌面上怎么与枪声一般响亮？否则耳膜不会如此轰鸣，产生出失聪的感觉。

“有过几封……现在找不到了。”

他们全站起来了，冷酷地鄙视着他。雪亮的灯使他们的冷酷的表情变得无比巨大，像一堵陡峭的铁壁。

郭雯再进去的时候他已停止了翻找，满地撒满书籍报纸信封纸张。他歪着脑袋坐在藤椅里，满头是汗，掀起眼帘飞快瞟她一眼，吁了口气，悄声说了一句什么。这时候外面的雨又急又猛，打在窗玻璃上发出撕裂之声。狂风一阵阵呼啸而过，摇撼周边的树，犹如从峡谷和深渊中传来轰响，充塞于听觉之内和听觉之外。

他的嘴唇痉挛，像无声电影那样只看见说话，听不到声音。

郭雯蹲在地上整理着抛撒物，两行眼泪不知不觉淌到下颚，胸腔里的压抑感令她难以喘息。她觉得自己像风中的树那样摇撼着，急雨在敞开的胸脯上敲击。急雨酣畅淋漓，似乎给痛苦带来的些许解缓——她低声抽泣了一小会儿便止住。

彭定国披了件衣服站在她面前，垂着手，一绺头发黏在汗淋淋的额角，双眸深处隐藏的异样神情一点一点显现，堪比一潭阴森森的绿荧荧的水，冒出寒冰般的冷气。他仿佛在自言自语：“一九三九年我被特务抓去，就是这样一遍遍地逼问，问一遍拷打一遍。这边断的两根肋骨……那时有信仰支撑，咬住牙挺着，还得到监狱外的同志们的帮助。现在这事，性质完全不一样。好好的同志……同志！一起干工作的同志！竟然审讯起我来了。我一直在想，把胸脯剖开来，脑袋剖开来，让他们看看，我是不是对党忠心，对毛主席忠心。我出生入死干革命，为什么还要反革命，天底下有没有这种道理？”衣服从他肩膀上滑落，落到地上。

郭雯站起来拉住他的双手。他那双手抽搐不止。郭雯极力屏住呼吸，怀疑起自己的感觉是否对劲——紧张使她的感觉失真了。她竭力注意指尖的细微的触感，她知道，传达到心里的却是意想之外的感觉。

“也许，他们就是为了打倒某些人。‘三反’、‘五反’的时候，我听到许多可怕的事，心里一直有阴影。我学历史出身，历史就是霸道，不会改变。”

他甩开她的手走到外面客厅里。他穿着土黄色汗衫，背脊上一大块发乌的汗迹，耸起的肩胛骨形成棱角，双臂无力地垂着。

郭雯再一次怀疑自己的感觉是否对劲——比如这屋子像车厢一样晃荡着的，把急雨和狂风抛向后方。她能够看清这种离心力和速度留下的飞痕，却看不清眼前有形有色的东西。她心里有很多的话，自己与自己发生争论，争论不休，但是，她的双脚就像钉在了地板上，直愣愣立在原地纹丝不动。

终于，郭雯听到他开门的声音，外面的风雨声劈头盖脸打过来，像几万人在狂呼大喊。她激烈地颤抖着跑进客厅，望见他已经走出去，身影瞬间消失在急雨之中。

周平穿越教室后面的小院，在走廊上停住。十几只鸽子栖息在对面的屋顶上，它们的羽毛在日光下闪闪发亮，咕咕咕叫着，亲昵地相互抵着脑袋。周平偷偷张望树丛后的宿舍窗户——那扇挂着白底小黄花窗帘的窗户。院子内的树叶蓊郁茂密，反射绿玉般的光泽。砖地上的斑驳日光也带着浅绿颜色，微微地闪耀，像夏日池塘的片片粼光。空气里弥洒着树木和花草的暗香。

周平犹犹豫豫绕过走廊拐角，从边门走到宿舍的一侧。此时宿舍门都是关着的，老师们大约都在午休。门前的场地堆放着许多年无人清理的杂物，青草在隙缝中探出来，一些白色的小花如翩翩蝴蝶。

中午的气温一下子升高了。周平摸了摸面孔，有些烫手，一定烧红了。他思忖是不是退回去。身体木头一样又重又沉。他心里明白，那个念头比日光还要强烈。那个念头一路从模糊到清晰，轮廓分明地耸立在眼前——郭雯郭雯郭雯……

他绝对料不到自己在她面前会这样——当他看她枯瘦、憔悴的模样，实在无法控制自己。郭雯坐在铺位上，面朝浸渍日光的白底小黄花窗帘。米黄色的光笼罩着她。枯瘦、憔悴的她。周平泪流不止，并且一点也不打算掩饰。她是他唯一热恋的人,深爱的人。

你怎么承受得了?

没事,我承受得了。

不公平,太不公平了。

天上才有公平,地上没有。

周平痛苦得有些发狂,猛地抓起她的手,又受惊似的缩回了,痴艾地盯着她。她在他目光中缩小变仄,像要从窗帘的缝隙中飘然而去。周平莫名其妙地笑一下,过后沉默几秒钟,突然用力捶了两记胸脯:不行,我保护你,一定要保护你!

郭雯皱着眉头望望他,垂下脑袋,心不在焉地细声地说:"以后我每天中午都回家去,不在这儿休息了。"

大学期间他一刻也没有停止过追求郭雯。他的追求隐闭、晦涩,似风似雾,藏头露尾。因为暗恋和单相思他又产生了负罪感,心灵始终受到独自的煎熬。他阅读了许多爱情小说,常常泪流满面哀叹爱情总是不幸。可是他钟情于这种自艾自怨的痛苦,在痛苦中品味忠诚和坚贞的甘甜,为自己始终如一的爱情自豪。他没有想到,郁结在心里的块垒会像毒菇一样一天天滋长,毒汁侵入血液,逐渐引发了身体的毛病。有一天,他突然发现自己年轻的身体早早地衰老了,而且无论如何阻止不了。他无奈地看着自己往下沉,往下沉去。

郭雯对所有爱她的人报以好感,喜滋滋地享用这份满足,以及一点点的虚荣心。她是一个温柔而聪敏的人,对周平的爱,报以和善的微笑,也带着些许歉意。郭雯并不了解周平的爱如铁一般坚硬,凿不穿磨不透。或许周平愿意等待,怀着铁一般的幻想,到死为止。偏偏两人又分派到同一所中学教书,命运把他捏在手掌之中任意搓揉,让他倍受煎熬。彭定国与郭雯相差十几岁,长相也比周平差很多。然而他是党的功臣、宣传部长,据说才华横溢,写过不少作品,与鲁迅先生有过交往。阅历是资本,符合姑娘择偶的理想。周平想过一了百了,一种富有诗意的解脱,在所爱的人的怀念中长眠。一个阶段内,他被这种死的想法弄得筋疲力尽，好似经历了一次死的过程。

周平平时尽量躲避与郭雯照面，强迫自己去做某些事情：集邮、画画、做工艺品、采集标本等等。他生性并不孤僻，可是却不去参加集体活动，厌倦各种闹哄哄的聚集。除了上课和推辞不掉的会议，谁都见不到他的人影。大家以为他正热衷于谈对象，忙婚事什么的。其实周平只是把自己关在阁楼的小房间里，轻手轻脚踱步，随手翻翻书，或者伏在窗沿痴痴地盯着天空看。他已经习惯于将自己安置在静止的环境内，让头脑保持空荡荡的状态，观望岁月在身旁徐徐流过，不留一丁点痕迹。他原以为郭雯会快快乐乐生活下去，设想郭雯偎依在彭定国怀中一定幸福而满足，桃红的粉腮和迷人的眼睛，在幸福和满足之中光彩照人。周平万万没有想到身为党的高级干部的彭定国一夜之间成了反党分子、反革命、人民的敌人、帝国主义的走狗！他心中的偶像也成了反属。这朵萎蔫花儿在众人鄙夷的目光中日益萎蔫。

他受不了，比她本人受折磨还要难过。他想他应该挺身而出，应该让她知道他出于高尚的爱而愿意与她一道受苦。他每天暗暗窥视她的行踪，找机会与她说话。

郭雯远远躲着他，也许把他也当作不怀好意之徒了。她一定以为他在幸灾乐祸，不是所有人都幸灾乐祸吗？他的一生所爱最后被所爱的人误解，算一个结局吗？周平百思不得其解，郭雯为什么不信任自己？

有一天郭雯被书记召去谈话，两个小时后回到办公室。郭雯当时面孔惨白，蜷缩在她的角落，在同事们芒刺般的目光下如一只落网野兔。周平鼓足勇气走到她面前，还未来得及开口，便望见她涨红的面孔和愤怒的眼睛。郭雯迅速锁上办公桌抽屉，咬着嘴唇飞快地往外走去。

周平每夜都做着同样的荒诞的梦——在梦中一次次谋杀郭雯，然后搂着她冰冷的光洁的身体。那张无比美丽的脸庞偎在他臂弯里，合上双眼，抿紧嘴唇，呼吸停止了，像一尊女神雕像永恒地偎在他臂弯里。随着时间推移，这种幻觉在白天也漾溢于他的脑海中。他害怕得要命，又为此着迷。他说不清自己该做些什么。他只想着让郭雯时时注意他的存在，期待她意识到因为他的存在而无须感到绝望。

彭定国被带走的那个早上她正在厨房里洗漱。一阵粗暴的砸门过后，涌进来大约六七个人，都穿着便衣，踢踢踏踏围住彭定国。其中一个人掏出一张纸在彭定国眼前晃了晃，厉声宣布：你被捕了，马上跟我们走。彭定国披了件衬衣，赤着脚，面无表情地问：我可以拿些东西吗？那人厉声回答：不允许，马上跟我们走。

这事发生在几秒钟内，郭雯手里捏着牙刷，嘴边堆满白色泡沫，立在厨房门口呆望着，似乎不相信眼前这一切。

一个年纪很轻的小伙子留下来。他的个子很高，说话带南方腔调，背对着郭雯说：屋里的所有东西都不准动，等待搜查。郭雯问了一句：我要上班，可以走吗？小伙子不回答，做了个意思不详的手势。

郭雯觉得自己很傻，还问上不上班干什么，一死了之算了。这个念头闪过之后，她蓦地看见死神的黑影，向她狞笑着伸出舌头。今天早晨的阳光特别鲜艳。闪耀着金色细粒的光带从门外浮蝣般的飘进来，环绕在她周围。

彭定国的所有书籍、杂志、剪报、笔记本全被装上车带走了。他们在她面前粗鲁到了极点，乒乒乓乓乱翻乱找一气。郭雯始终笔直地站在厨房门口，脸上没有任何表情，看不到也听不到，完全置身于局外。

她只在问自己，真的一死了之吗？死是什么呢？什么是死呢？这个问题又简单又复杂，如一缕袅袅的青烟，又如无限浩瀚的莽野。

周平临近中午时分到来。他望着满地狼藉的场面，因激动而口齿不清："听说，北京来消息了……毛主席发指示了。"

郭雯冷静得有些出奇，喃喃地说："是吗？这么兴师动众？"

"是毛主席的指示……"

"指示什么？"

"毛主席批评这儿市委太秀才气，连一个宣传部长也不敢挖。"

"是吗？"

周平沉默了片刻，用极轻的声音说："你看看报纸就明白了，这事实际上早定了性。"

"早就定了性？"

"学校正在布置,要你站出来揭发。"

郭雯瞪圆眼睛,突然冲过去拽紧周平的膀子,连哭带嚷:"他没有反党没有反革命。他忠于毛主席,百分之一百忠于。他是好人。我了解他。他真的是个好人!"郭雯使尽力气拽紧周平,指甲差不多抠进了他的皮肤。

"他这么一个有骨气的人,一个坚强的人,也忍不住流了泪,问我,我凭什么反党反革命,我身上还留着敌人的子弹啊。他这个人,真诚、正直,只想更好地为党工作,工作这么重,还要偷空写作品,写牺牲的战友,写人民共和国。我看他每天这么操劳,既心痛又敬重。现在,他遭受了天大的冤枉,天大的屈辱。这要比发生在我身上更让我难过。我想死,一死了之!"

周平任她诉说任她摇撼,面如死灰,紧闭着眼睛,连抬抬手臂的力气都没有了。

曾经,他对郭雯说过一段往事:

小时候,我看着大人们折磨一只小狗,像抛球一样抛来抛去,一次次掼到地上。小狗稚嫩的哀号使人心碎。它嘴里淌着血,也许骨头早就断了。有一回它落在我脚边,用求救的眼光看我。我多想救它啊,可是救不了。大人们还没有发泄够残忍的取乐心。而我,第一次体味到了死的残忍和恐惧。

眼下,他在黑暗中独自思考:想死而不敢是因为战胜不了自己吗?想死与脆弱有关吗?有人因为脆弱而死?有人因为脆弱而活?

杏黄色天空中的缕缕红云,与烟囱里喷出的暗红色烟雾逐渐混淆,像变幻着躯体的巨型鬼怪,投下紫黑色的阴影。一个光着膀子的人爬上对面楼顶的水塔,在横七竖八的管道中间忙活,叮叮咚咚的敲击声钻过一团团乳白色蒸汽传过来。

周平第一次爬上楼顶,他踏着厚厚的积灰朝四周观望。这片街区一幢幢低矮破旧的楼房,杂沓参差的楼顶,在天际火烧云的映耀下如灰色的莽原，辽阔而死气沉沉。玻璃反射出傍晚的杏黄色天光，宛如星星点点的光斑。街市声在热风中飘飘忽忽。楼顶真是烫，周平摸了一下生锈的扶栏，刚烧过似的。他看见在对面楼顶干活的人朝下边穷喊，然后顺着管子滑下去，一晃眼不见了，像只敏捷的猴子。

楼顶真是烫，他跺了跺脚，滚烫的积灰蓬起来。他的眼圈辣辣的，视线模糊了。零散的词句争先恐后挤进脑壳里。他毫无准备，这些词句被一个牢固的感觉所吸引，如磁铁一般。感觉的内核朝外膨胀着，但是被厚茧牢牢包裹，由此发生的张力像旋风呼呼作响，耳鸣似的响个不停。

他俯首朝楼底暗蒙蒙的小巷观望。青石条路闪着微光。有的地方亮起了小灯。他想记住某个标记，譬如路面上的某样东西。下面的光线太暗了，看不清楚。他拍了几下手，心里确定了一个大概的方向，就在这里罢。

下了楼，周平铁栅栏大门中出来，摸出手帕擦擦油腻的面孔。他一只脚踏在台阶上，似乎有什么突如其来的想法在动摇他。昨天是礼拜六，他在乌烟瘴气的会议室呆坐了一个下午，俨然一尊木雕。一屋子都是失神的面孔，像饿疯的狗，歇斯底里。那种眼神真让人不寒而栗。目标一旦出现，尖利的牙齿全都露了出来，咬穿它，咬烂它。人高马大的体育老师像只口袋咕咚倒下去，那张紫葡萄似的面孔。可是，一分钟前他还在唾沫乱飞辱骂郭雯，就如不共戴天的仇敌。当时是谁说了句昨天我看见你从郭雯宿舍里溜出来，你必须交待干什么去了！人高马大的体育老师像只口袋咕咚倒地，面孔一秒钟内变成紫葡萄。可怜的郭雯，无辜的郭雯，迟早要被尖利的牙齿啮咬，遍体都是淌血的窟窿。

酱油店的老板挥动锤子箍一只木桶，咚咚地敲得震耳，满身肥肉肉冻似的抖动。他边干边哼着老生戏，嗓子沙哑，气嘘且不连贯。一个小孩手里拎着用铁丝穿起的一串西瓜皮，在一旁歪着脖子观赏。一群苍蝇叮着他飞舞。周平快步从他们旁边经过。酱油店老板歇下手，露出残缺的牙齿朝他笑笑，客气地叫了声周老师。

周平在这条巷子住了好几年，仍然不习惯那种腌菜味。这条巷子的人一年四季大约只吃煮腌菜，所以家家户户门前的青石条路面都淤积了泛着黄色泡沫的腌菜水。多少年来一直如此。雨水都冲刷不掉,带着腐臭气味的腌菜味成了这个地方的标志。楼上的人家都把竹竿架在过路人的头顶,晾着形形色色的衣服和被单,漏着水滴。窗台上挂着竹篮和箩筐。女人们贪图方便常往下面抛撒瓜皮杂碎之类东西,免不了引起过路人的咒骂。每家门边又都堆了些没有用的杂物,使本来狭窄的巷子更加拥挤不堪。那些卖小零小碎的店铺门前搁着褪色的招牌,悬挂着庸俗的广告画。

巷子里没一丝风。光屁股的孩子们在每家门前的矮桌间泥鳅似的追逐。大人们端着碗筷大声吆喝。嬉笑声和磕碰声,伴随浓烈的腌菜气味,使得周平头重脚轻,醉酒似的步履不稳。

天一下子黑了,昏暗的路灯纷纷亮起来,成群的飞蛾围住灯光撒欢。巷子上方一溜深蓝色天空上的几颗星星,在淡淡的乳白色云烟中闪烁。这不过是千千万万的夏日之夜中的一个罢了。影影绰绰的大人孩子将在火炉一般的巷子里度过这个平常的夜晚。周平嘴边现出嘲讽的微笑。他们该遭到嘲讽——他一边这么想着一边加快了步伐。

从这个角度看得一清二楚,他们是两个贼,配合得极为巧妙,一个负责偷一个负责转移。周平估算两个狡猾的贼至少摸了七八个人的口袋。在百货商店门前干这营生真是天时地利。

嗨!

闭嘴!

你们做贼!

闭嘴!

你们做贼……

热情的幻想——他莫名其妙地想着。炸了窝似的人群蜂拥而至,如激浪劈头盖脸打来。他呛住了。这个粗壮有力的光头——这个凶狠的贼——周平自从当面挨了重重一拳之后就昏晕了——热情的幻想!此刻他的脑袋他的胸脯他的腹部以致他的全身,正遭受雨点般的打击。他喘着,他咳着,像一块木板仰面倒下。他们是贼,我不是!

瘦弱的周平向水下沉去。充满腥味的水。他无法呼吸了,严重的窒息使得肺快要炸了。数不清的变了形的面孔血红的嘴巴白厉的牙齿在水上面漾开。他用最后的力气呼喊:我不是贼,他们是贼!

一个警察像一匹马分开人群闯过来,腑身看了周平几眼,蹲下来用手托住他的脑袋,鼻孔里哼了一下,问:“你摸了人家的口袋吗?”

“是一个光头……和另一个……”

警察愣了愣,松开手,任由他的脑袋像只西瓜噗的一声掉到水泥地上。朦胧中他听见警察呵斥那群人:你们不问青红皂白打人是犯法的懂不懂?

周平再次登上楼顶。他看到雾霭般的星空里隐现出一条灿烂的通道。一生的一切。他为她来了。周平此时平静如水,伫立在滚烫的楼顶。傍晚时分找准的那个目标呢?那个着陆点?他几乎愉快地摇了摇头,脸上浮现出笑颜。展开双臂。一生的一切。他纵身一跳。奇幻的感觉出现了:他的整个身体在急速下坠的瞬间,突然停止住,然后向上飞升起来,越飞越高……

四　说谎

洗过之后的蓬松的头发散出香皂气味，发梢还未干透，她用一块手帕将头发扎成马尾巴。镜子里的她面孔略显得苍白，眼圈泛出淡淡的青紫色，嘴唇干燥，没有血色。她皱着眉头，一副漫不经意又无精打采的样子，心里总是不快乐，驱不散似有似无的烦恼。她很早就醒来。天蒙蒙亮，她在楼下的院子里走了很长时间。灰砖小径上的青苔滑溜溜的，头顶树叶的露水滴在她的头上和身上。她穿着浅红色短袖衫，宽大的灰布睡裤，趿着旧布拖鞋，脚步格外轻。清晨的虫鸣声在浓重的雾气里声声长声声短。院子整理得干干净净，一撮杂草也没有。几棵精心修剪过的紫藤和枇杷树有姿有态。墙根摆了一排花盆，栽着粉黄色的月季花和水红色的海棠花。墙角安置了用木板搭成的狗窝，大黄狗一大早不知跑哪儿去了。院子本来很大，比现在大四倍还不止，逐渐被隔壁公家的商店一点点蚕食。围墙是新筑的，是用灰色砖块歪歪扭扭砌成的。围墙那边不知用作仓库还是货场，成天价闹闹哄哄，飘来阵阵夹着尿味的酸臭气味。清晨是令人惬意的自由的好时光。她踽踽而行，头脑里有时一团空白，有时却堆砌着庞大的不成形的词句，如一大堆看不清楚的杂物，底板一抽，又统统漏进深不见底的地洞，连带她的身体，恍恍惚惚陷下去。

她听见楼下的窃窃碎语声，马上猜出是谁来了，心中一阵厌烦，想摔一件手边的东西，那面镜子或者青花瓷杯。

日光很亮地照上树冠，碧透、苍翠。屋脊上的蓝天清泉般的明净。

白云染了一层淡淡的铜黄色，亮丽而轻逸。那边的仓库或货场怎么不闹闹哄哄？今天是什么日子？这么寂静，让人不安。她的房间乱糟糟的，床前还搁着隔夜的洗脚水，袜子和毛巾扔在地板上。蚊帐耷拉着。鞋子东一只西一只。矮柜上丢着换下的满是汗臭的衣服，上面盖了一顶草帽。她紧蹙眉头望着门口，楼梯暂时没有响动。

阿海送了一双球鞋给湛秋的弟弟——他一贯承担通风报信的任务。一大早阿海得知湛秋没有出门，可能在睡懒觉，立刻好好打扮一番，梳了亮刮刮的分头，穿了新衬衣，领口和袖口都紧扣着，把冬天才穿的哔叽裤子也穿上了。皮鞋擦得雪亮。阿海害怕见她，实在想得不行时不得不克服害怕的心理，以顽强的勇敢去接受她的蔑视，也许还会遭到她的责骂。近半年来她一直这样对待他。

阿海在湛秋面前有点无地自容的感觉，憋出了一身大汗，手没处放，低垂着脑袋。湛秋用打量怪物的目光打量他，噗哧一声笑了，转过脸望着窗外，突然又笑了起来，不过笑声轻轻的，没显示发火的迹象。

“难得一天清静，又来烦人。”

湛秋的口气带着娇嗔，边说边示意他端凳子坐。

阿海仍然站着，任满脑门的汗水流淌。湛秋这一向瘦了，皮肤也黑了。可是她的漂亮依旧，神情、口吻、气息、体态、动作、穿着打扮，所有她这个人活生生的现实，都如醉人的空气、谜一样的无形网罩——他只有发软、发蔫的份儿。他偷偷品味她房间的每个细节：吊在铁丝上的灯泡、板壁上的书包和裙子、画片和镜框、床头柜上的书籍——他梦中游历过无数遍的温馨之乡。他快活而苦恼，仿佛胸腑中有一根铁棒在搅动。他气虚、哆嗦，说不出一句连贯的话来。

湛秋欣赏他这种样子。

“暑假了……你们不放吗？”

湛秋把手帕从头发上拿下来，把头发撩到一边，冷冷地说：“开会啊，下工厂啊，听报告啊，帮街道做宣传啊，事情多着呢。”

他端了张凳子在离她两步远的地方坐下。这时他已大汗淋漓，衬衣都湿透了，面孔通红。他拘谨地木讷地回答湛秋东一句西一句的问话。

他的目光不敢正视她。他心里很后悔这身打扮。湛秋手边放着现成的蒲扇。他暗想,她也许故意要看我出足洋相。

阿海藏在心中那个问题翻跷起来,捺也捺它不住。他独自一人时决定守口如瓶,让它烂掉好了,化为泥土好了——踏着它走过去以便将它遗忘了。但是此刻仿佛一个钩子钩住它,他突然明白,是湛秋在拉动这个钩子。他捂着哆嗦的嘴唇,问:“我想问你一句话,不知你会不会生气?”

“生气？那你别问就是了!”

阿海确实是怕她。他知道自己确实是怕她。自从与她确认关系之后就开始怕她了。两个人像两个型号不对的齿轮从没有契合过。可是他们两人自小就被大人叫做“青梅竹马”,一向情谊甚笃。他参军三年,在朝鲜战场立了三次三等功。转业后组织上安排他进大学学习一年半,学的是粮食专业,之后到这个区的商业局当了干部。湛秋从来没有明确提出过毁约,但是越来越冷落他,不乐意见他。两家的长辈都极力撮合,希望他们早早成亲。湛秋的父亲想保住自己家的这爿小店,当然得巴结这位未来的女婿。父亲骂湛秋吃了迷药,骂她上了大学反而学坏了。

湛秋知道他要问什么。凭良心说,拿他与吕荧比实在差了太多。像个木头人,脑袋里装的尽是些石子样的简单思维。他这副粗壮的身子骨,只适宜于做做体力活儿,只适合肌肉和筋骨的活动。她以诡谲的眼神打量他,从头到脚细细地打量着,以这种方式作弄他。

阿海抹了一把面孔上的汗水。他因为过分局促过分紧张索性横下心来,粗声粗气地问:“姓吕的还来找你的事吗？最近来了没有?”

湛秋挑了挑眉毛,脸上浮现常有的呆愣的表情。

“他是坏人。他是胡风集团的人。”

“是啊。他是坏人。”

“你必须警告他,不准他再来!”

湛秋鼻孔里哼了一声。她的面色愈益阴沉了。她蓦地提高嗓音说:“你们都不要来,一个也不要来!”

这时候湛秋的弟弟从门口探进头来,朝着她做着鬼脸,湛秋料到这小赤佬受了阿海的好处——然而,这小赤佬同时还在受吕荧的好处呢。这个奸臣！她脱下一只拖鞋朝他狠狠掷过去,尖声喊道:“滚开!”

吕荧这一向病态似的敏感,凡是不合常规的细小行为都被他看作不祥的预兆。譬如,常规先刷牙后洗脸,无意间颠倒过来,忘了刷牙而先洗了脸,他便马上警觉今天必定会发生一桩倒霉的事情。或者,常规吃完饭剔剔牙再离开饭桌,偶尔忘了,也会联想某件麻烦事就要降临。吕荧时时小心观察和研究自己的细小行为,比观察研究细胞的变化还要仔细。他感觉身体里又分离出了另一个人,侧面又多了一双眼睛,时时刻刻紧紧盯着自己。盯久了,自己反而糊涂起来了:什么是常规？什么是变动？难道连心跳也不合常规？夜晚与白日交替也不合常规？饱与饿的感觉也不合常规？甚至女人的美丑也不合常规了？

他们在街上不期而遇,吕荧执拗地要上她的家。他说他有许多事情要告诉她,顺便打听一下老彭的消息。两人在路上一前一后走着。她听到他嘟嘟囔囔说个不歇:“不能自己把自己当成坏人。我不是,老彭不是,你当然更不是!”当时,她一直在思考与处境无关的事情。阴色浓重的天空,树叶在头顶哗哗作响。一根刮断的电线从树梢垂下来。如果抓起它,让电流通过全身,抽搐的身体会顷刻化做一堆灰烬,任狂风吹散,在无线的虚空永远飘荡,不要落下来,落在污浊不堪的土地上。

她的家遮掩得严严实实。窗帘加上床单,几乎密不透光,如墓穴一般。她请吕荧坐在沙发上,自己则依在通往书房的门框上,歪着头,双手反背,薄薄的身躯隐匿在了阴暗中。她喑哑而细小的嗓音,像一丝微弱的生命气息在黑暗里袅袅蒸发,又如一盏即刻耗尽残油的灯。她说:“至今我没有见到他,不知他是死是活。”

“没有谁能整死老彭,老彭的骨头最硬。”

“他们天天逼我写揭发材料。”

“这是他们的老谱,一群整人狂!”

郭雯不知为什么连笑了几声——真的是毫无预兆,仿佛被人戳了腰眼忍俊不禁。她自嘲地咳一声，说道："我们学校有个教师跳了楼，是一个很有作为的年轻人。"

"这事每天都有，见怪不怪了。"

"我们为什么赖在这世上呢？"

"我们都死了，只剩下他们，那叫什么世界？"

吕荧似乎兴奋起来了。他走到她面前，向她耸出身体，盯着她看，突然挥舞双臂热烈地说下去："不不不，我不能同意。为什么赖在这世上？这是天然的权利！上帝给的。爹妈给的。法律给的。我不怕，我就要为老彭辩护，为胡风辩护！会议上那些无耻小人的表现令人作呕。斯文扫地，彻底扫地！都是所谓的诗人、作家、理论家——这些可怜虫！我非常从容走上台去，我想我就是高贵的，就是有骨气。让我来讲几句真话吧，衬托一下面前这群面色铁青的可怜虫。我说，像老彭这种久经考验的同志会反党反革命吗？这是一个孩子都懂的道理。胡风也没有反党反革命，更不存在一个所谓小集团，至多算是文艺流派。流派都难说。我的观点与胡风的观点就不一致。当时，我怕他们揍我，怕拳打脚踢。所以讲得有些乱。但是我高贵，有骨气，把他们镇住了。后来有人揪着我的领子把我踹了下台。看看，我的颈脖都被抓破了。"他像孩子那样嬉笑着伸出脖子请郭雯观看。

"谢谢你，这种时候还替老彭说话。"

"他们污蔑我神经错乱，是神经病，把我开除了。"

郭雯想起该给他倒一杯水，这时，她把眼泪擦干了。

"你说说，我神经错乱吗？是精神病吗？"

"怎么会……"

两人聚精会神听着外面呼呼的狂风，覆盖整个世界的骤雨。这屋子——这屋顶这墙壁似乎抵御不了狂风骤雨。世界快将倾覆。在摇撼不已的天地之间，她仿佛看到楼顶上那个人，铁窗里那个人。他们离开她了，是她离开他们了。让狂风暴雨摧折这一切。快点吧！

"其他人呢？平时那些朋友？"

吕荧的声音像泥流一样沉迷："覆巢之下安有完卵？"

“老彭说党一定会还他一个清白。”

“老彭真是，毕竟是他们队伍里的人。”

吕荧重重地踱了几步。他浑身在发抖。

“他妈的，简直像伤寒病。我研究过他们的历史，一阵一阵发伤寒。我和胡风争论过。他和老彭一样迷信、愚忠。现在是公元一九五五年。这种迷信和愚忠是不可原谅的！”

郭雯心里感叹一声。

吕荧靠什么感应到她心里的感叹？看他那副暴怒的模样，如一头闯出笼子的狮子。

吕荧使劲捶了几下胸脯，突然自顾自走到门前，向她做了个手势，猛地拉开了门，向着狂风骤雨狂笑起来。

刘湛秋的弟弟贼溜溜地眨眼，吞吞吐吐半晌，提出要他买一只篮球，得到满意答复后，一蹦三尺高，马上去替他送字条。刘湛秋十分钟内就来了，一边骂她弟弟一边忸怩地朝他笑。

她晒黑了，面孔绽出两朵红晕，一手抓一根辫子在胸口绞着玩儿。吕荧东张西望地说：“按理，这时候不该找你。不过我想，我们得好好谈一谈。”他的指甲抠进树皮里，指甲缝很痛。他把指头拿到眼前，望着嵌满绿色汁液的指甲缝。树叶中的日光如闪动着的粼粼金波。满耳蝉鸣和风声。衣衫被风吹鼓起来，他捻住衣襟的一角。刘湛秋压低脑袋，用脚尖在地上蹭着，地上现出一道磨痕。她穿着黑色布鞋，裤管盖住了脚背。她飞快地瞥了他一眼，随即将脸别向一边。这时候还有什么好谈的呢？

吕荧把她带到以前约会的地方，从黄泥小径步入树林深处。两人坐在柔软的草地上。有天然的屏障护卫，两人说着话儿，然后又接吻。刘湛秋至今还清晰地记得，自己拆除第一道防线便是接受他尽情尽兴的吻，她从中学会了体味那种前所未有的战栗的感觉。尔后，他的手自然而然紧随而至，在从未拆封的部位留下他的指纹。那时候，她感到无数小虫钻进了皮肤，瘙痒、燥热。被他摆弄过后，身体已不在她的控制之下，每个汗毛孔都呻吟着张开口来，急于接纳他更具内容的推进。吕荧留住最后的界线，并始终保持这个界限，以满足自己对审美的距离感的要求。像他在理论中反复论述的：距离，通过它才对美抱有无限敬意。手掌和手指印下的隐蔽部位的娇嫩肉感，让他感觉那种视觉中的纯粹的美。像洁净无瑕的白云，苍翠欲滴的绿叶。刘湛秋听任他自说自话，距离和美，也许真的令人着迷——至少可以说，比短暂的昏晕令人着迷吧。她只能听任他。他对自己的任何行为总有理由十足的解说。但是她的肉眼看不出距离，她的肉身太实在，连个汗毛孔都会嘶叫。

刘湛秋经历了短暂的晕眩后，不知出于什么原因恨起他来。他有学问，然而学问是书本上的东西，生活里不需要它。就像过时的货币，伪币。她要抛开它，抛开了它便卸去了负担。现在他倒了大霉，受到了严厉的批判。从良心上说，现在不是从他身边逃走的时候。正如这会儿她枕在他臂弯里，烦恼地思量这个问题，而找不到任何答案。他的眼皮上有个不起眼的紫疤。人到了他这个年龄就像那棵老树，疙疙瘩瘩的树皮上沾满了滑腻的青苔。想一想，崇拜他的时候老树正在生发嫩芽，蓝天白云，徐徐清风，柔情蜜意的诗——这一切都上哪儿去了呢？

她枕在他的臂弯里。他的身体僵直，没有抚摸她。镜片后面那双公羊般的眼睛，呆滞、古怪，闪着虚光。蝉鸣和风声。逶迤而下的黄泥小径劈开墨绿色的野草。各种杂色的野花争相斗艳。她摘一朵花儿向着他吹气。日光零零星星洒落在他脸上和身上。他的神情突然开朗了，露出参差不齐的牙齿笑了，用手指刮刮她的鼻子。

你要对我说真话，不许骗人。

我没骗人。

我是谁？你骗得了我吗？

她烦恼地想：又来了又来了，总是我—我—我。

我真的没骗人。

人要活得真实，虚假是最可怕的。

听啊，他肯定又要大谈历史、真理、审美、诗文、理想、品格了。他就是这样，站在云端上，把我吊在半空里。

刘湛秋坐起来，她的辫子抓在他手里。

答应我，只爱我一个人。

我……不是说过的么。

我要你再说一遍。

我……没有变啊。

刘湛秋长长地叹了口气，把辫子从他手中夺回来。怔了片刻，她突然歪了歪嘴巴哭起来，边哭边责骂：那个坏东西，奸臣，特务，骗你们的东西……

阿海如坐针毡。发言的人一个接着一个。时间已经过了六点。阿海的耳朵里满是苍蝇似的营营声，望见那些飞快张合的猩红色嘴巴，白苏苏的牙齿。当斜阳反射到他面前的记录本上的时候，他差一点拍案而起。他感觉自己冲动到了极点，就像引燃的炸药。

湛秋的父亲是资本家，解放前为国民党军队提供过军用物资。她的叔叔是国民党的电台台长，正在台湾效力于国民党反动派。她的亲属中有被政府镇压的，有在服刑的，社会关系相当复杂。“你不能不考虑你的阶级立场，对于一个党员干部来说这是首要的。”书记严肃地盯着他，书记是他十分敬仰的老同志。他知道，书记是出于对他的关怀才这样提醒他的。

散会后，阿海立即赶往湛秋家。这一家子还在吃晚饭，湛秋的父亲赶紧起立迎接。这个微胖的老头儿穿着汗迹斑斑的破汗衫，满头汗水，眨着细小的眼珠，很明显带着恐慌。湛秋的弟弟朝他挤挤眼睛，这个两面三刀的家伙！湛秋瞟了他一眼，若无其事继续闷头吃她的饭。“听说，”书记又讲了，“这家的丫头好像不正经……”阿海铁塔似的站着，脑袋里像有一架机器一刻不停在轰鸣。

湛秋竟然变识相了，不仅把他领上了楼，主动递了蒲扇，并且又是让座又是倒水，脸上一直含着笑意。窗户洞开着，晚风拂动窗帘哗哗地响。他糊里糊涂，是哗哗的风吹乱的？还是会议室的营营之声？不是，是书记的话音！听说，这家的丫头……不正经。他的脑子里钉满了那几个字:听说……不正经……不正经……

阿海暗暗咬了咬牙,直着嗓子问道:

"你父亲都知道了吧?"

"这鬼店早收走早好。"

"我们开了一天会,讨论这事。"

阿海又暗暗咬了咬牙,走到堆满书籍的枣红色床头柜前。板壁上挂着湛秋的照片,满月似的明媚的笑容,微眯着眼睛,仿佛呵出的一股拂动他心弦的气息。他觉得别扭、苦恼,又无奈。自己每个动作都别扭,就如舞台的聚光灯紧随他周围。他极力将不自然的表情藏在背后。

湛秋紧盯住他,似乎在琢磨他的心事。她又觉得奇怪,那副六神无主的样子,粗壮而笨拙的身躯如铁墩,每走一步楼板都在震动。她等着他说出什么重要的话,一边又想了,要不赶他走算了?

阿海用力扇着风,突然重重叹了口气。

"我问你一句话,你要正面回答我。"

阿海横下心来。这时候窗帘像旗帜飘扬,窗外一片绚烂。他感觉自己的心胸犹如繁星熠熠生辉,声音如洪钟般的低沉有力,一种优越感油然而生。他是居高临下的,必须伸手去拉住她。她是易碎的晶莹的玻璃品,松一松手就会跌个粉碎。

他原封不动地将开会前书记与他的谈话转述给她听,不加按语和评析,只是转述。他不朝湛秋望,却毫无遗漏掌握她的表情变化。最后,他挥动手臂提出了实质性的问题:"你是准备与他一刀两断,还是打算鱼死网破?"

湛秋好一会儿不吱声,面色从来没有这么惨白过。

"你千万不要相信这样的瞎话。"

她何时软弱过?阿海心痛地想。但是,他以更暴戾的口气说:"如果你准备毁掉自己的话,我随你!"

湛秋站在窗下的书桌旁,一条腿直立着,一条腿曲成直角搁在凳子上。她的两根长辫搭在背后。浅红色短衫被风扇动。是的——她感受到了那种强大的电流般的冲击。她只有颓丧和无助。为了遮掩心底突发的一阵阵的痉挛，她用双臂拼命抱紧自己的身体。而他呢？此时的他变成了蛮横无理的山峰，令她无法反抗，令她只能臣服。

他站在灯下，挺拔地伫立着，一手紧握蒲扇，一手捏着有力的拳头。灯光使他的面孔有棱有角。他那厚实的胸脯像石雕一般。

“你千万不要瞎猜，除了你，我绝对没有。”

阿海咬住嘴唇。他嗅到血的气味。

“你要保证，向我保证！”

“相信我好了，我保证……”

五　抗拒

母亲挽着一篮子青菜，一只脚跨在门槛内，另一只脚留在外面。母亲目光直射他怀中的包裹。她的面孔犹如老化的破碎的橡胶，布满裂纹。一绺湿漉漉的灰发挂在她鸡颈似的脖子边，胸襟湿透了，在湿漉中喘着气立在他面前。

他所熟悉的气味、肤色、喘气声，一成不变的蓝布衣裤。他扬扬脖子，将怀中的包裹抱得更紧了，心里突然冒出一个残忍的念头，想飞起一脚，踢一棵树或其他东西，听一听低沉而着实的声音。

几天前，母亲在集市买了半斤肉。可以想象，白花花的肥肉夹着猩红的瘦肉，对他来说意味着什么？但是肉却从母亲的篮子里不翼而飞。母亲说肉放在篮子底部，上面压着一捆青菜。他检查过那只竹篮，篮底很结实，用铁丝扎了七八道，能够用来搬运石头。母亲木得连这块肉掉了都不知道了。我有病，我有病！这是他最有根据的理由。几个月没有咂过肉的滋味，一个病人怎么扛得住呢？再说了，肉掉下地，总有一记噗或啪的响声。为了证实这一点，他特地几次到母亲经过的那条青石路面，用手掌拍着地。噗、啪——他设想着该是肉掉落的声音。他有病，需要吃肉。但不至于为吃不到肉，和母亲大动干戈。他仅仅嚷了几声，吵了几句，没想到会惊动那些邻居，犯了众怒。他成了十恶不赦的逆子。

早晨，他决定卖掉这些家当：两件旧毛衣和一条半新的哔叽裤子。柏华柏华嗳，他听到脑后有嘶哑的声音在呼唤，明知这是幻觉，他仍转过头望。房门的破布帘在穿堂风的鼓吹下沉重地摆动。房间里空无一人。书桌上搁着笔砚和白纸。座椅的靠背早已脱臼。祖父坐在上面苦读中了秀才。离后窗一尺之距那面肮脏的爬满青苔的墙壁，足以封锁他的想象。污泥的臭味从地沟放出。壁虎常常怯怯地窥视他，朝他吐出藕色的舌头。他无数次观察过它们的细小的黄眼珠。这是他的世界，比死水深处还要寂寞。他打定主意卖掉最后一点值钱的家当，是为了不与可恨的肺结核病同归于尽。他想与他的笔砚和白纸共在，凭任黑暗如何折磨，仍可以写出几行字来。颤抖的笔尖发出沙沙之声，这声音是他有生之年的唯一的安慰。

柏华瘦得像根枯草。他本来拥有一张清秀的面孔，五官端正，皮肤白皙饱满。这些都被疾病之刀一点点剔除，从血肉到元气，剩下行将消蚀的形骸。母亲的心田被无数只脚踩得如同烂糟糟的一片沼泽，完全听天由命了，而且不会再同情他。死吧，快死吧。每天天不亮她就要去菜场，干一早晨活才得到一篮子青菜的报酬。人家施舍这点东西算是给了你天大的面子。一篮子青菜吃一半腌一半，偶尔还可以换几分零用钱。菜场的活儿不容易对付。累不必说，总是遭人家欺侮。一个临时帮工的老太婆对谁都是唯命是从的。她被人家使唤得滴溜溜转，陀螺似的浑身湿透了，每时每刻都有一摞子活儿等着她去做，全是那些邋遢的别人不愿干的活儿。我生出这种儿子就该活受这份罪。快死吧。有谁的儿子为了几两肉吵翻天的？缩在家里吃白食吃了这么久，别说吃肉，就算吃糠咽菜，也靠不上我这个快要油干灯灭的老太婆。

这会儿，母亲矗立在门口，如同拒斥他的强大磁场。他低着头哀求似的说道："这是我自己的东西，暂时用不到，先换点钱……"

母亲鼻孔里哼了一声，恨声说："逆子，想败家！"

"你看看，这真是我自己的东西……"

"吃白食的逆子，还有脸讲这句话！"

门外空场内三五个孩子悄悄围拢来，高的和矮的，全打着赤膊，黝黑的光头在太阳下闪着紫光。柏华的眼睛被突然间出现的这种光刺伤了，望不清孩子们的面目。他们站在母亲身后，堵住了门。他的目光越过他们头顶,溶化在白晃晃的虚光里。柏华依稀记得自己自小到大只和母亲吵过一次架,从此便结下了撕不开的深仇大恨。

他把包裹抛在母亲脚下,喃喃地说:“拿去,拿去换口棺材吧。”

济慈、雪莱、普希金,次一等的人物朱湘、徐志摩、闻一多,在他这个年龄都已写出了传世之作。从个人经验的绝对意义衡量对写作的感情,使他不得不加以追究。假如“柏华”指称的个人不单单是指他这个人,而是被规训或者历史指派为某一个“物”——例如,沙堆中的一粒,被深埋在潮湿的黑暗的底层,写作的意义和动力何在?在和胡风的争论中,他最鄙视胡风宣扬革命和人民的宏大概念。他推崇雨果对革命的解释:割除毒瘤和脓疮免不了流血,然而不能以压榨肌体本身为代价。即使回到解放的本意上解释革命,胡风同样是理屈词穷的。不过,被政治彩云迷惑的人何止于他一个人?柏华问他,人民是上帝吗?承认人民是上帝的人势必犯常识性错误。因为假借上帝名义的人正在碾压一切与人性相关的东西。人们竟然自觉自愿带上了镣铐。就他而言,镣铐给他的生理反应虽然显著,但是,连最基本的呼吸的权利都遭到剥夺,这是什么样的境地?他严厉地发问:你不觉得空气太浑浊吗?这样的空气适合正常的人生存吗?

柏华一心一意抗拒的结果,是远离他的时代和环境,向早已死寂的幽魂呼吁。你说时代具有天然的局限性,是冠冕堂皇的借口吗?血肉中熬炼出的信仰千百年来一直如日月星辰,永不磨灭。苏格拉底坚守过,但丁坚守过,卡斯特利奥坚守过,斯宾诺莎坚守过,尼采坚守过,托尔斯泰坚守过,鲁迅先生坚守过。歌德临终前还将眼睛投向光明,与其说,这是眼睛的需要,倒不如说是灵魂的需要。灵魂,竟然如此脆弱,不堪一击。你看,全体知识分子都在为改造自己的灵魂忙得不亦乐乎。那么,我唯一要做的是紧闭眼睛。

一九五二年,胡风介绍他去新文艺出版社做小说编辑。那时他正着手编一套外国文学名著丛书。他每天第一个上班,最后一个下班。他丝毫没有发觉肺上有什么毛病，只有强烈的工作欲望，精力非常充沛。选题、校对，与作者商议修改方案，自己撰写序跋和评论文章。生活由于充实而变得单纯。如一根滑溜的琴弦，手抚在上面同时产生出两种快感：手指的和耳朵的。这种快感变成清澈的空气滋养了他的肺。母亲为他备好每天的夜宵，而他临睡前还坚持画一幅水彩画。母亲替他把积存的厚厚一摞画捺进箱子时说："一个正经的画家也画不出这么多的画来。"

他注意到，一个形状古怪的老汉长年累月坐在诗歌编辑室门口的一只小木箱上，弓着背伏在自己膝头写着什么。老汉的眼睛离那又黄又旧的簿子保持寸把距离，手里捏着半截红铅笔。走廊上终日暗蒙蒙，来往的人很多。特别是到了夏季，他发觉老汉原来这般瘦。老汉一如既往坐在原地伏膝写作。他第一次看到老汉穿汗衫和短裤的模样，难以相信活人能够这般瘦——瘦已经不是一个适当的形容词。老汉开口说："你是与众不同的。"接着又笑嘻嘻地说："我们这些搞事业的人就应该这样。"令他诧异的不是老汉与他搭讪，而是老汉自作主张地把他当成了"我们"。"我们"与"搞事业"联系在一道，有点儿非同寻常的意味。

他不敢征询老汉何以用这种方式写作。他只得婉转地说："写作是桩苦差使……"没料到老汉立刻打断他："错！没有什么事比写作值得做了。"

有一点使他非常纳闷：整个楼里的同事不仅从来不说起老汉这个人，而且都像看不见他的存在。一个人以奇特的方式存在于众目睽睽之下，竟然不引起哪怕一星点议论和说法，究竟是怎么回事？走廊的闷热中夹着潮湿的浊气，如排气管口子。老汉穿了件破汗衫，短裤也破了，不停地挥动臂膀用破蒲扇刺啦刺啦扇风。那副皱皱的皮囊包裹着变形的骨骼，令人有些毛骨悚然。

柏华本来热望与他谈一谈，大家对他视而不见——像电影里或梦境里才有的鬼魂，要么，老汉的存在是某种预兆，某种警示。老汉不是说了么："我们这些搞事业的人应该这样。"

因此，柏华仅仅对老汉报以微笑，并不说话。他在办公室里考虑过，在家里也考虑过。不是因为他现在拿几元钱的月薪，能够养活自己和母亲，明摆着是因为他不愿意与老汉成为“我们”。健康的生命与朽残的生命往往是一种尖锐的对照。

老汉说：“当太阳从东边升起，你望着地平线上的红光，照亮人们心头的这种光，就是我们写作的结果。”

时间倒流到半年前。

那时候，吕荧拿到稿费第一桩事便是请客吃饭。他先拟定一份名单，然后逐一分送烫金的请柬，他喜欢这样的排场。

吕荧带领文友们吃遍了大街深巷稍有名气的菜馆和饭店。他是单身汉，收入比各位多一些，所以不让其他人做东。吕荧难得邀请柏华参加，因为柏华性格古怪，会影响大伙的情绪。大伙私下里议论柏华要面子，自尊心强，又太敏感，常会无端地联想出一些不愉快事情来。喝酒聊天时犯不着认真，应该避谈那些严肃话题。大伙知道柏华情况不好，待在家时间长了，日子是难熬的。这年月倔强的人都是这下场。柏华对社会缺乏认识，全凭一腔热血。他宁愿不要那份自己喜爱的工作，也不肯稍稍俯就。

大伙不知道，柏华不愿意充当吃客。他没有能力回请，心里不坦然。他在任何事情上都希望与别人平等，沾别人一点光便感到难受。所以，这种场合这种气氛与他的内心总是抵触的。他并非不知道自己极力防范极力维护的只是一种虚荣。

还有一个原因，他没有一套稍微像样的衣服。临近出门时，他总是犹豫再三。头发又长又乱，衬衣领口又破又脏。几个月不理发不洗澡，这么狼狈的模样怎么出得了门？怎么见得了人？

这一次，柏华空着肚子猛喝了一杯，脑袋一下子晕了。他的胸腑中那股热辣辣的酸水拼命往上喷涌。除了头晕和恶心，他忍受不住一阵深一阵浅的笑谈声，如金属与玻璃叽叽嘎嘎的摩擦声，一阵强似一阵地刺激他的耳膜。假若他不用一遍又一遍的擦汗动作减缓耳膜的痛楚，难保他已像惊厥的病人轰然坠地了。

那时候，吕荧拿到稿费第一桩事便是请客吃饭。他先拟定一份名单，然后逐一分送烫金的请柬，他喜欢这样的排场。

依吕荧的了解，劝说或安慰都会加剧他的孤独。可是他不吃一口菜，这个怪人在想什么呢？

柏华本来已经捏住汤匙，准备喝一口汤缓解胃部的痛苦，但是他突然举起酒杯大声说："大家干一杯吧。"他的执拗的目光如教师的教鞭，一个一个地点名：何申、张黎明、向群、叶帆、胡卓然、周大海、谷植芳、郑鸣、吕荧……

"让我们为中国文坛还有胡风这样的硬汉子干一杯。"

吕荧坐他旁边，笑嘻嘻地打岔道：

"还是为春风沉醉的夜晚干杯吧。"

柏华蓦地意识自己的方式格外滑稽，举酒杯的姿势与想说话之间关系，完全缺乏逻辑性，确实格外滑稽。"春风沉醉的夜晚。"他泄气地重复叨念，"春风沉醉的夜晚。"

老谷和声细语说道："曲线救国不失为一种策略，有时候也是负责任的态度。"这位老好人。老谷摇晃着过早秃顶的油亮的脑袋，灯下那张被酒染红的浮肿的面孔，面颊不易觉察地哆嗦。柏华出神地望着他。这位老好人从头顶至颈脖形成了 A 字形状，胖得不合常规。

"以前有人与我打赌，惩罚姑娘的最好办法是联合行动，全体小伙子一致发誓不娶老婆。我说，如果全体小伙子听信了你，你不就可以在姑娘那里为所欲为了吗？"

吕荧狂笑了，模样有些变形了，说："那是，骗术不高明。"

叶帆坐在柏华正对面。小个子叶帆喝一百杯酒面色照样是绛黄色的。叶帆写的东西与他的脸色一样别致。叶帆沉默的时候比说话的时候多，作为对柏华的声援，他开口说："胡风是引子，后面可能有更大的风暴。"

"好吧，就为胡风干一杯吧。"

"干一杯……"

柏华越来越乏力了，越来越亢奋了。他突然高声吟诵：

他的不幸，他的不肯屈服，
和他那生存的孤立无援：
但这一切反而使他振奋，
困境会唤起顽抗的精神，
使他与灾难力敌相持。

“你们记得吗？”他几乎忘情地质问，“谁的诗？谁的？”

他们全是以附和的神情对待你，以此对待一个乖戾而可怜的病人。他们用和善的笑容化解你的肆意胡闹。郑鸣老大哥把手指关节板得格格响，扬着他那鹤颈般的长脖子，宽厚地说：“记得的。记得的。不过论处境，我们要比拜伦和雪莱麻烦多了。”

柏华无力地摇摇头。无话可说了。吕荧关切地凑近他耳边：“你就吃点菜吧，吃点吧。”柏华做了个胸口不舒服的手势，又指了指面孔，然后沉稳地离席走向卫生间。他感觉脚底奇异而崎岖，地板不规则地左右晃动，他料想他们都盯着他的背影。他心里洋溢着高傲的快乐，顺手擦了一把额上的汗。

天不亮时他听着母亲烧灶的声音。烟味使他头晕，喉咙痒痒的。他拿枕头蒙住面孔，生怕喷薄而出一连串咳嗽。母亲往盛着剩饭的锅里倒了一瓢水，迟疑片刻又加了小半瓢。那时门外尚处于蛋青般的月色中，有淡雾和晨露，小树静悄悄盯着它凝固的影子。柴草点着后的哔剥一声令人心惊肉跳。母亲盯着灶膛的火苗凝视了很长时间，想起该梳一梳零乱的白发。菜场的路边肯定已经堆满臭烘烘的杂物。污水淤积在浅石沟里，上面漂着一层烟灰似的浮油。母亲穿着硬壳般的蓝布褂子，她的心也被硬壳包裹了，她每天受着那个挨千刀的泼妇的欺压。从天不亮开始便低眉顺眼从那个泼妇面前经过，随泼妇的心境而定，或挨骂或挨打。

儿子终归是儿子——他曾试图向母亲求和。他以为语音是世界上最精妙的巧手，像雨果所说，能够塑出最美丽的感情的花纹。自从他与母亲失去语音的交流，一切全斩断了，刀光一闪，一切化为乌有。你曾赞美过，语音能够容纳感情的全部，此外，眼神只会加深误会，一瞥一瞄之间全是弥天的误会。

柏华并没有吃下母亲留给他的那碗冷泡饭。那时日光在恍惚中发生色泽变化:是眼花的缘故,头晕的缘故。他坐在书桌前放任头脑胡思乱想。一个暴君或一个乞丐。高空的大气压和地洞的缺氧。山顶的阳光和桌下的黑影。锋利的剑刃与秃的笔锋。放肆的喧嚣与悲愁的失语。母亲不忍心你饿死。母亲挽着那只篮子悄悄地走了。他听见关门声忍不住抽泣。胸脯剧烈的疼痛逼迫他蜷缩一团,用颤抖的双臂抱住小腿。模糊的视线打湿了桌上的稿纸——稿纸稿纸,凝固着心中的呼喊与细语。对未来的一切期待,从没有陨落过的理想,现在打湿了,被强烈到极点的抽泣打湿了,失去了形状。占据心中已经多年的有形和无形的祭奠物刹那间破裂,如打碎的巨幅玻璃镜。他终于望见背面的黑暗,原来就是空无一物的黑暗,巨大的黑暗虚空而已。难道是海市蜃楼?引诱你一步步走向沙漠腹地。你用皴裂的嘴唇朝上苍呼喊,周围的沙子并未覆盖全部的累累白骨。你舔着牙缝里的稠粘的血,在生死边缘迷惘着。有生之年的一缕光飘然而去,飘然而去了。

柏华写过一则寓言。情节非常简单,像一条笔直的望得见尽头的路。

他是一位旅行者,在月黑风紧的山岭迷了路。如果仅仅是迷路倒也罢,他可以借助手电光寻找避风处安度一晚,待天亮再赶路。那时候一轮红日便是辨认方向的路标。如遇到一个赶早进山的打猎的山民,问个路不会有问题。山里人是热情好客的,说不定会亲自送他一程。麻烦出现的时候恰恰是在他刚好发现岭上一座小石屋。他好不容易跌跌爬爬摸索到小石屋的门前,敲了半天门没人应,用劲推开才知道是间空屋。就在这时候,他听见呼呼的山风中出现一种异样的声音。以他本能的警惕,辨别出这是一种危险的声音。准确地说,一刹那间风声和其他声音全都消失了,他预感自己站到了绝对寂静的死亡阴影的面前。他的目光击穿黑暗,看见血肉在利齿中飞溅——此时,他已明确预感自己处于狼群的包围之中了。接下来的情节一直没有变化,一个旅行者被狼群包围在小石屋内。得救的条件无非两点:一是等待天亮狼群自己撤离,二是猎人闻讯赶来解围。事实上,在以后的五至七天时间里这两个条件中的哪一条都没具备。第二天天亮,他从门缝里看到隐没在草丛中的群狼,无声无息地匍匐。一只毛色深灰的大块头灰狼蹲在离门不满一米的地方,垂着殷红的舌头,眼珠透明、纯黄,肚子一抽一抽的。他不由想象它的牙齿撕扯皮肉时一定无比凶蛮和剧烈。但是,眼下的危险程度尚不至于使他绝望。他甚至怀着有惊无险的一份轻松——以后与人聊天时有谈资了。狼不至于中午还不离开吧?那时的烈日会驱逐它们。它们不至于下午还不离开吧?看看没什么指望只能悻悻而去。他确实满怀信心等候着,忘记了饥渴和恐惧,他每一分钟都在期待。即使第一天就这么一分钟一分钟捱过了,第二天他仍然不灰心。有一度他更抱信心了,因为狼群显出不耐烦的迹象,乱跑乱转起来。直到夕阳西斜,他才第一次感到悲哀和绝望,恍然悟出他与狼是天生的冤家对头,不耗到底是不会收场了。他的目光被涟涟泪水泡得稀松。至此故事应该收尾了:旅行者注定要死在山岭上这座孤零零的小石屋里。旅行者从生命之门出来的第一秒钟就注定了这个结局。令人感慨的是人处于绝境时那种孜孜以求的希望,直至生命的最后一秒钟仍不肯放弃。旅行者从第三天开始记日记,用颤抖的笔迹记下他当时的零碎思想。他喝自己的尿吃自己的大便。他吃布屑、纸片、墙缝中的几棵草。第五天,他的恍惚的思维闪现美丽的光辉的天堂。他彻底地干净地遗忘了狼——或许狼也遗忘了他。他平躺在门边上,望见悬浮于屋顶的虚渺的意识,半透明状的、鱼泡样的闪耀白光。那是微弱而顽强的生命内的意志吧?那是他灵魂的最后的依托吧?他死于第六至第七天之间。

若干年后,柏华临终前的一刻,想起了自己写的这则寓言,不由得泪眼婆娑。他蠕动干涸的嘴唇无声地说:那个旅行者就是我。

对自己评价的标准如果是内在的,等于以自身的尺寸衡量自身。胡风因此郑重指出:“我不能同意。柏华,你的理由站不住脚。价值的标准毫无疑问是外在的。自我衡量是极端的个人主义,根植于个人专制和无政府主义。我们的对象不是自身，而是历史或社会现实。”

“不！”柏华激烈地反驳，“不管是抽象的历史观念，或是虚妄的社会现实，同时在无情地欺骗我们。我们看到的和听到的，颂歌口号标语旗帜，人民在他们别有用心的煽动下表现出的狂热和无知，到了无以复加的程度。而我们呢？被迫跪下来，不允许个人内心存放半点个人的思想。他们消灭知识，消灭思想，这样的反智主义、思想钳制，是对国家民族的极大犯罪！谁不承认这种空前的灾难，谁就是瞎子和聋子！”

胡风打断他：“这是一个原则问题，革命作家必须认清这一点。”他抚着发青的下巴，迟缓地踱着步，接着又慢吞吞地说：“一个革命政党受到人民大众热烈拥戴，形成强有力的历史洪流，冲垮了污泥浊水的旧社会，正在建设欣欣向荣的新社会，本身就毋庸置疑证明了它的正确。”

柏华迎着他坚定的目光以更坚定的口吻说道：“人民的拥戴是不是正确的唯一证据？这方面，无数历史证据足以让我们警醒：人民是社会运动的对象和工具。对象和工具总是拥戴主人的。”

“这是可能的，”何申赞同地点着头，一边拍拍柏华的膀子，“我们也许正在趋向于盲从和犬儒了。因为我们不得不迁就那些不该迁就的东西，相反也就失去了革命性。我同意柏华，我们在现实面前闭上了眼睛。”

郑鸣叹息一声，说：“是的，我们都在新气象中找不到位置，犹如浮萍任风吹打。”

“关键在于，”吕荧刚说了半句蓦地打住，弯腰捡了颗石子掂掂分量，然后助跑几步用力掷出去，石子落入茂密的树林时哗刺一声，“人民的体量太大了——请注意，我说的是体量，而不是力量。”

郑鸣也掷了块石子，由于用力过猛差一点将眼镜震落。大家一齐漾开愉快的笑颜。他掏出手绢擦擦镜片，说：“耶稣把手放在某人的头顶说：‘我赦免你的罪恶。’神才赋予这样的权力。”

柏华说：“人民不是神。神在人民之上。”

胡风环视大家，解开中山装的纽扣，以轻松的口吻说：“无限春光，壮丽河山。我们欣赏风景吧。”

大家放松下来，大家齐声附和。唯独柏华阴郁地沉默着。他凝视天涯的银色光带，万顷碧波的湖面，天空的鸟。“不！”他独自大声地说，不与任何人对视。“我们可以麻醉自己，超身物外，等待事物自身的发展演变来揭示它的最终结果。但是，无论历史还是事物，它们真的自在自为地运动吗？而无需每一个个人的努力？我们为什么不能确立个人的内在标准呢？真理是靠拥戴者的多寡来证明的吗？难道它不是靠个人的内在欲求去探索？”当他说出“内在欲求”时，突然感到无限空虚，风和雾般的空虚。风和雾在如此浩瀚的大自然中像一滴透明的水珠。

诗人能不这么感慨：无限春光，壮丽河山吗？

这是一种说法而已。试想，他们伫立在山巅观望“无限春光，壮丽河山”的时候，各人眼中的景象是一样的吗？

大自然随着季节更替而呈现的外貌变化是令人惊叹的。

春天无可争辩是美丽的。首先因为春天是诗歌的季节，是诗人最为钟爱的季节。山坡上整片的嫩紫色映山红。微风中摇曳的抽出绿芽的荆叶。一株株墨绿色山柏。复苏了的青青的野草中探出各色小花。它们在暖融融的阳光散发生命的气息，带着令人无比陶醉的醇香，渗入雨水充足的泥土，倾泻在水晶般的空中。在大自然姹紫嫣红的季节里，诗人的目力变幻莫测，却缺乏深度。过于繁复的色彩加强了它，也阻隔了它。当你极目远眺，你会发觉，在嫩绿汹涌地入侵整个大地，纵深之感消失了。你只看到繁复的色彩，听见生命的节律，由于太过明快太过清晰而使视觉偏向平面化。一个诗人说，春天里的想象总是单调和重复的。尽管我仍然喜欢它。

那么夏季又如何？

满山的浓绿在偶尔凸显的灰红色岩石的陪衬下，宛如绿色的火焰，绿汁在骄阳照耀下熊熊燃烧，是大自然生命力最旺盛的形象。无穷的想象着落在造化之笔的涂抹之中，使人容易将壮观的绿色火焰比喻为生命抛物线的顶端。你站在这个顶端，感觉自己强健的肺呼吸高空的纯净空气，张开全身的汗毛孔，接受无处不在的欢欣。俯瞰大地，浓绿缓缓延伸，最终与天光连为一色。天际的山峦迎着太阳闪烁着翡翠般的光泽，连天幕也染绿了。湖面宛如反光镜,游移的白帆就像随意洒上的点点的纸屑,经风一吹纷纷飘走。胡风扇动衣襟以他特有的兄长式的口吻说:这是我热爱的季节。

然而吕荧这么宣称:我属于秋季。

你可以理解诗人为什么歌颂秋季。因为秋季涂抹着金黄色的淡褐色的深红色的橙灰色的暖色调。吕荧说,我喜欢暖色调。除此之外我喜欢万事万物的忙碌的劲头,为冬季来临作好准备。忙碌,体现体魄的劳作,本身就是美的。漫山遍野褪尽绿色后呈现一年之际真正的成熟。人们在其中怀着信心劳作,为来年的生活播下希望的种子,那是造化刻意安排的完美结果。秋季。有谁不被如此澄净的热烈的气氛所感染呢?群山、旷野、湖水、蓝天,以其无比厚重的色彩宣告造化的深厚底蕴。你可以听见大自然的脉搏从地心层层传递而至,超越人类音乐的辉煌之声,令你的心跳即刻溶化进去。一行大雁代表什么?嶙峋的岩石代表什么?漫漫的草木代表什么?你仅仅目不暇接地观看吗?

谁表示过自己钟爱冬季?

黑土、荒草、枯枝、腐叶、阴云、淫雨、朔风、浓雾、残阳、冷月、严霜、冰凌、冻雪、风暴、莽野——你的所见、所听、所触、所嗅、所想——冬季为柏华情有独钟。因为,没有比完全裸露的情状更能揭示其本质。

六　经过

经过住院部三楼走廊，这四人都不自觉地放轻了步子。走廊铺着墨绿色地毯。壁上的灯盒上标出“保持安静”的字样。保持安静——这四个人的脑袋里同时为自己做出保证，把呼吸紧攥到手头里，连同目不转睛的眼珠。因此脚步声几近于无，与空气中淡淡的药水味混淆在一起，包括药水味里含有的嫩黄或粉红的花香。

走廊顶头的窗户正处于日光直射之下，领头的王伟周身披了一层金光，笔挺的身躯在相对幽暗的背景中凸现。他的臂弯里夹着一只黑公文包，脸上刻着一成不变的严肃表情。他们像四只猫悄悄靠近 11 号门。王伟回头对跟随者递过带有警告意味的眼神。王伟第一遍敲门时由于指关节与门的接触幅度过小几乎不闻其声。等待了一两分钟，他才继续敲第二遍。王伟依然敲得很轻——他担心，这扇门密布着敏感的痛觉神经。

病房的窗户罩着深红色厚绒窗帘。病床旁边床头柜上的台灯放出绿色玻璃罩的光。护士引导这四人坐到依墙的沙发上，对王伟耳语了一句：首长便秘得厉害。王伟不敢轻易出声，因为从室外的强光下进入室内的幽暗里，他无法判断首长的所在位置。

首长正在隔壁卫生间的抽水马桶上尽平生力气企图作最后一次努力。旁边那位身着白大褂的老医生也紧握拳头蹬着双脚替他使劲。两条喉咙发出同步的吭吭哧哧之声。首长滚圆的面孔迸成了紫红色。颈脖部位的紫红更深一些。唯独前额绽出一抹绿光。一条条青色血筋凸在表皮。因为过分用力皮肤上的疖子小疱之类争相暴露,在油光光的汗水的流痕中显得疙里疙瘩。首长紧闭眼睛紧咬嘴唇,全力运气,期盼利用这股自上而下的气逼出堵在肚肠内的淤塞物。他差不多坐在抽水马桶上两个小时了,此刻已经筋疲力尽。该用的辅助手段也都用过。灰白条纹的病衣汗湿了大半。刚才,老医生和年轻女护士一人紧攥他一只手,一声高一声低呼喊着加油加油加油,嗓子都喊哑了。王伟不识时务的敲门声倒让首长为自己功亏一篑找到了理由。如果不是老医生制止的话,首长有意要放弃这一回的努力了。

王伟心想无论如何必须找出一个办法,替这位中央派来的钦差大臣减轻痛苦。王伟的脑子里飞快地设想几个疏通淤泥的方案。这方面,管道工人比医生办法多。比如铁钎和钢丝刷子,老虎钳和扳手,足以对付下水道——煤渣、泥土、头发、草纸、粪便、骨头。他突然想到了拉拉队。是的,篮球比赛时,拉拉队是功不可没的。拉拉队与身体肌肉之间的对应关系,是一种由兴奋而产生的力量援攀。从六张嘴里发出的声音和六个人统一的表情,自然而然造成很大的推动的声势。简单地说,就是把六个人的力量集中起来,共同驱逐淤塞物。

经首长同意后,王伟他们进入了雪白明亮的卫生间。拉拉队组建起来,在首长面前围成半圆形。王伟当仁不让自任总指挥,按首长迸气的节奏指挥大家喊一、二、三!一——二——三!一……二……三……

灯光下七张面孔不一会儿全成了同一的紫红色。喊声撞在四壁发生嗡嗡的余音,又在循环往复里得到加强。首长出于一时感动增添了全身的力气,紫红色面孔很快转变为纯紫色,眼球暴出来了,腮帮鼓得像打足气的气球。

呼喊在首长挥手之际戛然而止。一阵寂静。接着还是寂静。十二颗眼珠系于首长不成形的紫色的面孔上。十二个耳孔同时听见某种破土而出的声音。由于怀着太过急切的希望,六双耳朵全被拎到半空里,十二只脚差不多离开了描着花纹的瓷砖地。

噗——嗵!噗——嗵!

“噗嗵”引起了六个人情不自禁的欢呼。激昂的欢呼。

年轻女护士绯红的面颊上挂着两行谢天谢地的泪水。

王伟暗暗松了口气，尔后便想起，构成历史的许多重要细节往往带有传奇性，与某种不合逻辑的事物环环相扣。从淤塞物到拉拉队，再到黑色公文包里所装的胡风集团的成员名单。他是个十分严肃的人，此时也难以抵制这样的不合体统的想法。因为自己在一分钟前情不自禁欢呼，完全发自内心的欢呼，就如亲临一桩伟大的事件。回头想想那些反革命、阴谋家，无需丝毫顾惜便可将他们与“噗嗵”联系在一起。

如果一个人的记忆力能够延伸到他吃奶的时候，此人一定配得上被称为天才。他就是这样的天才。比如说，他在娘怀里吃奶时用两粒门牙把娘咬得哇哇啦啦乱叫，挨过娘的巴掌后便整天整夜嚎个不停。娘死在他断奶的第二天。爹死在他娘死后的第四天。

他至今清楚地记得爹娘的面容。在饿殍遍野的逃难路上，娘多次被他用刚露白的两颗门牙咬得哇啦哇啦乱叫。生下儿子而不能喂饱儿子，为娘的心里是多么凄婉——因此这叫声时常穿越黑夜的时光传到他的枕边。这身世他没向任何人提起过。没有。不是记忆发生了弯曲，这种伤痛不该触碰。

爹娘死了。他被抛弃在涸沟旁边，哭哑了的嗓子再也发不出声音。那情景在记忆中是一幅活动的画面。白茫茫的苍天朝后缓缓移动，又像大地朝前慢慢行驶。他嗅着死尸和枯草的气味。风擦着大地隆隆地轰鸣。

有一双柔软洁净的手抱起了他，从地狱的入口把他托起来。他充满感谢的眼睛从此印上这位无比慈爱的新妈妈的面容。知书达理的新妈妈，温柔贤惠的新妈妈，一位因不能生育而遭丈夫嫌弃的阔太太。

他没有见过几次新妈妈的丈夫，尽管新妈妈逼迫他一定要开口喊那个人“爹”。从两岁到十二岁的整整十年间，他是丰衣足食受人娇宠的少爷。六岁上国小念书。中途转到教会学校念英语，十岁时跳级读了中学。所有老师都对他作过一致评价：聪明、善思、意志坚强；孤僻、沉默、太不合群。新妈妈在他身上贯注了全部的爱心和依恋,期望他有朝一日能够出人头地。在新妈妈按自己的理想设计他的前途时,他会记起亲娘干瘪的乳房,哇啦哇啦的叫声,白茫茫苍天和逃难的路。

新妈妈同样死在逃难路上。在日本帝国主义的飞机所制造的成千上万的惨剧中,新妈妈也许最为惨烈。一个活人在一秒钟内被炸为无数块大小不等的肉块,混杂在泥土沙石中飞洒开去——在他亲眼见证下,活生生的新妈妈一秒钟内彻底消失,世上还有比这更惨烈的事吗?

他完全晕头转向了。烈日直射布满血迹的坡地。烧黑的灌木和杂草。残缺的车辆和抛散的衣物。烈日一刻不停地残忍地直射,血迹很快晒干变黑了。他模模糊糊望见坡地的弹坑,风中摇曳的草叶,浓的和淡的烟雾,却听不见满面流泪的人的哭声。灾祸突然降临使世界变得阒寂。

十二岁,经过两次逃难之路的剧变,有谁再从地狱入口托起他呢?

他在路上。人们都在路上。真的伸来一双手,充满力量和神奇的手。这是一双硬邦邦的手,为他穿上一套灰布军装,送他去革命圣地延安。在黄尘蔽日的道路上,他一次一次地回想那位革命引路人,日后牺牲在反动派枪口之下的铮铮铁汉,铭刻在他心上的几句话:到毛主席身边去,跟毛主席革命赶走日本强盗,解放全中国的受苦百姓。滔滔黄河在旁边日夜奔流,日夜奔流。他学过:"子在川上曰,逝者如斯夫,不舍昼夜!"黄河黄河。他遐想自己站在奔流不息的波浪之巅,看着两岸巍峨峋嶙的岩石和头顶的蓝天白云。他在想:革命是不是顺流而下?革命是不是逆流而上?

他因早熟显得过于严肃,近乎刻板。他是"抗大"的毕业生。他当过中央首长的秘书。他聆听过毛主席的谈话。他为朱总司令拍过照片。他在《解放日报》发表了几篇文章。他主持过某县的土改工作。他在解放前夕离开延安随大军南下。

三十岁不到的年龄是一个人风华正茂的青春季节,像他这样在革命队伍中成长的年轻干部,一方面纯洁如一汪清水,党对他寄予无限信任。另一方面他那副久经革命锻炼的肩膀压得起任何党所交付的重任。他的稳重和理解力超越了实际年龄。他的职位和权力也超越了同辈人。他在某些时候表现出的绝对的硬心肠使领导和同志们认准他是天然的革命种子。他这样的流浪儿、穷孩子,不是天生的革命材料吗?

如果不是记忆的黑夜造成的严肃的白天,阳光为什么不肯停留在他的瞳孔?同志们见过他那白皙而清瘦的面孔有过笑容吗?同志们从王伟身上只看到明确的斗争目的和投入斗争的钢铁意志。

吕荧远远尾随孩子的队伍,从弄堂到了大街。

金黄色阳光照在孩子背后。他不甘心地一遍遍看表。街上刮着大风,像粗鲁汉子肆无忌惮的鼾声。雨水打湿的地面反射金色阳光,光影是跳跃的。清澄的空气。树叶碧绿,如闪光的珍珠在风中扬扬洒洒地铺展。刚才那阵太阳雨抹去干燥烫人的尘埃。美丽的七彩之虹。但是大风依然热湿湿的。

吕荧感觉全身的汗腺封闭了。他用力吐纳。阳光在他背梁点燃了,由一小点扩充到整片的背部。树叶抖落的水珠飞溅到他眼睫毛上。

吕澄排在第二名,扁脑袋,穿着条纹汗衫和蓝短裤,穿着白球鞋。吕澄显得瘦小,被大风刮得左右摇摆。手表的指针停在一点零三分。太阳斜西了。天空静悄悄地变成了暖色调。一桶桶橙黄和橘红颜料倒进去,逐渐逐渐化开,五光十色的屏幕无一处是雷同。褐灰色楼房的尖顶好似逆光的剑锋。他望见玻璃的反光呈现天空的不同层次,眼花缭乱,强烈有力。柴可夫斯基的和弦。列维坦的色调……

吕荧心血来潮决定把吕澄和吕清的抚养费主动送交到她手上。每次都是她上门催逼:一个像气势汹汹的债主,一个像是死皮赖脸的欠债人,这情景已经延续了好几个月。吕澄和吕清从不喊他爸爸。据说人家每每问起吕清,爸爸在哪里?她的习惯动作是用脚跺跺地,表示爸爸埋在地里面。吕荧承认自己没资格做爸爸,心想自己的爸爸也没资格做爸爸。这样的遗传关系使他心安理得。然而今天,他口袋里搁着儿子女儿的六十元扶养费,并且特意多加了十元钱,以便给儿子女儿买营养品。

有些麻烦事情的发生往往是出乎意料的。

吕荧望着女老师一左一右牵着两个孩子。右边那个不是吕澄是谁呢？要怪斜阳太刺眼,他的眼睛被照花了。他揉过几回热辣辣的眼皮。这时候,他的脚踩着了瓜皮或者其他打滑的东西,在完全没有防备的情况下摔了个四仰八叉。

吕荧没来得及从地上爬起来便看清了女老师右手牵的孩子不是吕澄。怪也不怪！他明明从托儿所门口跟踪到此,视线都没敢歪一下,吕澄竟会变魔术似的变成了另一个陌生孩子。

他一急,饿虎扑食似的冲到女老师跟前,双手狠狠掐住她的右膀:还我儿子!

女老师吓得结结巴巴：

“你儿子……是谁？叫什么名字?”

“吕澄!”

女老师从惊恐中稍稍缓过些神,赶忙说:

“吕澄没来上托儿所,已经三天没来了。”

吕荧更急了,拼命摇撼手掌中的滚圆的臂膀。

“我从托儿所门口跟到现在,看得清清楚楚。快把吕澄交出来!”

潘丽华在回家的路上犹豫着是否马上去找他。这时候天完全黑了。下班后台里开会,开锅似的沸腾了两个小时,她累得有些不支。当时,她的意识锯为两段:女人式的义愤和女人式的实际,如水面上相撞的两段圆木。他成了她眼下的包袱。所以她做出了比其他人更加正义愤填膺的样子——尽管她从大家不信任的目光中体察出危机四伏。她已经看不到自己的前途。笼罩在头顶的一团乌云愈来愈浓:从小资产阶级情调,资产阶级文艺观,逐步升级到胡风反党集团成员、反革命分子。她被乌云裹着昏昏沉沉地苦度每一天。两个嗷嗷待哺的孩子和重病缠身的老母亲也在翻滚的乌云之下受罪。吕荧你这个死有余辜的坏蛋,十恶不赦的东西！潘丽华默算过几遍钱夹里的所剩无几的生活费,之后咬咬牙调转了行走的方向。

女人式的义愤也出自女人式的实际。吕荧在政治上连累了她,难道不该在其他方面补偿吗？潘丽华绞尽脑汁为了从他那里多榨出十元八元附加费，不惜违拗自己的本意一次次迁就他。他变成了无赖、流氓。为了要她的身体，甚至跪下来求。

潘丽华走近他的家门前心脏疲惫地跳着，跳得像条垂死的鱼。她下意识地把布包挡在胸前。风吹着短发使耳根痒痒，脸颊生出一丝热来。她把内心倔强的念头撇到一边。腹部的沉重感引发她的浮想，仿佛一瞬间生理上的所有抵触都汇集在眼前。她把布包从胸前挪开，以某种象征方式朝地上啐一口。

吕荧拿块毛巾擦着刚洗过的头，说："你去洗把脸吧。"

这话叫她愤怒万分。她尽力克制着说："把钱给我，我立刻就走。"

吕荧与她面对面站着，表情快活而滑稽，噗哧笑一声："刚才，我与人闹误会，大吵了一架。"他拉她的手进屋，用脚跟关上门。她用力挣脱他，冷冷地说："我得赶紧回去，吕澄病了几天了。"

"我知道了。"吕荧嘟囔了一句。又大笑了几声，"钱，我已送到丈母娘手里，一分不少，特地多加了十块，给儿子女儿买营养品。"他顿了顿，又以湍急的口吻接着说："下午我去托儿所接吕澄，等了很长时间，看见孩子们排着队出来，吕澄排第二个，我一直跟在孩子的队伍后面，转了几条街，哪知我看花了眼，吕澄根本不在其中。我死也不信，明明看见吕澄排在里面的，于是就和女老师吵了起来。你不知道那个女人有多厉害，竟然破口大骂，骂我反革命国民党。我火了，也骂她反革命国民党……"

"钱交到我妈手里了？"

"我亲手交在你妈手里了。到了你家，看到儿子果然睡在床上，女儿坐在床沿玩纸船，才相信自己看错了。忍不住大笑，把你妈笑糊涂了。我把故事详详细细说给她听，她也跟着笑，儿子和女儿也跟着笑。你说，我怎么可能看错呢？难道别人家的小孩与我们的儿子长得一样？"

"我再问你一遍，你真的把钱交到我妈手里了？"

吕荧把手巾搭在脖子上，伸出双手来搂她的腰。

"当然交啦。"

"你骗人！"

潘丽华瞪着他那副涎着色相的嘴脸，猛地当胸搡他一把，自己也往后退了两步，厉声说："滚开！你这骗子，无赖，又来骗我！"

吕荧呆愣了，湿漉漉的头发衬托出他的面如死灰。街道高音喇叭播放的歌声从窗户中跳进来。窗帘在暗中微微掀动，像躲着什么人。小偷，强盗，或者密探？

潘丽华恨死他了。老天啊！枪毙他吧宰了他吧勒死他吧！但是，命中注定摊上这个前世的冤家有什么办法？她必须得拿到钱才成啊。

"你让我为你背黑锅，又骗我，作弄我。你有没有一点良心？"她泪水不知不觉流下来。

吕荧晃荡着脑袋叽叽咕咕自言自语。

"你不信？"

"不信！"

"好的。"吕荧疾速跑到房间去。仿佛身体晃一晃分出另一个他，影子仍伫留原地。转眼他又出来了，手里捏着一把钱，"这是剩下的三十块，你一起拿去！"

潘丽华判定自己在一两秒钟之内清醒过来。

"你这一套骗得了我？当我还是以前的潘丽华？"

"还不信？"

"吕荧啊吕荧，你就不怕天打雷轰吗？"

吕荧冷笑了一下，接着又发出一连串恶意的笑。他的面颊泛出潮红，刹那间又变得更灰白了。

他施展这一切诡计不就是为了达到丑恶的目的吗？她精疲力竭地思忖：灯下的淫欲能使他满足并且像以往那样兑现诺言吗？一手交钱一手交货——像两只在潴泥地上交媾的畜生。她束手无策了，由他吧。"你要就随你。"她终于不得不在等待中主动这么说，"我随你好了。"

"我不要！"

吕荧气愤到了极点。抡圆毛巾猛抽茶几。一只玻璃杯滚到地板上。

犹如无数雨点打在她干裂成粉质的心田里，卷起皱褶，缩拢、抽紧，给呼吸带来严重困难。她一不做、二不休，拽住了他的裤腰。

"我想要!"

他的思维在她的一往无前的手里惊厥地倒流。脑壳里发出哐啷哐啷的碰撞声。他恍惚地感觉浑身的骨头开始酥软。

"你要?"

"要!"

吕荧被她整个儿箍紧了。她像一条强劲的巨蟒。

他早已嗅到她头发上、面孔上的酸酸的汗味。她的嘴里冲出一股难闻的胃火味。他伸长脖子,紧闭眼睛用嘴唇去寻找。他竭力伸长脖子,利用嘴唇盲目地寻找。

对于潘丽华来说,机会出现在他撮起的嘴唇朝她凑近的一两秒钟内。她没有预谋,可是在一两秒钟内她确实懵了。

她狠狠地咬下去,像咬住了韧性十足的什么东西——假如没有听到他撕心裂胆的狂喊,她就是这么想来着。

吕荧买下这幢花园洋房所花费的钱两三年后只抵上支付每年的房租。后来他从文联领取每月几十元生活费,日子艰难起来,便听从别人的撺掇,将房子隔开,一半租出去,靠收房租缓解手头的拮据。吕荧以前也是听从别人撺掇买下了房子。房子原先的主人在"镇反"中自杀。他的遗孀急于抛售房子和其他财产,带着三个孩子前往香港投亲,因此让吕荧捡了一个便宜。房子不仅质量好,宽敞,连家具用品都一应俱全。吕荧刚搬进来的时候对很多人说过,人民政府真好,让我享受到了资本家的生活。

吕荧很快与人谈妥租房事宜。那人做小生意,出得起吕荧要的价。接着那人喊来匠人按谈妥的方案隔了房子,花园一劈两半。

那家人搬来之前请吕荧吃了顿饭,夫妻俩一吹一唱大献殷勤,结果原先讲好先付半年房租减为付三个月,搬来后实际只付了两个月。吕荧终究要摆名士派头,嘴上说钱财不过是身外之物之类大话,心里却憋着气,憎恨起这对夫妻来。

往后情况就更严重了。那人家七八口子,你想想,七八双眼睛和七八对耳朵时时像雷达似的觊觎他监视他,还得了吗?屋里一道薄薄的木板墙,院子里一堵不高的砖头墙,如何隔得开一个人的秘密呢?自此,吕荧后悔得要命,肠子都青了。他踮着脚尖在房间里打转,思量着如何把那家人逐走。

大雨像打开了闸门,哗哗啦啦狂泻一通。听着满天满地哗哗啦拉的响声不由人不心里发憷。吕荧原先打定主意,喝完酒一抹嘴唇各奔东西,也许就此一别,便为永诀了。

湛秋多次发出邀请,阿海想见一见他,吃顿饭,请他一定赏脸。他之所以让步,是他说服自己,男子汉应该宽宏一些。

雨太大了。吃完饭喝完酒雨依然瓢泼如注。

小酒馆只有他们三个客人。暗蒙蒙,冷清清。三个人呆坐着,眼珠都难得转动一下。湛秋不时轻轻地咳一声,她提醒谁呢?他和她,她和他,关系谁亲谁疏?他的心傲慢得大摇大摆——湛秋怎么会真心爱上一个大老粗?她和他根本不般配。他偷偷打量过他。这小子!有一张标准的军人黝黑面孔。这小子!那双长满老茧的捏枪的手,很快就要在湛秋白皙柔软的肉体上揉捏了。他感到心里一阵灼痛。

"恭喜你们。湛秋向我介绍了你的情况,很好。"吕荧对准自己愤怒的心踢了一脚,他的嘴巴几乎是自作主张的,"婚姻是人生大事,不能因为感情之外的原因绑在一起。"

湛秋毫不犹豫地反驳:"怎么可能?我和他自小一起长大!"

吕荧尴尬地咧嘴笑了笑:"我是说,生活中有各种因素……"

湛秋也笑了一下:"当然,我和他什么都谈过了。"

雨声小了。淙淙的水流声清晰起来。可以想象,泛着气泡的浑浊雨水正向低处流泻。一些躲雨的人从某处门洞或楼檐下钻出来,脱下罩衣遮住脑袋踩着水啪嗒啪嗒往家跑。吕荧无意识地伸出手,摸了一下阿海搁在桌沿的手背,那种坚硬的感觉使他气馁、气弱。与此同时,他明显感到自己的脚背被湛秋轻轻踩住——尽管她极是识大体地立即松开了。淙淙水声终于盖过了愈加稀疏的细雨声,在暗空中发出回响。

"我指的是,"吕荧以挑战的蛮横的口吻说,"他学历上的问题。两个人平时总得谈些什么吧?比如:索福克勒斯、维吉尔、贺拉斯、乔叟、但丁、莎士比亚、伏尔泰、卢梭、歌德、拜伦、巴尔扎克、雨果、普希金、托尔斯泰等等。再比如,诗经、楚辞、乐府、唐诗、宋词。最基本的《古文观止》要能背诵吧?哲学方面,从苏格拉底直到黑格尔,马列主义原著、斯大林著作、毛主席著作都要了解一些。否则你们怎么会有共同语言呢?"

吕荧歪过脑袋去瞅他。这小子,一副标准的军人面孔上没有特别的表情,依然严肃而木讷。

"你认为呢?"

"不错。"阿海低沉地慢吞吞地说,"虽然我没有能力谈论这些问题,不过我想,知识总是用来服务于社会的。"

湛秋立即点点头说:"对,是这样!"

吕荧靠在靠背上伸了个懒腰。他摘下眼镜呵呵气,用衣角擦了擦,然后拿它当望远镜朝他俩望着。他故意延长每个动作的衔接点,摆出夸张的傲慢的姿态,学着他的口吻慢吞吞地说:"社会嘛,此一时彼一时,而知识,才是永恒的。"

"不是这样。以往所有社会都是剥削阶级占有知识的社会。新社会正在彻底改变它。资产阶级和封建阶级的东西,有一些用处的,就为无产阶级和人民大众所用,否则就毫不留情地予以清除。"

"湛秋,你认为呢?"

"他是对的。"

"这是政治口号而已。"

"我热爱新社会,看重政治上的进步。"

"你们懂得什么叫做进步吗?"

"你的思想包袱太重了,很危险!"

"反而我是错了?"

"我只相信党不会错!"

吕荧的脑海里闪过一束火花——是不是他们精心策划的预谋?

她的激昂的声音仍在继续:"我以前是尊重你的,但是你不检点。就算我原谅你的行为,也决不能听信你再散布错误的思想言论!”她的两眼灼灼地闪光,一把拽住阿海的膀子,大声宣告:“我要永远和进步在一起!”

肯定是预谋的——吕荧扭转那张可怜巴巴的铁青的面孔。

“雨停了……”

他几乎笑嘻嘻地朝门口走去。他使劲弓着腰,仿佛用以压制太过沉重的喘息声。当他跨出门的瞬间,他的脚很不幸地被门槛绊了一下。他一头跌倒在门外水淋淋的石阶上。眼镜飞了出去,镜片摔得粉碎。

七　限度

郭雯把鹅黄色浴巾搭在臂弯里，笔挺地站在浴盆边上，眼帘低垂着，嘴唇微微撅起。浴水的热气无力地袅袅升空，像多姿而病弱的女子。彭定国不声不响解开衬衣钮扣，停住了，忧悒的双手捏住发黑的皱巴巴的衬衣衣摆。他尽量让肩膀垂落，腰脊自然形成弯曲。他依旧穿着待在“里面”时一直穿的褐黄色旧衣裤。两处膝盖部位都破了个大口子，露出涂红汞的膝盖骨。

那时，郭雯在看守所门口看着他颤颤巍巍走出来，阳光里的世界如风驰电掣的火车车厢一节节后撤、隐匿，在震撼声抹去了——只剩下烧灼的刺目的太阳，眼睛被白晃晃的光遮蔽了。他一点点显影，模糊的轮廓一会儿缩小一会儿扩展，趔趔趄趄地移近。她的双手遮住眼睛。无法令人相信。是他吗？不是他吗？她感觉到的一切都在隆隆鸣响的瀑布般的阳光倾泻中失重、失真。一个世界的两重天，普天之下的两个世界。好心的三轮车工人上前两步扶他上车。他利用一脚跨上踏板的空隙，侧过胡子拉碴的脸望了她一眼，饱含泪水的失神的灰色眼睛睁得滚圆。所有事物都原封不动。除他之外的所有。回家。这个词的含义太晦涩了。手铐、铁栅栏、包着铁皮的门、渗水的青石块……这些物质造成的对身体的限制。既咬不断铁栅栏，又掰不开锁死的门。假如你的肺受不了燠热的污浊的烟瘴之气，能指望从墙缝中吹来一掬清风吗？可叹月光偏偏偶尔溜进来照在头顶的石墙上，让你在成团的蚊虫嗡嗡声中感受加倍的丧失。他深知，他已不是一个完整的人。

郭雯雇了一辆三轮车去接他。三个月零九天——她呆呆看着看守所的大铁门，脑袋里费力地换算三个月零九天一共是多少小时。正如她每夜枕着他们共枕过五年的枕头，怀抱共用过五年的毛毯。她通过有形状的东西感受与他的气息相关的一切东西——卧室里、书房里、客厅里、厨房里、卫生间里，看到或接触到实体才让她证实她与他联系。她害怕想起抽象的事物，连一个抽象概念也怕。思念如果不落实到具体的形状上面，就会使内心处于恐慌之中。她已记不清自己多少次在看守所的大铁门前伫立过，徘徊过，流连过——她总是痴痴地想，有它在，他就不会无缘无故地消失。它是有形的，他在它后面。

她把鹅黄色浴巾挂上木钩，瞥见他顺势坐到了浴盆边的小方凳上。他两眼发直地瞪着菲薄的热气。她正好从侧面观察他：刚刮过的下巴呈青泥色泽，鼻尖釉红而透明，嘴唇却呈青灰色。他的喉结机械地滑上滑下。卫生间里高高的小窗吹进些夜间的凉风。电灯微微摇曳，因此投影晃动起来。他的头发像刚烧过的荒草，黑的烧痕和白色灰烬。他进家门后只说过一句话，当时她在他身后提着两包东西。他大约说他要刮胡子，他要洗澡。

三个月零九天——你为何不看看我噙满眼泪的眼睛？你的视线只在茫茫虚空中游荡。我这个人在虚空之外。要不是我竭力抑制着，激涌的悲愤会让我肆意哭泣，你心上的伤口就会再一次流血。

三个月零九天。彭定国在静默中品味内疚的苦楚。对她，哪怕开口说一句对不起，两人势必抱头痛哭。他猜想痛哭之后连接着更深刻的绝望。他深爱的郭雯，是他连累她受苦。当她在刺眼的太阳下迎面走来，他的第一感觉不是高兴。他扪心自问：我在恨她吗？是的——他立即找到了答案，他恨她，他恨她为他受苦！她为他受苦就使他心里的苦增长了十倍百倍！

他明知自己爱她而恨她，说到底是因为太爱她。

他躺在不足两尺宽的吱吱嘎嘎的木板床上昼夜不停地思念她。沙皇时代那些十二月革命党人的妻子，革命年代那些革命者的妻子——说明什么呢？即使你有信心等待这历史沉冤真相大白，对郭雯也太不公平。让他如此心爱的人为他陪斩，是一种多大煎熬啊！活泼的郭雯，美丽的郭雯，被岁月的飞轮迅速送到昏暗、仄逼的人生站台。二十六岁的芳龄，人生第二十六个年头。你亲手毁坏一件无价之宝，却寻找理由去恨它。是为了逃避良心的自责？就像他的满腔冤屈无处发泄——抗议、喊冤、撞墙、绝食，最后轮到自己对自己倾泻种种愤恨，从不断的自虐中取得自己仍然活着的感知。

他与她在看守所门口眼神相撞的一瞬间便定下了调子，像画家在画布上抹上第一笔颜色。彭定国洗过澡，吃过郭雯为他准备的晚饭，两人在书房里坐着喝了一会儿茶，简单问了问对方的身体情况，然后，他便开始上上下下寻找他的书籍。《楚辞》、《史记》、《鲁迅全集》。这期间，郭雯在旁边只讲了一句话：这些书前几天才还给我们。

深夜时分，他们静静地躺在床上。他始终有意识地限定距离，两人都感应不到对方肌肤的热度。郭雯的心异样地紊乱地蹦跳。躺下几分钟后，她用指尖碰碰他的小臂，与她期待的相反，他悄然收拢身体，像一只受惊的龙虾。为了让他安心，郭雯有意识地离开他一指距离。三个月零九天，算出来了，一共是两千零二十四个小时。她想再换算成以分为单位。他又躺回在她身边了。但是她害怕“里面”的人对他实施耻辱的手段。他对她隐瞒着他的身体。他在剥夺她需要的权利。用时间来证明吧，犹如她在两千零二十四个小时中艰难的等待那样。黑暗同时掩护两人的神情。而他们知道，对方警惕的双眸，可以钻透对方的心灵。黑暗犹如徐徐流水把他俩送到越来越辨别不清方向的迷惘之乡：阴雾漫漫的峡谷、怪石嶙峋的洞穴、鬼火飞舞的坟滩。他俩若能携起手来定会战胜黑暗带来的恐惧，偏偏两人都被恐惧本身隔开了。

彭定国终于翻了个身。他的背上已经湿透了。此时，窗帘上的月光令他大为感伤。头顶石墙上的那抹月光。他蓦地感觉自己无异于睡在不足两尺宽的吱吱嘎嘎的木板床上。发臭的破席子。嗡嗡的蚊虫。他听到她时而平缓时而紊乱的呼吸。当她的冰凉的指甲再次触及他的小臂，他竟然感觉一根铁棍嘭嘭地敲打击胸腔，震得心脏碎裂，忍耐不住咳出来。因此他又一次强烈地自责:你到底不准备以她需要的方式补偿她吗?强烈的自责变成了无限哀伤,他无法克制身体一阵阵抽搐。他坐起来哑着嗓子说:我到书房里坐坐,你先睡吧。

彭定国铺开一张白纸,用生疏的笔触抄写鲁迅的《自嘲》诗。第一遍写错了三个字,第二遍写错了一个字。然后,默默诵读,心头开始一点点发烫。电灯的光打在未干的墨迹上。然后,他抓起《史记》选本。他的头脑里一下挤入了《报任安书》。于是他站起来,慢慢踱步。他的步履滞重。他凭零星记忆往下背诵。背到"顾自以为身残处秽"时,目光转向自己的脚背,上面留下一道道紫痕。他自嘲地摇头苦笑。他真心喜爱《桔颂》。但是他翻开《离骚》,从第一个字开始,不是默诵,而是以沙哑的嗓音朗读:"帝高阳之苗裔兮,朕皇考曰伯庸……日月忽其不淹兮,春与秋其代序。惟草木之零落兮,恐美人之迟暮……"他的声音由低向高,激情勃发。"余固知謇謇之为患兮,忍而不能舍也。指九天以为正兮,夫唯灵修之故也!曰黄昏以为期兮,羌中道而改路。初既与余成言兮,后悔遁而有他。余既不难夫离别兮,伤灵修之数化……"

郭雯颤抖的双手终于放到他的肩膀上。她泪流满面,身体紧贴他。她的抽泣声伴随他的朗读声节节攀升。他同样泪水滴落,口齿却异常清楚:"固时俗之工巧兮,偭规矩而改错。背绳墨以追曲兮,竟周容以为度……"

心隐先生住在郊外湖滨的老屋,邀彭定国抽几天时间到那边散散心。九月的季候差不多褪尽暑气,寥廓清澈,凉风徐徐,苇叶沙沙,黄绿相映。茫茫的湖水碧波荡漾,渔舟,白帆,飞鸟。鸟叫声,水浪声,碎语声,织出人间的良辰美景,似梦非梦,心中的冰块自然慢慢化开,点点滴滴,滴滴点点,彭定国从头到脚感受得出,点点滴滴,滴滴点点自脚底漏淌,汇入茫茫湖水之中。

心隐先生与他是忘年之交。先前,他坐过牢受过伤的身体多半靠心隐先生的医治和调养才硬朗起来。这一回,心隐先生的药方大象无形,得鱼忘筌。两人向来默契,所以彭定国也不破题。心隐先生给人的感觉确实像世外高人，不食人间烟火，白发白须，青铜色皮肤，亮而光洁。他目光和善却兼有鹰一般威力。

心隐先生个子矮小，常年穿着一套灰色中山装，圆口黑布鞋，左手拎一根桃木手杖。他祖上几代行医，在这一方水土享有盛誉。可是，心隐先生总不把医道当个正事，颇有点华佗烧书的味道。

心隐先生带领彭定国去湖里捉螃蟹、网鱼，到林子里抓鸟，在自家菜园里浇水、松土、除草。两个人上灶台忙活，煮饭、炒菜、熬汤。饭后，他们穿过屋后的小石径去湖边的土堤散步，谈论些鱼虫花草之类事情。

夜晚，两人睡在小木楼的地板上，听着随风传来沙沙的苇叶声和水浪的拍岸声，幽远而清越，心胸由此融入涵虚幻景，景非景，梦非梦。彭定国不由低吟东坡的名句：羡长江之无穷，哀人生之须臾。心隐先生起身点亮油灯，在烛台上插了两支香，盘腿而坐，静思片刻，然后吹起洞箫来。这是支年代悠远的洞箫，暗红幽亮，音质纯厚。彭定国也坐起来，凝望着全神贯注吹箫的心隐先生。之后，他将视线与窗外的星空相接。星星闪烁，一颗接着一颗，似乎愈来愈明亮。星光抹去了他心头的暗影。洞箫声飞越长空，令人飘飘然感受着空无和无空。彭定国的眼睛湿润了。他品味到了从未有过的松弛。

他们想出妙主意，把湖里网来的不足三寸的鱼饲养起来。于是需要在菜地旁边挖一方小小的池塘。这活儿不轻松。心隐先生带头挖了第一铲，间杂草根的黑油油的泥土，散发令人倾慕的生命气息。篱笆上的小鸟扑腾着欢叫，仿佛为他们鼓劲加油。彭定国挽起袖子抢过铁铲：来来来，让位给年纪轻的人来干吧。两人轮流着从早干到晚，才挖了不足一米深的小坑。第二天清早，两人看到池塘里盛满了清澈见底的水，在晨风中漾起水银般的波纹。彭定国扭着腰甩这膀子说：苦了这身筋骨，乐了那些鱼。心隐先生戏言：鱼之乐的争论，看来是有道理的。

临走那天上午，彭定国与心隐先生在菜地边拔草边聊天。晴朗天空，几抹淡淡的白云。沙沙的苇叶，细浪踏岸。小小一方池塘中的几十条安静的鱼。彭定国掐些嫩草洒在水面，看着小鱼儿纷纷来啄。心隐先生用手遮着阳光举目远眺，白发白须在微风中飘拂。良久，心隐先生提

心隐先生带领彭定国去湖里捉螃蟹、网鱼，到林子里抓鸟，在自家菜园里浇水、松土、除草。两个人上灶台忙活，煮饭、炒菜、熬汤。吃过饭，他们穿过屋后的小石径去湖边的土堤散步，谈论些鱼虫花草之类事情。

出一个问题:“让你像一棵树植在某个地方,活上三百年五百年,你愿不愿意?”

彭定国立起身,眼神定格在水天相接的边缘,一群黑色鸟从余光中快速掠过。

“我不是齐物论者,毕竟……我们是人。”

两人回到屋里,心情都有些黯淡。彭定国恍然记起心隐先生没有问过一句他的近况。另外,他也发觉心隐先生一向放达的面容上隐隐泛出不祥之色,似乎氤氲着一层薄薄的黑气。心隐先生从抽屉里拿出一幅装裱好的卷轴,上面是他的亲笔所书:自量心上无邪,身上无非,形上无垢,影上无尘。古称不愧不怍,我实当之。心隐先生感叹道:“李卓吾这几句,也是你为人的写照。你留着它,当作一点纪念。”

彭定国回家后的第七天,接到心隐先生去世的消息。心隐先生姓贺,寿七十有三。

阿随跳起来狠狠扇了老婆一记耳光,犹不解恨,跟着踢了一脚。被人称之为“武大郎”的阿随在老婆眼里具有无比的权威。他是她的皇上,他是她的主子。这个身高马大、邋邋遢遢的女人一辈子庆幸自己嫁给了阿随这样的卓越男人:精明强干、生财有道。阿随鬼点子特别多,一眨眼就来一个。比如在酱油缸里倒半桶水,味精里拌进些盐末之类。再比如缺斤短两、欺幼瞒老之类。加上他天生的守财奴秉性,兜里积了不少钱。阿随的女人在外雅号“菊花”,在家则简化成一个“喂”字。“喂”嫁给阿随前是个叫花子,让阿随随手捡回家去。两人从货郎担开始折腾起,好不容易攒到现在这点家产,“喂”自然心满意足。除此之外,“喂”可怜阿随衰朽得实在太快,这个年龄的男人哪会这样呢?豆腐渣似的,一点不行,不能让她尽性。阿随平时难得动手打老婆,实在不像话了,一般也就扇个耳光,这次多添了一脚,说明太不像话了。

“喂”犯的事都说不出口。前几天,阿随吃晚饭时喝了几口黄酒,兴冲冲地盘算,现在生意好,店里人手不够用,需要请个帮手。“喂”马上自告奋勇接下这桩任务。第二天中午阿随回家吃饭,看见一个人坐在厨房门口的小木凳上，面孔埋在两膝之间，双手抱着小腿。“喂”眉开眼笑告诉阿随，帮手请来了。她边说边拉那人站起来。阿随打量这个才二十出头的小伙子——白白的脸庞，怯怯的双眸，满头满脸汗水。阿随当即应允下来，甚至没有问一问他的底细。阿随相信，这么个老实疙瘩容易使唤。扳扳手指一算，才第四天，就让这么个老实疙瘩骑到了自己老婆身上。阿随气得连连痛骂：这只母猪骚劲大得太出格了！

菊花是个挺能干的女人。她的敛财本事不亚于阿随，肚里的歪点子一串一串的，胆量也比阿随大。再说了，她人高马大、精力旺盛，在阿随那里得不到的东西自然要在别处补充。扳扳手指算一算，阿随头上的绿帽子不知叠了多少顶。家搬到这边来，她一眼就看上书生气十足的吕荧，心里拿以前那帮男人排排队，全是些不起眼的小角色：踩三轮的、卖大饼的、吃白食的。吕荧一个抵他们一百个，一百个也不止。菊花懂得勾引吕荧这等人物非她的特长。她一方面想入非非，另一方面又树不起信心。

搬来这里头两天，菊花就把吕荧的家底摸得一清二楚——孤身男人，坏分子，反革命，一天到晚躲在家里看书写字。据说他还臭名远扬，外国人都知道他。菊花脚下垫着凳子站在围墙边偷看过好多次。有一次，她从敞开的大门看到他在小客厅转圈，双手揪自己的头发，嘴里念念有词。菊花同吕荧说过几回话，那味儿与众不同，越发令她耳热心跳，自制不了。一向倒头便睡的女人破天荒地失了两回眠，眼睁睁瞪着黑暗，想象黑暗里有一扇门，轻轻一推便直达吕荧身旁。

菊花设想了三种方案。第一种是直截了当的，好好梳洗一番，洒上几滴偷偷买来的香水，然后去找他。没什么说的，直接露出又白又大一对奶子，晃啊晃的——按以往的经验，男人喜欢这个，男人看了这个都疯了似的扑上来，又咬又啃。第二种是学电影里那些个男女，一言来一言去，到了份，凑过去，顺势往他怀里一送，有情有趣的。第三种，干脆摆龙门阵，一杯接一杯，身体发热了，脱掉罩衣，拿自己印满男人指印的身体翻书似的翻给他看，不信他不趁着酒兴骑上来。

按菊花的一贯想法，对丈夫绝对是忠贞不二、至死不渝的。她心里立下山盟海誓:即使跟再多的男人寻欢作乐,也绝不把心交出去,绝不跟别的男人跑掉。我菊花这辈子是你阿随的女人,下辈子也是。

说穿了,阿随没有多少工夫管她那些乌七八糟的丑事。被他撞上,扇个耳光过去。很严重了,再多添一脚。过后想想,自己的女人还算贴心,许多年来和衷共济,帮了自己不少的忙。既是“武大郎”,该吃亏处就吃点亏吧。

阿随与吕荧打过几次交道后,算定能够在这书呆子身上大捞一笔。阿随自己对自己奸笑:蒙老天垂怜,大半辈子辛辛苦苦攒啊攒的,好不容易兜里有了几个钱,可是要买几间像样的房子还差得很远。这书呆子把好机会送到他面前来了。读书人嘴上大道理一套又一套,唯独于钱财这本账一窍不通。他刚用了一点“攻心为上”的战术,吕荧便爽爽快快答应可以暂且不付房租。等他完全掌握了吕荧的处境,一个更加有利可图的计划在他的扁秃的脑袋里形成了。

阿随指派“喂”准备好一桌饭菜,说是要请吕荧过来喝酒。阿随咬着耳朵把计划透露给“喂”时,“喂”一跳两尺高,像孩子一样拍手叫好起来。

菊花心想阿随的贪欲为她搬走了接近吕荧的障碍。吕荧确实呆,不然一眼就能看出阿随的鬼心思。菊花啊菊花,你的桃花运太好了。

阿随安排的场面别出心裁,把一家老小赶到外面,天不黑不许回家。剩下夫妻俩忙出忙进殷勤款待吕荧。夫妻俩吕老师长吕老师短,肉麻的恭维话装了一箩又一筐。

酒足饭饱,阿随佯作闲话闲说,提出把两家相隔的围墙拆掉。菊花则展开甜言蜜语的攻势:什么隔一堵墙不亲近啦,什么吕老师单身一人不方便啦,什么到我们家来喝汤喝水都是热的啦,絮絮叨叨,让人听了反驳不得。吕荧望望那颗又扁又秃的脑袋,再望望抹得妖里妖气的大肉脸,糊里糊涂答应下了。菊花兴奋之余竟然做出一个有生以来从没有做过的举动:抓过吕老师的手狠狠亲了一口。

凭阿随的精敏能看不透菊花的用心?菊花那双骚红的眼睛,笑得满面孔灿烂的色相,白底碎花衬衣的纽扣故意少扣了一颗,敞开三指厚肥肉的热烘烘胸脯。阿随睡在她身旁时常又妒忌又无奈。这座肉山，顺顺当当爬上去的男人恐怕没有几个。当初他把她领回家时她瘦得像根竹竿。阿随倒是喜欢她平塌塌的胸脯上两颗小红枣。她生一个孩子长十几斤膘，四个孩子生下来，她一个人就把全家的分量占了一大半。阿随扳扳指头算了算，大约大女儿萍萍是自己的亲骨肉，其他三个儿子鬼知道是天南地北的野种。这头母猪骚得出奇不说，又是叫花子的命，一辈子改不了邋邋遢遢的习惯。她把家里弄得又脏又乱，地上床上灶上桌上，黑乎乎油腻腻。她宁愿整天蹲在门口嗑瓜子，也不肯抽一时半会儿拾掇拾掇。阿随的父母也是一对活宝，不死不活，只念佛不烧香。他们一天吃一顿饭，余下的时间便在旮旯里对坐着。

这天阿随回家，望见屋里简直焕然一新。“喂”穿着汗背心和短裤，劲头百倍拖地板擦桌椅，干得汗流浃背。阿随皮笑肉不笑地咕噜一句：哟，日头从西边出了嘛。

阿随不准备制止“喂”这么做，相反还要顺水推舟。阿随有一天从一张旧报纸上看到日本帝国主义侵略中国时采用了蚕食政策，心头顿时一亮。蚕食政策。对了，蚕吃桑叶是顺着边缘嚓嚓嚓一点点来。他那颗扁而秃的脑袋里马上描绘出一幅“蚕食图”。想着想着，一甩脖子唱起了“秦琼卖马”，腔音在终年拥塞酱油味和霉腥味的店堂内唰唰唰地穿行。阿随不禁为自己这种干大事业的丈夫气概所感动。他顾不上嫉妒，巴望着吕荧快点接纳他的“喂”。

菊花发觉男人和男人的区别比天还大。吕老师有那方面的毛病吗？不然怎么会对女人的胸脯和大腿视而不见？说句老实话，菊花在他面前一点也不敢放肆，始终是拘谨的，毕恭毕敬的。她端了鸡汤或时鲜菜过去，才送了个热切的眼神，见他那副客气中含有的冷淡表情，立刻心虚得背脊冒汗，以至更加拘谨了，更加毕恭毕敬了。

那天，吕荧冷不丁地主动与她说一番话。吕荧说，劳动人民拥有一种自然素质的美，然而还需提炼，增强纯度，像炼金一样。你不识字是个大障碍，少了一架进步的梯子。吕荧还说了一大通学文化的好处，美和不美什么的。菊花手脚冰冷，大气不敢出。回家途中，她在自己大腿上狠劲掐了两把。

怪菊花没把事情办好,阿随又想扇她的耳光了。不过,他没有想到吕荧会不上钩,书呆子变精明起了。菊花是对吕荧说的:院子空着也是白空着,不如搭一间屋堆杂物,我们两家合用。哪料吕荧一口回绝:亏你们想得出来,绝对不行!菊花在利害冲突上从来都与丈夫一条心,唯独这次有些动摇。她虽然不至于站到吕荧那边去,但生怕事情闹僵了,自己的如意算盘就泡汤了。阿随看得透透的,用手指戳着她的额角骂:骚母猪,去给我下战书,告诉他别敬酒不吃吃罚酒。

阿随索性来了个反客为主。没过三天,他喊了人拖来一车车砖瓦沙灰,一捆捆芦席和木料,横七竖八堆在院子中间。阿随的心思很周密:水来土掩,兵来将挡,他自己不出头露面,吕荧要吵要闹全由菊花顶着。一个反革命分子敢翻天不成?

正好那天吕荧一大早赶去文联递送他写好的厚厚一叠检查书。一整天他都待在那里接受批判和斗争,天黑了才软塌塌走回家。他看到院子中间一大堆东西,愣了很长时间,叹口气,进屋去喝了杯冷水。他坐下歇会儿,思忖着,火就上来了,跺跺脚找阿随算账去。

阿随家静悄悄的,只有萍萍一个人伏在昏黄的灯下做作业。她抬起头喊声吕叔叔。她腼腆地笑着,露出一口雪白的珍珠似的牙齿。吕荧平时难得见到萍萍一面,没想到这丫头拥有如此惊人的美貌。萍萍漾着迷人笑靥,腮帮上的小酒窝甜得让人心痒。萍萍的皮肤白里透红,亮晶晶的丹凤眼,鼻子小巧。吕荧脑袋里飞旋着萤火虫般的形容词。萍萍今年十六岁了。萍萍已是个春意逼人的姑娘了。他用力咽了一口唾沫,不自然地笑了笑,问道:“作业多吗?”

萍萍细声细气说:“不多,可是家里没有做作业的地方。”

吕荧点点头说:“我小时候也要等饭桌收拾干净才有地方做作业。”

萍萍腼腆地笑着,细声细气说:“家里乱,弟弟吵死了。”

吕荧点点头说:“是啊,做作业的时候不能有人吵。”

怎么会?那对丑男女怎会生出这样的美人坯子?

吕荧环顾他原先的房屋：墙壁，地板，窗户，布帘。现在全变样了。一切都是乱七八糟的。他心里叹息一声。他注视着萍萍：十六岁了，已是个春意逼人的姑娘了。他赶紧掉转头，望着门外黑糊糊的院子。

“爸爸妈妈呢？”

“被人喊去开会了。”

吕荧拿起萍萍的课本随便翻了翻，心里七上八下，说道：“以后你若嫌家里吵，就到我那里做作业，我那里安静。”

八　身份

她经常出神地盯着那扇钉着铁丝网的小窗户。一连串好听的鸟叫声从那里随风送来。高墙和铁栅栏，没有挡住好听的鸟叫声，还有这个季节的清洌的春风。她那苍白的脸上保持着安静的笑意，乌黑的眼珠在光线不足的牢房宛如明烛。她那一头波浪式的美丽的长发披在肩上和背上，衬托出鹅蛋脸形的动人特点：柔和、娇媚，又不失端庄大方。她依旧穿着土黄色女军服，一双黑色高跟皮鞋。在她站起来稍作走动时，可以看到她优美和高挑身材，以及经过训练的丝丝入扣的步伐。

她大部分时间坐在铁栅栏边上凭借不足的光线绣花。这是她打发时光的唯一办法。几个月来，她替女看守们绣了许多非常精致漂亮的花儿，在毛巾、床毯、手帕、袜子之类棉织品上。她最拿手的是绣百合花、玉兰花和蔷薇花。她喜欢用很素色的丝线，绣出的花与真的一般娇艳和丰满。

这么做是犯纪律的，但是，女看守们管不了这么多。她们偷偷地把待绣的东西塞给她，再偷偷地拿她绣好的东西到伙伴面前炫耀。漂亮的东西会像香气四面散发，连政委夫人听说了，也托人来让她绣了两床被单。

姜敏知道这件事比较晚。她从女友那里看见一块绣了百合花的手帕，简直爱不释手，打听到事情的经过，嗔怪女友不早点告诉她。姜敏刚从大学毕业不满半年，被安排在公安局当会计。这时候她正与王伟谈恋爱。王伟是个严格到极点的人，姜敏事事都得听他调遣。

姜敏是百里挑一的漂亮姑娘。公安局众多单身汉看到她就面红心跳，不敢正视。年轻漂亮的姑娘总是爱美的——尤其是小零小碎上的美。姜敏偷偷跑到看守所去见那个出了名的女特务。乍见之下她大吃一惊，绝没想到女特务这样美丽，美丽到了足以动摇自己的自信心。这也难怪，她就像隆冬的水仙，苍白的脸上那种安详的笑意，一头波浪式长发衬托下的鹅蛋脸形，纤弱而挺括的身材——在寒冷而幽暗的背景中闪耀柔韧的白光。

看守所的走廊回声很响，带着凛冽的金属的声音，咣咣当当。姜敏心里有一种说不清的东西，女特务和美丽女人之间的距离，活塞般的拉长和缩短。她比自己大不了几岁吧？很可能在大学时期与自己一样躲在蚊帐里读过许多爱情名著。从她乌黑的双眸中不难发觉她对爱情的理解力。从她的举止所表达的端庄气质，直使姜敏傻乎乎地可怜起自己来。姜敏把待绣花的两块手帕给了她。

之后，姜敏找借口一趟趟往看守所去。她说不清楚是什么东西产生了吸引力。

姜敏与她基本上没有搭过话，至多互相友好地笑一笑。姜敏用以表达自己含蓄的同情，包括遗憾，要比直接说出一两句客气话更符合各自的身份。姜敏自始至终对她的案情一无所知，自始至终如一团神秘的雾，反而激起了她强烈的好奇心。冰冷而幽暗的牢房是为关押她这样美丽的女人预备的吗？冰冷而幽暗的牢房自从沾染了她的气息也变得无限感伤。

有一天姜敏在女友那里听说，女特务的判决下来了，三天后执行处决。这消息如针似的戳在姜敏心头，开始是木然，很快感受到了那种尖利的痛楚。姜敏立即跑到看守所去看她。

她端正地坐在铁栅栏边。姜敏第一眼便望见她苍白的面容上浮现的悲戚之色。她闪着泪光，朝姜敏微微一笑，用手指抹了抹眼睛。她那苍白的面容上依然保持着安详的笑意，然而，嘴唇却不易觉察地哆嗦。姜敏感到莫名其妙的恐慌，又被某种新鲜的情绪所激动。她凝视着——

苍白的面容显现出摄人心魄的美，在禁锢中完美无缺地体现出来。该是知道了，死神的脚步由远而近了。泪光在为生命的最后旅程送行。姜敏仍然如平常一样，柔声说道：我想绣一块手帕，绣一朵百合花。她柔弱地摇头，拒绝了。

第三天一早姜敏忍不住跑到看守所。没错！没错！她的牢房空了。一束幽蓝的光射在牢房正中央。是什么东西在光束里飘舞？仿佛听到滴水的清音，余音袅袅。装着铁丝网的窗户送来好听的鸟叫声，悠长、空灵。她的灵魂该是在布满晨露的草地上徜徉，看着春季的晨曦，沐浴在二十世纪五十年代第一个春天的晨风里。姜敏像个被噩梦惊醒的孩子——她已如晨露般的消失了。太阳该是照常升起的时候了。

姜敏好几天里心情异常黯然。她原不打算让王伟知道，不知怎么一下说漏了嘴，在王伟森严的目光逼视下，只得兜底交代出来。王伟这一向被大大小小的事务拖得筋疲力尽，人都瘦了一圈。好不容易熬到周末，来与姜敏约会，本想放松一下，听说这种严重违反纪律的事情，不由勃然大怒。

“你的原则性哪去了？还有谁这么做的，把名字全写出来！”

姜敏吓懵了，嗫嚅了半晌才小声说：

“我一共让她绣了六块手帕，拿给你看就是了。”

“把所有人的名字全给我写出来，听见没有?!”

姜敏从床下的箱子里拿出一个蓝印花布包裹，迟迟疑疑掏出折得方方正正的六块绣了百合花和玉兰花的手帕，不敢直接递给他，轻轻放在桌子上。王伟撇起嘴角冷冷地笑了一声，蓦地抓起她当作心肝宝贝的手帕猛地揉作一团，毫不顾惜往地下一甩，用脚踩在上面狠狠地蹭。

姜敏的意识恍然地前前后后快速滑行，浑身激烈颤抖起来。她隐约望见那张苍白的面孔上那对乌黑的眼珠，犹如人去牢空的那束幽蓝的光。姜敏有史以来哪有这样的勇气？她对准王伟的歪鼻子歪眼，连啐了三口：呸—呸—呸！

王伟望着对面楼房的平顶，上面的铁皮小屋，锈蚀得破破烂烂，传出乒乒乓乓的刀板声。那里一年四季蒸着供应机关人员用餐的白面馒头。窗玻璃上的积灰被零星小雨打成麻点。气压低得连风都疲惫不堪。破破烂烂的铁皮小屋里逃出一个穿白衣的人，抱着肚子笑，逃了几步，再弯下腰抱着肚子笑。又有一个戴白帽子的人追出来，两手握着拖把，也笑得裤子乱抖。他们像两只疯玩了的狗。一个逃一个追，哇啦哇啦。然后，白帽子和白衣服揪作一团了，你捶我一下我捶你一下。这时候一个上了年纪的人在破破烂烂的铁皮小屋门口大声吆喝，做着刮脸皮的手势。白帽子和白衣都歇了手，又互相推搡几下，在上年纪的人的再度吆喝下溜进门去。

好戏结束了。平顶恢复成原来的平顶。烟囱里冒出的稀淡的黄烟，使铅灰色天一下变得非常简单。近而远，远而近。风显得疲惫不堪。

王伟感觉自己像一尊包着心脏的泥菩萨。从早晨七点正式开始，会议延续至中午十二点。接着，下午一点至六点。晚上七点至十点。整整十三小时。天天如此。他每天像泥菩萨一样坐在会议桌的主席位置上，整整十三个小时。

坐落在大楼第十三层的会议室成了他的囚室。他将反革命集团的成员一个个送进牢狱，犹如一铲子把一堆垃圾填入土坑。但是，他在这间会议室依旧连续枯坐好几个星期。从早晨七点准时开会到晚上十点散场，他每天被囚禁整整十三个小时。每个小时每分钟听着他们千篇一律的发言。他们灰溜溜的，假惺惺的，装出斗志高昂，积极进步。他对那帮货色厌恶极了。他板着惯常的威风凛凛的面孔坐在自己固定的位置上，不言语，不看任何人。他心里明白他们正在挖空心思编造谎话。看看他们蜡黄的面孔上的冷汗横流就一清二楚了。这帮教授、作家、诗人、主编、记者、理论家、大知识分子、民主人士。他看穿了他们。

他对他的同志全然不放在眼里。他们不过是大老粗、丘八子，凭着多几年党龄，老气横秋，颐指气使，书没读过几本，衬衣领子皱巴巴的，眼屎都不懂得擦一擦。不就是握枪杆子的手硬一点嘛。王伟并不稀罕象征性的权力。他的同志对这帮知识分子扇几个耳光就心满意足了。他们心里那点小九九是说不出口的。只有他才有资格把自己放在仲裁者的位置，是是非非只有他才能做出判断。

如果把那帮货色的话当真就要出丑了。一个所谓德高望重的老教授说着说着嚎啕大哭，边哭边说自己是被胡风反革命罪行气哭的，要不是旁边有人替他掐掐人中他就休克过去了。也有作家控诉胡风反革命罪行流毒深远，一副摩拳擦掌的样子，讲啊讲啊，不会少于三个小时。最有趣的是一个老家伙，由于控诉时高度亢奋，咕咚一声，倒下了。这一个典型性事例，是供知识分子学习的榜样。牺牲在战场上难道不光荣之至吗？为了新中国成千上万先烈倒下过。问题是，这种有趣的情节只发生过一两回。好几个星期以来每天十三个小时都在平淡无奇中度过。让他厌烦透顶。他不像其他同志有家有小，开完会回去热饭热菜吃个饱，舒舒服服睡一觉。他回宿舍啃两个冷馒头，洗把脸洗把脚，打几个电话，然后孤身一人躺到床上看看书报。

他透过被零星小雨打成麻点的窗玻璃看到城市边缘的山。并且他看到了山外边的山。心骛八极，神游太空——此时他更加深刻地领悟到，他的激情和理想只有他自己最清楚。

生锈的铁轨劈开一簇簇乱草伸向暮霭尽头。铁锈的颜色在暗红色天光下显得橙黄，像洒上一层干桔粉，由于受潮不均匀分出块状不同的色差。枕木被岁月扒得只剩下一条条经络，如老人的小腿肚，布着打结的褐色的半球状。石子和泥土中间长出了一撮撮齐腰高的狗尾巴草，在暮风中摇晃。铁轨两旁有整片的荒地，堆积着从工厂运来的废料，如黑黢黢的大小不一的坟茔。荒地里大大小小的水塘的水面上都飘浮着铁锈，即使风吹也见不到波纹，只是把水面上的铁锈吹得五彩缤纷。如果不是这里的居民已经习惯空气中的焦炭味，一年四季都会头晕眼花。加上远处和近处总有高的和低的震动声，震得铁轨都发出营营之声，连带大地也像发冷的背脊阵阵哆嗦——令人感觉每分钟都可能祸从天而降。除非习惯了，感觉变钝了。

他头顶的天空已呈深蓝的夜色，望不见星星，几抹舒展而稀疏的卷云。他停在铁轨上回首工厂七零八落的身影。高高的烟囱和一幢幢参差的厂房，无数闪烁的灯。烟囱和厂房全被熏成焦炭颜色。他联想起了烧红的钢。然后是千锤万锤，打击在要害部位——他每走一步都体会到打击遗留的内容。那间临时凑合的审讯室，原先堆满了一筐筐的铁砂，梁上垂下起重机的吊钩。他们把他吊起在半空，脚下挂着一麻袋铁砂。他的手腕的皮肤被铁链揭去。背梁和屁股血肉模糊。他终于认识到了什么叫做体无完肤。反正，他不忍心再望一眼血上加伤的大腿，乌紫的痂疤和粉红的嫩肉，蚕衣样的皱皮。胸膛被烙铁烫过后留下了虎皮样的花纹。当他痛得发疯的时刻，眼睛只看见漫天漫地鲜血，每根神经都在熊熊燃烧，火舌耐心地舔着他全身每一寸皮肉。喊破嗓子不抵事，咬碎牙齿也不抵事。他的躯体像一块磁铁，把全世界的痛吸收过来。木棍、铁链、绳索、烙铁昼夜交替，以及一盆盆泼醒他的冷水。

他用不灵便的嘴巴自问道，他们为什么？他们中了什么邪？他看到一只狗被他们活剥了皮，血淋淋地挂在吊钩上。他们用这种办法恐吓他。他们原本都是他领导下的同甘共苦的工人兄弟，但是，他在他们的瞳孔里只看到熊熊的怒火和无端的仇恨。

几颗星星出现了。暮霭渐渐退去了。铁轨在一片模糊中沉没。某种冥想和启示——尽管舌头不灵便，他仍然讷讷地呼唤：母亲。妻子。女儿。飞虫撞击他的麻痹的皮肤。夜露落在他的面颊上，他感觉了它在冰凉地流淌。远处闪闪烁烁的灯火，黑夜吞没了厂房。万籁俱寂。他回转身来的时候想到他自己，仿佛有双绝望的眼睛悬在半空望着自己。

于是，他朝着漆黑一团的地方走去。他冥想凉飕飕的铁轨无尽无头，像迷宫中的羊毛绳。他只穿了一件沾满血迹的破单衣，口袋里装着半个硬馒头。漆黑的大地随他向前移动，包括天上的星星。星星越来越繁密。可惜看不见一弯弦月。

这个出逃者名叫彭志诚，系胡风反革命集团骨干分子彭定国胞弟，原任钢轨厂厂长之职。他拒不交待其兄的反革命历史问题，并畏罪潜逃，现失踪。

于是，他朝着漆黑一团的地方走去。他冥想凉飕飕的铁轨无尽无头，像迷宫中的羊毛绳。他只穿了一件沾满血迹的破单衣，口袋里装着半个硬馒头。漆黑的大地随他向前移动，包括天上的星星。星星越来越繁密。可惜看不见一弯弦月。

郭雯僵直地站在厨房门口望着那个彪形大汉给彭定国戴上手铐，咔嚓，锁上了。这家伙拽紧彭定国一只膀子，瞪着细小而发亮的眼珠对另一个嘴唇特别厚的家伙说，押上车去。彭定国此时穿着汗衫短裤，赤着脚，垂着脑袋，一副听天由命的模样。彭定国听见砸门声，对正在厨房准备早饭的郭雯喊道：我去开门。可是，门已经砸开，呼啦一下涌进来五六个人。为首的那位扬着手中的纸片咆哮：你被捕了。

当时，郭雯刚把鸡蛋打进钢精锅里。砸门声令她心头狂跳，但是突然又平稳了。她从炉子上端下钢精锅，拎了一壶水放上去，连头都没有向后转。煤炉的蓝色火苗从壶底溢出，散发些许烟味。钢精锅搁在窗下的方桌上，鸡蛋还未凝固。两颗橙黄的亮晶晶的蛋黄，胶状样的蛋清，虚虚地晃，浮着一些浅白色细沫。郭雯呆滞的眼珠一眨不眨。其实，她的耳朵没有遗漏外面一丝一毫的动响。杂沓的脚步声。压低的交谈声。有一个人打了个喷嚏。门外的晨风吹拂树梢。汽车发动了引擎。她的耳朵在所有声音里辨别出他的声音。他的脚掌踏着地板。他的呼吸。他净了下喉咙。他说了一句话，我跟你们走。

郭雯的心又猛跳过一阵，却再次反常的平静。然后，她的手指戳向尚未凝固的橙黄的亮晶晶的蛋黄，用小指的指甲在上面一挑，破了，稠稠的蛋黄流散了。她俯首观察，然后，把浸了点蛋黄的小手指举在眼前，好奇地看着。然后把小手指拿进嘴里，吮吸着。舌尖感觉到了蛋黄的腥味，有些恶心，她抿了抿嘴唇。她想再戳第二个蛋黄，手指离蛋黄一寸远的地方停住了，有些恶心。然后，她转身走到厨房门口，笔直地站住，双手背在后面。她的碎花衬衣被厨房窗户的光照得透明，连她躯体都是透明的。

他被铐住了。他垂着脑袋站在屋子中央。替他拿双鞋子吧。替他披件衣服吧。可是她的头脑正忙着计算数字，回家才二十七天，换算成多少小时呢？上回进去三个月零九天。接下来呢？日子怎么计算法？他抬头朝她定神地望着，嘴唇翕动着。他的脸色像被草汁浸绿的泥土，沾着众人脚印。她听他这么说，你一个人好好过罢。一个人好好过。她几乎带着平静的微笑点点头。她对自己的平静感到惊讶。然而，她怎么能够再次面对这样的场景而不绝望到懵懂的地步呢？她甚至心里踊跃着无法扼制的强烈的大笑！

彭定国被他们带往停在门外的吉普车。今天的太阳出来了吗？那天早晨阳光特别鲜艳，闪烁金色细粒的空气从门外浮蝣一般飘进来，环绕她周围。她忘情地叫了一声：老彭你等着。她并没有改变笔直的站姿，只有嘴巴在动。她想说的是那句内心千遍万遍重复过的话：只要我不死就会等着你！可是这种场合这句话的分量轻飘飘的，哄骗似的。她讲不出第二句话，所以嘴巴傻乎乎地张得很大。那个给彭定国铐上手铐的家伙站住了，并不立即回头，而是作了个停顿，缓缓偏过一半脸，斜睇着郭雯，轻蔑地笑着，一字一顿说：等一个反革命分子吗？不要自己的前途了吗？向我们示威吗？

示威？郭雯的思绪触电般的猛颤。他是釜中游鱼。他们稍稍加点温他就会死去活来。不！不！不！她的身体朝前倾出，突然真的笑了：没有的事！没有的事！幸好——他的目光穿过人丛与她的目光在空中相结，嘭的一声，焊接住了。如果她此时由于气弱或乏力倒下，一定会连带他一起倒地。

今天的太阳出来了吗？她想走到大门口去。她的步子歪歪斜斜不在一个方向上。试想，用这样的步子如何能够爬到高楼的楼顶，站在周平所站的那个位置？周平的魂灵或许仍在那儿徘徊。他的血早被冲洗干净了。人们的脚在他头部着地的地方成千上万次践踏。他会感觉到一次次的疼痛吗？如果此刻他握住我的手，说一些安慰的话儿，多好啊。或者，两人手牵手纵身一跳——像她在梦里多次体验，犹如纸片飘飘忽忽地飞到天上。

他很焦虑，一分钟地看几次手表。

“吕老师。”

“萍萍，你总算来啦！”

“妈妈晚饭做晚了。”

“看看，七点多了。”

萍萍肩上搭着那只粉黄色旧书包，脏兮兮的。萍萍的额头上流着汗，留海粘在脑门上，小巧的嘴唇挂着憨笑。萍萍穿着花格衬衣，灰布裤子，黑色方口布鞋。萍萍个子高，站立时颈脖前顷，有些含胸，这个站姿挺有味儿。

"喝口水再做作业好吗？"

"好的。"

"你先坐吧。"

"好的。"

吕荧望着她坐在他的书桌前。他注意了一下她此刻的神情，然后倒一杯水端到她面前。

"萍萍，我问你一句话。"

"好的。"

"吕老师这儿好吗？"

"当然好。"

"吕老师给你辅导有用吗？

"当然有用，我的功课快追上优秀生了。"

吕荧拖了把椅子与萍萍面对面坐下，有些尴尬似的，口气急切地问："你家里人对你来这儿来做功课，是怎么说的？"

萍萍略微偏过脑袋想了想，说："爸爸不管我。妈妈说，吕老师肯费心辅导我，最好了，将来可以考上大学。"

"那么，你妈妈为什么时常跑过来待在你身边呢？"

"她？在家里闷着慌呗。"

吕荧把房间拾掇得干干净净，两张沙发当旧货卖掉了，还卖掉了一只衣橱和一些零碎家具。他现在只有一间卧室外带一间书房，加上厨房和卫生间，比原先挤多了。近一向，他变得格外勤快，天天拖地不说，捏了块抹布东揩一把西擦两下，像个有洁癖的家伙。吕荧整天思量萍萍来做功课的时候该说些什么话。萍萍今年十六岁了。菊花那个讨厌鬼，每天准时报到——他想对萍萍说的话全被坐在一旁的菊花堵住了。

"萍萍，你做功课吧，我看书。"

“好的。”

萍萍从书包往外拿书本的当儿向他露齿一笑。萍萍的脑袋压得过低，以至看不清她的侧影。他翻开书胡乱扫了两行，胆战心惊听着门外的动静。菊花那讨厌鬼快来了吧？菊花一来一定会抢占他的位置，涎着脸与他七搭八搭说些没头没脑的话。

“萍萍。”

萍萍没有立即抬起头来，只是嗳了一声。

“我送你一支钢笔好吗？”

萍萍飞快地写着字，摇摇头。

他伸出手臂，听到关节嘎嘎做声。他摸到萍萍的左手，捏住了，稍稍踌躇了一回，拿到鼻子下轻轻吻了一下。

他没有察看萍萍是不是脸红了，仿佛卸掉了一副担子。他浑身疲软，闭起眼睛靠在靠背上歇息。他吻了萍萍的手背，平平常常什么都没有发生。萍萍除了又一次露齿而笑外依然压低圆圆的脑袋飞快地写字。笔尖发出唰唰声音。

菊花端了一盘炒黄豆一步一扭地来了。他听见脚步声立即一跃而起到门口迎接。菊花搽得香喷喷的，捏腔捏调说了句什么。他没听清楚。他被自己脑壳里的一大堆话弄得耳朵轰鸣。他正在构思如何向菊花献殷勤，哄她高兴——不然怎么向她开口提亲呢？

吕荧扶着脚踏车东张西望等了快一个小时了。下午四点多钟太阳照得皮肤发烫，出了很多汗。体育场的沙地聚集了十几个训练跳高的少年，穿着一式的红色运动衣，叽叽哇哇叫个不息。吕荧焦虑地等候着。东张西望。跑道上两个老汉不紧不慢地跑步，一圈又一圈，姿态活像两只鸭子，手臂一甩一甩，迈着八字步。

吕荧望见萍萍远远跑过来了，一手捺着粉黄色书包，一蹦一跳，跑得十分带劲。她的面孔在太阳下鲜艳夺目。她总算来了。

吕荧首先教了她骑脚踏车的要领：眼睛看着前方，把握龙头的方向，腰不能乱扭，开始的时候脚下不要太用力，骑太快了容易摔倒。

萍萍骑上车便笑个不停,笑得身体失去平衡。吕荧不得不扶住她,采用了搂抱的姿势。

吕荧拉着萍萍的手。两人的手心全是汗。吕荧指着耸立在山顶的一块巨大岩石说,我们一鼓作气爬上去,爬到顶上去。吕荧带萍萍出来郊游。萍萍不太乐意爬山,才到山腰就累得歪七歪八,哼哼呀呀。吕荧拉着她的手,她的手又小又软。她的汗味被太阳蒸散在半山腰,那是甜蜜的沁人心脾的味道。连绵的小树伴随着山势起伏。灰红色岩石。茂盛的茅草。山脚下广阔的平原。一条线似的公路上爬动着甲虫似的汽车。萍萍说:爬山真好玩,山下真好看。

他太喜欢萍萍那股傻乎乎的劲儿了,真是形神皆备的。萍萍撅着嘴巴来到他面前,一副做了错事等待被责备的神气。萍萍轻声细语告诉他,他送给她的那对芙蓉鸟没有了,放学回来看见竹笼空了,会不会是给馋猫偷吃了?吕荧开心地笑,不就是一对鸟么?别在意,我再买一对送给你。

他把感情当作写诗那样淋漓尽致发挥想象力——随意的,粗线条的,十分抽象,但是手笔倒是不小。耽于想象的东西满足想象本身是可以的。这段时间他就是这样胡思乱想,这样自娱自乐,在想象中把萍萍当成零件,装了拆,拆了又装。他几乎忘记自己的处境了,一味往美好方面靠过去,想到得意之处免不了哼哼小曲。吕荧啊吕荧——正如前妻咬牙切齿说过的,命中注定要为自己的花花肠子吃尽苦头。

菊花做梦也没想到吕荧会怀有这种让天下人笑掉大牙的念头。菊花本来只是失望,不至于对他记恨,不至于报复。可是这个活宝一本正经跑到她面前求婚。他说抚着胸脯说,我真心真意喜欢她。她已十六岁了。请你同意我们订婚吧。菊花怔住了,手脚发抖。三十大几的人,要人家十六岁的姑娘,反革命本性露出来了!刚才吕荧一进门,她便看出了踩跷。他的表情完全不对劲，面孔一阵红一阵白，眼镜片后面那双公羊般的眼睛扑闪扑闪。他穿得端端正正，皮鞋擦得雪亮，站在她面前几分钟不开口——有人站在你面前几分钟不开口你会不紧张？她的心跳凌乱极了，就像将一大缸东西倒在地上，滑腻腻的东西四处乱滚。所以她也开不了口，等待他先说。菊花显然误解了，她的脸上也是一阵红一阵白。

等菊花明白了事情的原委，并没有立即臭骂他，只是用鼻孔哼了一声，转过身子时又哼了一声。识相一点的人就该回头了，可惜这活宝不懂这个。他又追到菊花面前，继续死皮赖脸地表白，保证辅导萍萍考上大学，保证负担萍萍上大学的费用。菊花虎起面孔，那神情就像要把他一口吞了。

“你有卵吗？”

“什么？”

菊花指指他的裤裆：

“你把卵拿出来让我看看。”

吕荧张大空洞的嘴巴，眨着眼睛，突然抖了起来。

菊花以她一贯的再接再厉的做法伸出手来。

“我帮你拿！”

菊花一只手揪住他的胸脯，另一只手操向他的裤裆。凭菊花的蛮力他根本无法抵挡。

“别……别，求求你……”

菊花的手已经捏住它了，停了一下，一用劲，吕荧杀猪般的喊了一声，霎时晕了过去。

九　缘故

你想一想，一个在押犯从卫兵的鼻子下爬过，像一条蛇沿着墙根无声无息游过去。由于天寒地冻的缘故，卫兵双手捂着耳朵跺着脚取暖。我望到他那儿喷出了一团团热气。人到了绝望的时候什么都做得出来。尽管我的心脏承受死亡的狞笑，也许快要炸了。但是在没炸之前我必须执行我的意志。我爬出很远才发觉幸运是在我这一边的。

后来，我从一片很广阔的黑乎乎的荒地爬到铁道边，又糊里糊涂爬上一辆朝南开的列车。我身无分文，没得东西吃，水也没得喝。我在车厢里躲了两天两夜。我想得很简单：如果不逃，我就要送命了。在此前我被关在一间小柴屋里，听到外面有人说，再过一天就要枪毙我。我什么坏事也没有做。我在团部当参谋，不明不白就被抓了起来，关在一间老鼠成群的黑柴屋里，关了好几天也不提审。我整日整夜听着老鼠的打架声，翻来覆去设想种种原因。天底下有这种怪事吗？什么坏事也没做，就得挨枪子。所以我不能不逃，果然就这么逃走了。这是三年前——也就是一九五二年发生的事。

我逃到家乡后不敢回家，爹娘受党教育多年，要是他们不问青红皂白把我送交政府，还是得赏我一颗子弹。我找我的女朋友。我们是高中同学，早已相爱了。她听我说了情况，相信我是无辜的。一定是哪个环节出了差错。她安慰我，照顾我，把我藏得密不透风。三个多月时间，竟然不露一点痕迹。我们每天晚上待在一起。她把外面的情况告诉我，买报纸给我看,唱歌给我听。三个多月,我担惊受怕寝食难安,怕万一连累她,那才叫我死不瞑目。

有一天,她大白天带了两个人来,老远就欢天喜地喊我的名字。那两个人是我们团政治部的干事,一见面便用力握住我的手连连道歉。我心里立即明白了,事情搞清楚了。你想一想,要是我不当机立断逃走的话,就要因为一件同名同姓的错案做了冤鬼!那时候,我什么也不想,一把抱住我的女朋友又哭又笑,重复着说:结婚吧,李莉,我们结婚吧。

逃——何申在列车行驶的节奏中回想三年前在一个招待所房间听来的传奇故事。何申将戴了手铐的手藏在两膝中间,尽量不惹起人们注意。两个押送者一左一右夹着他,及时注意着他的一举一动。他的眼睛不受阻碍观看窗外飞逝的株株小树、电线杆、桥墩、水塘。绿色的田野在缓缓旋转。

会不会是搞错了呢?何申昨夜躺在菜窖里一直考虑这个问题。他们把他从会场中带出来——那时他正就长篇小说创作问题作着观点鲜明的发言。他们不由分说"咔嚓"一声将他铐上了,临时找个菜窖关了一夜。菜窖里堆着一筐筐黄瓜、西红柿、芹菜什么的,他满头满脑沾上了蔬菜的味儿。一大早他被两个押送者夹着上了火车。

他的座位对面坐着一位抱孩子的年轻女人。孩子一直格格地笑。那女人健康、美丽,穿戴着北方风格的红底黄花罩衣和黑裤子。车窗外广袤的田野,洒满了五月的阳光。列车经过一站又一站,车厢里慢慢变得拥挤起来。过道上时常有肩着大包小包的旅客磕磕碰碰,发生一些鸡毛蒜皮的争吵。会不会是同名同姓错案呢?世界上真有两片相同的叶子吗?列车停站时发出沉重的哐当—哐当的声音。一群新上车的农民,裹着黑棉袄,抽着旱烟,卷着舌头拉家常。旱烟臭烘烘的。何申越来越内急了。不得已,他向他们提出上厕所的要求。两个押送者互相使使眼色,其中一个在他颈脖上重重拍了一巴掌,低声呵斥:去去去,别给老子耍花招。他们跟他一起挤进厕所,锁上门,又吼道:别给老子耍花招。他们重复这句话,互相使使眼色抿着嘴唇暗笑。他解下裤子叉开双腿站在蹲坑前,身体随着车身一晃一晃的。他很急,要命的是一时尿不出来。他们紧贴他,身体一晃一晃的。越急越不顶事。他的面孔涨得通红,小腹和那东西都疼起来,一直疼到心里。你他妈的跟我们耍花招吗?他的背上、脖子上接连挨了好几拳。他拉起裤子,十分委屈,几乎要落泪了。这样我尿不出,我没有耍花招。他们一边骂人一边开门,不知怎的,门开不了。他们轮流着开,就是开不了。于是他们使劲地拧使劲地踢。门外有人急着用厕所,嘭嘭地踢门,也在骂人。

他们夹着他的膀子去餐车。许多旅客惊奇地谛视他。他埋着脑袋,趔趔趄趄的。进了餐车,他们立即关上门关,掏出证件朝着围坐一桌正在闲聊的厨师们扬了扬,以命令的口气说:“弄一根粗铁丝来,捆上他。”厨师们惊愕地面面相觑,都坐着不动。窗外飞闪整片的浓荫,激流一般的。他们傲慢地将证件往餐桌上一丢,厉声喝道:“还不快去!”一个头发花白的胖厨师站起来捏着证件还给他们,像询问别人又像自问:“有粗铁丝吗?有吗?”另一个端坐不动的红脸膛年轻厨师笑嘻嘻地说:“用那玩意儿捆起来,就是野猪,骨头也会断掉的。”

他们见这群人蘑菇着不搭理,发火了,咆哮起来:“没有铁丝,绳子总有吧?这家伙是反党反革命分子知不知道!”

这当儿,他不知为何主动说了句:“用我皮鞋的鞋带吧,很牢的。”然后转脸对厨师们说道:“在车上往哪逃?要是跳下去的话,还不摔个稀巴烂?”

千条万条归根结底只有一条,睡过去,最好别再醒来。大梦谁先觉,生平不自知。铁窗昏睡足,监外夜迟迟。他能睡过去吗?不管他眼睛睁着还是闭着脑子都清醒到了极点。他只能对身体进行疲劳战,两手提着裤腰在不足两平方米的监房里走啊走——光着双脚,在冰冷的滑腻的泥地上不停地走。时间在脚底流走了多少?他已累得迈不开脚步了。体能的极限早超过了。

他被丢进黑牢前费了一番周折:审问、搜身、剃头、抄走了一切。最后那抹光线消失在身后那会儿,他庆幸自己终于有机会睡它个天昏地黑了。可是他的身体刚接触到霉腐的草席的刹那间，心脏噼噼啪啪闪起了火花，灼痛感迫使他颤抖不止，鼻子一酸，泪流满面了。

何申第一回望见铁门上的小窗外边那张朦胧的干瘦的面孔，是他被丢进这间黑牢大约两个小时以后。小窗吱地打开了，一个干燥的嗓音响起："开饭时间过了，这儿有两块饼，你先拿去吃了吧。"何申隐约看到那人伸进来的一只手，托了两块饼。他的胃里正有一团火在烧，浑身大汗淋漓。他只倾慕小窗里流进来的那一点点新鲜空气。他凑近些，大口喘息着，对于那一点点新鲜空气的饥渴，完全取代了所有的食物。那人又干燥地说道："嗳，不吃，不吃，刚进来都是这样，过两天就嫌不够了。"何申把面孔紧挨着小窗，他从干燥的嗓音断定那人与众不同，是一个善良的人。如同在魔窟中偶然遇见一个同类，何申急切地察看他。他拥有一张狭长的精瘦的脸盘，肤色焦黄，五官被纵横交错的皱纹弄得模糊不清。他的额角横卧了一条紫红的疤痕。他那稀疏的淡黄的胡须有点滑稽。他穿着身皱巴巴的制服，系了条脏兮兮的白围裙。那人粗粗地对何申投以一瞥，颔首而笑了，把两块饼塞进胸前的口袋，然后压低些干燥的嗓音说："你的杯子呢？我给你舀些菜汤，喝了解解暑。"何申异样地气急，结结巴巴说道："没有杯子，我什么……也没有。"那人又颔首而笑，牙齿被烟熏得焦黑，说："你家不在本地吧？按规定准许买些日用品，每月准许你们买一次。你需要什么，写个单子给我就成。"何申费力地摇摇头，说："我的钱和笔……什么都收走了。"那人朝两边望望，说了句："你等我一会儿，我要报告一声。"

何申再次被抛入黑暗时他的心里像是被搅过的池水——伸进一根坚硬的铁棍搅啊搅，沉渣一层层泛起来。他竭力麻痹自己，把情绪如绞毛巾似的绞得干干，反正是随波逐流——这时候若能心力衰竭而死、累死、闷死、饿死、渴死都行。他扭着脖子对着石墙吐唾沫。他积聚口中的唾沫——他感觉到唾液如粘粘的胶状，发甜，发苦。他尽力吐了一口，唾沫像一缕似干未干的胶水在半空里荡了一下，垂挂到了下巴上。

既然疲劳不起作用了，想象该是不成问题的。眼前不是一堵石墙吗？石墙的缝里嵌了石灰。他用手指甲在石墙缝里抠了好几下，石灰嵌

满指甲缝。痛感让他感觉过瘾、解渴、快活。他振奋地思忖着,不妨唱个歌试试看。他突然真的大声唱起来

铁门猝不及防打开,一个全副武装的军人用枪对准他。

“站起来!”

何申没有一点反应,痴呆呆地望着他。

“站起来!”全副武装的军人拉了下枪栓,“你敢喧哗?”

“你叫我吗?”

“你想造反?”

何申拖泥带水地站起来,顺便说道:“我可能在做梦。”

“不许狡辩! 站着,不许动!”

铁门砰地关上了。铁门上的小窗没关上。何申站着等了一刻,按原先的方式躺到草席上。

铁门再次猝不及防打开来,那个全副武装的军人气急败坏地边拉枪栓边怒吼:“谁叫你躺下的? 你这个反革命找死吗? 站着,不许动!”

何伸一骨碌爬起来,站直了,低着脑袋。

“把脸转过来,两手伸直,头不准低下去!”

他心里很清楚这时候藏在黑暗中的自己的影子是多么焦躁,它撺掇他、怂恿他、教唆他去违抗成命。它像强健的牛背。他几乎踩不住它了。可是他更像是一根稳固的柱子。这才是好的。正如《亨利四世》里所说的,以往和未来都很好,就是现在最糟糕。

大伙都喊他“阿放”,老老小小都这么喊来着,真名反而无法查考了。阿放是一所监狱的伙夫。何申从铁门的小窗望见他那次,正是他五十五岁生日那一天。阿放的长相容易让人误会他是个难说话、刁钻、心思重的人。错了,阿放老实、善良,一副菩萨心肠。他为人好是有口皆碑的。谁像阿放这样对一个上他家偷窃的小蟊贼非但不打不骂,还给他东西吃,让他住在家里? 阿放长年累月穿着一身皱巴巴的制服,系着油腻的发黑的白围裙。他的双臂超过了一般人的长度,加上非常厉害的罗圈腿,也有人背底里称他“长臂猿”。

阿放的老伴原先在一家医院打杂，干些洗洗扫扫的粗活。后来医院照顾她年纪大了，安排她去洗衣房去管管事。这下子反而苦了这位一生吃素念佛的好心人。她手下那帮年轻女人，全是些难缠之辈，无事生非，勾心斗角，又懒惰成性。她看不惯她们的懒散和邋遢，只好自己包揽了许多活儿，累垮了身体不说，还造成了一次严重的烫伤事故。医院感念她多少年来的工作表现，破例按月发给她退休工资，使她老有所养。阿放与老伴相守了三十来年，像两只安静的鸟，不理会巢外风吹雨打的世事变幻，只满足于互相为对方梳理羽毛。大家也遗忘了阿放老伴曾经有过的名字，以前喊她阿姨，后来喊她阿婆。

阿放的弟弟与哥嫂住在一起。他绰号叫“石臼”，真名也无人知道。他们兄弟两人千差万别，没有一点相像之处。石臼比哥哥小整整二十岁，在他印象里不存在爹娘的概念，从小到大生活在哥嫂身边。石臼长得三大五粗，一副铁打的身板。他一顿要吃三大碗饭，碗一推便去睡觉。他睡了吃、吃了睡，三十好几的人还靠哥嫂养活。有人认为他是个弱智。不是，他精明着呢。家里家外的事他心里有一笔清楚的账。他习惯了游手好闲，做不起活来，但是他从来不与街坊邻里那帮做坏事的闲人结伙。他在家闷得不行的话，突然有一天就失踪了，谁也不知他的去向。等到两三个月或更长一些时候他出现在了家门口，哥哥嫂嫂惊讶地看到，他们的石臼又黑又瘦，胡子拉碴，一头长发，一身破破烂烂的衣裳，活像叫花子。石臼闭口不讲他在外面的经历，照常过他吃了睡、睡了吃的惯常日子。阿放夫妇后来习以为常了，弟弟一年到头闷在家里也不是个事，隔一段时间外出闯闯世界是件好事。阿放平时尽量多给他一些零用钱，劝他攒在那里，外去时有个防备。街坊邻居非常看不起石臼，有意无意在阿放夫妇面前放坏水。阿放总是宽厚地笑笑：我活着就养养他。我不在了，他自然勤快起来了。

苏瑞娟比石臼小几岁，算起来她守寡已有五六个年头。苏瑞娟的丈夫解放前当过国民党警察，临近解放时在与电厂工人的冲突中丧生，给苏瑞绢留下了很大的阴影。她见人低一头，不敢随着性子来。她要养育三个孩子，单靠在纱厂上班的那点工资，可想而知有多难。更有一个让她羞于启齿的痛处,那些不三不四的男人变着法子占她的便宜,总是防不胜防。一是她长得好看,脸蛋和身材在这条街上拔了头筹。二是死鬼丈夫让她背了黑锅,人家明目张胆地欺侮她,没人出头替她主持公道。后来石臼不知怎的摸上了她的门,往往在晚饭后那段时间,去了她家便往饭桌边的凳子上一坐,十分钟二十分钟愣坐着,一句话不说,抽完两三支烟又闷头离开了。自从石臼去过她家,所有不三不四的男人全都退避三舍了,谁料得到这个蛮汉会做出什么吓人的事呢?石臼的名声真是臭到家了,他踏进苏瑞娟的家门,反倒使街坊邻居同情起苏瑞娟了。

这是条远离闹市区的老街。窄窄的街道两旁都是连片的古旧的木楼房。楼上是一律的木格窗。店铺应有尽有:小百货店、米行、南北杂货、茶社、小吃店、丝绸庄、服装店、浴室、理发室、老虎灶、电影院、书铺、书场等等。貌似杂乱,却是讲究条理的。白天,店铺的伙计把编过号的门板一块块摞起,开门迎客。打烊时伙计再把门板一块一块上好。到了晚上,一大群孩子在街头玩耍。他们常常从门板缝里偷看店家在灯下干些什么名堂。譬如某老板抱着外来女工亲嘴啦,再譬如老板娘往酒瓮里或米囤里掺假啦——诸如此类,第二天便成为街上的头条新闻,传得绘声绘色。这儿的人大多是老街坊,低头不见抬头见,有着相互之间的依赖心,对身边那一切早已熟视无睹了。

偶尔有一些从闹市区来的人才会嗅出这儿与众不同的气味,激起他们的怀旧情绪。他们东走走西看看。同一样东西在不同的人看来会产生截然相反的印象。例如街上的路,由赭色碎石铺成,年代久了,破损处补浇了水泥,一块块伤疤似的,支离破碎。每家店铺把店名和销售的货色写在一面旗上,早在风吹雨打中耗掉了字迹,破破烂烂,挂在店门前摇啊晃。两边的古旧的楼房色调统一,显得和谐。偶尔有一两家店主花钱将店堂油漆一新,反而突兀了,风格没有了。这儿的人对所有店铺熟门熟路,谁家挨着谁家,闭了眼睛都能摸着。还有一个特色,隔几家店铺便夹着一条小胡同,特别的窄,块头大的人要侧着身体才能通过。从小胡同进去可以望见拾级而上的台阶,湿漉漉的,后面便是重重叠叠的杂乱的住宅。有楼房,有瓦房,有草房,有芦席棚子。各式各样的房子里住着各式各样的人，那气象一看便知是贫民区。面貌难看，气味也不好。到处是污水和脏物，加上烟火缭绕，这儿的太阳都像沾满油腻的灯，灰蒙蒙，脏兮兮。

街的尽头还有两座石坊，据说明朝嘉靖年间这儿一连考中四个进士，皇帝亲笔题写了一块“耀祖光宗”的匾额。但是上面的字一个不剩了，图纹也被凿得残缺不全了。

至于街中段那棵老槐树，有人说已经一千年，有人说大概八百年，也有人有凭有据断定它为一千八百年。老槐树遭过许多次雷击，树心全是空的，用砖块和水泥补起来。它看上去早已枯死，隔了两三年却突然抽出新芽，树叶来得茂盛。

阿放回到家天已黑了，待在闷热的伙房里忙活了一天，有些扛不住了。阿放赤着大膊站在门口喝过一碗冷开水，到后门的自来水龙头上接了一桶水，提进厨房旁边的小天井。蚊子扑面乱撞。天上的星星。天井头顶的夜空如一泓深水。阿放往身上泼了点水，用肥皂擦一遍，再用毛巾搓，搓得舒服时喉咙发出啊哦的声音。

老伴在芦席搭成的杂物间做事。灯泡很昏暗，几只飞蛾碰撞灯泡发出清脆的响声。她的腿上搁着小半箩绿豆，一粒粒往外捡沙子。她弯着腰，额头上颈子上全是汗，背梁的布衫湿了一大片。她有些发福了，更慈眉慈眼了，嘴角总挂着笑。从她此刻有些发直的眼神看，她心里藏着事，所以干活也不流畅。她听见阿放进门，本想过去帮着做点什么，可是身体不愿动，仍旧坐着，阿放冲好凉会过来的。她凝神听着阿放冲凉的声音，啊哦的，哗哗的。听着听着她感到热得厉害了，放下箩筐拿把蒲扇往头上扇风了。

阿放穿了一条大裆蓝布裤子，光着瘦骨嶙峋的上身，罗圈腿呈现 0 字，两条长胳膊叉在背后，在门口说：“到外面乘乘凉吧。”她用扇子指指身旁的小木凳，说：“你来，我帮你扇扇。”

阿放坐下了，她一边替阿放扇风一边说：“我左想右想不是个事，那女的今天又哭着找来了。”

阿放从她手中拿过蒲扇，自己扇几下，为她扇几下，有些沮丧地慢吞吞地说："我讲过他几次了，不抵事，从小就犟。"

她又把箩筐搁在腿上，手指在绿豆里划来划去，良久才说："我们不能做害人的事，他靠什么要人家呢？"

"不能害人家。"

"他真是做得出来，半夜三更爬到她家窗户上装鬼叫，吓得一家子大哭小喊。他这样下去怎么行呢？"

"你也讲讲他？"

"这事情，做嫂子的是不太好说的。"

"我讲过几次了，没点用。"

"是啊，他犟。"

阿放垂下头望着胸脯上肚皮上的汗珠。

"要不，劝他出去转悠一趟……"

"这样，不是要赶他走吗？"

"倒是。"

两人对视了一小会儿，苦笑笑岔过脸去。外面传来孩子的叫闹声，老人的咳嗽声，杂驳的嗡嗡声，泼水声。月畔的淡淡云烟，轻纱似的飘过去。每到夜晚人们盼望着吹来一点凉爽的风。阿放用蒲扇在背上拍了几下，说："她本人愿意，是不是随着他们呢？"

"他人是不坏的。"

月畔的淡淡云烟，轻纱似的飘过去。阿放沉默片刻，问："不到外面乘乘凉去吗？"她迟疑一下，苦笑着摇摇头。

半夜时分，阿放醒来了。他弄不清楚睡着没睡着，脑袋有点儿重，关节之间发涩，不单单是汗出得太多的缘故。他蹑手蹑脚从蚊帐里钻出来，眼睛黑咕隆咚地晃动。半夜是最宁静的时候，只听见蚊子嗡嗡的。

阿放走在洒满银白月光的青石子路上。悄无声息。他看着自己的影子，凹凸不平的路使影子像梦中的鬼影。外面很凉爽，空气湿湿的，落雾一样的。月亮又圆又亮，把星星的光全夺走了。天空这么晴朗。旁边低矮的屋子都黑洞洞的，远处和近处不见一星点灯光。全睡熟了。有几处蛐蛐在叫。阿放一边走一边隐隐难受着，心里面搁着一些掐头去尾的不开心的事儿。

苏瑞娟的家就在前面几十步远的小坡上。门前有一棵高高的枫橡树。今晚苏瑞娟一家睡得很安稳，“石臼”从早到晚没去骚扰。阿放刚才出门时忘了察看一下石臼的床——那时石臼正摊手摊脚呼呼大睡。

石臼用冷水擦了把身体又躺到床上。这时候天已大亮，隔着蚊帐都能看清东西了。破桌上有一只蟑螂，爬爬停停，钻进抽屉缝里，又钻了出来，沿着桌檐爬了一段路，翻身爬上桌面。蟑螂像熟柿子，棕红色的，触须转动着。石臼喉咙发痒，翻了个身，卧伏着。硬邦邦的床板挤压他的下体，有一点痒痒的快感，辐射开来，一直送到了脚尖。他把下巴枕在自己的双臂上，迸紧身体，小腿来回作弯曲动作。他口水涟涟地咧嘴笑了一下，笑得很轻，只有他自己听得见。笑声在他胸腔里回响一阵，像他老是叨念的那个名字：苏瑞娟苏瑞娟。

阳光从格子窗的上端射到蚊帐顶。起床吧，不管起床后干些什么。阳光使他有些焦虑了，肌肉更加膨胀了。

没人会想到苏瑞娟能接受石臼的钱。当然，最主要人们根本不会想到石臼也懂得用钱笼络苏瑞娟。石臼把哥嫂给他的零用钱攒起来送给苏瑞娟，算一算一共给过她五次，数目很小，才三十几块钱。苏瑞娟的日子太难了，恨不得一分钱掰两半用。她第一次接受石臼的钱时怀着奇怪的念头，仿佛自己是个贼，正在偷阿放家的东西。这条街谁不清楚石臼是什么货色呢？苏瑞娟还有一个隐蔽的想法，要拿石臼做挡箭牌，让不三不四男人不敢再上门。苏瑞娟忽略了一个本质问题：石臼也是个男人，而且是个不知道怎么驾驭情欲的蛮汉。苏瑞娟错就错在心太软，太知趣，拿了石臼这点钱过意不去。在外人看来，石臼是靠蛮力扯开苏瑞娟的裤带的。事情恰恰相反，是苏瑞娟本人主动对石臼开放。谁相信这个受过男人百般凌辱的女人会轻率到这种程度？裤带说松就松了。为了几块钱吗？愿意出这点钱玩她一下的男人可以在门外排起长队。事实上她是非常讨厌石臼的，公狗似的，没完没了。苏瑞娟对自己说，就算自己不当心踩了一堆屎吧。苏瑞娟对石臼完全缺乏了解，她以为用自己的身体作为代价来抵消石臼付的钱就可以了。交换过了，从此两清了。她不知道这样做对石臼的伤害有多大，给自己带来的麻烦有多大。

石臼昨夜起来了四五趟。并不是因为他热得睡不着。他一次次用凉水没头没脑地冲，站在天井里一颗颗地数星星。回到床上，他的脑袋一沾枕头便做起梦。他似醒非醒，梦却是连贯的，一节接着一节的。

石臼坐在蚊帐里望着格子窗上的阳光，心突突地跳。他回忆一节一节梦的片断。他望着自己在梦中爬起来，身体轻盈的，有弹力的，要飞起来了。月色的清辉。乱舞的蚊虫。他一踮脚就弹出敞开的大门了，真的像飞起来了。他随心所欲地踏在人家的屋顶上，从这一家飞向那一家，一直飞到她家门前那棵枫橡树的枝桠上。风中的树叶刮着他的耳垂。他想大笑一番。风中的树叶无声地摇曳。月亮照在她家的门上。他滑落，心突突地跳。她独自睡在靠门那张单人床上。他熟悉那副用砖头垫起的铺板——曾经因为支撑不住他俩的分量和动作倒塌过。苏瑞娟。苏瑞娟。他有生以来第一次进入女人的身体，硬邦邦地推进去，停止了，以为就这样了。她咯咯地笑，以一只手的手指做了个圈，另一只手的手指在圈里戳进抽出。他没闹明白，继续伏着不动。她说，抽出来，再推进去。他照着做了——这么一做，有生以来最刺激最快活的感受霎时爆发出来了。抽出。推入。一股滚烫的热流眨眼间喷出来。他忍不住哼哼了，身体如棒槌一样紧绷了。自此，他的头脑仿佛被它撑得满满，无时无刻不在想念它，需要它。但是苏瑞娟嫌弃他了，不给他好脸色了，不肯松裤带了。石臼恨啊，他太想念了。他太需要了。那时候，他管不了是梦非梦，撩起蚊帐后他望见苏瑞娟仰躺着，两腿屈起。大腿真白。他想起她柔软的乳房和润滑的肉缝，一声长一声短的呻吟。他从铺板下抽出一块整砖，掂掂分量，比试着，高高举起。苏瑞娟睁开眼睛，张大嘴巴——要是这会儿她尖叫起来就糟了。他用砖头朝她的脑袋砸去，用足了劲，一下又一下。他的身体整个儿压上去。嘎嚓一声，两人一齐滚到了地下。

石臼不愿意看到哥嫂为自己操心。哥嫂在他面前小心翼翼的举动让他心里难受。其实连阿放都不了解，弟弟非常要面子，而且非常敏感。天还没亮，石臼听到哥哥出门的声音，等到太阳升起，嫂嫂也出门办事了，他才从蚊帐里钻出来。他在床沿上呆坐了一会儿。太阳照在他膝盖上，那里有一块疤，是小时候留下的。苏瑞娟怎么了？他烦躁地在大腿上拍了一记，然后走到窗前去。白晃晃的光有点儿刺眼。石臼怀想着梦里的飞翔，鸟一样轻盈。但是他心里端着沉甸甸的念头——他不会放过她，死也不会放过她。

从门缝朝外窥视，院子的中间放着一张石台和四张石凳。院子大约四五步宽十来步长，铺着瓦灰色砖头。围墙那边是家属宿舍，经常聆能够听到那边传来大人的话语声，娃娃的啼哭声。围墙顶端的一扇小门上了锁。小门是连接两个不同界域的甬道。

以五月十七日开始算起，至今已经整整十四天了。他坐在那张破桌前写交代材料，一遍遍地写，事无巨细，在记忆深处掏啊挖。小时候外婆天天帮他掏耳朵。外婆的嗜好是帮家里人掏耳朵。他后来耳朵有点背，是被掏坏的。他在一身臭汗浸泡下一遍一遍地写。交代自己与胡风每一次接触的每一个细节。逗号，句号，分号，冒号。括弧。把胡风夫人烧了哪一种菜、哪一种滋味都着实渲染一番。比如冬菇煨鸡，汤是怎样的清，舀进嘴里的是怎样的鲜美。他被蚊子和臭虫咬得浑身是疙瘩，痒得要死。

天快黑的时候，墙壁上那条镇压反革命的标语反而醒目了。他仰躺在吱嘎作响的铁架子床上，双手枕在脑后，任凭油腻腻的汗淌个不歇。太阳在屋顶上烤了整整一天，热焰无处可去。嗡嗡蚊子寻欢似的环绕他周围。他的手边放着一把破芭蕉扇，他懒得去碰。

他听见门外的链子响了几声，同时还有喊他的声音。由于天热或耳背的缘故，他感觉那些声音至少相隔十里路。他心里发生了几回哆嗦——突然发觉那个的腔调太陌生了，过于亲热了。是秘书长老宋的声音。同志，同志——这个久违的称呼怎能不使他倍感陌生呢？

他被带进了院子，望见石台上摆好了象棋。两位从未见过面的高高壮壮的后生站在那儿，朝他笑着点点头。老宋招呼他坐下来。傍晚的空气渗着这样的寒意么？他晕了，发冷了。老宋不停地说着什么。老宋这个人。院子里红彤彤的。火烧云占据着天空。那个负责他案件的姓国的家伙呢？怎么不在呢？他每天都被姓国的家伙连头带尾责骂几个小时。昨晚，姓国的家伙草草扔给他一句话：写不出就算了，等死吧。他晕了，打着寒颤。他对老宋说：这会儿我下得了棋吗？

院子为什么红彤彤到这程度呢？他萌生出不祥的预感——果然，围墙那边的小门打开了，他妹妹牵着他儿子的手进来了。儿子穿着白短袖衫，小胳膊小腿。儿子呆头呆脑偎依在姑姑身边。老宋若无其事坐在他对面，漾着红彤彤的笑脸面对他。老宋的牙齿也是红的。两位高高壮壮的后生现在已经并排站在他身后了。没有什么大不了。但是，他控制不住眼眶发烫，鼻子酸了。妹妹首先发现了他，愣了一小会儿，朝这边犹犹豫豫迈出一步，俯身教侄儿念道：斯大林好，毛主席好。斯大林好，毛主席好。

儿子像只雏鸡跑来了，开心地笑着，屁股摇晃着。

“爸爸去哪里啦？天天看不见你啦。我和强强做的弓你还没见过，射得可准了。强强射了三个反革命。我射了四个。爸爸跟我看弓去。”

他身后一位后生绕过来摸了摸儿子的脑瓜，笑嘻嘻地说：“你爸爸就是反革命，知道吧？”一边用手做了勾板机的姿势，嘴里啪的一声。

儿子以同样的手势进行回击。啪啪啪。

那后生嘟嘟嘴，哼了一声。

“小反革命！”

他想站起来。他的肩膀被身后的另一位后生用劲摁住了。儿子哇啦哇啦哭开了：“爸爸回家。我要爸爸回家。”儿子的哭声与雏鸡的叫声一样。老宋这人，跷着二郎腿晃晃荡荡。尽管他耳朵是有些背的，依旧听见老宋压低着嗓子说了这句话：“不识时务。自讨苦吃。活该！”

他再一次控制不住眼眶发烫，鼻子酸了。不顾一切地大声喊道：“冲我本人来好了，别拿无辜的孩子做筹码……”

话没说完，他的耳朵上就挨了重重一拳。不清楚是两位后生中的哪一位出其不意挥了一拳。嗡。他什么也听不见了。

十

很多年后一个雨蒙蒙的下午，吕荧的儿子吕澄——此时已改名叫吕军，百无聊赖地整理母亲的遗物，发现一本发黄的记事簿。他随手翻了几页，里面夹了一张纸，上面写了一行行写满了问号的句子。有几处字迹有些模糊，仍然能够读出大致的意思。吕军读到最后才知道，这是他的父亲——那位死于冤案的诗人、美学家所写的文字。吕军沉思着重读了一遍。吃过晚饭，他把这些文字录入了他的电脑。

记性好的人痛苦多还是快乐多？遗忘表示什么？犯罪有没有大小之分？蝙蝠会飞为什么不是鸟？贝壳里的动物怎么活？乌鸦是人的朋友还是敌人？先有鸡和先有蛋的问题最终是怎样解决的？为什么偏偏地球上才有人？小丑是如何化装的？救世主和佛为什么都是男身？夜莺的曲调真的有含义吗？长江之水和黄河之水能不能在海里融为一体？时间寄生在哪一种具体的物质里？任何事情都是历来如此的吗？我们怎么去了解事物的真相？谎言为何像流通的货币？为什么物理现象能够测量而心理现象就不行？人的尾巴究竟是如何隐藏的？什么叫信仰、自由、规范、法律？有没有人愿意在世界上只有他一个人的情况下活一千年？独自一人时为何特别自由？思考单凭语言吗？诗的语言和哲学的语言区别在哪里？文盲和哲学家谁更懂生活？如果睡眠是另一种形式的生活谁愿意停留？是不是有一种红比红更红、有一种绿比绿更绿？狗的忠心是好事还是坏事？听到鼓声为什么心跳会加剧？发明镜子的目的是为了照见自己吗？太阳下真的没有新鲜事吗？笼中之鸟真的向往森林吗？菩萨和神仙享受了一两千年供奉做过几件好事？空间是运算出来的吗？空气的纯度靠什么来衡量？历史的真实取决于价值还是结果？轮子和拉链浓缩了生活吗？猫是缩小的老虎吗？既然煤能燃烧为什么石头就不能？牛顿用一只苹果证明了物质的原理，马克思的一本书就算放之四海而皆准的真理了？谚语讲老鼠见了猫赶紧跑，正确吗？国王需要健康，穷人需要铜钱，女人需要爱情，这三者可以等量齐观吗？没有桥没有船怎样过一条河？希腊人、埃及人、印度人、中国人、英国人、德国人、荷兰人、伊朗人、日本人是不是同一个祖宗？元朝是蒙古的殖民地还是中国的一个朝代？满清被汉族同化了吗？除去元朝和满清，中国是不是只有二十二史？为什么中国人要把元朝和满清的殖民史当作自己的正史？善与恶、真与假是永恒的吗？X 光是什么？生命是什么？理性是什么？欲望是什么？绳子是什么？数字是什么？未来是什么？无线电是什么？音乐是什么？流行病是什么？统治是什么？游行是什么？愿望是什么？语言是什么？自然是什么？物质是什么？灵魂是什么？斗争是什么？爱情是什么？友谊是什么？安全是什么？忠心是什么？家庭是什么？拥抱是什么？交配是什么？繁殖是什么？吃是什么？活是什么？死是什么？一切的意义是什么？什么？什么？什么？

十一　眼前

你从单身黑牢移送到眼下的大笼子。回忆起来，与上刑场几无二致。你在昏睡中被踢醒，几个黑影在眼前晃动，粗野地叫嚷：快走快走。哦。拉去枪毙了。就这念头了。你没有一点恐惧的感觉，沉于麻木了，听凭摆布。戴了手铐脚镣。你想着“砰”。子弹从后脑勺飞入。爆炸。碎骨和血浆花朵似的怒放。然后，踢进预先挖好的土坑里，胡乱洒上几铲黄泥，一个名叫何申的人回到泥土里去了。你已记不清自己在单身黑牢待了多久。“砰”的一枪作为句号是合情合理的。你糊里糊涂进了笼子，像一只口袋被塞进来。几十双眼睛集中到你面孔上。你木桩似的站在中间，感觉和思维瓦解了，也许还停留在“砰”上了。笼子不超过十五平方。头顶一支炽白的灯泡。三面混凝土墙壁，朝甬道一面是小腿粗的木栅栏。你用眼神数了数，老老少少一共二十八个。

笼子里严禁交头接耳。放屁都得拼命夹紧屁眼。便溺必须预先报告。便桶放在笼子旮旯。便桶旁边属于新入伙者的领地。便桶只有半个盖子。入兰室久而不闻其香。你躺下了，头靠在便桶上，心里默默自语，怎么说都比单身黑牢强。小腿粗的木栅栏外面有狱警来回巡逻，手电筒似的眼睛扫视每个人，皮鞋在水泥地上橐橐地响。犯人有的躺着，有的靠壁而坐，面无表情的，苍白灰暗的。灯光也是凝固的。牢头——那个对你交待纪律的五十来岁的家伙，据后来了解是国民党专员，判了无期，负责笼子里的日常事务。他满脸阴险，眼圈烂得流着汁液，牙齿掉光了。这家伙是个混蛋。不过混蛋也好不混蛋也好。反正他说了算。牢头宣告了十条纪律,第一什么第二什么……

怎么说都比单身黑牢强。那夜,你被押到院子里,灯光下,认出其他几个上了镣铐的人:张黎明,郑鸣,周大海,谷植芳,叶帆,胡卓然。老天!原来你和他们一直近在咫尺,也许隔了一堵石墙,也许门对着门。朋友们。一个个蓬头垢面衣衫褴褛。郑鸣朝你多看了几眼,鹤颈般的长脖子往前耸出,浑身簌簌发抖,以咳嗽声打招呼。你侧面的老谷瘦得不成人形。老谷。胖子老谷。张黎明和胡卓然低垂着脑袋。张黎明的膀子上缠着发黑的绷带,没上手铐。你听到黑影中的小个子叶帆叫喊了两句:我不能走路,我的脚坏了,我要求把脚镣去掉。如临大敌的军人挥舞枪支,推啊搡的,吆吆喝喝的。军人将这群半人半鬼的东西押出院子,分别塞进停在外边的几辆吉普车。轰轰隆隆。汽油味伴随尘土味。眩晕……

你的脑袋靠着便桶。身体的感觉神经仿佛一点点复苏。一位狱警用棍子敲敲木栅栏。接着,牢头一声令下:活动!全体犯人立刻跳起来,在笼子里转起了圈。隔壁笼子也传来同样的脚步声。牢头一把拽起你,恶狠狠地说:这是政府对我们犯人的宽大,让我们锻炼身体,是人道主义。

三十六号,那个戴眼镜的中年人——以后你知道了他的名字叫王清,趁着脚步声附在你耳边说,我见过你,是不是为了古月的事?古月的事?操他十八代祖宗!哪门子事啊?三十六号拍拍你的肩膀。忍就忍到底吧,天大的冤枉也只能嚼碎了咽下肚去。三十六号用以自慰的说法独具特色:人生如树花同发,随风而堕,自有拂帘幌堕于茵席之上,自有关篱墙落入粪溷之中。这位研究古典文学的大学教师迂得可爱,抓住机会向你眉目传情。但是从来不肯透露一点儿自己的身世。你喜欢听三十六号绵软的南方腔:曹彬、潘美伐太原。将下,曹麾兵少却,潘力争进兵。曹终不许。既归京师,潘询曹何故退兵不进?曹徐语曰:上曾亲征,不能下。下之,则我辈速死。后来呢?后来。既入对,太祖诘之。曹曰:陛下神武圣智,且不能下,臣等安能必取。帝颔之而已。

笼子里大多是些社会渣滓、流氓、扒手、强奸犯、杀人犯、拉皮条者、国民党特务。二十八号和十四号也是好人。你可以偷偷与他们聊几句。二十八号长得奇形怪状，生了一种叫不出名的怪毛病，全身溃烂了，皮肤变黑了，眼睛死鱼似的。他大约六十了，也许才四十多岁，从国民党时代坐牢一直坐到现在，犯了与他身上的病一样的罪，只有等死的份。二十八号反复背诵《琵琶行》，偶尔忘了一句或一两个字，急着问你，你苦笑笑摇头，我只会喊毛主席万岁，其余什么都记不得了。

十四号是个小不点，不满二十岁，嗓音如蚊子一般。他进来前在地质学院读书。为什么进来的呢？十四号晚上连续不断讲梦话。把他每晚讲的梦话收集起来，就是篇分析案情的材料。有几回他大叫起来，被狱警狠狠揍了一顿，到了晚上索性挺住不睡觉，集中精力盯住电灯看。十四号的人生头几步就出了错。错是什么？对是什么？人们莫名其妙往你头上浇一盆大粪也是你错？德国人把伏契克带到布拉格街头，这一招为何不管用？伏契克把自己当作解放者了。你的对象呢？十四号有一次对你说，如果出去了两人一定要成为好朋友。十四号说，让自己选择的话，宁愿选择病死，比自杀要好。

三十六号经常悄悄对你讲起他女儿的事情，讲着讲着便掉泪。女儿的小名叫蜜蜂。女儿现在上小学三年级，成绩好，懂事，会帮妈妈做家务事了。她写信给爸爸，希望爸爸好好改造，争取早日回家。有一回三十六号透过酒瓶底样的眼镜看见一粒苍蝇，情不自禁喊起来，蜜蜂蜜蜂。没超过三分钟，一个狱警骂骂咧咧冲笼子，不去搭理三十六号，反而揪着你的颈脖拖出去，拖到审讯室。他妈的想造反吗！你和三十六号鬼鬼祟祟密谋什么？

肯定是牢头告的密。这个国民党臭特务。你气得质问：你们怎能相信国民党特务的话？狱警踢了你一脚，喝道，你是胡风反革命分子，半斤八两，他改造得好，就让他管你。为了让牢头知道你不是孬种，你没再犹豫，在牢头脸上留下拳头的印记。为此你戴了整整一个星期手铐和脚镣，大小便都不能自理。

即使你解除所有思想负担，皮肉的感觉却是实实在在。皮肉这东西没有任何虚幻的理由可以欺骗。例如胃肠,饥饿的感觉比哲学和诗实在,它跑在理解力之前,跑在觉悟之前。它是神经中的神经。感觉中的感觉,在身体内部折磨你。你侧身躺在划定了范围的地板上,与旁边的人保持一寸距离,保持一点点可怜的空间。但是声音是无法划分空间的。夜里,你听到两家伙的喘息声。颠簸。你懂什么叫做鸡奸。墙角那两家伙,每天如此。是他们隐蔽得好,还是大家听之任之?你有点明白了。人性。兽性。性。都是一样的。狱警睡了。牢头睡了。很静。两个男人的性。你恶心、哆嗦。一阵阵颤抖。憋不住想小便。白天,你不敢朝那个方向看,仿佛他参与了这件丑事。

几个月没澡洗了。污垢都成盔甲了。衣裳发硬,臭得闻不出臭味了。虱子和跳蚤几何级数地繁殖。皮肤木了,痛痒消失了。中枢神经瘫痪了。笼子里的状况太恶劣。十四号扛不住了。十四号临走前已神志不清了,说着胡话。我是上帝派来的救世主,真龙天子转世,女朋友是则天皇后转世。三十六号和二十八号默默摇头,落下可怜的泪水。生老病死。物质性的。为了肺里需要呼吸一点空气,胃里需要填进一点食物,为了这些简化到最低限度的需要,像修剪树木似的把枝枝杈杈全部削去,剩下光秃秃的主干。这是硬道理。

每天饭后,由你、三十六号、二十八号轮流为大伙读报。一张读了无数遍的破烂不堪的《劳改报》。他专门负责读某段某犯人立功减刑的事迹。某犯人刑期二十年,平时积极改造自己,检举揭发同案犯,减刑三个月。牢头把纸笔发给大家,命令每个人写揭发材料。目不识丁的犯人哈哈笑,这辈子没摸过笔的手怎么写字?只有几个家伙诚惶诚恐地埋头写着。你知道他们针对谁。果然,狱警很快便来提审你。审来审去都是一个模式:你想一直关下去吗?你的所有同党都起来揭发你了,你想顽抗到底吗?

老父亲在带给他一包衣服鞋子里夹了张小纸条,只有一个字:忍。不忍又能怎么样?今天,老父亲,凤英,大儿子,小儿子都来了。凤英穿着干净的素色对襟衫,头发剪短了,又黑又瘦。已与母亲齐肩高的大儿子何必一见爸爸就流下眼泪,将脸别向一边。才四岁半的小儿子何然完全不认识爸爸了，睁大眼睛，紧跟着妈妈。老父亲的头发全白了，苍老了，失血的嘴唇抖个不歇。你看不见自己的模样。从他们的表情中你发现自己一定不像人样了。三十六号、二十八号。他们的样子就是你的样子。我很好——你能笑得出来真是不错。狱警检查完包裹后厉声对老父亲说，不准超过半个小时。你看见窗外的树在风中奋力摇晃。窗玻璃发出嗤嗤的声音。树阴将室内染成暗绿色。暗蓝色。墙上写着醒目的标语：严厉镇压反革命。操他十八代祖宗。你笑着说，不需要半个小时，五分钟就行。何必跑到窗前直着脖子望着外边摇晃的树。今天风真大。你扬着下巴说，好了，你们回去吧。凤英哽咽起来，眼泪刷刷地淌。你又说了句，你们回去吧。狱警拍了下桌子吆喝，什么态度？老实点！凤英赶紧抹去眼泪，把何然推到他面前，轻声说，快叫爸爸，你不是要爸爸吗？又去拉过何必，和爸爸讲几句话吧。何必硬邦邦扔了句，我不讲。何然钻进了妈妈的两腿间。你低头看着自己的乌黑脚趾，指甲全脱落了。几片日光在脚边荡漾。凤英把包裹里的东西一样一样拿出来放在桌子上。衬衣，裤子，鞋子，毛巾。你的眼睛一片模糊。这是你喜欢的蜂蜜。你接过来，蜂蜜装在酱色玻璃小药瓶里。你蓦地感觉强烈的恶心。是蜂蜜吗？你举在眼前，仿佛想证实里面是不是真的蜂蜜。你无意中松了手。“砰！”玻璃片溅到脚背上。老父亲使劲捏住你的膀子，好好的好好的！靠拢政府，争取宽大处理。老父亲热泪盈眶，嘴唇抖个不歇，使劲捏你的膀子。你转过身去。你说了，我回里面去了。凤英忘情地喊了一声：你不想见我们吗？你的眼睛一片模糊。老父亲。妻子。儿子。你咬住舌头。浓浓的血腥味儿。不想见吗？半个小时前，狱警喊，四十七号你家属来探监了。牢头瞪了你一眼。其余犯人都用羡慕的目光看你了。你说了，我不去。狱警在他头顶重重敲了一记，死不老实的家伙，这是政府给你们犯人的机会，让家属督促你们改造。去就去吧。死都不怕还怕什么？你不知为何想起了一段故事：一个英国牧师带领十几个犹太孩子逃出纳粹占领区，历经千辛万苦，犹太孩子全死在了路上，唯独牧师到了目的地。如何理解呢？蜂蜜黏住了你的脚底。今天的风真大。凤英支持不住了。摇晃着软下去，瘫倒在地上。

十二　城南

城南车站的圆拱门廊经过许多年的风雨摧折已经面目全非。雕刻在圆柱两端的叶状的图案被以后多次修修补补的水泥抹平了，由于积灰太厚谁也辨别不出原来的底色。门廊大约两层楼高，头顶的吊灯早已不知去向，鸟儿在上面做了不少窝，满是随风飘动的蜘蛛网。门廊长期被卖小吃和小玩意的小摊贩占据着，吆吆喝喝的，吵吵闹闹的。地上永远是湿漉漉的，滑腻腻的，到处都是果皮、纸片和烟头。候车室的大门类似欧洲中世纪的炮塔格式，也有点像教堂的尖拱形门厅，不伦不类，有点幽默。尖顶上的旗杆从来没有挂过旗帜，根本爬上不去，摆摆样子而已。正面墙上那只大钟，已停摆了几十年，旅客都不指望看看上面的时间。大钟周围写着标语，横一条竖一条，有的用石灰水，有的用红漆。候车室很窄小，光线相当灰暗，也是一副颓败景象。没有一张像样的木条凳子。窗户玻璃残缺不全。墙壁被漏雨泡成一块块霉斑。两边墙上挂的抗美援朝宣传画和领袖画像也霉得不成样子。来这儿乘车的旅客南来北往。凳子不够他们就坐在地上，还有人席地而睡，鼾声大作。反正这儿是南站，没什么可讲究。

离南站不到一百米远的地方是赫赫有名的下关码头。它是城南的象征。讲起下关码头也就讲起了城南。它的位置和作用远远超过南站，是沿江一带最重要的交通枢纽。城南能够发展到现在这样子主要是依据它便利的交通。江南江北的旅客和货物都要经过这里才流到更远的地方。但是,下关码头的重要性与它的外表不成比例。不了解情况的人会把它当作一个不起眼的小码头,甚至只是一个摆渡的渡口而已,说明它的确太旧太破了。候船室,售票处,货亭,雨棚,栈桥等等,铁家伙都锈得东一个洞西一个孔,是木头的地方全像被虫蛀空了,风雨飘摇了,快要沉入江底了。

下关码头和南站如一对难兄难弟,在岁月的流逝里木然地无言相顾。码头与车站之间的广场上发生过许多故事,其中包括两次著名的屠杀。一次是日本鬼子镇压抗日学生的游行,打死三十几人,另一次是解放前夕,老百姓哄抢政府的军需物资,打死了四十多人。这两次死人事件都被作为光荣的历史被记载下来。

城南的故事常常是藏头掐尾的,半真半假的,遮遮掩掩的。这一点与城南人的性格完全吻合。城南人说到底就是城郊的菜农和江北的农民混杂而成,历史超不过一百年,比美国历史还短一半。所有人到了城南便会沾染上这里的习气。不到一百年历史的地方具有这样强大的同化力,不得不承认它很厉害,这么快就形成了自己牢固的地域文化。当然啦,说"文化"有点太抬举了。一百个城南人中断文识字的人不超过十个,只会少不会多。反正,你是城里人或城北人就会非常看不起城南人。他们从口气、服饰、谈吐、举止、眼神等等细节中,立即能够看出来。很少有这样的城市,同在一个城市竟然存在语言上的障碍。城南人说话总是含糊不清,就如舌头上长了个东西,磕磕绊绊的,确实是令人讨厌的。假如你听听城里人和城北人吓唬孩子时这样说——再不听话送到你城南去,可能一下就获得了这个印象。不过,不要以为城南人会有自卑心什么的。没有。城南人拥有自己的圈子和活动范围,自给自足,不需要求人,所以也是傲气十足的和旁若无人的。城南这地方像国中之国,城中之城。它与人们的好恶无关。它自我成长,自我发展,谁都拿它没办法。

城南没有高房子。车站码头周围都是低矮的平房。最多也就耸出几幢简陋的两层楼,比平房高不了许多。一看就是临时观念,有一种匆匆来匆匆去的感觉。所有房子造得不合规矩,乱成一团泥浆,不知哪里通往哪里,走着走着便迷了路,问路都没法子问。沿江一带房子越造越多，有的只能称之为窝棚，整片整片，发展飞速。城南人这种万事将就的秉性反而派生出一种生命力，不管三七二十一闷着头干。他们连生孩子都比别的地方厉害，没有一家不是五六个七八个。他们以量取胜，发展是发展了，却缺少一个明确方向，什么都是乱来的。房子不像房子路不像路。人家愿意这样糟蹋，有何办法呢？例如，这地方几乎看不到几棵树，看不到花花草草——这么说吧，看不到绿色的东西。一切全是灰暗——房子是灰的，道路是灰的，天空是灰的，人也是灰的。江上来轮船和穿流的火车把大量烟尘洒在空中，飘落到房子上路上和人身上。你想在城南看见一块纯粹的颜色是完全不可能的。白是灰色的白，红是灰色的红。连天上的月亮一年到头都是灰蒙蒙的。

水井边一群女人洗菜的洗菜洗衣服的洗衣服，东家长西家短。笑声伴随叫声，哗啦啦的泼水声。几个光了屁股的孩子在旁边玩着玩着打起来，咧着嗓子尖声哭了，大人高声詈骂了。离井边不远的那家白铁铺终年乒乒乓乓，震耳欲聋。干活的师傅是戏油子，你一句我一句唱着京剧，女人们越聊越起劲，已经洗好东西的人磨蹭着不肯走，就是为凑热闹。新加入的人站在一旁候着空，嘴巴早就搭了讪。

素芳搬了两大盆衣服来井边，蹲了两个多小时了，腿都发麻了。她穿着水红色无袖圆领衫，滚圆的腰身被汗湿透了，粗壮的胳膊泡得发白又发红。她不时捋一把挂下的发绺，脸上一副无所谓的神情，心里却窝着火。那帮女人表面上和她开玩笑，拿她与向群捉对儿调戏。什么一晚上干几次？劲头大不大？白天困不困？她看得出，她们实际上在奚落她。素芳早就洗好衣服了，她拖延着不走是为了不留给她们嚼舌头的机会。这帮婊子最喜欢人背后嚼舌头，散布流言蜚语。

井边抛满了湿稻草菜叶鱼鳞鱼头鸡毛鸭内脏什么的，引来了密密麻麻的绿苍蝇和偷嘴的狗。几只大白鹅逢人经过便直着喉咙叫。男人过来拎水时都愿意与女人调戏一番。有互相泼水的，有互相动手动脚的。

入秋后，天气反而更热了，热得说不出啥来了。秋天的热不比三伏天，又热又燥，无处可逃。井边凉快些，井水凉凉的，溅到身上很快活的。

素芳把两大盆衣服搓了又搓，清了又清，已经没有理由赖着不走了。但是她不能先她们而去，这帮婊子的嘴里说不出好话来，保管会添油加醋传播她丈夫的事。当着她的面她们是不敢的。她们都领教过她素芳的本事的。她心里窝着火。几个婊子走了，又来了几个。日你妈的。她们的话题都一个样的。

向群顾不上素芳的心情。他回家后只做两样事，吃饭和睡觉。他睡得头重脚轻，黑白颠倒。向群心想自己已成废物了，躲在家里不敢出门了。确实，他受不了不怀好意的目光，害怕这种目光编织的罗网。他真成了废物，或者就像怕见阳光的耗子。他哪里睡得着呢？每时每刻他在为自己今后的出路焦虑、揪心和痛苦。他想认命，又不甘心。纠结来纠结去，就在这个界限之内。

向群见素芳去了这么长时间不回来，不知发生了什么事，两大盆衣服该是很重的。向群打算去井边去看一看。出了门，他发现日光在眼前宛如整片虚幻的白练，满世界的晃啊晃。他一脚深一脚浅，像在走夜路。应该说，白练一出现他就预感不好了，并且由不得他了。他一脚深一脚浅。他在离井边不远的地方听见女人的尖笑声和怪叫声。他看到素芳了，素芳站起来了。素芳双手叉腰破口大骂：日你妈的，你死这儿来干什么？还不回去挺尸去！

团委头头给他两条路：一，去江北农场当农场工人。二，自找门路。他犹豫之际，有人私下里告诉，所谓农场其实是个劳改的地方，那里都是些作奸犯科的服刑人员，千万去不得。不如留在城里，哪怕摆个摊卖卖小零碎，弄辆拖车运运货也是能养活自己的。俗话说，老天爷饿不死瞎眼鸡嘛。他被隔离了几个月，这会儿扛着铺盖回家，回到他讨厌的城南。然后，吃了睡睡了吃，白天与黑夜颠倒过来。肯定的，这样是不光彩的。日子久了，就更难了。素芳是个车床女工，不识字，粗话脏话满天飞，发起脾气来六亲不认。素芳对他被开除公职放逐回家嘴上不做表示，行为可不一样。神色拧紧了，话也不多了。甚至她都不问一句他下一步的打算。向群只顾着自己的一头愁绪，也不搭理她。再说了，讲不清楚的事情讲了等于白讲。

吃过晚饭。素芳拾掇好碗筷桌子，取出一块布替向群做件新衣服。素芳有双灵巧的手，样样拿得起。向群在旁边看着她画线裁剪，窸窸窣窣的声音在发黄的电灯下听起来很安详。大杂院难得这样的安静，狗都一声不吭了。向群故意抬起脸定神地望着素芳的面孔，一直地望着。待素芳注意到了，朝他瞪了一眼。他笑笑说："隔壁的小林要我帮他写一份检讨书，他经常不上班，厂里要开除他。"

素芳没好气地说："这号没脸没皮的货色，你下回不许给他写。"

向群点点头，说："这人是不懂道理。我帮他写好，要读给他听，他一甩手地就喊，别念了，多抄一份，放着下次用。"

"日你妈的！看我明天骂他个死。"

向群皱皱眉头，暗暗叹口气，停了一会儿，他点了支烟。

"你父亲也让我填一份救济申请表。"

素芳的父亲三保本来在码头帮着卸货，弄伤了腰，歇在家已大半年，靠着很少的救济金过日子。他时常到女儿这儿来混吃混喝。三保以前做手艺活，挑着铜匠担子四处逛。据说他的品行十分差劲。素芳素来讨厌他，从不给他好脸色。素芳的母亲死得早。素芳说，母亲是给父亲气死的。

"替他写吧。"

"我写了。可是，表上要求填写本人的简历，我才问了一句，日本人在的时候你干什么职业？他一把夺过申请表撕个粉碎，大骂起来：什么职业？老子跑反，懂不懂？老子跑反！日你妈的，日你妈的，骂了十几声日你妈的。"

素芳把剪刀往桌子上一掼，咬牙切齿地说："这老畜生也是个没脸没皮的货色。他下回再这样对你，你就当面抽他的嘴巴。老畜生！"

向群摇摇头，苦笑了一下。

"这儿的人说话都是一个腔调。下午我去小店打酱油，几个女在旁边对我叫喊，什么红中白板。我听不懂，她们疯子似的大笑了一阵。"

“她们夸你体面,白面书生,没别的意思。”

“城南这地方。唉!”

“又来了,城南城南!”

向群望着袅袅的烟柱,迟迟疑疑地说:

“素芳,我提个要求行不行?”

“有话便说就是了。”

“我想,你年纪还轻,可以抓紧时间学点文化。”

“学文化能当饭吃?”

“话不能这么说。”

“你有文化管用吗?工作都丢了。知道外头人怎么说吗?”

“随他们好了。我是说……”

“我不学!”

素芳来气了。素芳的面孔本来就黑,生起气来黑上加黑。她睁圆眼睛,用剪刀敲着桌子,想骂人,又忍住了。说:“你在这地方过日子,就要像这地方的人。否则他们就要欺侮你。说说粗话有什么了不起。日你妈的。你身上长了卵还不能说?”

“我们可以不管其他人。你的文化提高了,我们俩谈话不就多了内容?再说,这地方我不想一直待下去。”

“你以为自己还是个干部,想到哪就哪?”

“真的回不了城北?”

“不是我看不起你,有本事先把自己的肚子填填饱吧。”

“我已和码头仓库的老王说好了。我拉板车去。”

“你?”素芳斜睇着他,鼻孔里哼了两下,突然哈哈地笑出声来,“你能拉得动板车?不撒泡尿照照自己,在我身上都花不上劲,还拉板车!”

向群把烟头踩灭,他的声音有些发抖。

“你说我能干什么?”

“跟我父亲学学手艺差不多。”

“你要我彻底变成城南人?”

“毛病。没救!”

他猛地站起来，提高嗓音说："办不到。绝对办不到！"

素芳一手叉腰一手指着他大声吼道："城南人低人一等吗？真是给脸不要脸。自己一屁股屎！还在我面前摆臭架子！学什么文化？我不配你是不是？人家说我一朵鲜花插在了牛粪上。你听了怎么说？日你妈的。不要以为肚子里有几滴墨水就不知自己几斤几两重！"

向群气得脑袋发涨。是的——日你妈的！

淡月的谜一样的光，是一种微黄的永恒的光。江风清清，江水拍击岸边的碎石。水浪声柔韧动听，像微黄的月色一样，绵绵无尽，给他安宁而静谧的慰藉——对了，它能否给他不期而遇的许诺呢？夜深了。这个家，回不去了。哪里是安身的地方呢？轮船在黑黑的江面上缓缓驶过。灯光萤火虫似的移动。马达声被江风吹散了，淹没在水浪声里了。他听着，体悟着。心上的积垢一层层地抖落。恍惚中分成了两个人：肉身的他和意识的他。一个伫立在江滩，一个飘浮于半空。两者之间依仗一根细如发丝的线维系着，一旦断了，灵魂就出窍了。

拉板车这活儿确实累人。天不亮就得起床，马马虎虎灌两碗泡饭，赶紧系了粗布围裙上码头去。向群每天见到晓星和残月，见到的殷红晨曦。晨露打湿他眼帘。灰色的路在他脚下渐渐发白了。影影绰绰的房子和大吊车在薄雾中浮现了。一些赶早过江来卖菜的小贩忙忙碌碌经过他身边，都一声不响地埋头赶路。棚子里的工人三三两两蹲在门前的空地漱口洗脸，一两个人敲着饭盆等候吃早饭，当当的声音穿越辽阔的江岸传得很远。向群顺着堤坝快速奔走。汽笛声沉重的，迟缓的，为模糊的清晨增添深度，也使他感觉体力上的疲劳根深蒂固。疲劳已深入体内。不是腰酸背疼的问题，疲劳是全面而无法抵挡的——正如他快速奔走时依然昏昏欲睡，仿佛仍在睡梦里。

老王负责仓库的板车队。老王对向群很照顾。老王觉得向群不是坏人。有些人提醒他，向群是坏分子，应该多管着点。老王犟着嗓门说，老子日你妈的才不管反不反革命，坏不坏分子，大家靠卖力气吃饭，一个鸟样。老王尽量挑轻一点的活分派给向群。他知道文化人没力气,干不了重活。再说向群关了几个月,吃苦头了,身体垮了。文化人倒起霉来比谁都悖,一竿子抹到底,受不得委屈只有死路一条。老王六十的人了,一辈子卖劳力,身子骨硬朗,力气不减当年,元气充沛,声如洪钟,但是毕竟上年纪了,腰腿不灵便了。

老王有个习惯,一刻不停在他小小的办公室用拍子打苍蝇。老王现在的眼神差了,常常打不准了。老王打一只,骂一声,日你妈的该死。老王每天早晨第一个到,屋里昏昏黑黑的,不开灯便拿拍子打歇在开关线上过夜的苍蝇。开关线上全是芝麻似的苍蝇屎。等手下人齐了,老王边打苍蝇边分派活儿。时常有苍蝇飞在人的头上和身上,老王瞅准了毫不手软啪的就是一家伙,看到死苍蝇的肚肠和血粘在某人身上,老王会重复着说,留着当点心吃吧,肥得很。

老王的办公室在库房的一角,用砖头砌到两米高左右,反正无需封顶,涂了一层石灰水,砖缝落满灰尘。库房的气窗约四五米高,从黑乎乎的顶上折射下来的光线也是暗淡的。因此老王当办公桌用的木柜上方挂了一支两百瓦的大灯泡,雪亮的,把老王满面孔的皱纹照得像镌刻一般的。

老王对手下这一堆睡眼惺忪的家伙没好气地吆喝一阵,分派停当了。十几个粗鲁汉子磨磨蹭蹭出门,嘴里叽叽咕咕,肩上挎着绳子,将靠在库房大门拐角处的板车弄得乒乓响。老王没有给向群派活,拿了拍子给他,说,日你妈的苍蝇太多了,给老子全弄光它,算你一份功劳。向群听见那帮粗鲁汉子中有人抱怨,倒给坏分子方便,日你妈的!向群对老王说,我去拉车,我吃得消。老王铁着脸骂道,吃得消吃不消关老子鸟事,日你妈的叫你干你就干。

向群打了三天苍蝇。他一共打死九百九十八只。接下来是吉利数字了。第九百九十九只停在离地近四米高的库房的墙壁上。

经过三天的辛勤工作,已消灭百分之九十的苍蝇。残余的苍蝇终于认识到向群的决心,逃遁了。是的。向群找来找去找不到目标,心中反而焦急了。他对打苍蝇非常入迷,找准方位,啪——血肉横飞脑浆迸裂,世上少了一条可恶的生命。他把自己想象成掌握生杀大权的君王，至高无上，挥动屠刀，看着面前仓皇逃命的生物，胸怀气吞山河的感觉。他又把自己想象成仓皇逃命的渺小的苍蝇，无路可逃——在一声惊天动地的响声之下粉身碎骨。苍蝇能不能感受泰山压顶般的死亡的恐怖呢？万事万物，生生死死，实质都是一样的。

死苍蝇收集在一只纸盒里，他数清楚了，一共九百九十八只。

他要消灭第九百九十九只了。他把老王当办公桌用的柜子拖过来垫脚，爬上去，瞄准了，准备最后一击。这是只金绿色的苍蝇，个儿特别大，头是赭红色的，眼睛如雪亮的钢盔，警惕着向群的一举一动。又像故意与他逗乐，节骨眼上突然展翅腾飞，在他头顶盘旋两圈，落到比原先高出两尺的位置上。它的骄傲的姿态真激怒人。日你妈的！

向群终于还是没有打掉第九百九十九只苍蝇，却付出了右腿摔伤，左臂骨折的代价。苍蝇完全占据了空中优势，总在节骨眼上要弄他一下，营的一声飞了，并且落脚的位置越来越高。这就大大地激怒了他，不顾险情频频发生，脚下的东西也越垫越高。最后中它圈套了。啪嗒。倒栽葱了。

雨落在瓦上发出细微的声音，随着风儿一阵深一阵浅，薄薄地覆盖了素芳的粗糙的呼吸。素芳睡得如死人一般，面带满足与惬意的浅笑，眉头都是放光的。是的。这是她的世界，一种天然的封闭。我是外在的。我不在这里。雨的声音和雨的气息令人讨厌。我的左臂骨头疼得像雨一样细微地战栗。雨落在瓦上的声音与落在树叶上不同，缺乏前奏和缀音，缺乏传递的情趣。那是缺乏本身。不是丧失的问题，缺乏是自在的。“留得残荷听雨声”才是一种境界。声音是无比奇妙的——城北树木葱郁——连绵的雪松、梧桐、杨柳、枫橡。想想真是了，连雨声都带着柔媚的色泽。可惜了。那种感觉在脑海里逐渐褪色，只剩下那么一点碎渣似的印象。

三保和老庆生、吊鸡几个人躲在江边上一只破船内连赌两天两夜。

三保输光了,什么都抵押出去了,还差一百来块钱。三保的赌友全是白刀子进红刀子出的坏蛋。要钱不要命。三保自己对输家也一样没得怜悯心。

他们看在老相识的份上宽限三保几天时间。吊鸡对三保耳语,你在你女婿身上挖两勺不就全有了么?

三保早已看中了女婿那只大半新的英纳格手表。他特地跑到市中心的百货商店看过价钱。女婿还有一支金笔,也会找到一个好买主。

三保主意既定,马上行动起来。他从早到晚待在女儿家里,与左膀箍着石膏的女婿套近乎。三保眼屎拉拉的,泪囊肿大的,圆溜的鼻子红得发亮,像女人似的不长胡须。三保生得五短三粗,壮壮实实,从小到大练石锁石担,练打架功夫,背上的皮肤如红烧猪肉,臂膀上全是刺青。三保老是穿着一条黑棉布破长裤,裤管卷到膝盖,露出小腿上烫伤的红疤。三保侦察得一清二楚:女婿手表在枕头底下,钢笔插在衣服的口袋里,挂在帐子的吊钩上。

向群发现手表和钢笔不见了,马上猜出是三保偷的。向群气坏了:兔子不吃窝边草,这无赖连家里人的东西也偷了,太不是个东西了。向群等到素芳下班回家,气急败坏把这事说了。向群绝对没想到,素芳张口大骂起来,骂得他狗血喷头。素芳完全站在她父亲一边,骂向群变着法子挑她家的刺,寻她家的事,目的就是为了离开城南,滚回日你妈的城北去。素芳越骂越上火,一把揪住向群的脖子,尖声浪叫:滚远点。日你妈的!再敢踏进这家门,打断你的狗腿!

小明三岁时患了小儿麻痹症,两腿从此瘫痪了。小明没有母亲,不知道是死了还是跑了。小明现在正好九足岁,看上去只有五六岁的样子。由于终日待在屋里,不见阳光,小明面色惨白的,泛出一层青光。小明乌黑的眼睛呆滞而黯淡,像雪人脸上嵌的两个黑煤。这个可怜的孩子,宛如一颗随风飘扬的草籽偶尔落在岩缝里,在那儿生长起来。没有阳光雨露,没有清风明月,靠岩缝里一点点泥土和水分,勉勉强强维持一缕游丝般的生命。小明上不学,身边没有小伙伴,孤孤单单待在他的小屋子里，唯一的爱好是画画，照着小人书上的关公、张飞、赵云一遍遍地画，把画好的画一张张贴在墙壁上。

小明的爸爸是裕德浴室的经理，从部队转业到地方，没有妻子相伴，自己带着患有残疾的儿子过日子。浴室的工作性质不比其他的，没日没夜的。工人可以分时和分班，干部就不行了。除去日常工作，还要完成政治任务和参加很多会议，每天至少要待在单位里十几个钟头。他抽不开照顾儿子。当然，他可以把儿子送到在乡下的爷爷奶奶身边去，但是舍不得，再苦再累父子俩也得在一起。他把儿子安置在经理室后面一间小屋里，尽量抽一点时间去看看，送些好吃的，对儿子的画赞美几句。

向群在浴室里找到一份差使。他的左膀还没全好，用力的时候还很疼。这倒没什么，浴室里的蒸汽使他无法正常呼吸，肺承受不了，湿淋淋的。

向群上班时脱得赤条条的，围了条毛巾遮私，帮人搓背捶大腿捏脚趾。这活比拉板车轻松，可是总有点污秽。一天连续干十个小时，工资才三毛钱。不过有个得天独厚的便利，晚上等顾客散尽，他就睡在门厅里的躺椅上过夜。素芳这女人太过分了，骂骂人也无所谓，城南的女人谁不骂人呢？素芳不该触他的伤疤，什么反革命什么坏分子，这是家人口里能骂得的吗？他给她一个耳光完全有理由，给她十个二十个也完全有理由。他现在无家可归。素芳扬言，要让她父亲打残他打死他。向群担心，万一这儿的人知道了他的底细，会不会马上开除他？找一份活干不困难，找一个地方睡觉就难办了。还有一点，不管怎么说，这里不是城南。

那天，小明独自坐在浴室门口看着夜色中的街景，脸颊上挂着眼泪，忘记了擦。向群从浴室隔壁的粥铺吃过晚饭回来，望见小明可怜的样子，便蹲下来与小明讲话。

在小明的记忆里，从来没有一个大人与他说过这么多，说得这么好，句句都有道理。夜色中的街景离他们很远。车辆和行人离他们很远。只有头顶的深邃天空离他们很近。向群蹲在地上，面前是一个身患残疾的孩子。是的，他在这个时候恢复了谈话的权利。循循善诱，热情奔放。

他的所有话都是对两个人说的。语言在这样的时刻成为第三者，同时对两个人产生奇妙的作用，如酵母一般。我和你。你和我。一个落难诗人和一个残疾儿童。命运真是奇妙，它超出了诗人的想象天地。

小明的爸爸看到儿子有人陪伴十分高兴。另外，向群还会画两笔，指点小明绰绰有余。向群从澡堂里调出来，专干一些沏茶倒水的杂活，很清闲，有时间便去小明的小屋子，画画或谈心，无拘无束，构成两个人的独立的世界。小明见了他才有笑声和说不完的话，往往兴奋得面色通红，眼睛亮晶晶的。那种类似于小狗小猫的依恋之态，无助而渴求的向往，令向群感动。向群从小明那儿再度获得了对自己的信心。是的，他找到了一种简明扼要的表达方式。同样是无助的和依恋，他有时感到自己更需要小明。

向群遵照小明爸爸之命搬进小明的屋里去住。小明爸爸交待得很清楚，要求向群一方面陪伴小明，另一方面指点小明画画，教小明识字。看得出来，小明爸爸的目光并不是很信任的——既然小明吵着要这么做，做父亲的只好暂时依了儿子再说。

向群和小明住在一起的日子不到半个月。确切计算是十三天。正如俗话说的，纸包不住火，事情就是这么简明扼要的。当小明的爸爸板着面孔让他立即离开时，他心里明白了，一切说明全多余了。他只哆嗦着问了一句话，小明怎么办？小明的爸爸冷冷地回答，正是为了小明你才必须马上就走。

十三　真的

“同志，我句句真话。他们围住我，气势汹汹，摩拳擦掌，看那架势预备打扁我。他们夫妻简直没人味，心黑透了，比煤还黑。我好心好意把房子租给他们，房租便宜到不能再便宜的地步。你们打听打听，这么便宜的房租城里还有没有？几乎是白送给他们住的。他们住了我的房子快一年了，只付过两个月的房租。古人说，羞耻之心人皆有之。他们夫妻没有，一丝一毫没有。我向他们要，开始的时候用花言巧语糊弄我，一直拖着，再问他们要，干脆和我大吵大闹起了。”

“你自己装大器，说大话……”

“呃？听他讲。”

“吃一堑长一智，房租就算了。我懒得与他们吵，我有自己的事情做。哪料他们得寸进尺，得陇望蜀，越来越不像话，爬到我头上拉屎拉尿。我一眼就识破了他们的诡计，想施反客为主之计，雀占鸠巢。是可忍孰不可忍。我把房子租给他们的时候，讲好了院子一家一半，中间隔道墙。当时我已考虑到避免矛盾，互相不来往最省事。他们夫妻也是同意的。可是他们制造各种各样的理由，小恩小惠，糖衣炮弹。我这人耳朵根子软，一向把人往好的方面看，于是上当了。那道墙拆掉了。紧接着又策划新的阴谋了。我现在才懂得什么叫做欲壑难填……”

“如实反映情况，别扯没用的！”

“他狗嘴里吐不出象牙……”

“别插嘴。听他讲！”

“我绝对不冤枉他们，真的是欲壑难填。”

“不准人身攻击。还有，你讲简单些。呃？”

“同志，我没有人身攻击。欲壑难填是形容……”

“你这人不识相嘛。听不懂我的话还是怎么的，呃？”

“我就讲事实好了。其实我没有讲一句事实以外的话。事实证明他们夫妻确实谋图不轨，笑里藏刀。那道墙拆掉后，他们又耍了个新花招，说要在院子里搭一间杂物间，美其名曰公共用房。我警觉这里面有问题，一口回绝了。并且我当即指出，如果这样下去，我要收回房子……”

“放屁！你自己答应过的！”

“准许你开口时你再开口。呃？”

“你们在我不知情的情况下强行搬来建筑材料。之后，又在我外出办事的情况下搭起那间屋子。这不明明是反客为主、雀占鸠巢？”

“就这些？呃？”

“他们搭那间屋是为了独霸。美其名曰公用房！司马昭之心路人皆知。我一忍再忍，怕影响读书和写作。把时间浪费在吵吵闹闹上有什么意思？我一再对自己讲，算了算了，不要与他们这种目不识丁的人一般见识。”

“同志你听，他就是这样看不起我们劳动人民！”

“如果他们夫妻到此为止也就罢了，我不想再吵，纠缠于这种区区小事不值得。我的写作计划不能再拖了。早准备写一本关于普列汉诺夫美学思想研究的书。还要写一本关于现实主义创作方法发展历史的专著，对于文艺创作具有指导意义。我的时间很紧张，每天要读英文报纸和俄文报纸，读马列原著。但是，沉默是有限度的。不是在沉默中死亡就是在沉默中爆发。他们夫妻把我推到了绝境，战火烧到家门口。芦沟桥事变爆发了。他们竟然把那间屋子租了出去！租给他们一个熟人，是个木匠。不！不是一个。那个木匠还带了两三个徒弟，住了进来。出出进进，耀武扬威。他们在院子里干起木匠活儿，敲敲打打，闹得人心烦意乱。我去责问他们。可是他们早串通一气。那个木匠吹胡子瞪眼嚷道，你再不识相，老子火头上一斧子劈死你。又骂了一大通下流话。他的徒弟更邪门，抓了块石头往我的玻璃窗上砸，两块玻璃一下碎了。”

“完了没有？”

“同志，千万不能信他的。”

“呃？好吧。轮到你了。”

“这人是下流坯。不要脸。我们住过去以后，他就开始打我家女儿的坏主意。我女儿才十六岁，正在上中学。”

“同志，听我讲，完全不是这样……”

“现在听她反映情况，你闭嘴！”

“她造谣污蔑。恶意中伤。”

“闭嘴！”

“他调戏我女儿，幸亏我发现得早。”

“他是怎么调戏的？”

“他把我女儿骗到他那儿做作业。我女儿去了，他就把门关上了。”

“关上之后呢？”

“造谣污蔑。恶意中伤！”

“同志，他这人真的不要脸，跑到我面前来求婚。我女儿刚十六岁，正在上中学。”

“我真心真意。萍萍也愿意。”

“你承认你对她女儿有想法了？”

“我发誓，我绝对不存在不良企图。她女儿十六岁了，到了能够辨别是非的年龄。你们可以直接问她女儿的态度。”

“也就是说，你确实对她女儿有想法。呃？”

“同志，他把我女儿骗到他屋里做作业，自己坐在旁边说下流话。一个十六岁的小孩懂什么？我女儿亲口告诉过我，他亲了我女儿的手背。他还把我女儿骗到外面去，爬山，游泳，教她学脚踏车。”

“同志，我想解释……”

“并不复杂嘛。你想做她的女婿，呃？”

“不是不是。同志你听我解释……”

“你刚才不是讲你是真心真意的么。呃?”

“是的,我确实是真心想……”

“既然真心,不就是想做她的女婿。呃?”

“他为了讨我们家的欢心,骗我们家女儿,什么都愿意。现在反过来说我们抢他的房子。死不要脸!”

“你才死不要脸。你百般勾引我,以为我没长眼睛?”

“呃?讲讲看。”

“她想方设法勾引我。我拒敌于国门之外,坚决不理她。”

“臭流氓!反革命!”

“你勾引过他。呃?”

“他放屁!是他想调戏我。当时我气得要命,在他裤裆里捏了一把。同志你问问他,他还记得记不得喊救命的那回事?”

“你知道他调戏你老婆的事,呃?”

“知道,知道。没有调戏得成。”

“天底下竟有你们这种无耻之徒。同志,法律上规定夫妻不做旁证,法律不是儿戏……”

“请你上法律课来了,呃?”

“他们完全是在胡说八道。事实恰恰相反。他们搬过来之后,她经常到我的家里来,送吃送喝,妖里妖气。那眼神、表情,让我浑身起鸡皮疙瘩。还时不时来两句肉麻话,夸我这夸我那……”

“臭流氓!反革命!”

“你才是反革命!你懂什么叫革命?什么叫反革命?你读过马克思列宁的书吗?读过毛主席的书吗?”

“都给我闭嘴!这是你们吵架的地方,呃?这是派出所!呃?你们要闹回去闹,闹够了再说。”

“同志,我无法安静。我要读书写作……”

“回去闹!闹够了再说。”

民警老刘的声音沙哑,像松掉的琴弦,在空气里不产生振幅。他说话时会随口喷射大量唾沫星子，喷射距离约为三尺左右。由于老刘本人了解自己的声音缺乏穿插力，因此他总与他的说话对象凑得很近，使对方处于喷射之中。老刘不停地用手绢擦嘴唇，揩额头上的汗，顺着脸颊一直揩到颈子，揩得非常细心。老刘昨天开会开到半夜，一觉睡过头了，来不及吃早饭了。他喝了两大碗水，却更觉得饿了，已上过两次茅房了。这时候哪来心思听他们胡诌呢？他恨不得一脚将他们踹出门去。

孙春林和秦浩见那三个人一路闹进来，赶紧躲到屋子角落的自己的办公桌前，装出苦思冥想写报告的样子。老刘的办公桌靠在门边，人家找上门他得先出面。呃？这三个人争吵不休，等他来裁决——老刘的三个儿子就是这样，断不了吵闹和打架。老刘的裁决办法很简单，一人奖赏一个大嘴巴。

孙春林和秦浩虽然埋着头，耳朵却一句不漏听着三个人闹腾。他俩从部队转业到地方时间不长，对地方上的许多事摸不着头绪，遇事有些萎缩。但是他们好奇，想看看老刘的处理手法，从中学点东西。孙春林有心计，背地里常常教训秦浩，凡事不要抢出头，地方不比部队，人与人之间的关系很复杂。秦浩贪玩，孩子气十足，对任何事情都马马虎虎，是个典型的乡下愣头青。他俩归老刘管辖。老刘不太看得起从农村来的兵，土头土脑，缺心眼，分派给他们的事老是搞砸，自己还得替他们擦屁股。老刘时不时地让他俩写报告。这是难煞他俩的活儿，因为他俩的文化程度很低，写封简单的家信都有困难。他们觉得老刘古怪，合不来，又怕他，得看他的眼色行事。积极了不好不积极又不好，实在是无所适从。

那三个人中戴眼镜的家伙最有意思，一动腔就知道是个知识分子。吵也是文雅的吵，出口成章的，有条有理的。打着激动的手势，说着说着就走神，仿佛被别的念头吸引了，有气无力了。又一下子激动起来，镜片后面那双公羊般的眼睛瞪得滚圆，闪着虚光。那个胖女人摆着一副骇人的凶相，眼睛发亮，皮肤也发亮。浑身的肥肉像水袋一样晃着。她粗话和脏话满天飞，是个惹不起的泼妇。她旁边那个猴子似的家伙该是她的当家人。一只狗熊和一只猴子。一门活宝。

菊花上不了台面，嘴无遮拦，说不出所以然来。纯靠阿随暗中调度。

夫妻俩是有备而来。猪八戒倒打一耙。民警老刘一屁股坐在他的办公桌上，耷拉着眼皮，似听非听。他手里玩着一只火柴盒，但是神色十分严峻，呃？

吕荧一大早就跟阿随夫妻俩交上了火。那个木匠和他的徒弟出头帮腔，把吕荧围在中间，趁机拳打脚踢。吕荧看看苗头不对，冲进屋拿了把水果刀，发疯般的挥舞，样子相当吓人。他们吃不准他要杀人还是自杀，沉不住气了，有些畏缩了。吕荧每吵必败，这一回取得了小小的首胜。下决心扩大战果，提出上派出所请民警解决问题。

吕荧发现自己的叙述引起民警注意了，受鼓舞了。他原本可以叙述得更生动，更引人入胜。然而，脑袋瓜木笃笃的，词句从僵滞的嘴巴里乱纷纷地涌出来，条理差了，力度削弱了。他的昏咚咚的脑袋时常挤入莫名其妙的念头：譬如老刘那只玩火柴盒的手。他从没看到过指关节这么粗大的手。指关节呈紫红颜色的。他莫名其妙的，怎么老想着去摸一摸老刘的粗大的指关节呢？

民警老刘终于怒了，倏地站起来了。老刘个子不高，敦敦实实，用沙哑的嗓门大声呵斥。大量的唾沫喷射到菊花面孔上，吓得菊花左闪右躲，顿时失了锐气。唾沫星子同样溅到吕荧的面颊上，凉凉的，臭臭的。吕荧不敢像菊花那样贸然去擦，必须给足老刘面子，让唾沫留在面孔上。孙春林和秦浩都歇下手来。他们原先对肥女人没好感。撒泼，瞎骂人。但是肥女人提供的材料格外有力。她说得对，做母亲的哪会故意作贱自己的女儿呢？说不定戴眼镜的家伙真是坏蛋。对知识分子一定得提防着。人家的女儿才十六岁。他四十岁了吧？十足的坏蛋！孙春林和秦浩联合起来用憎恨的目光瞪着他。不识相的家伙，还朝他俩讨好地笑，企图得到同情和支持。他是反革命吗？人家女儿才十六岁。他一定是反革命！老刘真有办法。骂过了，训过了，那三个家伙都瘪了。呃？

这会儿老刘皱着眉头摸摸肚子——孙春林和秦浩知道，老刘没吃早饭，又喝了两大碗水，一定憋不住又想去茅房了。

纸箱子里的狗呜呜地叫，像婴儿似的哭。狗一天没吃东西了。这只狗很乖巧，善解人意的，常常忍饥挨饿的。白天它躲在他给它安排的纸箱子里，极少出来活动。再乖的狗也要吃东西，这是规律。怪他对规律不尊重，竟然就忽略了。

他赶紧放狗出来，心里深感歉意。拿什么给狗吃呢？他的脑子里尽是与食物没关系的东西。狗围着他的腿转来转去，闻着嗅着摇着尾巴。他知道狗一定很饿了。他的肚子很饱，饱得不住地打嗝。他也是大半天没吃东西，刚才等天落黑才出去猛吃了一顿。一共吃了五个包子两碗面条。他想好要给狗捎两个包子回来。吃过之后嘴一抹就忘了。该死。

这是只没有成年的杂毛狗，是他在路边捡回来的。严格说是狗跟着他回来的。狗一路不近不远地跟着他，一副可怜相，他于心不忍，因此收留了它。他给它起了个名字叫小瘪三。他认为这名字很幽默，既可以当昵称又可以当骂人话。情绪坏的时候他就随便骂它出出气。名字这东西是可以对象化的。例如把它当作某个假想敌，发泄一通，很有意思的。

小瘪三眼巴巴地等着他喂食，站在他面前，仰起头，眼睛发光，再使劲摇尾巴，拼命讨他的欢心。拿什么给它吃呢？他深感歉意了。又恼怒起来了。不至于再跑一趟街去买吧？小瘪三，没吃的了。睡觉吧。

他不敢再出门。即使天全黑了他也不敢。怕出危险。不叫怕。危险时时刻刻存在着。在门外乱飞乱撞，就像不长眼睛的子弹，你碰上了算你悖。侧耳听听门外的动静就明白了。处处是陷阱。说不定头一探出去就会挨上一家伙，脑袋开了花不说，整个儿身体被麻袋罩住，抛到哪个暗无天日的沟里了。凡事要及早预防。天有不测风云，人有旦夕祸福。小瘪三，忍住点，挨饿总比出危险好。

他歪在床上，搬起砖块似的俄文字典胡乱翻着，眼睛总朝小瘪三瞟，一半歉意一半怒气。他的肚子饱得发胀，打着嗝。他换个姿势躺下。他知道小瘪三会谅解他。不谅解也没用。他不可能在这个时候冒着危险出门。门锁上了，用一只藤筐抵着。藤筐上还倒竖了一只酒瓶，当报警器用。他翻了一会儿俄文字典。烦了。丢到枕头边。叹息一声。他怒气未消地坐起来与小瘪三对视着。小瘪三眼睛泪汪汪的，肚皮一抽一抽的。他于心不忍地说："睡去吧。明天准让你吃个够。吃四个包子。"

这是只没有成年的杂毛狗,是他在路边捡回来的。严格说是狗跟着他回来的。狗一路不近不远地跟着他,一副可怜相,他于心不忍,因此收留了它。他给它起了个名字叫小瘪三。他认为这名字很幽默,既可以当昵称又可以当骂人话。情绪坏的时候他就随便骂它出出气。

小瘪三垂头丧气地趴到床前的棉絮上。头别向墙角，赌气似的不看他。他苦笑笑。为了表示歉意轻声说着话。也不知道说了些什么。然后，他又抓过一本简明英文字典，读上面的单词。

他听到棉絮哧哧的声音。转过头去看，小瘪三百无聊赖地撕咬棉絮。甩着脑袋。它的牙齿又细又尖，将棉絮撕成一条一条，用脚爪蹬得满地都是。它以这办法发泄怨恨，但又怯怯懦懦，拿眼睛窃视他。机灵鬼。或许小瘪三绝望了，平静了。过了一会儿，又突然发狂似的撕咬起来，汪汪地叫了几声。棉絮本来塞在床底下，被它拖出来，上面沾满了老鼠屎，已被老鼠咬成鱼网状。看样子小瘪三只有拿一丝丝棉絮充饥了。它费力吞咽着。它的脑袋向前一耸一耸的，颈脖伸缩的。然而卡住了。进不去出不来。开始作呕吐状。它的嘴巴插在地上，咔咔咔，难受得乱蹦乱跳，像要咽气了。不好不好！他倏地滑下床，按住它，扳开它的嘴往外掏棉絮。一丝一丝的，潮腻腻的。畜生就是畜生。他想笑。胸口发着烫，其实包蕴了一团火。

小瘪三伏着不动，累得不轻，掀起眼帘朝他望。他们互相呆滞地望着。经过一番折腾，小瘪三饿到极点了，只要一丝动响马上仰起头来了，发出呜呜的哀鸣。他既厌烦又无奈。它的乞求的目光如锥子一般的。他受够了。他乱翻着简明英文字典。一个单词跳出来：Excrement。他连读几遍。眼睛一亮。真是太巧了。他差点跳起来，用力捶了记床铺——老天爷！对了。正规的称法叫做生物链。

想法是绝妙的，实践起来有点麻烦——无论心理上或者面子上。这个想法令他脸红，耳根发烫，心咚咚地跳。小时候，他在乡下司空见惯。乡下女人常让家中的狗吃孩子的屎。是的。让小瘪三吃饱了过夜。解决了。省事了。他蹲在小瘪三面前，摸摸它的脑袋。Excrement 与狗的胃口是天然吻合的。历来如此。他找了一张报纸，走到墙角，将报纸叠了两层，铺在地上。他捺了捺滚圆的肚皮，作几次深呼吸，似有排泄的要求。于是他摸摸索索解开皮带扣子，又停住了，放了一个闷屁。

他蓦地难为情起来。心狂跳。是不是主观了呢？他从墙上的影子判断某种现象背后的本质。他的影子，身体笔挺，双手提着裤子。矛盾重重。人总是这样的，往往同时被两种不同的念头所缠绕。老天作证。他难为情是因为小瘪三的眼睛一眨不眨盯住他。它疑惑，它乞求，让他心慌意乱。至少，不该当着它的面脱下裤子。他的小腹蠕动了，信号发出了。小瘪三仿佛意会到了什么。它站起来了，前脚爪抖动像作揖一样的。狗日的。逼人太甚！他把松开的裤子重新扣上了，抽出皮带来朝小瘪三抡去，恶狠狠地吼叫：滚进纸箱子里去！

郭雯的头发在风中飘散了。衣裳鼓起来，风真大。她从偏僻的小街转到文联宿舍后面，那里有一排陈旧的平房。门前杂草丛生，满地都是纸片破布条破墨汁瓶之类杂物。听说，顶头一间是吕荧的临时住处。那里原先是存放锣鼓旗帜标语牌的仓库，马马虎虎收拾了，吕荧就住进去了。郭雯起先轻轻敲门，她想吕荧不会外出。天气坏透了，阴云密布，是不宜出门的日子。她敲过门之后耐心等待了几分钟。踌躇一回，决定再用点劲敲。她探头向两旁睃盼。浓重的阴色之中一片死寂。吕荧不会外出的，在里面，不肯开门。她轻轻地喊了两嗓子。又侧耳细听，风声呼呼的。

门上的裂缝有一指宽，向里面瞄了几眼，黑漆漆的。猜想隔着门的吕荧也在这样窥视。郭雯面孔发燥了。她走投无路才找这儿来。明知吕荧不会有灵丹妙药，还是来了。同是天涯沦落人。唉！上头勒令吕荧搬到这里，是为了加紧监视和批判。他会有什么灵丹妙药呢？找他诉说一番而已。除了他，还有谁理解？假如她说我宁愿死也不与彭定国离婚，的确，只有吕荧会理解。她已退到悬崖边了，不同意离婚就要摔下去了，那是万丈深渊啊！她会眼看着自己粉身碎骨，血肉和白骨洒落在爬着青苔的岩石上，任阴森森的蛇虫吞食。

她心急起来了。开门开门！我绝不同意离婚。死就死吧。她隐约听到小狗的叫声。或许是风声中的幻觉。几张纸片在半空上下翻动。她无路可走。阴云密布的天空在她的视野里结成了冰霜。阵阵阴风使她的神经抽搐。不是小狗的叫声吗？他为什么不来开门呢？

郭雯的眼圈浮肿，眼神散漫无光，尖削的下巴埋在领子里。她的头发被风吹散了。衣裳鼓起来。风真大。她在僻静的小街上徘徊一阵。枯叶被风卷成一溜,哗哗地擦过灰色的路面。街的尽头迷茫一片,好在没几个行人。一群麻雀零乱地歇在电线上,电线发出呜咽声音,痛苦不堪似的。阴色中似乎弥散着密密麻麻的小黑点,凌乱地飘移。它产生静电般的刺痛。秋风秋雨愁煞人。她想起来什么,把手插进半空。这季候的风总是干燥的,与她的皮肤一样,水分抽干了。

她穿过去。那条平庸的巷子。

在记忆里。这才是时间的标签。

锈死的铁栅栏门。有时候她将这幢楼想象得很高很雄伟,高高耸立在白云间,经历高空的清澈寒风,这才配得上周平选择的死法。她寻找他头部着陆的地方——这儿。是这儿。每时每分有多少人在上面踏过去?他会一次次感受透彻的疼痛吗?就像此时,她能真切地感应到那种痛。她从来都是远远绕道而行的,远离周平的影子,远离他的血。此刻真好。一个人影也不见。

从哪儿爬上楼顶呢?巷口的电线杆上有个悬挂物,死猫或死狗。两边人家的墙壁如拱桥般朝里歪,撑着很粗的木头,横跨了许多根竹竿,吊着篮子麻袋之类东西。楼上人家的窗户都紧闭关的。她被腌菜味裹挟。特别显著。她感到安慰。气味和气氛是一致的。她试探着朝前走两步。路是如此坚硬的。铁盔似的。她用脚跟蹬了蹬。两个小孩从一户门洞钻出来,停下脚朝她观望,指指点点,窃窃私语。她吓了一跳,赶紧加快步伐。她该去哪里呢?

她绕了两个来回,站住了,一种极其荒诞的念头油然而生,像幸福不期而至。两种同样的痛,是不是可以互相交流?除了这种交流其余全断了。平心而论,唯一可信赖的东西在冥冥之中,不会有任何伤害,对彭定国,对周平,以及对自己。她确定了方向,小心谨慎地抬起脚跟。轻轻的轻轻的。她从来都是远远绕开的。现在她无限靠近了。

她记得一切的细节。她已站在他的位置了。潜伏在悲愤中的欢乐顷刻间爆发出来,几乎放声大笑了。同时,眼泪扑簌簌地滚落了。

十四　说明

门缝的风呼呼响。黑影里躲藏着各种的危险性。在这样一种情况下怎么保持内心的安宁呢？躲进铁箱子，周边焊起来，最好不过了。在所有的危险中被人换掉脑筋是最危险的一种。你想一想，好端端的一个人一下子变成了另一个人，可怕不可怕？现在的科学太发达了，完全可以让一个人变成另一个人。表面看是你，实际上已经换了一个特务的脑袋。千万要小心。街上难保有许多人就是这样被换过了。

光天化日。他们硬要闯进来。吕荧翻着白眼，撅起嘴唇，直愣愣地站在门边。

是一个女的送他们来的。那个女的是老熟人，名字叫什么来着？该死。想不起来了。那女的没进门，在外边探头探脑说："他们不知道你搬到了这儿，找我带路来的。"外面的天气原来这样的绚丽。一种失实的感觉。舞台效果。阳光灿烂。深秋的风干燥和凉爽。那女的以前是经常碰面的。该死。虚虚实实。张三李四王五。那女的斜睨着他，笑容极不自然。她怎么胖得这么明显？不能不防着点。他假装咳嗽，咳得很激烈。他歪下腰，两手捂着嘴。咳不出痰来。瞅准一个空当了，他把脑袋伸到门外，飞快地左右一瞥。不用怀疑了，后面没有跟梢的。

那女的站在门外，笑容满面，像小姑娘那样咬着手指，迟迟疑疑说："不进去了，我还有事，一会儿我再来带他们。"

吕荧至此没有回过头望一眼已经进屋的那两个人。他们明明白白也是熟人无疑。可是他被一种莫名的恐慌牵引着,目光不敢偏离那女的,仿佛安危系于她一身。如果灾祸临头,那女的罪孽难逃。所以必须看住她。她穿了件碎花洋布罩衫,灰绿色的裤子,胸上别着亮灿灿的徽章。她的头发上扎着石榴红丝绸发结。尽管他的眼睛受到绚丽的光芒的刺激,睁不太开,但是,他能够一无遗漏地了解那女的每一个动作蕴含的细微的意义。她踮着脚。想跑吗?她是跑不了的。他有十分的把握。所以面露傲慢的表情,冷笑着。他很想深入下去,嘴巴不听指挥,懒懒地吐出句话:"我好像忘了……"

那女的不在意。她用目光将他拨到一旁,对他身后的两个人说:"我先去办事,等会儿再见。"

非同小可。他突然责怪自己来。这时刻能够傲慢吗?他几乎叫了一声:"不要走。不许走!"

那女的稍稍愣了一下,面孔顿时绯红,指指他身后的人,然后一个转身拔步就走。他浑身僵住了,舌头伸在外边。他的心底涌出一股冲动:冲过去从背后抱住她!

"老吕。"——他好像听见他们中的一个人这么喊。那声音卡在喉咙口,带着颤动的尾音。

问题的严重性超出了原先的考虑范围。现实与噩梦的界限,这是有效的类比。每当他在噩梦中无法脱身时便祈求赶快醒,赶快醒吧。他有这样把握。再可怕的梦也有尽头。回首与他们对视——他没有这个把握,接下来会发生什么?

吕荧侧过脸迅速瞟了他们一眼。该是没问题的。脑壳里咔地响了一声,像开关的声音。打开了。外面大量的绚丽的光芒涌入室内,以及秋天的风。秋风里的无穷的流动性。流动里不可避免的歪曲,不免与笔直的记忆发生碰撞。没问题。他俩是几年不见的老朋友。都是诗人。一个叫什么?另一个叫什么?该死!老吕。老吕。他们开口便喊。你必须与他们打个招呼。叫——什么?该死的脑壳咔的一声,又关上了。

他感觉走在高空中的一条又长又软的绳索上,随时可能来个倒栽葱。这是梦里经常发生的。这样吧，姑且称靠近他的那位叫老 X，另一位叫老 Y。为谨慎起见只能在心里面叫，算作代称。老朋友并不意味可靠性。谁敢担保？不是记忆偏差的问题。记忆本身也不可以信赖。老 X 上前一步，伸出双手，说："你变多了，老吕，若在别的地方我都不敢认了。"老 X 这个举动太冒失了，把吕荧吓一大跳，退了两步，一只脚跨到门槛外边，瞠目结舌地望着老 X 的手。蓦地他又想起外面更不安全，趔进来一点，紧贴门板。他看清老 Y 暗中拉了拉老 X 的袖口。明显是约定好的。老 Y 的个头很矮，白胖胖的，笑眯眯的，五官的特征不明显。老 Y 穿着洗得发白的中山装，穿着圆头黑皮鞋。没变。

老 Y 从老 X 的身影里走出来，话音像绸缎似的柔和："几年不见，总有点变化，不都老了吗？"老 X 把手举高，正反看看，又伸到吕荧面前，马上缩了回来，识趣地插进口袋。老 X 个子也不高，有些瘦，皮肤又黑又粗糙，穿着皱巴巴的棕色旧西装，空荡荡的，裤子也嫌大，尺码不对号。错穿别人的吧？两人站在吕荧面前，形成包抄趋势。不过还好，没有看出多大的威胁。

他记得老 Y 原来是戴眼镜的。诗写得不错。每次蘸着口水一页页翻着自己的诗稿，放声朗诵新作。有的段落他至今未忘。

同志和同志之间
是星光和星光之间
不是互相摩擦
而是互相照耀

记忆突然照耀他了，有些松懈了。"你们坐……"吕荧才吐出三个字就打住了，迅疾挨了自己一拳。眼晕了。老 X 和老 Y 齐声说："来吧，我们都坐下，好好谈一谈。"

首要的问题是门仍然敞开着。一切可能发生的危急事件都来源于此。吕荧悄悄移动身体，面孔上保持若无其事的表情，手伸到背后抓住门沿。然后，他做了个滑稽的表情。他很满意，这样做不露任何痕迹。

"别关门吧，屋里太黑了。"

他们。谁自作主张开了灯？

吕荧心里大喊一声。

老X和老Y。昏暗的灯光如隔一层黑网罩，神情正好掩蔽起来。只有眼睛白晃晃，是无光的白，因而阴森森的。他们依然并排而立——就是说，他们与他面对面相恃着。

谈些什么呢？老X咳了一声。所有人都用这个简易的办法解除紧张。老X心想，人的变化再大，他吕荧也不至于变成另一个人吧？老X的疑惑写在面孔上，并且咳了一声。老X是这样说的："我们这次来，事先就商量好，一定要看看你。我们知道你的处境很不好。外边传得很厉害。没有大不了的事。一切都会过去的。你自己要注意身体，好好保养。"老X煞有介事。请注意。老X说话时是声情并茂的。吕荧伸长脖子一字不漏地聆听，有些定神。每一个字都嚼过了，咽下了。他露出笑容，点点头。他对自己是满意的，想讲一句客套话，嘴上却说："用不着，大家都很麻烦。"他逐渐朝书桌方向移动，希望自己的面部处于逆光之中，便于考虑对策。

他拿屁股依在摇摇摆摆的桌沿，两手抱着小腹，小腿轻微抽搐。这是不由自主的——是精神与肉身分离的标志性举止。老Y打着手势，以很吃力的口吻说："没想到情况这么糟糕。我们原来认为你没事了，最多批一下，生活上至少不会这样。"老Y拿手帕擦擦鼻子，低下头，沉默片刻，又说："我们那里搞得也非常厉害，像连续不断的疾风暴雨。"吕荧望着门的方向，说："我身无分文了。他们扣着我的工资不发。出版社的稿费也赖账。他们想饿死我。我养的狗已经饿死了，没东西给它吃。我自己都吃不饱，整天挨饿。我衣服卖得差不多了。我准备把书全卖光，保住命才行。"他心里痛骂自己，在还没有建立信任基础的时候说这些东西，万一他们是来探底的呢？

他心里一边痛骂自己，一边又洋溢这种需要，一股劲地催促，相信客观性吧。相信它。它虽然被强行扫除了，此时却回到原地了。

如果明确地说了出来，他们接受不了并且生出反感，造成你本来没有预料的后果，是不是你的失算？或者反过来考虑，他们因恼怒而掀掉伪装，抓住了你的把柄，就算你再摆出一万条理由都无法自圆其说了。

“以前确实太轻信了，现在无话可说。”

老 X 干瘦粗糙的脸上浮现笑靥，皱纹全面展开，像贴了一层旧油纸，与骨骼筋络是相脱离的。黑洞洞的嘴。牙齿不齐了。老 X 找不到适合的座位，他的头转来转去，最终只能一心一意站着，双腿轮换重心。老 X 顾虑到吕荧的不平静思绪，试图争取降低调门，争取平稳和轻松。然后，老 X 说得很具体：“想不通不要去为难。我举自己为例，觉得这样才好，索性躲起来。钓鱼、种菜、下棋、晒太阳。粗茶淡饭，哪怕吃糠咽菜，照样一天天过下去。”

老 Y 的方式明显不同。老 Y 像做过剧烈运动之后那样嘘气，白胖胖的身体往下坠落，疏松瘫软。更恰当地比喻是，像个寻短见的上吊者。他向吕荧靠近些，扁着声音说：“我们私下里谈过很多。古月这人脾气太犟，这年月不服不行啊。话得说回来，他的观点即使全错了也不该一棍子打死。他对新社会是拥护的。他崇拜毛主席。他亲口对我说过毛主席是巨人、天才，几千年出一个。现在不取决于真正的信仰，而是口径的一致性。我们都受到了种种盘问，受到严格的审查。”

老 Y 说着走到床边坐下来，床立即吱吱嘎嘎响个不歇。老 Y 一定对这间徒四壁的屋子感到迷惑。除了床，仅有一张桌子和一只歪歪斜斜的箩筐。从位置判断，箩筐是用以当凳子的。这屋子像地地道道的黑箱。至于那支灯，想象不出吕荧用这么昏暗的灯能做些什么。老 Y 对气味显然比较敏感，从进屋起就时不歇地拿手捏鼻子。屋里的臭味与茅厕不一样，很特别，像一种什么毒气，嗅的时间长了，内分泌失调了。吕荧了解这一点。老 Y 情愿拿手捏鼻子，却缠着不肯走。老 Y 说话时他一直垂着头，眼前仿佛有黑糊糊的虫子飞舞。

他说：“什么样的日子我都能过。没钱？算了吧。我要争取时间。很多事来不及做。我正在翻译莎士比亚一个剧本。朱生豪的译本有问题，华丽有余而不够贴切。我来做。不过，没有参考书是个大问题。”

老 X 以怜惜的口吻轻声说：“不要太累了。你的脸色多不好，太瘦了，比我还瘦。那时候你是偏胖的。我们背地里都称赞你，风度十足。你应该休息。事情永远是做不完的。”

老Y突然显得相当激动，打着手势说："关键在于心情，要靠自己调节。我想不通的时候就到外地走走，放松一下。别看我表面胖，是虚的，是浮肿，皮肤按下去都弹不起来，连走路都气喘吁吁的。"

吕荧轮流望望他们，心里比镜子还明晰。

"我们商量好一定要来看你。"老X似乎有重要的话藏在肚里，踌躇着，有些尴尬，"现在稍稍松了一些，赶紧见一面。以后就难说了。"

吕荧勉强咧嘴笑笑，摇摇头，接着再摇摇头。

"你们不要太天真啦。形势是假的。街上一半以上的人都是假的。不要看他们穿着笔挺的制服，假模假样的，都被换过了。千万不要轻信。过去就是吃这个亏。"

老X和老Y的神态发生了严重变化。击中要害了。直捣黄龙了。线索被我抓住了。

吕荧不给他们以喘息之机，加重口气说："你们以为那个女的是好人吗？她把你们带来，又立即跑掉。实际上我一眼就看出，她不是她本人。换过了。我敢担保，她已经换成了别人的脑袋！社会的复杂性就在这儿。真真假假。真假难辨。"他们已被他火一般的目光灼伤，失去了进犯能力。他毫不放松，火一般的目光直射他们。英雄都喜欢在火光中放声大笑。然后才能体验到摇晃感和倒塌感。他本人是巍然矗立的，顶天立地的。像根深叶茂的大树，需要与体积和力量相等的东西抗衡和争雄。

吕荧沉浸在惟妙惟肖的幻觉中，得意洋洋，感觉自己占尽了风头。老X和老Y相对无言，微微摇摆脑袋，叹息声如雾气飘浮在黑黢黢的屋顶，又如蛛丝从梁上挂下来。老X看到了结局，这个结局与吕荧的整体形象非常贴合。其实谈话从开始就进入了死胡同，这是改变不了的。老X唯一不甘心的是他们千里迢迢赶了来，叙叙旧而已，结果却在吕荧火一般目光中丧失了一切。这是改变不了的。

"保重身体。如果你想出去走走，我们欢迎你来……"

"我的身体很好。我不出去，谁也害不了我。"

"你需要放松一下……"

"哪儿也不去！我要工作，没时间浪费。"

他们悄声交谈了几句。

吕荧反正做好了高度准备。

老X以极其诚恳的声调说:“你面临难关,我们没有更多的能力帮助你。这点钱也许对你有些用处,请你一定要收下。”

老X从口袋里抽出几张钞票。老X的动作又是机械而突兀的,每个关节吱吱作响。他的眼睛不敢朝吕荧看,而是与老Y紧紧对视着。老X老X。满面孔油纸般的皱纹交错抖动着。鼻涕淌下来了吗?他正在用劲地嗤嗤地吸。

吕荧伸长脖子紧盯老X手指间的钞票。某种巨大的东西迎面撞过来。巨大的,坚硬的,飞速的,从根本上压倒他了。这一手狠了。毒辣了。折叠过的钞票。不,是炸弹!吕荧突然惊喊一声。这是一声爆发力极强的喊,不亚于一颗真实的炸弹的爆炸声。他自己都被这声喊吓傻了,傻得喘不过气来,继而抱起脑袋伏到了地上。

吕军从父亲那张写满问号的纸片上萌生了对父亲的好奇心。之后,他找到父亲留下的许多手稿,花了很多时间仔细翻阅。吕军得出结论,父亲的悲剧不单是时代的,也他个人的。父亲对认识论的见解,包括研究问题的角度,都证明其知识系统的缺陷。即:单一和武断。虽然可以说,那是他的时代的普遍性问题,但普遍性的实质只能是令人遗憾的局限性。

父亲在他的笔记里这样写道:

一个人眼中的世界不再具有客观性,也就意味着这个人不再属于客观世界的一部分。按照常规(正常生活的逻辑)判断,个人在对待客观性上的一切偏差都叫做不正常。需要着重声明,所谓的客观性、个人、正常或不正常等等概念,仅仅相对于生活现实。生活现实规定它们的实际内容和对照标准。进一步说,个人行为和意志若与生活现实发生抵触,仲裁者只有一个。你的种种罪孽最后都归结为违反客观性,就将你扫出正常生活的范围。所谓不正常很清楚大约所有正常的人都懂得,通常称之为精神分裂、神经官能症、臆想狂等等精神上出现的毛病。而从病理学专业分析,结论则是相反的。换言之,客观性概念在非哲学意义上的使用是等同于生活现实的。问题不止于此。因为,即使客观性再具有怎样的权威,也要经过个人思维的层层过滤,经过个人自愿或不自愿的认可。所谓整体事实上是各个部分的综合(古希腊哲学家早有整体大于部分的说法)。那么个人究竟在何种程度上具有(允许范围内)自主性? 两者之间的临界点在哪里? 一,世界是客观的。二,离开个人的客观世界是不存在的。这种悖论如果撇开哲学认识论是否可能? 起码比先有鸡还是先有蛋的难题复杂得多。当一种互为因果的关系毋庸置疑作为真实的必然,绝对的独断的论点都是错的。假如 A 与 B 互相占有,互为对象,一方的消失同时也就造成另一方的消失,还有什么更具说服力的证据让人相信客观性是绝对的呢? 世界是客观的说法本身就是伪命题。它被人盲目崇拜,就像神是人造的代用品,崇拜是为崇拜所需的。哲学思想是完全个人化的思想(叔本华指出的),思想天然地不肯承认客观性的绝对地位。思想是独立的。你眼中的世界是你的。一,你的世界是你的制定的地图,是你为它立法而不是相反。二,客观世界是你的舞台,离开你的参与舞台便废止无用了。因此,你既然信仰这种经过求证的真实的必然,并且发现了绝对的独断的客观性是造就时代疯狂的根源,它导致的群体性的精神分裂、神经官能症、臆想狂等等精神毛病。如此,思想与信仰的区别就显而易见了。哲学与信仰不是亲和而是对立的。哲学强调普遍性,强调规律等等,是远离个人经验的。每个个人都生活在自己的经验中。知难行易? 知不是固定不变的。在所有情况下个人是找不到固定不变的东西的。由于变化带来的认识上的麻烦,往往造成想法总是多变的。问题是任何人都不能保证多变的东西不产生混乱。混乱是现实的反映,是唯物主义反映论的经典注解。其结果证实:真理确实附在等到黄昏才起飞的猫头鹰的身上。

十五　论爱情

刘森宝的左手是在一次未遂的自杀中摔成残废的。那次自杀给他留下了终生污点，所有知情人都一致嘲笑他犯了傻。刘森宝是忠厚人。大家懂得，忠厚人发起犟劲来九条牛也拉不回。那时候，他在部队当师政治部主任，风闻老婆在家不干净，门槛都被野汉子踏烂了。老婆是高中生，能说会道，人也长得很漂亮。她在机关是有名的文艺骨干，性格特别开朗，交了许多男男女女朋友。结婚前曾经有人提醒刘森宝，这样的女人于他不适合。刘森宝被她的年轻美貌迷住了，哪里顾得上别的呢？匆匆忙忙把婚事办了，洞房入了。时间不长刘森宝就懊悔了，不该把别人的劝告当作耳旁风。老婆风流成性，而且手法高明，使他抓不住把柄，睁一眼闭一眼，心里非常痛苦。

刘森宝公务在身，做不了看门将军，白白放任老婆胡来。天高皇帝远。有一回他出差到某地去，中途转回家，被他撞上了：一个鬼头鬼脑的小白脸睡在他的位置上。于是乎，最后的时刻到了。他听说过愤怒出诗人——所以他在气极了的情况下没有拔枪射击。他采取了标标准准符合诗意的举动，与老婆达成一项双方愿意接受的协议：两人一起跳悬崖。

刘森宝之所以长久以来遭人嘲笑，是因为他轻信老婆的诺言，一心一意纵身跳下山崖。他虽然没有死成，却把左手摔残了。事后他老婆把当时的情景当作笑话讲给别人听。两人站在寒风萧萧的山崖上。刘森宝说，你西(死)我也西(死)。我们一起西(死)。你不西(死)我先西(死)

啦，就跳了下去。那山崖异常险峻，刘森宝没摔死真是奇迹。他们还没来得及生孩子，办离婚不复杂，很快解决了。

据介绍人提供的情况，潘丽华初步了解刘森宝是个级别不低的干部，年龄稍稍偏大些，与她一样离过一次婚。她本来不准备再考虑婚姻问题了，经同事和朋友反复做思想工作，才勉强答应先找机会见见面，双方接触一下，有什么想法和要求可以直接提出来。

潘丽华感到事情还未进行她就处于被动的地位，自尊心受挫伤了，不乐意了。她拖延着不给介绍人回话，介绍人那一头有些急，刘森宝本人也托人来催问。潘丽华又拖延一段时间，才同意与刘森宝见个面。

潘丽华想想自己各方面的条件处在下风，有前夫这样的政治包袱，又有很重的家庭经济负担。对着镜子看看自己，更加黯然神伤。潘丽华啊潘丽华，你已成为名副其实的明日黄花，还有什么资本跟人家谈条件？强烈的自尊心和委曲求全的用意像两根绳索，绞得她眼泪哗哗流。她没有把事情告诉母亲，免得母亲心里不安，担惊受怕。

潘丽华与刘森宝约好在一家电影院门口见面。潘丽华没做一点打扮，故意穿了件灰不溜湫的旧衣服。她怀着忐忑的心情，有些恍惚，希望早早收场，又隐含了一丝期盼。

乍见之下，潘丽华的嘴里像含了块冰，浑身发冷。刘森宝的外形和相貌离她的设想距离十万八千里。这么矮的个子，有些驼背。说不来是一张什么样的面孔。皮肤又黑又粗糙，脸颊上分布着不均匀的白麻子。刘森宝特意穿了一身崭新的呢子中山装，雪亮的新皮鞋，尽力挺着胸脯，头高高仰起。他的动作十分拘谨，土里土气。

正是下班时分，电影院门口人来人往，夕阳反射在每个人的脸上。潘丽华紧绷嘴唇面孔朝向别处。凭经验，她知道红艳艳的夕阳能够为女人增添不少魅力，使苍白的面孔映上生动的红光。她占上风了，安定了。她的头发在傍晚的风中飘拂。天空里翱翔着群鸽。云彩正是最美丽的时候，与美丽相配的应该是高傲。她衡量了自己的优势，她已越过自身设立的界限，成为信心和力量的化身。尽管她紧绷着嘴唇，神情却是自满的，高高在上的。

刘森宝伸出右手，轻轻喊一声小潘同志。小潘同志看清了他的右手规律性地抽搐。他的身体也一前一后摇晃。他的左手插在裤子口袋里。

就是说，小潘同志的外表超出了刘森宝的想象。小潘同志已是两个孩子的母亲了，这个空洞的概念落实到她这个具体的女人身上，完全岔掉了。他不懂如何鉴赏女人，可是他的心被眼前着个漂亮的女人搅乱了。他没办法弄清漂亮的含义和确切性，只有飞虫般的念头围绕在一个急欲表达的想法上。可能出于自卑的缘故，他迟疑地伸出手，停住了，哑着喉咙喊一声小潘，过了好几秒钟又加上同志二字。小潘同志。这个称呼别扭透顶，与容光焕发的女人之间缺乏联系。

刘森宝失去了平衡。几分钟前，他怀揣优越感，像接见某个下级，无意中将头仰得高高，根本没有考虑见了面该说些什么。他忘记了毛主席的不打无准备之仗的教导。简直不可原谅。

乍见之下，刘森宝的优越感霎时决堤了，着慌了，无言以对了。他运用他丰富的战斗经验，揣摩着造成这种力量对比迅速转变的原因。刘森宝突然清醒过来：男人和女人之间根本不存在地位、资格、权力之类差异。女人天然地掌握着主动权，漂亮的脸蛋和性感的身体就是最大的筹码。小潘同志只是匆匆地扫了他一眼，之后没有再正眼望过他，不就证明，他在她面前是个可有可无的角色吗？

是这样。潘丽华准确地把握了自身的价值。对红艳艳的夕阳郑重宣告，天平偏重于她这一头。但是，这种偏重是带有压抑和冤忿成分的。但是，日常生活需要实际，老老实实地承受一切。但是……

潘丽华必须以微笑面对生活。群鸽飞回来了。潘丽华这时候想出一句巧妙的话：你就喊我小潘好了。

刘森宝漾开笑脸了。小潘。小潘。刘森宝用简便的方式接上来：那你就喊我老刘好了。

打开僵局的第一轮通过了，刘森宝恢复一些常态了。很清楚，这会儿他只要做好一件事，千方百计遮住历史伤疤就行了。为了保持完整的形象，他双手插进裤子口袋。记住毛主席的话：在任何情况下冒冒失失暴露弱点都是愚蠢的行为。即便需要呈现自己的历史伤疤，也要让对方信任你的辩护词，要搁在桌面上，经得起盘问和审查。刘森宝忘记了自己的需要。他没有自己的需要。他是地地道道的卫星，处在她的引力中，由她为他设置轨道。他心甘情愿，肝脑涂地。

潘丽华从红艳艳的夕阳里望见自己挺立的身影，正如她感觉到决定性的优势在自己这一边的时候，反而悲从中来。这么快便见分晓了。潘丽华是有生活经历的女人，知道这仅仅是一种形式上的转变。刘森宝正毕恭毕敬地等候她发布指示。部队作风就是这样的。那就——潘丽华以征询的冷淡的口气问道：到街上走走？

第一，潘丽华没想到刘森宝立即提出请她吃晚饭。第二，潘丽华更没想到自己一秒钟内点头答应了。才初次见面，怎么会呢？刘森宝试探地问，我能请你七(吃)晚饭吗？刘森宝本人不懂这一套，是介绍人反复教育的结果。跨过这一步，他怀着紧张而愉快的心情，和潘丽华并排走在暮色苍茫的大街上。

街灯逐次亮起来。天空像透着微光的大穹顶。玻璃橱窗五光十色。光和色与人们融汇起来，增添了繁华和动感。他们恍惚了。神迷了。怎么会呢？两人心里明白，双方慢吞吞的步伐说明了问题的全部。双方不急于表达什么，从哪方面讲都是良好的开端。

内心的真相此时与步伐完全一致。在暮色掩护下，两人充分展开的内心活动有助于两人互相靠拢。首先是潘丽华感到这种需要。她走得很慢，借此表示一种半推半就的态度。这是女人的小小的狡猾，故意让他看出破绽，露出防线上的漏洞，以便引他来攻。潘丽华接受他邀请时，心里立即做出一个世故的决策。她不堪生活重负，太需要有人帮衬一把了。此时，没有什么比这个念头更强烈了。她答应他是为了架起一块跳板来。她相信走完这块跳板，肩膀上的担子就能减轻一半。

刘森宝亦步亦趋跟随她，想法还是有些乱，尽量控制住嘴巴，又怕不小心冷落了她，仍然很紧张。不过这是有了几分把握以后的紧张，有质的区别，心情是愉快的。刘森宝东拉西扯谈了一些故事，把自己的经历放在几个历史事件中一带而过，没有渲染，不故意夸张细节。他的形象在这样的平铺直述里反而确立了，可信性强了，无形中完成自我介绍了，其结果是把自己的档案塞给她了。刘森宝从她专注的神色里探测到这个效果。

到目前为止，两人之间话偏少了点，冷场的时候居多。这只是初次接触造成的局限。他了解她的身世，做过分析研究。外部条件是对等的。但是，潘丽华一出场情况顷刻变化了。潘丽华若放在人群中算不上出色。女人的魅力就在于只要她和你有关系，特定的感受便产生了。这是一种你能够抓住并搓揉的感受，能够进入心脏内部并据为己有的感受。他对女人一向缺乏认识和信心，然而，他毕竟经验过了，懂得女人的力量是无坚不摧的。

感受是随心境的变化而变化的。潘丽华决定观察一下他的整体形象。街灯和车灯使她眼花缭乱。仿佛水中望月，晃动的波纹影响视力，也影响判断。她欢迎越来越临近的夜色。夜色带来寒意了。他是严格按照她的意图办事的。他试探地问：

"是不是先七(吃)饭？"

"现在不饿，再走走吧。"

她说了算。她的脚步没停下来，途经几个饭店的门口她都是这么说。因为她不能一味地原谅自己。她根本不稀罕这样的主动权。她越走下去越看不惯自己了。

"七(吃)过饭，我买点东西，你带给孩已(子)和大娘。"

"你喜欢孩子吗？"

"我非常喜欢孩已(子)。"

潘丽华不肯就任何话题深入，点到为止就可以了。她眼前浮现吕荧说话的嘴巴。人们生活在多种可能性当中。很多时候，人们所得到的恰恰是最无可能的可能。

"老刘，你可能了解一些我的情况，我的困难很大。"

"你有什么困难？说给我听听行吧？"

这一回刘森宝站下了，等候她说出关键性的话。

到时候一切都会明白的。潘丽华侧着身体站在他旁边。本来有许多紧迫的问题环绕着,他俩都对此有所了解,都望见对方紧攥着自己的弱点。就本质而言,它为双方继续交往下去提供了实在的保障。

潘丽华望着街上的行人和车辆。另一种需要开始召唤她了。一对年轻男女从身边经过。他们偎依着,亲热得像是一个人。这样的亲热是自然而然的。这样的爱情是透明而发光的。潘丽华的目光变脆弱了,似乎泄气了。她抬起头仰望天空,眼中不再有刘森宝这个人。

潘丽华再次受到刺激是因为他残废的左手。吃饭时候,刘森宝不能再把左手藏在口袋里了,再藏就物极必反了。潘丽华瞥见他那鸡爪样的左手,浑身的皮肤暴起了鸡皮疙瘩,产生出强烈的恶心感来。在这种情景下,怎么还有胃口吃这顿饭呢?

局里上上下下都知道刘局长是个象棋迷。刘局长下象棋有两个特点,一是没完没了;二是盘盘要赢。

每到下班时间,刘局长就站在大门口点将:喂,你,过来,杀两盘。被点的那个人必须装出受宠若惊的模样,好的好的,我正想找机会向刘局长请教请教。于是摆起阵来,一盘连着一盘,至少让刘局长赢上三四盘五六盘。有时候刘局长赢到兴头上,不肯歇手,一气下到深夜十二点。最过瘾的一次下了一通宵。为了让刘局长赢得光彩,输的人须故意抓耳挠腮,绞尽脑汁,最终挽回不了败局。刘局长一定会洋洋得意,浅麻子熠熠生辉,手里玩着棋子,咂着舌头:七(吃)亏了吧?看我教你几手吧。局里能下象棋的人都害怕局长大人,特别在下班时候,见了他就像见了瘟神。

有位刚调来的家伙,不懂其中的规矩,与刘局长对阵时竟敢先赢一盘。第二盘开局不久,看样子刘局长又不行了。刘局长脸色铁青,阴沉的目光一次次投向那自寻倒霉的家伙。偏偏那家伙不知趣,反过来教局长大人走棋了。刘局长猛地拍一下桌子,急乱中是用鸡爪似的左手拍的。显然弄痛了,刘局长暴跳如雷。喝道,啊!你会不会工作?群众有反映,领导也有看法。你这种吊儿郎当的作风,我必须严肃批评你!那家伙懵了,满头满脸冷汗,张大嘴巴说不出话来。局长大人又命令道,下,继续下!还下个什么呢?那家伙魂都不知丢哪去了。一输到底,输得局长大人笑逐颜开。最后局长大人拍拍那家伙的肩膀笑眯眯地说,有缺点改了就好,领导是很关心你的。好好干,你会有前途的。

女人式的实际和女人式的玄想,女人往往在这两者之间摇摆。一边是庸庸碌碌的日常生活,一边是不切实际的美妙梦想。女人一辈子就像钟摆,依情景需要在两者之间摇摆。而且女人害怕思考,必须有一个限制,比如某个具体对象,可触可摸,便于作参照。换句话说,女人的追求是似是而非的,依附在某个实体之上。当女人黯然伤神地默默诉说命途多蹇时,请注意,她们肯定不是为了别的。女人在真正失去了爱情的时候才会说不稀罕爱情。

不妨围绕她的难题想一想。什么叫两厢情愿?什么叫天生一对?什么叫不够般配?什么叫柴米夫妻?什么叫缺乏感情基础?什么叫互相爱慕?什么叫迫不得已?什么叫为孩子着想?什么叫命该如此?当事人的切身感受与旁观者的评议风马牛不相及。几句轻描淡写的评议不算什么?当事人所交付出的远不是幸福、享受、情感、身体等等简单的概念。望着自己生命中的每一天、每一个小时、每一分钟都在形销骨蚀——想一想吧,还有什么可说的?

我常被笨拙的念头所纠缠。比如我这样设想:在我不知道我的亲人——父母和兄弟姐妹横遭意外的时候,是不会陡生悲哀的。永远不知道就永远不会悲哀。我的意思是说"知道"就是知道所知道的东西,"知道"所知道的内容。不会有知道以外的"不知道"。"不知道"就是没有,就是不存在。我设想自己是在"知道"中生活的,不可能生活在没有和不存在里。

十九岁那年我是个不懂事黄毛丫头。我被人强奸了。也许旁人根据当时的情况分析,不会得出我被强奸的结论。相反会指责我是贱骨头,我是狐狸精。他是公安局的政委,德高望重,向来以叔叔的身份对待我,关怀我,照顾我。谁肯相信他会起歹心呢?那天晚上,他把我喊到他的宿舍,起先我没看出反常的迹象。他给我吃水果和糕点,说了一些无关紧要的东西。后来他不对劲了,搂住我要吻我,还摸我的胸脯。我吓晕了,不敢喊,哀求他别这样别这样。可是他把我的衣服扒光了,摁上床了。我开始拼命抵抗,抓他,咬他。他火了。拿了把黑亮亮的手枪掼在我面前,威胁我恫吓我。那种情况下我敢不顺从么?他活像一条公牛,整个一夜不停歇。我望见自己像一地揉碎的桃红的花瓣,被玷污,被践踏。我这才了解男人关心女人处于何种目的。我知道我的第一次被公牛似的男人抢走了。这个“知道”从此影子般的钉着我,让我终生感到羞耻和苦恼。

我和男人在一起总是很提防,即使在梦里都离男人远远的。

从爱情的角度说,女人具有天生的依附性,是被爱的。女人只配扮演这样的角色。当有一天,爱情像纸鹞一样飞到你手里,你以为是你的了,或许眨眼间它又飞走了。结婚前我惧怕男人。结婚后我憎恨男人。可是男人是不可缺少的,像脚下的土地,像呼吸一样重要。

我心里始终默默地渴望爱情,渴望自己主动爱一回。曾经有个男人出现我在面前,那是个各方面都不错的男子汉。接触中我发觉他是重感情的,懂得呵护人。本来打死我我也不会同意。我敢夸这个海口,所有认识我的人当中,没有人不认为我是正经女人。只要我把心里的创伤掩埋好,人们会以为我是女人中守身如玉的典范。我的口碑好极了。我是被我的丈夫激怒的。众所周知,我的丈夫是个没有节制的淫贼。为了报复而偷一次情,这个理由至少对我是很好的心理安慰。

事情延展下去就变质了。我希望他不要提出性要求,两人相爱,感情互相依托不是很好么?男人对爱情的理解是绝对实际,绝对不留有余地,绝对占有的。他一定要。我怕失去来之不易的爱,答应了。事情坏就坏在答应了。从此他见了面不谈其他,只要性。有几次我拒绝了,他马上变成我头顶的乌云,雷声和风暴跟着来临。梦想终究是梦想,像肥皂泡,指尖轻轻一划便破了。

我的脑壳里盘旋着乌鸦的怪叫声,半辈子都被乌鸦的怪叫声惊扰。

假使民间没有关于乌鸦代表不祥预兆的说法，或许我的心情会放松一些。我相信在我弥留之际乌鸦会成群结队来欢送。经验告诉我，噩梦和梦想的界限在哪里。噩梦是潜在的和强加的，梦想却是愿景的和期待的。我老是梦见少女状的姥姥便是佐证。有谁见过自己的姥姥是个少女？其实它呈现了内心的真实。女人的心有一半永远停留在少女时代，停留在梦想的时代。那是甜蜜的感伤的时代。我曾经写过许多献给自己和白马王子的诗篇。李花李花呵……

我说我不稀罕爱情不是心理变态。我很正常，身体和精神都很正常。我是不相信。我知道是“知道”在作怪。碰到类似的事情它就发出尖利的啸叫，像烧红的针刺在背上。

我没有错。性与爱是两条道上跑的车。当我再次处于这样的尴尬局面，叫我怎么能够相信？

母亲劝我慎重再慎重。我的难处母亲都看在眼里。她虽然劝告我，可是拿不出更好的办法来。她的身体越来越差，孩子一天天长大，吃饭穿衣上学，我的肩膀快要压垮了，但是我不把难处作为卖身契。我已是够慎重了。那天他邀请我去他家，事先我已作好思想准备，这个独处多年的鳏夫闻到女人的味道能控制得住吗？

他家里什么都是现成的，收拾得有条有理。他声言这些都是为了我。按理像他这种人不善于甜言蜜语，要什么就实打实地提出来。他照顾我的情绪，步步为营，步步深入。打过仗的人懂得战略战术。他说既然双方有过约定，趁早享受一下天伦之乐吧。他眼巴巴瞪着我，等我表态。我考虑过，如果他提出非分要求就立刻与他拉倒。事到临头，想法便转弯了。身处滑溜溜的冰面，无法控制自己。这样的男人。我突然很冲动，很需要。不是需要享受，而是需要受虐。我要通过受虐进一步证实自己的清白。

性并非可有可无。性是我的记录簿，上面写着我的格言。性与爱分别代表了女人和男人，一座拱桥将两者永恒地分开了。他激动异常地紧抱我，来不及接吻和抚摸，只顾着使劲，像只螃蟹，冰冷地扎入我的枯涸中，因为枯涸而产生火辣辣的疼痛。

我被剥离了。逃离沾染臭气的躯体。窗外的呖呖鸟语，声声布谷。我望着迷蒙的荡漾着日光的天花板，水浪般的，有节奏地晃动。不是他一个人在拼命喘气，同时重叠了许多男人，那些似是而非的面容——以往的、现在的、未来的，经过我同意之后爬上来。

刘森宝三番五次提出要请潘丽华一家吃顿饭。等到潘丽华答应下来，他兴师动众派了局里的小轿车来接。吕澄和吕清第一回坐小轿车，欢天喜地叽喳个没完。潘丽华的母亲晕车，用一块毛巾捂住面孔，紧闭着眼睛。潘丽华知道母亲在想心事。她自己也是心事重重。

刘森宝自从听她亲口说出愿意二字后，像平白无故捡了个金娃娃。他整天喜笑颜开，思量搞一个很排场的宴会，并且预先不让潘丽华知晓。潘丽华看到刘森宝自己没来接，心里明白了八九分。她不好说出来，满腔怨气，浑身不自在，怕母亲和孩子受影响，只能强颜欢笑。按介绍人的布置，这桌酒名义上是请些朋友和同事热闹一番，实际上是向他们宣布订婚的消息。潘丽华领着一家老小走进饭店的包间，简直被这场面惊呆了。除了刘森宝和介绍人，还有八九个陌生男女，都是干部模样，一致起立朝她热烈鼓掌。

潘丽华有些头重脚轻。撒腿跑掉吧？她手里牵着两个孩子的小手。母亲暗中轻轻搡了她一下。是啊，跑到哪去呢？

她晕晕乎乎坐在刘森宝身边。看不清他们的脸，听不清他们说什么。不知嘴里的滋味。身上一层又一层的汗水。体内的锅炉烧开了。吕澄和吕清埋头大吃，吃得满脸满手汤汁。母亲不时地笑眯眯地看她几眼。她理解母亲的良苦用意。可是她的确有些不支了。被劫持了。她处在各种掂量和审视的目光下，虚情假意，争着与她搭讪，却暗含追究。她不得不逐个应付。她感觉自己的嘴巴从来没有如此笨拙。

刘森宝的酒量惊人。他与大家轮流干杯，满面红光，眼睛也红了，浅麻子颗颗饱绽，鸡爪似的左手大模大样搁在桌子上。划拳，干杯，声嘶力竭，半醉了，啰啰嗦嗦重复一句话：太高兴了。太高兴了。刘森宝觉得有责任使潘丽华高兴起来。他举了半杯酒，要与她干了。潘丽华声明过她不会喝酒，喝了酒头痛胸闷，医生说这叫酒精过敏。刘森宝得意忘形了，执意要和她干杯。旁边人也跟着起哄，替刘森宝帮腔。

母亲拿过她的酒杯，对大伙说，我代喝吧，她的确不能喝酒。潘丽华这辈子看见母亲喝过一口酒么？母亲是有病的人，怎么可以代她受过？她发怒似的夺过酒杯，瞪着刘森宝——全身的力量都集中在眼睛了，尖刀般的光，朝他直刺过去。可是她运用力量的方式不对头，眼泪同时也憋出来了。那就一起喝下去吧。不就是半杯酒么！

十六　药

人行道上拥挤着一大群人。有个年轻女人始终盯着他。她皮肤白净，大眼睛，手里拿着一只蓝布包，两个戴口罩的彪形大汉一左一右夹住他。颈脖被他们卡紧了。耳朵嗡嗡了。他极力转过脑袋去。那个年轻女人举起蓝布包。他望见蓝布包上一对绿玉环。她挤到人群后面去了。许多人追随着，叫叫嚷嚷。他又踢又蹬，用脚抵着车门。颈脖被他们卡紧了，喊不出声音。天斜过来。他只望见无数只脚。头顶的灰白的地。地上的烟头和痰。他们捏住他的下颚，在他不得不张开的嘴里塞进几颗药丸。狰狞地笑。揪着他的头发摇晃。他妈的你再动，揍死你。他听到体内的音乐，肠里的，稀稀落落的。他们弄错了。把他抓进精神病院了。肯定弄错了。

他在光天化日的大街上走着，莫名其妙地被两个彪形大汉绑起来，像一头猪似的塞进汽车里。他望着车尾玻璃窗外灰尘中的街景。街景中的人影，朝终点消逝。他暴怒了，咳着着喊。向世界揭示真相。他们的阴谋得逞不了。可是嘴里塞了块脏毛巾，手脚捆起来了，面孔打肿了。他们互相交换香烟，替对方点上。笑嘻嘻的。

灌过几回药后，他完全服从了。让他像狗那样吃屎他也乐意了。

黑夜。他对自己提出要求。假使一百个目标收缩到一个，那就是睡觉。睡睡睡觉。邻近病床鼾声大作。鼾声如雷。没有一秒钟间隙。他像愤怒的鱼翻来滚去。躲在枕头下，躲到意志深处的夹缝下。鼾声如一条黑蛇沿着洞孔径钻到达他的耳膜,在柔嫩的耳膜上留下啮咬的齿印。混蛋!宁愿饶过一条万恶的蛇也不饶过你的鼾声。

他一骨碌爬起来,蹑手蹑脚摸下床。稻花香里说丰年,听取鼾声一片。应该在那个猪头似的面孔上浇一勺滚油。他犹豫了半晌,并不想要人家的命。他顺手一推而已,咕嘟,那小子的脑袋如瘪气的皮球掉到地上去了。人类历史中最奇怪的事件发生了:顺手一推而已,身首异处了。颈脖断口的粉红的色肉,花朵一般的。然而鼾声依旧——从正在地上滚动的脑袋的鼻孔里发出。而且音量扩大了,愈加响亮了。他魂飞魄散。鼾声在病房里乱滚。有几次从他的脚背上滚过,铁球一般沉重。越来越惊险了。它围绕他的脚边飞快地旋转。他左冲右突。这种形式上的努力不足以解除危机,危机缚住他了,逃不掉了。裤管已被它咬住,再怎么用力也甩不掉。鼾声依旧。他不能不依靠狂叫来削弱恐惧。他的心就像一台失控的马达,颤抖,翻滚。这时候他宁愿挨那个彪形大汉一顿棍子。

他已记不清挨过多少顿揍了。彪形大汉把他抛到床上,狰狞地笑,举起被阿Q称之为"哭丧棒"的那支短棍,一记下去便是一条紫痕。"哭丧棒"说来便来。他力求解释清楚,拉住彪形大汉的袖子。啪。这一记下来了,他眼冒金星。尤其是在黑夜,从光学的角度研究,眼睛的分辨力比白天差远了。彪形大汉睡眼惺忪,嘴边口水拉拉的。他妈的,再动,揍死你。他愣着。他难道还不安分守己?八天之内没找一点麻烦,不再提抗议。即使灌药也无所谓。啪。他眼冒金星了。

他费劲地清理乱纷纷的头脑。他写给院长一张字条,详细陈述了情况。院长本来就有些疑惑。院长是个办事精细的人,找了当事人来问,问来问去反而更糊涂了。院长说,既然是诗人、学者,为什么文联不肯认?几百元医药费谁负担?不行,先扣着,让文联拿了钱来领人。那么,唯一的机会是写信给文联领导。可是每天灌两次药,算一算,神志清醒的时间不超过半小时。当然,也说不上清不清醒,太乏力了,梦太多了。当然,也说不上梦不梦,一些玄想和回忆而已。

院长准备在办公室里单独接见他,这消息使他振奋好几天,因振奋竟有些失常了。后来他听说院长取消了接见的决定。院长是个五十多岁的半老头。他见这个半老头一次,是个办事精细的人。他靠智慧战胜困难把字条送到院长手里。现在他要靠智慧安排最精彩的一幕戏。

最精彩的场面有时是靠灵机一动,无须刻意追求。那时他骑着那辆除了铃不响其他地方都在哐哐响的破脚踏车,去文联送交代材料。正值上班的高峰时段,他骑到长桥中央,被潮水般的脚踏车和行人挤到附栏边。他停下了,一只脚撑在附栏上,竟然欣赏起景色来。

河面蒸发烟雾似的水汽,朝阳水淋淋的,播洒着奶黄色的柔光。仿佛掠过无数的光带,在目力无法到达处——比如心底的阴影里,展现缤纷的幻象。停靠岸边的驳船升着袅袅白烟。驳船的喇叭放出歌声。杂沓的噪音。车铃声和人的喧闹声。街市的日复一日的晨曲。口袋里那份永远写不完的交代书,把它撕碎了,抛入流淌的河水里吧,让它被一道道浪纹吞没吧。他伸长脖子,向苍天投去警惕的一瞥。奶黄色柔光,任何时候都会受到启发。灵感突然降临。缪斯的琴弦经过天才的手指拨弄,像奶黄色的柔光,罩住了他。他激动起来了。但是,他害怕肉体上的痛苦。万一摔死了呢?死了也是迫不得已。他越来越害怕了。这是自然的——他从头到脚发着抖。谁能料想结果呢?

假如说,在长桥上故意摔一跤丝毫没有减轻遭批判的火力,白白伤了胳膊和腰,那么,随后的灵机一动结果又如何呢?他仍然以为自己造就精彩场面的本事非同一般。这种固执很显然来自于信仰。自信心与自我衡量是不可同日而语的。他以前和柏华争论时强调过:标准是外在的,在历史真理与终极价值的结合过程,是个体认识不断修正和变化的过程。没有任何一个人在这个过程之外。他伫立着,靠近真理的边缘。文联是他每天必到之处,送交代书,接受斗争批判。这没什么。天照样一片蓝,纯净、深邃、不可检验。他按照预定的尺码一点一点迈进。有时是飞速的,越飞越高,但是他坚信地球的引力永远不会消失。高空的寒冷是受大气挤压的结果,正如他的心像海绵吸饱了空气里的水分,嘀嘀嗒嗒漏着。他回眸一路歪歪斜斜的水滴——他喜欢用比喻来衡量现实的性质。

于是，他以大包大揽的口气对秘书长说：“所有错误都有我的份。我不光承认这一点，我还要给中央写信，给毛主席写信。我反党反革命反人民反社会主义。我罪大恶极、死有余辜！我正式向组织提出，判我重罪吧，二十年、无期徒刑。不！我强烈要求你们枪毙我。判死刑，立即执行！我坚决要求对我焚尸灭迹，彻彻底底消除我的一切毒素！”

秘书长是个上传下达的人。不足挂齿。秘书长的屁股不干净。他捏着他三到五个把柄。因此他又气势汹汹地说：“你算老几？小爬虫。我要直接和中央对话，和毛主席对话。大家以理服人。只要他们明确讲一句，我有罪，我心悦诚服，死而无怨，到了地狱也不上诉……”

他绝不是虚伪。他真心实意要求从重从严宣判自己，判死刑最好，求之不得。难道不是一种升华吗？他是无私奉献的。他向历史证明一个人对真理的忠心。参与到星光闪闪的历史长河中，任何单个生命都不重要。后人所见的是整个历史长河里的闪光点。你的生命因此伟大了、永恒了。他向着历史和真理庄严宣誓。他涕泪横流、披头散发。然后，他被一脚踢进黑洞洞的垃圾箱，与狗屎为伍。他相信，这正是历史和真理对他的应有的回报。

至此他学乖了，冒充靡靡之音了。而且，确实他得到了实惠，不再遭受每天灌两次药的痛苦了。每天，他老老实实坐在桌边看人家下棋。他会下棋，他比这里所有的人下得好。活动室里的病人不是下棋就是打麻将。除了走棋声和麻将声，很安静。他逐个打量那些眼睛无光的老老少少，全是面孔灰白神色颓然的，一副副痴呆的样子。他坐着不敢招惹任何人。

下午三点钟。三点半钟。他的脖子被那个独眼龙吐了几口痰。癞皮狗！独眼龙吐痰的本事极其高超，简直指哪打哪。独眼龙发起疯来能把一桌子棋子嚼碎了吞下肚去。他抹掉脖子上黏黏的痰，换了个座位。警惕着。冷不丁，“噗”一口痰直射他的镜片。癞皮狗！他躲到人后去了，躲远远的了。独眼龙一进活动室就拉人下五子棋。百分之一百的白痴。彪形大汉站在走廊上。所有病人都害怕这个恶魔，连带这个恶魔的背影。

院子里洒满下午的阳光。对面墙上映着枯树的疏疏投影。白的光。

这种光如实体一样的，非常沉重。如果向彪形大汉报告独眼龙的行为，会怎么处理？独眼龙出去小便了。机会来了。他装着若无其事踅到桌子边。没人注意。机会好极了。顺手牵羊，他偷了三粒棋子，攥在手心里。然而机会失去了。没等他藏好棋子就见独眼龙一边束裤子一边走进来，还朝他做着鬼脸。他因紧张得脸色陡变，竟然栽在百分之一百的白痴手里。失算了。只听独眼龙猛地捶了一记桌子，狂喊起来：棋，棋，棋，我的棋子上哪啦！苍天保佑。他永远能在危急时刻产生灵感。亲爱的灵感宝贝的灵感——他背着人弯下腰，把三粒棋子一粒粒塞进嘴里，吞下去了。

鼾声如雷的那人看上去沉默寡言，其实为人相当不错，也是知识分子。他患了间歇性精神病，说不准是哪一种，发作的时候便咬自己的肉，曾经把小臂上的肉差不多咬光了。他住院已经半年多。打针吃药使他的身体吹气似的膨胀，胖得失掉了人形。怪不得鼾声如雷。

他们熟悉之后常常交流思想，特别是在夜深人静的时候。那人怕鼾声震破他的耳朵，于是两人就悄悄地说话。

他说，假如有把枪他首先要打死那个恶魔，打他十七八个窟窿，然后冲出去，去报纸电台揭露他们的弥天谎言，再不行就上井冈山。当然啦，写成书拍成电影也行，有深刻的教育意义。那人说，我是有病，发作过后便想寻死。他说，我什么病也没有，他们照样抓我进来，不要相信自己是有病的。

深夜时分说说心里话真开心。两人不停地说着，说到伤心处像孩子那样哭泣一番。他交代了自己的政治背景，原原本本，适当的时候也添油加醋。没别的意思，主要是为了听起来更生动。

那人说，家里人希望我病快快好起来，回去团聚。我爱工作。我爱设计桥梁。

他说，我连家都没有了，前妻可能嫁人了。女人是这样一种动物，只愿坐享其成。前妻不算坏人，嫁人也是迫不得已。

那人说，我的妻子也改嫁了，是我要她这样做的。不过我看得出来，她早想这样做了。

他耿耿于怀前妻不准他去看两个孩子，两个孩子被她教坏了，都跟着她恨我。我很爱孩子，比爱党爱领袖还爱。我一直梦见他们，他们抱着我的脖子哭，我也搂着他们哭。

那人说，孩子大了自然会认他的，亲生骨肉谁都拆不散。

他说，不认便不认，不稀罕。我有我的事业，足够了。

那人说，男同志把事业摆在第一位是必须的。我们都应该为建设新社会多出力。

他说，我的诗歌创作得到过许多读者的肯定和好评。我对美学理论的研究成果卓著，有目共睹。

那人说，把眼光放远一点吧，诗人首先要有开阔的眼界。

他说，我读万卷书，行万里路。我走南闯北到过许多地方，日本，马来西亚，新加坡，香港，台湾。我当过教授，桃李满天下。我有很大的抱负，我要创作、翻译、研究。

那人说，一步步来吧，争取早一点离开这儿。

他说，他们抓我毫无理由，阴差阳错。他们不让我写信，不让我向外传递消息。我的工作关系在文联，然而，文联怎么知道我在这个鬼地方呢？

那人说，我快出院了，我帮你送封信，叫文联来接你。

他说，以前我好恨你，吵得我睡不着，做梦都想把你的脑袋揪下来。

他边说边下了床，坐到那人的床边上，握住那人的手。两人都笑了。

中部

一　哑语

太阳火辣辣地照射。人潮像翻滚的黑浪的海洋。

广场上聚集了一群又一群穿着草绿色军装的红卫兵。他们之中很多人手里拿着木棍或皮带，激动异常，呼喊着谁也无法听清的口号。一些站在演讲台上演讲的男女红卫兵挥动小红本，扩音器里的声音变了形，在声音的汪洋里一切声音都是杂音。

吕军一手拎着旅行包，一手牵着吕红的手。他既恐惧又兴奋，舔舔干燥的嘴唇，眼睛瞪得大大的。

红卫兵叫嚣着从他们身边跑过去，演讲台那里发生了骚动。头顶无数挥舞的手和棍子，旋风似的热浪席卷而过。人们纷纷朝那边涌去。互相冲撞着、磕碰着。吕红尽力拉住哥哥，满面惊慌。叫喊是没用的。高音喇叭的啸吼响彻云天。千万张喉咙汇集的声音的汪洋湮没了声音。吕红向她哥打着赶紧离开的手势。她只能这么做。不光她一个人，大家都像天生与声音无关的哑巴。唯一可以传达意愿的便是哑语了。盛夏的太阳从来不会吝于抛洒火一样的光。风无力吹走广场上空的热气。人滞留住，热气滞留住，喧闹声滞留住。

吕军的草绿色军装湿透了，解开两颗纽扣，露出瘦骨嶙峋的胸脯。他又瘦又高，两肩耸起，像衣服架子。他不愿意离开。这么多人在看热闹，说明好戏在后面。他对吕红一次次的催促报以白眼。吕红拿哥哥没办法，又急又慌，黑压压的人潮使她喘不过气来。

广场上聚集了一群又一群穿着草绿色军装的红卫兵。他们之中很多人手里拿着木棍或皮带,激动异常,呼喊着谁也无法听清的口号。一些站在演讲台上演讲的男女红卫兵挥动小红本,扩音器里的声音变了形,在声音的汪洋里一切声音都是杂音。

不知从哪儿传来了军乐声。炸开锅了。人们顿时着魔似的叫着跳着,潮水般的涌过去,差点儿把吕军吕红挤开了。两人顺着人流浮上浮下,像顺水而下的泡沫。吕军拼命拽紧妹妹。妹妹的面孔通红,湿发粘在脑门上。

在湿漉漉热烘烘的人堆里,吕红整个儿被卡紧了。难以呼吸了,只有震耳欲聋的轰轰声。不是外部的声音,声音来自于头脑,是头脑内部接连不断的轰轰声。是幻觉?说不定一片寂静?疯狂的寂静。火烧般的寂静。

一队红卫兵押着几十个挂牌子的家伙过来了。牌子一米见宽,上面写着打了红叉的墨色大字:走资派。反动学术权威。反革命分子。阶级异己分子。死不悔改的走资派。美女毒蛇。他们被很粗的绳索串起来,像一长串蚂蚱。男男女女老老少少,涂着奇形怪状的花脸。女的一概剃阴阳头,人不人鬼不鬼,衣服撕得破烂不堪,赤着脚。挂牌子的铁丝勒进脖子的皮肉了,血肉模糊了。伤痕裸露着,旧伤加上新伤。有几个家伙已满头白发了。牌子太重了,几乎垂到地上了,腰弯得如虾子一样,每走一步都费很大的劲儿,随时会栽倒在地。衬衣浸透血渍,呈紫黑颜色。木棍和皮带在他们身上呼啸。鲜血又涌出来了,红漆一样的鲜血,稠粘发亮。阳光太刺目了。炽白的天。围观者跃跃欲试,拳打脚踢。没人制止。一阵接一阵的狂喊。牌子上写着反动学术权威的老家伙咕咚栽倒了。此前,吕军预感那个老家伙坚持不住多长时间,脚步都歪歪扭扭了。才两三分钟,咕咚栽倒了。红卫兵不失时机在他身上乱踢一气,棍子和皮带轮番猛抽。也许死了吧?老家伙被架起来,整个脑袋肿得不成形状,无知觉地歪到了一旁。死了吧?吕军恍惚了。无数人的脸合为一张脸。无数张嘴合为一张嘴。黑洞洞的,深壑似的。太阳迅速将血迹晒成紫黑颜色。血和泥土混杂在一道。

吕红呢?妹妹呢?他手里只剩旅行包了。

吕红慌乱中松了手。哥哥眨眼之间不见了。她首先想到哭,眼泪提前涌出来。哭是没用的。喊是没用的。她被一个巨浪打进深渊去了。不是巨浪,是烟尘四起的滚动的石块。沉重的巨大的石块碾压着血肉之躯。可以肯定,她失去依靠了,那只紧紧抓牢她的手消失了。她的身体一会儿倒悬一会儿飘浮,被来自脑袋内部的轰轰声震塌了。幸亏太阳穴边上一星点感觉,收起眼泪,决心找到某个有利位置。哥哥丢不了,他不会被红卫兵押着游斗,不会挨这么多野蛮人的追打,不会鼻青脸肿。一辆装有高音喇叭的卡车在她面前停住了。高昂的女声也停住了。车厢后面的铁链条挂下来,顺着爬上去就可以了。哥哥逃不出她的视野。无论如何先爬上去再说。她有信心。打手势不行么?权当在哑巴堆里不行么?

许绍强和陈正发一个红脸一个白脸,要求大家按兵不动。许绍强以往以有魄力有远见著称,敢于玩命。造反初期干过不少惊天动地的事情,多次去北京接受中央文革小组领导人的接见,在各地造反派领袖里中享有盛名。陈正发是什么东西?能坐第二把交椅,还不是因为跟在许绍强后面舔屁股?他妈的一副奸臣相。刘志学、于胜、方剑钊躲躲闪闪不摆明观点,一支接一支抽烟。他妈的他周德林是完全孤立的。全面反击的策略搁浅了。

临时召集紧急会议是形势逼人了,“联指”已把手伸到“红司”的裤裆里来了。烧毁“红司”的宣传车,殴打“红司”的战士,抢夺“红司”的地盘,挑衅手段步步升级。是时候了,该动武了。

窗户蒙着黑布,闷热难耐。灯光下烟雾缭绕。每个人的神情阴晴不定。时而严峻,时而戏谑。周德林坐在角落里,闷声不语。他想,屋外的太阳光哔哔哱哱地跳跃,灿烂辉煌。他们这群人却躲在黑暗里开紧急会议。干脆他妈的解散“红司”算了。他受到突如其来的激愤情绪的怂恿,猛地丢掉烟头,以决绝的口气说:“我率领我的人单独行动。你们都别管我!”

许绍强严厉地直视他,过了好长时间才慢吞吞地说:“谁给你的权力?还嫌不够乱?不动脑子,蛮干有屁用!”

陈正发跟着说:“德林对‘红司’忠心耿耿,我们都是知道的。老许对形势的判断非常准确。我们暂时忍让一些,采取一种迂回战略。我们必须争取支左部队的支持。”

“真理只有一条。”周德林从黑暗角落站起来，安定了几秒钟。他站起来之后超出了灯罩的高度，面孔处于暗空当中。他可以居高临下，俯瞰他们。“你们信不信？支左部队正在观望，谁强大他们就支持谁。”

刘志学犹疑不决地附和：“组织一两次小规模出击，试探一下？”

许绍强断然否定：“不行！”

陈正发干笑笑。想说什么，忍住了，朝许绍强望了一眼。

许绍强鼓起金鱼眼睛瞪着周德林，气咻咻地说：“你小子逞能是不是？我现在就可以下令，去抄‘联指’的老窝。结果会怎么样？无非大动干戈、杀来杀去。弟兄们的生命安全呢？”

陈正发紧跟着说：“我们一直在和支左部队的首长接触，关于‘红司’战士的流血事件，裘政委明确批评了‘联指’，并且勒令他们保证下不为例。裘政委表专门扬了我们……”

周德林对陈正发又细又沙的嗓音厌恶极了。他妈的这个奸臣的肚肠拐了几万道弯，放屁格外臭，比黄鼠狼的屁还臭。周德林抹了把额头上的汗水，怒气窜上来了，大声说：“部队支左不过是摆摆样子。别捡到鸡毛当令箭！”

许绍强拍了一下桌子，厉声喝道：“你小子胡说些什么！”

陈正发拿出了点二把手的威严，皱着眉头说：“三支两军是伟大领袖毛主席的指示。怎么是摆摆样子呢？全国各地情况都一样，军管会掌握实权。裘政委的态度直接关系到‘红司’的前途命运。”

“狗屁！”周德林大叫一声，虎视眈眈地盯准陈正发，“十几万‘红司’战士要看姓裘的眼色行事？跪下来求他开恩？你是想捞个人资本，拿十几万‘红司’战士做买卖！”

“德林，不要搞内部分裂！”

“是你在搞内部分裂。‘红司’现在到处挨打、军心涣散，都是因为你这种人造成的。你去抱姓裘的粗腿好了，老子该干什么干什么！”

陈正发没想到周德林会朝他狂泻一通。撞见鬼了。噎住了。一向巧舌如簧的嘴巴不灵便了。许绍强并没有出面制止，其他三人都拿幸灾乐祸的目光朝他俩睃盼。他干笑笑说:“看起来,德林对我意见很大。”

“很大,大极了!”

许绍强不耐烦地挥挥手,看看手表,吼道:“散会。周德林你小子要干也可以,先滚出‘红司’,自己一个人逞能去!”

周德林脸红脖子粗,还想争辩。刘志学,于胜,方剑钊拦住了他。他咬着牙吐了句:“我的命不值钱,迟早要交给你们!”

周德林第一个从门里闯出来。外面的阳光烧黑了他的眼睛。他打了个响亮喷嚏。他妈的太阳。他的委屈、怒火、烦躁、失望都像可耻的记号显形了。他眯起昏黑眼睛,朝蓝天呸了一声。他只留下呸这一声的资格了。

一个穿着一身旧军装的小伙子凑近来,怯生生地小声说:“队长,实在对不起,我在车站等了好半天,没有接到你的表弟表妹。”

“吃你的屎去吧!”周德林厌恶地瞪他一眼,转身扬长而去了。

哑孩手握煮鸡蛋蹲在墙角望着衣柜下的阴影,一动不动蹲了很长时间。哑孩感到奇怪,平日这时候小老鼠早出来了。它沿衣柜下的阴影爬爬停停,选择好随时逃跑的后路。阴影中小老鼠的眼睛乌亮,浑身绒毛褐黄色的。它爬爬停停,然后半站着,前爪合抱,拱起背,像人一样做出作揖状。小老鼠每天准时出现,先探出脑袋,嗅嗅四周的气味,爬出来之后停顿一段时间,好像穿越了很深很深的地洞,需要歇口气。哑孩不敢惊动它,蹲在墙角一动不动,手中握着一点食物,耐心等待着,又紧张又快活。小老鼠非常警惕,盯着他预备好的食物,一个饭团或一块山芋。它的肚子一鼓一鼓,最终会上前来饱餐一顿。哑孩很关心小老鼠的身世。他凭想象猜测,小老鼠的家里人躲在墙洞内,也许就在衣柜里。它不会像他那样孤单一人,被妈妈反锁家中,晴天和雨天都得老老实实待在家里面。

要是他能够听到一缕风声什么的,至少听听自己怦怦的心跳,他的世界便活跃多了。他的世界是无声的。无声是广阔无边的,与他的孤单一样单调,与单调一样孤单。因此哑孩必须非常耐心,目不转睛盯着衣柜下的阴影，眼睛发酸了，仍然一动不动盯着。遇上闷热异常的阴天，光线来得昏暗，阴影是模糊的，如他的眼睛一样模糊。

哑孩依仗手中的煮鸡蛋，相信小老鼠迟早会来。他急切地盼望看到小老鼠享用煮鸡蛋时的欣喜。可以想象，他把煮鸡蛋瓣开来一小块一小块喂它，看它吃得津津有味，比自己吃下去还开心。可是等久了，失去耐心了，有些恼恨起来。

哑孩不知道，小老鼠一大早就探过一回头，那时哑孩还在睡梦中，嘴边挂着口水。小老鼠机灵的耳朵听见了外面反常的嘈杂声。嘈杂声很远，持续一段时间，渐渐由远而近了，一阵高似一阵了。杂沓的脚步声，人的呼叫声，乒乒乓乓的砸打声，震得地都抖起来。小老鼠害怕极了，紧趴在地面。外面的嘈杂声更响了，打雷似的轰轰隆隆。它吓破了胆，躲在衣柜下的阴影深处，一动不敢动。

几个可疑的家伙跟到转弯处的电线杆旁停下来，木桩似的直立，与他遥遥相望。周德林双手叉腰，撇着嘴唇轻蔑地冷笑。想象中的那番肉搏没有了。遗憾了。傍晚的云又红又亮。来它一场生死肉搏是多么精彩的事情。红彤彤的光与飞溅的鲜血融在一起，红上加红，真是太棒了。

他刚才急匆匆地赶路。街上的人不多。这年头怪了，街上的人不是太多就是太少。他的背后长满了警惕的眼睛，神经是紧张而亢奋的，浑身的肌肉迸紧的，时时刻刻提防着。不得不说，他单独一个人对付三四个壮汉困难不小，疏忽了，没带武器。临走前手下的弟兄争着要护驾，被他骂了一通。谁敢在太岁头上动土？老子巴不能杀个血肉横飞呢！

这当儿他满身大汗，把衬衣脱下来拽在手里。汗背心湿透了，裤腰都是湿的。他的肌肉黝黑发亮，力量充溢在他周围，连汗味都劲道十足。前面便是自行车厂的厂区大门，是“红司”的地盘。他看见了，十几个头戴柳藤帽的人在厂门旁站岗。厂房玻璃窗反射着红光，如舞台的聚光灯。他松了口气，忽然感觉浑身发软了，心跳加快了。

电线杆那儿空无一人了，几个可疑的家伙撤走了。要是肉搏发生，他们会不会先打他的眼睛？血糊糊一片，使他丧失进攻能力。再打他的耳朵，踢他的裤裆——他这么思量着，小腿部位有些痉挛。陈正发劝过他，对的，他妈的应该武器不离手才对！

吕军吕红小时候放了暑假寒假就来姨妈家，每次是姨夫去车站接。后来姨夫去世，由表哥去接。姨妈对他们兄妹犹如己出，知道他们平时过得苦，尽量让他们吃得好，玩得开心。姨妈常对他们说起她和妈妈小时候的故事。姐妹之间感情深，从不发生口角，她事事让着妹妹。妹妹很聪明，书念得出色，在家乡是出了名的女公子。姨妈在他们面前不掩饰对他们父亲的厌恶，妹妹受的罪全都是他造成的，标准的大坏蛋。姨妈说到兴头也数落起妹妹的不是来，怪妹妹太倔强。有个叫刘森宝的男人待她真好，好得不得了，追求她很长时间。她起初是答应的，后来不知怎的犯起犟劲了，说回绝就回绝了。外婆还在世，生气了，气病了。吕军吕红在家和到姨妈家同出于一种感觉，不过，一种是记忆的感觉；一种是现时的感觉。

很简单，因为他们长大了。姨妈和妈妈是两个概念。妈妈受委屈时往往会对死去的父亲咒骂几句，表示自己是个苦命人。父亲这一概念在吕军吕红头脑里遥远得与恐龙差不多。他们基本上是从伙伴以及同学那里确立父亲这两个字的现实形象，再用猜测和臆想来补充。遥远归遥远，却有一根无形的连绵的血脉穿越时间雾障。它比恐龙具体。身体本身便是证明。身体内部潜藏父亲的影子，在梦中不经意地闪过，遗憾与厌恶混杂在一道，可能还有一些好奇。说穿了，是有些神往的。他们确实长大了，开始自己独立面对生活了，生活的轴心随之转移了。要不是妈妈单位里的造反派算老账，揪妈妈的历史辫子，概念中的父亲真的沉入水底，被泥沙全部掩埋起来。妈妈关在毛泽东思想学习班，不许回家，后来连面都见不着了。妈妈带信给他们要他们到姨妈家住一向，会尽量与他们保持联系。他们懂了，很简单，都是因为父亲的原因，阴影始终笼罩着。所以他们不希望姨妈再提起他们的父亲。

天黑了，表哥还没有回来。姨妈时不歇地看墙上的老式挂钟。这只钟大约有一百年寿命了。钟面褐黄色的，辨认不清时间刻度。钟摆吃力地晃动，像病人不规则的脉搏。吕军怀疑这只钟能不能用来度量时间？

吕军吕红饿得肚子咕咕叫。桌上的红烧肉，炒青菜，鸡蛋汤，白米饭，色香味俱全，诱得他们口水直淌，肚子咕噜咕噜叫起来。时间过得格外慢。姨妈嘴上说你们先吃吧先吃吧，他们看出姨妈只是说说而已。

表哥终于裹着一身夜色回来了。他像长辈那样拍拍吕军的后脑勺，拉拉吕红的小辫子。哈哈笑了一阵，笑声如急促的敲竹筒的声音。又没头没脑骂一通人——那个吃屎的，让他去车站接人都接不着。周德林喜欢以发誓的口吻肯定或否定某件事，与他三大五粗的身坯很匹配。这样的身坯说话办事就该干脆利落。连喝水的风格都与众不同，不是一口一口喝，而是脖子一仰，一大杯水咕咚倒下去，像倒进一只桶里，用手掌抹一下嘴巴，又哇啦哇啦说开了，容不得别人插嘴。姨夫去世后，表哥便充当起一家之主的角色。姨妈在他面前很小心，讲话都得把声音捏紧一点，生怕惹他不快，自然而然助长了他这种角色感。吕军吕红对表哥的魄力和老成敬重有加。表哥十五岁进厂作学徒工，贪早摸黑，熬过许多寒暑，早成了技术工人。表哥一面孔世事风霜，看上去比实际年龄大得多。他的手掌上布满老茧，一身黝黑的肌肉，散发着烫人的汗味的热力。一进门就让他们感觉到，表哥的汗味和热力无处不在。

晚饭后，周德林打着饱嗝摊手摊脚躺在竹躺椅上。姨妈为他端来茶水，递上扇子，稍微犹豫一回，佯装闲话闲说，把外面听来的小道消息讲给他听。姨妈独自坐在门口，眼神在灯影里漫游，语气和她脸上的皱纹一样细密，和外面的黑暗一样混沌。姨妈娓娓道来，却叫人心惊肉跳。

吕军吕红围表哥而坐，专心致志听姨妈讲述，被那些小道消息惊得直翻白眼，惶惑地望着表哥。表哥的汗背心结了一层盐霜，斑斑点点的。热力和汗味无处不在的。表哥一口气把茶喝下去，怪声怪气笑了，露出一口漂亮的雪白的牙齿，大声说：“不要听你们姨妈的，这年头不出去闯，像乌龟缩在家里，白活了。”

二

他写道:在国外读书的时候,我受过美帝国主义特务机构的专门训练。后被派遣回国,暗中从事破坏活动。在蒋介石叫嚷反攻大陆之际,我写过反动标语,张贴在公共场所,积极配合蒋介石的反革命计划。我一贯仇视党仇视新社会仇视人民,是出自我的反动阶级本性。我罪该万死,死有余辜。

他继续写道:文化大革命一开始我就兴风作浪,妄图趁机复辟。我一次次拉拢革命群众,腐蚀干部,散布各种各样的反革命言论。经革命造反派和广大革命群众揭露,我阴谋没有得逞。因此我怀恨在心,妄图制造弥天大罪,到北京杀害毛主席。

在黑夜里,笔尖与纸的唰唰的摩擦声。心痒痒的。脑袋被无形的东西箍住了。古代锁犯人用的木枷。颈脖的压力超过负荷。承认也好不承认也好,结局全一样。那就这么确定吧:第一,他呼喊过蒋介石万岁。第二,他要去北京杀害毛主席。

皮教授使尽最后这么点力气,写完了,把笔捏在手里舍不得放下,捏得很紧。外面刮起一阵风,已是清晨的风。清晨润湿的空气被风吹散了,是从胸口吹散的吧?衣襟飘拂起来,身体的伤痕露出来了。李欣醒来了。李欣根本没有睡。李欣拿了一条毛巾毯披在他肩膀上,无言地立在他身后。

皮教授吃力地仰起头和她说话:“你可以多睡会儿。”

李欣以同样吃力的语气说:“我睡够了。已是早上了。”

皮教授喉咙里唔了一声,接着说:“我写好了,可以交了。”

李欣望见他手里捏着的笔,迟疑了一下,说:“我能看看吗?”

皮教授缓缓转过身来。书房一片狼藉。地板凿得东一个洞西一条缝。天花板也凿穿了,有几处断片吊下来。书柜倒在地上。满地撕破的书、纸屑、碎玻璃、碎陶瓷片、墙壁上涂写着红色和黑色的标语。一个个惊叹号。画了许多骷髅、牛头、狗头。线条干脆有力,配上如椽巨笔打的叉。

皮教授每天被批斗,挂着大牌子游斗。美蒋特务。反动学术权威。六七十斤重的大木牌,勒入脖子的皮肉里。落在头顶和身上的皮带、棍棒和铁链。浑身血肉模糊。教授舔了舔干裂的嘴唇,无缘无故地笑一声,像伸手从胸脯中掏出一摊血淋淋的内脏——摊在手心里。一声毛骨悚然的笑,从哪儿发出呢?喉咙早干涸了。

李欣很明白,东边还未泛亮,这才是理由。外面的风声带来渗透骨髓的蜿蜒的悲音,仔细倾听,便能理解其中的切实含义。

皮教授赶在她拿起稿纸之前急促地说:“要是能捱过去,我就不必这样。他们每天都要换新疗法。昨天他们逼我喝阴沟里的臭水,用脚踩我的脖子,一点气也喘不过来,把肺呛坏了,还在疼。”

李欣再也哭不出眼泪了。一切俱在不言之中了。

可是为什么捏造这些该杀一万次头的弥天罪状?李欣凝望着风雨同舟几十年的丈夫。她的“彼得”。风雨同舟。这是何种概念?李欣的心碎了,像脚下的碎玻璃碎陶瓷片一样满地抛散。她眼前是无边无际的空洞。她的“彼得”正在飘向空洞,她完全无力拉住他。她自己也在飘,朝着另一个方向忽上忽下地飘啊飘。眩晕和前途都已定下,从此只有天各一方了。

皮教授用哀求的目光盯着她,生命的最后一点本钱交付到她手里。不,是赌注!最后押在她手里。“彼得”已不成人形了,弯曲了,变薄了,破碎而稀软了。她帮不了他。两人之间是隔开的,中间隔着一堵带刺的透明的墙,除了旁观以外没有什么可做的。还有哪一种东西比他此时的哀求的目光更让她绝望吗?她知道手里捧的是一纸诀别。诀别就是诀别之时的心情啊。

“他们天天在逼。我没办法。我怎么吃得消他们每天的新疗法?要是不听从,我肯定挺不过今天了。楼上的秦老……我亲眼看着的,硬是打,打。最后成了血人,死了。”

“彼……得,我知道。可是这样做,他们会放过你?”

“会的会的。”皮教授的眼睛里闪过一丝兴奋的光芒,忙不迭地说,“他们表态了,我肯交代,就放我过关。”

“你写这些,实在太大,太大了。”

“一定要大。越大越好。”

“他们……是把你往死路上逼。”

“最多。判我去坐牢。坐牢倒好了。”

李欣的面色是黑的,是那种形容不了的黑,不属于色调上的黑,她的神情和语气才贴切地揭示那种黑的状况。她几乎很平静地问:“就这么交给他们?你真的想好了吗?”

“别再劝我了,好吗?你别再劝了。”

皮教授抓过李欣冰冷的颤抖不已的手。他自己连颤抖都不会了,浑身全是僵的。他说话的时候嘴巴活像木偶,但是眼中溢满混浊的泪水。

三　排队

一九六八年全国老百姓要想吃肉非得彻夜排队。根据推算，平均每天每个肉墩只配给两三头猪，多的时候也不会超过四五头。恰恰老百姓度过了腌菜酱油汤下饭的时期，对肉的需求量日新月异地增加，希望隔三岔五在饭桌上见到些荤腥。肉墩太少，肉墩上的肉太少。存在决定意识。老百姓在任何事情上的创造力都是层出不穷的。没有人真的通宵排在肉墩前傻等。大家约定俗成以代用品代替排队，隔天晚上按先后次序放置好代表某人的某样东西。例如：一块石头，一张报纸，一只破竹篮，一只塑料拖鞋，形形式式组成一条长龙。待天明时分，所有东西的主人都会准确无误找来，买肉的队伍才正式形成。

买肉的人一般提早一个小时光景赶到肉墩前排起来，以免关键时候不被排在前后的人承认。为了使更多的人能够买到肉，肉墩限定每个人只许买一块钱以下的肉。这个限定是好的，照顾了群众利益。买肉的人在限定的数量之内对质量当然斤斤计较了。譬如前腿肉还是后腿肉？肋条肉还是槽头肉？排在前面的人是沾光的，有一点挑选余地。后边的人只好捡到什么是什么。大家懂得世界上没有绝对公平的事，该认的只能认。

破晓时分天气是格外冷的，这种冷入骨三分。他将棉大衣裹得紧紧的，鸟似的缩着脖子，依然感到凉水般的风往脖子里灌下去，冷得浑身上下一阵阵哆嗦。他忍不住连连咳着嗽，咳得胸口发痛了。他在老太婆面前夸下海口，今天一定要买到一块钱肉。因此下决心比昨天起得更早。昨天去太晚了，肉墩前早没了队形，挤作一堆。一帮身强力壮的货色一个不让一个，踩着人往前冲，看架势快闹出人命来。凭他这么个六旬老汉能与他们争么？肉没吃到，搭一条老命，那才叫活丑。老太婆说，年纪大了吃吃素没啥坏处，争这个面子干什么？他不争这个面子咽不下这口气。连起了三个大早，结果空手而归。亏他隔夜还和老太婆算计来算计去，拿一块钱的肉做什么吃。煨汤呢炒肉丝呢？或者索性做馄饨馅？昨晚天还未擦黑，他到肉墩前摆了只破竹篮。当时他看见排在他前面有一只破黑布鞋，大半块灰砖，两张压着小石子的旧报纸。这样算来他便是第五个。

王老汉今天有些高兴。他排在第五个，心里笃定的。身上不觉得冷了，嗽也咳得少了。排在他前头是四个女的。她们边跺脚御寒边叽里哇啦闲话。回头望，也是老人妇女居多。王老汉心想拿稳了，最好来个约定，讲究个秩序，要不肉墩一开张，乱了队就不好了。王老汉把提议对大家说了，换来一片赞同的掌声。都互相递着话，谁再敢捣乱就给点厉害他尝尝。这时候天发亮了，肉墩前早已排成一条弯弯曲曲的长龙。所有人的面孔全冻成青灰色，呵着热汽，用紧张不安的眼神我看你你看我。气氛有些不对劲。后面那帮年轻人故意发出怪叫声，嘻嘻哈哈你推我搡。也有人捏腔捏调唱斗鸠山。王老汉一眼看出这帮货色又要混水摸鱼了。他心里掠过一阵抖，竭力壮声喊了一句：今天谁要再敢插队，老子把他的脑袋揪下来当尿壶！

肉墩的铺板才露一条缝。有几秒钟是静的。不知谁尖叫一声，冲啊！突然间全体男女老幼大呼小叫向前涌，像等急了的鬼抢着转世投胎，你踹我蹬，投猪投狗全然不顾了。王老汉的反应慢了，腿一软，木板似的被撞倒在地，无数只脚在这块木板上踏了过去……

田秀兰进屋后望见哑孩蹲在墙角睡着了。煮鸡蛋滚在他脚边上。她捡起煮鸡蛋紧握在手中，仿佛握了一团冷气。她凝视哑孩歪在肩膀上的灰暗的脸，呼吸有些不均匀。回家路上她看到洋灰路面上一摊摊血迹，标语牌残骸和破衣烂衫，几只浸透了紫色的血痕的布鞋丢在路中央。这是刚刚发生在太阳地里的武斗。田秀兰见多了，血对她来说不会产生任何生理和心理反应。她的双臂很有力，她的胆量也和她的双臂一样有力。武斗发生在家门口，这是令人有些担忧的。主要是担心祸及家中的哑孩。好在李爽是那边的人，他们总得看看李爽这个贼坏的面子吧。

哑孩醒来后从妈妈手中抢回煮鸡蛋。哑孩哇啦哇啦比画手势，急于向妈妈报告某样事体。田秀兰没心绪理会儿子。她绞了把毛巾替儿子擦擦鼻涕。儿子从她手里滑出去，溜跑了，又回头对她哇啦哇啦地叫。

田秀兰手脚利索打炉门。淘米煮饭。蒸上一碗蛋羹，炒了一碗青菜。不大会儿工夫活儿全完了，屋里飘起饭菜的香味。田秀兰坐到饭桌边喝口水，望着哑孩把煮鸡蛋放在太阳地里晒，想方设法把煮鸡蛋竖起来。哑孩做事就是有耐心，一遍遍地做。哑孩的光头在太阳下与煮鸡蛋一样发亮。她蓦地觉得困倦袭来，眼皮有些粘，胃里泛出酸水，酸得烫人。可不是个好兆头。不知李爽这个贼坏今天中午回不回来？热菜热饭伺候这个贼坏真是不值得。据说自行车厂给他们每个人发了武器，准备大干一场。今天发生在家门口的武斗有没有他？这个找死的贼坏，说不定身上穿透了两个大窟窿，头破血流，剩下一口气躺在死人堆里等死。

田秀兰望着哑孩蹲在太阳地里的笨拙姿势，一遍一遍竖他的煮鸡蛋，光头上汗淋淋的。太阳光射到屋里来，每个角落都明亮起来。虚虚的光裹挟她，压榨她，又在眼前飞散，远她而去了。桌上放着三只饭碗三双筷子。习惯了。她从来没有设想过，仅仅是饭桌上的形式就这样重要。她的心不免缩紧了，焦急了。

哑孩把晒热的煮鸡蛋装进口袋，跑到饭桌边坐下，伏在桌沿，下巴藏在臂弯里，雪亮的眼睛瞪着他妈妈。儿子饿了。她打算盛饭让儿子先吃，可是身体不愿动弹，困倦难以抵挡。胃里的酸水源源不断地往上泛，接近于灼烫的感觉了。她心里早就明白是怎么回事。她和哑孩默默对视着，试图在哑孩脸上看到另一张脸。但是情绪里愤慨成分居多，让她感到无奈和绝望。

李爽个子不高，偏瘦，却精力旺盛。李爽的喉结明显大于一般男人，凸在细细的颈脖上很显眼。他的说话声音低沉、浑厚，仿佛从空瓮中发出来，带着嗡嗡的尾音。这当儿李爽站在炉子边，似笑非笑瞟着田秀兰。田秀兰是个矮胖的女人，丰乳肥臀，一双花哨的大眼睛，鼻子小巧，嘴唇薄薄的，面色光洁而红润。从前李爽的朋友常拿田秀兰开壶，这样的女人是天生尤物，是块享受的好材料。李爽站在炉子边准备把壶里快烧开的水灌进热水瓶里。哑孩正在埋头吃饭，咀嚼声很响，如小猪吃食的声音。

田秀兰冷不丁开口道："你还有心思进这个家门？跟你们那帮战友一起过得了。"李爽撇了下嘴反唇相讥道："我的家我不能进来？除非你让你的战友守住门不让我进来。"

羽毛样的光在眼前虚虚地飘。田秀兰的喉咙口突然痉挛起来，心底的愤慨像壶里的开水一样膨胀。她本来打算要把身上的事告诉他，可是告诉他这个找死的贼坯有什么用呢？他只想着要争功邀赏，为"红司"卖命。老婆孩子在他眼里不值钱。田秀兰用劲捶了一记桌子，提高声音说："见你的鬼去吧！你本事大，你能，找其他地方耍威风去，别让我在这个家看见你。"

李爽往水瓶里灌开水时方位没把握好，有一大半泼到地上去了，不由来了火，将水壶一把甩在煤球堆上。李爽回来之前心里忐忑不安。缝纫机厂属于"联指"控制的地方。上面已通知过，"联指"正在阴谋策划一个次行动，将对"红司"进行全面血洗。李爽知道，双方都在大肆放风，空气里的浓烈的火药味到了一点就着的时刻。周德林很多次规劝他不要回家，"联指"的人不会因为他老婆在"联指"就放过他，然而他存有幻想。紧张归紧张，总有点像游戏。他在回家路上望见的场面使他战栗不已，太阳地里的血迹历历在目，真家真伙干起来了。这样就更不该退缩了，必须立刻回家看一眼才安下心来。他担心田秀兰和他吵，发誓忍让再忍让，吵了便是他妈的狗日的。所以，他立刻以相当主动的姿态拎起水壶，仔细抹净上面的煤黑，重新装了自来水放到炉子上。

哑孩吃完饭坐在饭桌边不走，脑袋枕在桌沿上，睁大眼睛轮流望着爸爸妈妈。爸爸盛好两碗饭端上桌子，耸出身体笑嘻嘻地朝妈妈讲话。

爸爸好长时候没有像今天这么和蔼了,连着几次捏他的腮帮,比画手势逗他玩儿,一直笑嘻嘻的。后来,爸爸端起饭碗急急地扒饭,嚼了几口又停下对妈妈笑了一阵,拿筷子点着妈妈的鼻子。妈妈说啊说个不歇,嘴唇都变色了,眼睛红红的,一会儿站起来一会儿坐下去。爸爸放下碗不吃了,发呆似的坐着不动,皱紧眉头,指指自己的鼻子讲了几句,站起来走动几步,突然挥舞手臂讲了一大通话。爸爸讲话时妈妈只管冷笑,向地上吐唾沫。哑孩吃得实在太饱了,想屙屎,对妈妈哇啦哇啦乱叫一阵。哑孩多么想吸引妈妈的注意力啊。不要再吵就好了。他这时憋不住要屙屎了。

哑孩到房里的马桶上急急忙忙屙完屎。屁股都没擦干净,赶紧回到饭桌边来。爸爸又坐下来吃饭了,大口大口扒饭,喝了几口蛋羹。妈妈用手撑着头不再说话,胸脯一起一伏,整个身体都在发抖。哑孩也是懂得预感的,是哭一哭的时候了,可是一时着急反而哭不出来了。他狠劲擦着粥汤一样的鼻涕。不知爸爸讲了句什么,总之,这句话使妈妈蹦跳起来了。妈妈的姿势威风极了,将哑孩拨到一边,然后抓住桌沿,一抬臂膀,桌子像块布一样轻飘飘飞起来。爸爸傻愣着,嘴巴张大着。哑孩看见爸爸嘴里满是嚼碎的和没有嚼碎的饭菜。

她将一根涂着红白相间油漆的木棍夹在胳肢窝,拉开吱嘎作响的门闩。里面关的"红司"的俘虏,眼睛蒙着黑布,双手被结结实实地反绑,挤坐在盛有褐黄色臭水的浴池里。她感觉不到这是一群活人,倒像一捆捆烂稻草,扔在阴暗潮湿的屋顶下许多年了。同时,她嗅到一股强烈的异味,与她最恨的那种氨水气味相似。她胸腔内的酸酸辣辣的不适感一下戳破了,漫溢到全身,连最细微的神经都能感受出。她要拼命呕吐一番了。她赶紧退了两步,退到滚烫的太阳地里,满脸淌着冷汗。

浴池里一个家伙抖抖索索站起来,哭似的对她说他实在憋不住了。她注意到其余的家伙像热坏了的狗,耷拉着脑袋,看不清面目,比烂稻草还驯服。她带了那个家伙走出浴室。

那家伙赤着脚踩在煤渣地上,踮着脚尖一跳一跳地走。突然停下来，接连打了好几个喷嚏。那家伙的眼睛被黑布蒙紧着，只露出鼻孔和嘴巴，嘴唇小巧而红润，估计在二十五岁的年龄上，也有可能还不到二十岁。中午的太阳光使他的皮肤显得特别白皙，像刚出笼的白馒头。他的反绑的双手已发紫了，绳子勒进了肉里面。他背脊有一块巴掌大的紫红的血痂，大腿上两条刀痕，看上去伤得不太厉害。她的影子和他的影子，被灼热的日光砸扁了，烤成焦色了，在煤渣地上污油般朝前流淌。她听见自己的鞋底发出一点咂咂的声音，像火中的木柴的爆裂声。

她和几个同班组的女人被临时派来看守这群俘虏。她本来就不很乐意，这不该是她们的事。其他几个女人嫌烦，这个肚子疼那个脚抽筋，互相推诿，事情全落到她一个人身上。俘虏们很乖巧，不给她添麻烦。她从上午九点钟接班到现在，只有一个家伙提出小便的要求。中午时分昏昏欲睡，困倦糨糊似的粘在脑门上，干脆放下所有念头舒舒服服睡一觉。反正俘虏绑得结结实实，问题不大。她歪在阴凉处打盹，迷迷糊糊的，竟然梦见李爽的影子了。奇怪得不得了。李爽赤裸全身。两腿间那件东西比平时大出好多。纯紫色的杵头，坚挺而光亮，如凶猛的炮口正对着她。是幻觉么？从未有过。与天气有关系。闷热容易引发体内隐约的骚动，胸脯与脚心都感觉得到，挠心的，发痒的。她舔舔嘴角带有甜味的发粘的唾液，闻到一股熟悉的亲近的气息，在朦胧的眼前化为无数飞舞的金色星星。她不愿回想刚才梦中那些片断，仿佛受到了羞辱，可是脑海里印下了那个沉重影像，凶猛的发亮的炮口正对着她。

那家伙抖抖索索提出请她帮他拉下短裤。那家伙岔开两腿站在墙角，面对杂草和杂草的气味。屁股左右扭动，求她帮他拉下短裤。他的短裤湿透了。浴池里积了一层去年或前年的褐黄色的臭水，俘虏全坐在里面。俘虏全都就地解决尿尿和拉屎的问题。她为什么答应他的要求呢？就地解决不行了么？她根本没有意识到自己会这么做。她一声不发，上前去帮他把短裤拉到膝盖部位。那家伙的屁股真白啊，与太阳光一样白。

她耳听那家伙的尿射在杂草上的时轻时重的声音。太阳使尿的气味迅速弥散开来，像飘散的烟被她的呼吸收拢。她紧张万分，面孔滚烫，站在那家伙侧面。她只能听见声音。要是稍稍耸出些身体他就可望见那家伙的家伙了。会不会与刚才梦中一样的呢？这是个机会。她拥有这样的权力。这时候，墙角这边不会再有第二双眼睛出现。

哦！那家伙的家伙与李爽完全不一样，不仅大得多，形状也特别，略有些弯曲。对的，色泽比较深，没有多余的皱褶，筋微微凸起。她的心掠过两三阵悸动。这只小公鸡。比一比李爽就可怜了。她第一次看到李爽以外的男人的家伙，这样近距离地看到了。光天化日之下，阴影都是亮的。她甚至有足够的时间欣赏和比较。然而，她心中冒出一股无名之火，烧得眼睛发涩发粘，太阳都暗了下来。那家伙在撒尿的过程中至少三次抖动他的家伙。尿液被太阳照得如闪光的水银。她用发抖的手紧握木棍。她的手在发抖。手指、掌心、虎口产生了奇异的感觉，想象中的感觉，战栗不已的感觉。为什么是这样呢？她握紧木棍。它正在膨胀。她的经验开始紊乱了。握不住了。

凭良心说，她不是故意想要打那家伙一棍。怪她慌急只中没了主意。当时她蓦地听见身后有人说话，她绝对没有料到这时候同伴会来。她的脑袋轰地炸开了。非同小可。唯一能做的就是——横竖横，奋力一棍子打过去，打在那家伙的膝盖骨。她听那家伙哇地惨叫一声，弯倒在地了。

这个拎着一只黑色人造革包的人整整一个下午都在看大字报，还不时地与旁边的人议论两句。李爽后来对他起了疑心，凑近此人身边与此人搭腔，故意装傻，问这问那，想打探一下此人的底细。

此人比李爽矮了整整一个头。就是说，此人是个标标准准的矮子。

矮子戴了一副墨镜，穿了一身皱巴巴的衣裳，一双破皮鞋，操着一口难懂的外地口音。讲话的时候指手画脚，挺起瘪沓沓的肚子——矮子俨然一副首长的派头，口气大得一塌糊涂。

矮子说："红色造反司令部和革命造反联合指挥部都是革命群众组织。你们应该联合起来。你们不要闹派性，要团结一致把矛头指向走资派。"

李爽拿不准矮子的身份。口气这么大，比市革委会领导的口气还大。是上头派来调查情况的？省里的还是中央的？但是怎么会呢？上头来的会是这等模样？除了口气大一点，外表看，是个捡破烂的，或者是郊区来的菜农。

李爽试探着问："您是外地来的吧？"

矮子毫不隐晦："是的。我是中央文革派来的。"

李爽吓了一跳：中央文革。神圣和神秘到极点的字眼，怎么会与面前这么不起眼的人物联系在一道呢？

李爽仅仅喔了一声。

"从中央文革来的？和我们这儿革委会联系过吗？"

"我们都是微服私访，不与当地革委会发生关系。"

李爽琢磨了半天"微服私访"的含义。他妈的。越看越不对劲。李爽是个警惕性很高的人。碰上了骗子了。骗子倒还好，要是"联指"派来的奸细就不简单了。这里虽说是"红司"的地盘，但紧靠"联指"的控制区域。"红司"沿运河堤岸修建了几里路长的大字报专栏，张贴揭露"联指"各种罪行的大字报和标语。"联指"那边也修建的同样规模的大字报专栏。"联指"张贴的东西全是千篇一律的谣言和谎话。如果矮子是那边的奸细，他妈的来得正好！

李爽有礼貌地问了句："请您把证件拿出来让我看看好吗？"

矮子愣了一下，并不慌张，慢吞吞地说："有这必要吗？我不过是看看你们的大字报嘛。"

李爽加重了些口气，说道："先把你黑眼镜摘下来，行不行？"

矮子仍然不慌不忙地说："我还有很多事情要办，现在要走了。"

李爽冷笑一声："你不把证件亮出来，恐怕是走不了的。"

矮子摘下墨镜，眨着眼屎拉拉的鼠眼。这张可怜巴巴的面孔终于暴露在晚霞中了。矮子说："我要走了，我还有别的任务。"边说边迈开脚步，不小心将黑色人造革包掉到了地上，走出四五步才想起回头来捡。

李爽打了个手势，几个壮汉合围过来。矮子成了瓮中之鳖。

矮子挨了几下拳脚后跪地求饶了，又挨了几棍子后便大呼救命了。

李爽笑道:“是不是叫中央文革来救你的命?”

李爽从矮子身上搜出一个红塑料封皮证件,里面的笔迹模糊不清,写着某地仓库保管员的字样。他妈的找死!李爽飞起一脚将矮子踹下河堤,俯看矮子像一段木桩向河里滚去,边滚边发出哎哟哎哟的哀叫声。李爽和周围的人都哈哈地笑个不停,笑得前俯后仰。

李爽朝河堤吐了口唾沫,说:“把这只落水狗捞起来,押回队部,听候周队长发落。”

四　灰尘

李欣望见了什么值得深思的东西吗?

她像钉子钉在门口足足超过了一刻钟。就是说,她肯定望见了使她必须静止一刻多钟时间用以思考的东西。此前,她已心阅诚服接受了这样的事实——即:任她发挥何种猜想,与事实相比终是小巫见大巫。

李欣提着送饭篮子站在仓房大门口。谁来告诉她接下来怎么做?

仓房空旷得似虚似幻。灰尘在窗户射进的光柱里飞啊飞,加深了空旷。高耸的房顶也是亮的。纵横交错的钢梁闪耀着金属的暗光。水泥地蒙着一层流动的蛋黄色。尘埃间一道道拖痕,像旋风刮过之后留存的标记,预示某种详情尚未拆封。四壁以非常特殊的样式发出无声的声音,源源涌来。

假如不是亲眼所见,李欣至死不会猜想这种情景,就如永远猜不透灵魂的藏身之地处于何方。她在某一刻非常怀疑眼睛的正确性。她听见空旷和阒寂中传来各种杂音,在耳朵内回旋,塞满听觉,连带眼前一团漆黑。

那么,她宁愿抱着"彼得"的尸体亲吻,像初恋一样热情如火,在熊熊大火中一起焚烧,灰飞烟灭。一切的一切,取决于上帝硬心肠的安排,不可能再从头再来。

李欣望见的情景是不是真实？

还有比这么空旷的阒寂的仓房孤零零站着“彼得”一人更让她不可思议的事吗？从第一眼得来的印象已根本上击倒了她。她看着自己遍体哆嗦，如秋风中的芦草娑娑摇曳，随时可能拦腰折断。是真的——她的“彼得”站在仓房顶端的一口偌大的黑漆棺材上。“彼得”渺小得如同十里以外的虚影。可是她清清楚楚望见“彼得”脖子上挂的那块千斤之重的大牌子。罪大恶极的现行反革命分子。偌大的黑漆棺材。她体会到了什么叫做万箭穿心。是啊。万箭穿心！如此阒寂的空旷的仓房顶端孤零零地立着她日夜思念的“彼得”，脚下垫着一口偌大的黑漆棺材。要不是她亲眼所见，即使榨干她的全部脑髓也想象不出万分之一。亿万分之一。

假定一个人面临的绝望和痛苦达到了顶点，超过了极限，有没有一种比绝望更绝望比痛苦更痛苦的东西？一万个人的痛苦加在一起比一个人的痛苦重一万倍吗？身患绝症的李欣比任何时候都镇静如常。此生只剩下一个愿望，迸出全身的力量，一步步上前去。今生今世只有这么一次机会了。她手里提着的送饭篮子，已经不是她的目的了。

皮教授利用屁股抵住墙壁形成的着力点才坚持下来。生物的本能有多顽强？即使死到临头，依然在寻找最接近趋利避害的原理，只要还有那么一点点余地。皮教授整个身躯弯曲得如同一只虾子，大牌子垂落在脚下的棺材上。这是个偷懒办法。利用中午一点空隙，红卫兵小将吃饭的时间，略做放松。

在皮教授一团混乱的头脑里早就不存在对痛苦的恐惧。彻底麻木了。正如身上的皮肉早就失去痛觉。神经全部断了，像一段段镶嵌在肉中的老化不堪的电线。血流不再通过血管来输送。血淌光了。皮教授居然还活在人世间算是奇迹中的奇迹。并不是他非要赖在人世不可，他抱着随随便便的态度，什么苦头都品尝过了，活着都不怕了，还怕死么？既然生和死都不怕了，就索性抱着随随便便的态度，像蛇咬住自己的尾巴一样了。

还有比这么空旷的阒寂的仓房孤零零站着

“彼得”一人更让她不可思议的事吗？

他的混乱的头脑长出茂盛的龙血树。一页一页翻过去，难以忘怀他在热带丛林得的恶性疟疾。病魔扇动的火焰细致地耐心地炙烤他的全身，眼前一片重重叠叠的黑影。龙血树——植物脂——血竭。

公正地评价，人们认识事物的过程是非常缓慢的。三十年前的偶然发现决定了他的一生，就这么过来了。周总理拍着他的肩膀赞扬他爱祖国爱人民。然而他不是米丘林，他爱国爱人民，但他更爱科学。比如血竭，这是科学的难题，靠几句大话造不出来。顽固的念头不会轻易熄灭。否则怎么是他？他像蛇一样咬住自己的尾巴，不折不扣变成了一个圆圈。

皮教授曾在讲台上看到一张学生故意放置的纸片。

老甲虫在台上拼命唱，歌颂他心中的科学之光。噪声把我们轻轻地晃，摇着大伙儿到梦乡。冬日的阳光夏日的希望，你在树阴里晒太阳，我在太阳光下乘阴凉。

老甲虫在台上拼命唱，有只老鼠做了猫的新嫁娘。热热闹闹的婚纱帐，我的乖乖肉晦，从此你就不用把厨娘当。我给你做好三鲜汤，甜蜜的爱情慢慢来品尝。

老甲虫在台上拼命嚷，鼓动小娘们的热心肠。得——用不着你来多讲，我自有我的花衣裳。纵有几许大风浪，也不枉我们好一场。忠于人民忠于党，婊子也能立牌坊。

对于一九六〇年往后的饥馑、浮肿、匮乏等等，皮教授早就有所预料。科学就是科学。没有阳光和水分，植物不能生长，这叫自然规律。皮教授数次上书中央陈述自己的观点。他是北京大学的著名教授。那时的著名教授还没有学乖，不懂得无辜不无辜。假定每天二十四小时太阳当空，四季温暖如常，经过光合作用的全部能量转化为碳水化合物，也绝对达不到亩产万斤粮。十万斤粮更是荒谬绝伦。这是基于爱科学胜过一切的习惯而已。他为此倒了霉，被逐出北京，流放到外地一个小小的农学院做老师。不幸之中的万幸，血竭的研究仍然断断续续进行着。

“神圣的单纯。”绑在火刑柱上的殉道士望着一位衣衫褴褛的白发苍苍的老妪这么说——后者正颤巍巍地捡了一根木柴加到他面前的柴堆上。

皮教授对学生正是抱了这么一种痛惜之情。皮教授全身的每一寸皮肉都被挖地三尺梳篦过，再没有一点所谓的痛觉。他像旁观者那样遥望一个个学生轮流上前来过堂。年轻的脚向他肚子上猛踢，他无知无觉，只有后坠的重力使他一次次倒地。用粪水灌鼻子。用铁夹夹阴茎。用粗粗的铁针刺穿手掌。连续饿他三天，水也不给喝。神圣的单纯的学生们已经用尽办法，气得发狂。凭他一个风烛残年的老家伙怎么可能到北京去杀害毛主席？肯定有同伙，百分之一百有同伙。学生们出于对伟大领袖的无限忠诚，决心挖出一个危险性极大的反革命组织。不获全胜誓不收兵。怪谁呢？是他自己编造了这么个弥天大罪套在脖子上。只能自作自受了。万万不可再拉别人垫背，万万不能再犯一次同样的错误。学生们气得发狂了，要整他到死为止了。死了也要鞭尸一百天。他看到几个女学生边抡皮带狠劲抽，边大哭大喊，恨他如此顽固不化，以一死来报效他的反革命组织。

李欣抓紧时间朝她的“彼得”走过去。事实正在警策她，没有料想偌大的黑漆棺材下还垫着两张高凳子。不该疏忽。她越是走近越是责备自己，应该狠狠责备自己。李欣走近了，发觉他的“彼得”高高地站在她头顶。李欣突然明白，最后的机会提前离去了。

偌大的黑漆棺材。触目的大牌子。高高在上的“彼得”的面孔。

李欣仰着头凝望分别了许多日子的“彼得”。是他么？是么？

她虚虚地意识到手中那只装在饭食的篮子……

许多天来萦绕心头的幻觉，像一匹抖开的湿漉漉的布，从眼底延伸。极目眺望陌生的故乡。故乡故乡，缺少雨露和阳光的贫瘠之地。灰黑色泥土，褐黄色杂草，河沟里荡漾的暗绿的死水，压在头顶的棉絮般的云，连虫鸣声都是沙哑的。她将被押解回到令她望而生畏的故乡，回到她的出生地。蒙着青苔的碎石小径。木头拱桥。竹篱笆。石码头。连片的老房子。湿滋滋的窄弄堂。家中早就没有亲人了。她与故乡的至亲之脉业已割断。断了。无法想象一根枯枝插在贫瘠的土地上会是什么样子。祖先的坟墓上荒草萋萋。可以推断得出，她将使自己的病体埋入荒草之中，仰望白天的淡漠日光，夜晚的满天星斗，经受风雨和霜冻的侵袭。她的“彼得”，也许已在千里之外化为灰烬，于风中飘散。留她一人孤寂地守着那荒凉的茫茫大地。她素来不信鬼神，对灵魂的归宿不抱希望。她把自己比喻成一根插在贫瘠土地上的枯枝，无依无靠，因而羡慕起飘扬在空中的灰尘和羽毛。造反派头头勒令她必须两天之内滚回老家。红卫兵小将早早把她扫地出门。门窗都贴了封条。她偷偷跑回这栋她和“彼得”栖身多年的红砖小楼，最后望一眼，作为镌刻在心的某种根据。她已无可留恋，医生板着面孔宣布她的死刑——乳腺癌已到晚期。她感觉得到遍体遭受癌细胞扩散之后的痛楚，如万条毒蛇肆意啮咬。她不停地战栗，全身布满胶状般的汗水。趁结束之前完成最后的仪式，赶来见“彼得”一面。

回头凝望充溢日光的仓房大门。辉煌的刺目的光向她逼近，她望不到光柱里的重叠和厚密的灰尘，望不到纵横交错的闪烁金属暗光的钢梁，那是一面虚幻的空白之墙。她知道时间如流水一样永不复返。面对空无之物——数字构成的时间，数字的无尽，时间的无尽，人世间的万事万物都变得渺小和平常。

李欣泪流满面。篮子发出吱嘎的声音，里面的搪瓷杯盖子咣咣作响。李欣想尽办法做了一顿像样的饭菜，熬了鸡汤，为诀别而备。她的“彼得”——这是一张什么样的面孔啊。一张令她完全生疏的面具，被伤痕的锋刃割得支离破碎。李欣泪流满面。哽咽声转换为哭泣声，如凄厉的断续的风鸣声，绕过纵横交错的闪烁金属暗光的钢梁，在空旷和阒寂中产生缕缕回响。然而在一小刻之后她猛地刹住。李欣仰望她的最后的“彼得”，拼命仰望着，目不转睛。在伦敦的新婚之夜，她就是这样长久地仰望着，耳边内灌满了“彼得”甜蜜的款款情话：My most beloved——

My most beloved。几十年弹指而过。一生中的美好时光如此短暂，留在异国他乡的土地上。李欣将一只手伸到半空里，用指尖划了一道弧线，表达的意思晦涩到连她自己都无法了解。一道弧线，落下来。她拿出极大的勇气喊了声：彼得。

睁开眼睛看一看吧。皮教授听见熟悉的呼唤声，透过堵塞着厚厚血垢的耳孔听见了。尽管遥远和微弱，细如发丝。他听见了。

皮教授无力掀起眼皮。不需要睁开眼看，李欣的形象牢牢印在他的视网膜上，刻在生命线上。永远清晰。无比清晰——额头上的道道细纹，松弛的发紫的眼圈，干裂的嘴唇，散乱的头发，李欣的单薄的身体不会支撑过久了。老天……

老天知道——现在想起为时太晚了。晚了。为了他的血竭研究，他的植物学，她牺牲了自己，心甘情愿作他的帮手。李欣可以成为很好的数学家。太晚了。几十年来，多灾多难的命运。临到暮年还连累她遭受非人的磨难，他死不瞑目。只能祈求来生了，就这样——把所有遗憾带到来生，结草衔环，好好报答她。

彼……得，彼得。

李……欣欣欣。

今生今世。李欣的头脑里循环往复几个简单词句——今生今世。仪式已经结束。李欣双手将篮子举过头顶，然后，心里轻轻说了句：永别了。

他的身体微微颤动一下，以这个方式回答了？

视觉屏幕上最后一丝光亮摇曳着。

轻烟般的袅袅升空。

归于灭寂。

……

五　皇上

根旺撑着一根柴棒一瘸一拐走近村子，泥泞小路打着滑，不知摔多少跤，浑身上下全是泥水。他的面孔冻得铁青，眼睛像布满道道裂纹的玻璃球，僵滞着不动。他每走一步都要用力吁一口气，脸颊的肌肉一抽一抽的。

根旺走十来步就得停下歇一歇，抬头朝前面痴痴地张望，心里不知想些什么。根旺最怕这时候见到村里人。他不愿让村里人看到他的狼狈相，活到二十岁还从来没有这么狼狈过。村里人都知道根旺爱面子。

铅灰色的天空仍然飘着毛毛细雨。土坡上的枯黄的草闪耀着水光。几棵枝杈稀疏的小树被雨水泡黑了，在寒风中吃力地摇摆。远处的低矮的茅屋如坟堆一般，朦朦胧胧只望见霉黑的屋尖。毛毛细雨把远方的山峦与铅灰色天空衔接起来，恍然而飘渺，仿佛永远不会再有尽头。根旺回头望望走过的路，泥泞和水洼，杂乱的脚印和被雨水冲稀的牛屎。路弯弯曲曲一直延伸至山坳，那里蒸腾着团团白雾。由于又冷又饿的缘故，他的头脑有些糊涂，像热昏的病人产生出谵妄的幻念。

根旺前天吃过午饭拿了柴刀和扁担出去打柴，没有走出多远，大约在山坳那边的斜坡上，不知怎的跌了一跤。按说山里人跌跤跌惯了，但是他当时就是爬不起来，一阵撕心裂骨般的昏晕，醒来时天已经黑了。根旺浑身都痛，痛得要命，伤得是不轻，心里一急又昏了过去。他在大雨如泼中再次醒来，强撑着爬到岩石下躲雨。一会儿昏迷一会清醒，两整天时间这么过去了。他料想爹娘会求村里人出来寻找,他一直等候着。他担心很快死掉,又怕让从深山里出来找食的野兽给吃了。

今年的冬天比起往常大不一样,往常这时候早已大雪封山了,大雪压住屋顶了。今年冬天还没见过一点白,只是持续下着雨。入冬以后太阳就躲藏起来了,不肯露一次面。又阴湿又冰冷,雨雾四处飘流,空气浸透了。梁上和柱上都蒙着一层亮晶晶的水汽。木头泡松了,夜里吱吱地作响。黑泥地上冒出一粒粒汗似的水珠子,滑得不得了,根旺的爹娘已经跌过几次了。坑上的茅草和棉被都是湿的,总是越睡越冷,血都僵住了。爹娘的关节炎一定加重了,动一动就会听见里面嘎啦嘎啦的,像院子的木柴门开开关关。前天雨停了,根旺拿了柴刀扁担,要去挑一担柴回家,多烧些火,帮爹娘烘烘身子骨。根旺从小到大懂得孝顺爹和娘,村里人没人不夸这孩子好。

根旺的嘴唇烧出一串串的水疱,脸色一阵通红一阵青灰,说着胡话。他的身体筛糠一般抖个不歇,身下的茅草簌簌出声。根旺尽做黑咕龙咚的噩梦,鬼影留在脑子里,他挺直身体对着鬼影呵斥和詈骂,做着各种威胁的手势。鬼影像心脏中的寒意一样刮都刮不去。

根旺的爹娘守护在儿子身旁边三天三夜没合眼了。他们向青山爷祷告。青山爷刚刚显过灵:正崇皇帝要到北京坐龙庭了。世道又要变了,青山爷没有闲工夫管他们独生儿子的事,忙着帮正崇皇帝去北京登基。根旺的爹娘内外都有病,手脚不灵便,只能勉强做点家务活,就靠根旺这独根苗养老送终。老两口端着一桩大心事:没过门的儿媳桂枝给正崇皇帝点中了,和其他几家相貌好一点的姑娘一起做了正崇皇帝的妃子。老两口知道根旺一心一意准备开了春就拜堂结婚,娶回桂枝好好过日子。桂枝做了皇妃,要是根旺不懂事闹起来,皇上一发怒下一道圣旨,满门抄斩不说,光拿根旺一人是问,老两口还不照样死路一条?根旺的爹爹不断哀求老伴,等儿子醒来多劝劝他,年纪轻轻的,又有力气,再找一个媳妇算不上难事。天底下就是这茬理儿,皇上金口一开,说什么是什么。

谁都没想到天变得这么快。一大早还阴雨蒙蒙，早饭后突然云开日出，鲜艳的阳光洒在每家每户的大门前。蓝天上一团团淡红的祥云。远山那边的天幕放出鹅黄色光。一大群喜鹊环绕在村中那棵老槐树飞翔，呱呱地叫个不歇。鸡犬牛羊放声撒欢，欢闹声令人激动不已。这种激动带有神秘的意味，所有人都感到那是与己有关的。晌午时分，太阳好极了，暖融融的。村里人汇集到老槐树下，趁难得的好天气看一看皇上的龙颜。大家敛息迸声等候着。老年人告诫小辈们，皇上一出现大伙一定要赶紧跪下，山呼万岁，万岁，万万岁。

根旺像个老头儿策着拐棍混在人群里，躺在炕上时间太长了，有些头重脚轻。他是不愿前来凑热闹的，皇上夺了他的桂枝，几天来他一直胡思乱想，叹息自己生来这种命。爹娘整日在他耳边唠叨，天底下就是这茬理儿，皇上金口一开，说什么是什么。根旺看到全村老老少少都来了，老支书和大队长立在最前排，民兵队长立在他们身边。那个二流子造反派头头靠在他们旁边，袖子上的红袖章摘掉了，都规规矩矩垂着头。根旺只看见他们的后脑勺。老支书的头发全白了，颈脖的皮肤似酱油一样浓重。根旺的舌尖微微发痒了，用牙齿咬住了，偷眼向周围睃盼。这么多人聚集在一道竟然没有一丝声音，如一堆直立的死人。他尽管心里惶恐，心里的滑稽感倒是很强烈。

等根旺在一片万岁万万岁的呼喊声中跪下时，再没有机会多想了。他和大家一样诚惶诚恐地磕头跪拜，伏在潮湿的泥地上，大气不敢出，心甸被突如其来的敬畏感充溢了。他望见泥地上的太阳光火焰般的耀眼，撑在泥地上的双手越来越发烫，皇上的威仪得到证实了。万岁，万万岁。

几天前村里的老柱叔第一个看到皇上从青山庙下来。天威浩荡，青山庙的屋顶红光四射，红光中一条黄龙升上天空。显了人形的青山爷恭恭敬敬侍奉在皇上身旁。青山爷的白胡子垂挂到石板地，活脱脱画像上剥下的老寿星。老柱叔挨家挨户讲述了当时的经过。皇上对只顾着磕头的他说，上天派我做了正崇皇帝，朕这会儿要去北京坐龙廷，路经你们这里，打算歇歇脚。朕封你为护国大将军，安排朕在这儿的一切。根旺的爹娘不止一次对根旺回忆过，皇上进村时，老支书、大队长、民兵队长领了全村的男女老幼在路口跪迎。皇上龙颜大悦，一口气封了四个尚书爷，五个龙骑将军和六个虎威将军。老柱叔献出两个女儿做了皇上的妃子。皇上自己又点了三四个体面姑娘，并选中大队长家的两间瓦房当行宫。村里人都如过节似的欢天喜地。做了皇亲国戚的人家更是喜上加喜，放了一通过年才放的鞭炮。

根旺刚才瞥见皇上身边站着老柱叔的两个呆儿子，小二和小三，都穿一身簇新的蓝布棉衣，腰间束着红绸缎。他们手中拎着磨亮的铁铲，绷着铁紧的脸面，威风十足的。皇上似乎没睡醒，哈欠连天，还时不歇地打喷嚏。皇上的面孔特别白，比白面还白，白得分不清鼻子和嘴巴。皇上靠坐在太师椅上，用尖尖细细的嗓音说了几句什么。这时候树上的喜鹊聒噪得厉害，加上一阵阵鸡犬牛羊的欢闹声，没有人能够听清楚皇上尖尖细细的嗓音。耀眼的太阳光，蓝天投下的纷乱的虚影，鸟翅似的扇动。淡红的祥云消失了。

皇上金口一开，说什么是什么。根旺终于懂得了天底下的这茬理儿。皇上讲话的声音让喜鹊和鸡犬牛羊的声音盖住了，龙颜不悦。偏偏这当口一个孩子扯着嗓门哭叫起来，像一声刺耳的喇叭。全村人都吓得趴下了。老人们簌簌发抖了。皇上龙颜大怒，对小二小三挥了挥手，撇撇嘴唇咕噜了一句。小二小三跪下领旨。然后气势汹汹分开人群，冲到五婶面前一把抓起正在哭叫的两岁半孩子。五婶没有反抗，一股劲地磕头谢罪。小二抓着孩子的双腿，使劲摔到三丈远的土墙那边，像摔一只小猪或小狗。小三摇摇晃晃走过去，高举铁铲运足力气，猛地斩下，一声瓜裂般的闷响，殷红的鲜血倏地喷上土墙。一片死般的沉寂。接着又有一声孩子的尖哭，钻透了全村人的耳膜。这一回小二不等皇上下旨，自作主张上前去卡着那孩子的颈脖，举在半空中。孩子的双脚拼命乱蹬着，粉红色的舌头伸出很长，流淌一缕白色粘液。小脸蛋刹那间变成紫槐花一样，在蓝天下格外醒目。小二的鼻孔嗤了一下，把孩子往地下死命掼去，噗的一声，孩子立马断气了。小二和小三阴沉着脸，眼睛被杀气熏红了。一趟趟向匍匐在脚下的全村的人睃巡，沉寂之后还是沉寂。还是老柱叔懂规矩，带头高呼起万岁，万岁，万万岁。

狗偶尔有气无力吠叫两声。

根旺心想天这么冷，那些吃不饱肚子的狗早该钻入草堆深处睡懒觉了。地上结了一层薄冰，脚步再轻也会发出嚓嚓的响声。根旺每走一步都害怕让人发现，比做贼还心虚。幸亏天黑得锅底一般，全村上下不见一丝灯火，只有远山那边闪烁深深的青光。根旺连续几个夜晚潜伏在皇上的行宫后面。他简直入迷了。他听到皇上和几个女人的调笑声，放荡到极点。他的想象力犹如撒尿的感觉，臃肿而笨拙，石块似的嵌在泥地里。根旺主要想听听桂枝的声音。黑暗中伸来她的手，时而明晰时而模糊，抚摸他的带泪的面颊。根旺一遍又一遍啃着面前的泥土，嘴里血淋淋的，把大口的血吐在地上，用土掩埋起来。

白天的大多数时间里他不停地磨柴刀，从刺耳的磨砺声中，听出藏得很深的桂枝的荡笑声。刀刃的冷光在空中闪耀，映照他的凝神的眼睛。根旺的爹娘吓坏了。儿子要闯祸了，弑君之罪比天还大。儿子不和爹娘讲一句话，凝神望着锋利的刀刃，像青山庙里的发怒金刚。老两口急得团团转，求天天不应求地地不灵。根旺已经恢复了全身的力气，仗着一柄锋利的柴刀，管叫皇上和那堆骚女人一个个脑袋搬家。

根旺不是那种做事毛糙的人。他心里拿准了，小二小三一到天黑便呼呼大睡，皇上和那堆女人在屋里做丑事。时至今日他仍然想起桂枝以前对他的种种好，更恨得咬牙切齿了。官司打到哪儿他都占着理，桂枝早是他的人了，说好开了春就娶回来，这事村里人谁不知道呢？皇上不管三七二十一夺了去，可恨桂枝这贱货，和那帮女人一样只顾着讨好皇上，把他完全忘记了。根旺计算得很周全，绝不至于失手。他提前一天先将爹娘关在屋子里，防止他们偷偷跑去通风报信。他对爹娘说，我咽不下这口气，我才不管皇上不皇上。我要把皇上和那堆女人全杀光。根旺有一件事失算了，他前脚提了柴刀才出门，爹娘后脚双双悬梁自尽了。

根旺注意到了一个细节，他一手握柴刀一手去推门，没有想到门竟然是虚掩的。事临到头，他的意志依然有些动摇，面对天大的压力，拿不准干这件事情究竟为什么？皇上会死么？皇上不是天子么？他的那只握着柴刀的手颤抖不已。几盏油灯还亮着，墙上映出他的硕大的身影。

已是深更半夜了。他掐算好的时间,不会出差错。皇上和几个女人横七竖八睡在大坑上,盖了几床绸缎面子的棉被。桂枝和皇上睡在一头,脸贴着脸,发出轻微的鼾声。桂枝桂枝你这贱货。热血一下涌入他的脑壳。他呆愣地站了一小会儿,心里产生莫名其妙的甜蜜的感觉,如暖流掠过全身。桂枝成了他的化身,与皇上共枕同欢。尝到这绝妙的味道,舌尖微微发起痒来,他赶忙用牙齿狠劲咬住。这当儿有一个女人睁了睁眼睛,迷迷地瞄了他一眼,转过脸又睡着了。这个细节差点使他前功尽弃。耳边一声刺响,他被无形的手向猛前推一把,身体跌跌撞撞耸出,望见脚下的万丈深渊,一股阴森森的风迎面袭来。如果那个女人会大喊大叫起来,他就索性将柴刀往地上一扔,随后抱着脑袋蹲下等死算了。

根旺以前替大队长送过几趟木柴,熟门熟路的。从进门到割下皇上和那堆女人的脑袋,他只花去了十分钟时间。尽管他心里怕得要命,手脚仍旧非常利索,像他平时干活那样,又快又好。

六　大笑

有五分钟时间他大笑不止，肚子都笑疼了。既然如此，怎么不叫操你妈的阴户？此前他根本不晓得这个词。从小到大骂过无数次操你妈的逼。根本不晓得还有另外的名称，叫什么阴户。小张原以为他故意逗乐，问了一句，你从哪儿爬出来？见他一面孔疑惑，才知道他真的不懂。于是先大笑起来，边笑边用手指做了个样子，见他仍是不明白，便拿毛笔在纸上画了个图。他大惊小怪尖声喊道，他妈的不就是逼么，为什么又叫阴户呢？转念一想，你还别说，这词真形象化。因此越想越好笑，笑了足足有五分钟。小张打了他一拳，你小子疯啦？他妈的是女人都有阴户，什么了不起！他笑够了，擦擦鼻涕眼泪，把底稿重新看了一遍。

八月十一日下午，"联指"派出两百多名暴徒包围了人民剧场，掳走了数十位"红司"宣传队女战士，先关押在自来水厂机房内。当天晚上，"联指"暴徒兽性大发，将"红司"女战士分别关进男女宿舍，进行令人发指的折磨，其暴行超过了法西斯纳粹……百般凌辱。用烟头烫，拿小便灌，用手抓"红司"女战士的阴户……最终，这些暴徒迫于"红司"的强大威力，释放了……她们全体伤痕累累，惨不忍睹。

他脸上的肌肉僵住了，镜片后面的公羊般的眼睛闪现虚光，鼻子嗤嗤地吸气。这副窘态被小张顺手捉住，在他腰眼里捣了一记，懂了吧，小伙子？他挠挠头皮说，那里捣坏了小便不就麻烦啦？小张愣了一下，随后哈哈大笑，笑疼了肚皮。看来你是真不懂，一窍不通。你这只童子鸡，那是用来小便的吗？那是男人的专用品，用来生孩子的，懂了没有？他还是似懂非懂，不好意思追问下去，吐吐舌头，也跟着大笑起来。

妈妈老是埋怨他长不大，站起来都一米七八的个子了，还像个没开窍的少年，只长身体不长脑子，尽做那些与年龄不符的稚气未脱的事体。他只和一帮年纪比他小得多的街坊小孩掺合在一起，玩玩玻璃球，输赢香烟纸，爬树，爬烟囱，掏鸟窝什么的。妈妈说来说去总是离不了这谱：你要把书念念好，找些正经事做。其实他有他的特长，他会画画。很小的时候，妈妈嫌他烦，拿一支笔一张纸放在他面前，他马上就安静下来，埋着头一画就是两三个小时。他的学习成绩一向平平，老师看不上他，唯一用得着他的地方是出黑板报。一致公认他画得有鼻子有眼，不比美术老师的水平低。他记得爸爸买了不少美术书托人带给他，素描、速写和刊头画之类，还为他请过一个美术老师，教他画石膏像。那人是看门的，小老头一个，据说以前是美术学院的名牌教授。那人一副低眉顺眼的模样，教起画来却严得要命，老讲什么达·芬奇画鸡蛋。对着一个鸡蛋画两年不是神经出毛病了么？画画是个兴趣而已，像玩其他东西一样。妈妈的话有一半是对的，他承认自己不该过分懒惰。比如在画画方面，那个讨厌的小老头曾经赞扬他艺术感受力强，有可塑性。可惜他只按兴趣来，三天打鱼两天晒网，画画水平一直没有明显的提高。

他和妹妹来姨妈家，表哥一眼看中了他的专长。喊他到“红司”的宣传队来，与能写一手漂亮毛笔字的小张搭档。小张负责抄写，他负责配画。每天有干不完的活，紧张时还得要加班加点，通宵达旦。表哥专门为他在队部安排了一间房子，吃住都很方便。他听吕红讲，姨妈为这事和表哥争吵，姨妈都气哭了。吕红讲要是他再跟着表哥泡在“红司”，姨妈准备送他们兄妹回自己家，省得出了纰漏对妹妹没法交代。

像所有年轻的血管里奔腾着不安分的热血一样，对动荡和破坏的向往使他不安于与区区笔纸打交道。天天都有新鲜趣闻，刀对刀枪对枪，比写写画画过瘾得多。表哥说，你给我老老实实画你的画，你这副身板，人家吹口气都能把你吹倒。小张除了埋头抄写，常常怀疑材料的真实性。小张是鬼精灵，长着一副善于窥探秘密的猴腮脸。眼睛眨巴着，好像总有一粒沙子在里面。小张根本不相信"联指"的人对"红司"女战士的所谓暴行。他诡秘地说："这叫大造革命舆论，是为了激起'红司'战士同仇敌忾，懂了吧？"

他对小张那种卖弄的样子很不服气，反驳道："人证物证都在，凭什么说是为了造舆论？"

小张采用了迂回的手法，慢吞吞说下去："这是我听我姐夫讲的，他掌握的情况不会有误。你记得上回你不是画过一个被'联指'打死的自行车厂的工人吗？名叫王三大的那个？你知道他是怎么死的？他是试验炸弹时自己把自己炸死的。他老婆拖着三个孩子找来了，要求头头补助，要求抚恤金什么的。说他给'联指'打死的，不就好交代了吗？"

他心里惶惑，嘴上却说："那天是我表哥带的队，他都知道。"

小张一脸不屑的表情，撇撇嘴唇说："周队长一心要打仗。我姐夫讲了，按他的做法，不知得死多少人呢！"

"我表哥说，那是陈副司令背后放的风！"

"我姐夫是堂堂副司令，用得着背后放风吗？"

他听见外边混杂而急促的叫嚷声，周大妈！周大妈！几个人抬着满头满脑血沫的表哥进屋来。表哥软软绵绵，像只沉重的口袋。血沫凝止住了，呈现暗红的色泽。

姨妈面孔惨白，像冰冷的雪人。白色的寒气从她张大的嘴巴里冒出来，笼罩她的神情。自古华山一条道，走不过去便跌进万丈深渊。姨妈早有预感，有预防，准备着去接受。姨妈的视线穿越人丛连接在门外的黑黑的天幕上，从它降临那一刻起，就必须镇静下来。

姨妈跪到表哥身旁，捧起表哥的脑袋端在怀里面。姨妈要求别人替她端一盆水。所有人都是安静的，听见姨妈这么说：你们帮我弄盆水来好吗？

他突然变得愤怒异常，对着吕红大声吼叫："还不快去拿毛巾来，给表哥擦擦血！"

吕红应了一声，便捂住脸哭了，眼泪从她指缝里渗出来。吕红的哭声比以往任何一次都特别，像指缝里渗出的眼泪，带着淋湿的凝滞的乐感。他心里充满火烫似的恐慌，喉咙口阵阵痉挛。疼痛在他心里发酵。他还不明白，亲人的血是不能被亲眼看见的，它会使我们感受到切肤之痛。他手脚冰冷，与姨妈口中呼出的寒气一样的。

他两腿开始摇晃了。“快去啊!”他再次以破裂的嗓音对吕红吼叫，“快去拿毛巾来给表哥擦擦血!”

“……我和周队长走到厂门口，天已黑了，路灯是坏的。突然冲过来十几个他们的人，手里拿着刀和棍子，一看那架势，我们两个人对付不了。周队长让我赶快到厂里喊人……他也拔了刀子，让我跑到厂里喊人……”

“我们的人冲过去的时候，周队长已经倒在地上。听见周队长说了句，不要放过他们这些狗日的……”

那个衣服上沾满血迹的小伙子蹲在表哥旁边，手里紧握着一把尖刀，语无伦次地叙说，嘴角泛出两点白沫，眼睛红得骇人。他说着说着戛然而止，拿恍惚的眼睛朝大家望着。

大家七嘴八舌地议论，一片懵懵懂懂的嘈杂声。他想问问情况，这是我的表哥啊！但是他理不出一点头绪来，脑袋咚咚响，像晕船的感觉。他希望能够清晰地抓住重点，就如朝深不见底的黑水抛下沉重的铁锚。他知道了，对皮肉伤痛的拒斥超过了对死亡的惊骇，他正在替表哥分担巨大的疼痛，而不是分担不可知的死亡——要不，为什么他不敢再望一眼表哥满头满脑的血沫呢?

表哥被抬走了。医生迅速为表哥作了检查，是外伤，是流血过多一时的昏迷。表哥的血沫被众人杂沓的脚印踩没了。他见到过许司令和陈副司令。他们不像平时那么威风凛凛，两人眼神发直，鼓着嘴唇。许司令双手背在身后，皱着眉头倾听姨妈诉说。姨妈流着眼泪，但镇静如常，慢声慢气。屋里屋外，除了隐去的马达声，大家都提起耳朵在听。

吕红趄近他身边，眼睛闪着亮晶晶的光。他揣摩出她的小巧的意思，她在嗔怪他刚才的神经质发作。于是他启动嘴唇，吐出一个字:去!

中午时分正值燥热的顶点。似火的骄阳将每个角落照得通明，闪耀郁闷的光波。热浪无所顾忌四处飘扬。

吕红提着送饭篮子走在太阳地里，焦黑的光芒使她格外小心。好吧，还是让我们预先了解底细吧。如果每个人真的被所谓的命运之流裹挟，从生命的起点就埋下了——埋在每日每时的步伐下，谜底不会让你事先知道，那么现实不过是命运的替代甚至假象吗？然而，吕红笃信自己能够望见它。越是这样的天气，越是这样的气氛，它的呈现频律越是密集。笃信是某种神秘的代号，只能体验不能言传。她有时会说……

八岁。八岁那年。

八岁的女孩常和伙伴在城边的土坡上玩耍。炎炎烈日之下，土坡上的青草蒸腾苦汁味儿。她两脚踏在水中裸起的石块上，撒了一场尿，望着尿沫随水流远去，在水面画出奇异的流动图形。她站起来的时候嗅到一股烤肉的香味，于是东张西望地寻找。她站在高处，望见电线杆下四脚朝天躺着一个大人，烤肉的香味是从那边送来。走近去，她首先看见密密麻麻的蚂蚁，几乎覆盖了那人整个身体。一股浓重的肉香。她的脚尖碰到了那人的手，一根电线穿过那人握紧的拳头。她有充分理由惊奇，然而恐怖的意识迅速积聚，积聚，像只红色的气球，叭地爆炸了。她竟俯身去拎那人的臂膀，摸着一手蚂蚁，尔后把那人的臂膀连根拉下来。

要是噩梦能够割除就不叫噩梦了，不管何时何地，它随心所欲切入她的思绪，令她心惊肉跳。它潜伏在某种具体场景或某个具体对象中，不经意间，便可看见它的奇形怪状的阴影。

走出似火的骄阳并没有使她平静，相反更加小心翼翼。她从几个戴着柳藤帽的大汉面前低头走过，抓紧手中的篮子，并下意识地望了望他们的手。那种熟悉的悸动又像电流一般掠过全身，两腿打起哆嗦来。她知道克制不住，只好由着它……

表哥正对着五六个站在病床前听他发号施令的人高声训话。表哥头上缠满了雪白的绷带，露出眼睛和嘴巴。表哥的腔调如爆豆般的急促。吕红的喉咙嗝了一下，仿佛被烫水呛住了。她不敢声张，似乎忍受着剧烈的疼痛，从她苍白的面色上一目了然。

她走进病房时表哥向她做了个手势。她那时感觉气弱，棉花似的发软。表哥不会关注她的面色，表哥顾自用他爆豆般的腔调对部下训话。武器武器武器武器……

他们。他们一个个转向了她。

某个人上前来关切地问，小妹妹，你的脸色不好，身体不舒服吗？表哥向她招手。过来过来，你的面色太难看了，怎么啦？

我很好，我来给表哥送饭。

她举起送饭篮子，举得和视平线一样高。要不是眼前突然一阵漆黑——她会对他们的关心报以微笑。这位文秀荏弱的姑娘。我们用不着了解更多的底细了。她把篮子放在床头柜上，说，“姨妈做了好吃的，做了……”她揭开篮子里的砂锅盖子。她的动作非常迟缓，疑惑地凝视自己的手。姨妈特地花了半天时间煨了红烧猪爪。浓重的肉香。密密麻麻。她咂咂麻木的舌头。沙锅盖子掉到地上了。碎了。

裘政委特地留了一手，让警卫员小刘把当时的谈话偷偷做了录音。以下是录音的部分内容：

“我多次交代你们，必须克制，尤其在两派摩擦比较激烈的时候。你们并没有安我的要求去做。”

“他们一次次挑起争斗，性质一次比一次严重，我们都向你汇报过。这次周德林在回家路上差点被他们打死，我们还有余地吗？”

“我再重申一遍，如果你们采取越规行动，后果由你们负责！”

“我们也把话说明了，如果裘政委不出面解决，或者裘政委故意偏袒，我们会用我们的方式来解决。”

“你们眼中还有没有我这个军管会主任？告诉你们，中央已经明确指示，当前造反派内一些坏头头，企图利用两派摩擦搞武斗，干扰运动大方向，干扰斗批改的深入进行。这些人是无产阶级文化大革命的破坏者，要把他们清除出造反派组织。犯有罪行的要立即抓起来，实行无产阶级专政。”

“听裘政委意思，像在威胁我们。坏头头谁说了算？伟大领袖毛主席说，群众的眼睛是雪亮的。”

“毛主席说，要相信和依靠群众，相信和依靠人民解放军，相信和依靠干部的大多数。现在运动正朝着毛主席指挥的正确方向前进，决不允许少数坏头头从中破坏。”

“我们是不会被你几句话吓倒的！”

“我没有要吓唬你们的意思。老许，老陈，作为群众组织的头头，你们应该懂得，政治生命的根本是方向问题，一定要看清方向，千万不能把兄弟义气代替阶级感情。周德林是哪一种人？他一心想挑起武斗，唯恐天下不乱，老陈在上次汇报中提到这一点。你们为什么还把他留在队长的位置上？我请你们注意，所谓坏头头，并不是一开始就是坏的，随着个人野心的无限膨胀，使自己迷失了政治方向，最终变成为运动的对象。”

“老陈是怎么汇报的我不清楚，但我对周德林很了解，要把挑起武斗的罪责强加到他身上，是绝对不公平的。真正想挑起武斗，唯恐天下不乱的，是‘联指’，是他们中间的坏头头。最近这么多次流血事件，有哪一次不是他们先挑起的？”

“你这样无原则地袒护周德林，后果是什么？”

“我倒认为，裘政委有意袒护‘联指’！”

“老许，说话要有原则性！”

“我们‘红司’这么多战友遭迫害，都是周德林一手造成的？裘政委，恕我直言，据说‘联指’方面最近得到了部队的枪支弹药！”

“无稽之谈！这是阶级敌人造谣，破坏支左部队的声誉！我立即要派调查组，看看是不是背后有黑手在活动！”

“今天我们来这儿，不光是为周德林被袭击的事，更主要是为弄清‘联指’的枪支弹药从哪儿来？”

“我声明过了，绝对不可能！”

“我们接二连三遭到枪击，已有几十人死伤了。老许说得没错，我们没办法约束下面了。”

“苗头就在你们身上。你们捕风捉影，捏造事实，目的是为了煽动下面的情绪和仇恨。”

“我们代表几十万‘红司’战士来跟你汇报情况。如果裘政委说明不了‘联指’的武器来源，那么我们就自己想办法，而且，我们不负任何责任！”

“许绍强同志，陈正发同志，说来说去你们就是想动武，用武力解决。你们看，已经三个小时过去了，我把要说的话都说了，你们就是想动武。我正式警告你们，这是破坏运动大方向，问题的性质极为严重！”

“是‘联指’破坏运动大方向！如果裘政委站在他们一边，支持派性，我们要向上面汇报，向中央汇报。”

“你们威胁起我来了？好啊，好啊……”

“为了保卫无产阶级文化大革命的胜利成果，我们必须文攻武卫，坚决反击。我们正式提出，第一，你必须提供给我们与‘联指’同样的枪支弹药，用于武卫；第二，你必须出面制止‘联指’的挑衅，查明周德林遭袭击的幕后策划者，交出凶手；第三，我们……”

“住口！太猖狂了。出去，你们给我出去！”

“行！我们走。你马上就会看到结果。马上！”

“站住！我再次警告你们，许绍强陈正发，喂，站住……”

七　年龄

裘政委的神色如斧凿刀刻般的，端坐在他的枣红色办公桌前，一支接一支抽烟，烟雾从他的蜡黄的脸庞爬过。裘政委了解自己身体各个部位的情况，此刻胃痛和肝痛齐头并进，向他展示下午四点钟这样一个较为特别的时刻，忍耐的极限快要临近。裘政委身材高大挺拔，具有一副浑然天成的军人仪表。但是在军人的仪表下边潜伏着老毛病和新毛病，比如胃痛和肝痛，正在严重消耗他的精力。连自己都感觉外貌发生的变化，一个人面色蜡黄总不是好事情。

院子里的上千名“红司”造反派泥塑木雕般坐着，汽车上围墙上树杈上全坐满了，瞪着一双双如火如荼的眼睛。造反派的狂热体现于桩桩件件此消彼长的竞赛中，炽烈的骄阳成为某个对象，以此证明，从早上七点到现在。裘政委想起邱少云和黄继光，想起忠诚和勇敢，统一在铁一般的纪律和秩序里。他们有组织有计划静坐示威，其方式与乌合之众不可同日而语。反过来说，他们正是这样一群实质上的乌合之众，歇斯底里的乌合之众，热衷于打砸抢的乌合之众。他们被煽动起来，从事各种各样的破坏活动。太阳作证，这帮乌合之众受着背后的黑手的操纵，静坐示威是假，伸手要武器是真。

裘政委的视线一趟趟扫过桌上的电话机。只要一个电话，不消一刻钟便会有几卡车战士前来，将这帮乌合之众一古脑逐走。然而万一冲突起来，更给他们可乘之机。许绍强陈正发故意不露面。市革委会的其他成员躲得远远的。谁叫他以军管会主任的身份兼任市革委会主任呢？想到自己不得已采用苦肉计来和这帮乌合之众周旋，怨恚和愤懑如火攻心。早上他只吃了一碗稀饭和半个馒头。现在是下午四点多钟，胃痛和肝痛越来越剧烈，已支撑不住了。警卫员小刘看在眼里，急得汗流满面。

小刘望着窗外泥塑木雕般的造反派。炽烈的阳光使他们每个人的脸孔闪烁油光。上千双如火如荼的眼睛，仿佛凝固的亮点。小刘的军服汗湿了，面孔通红，手按在枪套上。他本来随时预备好鸣枪示警，以自己的生命保卫首长的安全，结果却是陪造反派一道挨饿。他年轻，忍饥挨饿无所谓。首长不行。首长站在造反派面前反复劝说，不要上坏人的当。首长嗓音都哑了，面色蜡黄。身体有病的人怎能扛得住呢？首长从来说一不二，连水都不肯喝一口。

裘政委时而与小刘视线相接。裘政委的目光不包含指示性。小刘设想，如果自作主张一次，去隔壁房间拿一包压缩饼干，悄悄塞到首长手中，按照军事原则讲，没什么错，有利于保存首长的精力，以便坚持斗争。要是首长发起火来，最多批评他一番，下不为例好了。小刘转身从侧门出去时略作停留，希望从首长眼中看出点意思。可是首长注视着自己夹烟的手指，紧抿嘴唇，好像微微地颔首了。

裘政委从小刘的神情中捉摸出了一点含意。他将小刘塞给他的那包压缩饼干飞快将它放进抽屉里，一两秒钟之后又将它放进裤子口袋。裘政委心里非常恼火，一连串动作进行得太快，来不及考虑，就如一个饿汉偷了一点食物，火烧眉毛吃下肚子里去。这是有损原则的，同时也有损形象。裘政委昏蒙蒙地环顾四面墙壁，毛主席和林副主席接见红卫兵的彩色大照片，宣传画、锦旗和标语。一张巨大的全国地图。它们气流似的旋转，时而快时而慢。由于头痛的缘故，他不得不弯曲颈脖，拿手指捺住太阳穴。办公桌上散落着“红司”的控诉材料，乱七八糟一大堆，夹杂死人的照片和枪支弹药的照片。裘政委暗自叹口气，朝小刘瞟了一眼。小刘向着窗外，背影有点模糊。

太阳的光变得浑厚了。一种红铜色泽，一种浓茶色泽。裘政委恍惚地想象这个场景：他躲进臭气熏鼻的厕所，就着自来水慌急慌忙吃掉一包压缩饼干。

吕红与他哥像两个模子里出来的。她小巧玲珑，荏弱文秀，一双梦幻般的大眼睛，睫毛常年濡湿似的，好似藏着无穷的迷惘和哀怨。鼻翼薄薄的，透明的，望见上面细细的淡紫的筋脉，随着呼吸微微翕动。两片嫩红的嘴唇有点儿翘起，总像和谁赌着气，憋在心里，自己拿自己不开心。她扎了两根小辫，走路时一甩一甩，仿佛有团雾追随她前后，使她白皙光滑的皮肤平添一层醒目的光泽。肯定一点，她的体形仍停留在孩子阶段，胸脯扁平，细胳膊细腿，离人们对女人的完整概念差一大截。

石拱桥的花岗岩扶手斑斑点点，图案和花纹被铜锈般的油污覆盖了。台阶在无数人的践踏下磨成半圆形。这座蛰伏在穿越整个城市的河流上的石拱桥是岁月的象征，与苍老的浮云一样，在人们心头凿出可视可摸的形状，某种与己有关或无关的想象。吕红伸首望望脚下晃动的河流，发绿的光和发蓝的光，映照青石砌成的河岸，使视觉充满活跃。岸脚边长着墨绿色的毛发样的长苔，从她的角度看，那是古色古香的美。天空灰褐色云层间透过几支银白阳光，射在城市外围，作为一种无限空旷中的层次，她望见白色的云烟从层层叠叠的屋尖升起，雾纱般的，带着某种似有似无的乐感，从从容容传来，再悄悄逝去。她清楚一点，头顶的天幕是在心中徐徐打开——是用持之以衡的想象打开，其实后面什么也没有。纵深之外的纵深，如此而已。眼前那条笔直的河流，泛出深邃的绿光和蓝光。

吕红手握酱油瓶呆立在桥下的杂货店门口，歪着头望望店牌，上面被墨汁洒成大花脸。橱窗玻璃和门玻璃全砸碎了。满地都是玻璃碎碴。从歪歪斜斜的窗格望进去，店堂内空无一人，浮动昏蒙蒙的气流。她回首望望只有少量行人的街道，被萧杀的气氛笼罩着。很多商店都用木板横七竖八钉起来，缠上一道道铁丝。墙壁上没有一处空白，标语和大字报以外，直接用红颜料和墨汁书写着大字和小字，铺天盖地，像路上堆积的一摊摊垃圾。她惶惑地呆立,把酱油瓶夹在胳肢窝里,弄不清跑了几家店铺,大店小店全关了门,不得已跑到河这边来。

或许因为凝神观望的缘故,吕红忘记了胳肢窝里夹着的酱油瓶。出自一个本能的抬手动作,酱油瓶落在青石路面上跌碎了。她退后一步,皱起眉头看着破碎的玻璃,迟疑一下,从地上拾起一块尖刀状的玻璃,拿到眼前。透过玻璃的切面看一看,绿色中的变了形的世界,拉长的和缩短的。色调和形状浑浑蒙蒙,接近于抽象。她把玻璃拿开,眼睛发胀而模糊。内心的希望在真实中隐匿了,或者远离了。她愿意远离。于是再次看一看,变形的抽象的世界。她捏住玻璃就如捏住一页纸,平端在在眼前。

不凑巧的事情常常突现于无意识的瞬间,手指无意识地松了一下,尖刀状的玻璃直插膝盖。这季节膝盖太容易受伤了。膝盖是裸露的。她只感到瞬间的刺痛,马上消失了。伤口像婴儿的小嘴巴,两片发白的肉向外翻,接着殷红的血涌出来。她躬下身好奇地望着,殷红的血顺小腿快速淌下,眨了几回眼睛的工夫,血已淌到脚背了,沿着塑料凉鞋的搭扣分流,向脚底蔓延。她跨出了一步,并不感觉疼痛。

她伸手从墙壁上撕下一条大字报纸,搓揉几下,用来擦拭小腿的血。又撕了一条,折了两折,按在伤口上。

凤仙花的花瓣捣碎后加进明矾,敷在指甲上,过一整夜时间,便可染成极漂亮的红指甲。

吕红很早就听说过那套方法。她特地挑选长得饱满的花瓣,一瓣一瓣地挑选,用锅铲柄轻轻地捣,捣好之后的花瓣汁呈浓茶色,碘酒色。

半夜时分,吕红踮着脚尖走出房间,从水缸里舀了半盆水,拆去扎在十粒手指上的油纸,泡进水中。表哥和哥哥都不在家住。姨妈睡觉很沉。姨妈的鼾声吵得吕红不能入睡。吕红睁大眼睛瞪着黑暗,越想越不对劲了,怎么会想起染红指甲呢? 不被姨妈骂也得被表哥骂。她心虚起来了,趁半夜的黑暗,赶紧把它洗掉。

可是第二天早晨吕红看到十个指甲已经染上了一层淡红。至此只有一个办法了，拿把剪刀来，一点点把淡红刮掉。

姨妈家处于自行车厂厂区西面。那儿原是一摊坟地，推平了建造五十间平房，住的都是厂里的工人。“五十间”成为一个专有名词，既是指那个区域，也包括居住在那儿的人。姨妈家一共一间半屋，堂屋主要派吃饭的用场，来了人也在这儿坐。另外两个小间是姨妈和表哥的寝室。吕军吕红来后，吕军陪表哥睡，吕红陪姨妈睡。灶屋是姨夫在世时动手搭建的，紧靠门口一棵苦楝树，挡住了姨妈房间的窗户，白天都得开灯。可能因为原先是坟地的缘故，地下总冒起若有若无一丝臭气，飘零在郁结的昏蒙中，吕红住过一段时间后还是感觉不习惯。

表哥伤好后基本上不太回来了。表哥的头上和脸上都留下了刀疤，横一条竖一条，样子很恐怖。表哥说，他要大干一场，来一次惊天动地的大行动。从表哥眼睛里流露的神情判断，大火已成燎原之势，大火和浓烟滚滚冲天。哥哥像一只兴奋的狗，跟在表哥身后蹦啊跳，表哥一个口哨就能让他赴汤蹈火。她担忧死了。哥哥既不像表哥那样孔武凶蛮，又缺乏随机应变的机灵劲儿。这种人总是第一个倒霉。亏他还自以为得志，跟着表哥住在队部。唉！哥哥就是太简单太容易兴奋了。

令吕红奇怪，姨妈的态度也发生了一百八十度大转弯，不仅不阻止表哥参加武斗，相反成了武斗的鼓吹者。姨妈嘴边挂了一句话：对付那帮畜生，就该赶尽杀绝。使吕红害怕的不是姨妈说出这句话，而是姨妈说这句话时那种深刻表情，那种切齿之恨。

清早，吕红听见姨妈和邻居老伯在门外搭讪。姨妈的嗓门很大——嗓门大体现了信心和胆魄，姨妈说：“别信那帮畜生造谣，凭几支破枪就敢来攻我们这儿？”老伯说：“听说他们连大炮都有了，架在马路对面的面粉厂那边。他们马上要来攻，要来血洗了。街上的人都是这么传的。”姨妈冷笑，说：“我们早准备好了。德林他们组成了战斗队，还有部队支持他们。”老伯说：“听人传，‘联指’计划一个窝一个窝地端，我们这儿是重点。”姨妈的嗓门卡住了，突然粗言俗语骂了一通。凭姨妈此时的口气可以推断，风雷又降临了——眼睛像兔子似的红，脸色青一块白一块，整个动作失调而夸张，不像姨妈这个人，一点也不像。吕红臆想姨妈是不是脑筋出了问题？血液太烫了？烫得她失常了？果然，姨妈说："那帮畜生！我们的人马上就要收拾他们，我们有很多武器，飞机大炮都有！"吕红没再听见老伯的声音。老伯不信，趁姨妈喘气的间隙溜了。

吕红傻坐在床沿，想不起该做什么。昏黄的灯和惨淡的天光，穿行的热风和湿气。吕红耽于幻想的毛病在这种时候尤为显著。我们每个人都被设定在自己的轨道上，被无形之手钳制。譬如，前一阵流行手编玻璃丝小玩意，飞禽走兽，龙蛇虫鱼之类摆设品。吕红在造型和色彩方面具有天生的敏感，配上她好安静的性格，肯花功夫钻研，精益求精，做出的东西活灵活现。吕红不愿拿做好的东西示人。她着迷于与世隔绝，单身囚禁的概念，在广大的世界中悄无声息存在着，缩紧身体，不引人注意，不给任何人带来麻烦。尽管房间里阴湿而霉腐，一盏昏黄的灯，却是她个人的空间。在安静中编织自己喜爱的小动物和小鸟，灌注进去，和它们同在，无疑是难得的幸福。

姨妈原先也是一个安静的人，话不多，做事很有耐心，家里拾掇得有条有理。自从姨妈来了个一百八十度大转弯，人全变了，一天到晚絮絮叨叨，做事粗手笨脚，摔盆子摔碗，动不动就发脾气。更让吕红难受的是硬拉着她说外面的形势，分析和预测，像个小孩那样与吕红打赌，用丢硬币来算命。吕红原本躲都来不及，唯恐受惊扰，面对恐怖的唯一办法是闭起眼睛。现在姨妈逼迫她睁开，她望见被火光映红的天空下黑影遍地奔突，汹涌不止，与她本人的心跳一样。

吕红料想姨妈意犹未尽，邻居老伯轻而易举溜跑了，余下一大堆话淤塞在肚子里，不找吕红讲找谁讲去呢？

姨妈拎菜篮子进来，一屁股坐在床前的小凳子上。

吕红感觉腰带被铁钩钩住，一点点往上提，屁股离开了床沿。她不得不站起来，手里仍捏着编了一半的金鱼身体。姨妈丝毫没注意吕红的神情，姨妈手握一把空心菜，不动作，也不说话。房间的光线仿佛愈加昏暗，或许是外面越来越亮的缘由。吕红对自己说这样不好。不能这个样子。她蹲下来，对姨妈笑了笑，说："太热了。天又一直不下雨。"姨妈干咳两声，嗓音发沙地说："外面都在传他们要血洗我们，弄得大家人心惶惶，实际上都是谣言，你千万不要相信，知道吗？"

吕红又开始着手编她的金鱼，脸上浮出泛泛笑意，慢慢地说："又要买几种颜色的玻璃丝了，都快用完了。"

"你表哥他们已搞到了武器，打起来不会吃亏。"

"姨妈，我夜里睡不好觉，一直做梦，都是些噩梦。"

"每个人嘴上都说不怕不怕，心里都紧张得要死。周围邻居们向我打听这打听那，我不能多说，走漏了风声就不好了。"

"妈妈说，心里有事，梦就多。"

"我们人多，地盘大，你表哥手下一大帮子战将，现在部队又站在我们这边，形势好得不得了。"

"妈妈关照过我，要看住哥哥一些。妈妈说他没脑子。等他回来，姨妈说说他好吗？"

"他和他表哥在一起，不会有事的，你怕什么？"

"我哥哥会瞎捣鼓，爱出风头。"

"他表哥需要他画画写写，放心好了。"

吕红在自己心尖上抠了一把，让痛疼来改变心境。否则，那种悬浮的忧郁会淹没她。姨妈马上就会滔滔不绝来上一通。姨妈被满肚子的话憋得眼睛像兔子似的红。脸色特别奇怪，青一块白一块——风雷又要降临了。吕红必须抓紧时间说："我都明白，姨妈，我全知道的。"

哥哥唯一想到她的地方就是带了几本《人民画报》给她。哥哥煞有介事地说，别像睡不醒似的，多了解一些国家大事。她纯粹当作消遣，先逐一翻看图片，再浏览文字部分，看着读着，有一种瘙痒的感觉。

——喜马拉雅山和珠穆朗玛峰是怎样形成的呢？正如伟大领袖毛主席所说的："按照唯物辩证法的观点，自然界的变化，主要地是由于自然界内部的矛盾的发展。"珠穆朗玛峰的由来，也就是喜马拉雅山地区地壳物质对立统一运动的结果。喜马拉雅山和其他任何事物一样，有它的发生、发展、直到将来必然灭亡的过程。

——我们的伟大领袖毛主席和他的亲密战友林彪副主席，以及周恩来、陈伯达、康生、李富春、江青、张春桥、姚文元等同志，二月十九日接见了中国人民解放军北京卫戍区部队和在北京执行“三支”“两军”任务的部队代表，以及八三四一部队的指战员。在史无前例的无产阶级文化大革命中建立卓越新功的两万多革命战士，迎着毛主席，一遍遍地纵情高呼：“永远忠于毛主席！”“永远忠于毛泽东思想！”“永远忠于毛主席的无产阶级革命路线！”“无产阶级文化大革命胜利万岁！”“毛主席万岁！万万岁！”

——全国的无产阶级文化大革命形势大好，不是小好。整个形势比以往任何时候都好。再有几个月的时间，整个形势将会变得更好。

——我国工人和青年科学工作者在著名的北京周口店，又一次发现了研究人类起源的极为珍贵的材料——中国猿人头盖骨化石。这一重大发现，是参加这项工作的有关人员高举毛泽东思想伟大红旗，突出无产阶级政治，活学活用毛主席著作的结果，是战无不胜的毛泽东思想在科学战线上的又一次胜利。

——钢琴这种西洋乐器，过去一直把持在资产阶级“专家”手里。他们窃取琴台，大发怀恋十八、十九世纪洋人、死人的幽情，为资本主义招魂。那时候，我们工人根本不欣赏这种所谓的“高级”艺术。那些资产阶级精神贵族老爷们在琴台上越是弹得摇头晃脑，我们工人就越不理他们的茬。但是，这次我们听了钢琴伴唱《红灯记》后，感到非常亲切。钢琴伴唱《红灯记》表现的完全是中国人民在我们伟大领袖毛主席和中国共产党领导下前赴后继的革命斗争生活。从此，钢琴这个西洋乐器开始为无产阶级政治服务，为工农兵服务了。

——坚决支持法国和欧洲、北美兴起的革命群众运动。今年五月以来在法国和欧洲、北美兴起的革命群众运动大风暴，以排山倒海之势，迅猛发展。一千万法国工人投入了罢工斗争，巴黎学生在工人支持下，同反动军警进行英勇搏斗，掀起了如火如荼的斗争怒涛。在法国巴黎大学校园内，学生们挂起了列宁和毛主席的像以及革命的标语牌，英勇地坚持斗争。

——今年新年前夕，从我国首都北京传出了一个振奋人心的大喜讯：我国一九六七年出版八千万部《毛泽东选集》的计划已经提前胜利完成了！截止一九六七年十二月二日，全国已经出版汉文版、少数民族文版和外文版《毛泽东选集》(一至四卷)八千六百四十多部。这个数字相当于无产阶级文化大革命前十五年出版数量总和的七倍半。与此同时，我国一九六七年还出版了《毛主席语录》三亿五千万册，《毛泽东著作选集》四千七百五十多万册，《毛主席诗词》五千七百多万册。大量红彤彤的毛主席著作，由我国发行战线上的广大革命职工，以最快的速度送到全国亿万工农兵群众手中，发行到全世界一百四十八个国家和地区，更好地满足了全国和全世界革命人民活学活用毛主席著作的迫切需要。

吕红动了一个念头：剪几张好看的图片贴在自己床头。她选了一张珠穆朗玛峰，一张天安门广场，一张草原奔马。

八　现场

昌盛饭店,消防大楼,百货大楼是全市最高的三座建筑。

形势非常明了,“联指”抢先占领了百货大楼,消防大楼被部队据守,“红司”以昌盛饭店为据点,形成了所谓的三足鼎立之势。周德林将队部安置在昌盛饭店的顶楼,一来便于观察情况的发展变化,随时做出有利的决定,二来标志“飞虎队”的日益重要的形象,其地位在“红司”中扶摇直上,到了炙手可热的程度。造反夺权的过程并未结束,下一步的斗争重点是扩大胜利成果。老许反复强调,“红司”和“联指”不应该在革委会的权力分配中平分秋色,“联指”不仅没有造走资派的反,没有对无产阶级文化大革命做出贡献,相反与走资派暗中勾搭,名为造反实为投机,说到底就是保皇派,目的是为了捞取革命果实。老许说,我们必须斗争,坚持这样一个基本原则,无论何时何地,都要以“红司”的利益为最高利益,以“红司”的前途为最大前途。现在两派之间的矛盾随着权力分配的不平衡进一步激化,双方都在摩拳擦掌,等待时机,朝对方的薄弱环节致命一击。因此,周德林掌握之下的“飞虎队”毫无疑问成了“红司”的最重的砝码。事实也表明了周德林不乏军事头脑,胆大心细,机智勇敢。“飞虎队”最近几次行动的确令人鼓舞,连不赞成动武的陈正发也不得不赞赏周德林干得出色,大大抑制了“联指”的嚣张气焰。

昌盛饭店与百货大楼在解放路的东西两端,相距五里多路,属全市最繁华的商业路段。两座建筑都在国庆十周年时完成,高度都是十层。

由于它们的重要性，早已成了市民们心中的地标。昌盛饭店处于十字路口，往北去三里路是火车站。这对于“红司”十分有利，背靠火车站就意味战略上的灵便，攻则能攻，守则能守，退则能退。周德林派重兵镇守在火车站附近的区域，首先保卫好大后方，这样便能巩固人心，在发动攻击时除去后顾之忧。“联指”的优势是紧邻旧市委——也就是现在的市革委会所在地。如果“红司”的进攻殃及市革委会，那将是严重的罪责。老许一次次责令周德林一定要将冲突的规模约束在可控范围内，不让对方抓住把柄。

周德林爬上楼顶的平台向四方观看，踌躇满志，内心涌动一种神经质的兴奋。炽烈的日光给这个城市抹上了一层铁灰的色泽，在浅蓝色的天幕下闪闪烁烁。朵朵白云也染了金属的光芒，闪现特有的亮度。它和心境有关，是兴奋簇拥过后的亮度，与其说在眼前体现，不如说在内心的深处展示。这座城市在他脚下，无论从哪个角度看，都跳跃他的影子，印在每一条街道以及每一座楼房上。他对内心的东西素来不追究。街道和楼房比想象具体得多，具体的东西才是真实的。他向四方观看。他需要盘算很多事情，神经质的兴奋不会干扰他的冷静。他微眯起眼睛，看不出一丝喜怒哀乐的表情，双手背在身后，在楼顶的平台上慢慢踱步。这是一面相当于篮球场大小的平台。按照他的布置，平台的边沿用沙袋垒起一圈屏障，四角架着四挺机枪，每天二十四小时都有人站岗。

全市人民都知道，那个满头满脸刀疤的人叫周德林。在他出现的场合，刀疤比他本人更受注目。许多人为他脑袋上面孔上脖子上究竟挨了多少刀争论不休。只有知情者才知道他一共挨了二十二刀。周德林挨了这么多刀竟然照样活在人世间，算得上是神话中的故事。因为最长的刀疤接近一尺，最短的也不会少于两三寸。连当初为他治伤的医生也难以相信，在每一刀都可能是致命的情况下，仅仅受了一点外伤。要么这人具有非凡的勇力和凶蛮，成功地抵御了致命打击。要么他的对手被他气概所镇压，关键时刻全蔫了手脚。同时证明了这一点，他周德林是个阎王都害怕的蛮汉子，只能由这个世界容纳他，轮到他发威时，人们将看到他站在成堆的尸体前面肆意狂笑,天地都为之震颤。周德林意识到人们对他与日俱增的畏惧,他疾速而有力地抓住它,拿它当作左右两支可以连射的枪。从人们的眼睛中得以印证,它的威力超过了滚烫的子弹。

周德林亲自率领六十多名“飞虎队”队员突袭了“联指”设在面粉厂的分部。据掌握的情报分析,那里藏有一批数量可观的枪支弹药。大到榴弹炮迫击炮和重机枪,小到步枪手枪手榴弹。据说他们还在试验各种杀伤力极大的土制武器。一连几天,周德林与少数心腹干将反复研究,制定出一个周密的突袭计划。他们决定声东击西,傍晚时分先派出几支队伍同时围攻“联指”的控制区域——图书馆,工人剧场,工业展览馆,造成“红司”即将采取拉网大行动的假象。然后趁着夜色掩护突袭主要目标,打它一个措手不及,轻而易举获取这批枪支弹药。为了防止打草惊蛇,周德林布置手下人分几批向面粉厂运动,每人的左臂扎了条白毛巾为标记。

周德林和四个保镖领先到达。借着手电光看一下表,还差十分钟。今晚的夜幕特别的黑,伸手不见五指。天气又热又闷,一场滂沱大雨快将来临。他侧耳倾听,希望听见一声深远的闷雷,千万不要出现闪电。周德林不是个喜欢幻想的人。他只是简单扼要地想象,等到大批武器成为掌中之物,后援的车队马上会浩浩荡荡开来,像一阵闪电般的旋风,把所有武器刮走,只留下一片车辄和脚印。

对面面粉厂沉在一团漆黑中,没有一丝灯光,听不到一丝响动。

周德林对全体手下发出命令,必须快速、准确,按布置的方案推进,如遇抵抗,格杀毋论!

周德林的担心并非多余。尽管事先进行了周密布置,到了短兵相接,结果是无法预料的。如果对方及时发现有人偷袭,组织起抵抗的话,情况就会变得十分严峻。对方占着天时地利,加上武器精良,凭他们区区六十多个人,二三十支枪,力量悬殊,拿鸡蛋往石头上碰。还有一个未加验证的问题,要是对方已得到情报,设下陷阱,那将是一场不折不扣的屠杀。四面八方射来的子弹能将他和他的手下割韭菜似的全数扫倒。

他的刀疤提醒他，必要的谨慎是克敌制胜的保证。因此他命令他的人，如遇抵抗，格杀毋论。

副队长老曲，复员军人，四十四岁，自行车厂修理工。

第一分队队长赵复，二十三岁，电影院放映员。

这两个人被大家称之为周德林的左膀右臂，参与了所有重大事件的制定和实施。周德林发布命令之后，老曲先期领了二十个人飞快地消失在黑暗里，只听见沙沙的脚步声，如秋风吹拂草叶。周德林无端地滋生一种身处电影的混蒙的感觉，仿佛看得见黑暗中许多晃动的身影——也许是他本人的身体不由自主晃动起来，也许是他妈的地在晃动了。他握着一支五四式手枪，腰间斜插一把两尺长的双刃刀。他一遍遍鼓励自己，耐心耐心耐心。时光粘滞住，像胶水粘住了眼睛和耳朵。沙沙的声音平复之后，耐心就失去了，心底冒出了凶恶的怒火。好不容易听见马路对面传来三下清晰的击掌声，成了——他妈的成了！周德林对紧靠身旁的赵复说了句：立即跟上。然后也击三下掌，率领第二批人马飞奔过去。

周德林的人不费吹灰之力占领了面粉厂，似神兵从天而降。然而，其实是天大的笑话，他们除了抓住几个老弱病残以外，毫无所获，翻遍厂里每一个角落，连厕所和臭水沟都找过，武器的影子都没见着。

食堂门口的水泥地上跪着那群哆哆嗦嗦的老弱病残，大约从周德林满头满脸的刀疤认出眼前这位传说中的杀人魔王，一个个吓得半死，舌头打颤，话都说不清楚。据老曲报告，这群人都没有加入“联指”，派在这儿看守厂房和机器而已。雪亮的灯照得眼睛发花。周德林与老曲与赵复相顾无言，都能听出对方肚皮里的嘀咕声。出于对失望的回报，周德林冷笑着骂了句，他妈的狡猾，过了一两分钟又重复骂了句，真他妈的狡猾。

老曲闷闷地问，是不是情报有误？

赵复跟着问，会不会他们事先转移了？

周德林的手下人悄悄围拢了，默不作声，不敢直视队长，他们知道队长肯定气得发疯了，拿不准要做出某个荒唐决定了。周德林拨开身边的人，独自向黑暗深处走去。他在每个人的面孔上找到了他妈的答案。夜露凝结成水珠顺着他们的头发滚落。他妈的一场天大的笑话！他突然对老曲对赵复对所有手下人恨之入骨。他回转身走到他们面前，拿发红的眼睛瞪着老曲，足足有三分钟之久。他的头脑里空白一片，像是被雪亮的灯光注满了。他的胸腑熊熊燃烧，抬起胳膊在空中画一道有力的圆线，阴沉沉地慢吞吞地说："赵复，找些汽油，全他妈的烧掉！"

据报：在"红司"成立两周年的庆祝大会上，发生一起特大恶性事件，两辆混入游行队伍中的身份不明的卡车行至昌盛饭店，突然跳下几个蒙面人，朝站在二楼阳台上检阅游行队伍的"红司"头头猛烈开火，副司令陈正发身中数弹，当场毙命。五名"飞虎队"队员身遭不幸。数十位无辜群众受伤。

又据报：这起事件不仅使全市人民震惊，并影响到全省和全国。中央文革和省革委会派出了联合调查组。事件背后疑窦丛生。"联指"方面一再声辩与此事无关，并暗示调查组真正的凶手在"红司"内部，是"红司"的人策划了这起谋杀。一石二鸟，既搞掉了内部的对立面，又是挑动武斗的最好借口。"联指"的战报《革命造反报》刊登了一篇题为《许绍强、周德林的"妙计"能否安天下》的长文，详细分析了"红司"内部的日见严重的争权夺利矛盾，以及在这种矛盾下火并的可能性。

再据报："红司"坚称这起事件是由"联指"蓄意谋划。因为当时歹徒发射的子弹是朝向"红司"全部头头，陈正发躲闪不及而中弹，其余的人及时伏到了阳台地上。刘志学的手臂被玻璃割破，受了轻伤。假如"红司"为了剪除陈正发而拿全体头头的生命来冒险，于情于理都说不通。许绍强本人就站在最容易受打击的位置，谁都知道子弹不长眼睛，怎么会精确到不偏不倚射在陈正发身上呢？这种说法不是造谣又是什么？

怀疑也好猜测也好，人们只能以一些支支节节的传说为根据。陈正发和许绍强在很多问题上并无分歧，人们甚至拿陈正发比喻为许绍强的应声虫，言听计从，一贯忠实执行许绍强的各种意图。两人的关系在最近确实发生了些许变化，这一点裘政委心里是清楚的。在"红司"代表进入市革委会的名单上，陈正发是第一人选。裘政委希望由陈正发当市革委会第一副主任。两点理由：首先，陈正发是党员，在造反派头头中实属凤毛麟角；其次，陈正发做过工会干部，符合当市领导的条件。问题在于，让二把手窜到自己上面去，许绍强肯不肯就范？尽管陈正发本人表示应该由老许担任市革委会副主任的职务，然而了解他的人心里都犯嘀咕，这个皮笑肉不笑的家伙肚子里转什么主意呢？周德林不止一次到许绍强面前发狠：陈正发是阴谋家，是官迷，靠不住！

整个事件突发在几分钟内。

目击者之一：九月二十四号下午三点钟左右，我和奶奶在解放路看“红司”游行。我们站在离昌盛饭店不远的地方，看热闹的人多得不得了，围了一层又一层。我个子小，被前面的人挡住了，看不到游行队伍，只听见锣鼓声和喇叭声，还有一阵阵欢呼声。奶奶拉着我，不让我往人缝里钻，就这样我始终只能听声音。我站得两腿发酸。奶奶好几回拉我回去，我不肯。我不知道那时突然大乱起来，大家叫喊着向四面奔逃，把我挤倒在地，许多只脚踩在我身上，疼死了，可是叫也没用，声音太响了。我清醒的时候身上更疼痛了，痛得哭起来了。爸爸在旁边对我说，还哭还哭，这点伤算个啥？奶奶都被汽车轧死了。

目击者之二：游行进行得很顺利，队伍从火车站广场出发，至消防大楼折回，再沿解放路到昌盛饭店前面的大路。这次游行的规模是空前的，由声势浩大的车队和各个形式的编队组成。特别是彩车和文艺编队经过时，全市人民和我们一道欢呼，场面太精彩太热闹了。我们按照周队长的布置，在每个路口和巷子都派了岗哨，主要是防止“联指”可能前来捣乱，搞破坏。事情发生得很突然，我们的车队慢慢地开过昌盛饭店前，谁能料到里面会夹了两辆身份不明的卡车，突然弯向昌盛饭店，驾驶室里钻出两个蒙面人，举枪朝二楼的阳台扫射。我们“红司”的头头全站在上面。枪声像爆豆似的。我想这下完了，让人家连锅端了。那两辆卡车也失去了控制，撞到人行道的树干上，压倒了好多群众。由于当时乱得一团糟，我们冲不过去，只能在原地干着急。

目击者之三：我就站在昌盛饭店台阶上，望着二楼阳台上头头们兴高采烈地谈笑。陈副司令还给许司令点香烟。陈副司令穿着白衬衣,样子很精神。枪声响起的时候我愣了愣神,不知道发生了什么事,火药的气味很浓,冲得脑子昏沉沉的。再往阳台上看,只见陈副司令伏在扶栏上,一只手垂下来,白衬衣被血染红了。其他头头一个也看不见了。

目击者之四:周队长一边喊着快抓凶手,一边领了人从昌盛饭店楼门里冲出去,可是在门口台阶上被人潮堵住了。我们不敢朝那两辆卡车射击,怕伤着群众。还是周队长行,他抱了一挺机枪对天开枪,连发了一梭子,将乱跑的群众吓趴下了。我们趁此机会向那两辆卡车开火,那边也向我们还击。他们比我们有利,躲在车门后面,估计至少有四五支冲锋枪的火力。我们这边倒下了好几个,幸亏曲副队长扔出一颗手榴弹,才把他们的火力压下去。周队长命令我们冲过去消灭他们。周队长说一个也不留,全部消灭。我们发现许多群众中了弹,有的哭喊有的呻吟,地上满是鲜血。那两辆卡车烧了起来。

目击者之五:当时是我第一个听到枪声,问身边的伙伴听到没有,他们都说我耳朵有问题,今天是人家"红司"庆祝大游行,怎么会有枪声呢?是鞭炮声。我想也对,便说,我们到有鞭炮的地方去看看。我们几个正往那儿走,突然遇上迎面逃来数不清的人,紧张得面孔都歪扭了,叫着不好啦不好啦,"红司"和"联指"干上啦。我问伙伴,现在谁敢到前面去?他们都说太危险了,都不肯去。我独自一人跑到巷口,等了一会儿,壮着胆子走到马路上,望见离昌盛饭店不远处有两辆卡车在燃烧,树也烧起来了,浓烟滚滚。街道上像刚刚遭了洗劫,抛满了东西。很多人横七竖八躺在地上。一群拿枪的人正在朝我的方向搜索过来。我看见有个人用枪对准我,听不清他叽里哇啦喊什么。总之我感到情况不妙,拔腿想跑。这时候他就开枪了。一颗子弹擦着我的肩膀飞过去,像针刺了一下。我加快步子拼命跑,才跑出几步,就如被人背后猛推一把,跌倒在地上。

他沿着湿漉漉的青石台阶一步一顿往下走。石墙上的壁灯灯放射一圈圈光晕。石墙上也是湿漉漉的。地上也是湿漉漉的。台阶下的竹筐麻绳木箱之类杂物占去了储藏室的一半空间。他走到那盏惨白的日光灯下，面部表情被横七竖八的刀疤切碎了。刀疤呈现紫红颜色，像一道道紫红的带子胡乱缠绕，留出那双火光映照的眼睛，每时每刻跃动着匪夷所思的创造力，让人不得不想起那是一堆炸药，导火索握在他本人手中。

两个守门的队员不等他下令，提前打开厚厚的钉了两层铁皮的门。他没有立即朝里面去，稍稍偏过脸来望着湿漉漉的石墙。墙角那边的通风管道的接口处挂下一缕缕白色粘物，吸引了他的注意力。他以此给自己找到理由，停住脚步，像他脚下凝固的影子那样，他需要维持一种凝固的状态，与事情的"发生"保持距离。

赵复的面孔处于暗影当中。他预备好袖手旁观，并不是为了减轻责任，此时此刻不存在责任问题，也不存在良心问题，他是有意避让，不越俎代庖。将所有运用权力的机会出让，在某些当口表现出一点犹豫——哪怕故意借咽口水揩眼屎等等举动延缓一下，都会得到上司的赞赏。这间十多平方的审讯室立着六七个面目狰狞粗壮汉子，都被愤怒和无奈折磨得够呛，显得很沮丧。烟味汗味血腥味混杂在闷热的空气中。那支雪亮的灯不堪重负，光线压弯了，如受潮的烂绳子牵绕每个人。几个小时轮番不断对俘虏实施狂轰滥炸式的审讯，轮番实施各种刑罚，那位变成了豆腐渣样的俘虏，一直重复着叫唤痛死我了痛死我了。

赵复见队长站在门口不进来，心里不知怎么笑了一下。他决定简明扼要再现刚才的审讯内容，将它压缩起来，端到队长面前，由他最后裁决。

说吧，不说只有死路一条。

噢噢噢……痛死我了痛死我了……

不说是不是？好吧，帮他清醒清醒！

噢噢噢……痛死我了痛死我了……

那就说吧，说了有你的好处！

噢……痛……死……我……了……

好吧好吧，再来一遍，来一遍！

噢……痛……

他被狂吼声拷打声哀叫声刑具声激怒了，插在裤子口袋里的双手发起阵阵痉挛，喘息和心跳共同怂恿他，咬咬牙干它一个漂亮的。刚才他在楼顶平台上朝天放了一枪，枪声似乎不是从枪膛发出，而是从非常遥远的白茫茫的天幕里传来，迸散了纷纷落下。他望着冒烟的枪口咕噜一句，老子今天要他妈的开杀戒了。

他蓦地对自己极端不满。如果被手下人看出自己束手无策，不要说引起手下人不满，最不满的是他自己。他来到审讯现场那一刻，赵复和其他人都看出他脸上浮现的怪异的神色。他以玩笑的口吻说，让这家伙当烈士吧，你们看好不好？他把手枪握在手里，若无其事地比画着，一边微笑着，手枪逐渐向俘虏接近。

俘虏看到了黑洞洞的枪口直指自己的眉心，只差一寸距离。这时候扣动扳机的话，是符合现场所有人的要求的。俘虏停止了呻吟停止了颤抖，仿佛好奇地盯住黑洞洞的枪口，形成了斗鸡眼。

所有人都捏紧呼吸凝望他扣在扳机上的食指。没有人亲眼见过子弹钻入颅骨的真实景象。事情发生前人人都根据想象做出推断，俘虏的鲜血和脑髓将会溅到每个人身上，凭这一点，人人都会狠狠地皱一下眉头。赵复心里数到五的时候，队长握枪的手落下了。赵复谅解这是队长一时手软。谁都会这样，这么闷热，呼吸和想象都很艰难。

他扫视每个人的面孔，都有些焦躁，脖子向前耸着，像等候着舔血的不耐烦的狗。俘虏蠕动着破裂的嘴唇，一声绵长的呻吟尿液似的流出来。人人都感到它迅速淌到了脚底下，感觉到它的一丝温热。

赵复看见队长再次抬起胳膊，手臂伸得笔直，枪口顶在俘虏的额头。队长骂了句，去你妈的，然后扣动扳机。

会议进行到一半的时候西北角传来密集的枪声，持续了三四分钟，尔后又零零星星响了一阵。老许带领大家到平台上朝那方向瞭望。枪响的地方冒起灰褐的烟柱，像受了天空的吸力飞快上升。老许的嘴角弯了弯，鼓起金鱼眼睛向大家做了个手势，要大家回去继续开会。

刘志学笑着说，事实教育我们，必须牢记毛主席的教导，丢掉幻想，准备斗争。刘志学现在非常自觉地站到周德林一边，支持周德林提出的方案，尽快组织一支由转业军人和复员军人组成的战斗队，担任进攻主力。

于胜和方剑钊小心翼翼提醒老许，问题分两个方面，首先要确定有没有必要展开一场大规模进攻？其次，需不需要采用完全军事化的方式？决议一旦形成，可以设想这不是一次小小的流血行动。

会议一开始刘志学便指出，全国各地都发生了武斗，形势所迫，既然避免不了，还是把主动权掌握在手里为好。一般来说，求战派容易占上风。陈正发的死作了注解，敌人是无情的，对付无情只能是无情。

至于周德林，根本不屑和任何人争辩。与“红司”成立之初的情况不同的是，除了老许，他周德林的位置无人可比。刘志学毫不夸张地声称，谁能在眼下这种严峻的形势面前临危不惧，谁就是革命的中流砥柱。

老许越来越器重周德林，对他信任有加。缺少他这样的事事能够打头阵的勇将，“红司”是寸步难行的。于胜只适合做做小学教师，生来这块料。难怪周德林讥笑他是软蛋。方剑钊也是，方剑钊原是个出纳会计，心眼太小，又没什么能力。老许思量应该把他俩淘汰掉。

会议的气氛随着周德林一个提议骤然紧张起来。周德林先让老曲介绍了新的战斗队的编制情况。老曲在小黑板上画了颇为详细的图表，逐一解释每个分队配备什么武器，承担什么任务等等，特地一再提到这仅仅是构想，因为凡此种种需要一个前提，那就是大量的武器装备。老曲以他军人式的严谨和细致向大家证实，周队长的构想是多么深思熟虑。大家七嘴八舌提了一些问题，少不了互相争执一番。意见集中到这个焦点：武器怎么办？没有武器，所有构想全是空的。

参加这次会议有二十一个人，都是“红司”的大小头目。会议放在周德林的队部召开，意思是很清楚的。在掌握斗争主动权这一点上，老许的态度显然明朗化了。武器怎么办？大家都安静下来，一股劲地抽烟，眼神环绕着那个脑袋上脖子上布满刀疤的人。

周德林不比以前的周德林了，变精明了，变狡猾了，懂得如何巧妙地运用策略，成为不可摇撼的中心。他故意不忙着开口，向坐在旁边的刘志学要了根烟，叼在嘴角。他很少抽烟，摆一个姿态而已，为了拖延时间，以便突出自己的重要性。连老许都不知道周德林将要端出什么样的爆炸性计划。周德林事先没有向老许汇报。没有向谁透露。有些想法被大家接受需要特定的场合，等到大家束手无策的时候，哪怕一线希望都会使他们眼睛发亮。周德林也懂心理学了，而且运用得恰到好处。他在老许的一再示意下终于开口了，他说，也没什么难的，武器么，部队那里有的是。“联指”的武器是部队送的，那么我们就去抢。反正目的只有一个，弄到武器，手段在其次。包括老许在内的所有人全吓了一跳，敢去抢部队的武器？周德林要不是异想天开，真是吃了豹子胆。老许鼓起金鱼眼睛直瞪周德林，紧抿着厚而黑的嘴唇，发红的鼻尖上冒出亮晶晶的汗珠。老许环顾所有与会者。他的目光像在乱石堆里跳跃。和他一样，他们都被内心的紧张和惶恐攫住了，张口结舌，没有一个人表示反对和赞成。

周德林对这样的气氛满意极了。他就是高出他们一头的，他妈的。他笑嘻嘻地说，全部后果由我周德林一人承担。杀头坐牢由我一人顶着。你们尽管放心好了，我不会牵连你们。

九　问题

麦地像火烧一般滚烫。他们的背上被毒日烤得起泡，全身的汗流光了，皮肤上结起一层盐霜，面色都是发乌发紫的。喉咙干得冒烟，喘不过气来，可是没人敢提出喝一口水的要求，即便又热又渴当场中暑也没有谁敢提这要求。他们这帮地、富、反、坏、右、走资派、现行反革命分子，牛鬼蛇神，一共五十多人，被押解到郊区红旗人民公社来参加麦收。从天边泛鱼肚白起始，造反派拿棍子挨个儿敲牲口似的敲起来，一人发一块馒头，然后马不停蹄干到毒日当空的中午。按规定每个人必须割满十垄地才给喝水和吃饭。想想看，四五十米一垄地，就算一个壮劳力也是拿不下来的。凭他们这帮四体不勤五谷不分的寄生虫，根本干不了这活，或许到天黑也完不了。躲在树阴里几个负责看管他们的造反派轮流吆喝，快点快点，你们这些偷懒的混蛋。

这是一望无际的金黄色平原，在毒日的强光照射下火焰般耀眼。麦秸的根部呈现青黄色，割断之后散发青草样的汁液味。他们不懂这样的麦子还不到真正的收割季节。他们没有看到整队的社员下田来劁麦。远方的村落和更远方的村落。蓝天和蓝天之上的蓝天。卷起了边儿的银白的云。每个人都力求集中注意力，再热再渴也得完成，割断手指也得完成，完不成也得完成。人人不敢落后。嚓嚓嚓的割麦声中混夹着短促的喘气声，像牛皮筋一样被无限拉长，不到断裂的极限谁都不肯倒在中途。

铁守忠在这群苟延残喘的人中间是唯一特别的人。你找不到任何合适的词句来形容他。他是人精,比人精还人精。毫不夸张地说,他的皮肤黑得接近典型的非洲佬,黑得油光发亮,仿佛对毒日的炙烤习以为常。他的另外一个特征是瘦,皮包骨头,只剩下颇为显著的一副骨架,然而却像千年古藤一般富有倔劲和硬度,一股股一道道筋腱,随着不同的动作体现出形状上的张力。你会产生质感上的错觉,以为那是橡皮包裹的钢筋。原先认识铁守忠的人都说他完全变了,变成了一个让人莫名惊诧的陌生人,一个无法让你立刻承认他是同类的怪物,不敢走近他,始终要与他保持三尺远的距离。看看吧,那张因执着到极点而使表情诡异的面孔,那双闪发红光的火苗般的眼睛,你就有所领会,铁守忠已经走火入魔。他连续几天闭紧嘴巴,不看任何人,默默做自己的事,然而他那乌黑的嘴唇会神经质地牵动,似乎对自己表白无穷无尽的箴言。不管是蹲在人迹罕至的黑暗丛中,或是处于日光直射的光波之下,他的神情总与黑得发亮的皮肤相一致。

铁守忠的个子很高,加之那么特别的外表,何时何地都让人刮目相看。他在这群苟延残喘的人中间简直是位大力神,谁也想象不出他的充沛的精力从哪儿来。藤条样的人,五十多岁的年龄,体内怎么会蕴藏如此之多的泉水似的能量?简直取之不尽用之不竭。

从一大早起,铁守忠只穿一条蓝布短裤,那架势活像劫法场的李逵,朝手心里吐两口唾沫,端好姿势,手持镰刀的胳膊划着漂亮的弧线,嚓嚓嚓,活儿干得优美而飞速。况且他根本用不着直起腰歇口气,像带足氧气的潜水员,在金黄色麦浪间闷头往前钻。

他被自己的劳动所激动,为自己忘我的劲头所激动,为激动而激动。他一开始就远远领先所有人,别人竭尽全力才割了一垄地,他已割完了第二垄,再朝手心里吐两口唾沫——嚓嚓嚓,第三垄又接上了。

这个神经病。这个狗都绕着他走的疯子。他这样做无疑是给大家头顶悬挂了一把达摩克利斯剑。那个戴了一顶破草帽的年轻瘸子趁造反派转身小便的当口抓了把土掷到他背脊上,以示警告——也许是求他开恩。铁守忠心里怎么想呢?铁守忠不是为了要讨好造反派,绝没有邀

私
批

铁守忠只穿一条蓝布短裤，那架式活像劫法场的李逵，朝手心里吐两口唾沫，端好姿势，手持镰刀的胳膊划着漂亮的弧线，嚓嚓嚓，活儿干得优美而飞速。况且他根本用不着直起腰歇口气，像带足氧气的潜水员，在金黄色麦浪间闷头往前钻。

功的意思，他立志让自己的精力和体力在极限上磨练，像拉赫美托夫，如果有必要的话，他也可以整夜躺在扎满铁钉的铺板上，进行残忍的苦修和自虐。

基于这一点，他对这帮人谈不上什么同情心。他只按照既定原则办事，顾不上替旁人考虑。干渴和劳累全部转化为劳动中的美，一种被意志激发出的美感，强烈而持久，令他无比陶醉。他干得太好啦！难怪站在田边树阴里的造反派对着其他人一迭声地吆喝，快点快点，你们这些偷懒的混蛋。

毒日当空的中午时分。中午时分。除铁守忠以外他们全部不行了，歪歪倒倒了。几个老的已经软面团似的倒下几次了，在造反派的乱棍之下挣扎着爬起来，血泪交加地哀求，让我们歇口气吧，喝口水吧。即便他们全体跪下来叩首求饶也不行。看看他，看看那个反革命，不是挺带劲么？你们想喝水，想歇口气，那就像他一样，完成规定的任务再说。造反派们嘻嘻哈哈，兴高采烈，终于找着了一个寻开心的机会，站在田埂上指指点点吆吆喝喝。

铁守忠不为形势所动，他已远离他们，单独一人游进麦浪深处。在他身后是几垄有条不紊的割好的麦地，铺满金黄色的麦子，一片无可挑剔的灿烂。如果他停止劳作回眸望望，也会发出由衷的感叹。可是他像上足发条的钟，端好姿势，手持镰刀的胳膊划着漂亮的弧线，嚓嚓嚓。

他们看着他一起一伏的身影，黑色的精灵，黑无常鬼，比毒日比闷热比干渴比劳累更可怕。他们热得发昏的头脑里占据了一种恨，恶毒到极点的恨，比恨希特勒比恨蒋介石还恨一百倍。

他静静地盯着小臂上几只正在吸血的蚊子。蚊子的个儿大，灰褐色的，镶嵌着黑白相间的花纹。这样的蚊子在城里很少见。他目不转睛地盯着，希望发现蚊子是如何把他的血从皮肤里抽出来，皮肤再结实也抵挡不住蚊子铁针样的喙。不知自己的血是否比一般人浓稠？

那盏亮度不足的电灯给仔细观察造成了困难，但是可以用数数来证明，几只蚊子驻留在小臂已过了十分钟。或许在目力不到之处，汇集了几十只几百只蚊子，分布在他几乎全裸的躯体上。他没有要驱逐它们的意思，他打算冷静地对待它们，加之以耐心的追究。

且不管如何追究吧。追究本身是严重的问题，派生一切问题的问题。假如问题充斥于全部问题之中，你想得通也罢想不通也罢——正如他刚才从伙房门口捡来菜叶菜根当众吃下肚去，故意装成狼吞虎咽的模样，至少是全部问题中的一种，代表什么呢？

那些腐烂的菜叶和菜根是作为某种替代物。他在白天的毒日下表现出超人的坚韧，一个人割了十几垄麦子，而他们尚不足他的五分之一，这是最自然不过的事情。他能够听见他们肚子里骂声，神经病，痴鬼，疯子。他们怎么会知道他内心的剧烈煎熬呢？他比他们中的任何一个人都清楚，什么是正常，什么是不正常。他们腰酸背疼早早躺到铺上，顾不了闷热和蚊子，睡死过去了。留给他一个自由空间，得以从从容容观察小臂上的几只蚊子，用数数来证明——如果不足以证明的话，他的办法要比他们设想得远为丰富和实际。你看吧，这会儿他站立起来了。

挂在头顶那盏亮度不足的电灯，光柱里无数飞旋的大大小小飞虫，形成实实在在的昏黄的光柱。这是一种较为简便的方案，也可以看成暂驻的目标。

他像无数大大小小飞虫一样围着光柱跑起步来，步伐轻盈，不急不躁，抱定英雄式的耐心。一幅多么美妙的画卷啊。这个几乎裸体的藤条样的人，黑色精灵，黑无常鬼，自信而自豪地对自己说，华子良是装的，我没有，我是为了斗争而作的必需的准备。

就此一点使他遗忘，造反派无时不在身前或身后，等他刚意识到，棍子已经呼呼地落在头上和肩胛骨上，随之而来几声呵斥：揍死你这反革命，装疯卖傻，滚进去睡觉！

这间用芦席搭建的临时棚子，四边的墙抹着一层臭污泥，地上的杂草没来得及除掉，两旁胡乱排列了凹凸不平的木板，中间留出通道来。他们自带了简单的生活用品，蚊帐脸盆碗筷毛巾什么的。五十多个人连带他们的东西一古脑塞在里面，汗味臭味馊味热味，整个儿蒸笼似的。

他们躲进帐子里，热得张大嘴巴喘气，像涸辄中的鱼，肺部承受不住超重的负荷，听听连篇的短促的喘气声吧，你会被条件反射牢牢攫住，产生出呕吐感。帐子外面一片混浊的蚊子的嗡嗡声，仿佛层层叠叠撕扯不开的罗网。不管从哪方面考虑，你都有某种被粘住被吞噬的深刻的绝望感。除了……

对的。万事万物俱有例外。从逻辑观点看，谁能断言天鹅全是雪白呢？他铁守忠就不为闷热所动。他铁守忠的内在空间太大了，身体内部四处透风。区区这点闷热算老几？他考虑要把满肚子话与旁人说一说。

紧靠他旁边的那个年轻的瘸子，是个给造反派一棍打瘸了左腿的共青团书记。铁守忠把头伸进他的帐子，黑暗中两人的眼睛都如火苗一般，同时引发对对方的警觉，但是又突然及时得以消化，不约而同无声地笑一笑。

铁守忠将嗓音压到几乎听不清的程度，解释白天的事。我不是有意的，我是为了磨练自己。你和我相处长了就会了解，我不是坏人。

年轻的瘸子一句话不说，接连打了几个哈欠。

铁守忠镇静地整理一下自己的思路，凑得更近一些，问："你知道西汉时候的晁错吗？"见对方不回答，又追问一句："你知道'清君侧'吗？"

铁守忠不会因为年轻的瘸子不愿搭话而气馁，他以蛇一般的倔强的口吻紧接着说："你别害怕，你听我说，了解历史知识的人都该看得出，党内有一批野心家想篡党篡政篡军，将刘少奇主席和一帮元老、忠臣一棍子打入十八层地狱……你别怕，我思考了许多日子，毛主席发动这场无产阶级文化大革命存在目的性上的错误，他老人家想用群众运动搞掉政治对手，不是一种光明正大的做法。我承认我有忠君思想，对毛主席万分忠心，但是，天底下有一句顶一万句的事吗？他老人家的错误目的被身旁一群奸臣看穿了，利用了……"

年轻的瘸子吓得吓得吓得——

这是当然。铁守忠自己也一样感觉抽筋般的战栗，一股三九寒天的冷气淤积在肚脐眼部位，冰块似的发硬，使他的思路重重坠入曲线底部，仿佛身体也在往深黑之地坠落。然而他的嘴巴却停不住："陈毅同志说:'难道全国党员,只剩下中央文革几个好人吗?'我对此深表赞成。你看到没有,照片上造反派把罗瑞卿装在箩筐里抬着游斗,他的腿也和你的……"

"喂喂,你住口!"

年轻的瘸子发狂地大吼一声,随后像匹虚弱的牝马,拖着笨拙的躯体钻出蚊帐,一头栽倒铺位中间的通道上,也许是昏了过去。

他舀了盆水从头到脚仔细擦洗一遍,将所剩无多的头发梳得整整齐齐,换上一件干净衬衣,找出那双半旧的解放鞋穿好。他像去参加什么盛会,或像某种仪式的前奏,流露出安详的傲气的神色,仰首挺胸,凝视远方。临出门前没有忘记把领口和袖子抚弄熨帖。

大约下午四点钟。太阳的热量渐渐减弱一些,空气中闪耀奶黄的光质,受着微风的鼓动悄然飘啊飘,在建筑物上涂抹一层晃动的光的涟漪。太阳尽管依然灼热,实际上灼热的扣子已一颗颗解开,渗出越来越多的清爽。天空蓝成一片靛青,一片深邃,一片无限。真好。

现在是下午四点钟。他感受到太阳的奶黄的光质在皮肤上轻轻抚过,绽开欣喜之花,一种透明的比奶黄更动人的色调,弥漫于周围的空气里,隐隐约约嗅到它的香味。这种香味,和自己身上沾染的根除不去的臭味形成对照。他知道在这样的时刻香和臭都退居其次,像任何事物都能习以为常一样,复杂也变得简单了。

街上有不少行人,迎着阳光的和背着阳光的。对此他漠不关心。他的目光越过沐浴着奶黄色阳光的树枝,越过楼顶的飘扬的旗帜,投向内心的深邃,一片无限。

一群孩子跑过来纠缠在他的周围,像嗡嗡的蜜蜂。有的孩子用竹竿戳他屁股,有的孩子用地上的杂物掷他的背。

他胸前的牌子是由他自己书写的:现行反革命分子铁守忠。笔力遒劲,字体美观。他每走几步便扬声大喊:我是现行反革命分子铁守忠,我反对伟大领袖毛主席,我反对敬爱的林副主席,我反对无产阶级文化大革命,我犯下了滔天大罪,我罪大恶极,我死有余辜。他一边喊一边敲响手中的铜锣，当当当——带着震颤的尾音。他的神情无比严肃，一丝不苟——仿佛是为迎接庄严时刻而作的必须的准备。他要求自己喊出的每个字都是发音准确的。

行为的感染力有正反两个方面。他忽略了，游街和掏粪池是两种性质完全不同的事情。他可以像董存瑞炸碉堡那样义无反顾，跳进齐腰深的粪池去做清扫工作。恶臭熏不倒他，肮脏更是不在话下。粪便和便纸留在他印象中犹如滑溜溜的稠粥。总之，恶臭与肮脏成为他设立的某个指标，每天都向它的最高点接近。他已经闻名四方，人人皱着眉头传播有关他在这方面的新闻。孩子们给他起了个“跳粪池炸碉堡”的绰号。对于复杂和简单之间的关系，他或许真的忽略了。假如他在粪池抓了一把粪便塞进嘴里大嚼一番——像嚼一支香蕉——人们是不会感到惊奇的——铁守忠本来就是个神经病，疯子，如此而已。可是他那副庄严肃穆的神情意味着挑战，意味着抵消他的一切努力。铁证如山，有他的言论摆在那里。况且他不仅不抵赖，还要自己罪加一等，向着死路上越走越远。

拐过解放路路口，穿越延安路，在工农兵医院门口转个弯，再沿卫东路走到卫彪路，经过一个巷道，插到红旗路的路端，从那儿转向市革委会的大门前面，低头认罪一刻钟，这才顺原路返回。一路上他遇见了旧市委组织部长王育才，市一中校长段素英，市工会主任方群，市妇联主任金云，农学院院长葛兆华，市立医院院长水天心，自行车厂厂长隋建军，柴油机厂厂长李平龙，育才小学校长孙春华，市供电局局长陈东海，市新华书店经理李小军，市爱国卫生运动办公室主任郑秋玲，泰山浴室经理朱新生，旧市长翟永泉，旧市委秘书长屈复，肉联厂厂长商作同，以及他面熟和面生的众多同类。他们一个个都是与他一样挂着牌子敲着铜锣，走几步便自觉地喊一声。无非是走资派，阶级异己分子，反动学术权威，现行反革命之类。他们神情灰暗，颓然而麻木。他每天都与他们面对面经过，已谈不上什么新鲜感受。倒是他看到解放路的路边和延安路的路边跪着的那几排人，心里不免有点儿恓惶。其中将近一半是女同志，剪成了阴阳头，脸上画得五花八门，衣服血迹斑斑，胸前的大牌子上涂写着侮辱人格的下流语言，挂着一串破鞋、花短裤、月经带……

最后一抹彤红的阳光映照在他的面孔上。时间秋千似的荡来荡去，令人萌生眩晕的感觉。一上一下一左一右。晕眩感触发了某种从心底泛起的悲哀。为什么突然产生一阵巨大的坍塌声？犹如一场毁灭性的地震轰然降临。不是形式上的，形式早已成为铁的事实。那是意义上的。他几乎大声询问自己：为什么为什么为什么？

坍塌声具有绝对性，仿佛宣告了他的期限，在此前他一直耐心地等待。街上的景象没有发生任何变化。他的眼睛火辣辣地烧着，伫立在运河堤岸，背靠红彤彤的光辉，背靠无限的哀思。他把胸前的牌子安放到脚下，以及手中的铜锣。他的心与这个满目疮痍的城市一样。他不预备再修复它了。可是他的嘴巴是自由的，望着与他隔绝的远近的行人，自由地说出自己想说的话：

"同志们，请你们相信，我不是现行反革命，我热爱毛主席，我热爱共产党。党虽然把我抛弃了，但我对党一片痴心，海枯石烂都不会改变……"

铁守忠，现年五十岁，家庭出身富农，毕业于复旦大学政治经济系，一九四六年加入中国共产党，解放后任市教育局视员，教师进修学校校长，市教育局党委副书记。

一九五九年铁守忠公然为彭德怀鸣冤叫屈，四处散布反党言论，被开除党籍，撤销行政职务，到郊区农场劳动改造三年，之后分配至市八中工作。

无产阶级文化大革命开始后，铁守忠认为变天的机会来临，大肆进行反革命活动，散布谣言，污蔑伟大领袖毛主席，污蔑敬爱的林副主席，污蔑中央文革小组成员，反革命气焰十分嚣张。鉴于铁守忠的种种犯罪事实，决定对其逮捕法办。

附上有关铁守忠的（反革命言论）材料（摘录）：

我为彭老总在庐山会议上提的意见拍手叫好。彭老总是真正的忠臣，他倾吐的尽是忠言。将他比喻成海瑞并没错，我为他被罢官打抱不平。

有野心家想把刘少奇主席置于死地,说他是叛徒、内奸、工贼。他一直在毛主席领导下工作,即使有错误,也不是他一个人的责任。而且,毛主席不是神,也会犯错误。毛主席自己就说过,中央有错误,我承担主要责任。

居然有人胡扯什么,谁反对林彪就是"现行反革命",都要依法严惩。他们依的是什么法?简直越来越不像话了。林彪的《人民战争胜利万岁》不是贪天之功吗?这种做法本身就看得出此人在德行上有问题。

什么江青?蓝平。蹩脚的三等明星,她原是《王老五》的配角,做了主席夫人,今天一跃成为中央头目,妄想以"老佛爷"慈禧自居,有谁服气?叶群有过什么功劳?要不是林彪的老婆,她能爬进中央吗?如此下去,共产党岂不是变成了"夫妻党"?张春桥以前是个没名气的小角色,根本谈不上威信,一副奸臣相。姚文元不过是个投机分子,接连写了《评新编历史剧〈海瑞罢官〉》和《评陶铸两本书》等文章,钻进了党中央,爬上了天安门,飞到了地拉那,出足了风头。康生是中国的贝利亚,搞契卡的"宁左勿右",不知有多少好人吃了他的大亏。陈伯达自封中央唯一的"理论家",他的"理论"是什么东西?棍子和棒子!

注:在铁守忠所写的三十万字的交代材料中,以上这种黑话黑言论比比皆是。其中有许多直接指向伟大领袖毛主席的恶毒语言(从略)。

他被强制不准对任何人说一句话,由此激起烟瘾发作般的说话欲望。造反派实行了连坐法,谁和他说话——实际是指谁听他说话,谁就必将受到严厉处罚。一个老工程师仅仅与他说了半句话,他问:今天下大雨也要大伙出工?老工程师答:下雨么?立刻走漏了消息,被造反派勒令喝掉半盆子尿,罚跪整整一天。如此,他只能把说话的对象彻底转移,转向自己的内心,转向蓝天和白云,转向飞鸟和流水。

群众的眼睛是雪亮的,可是雪亮的眼睛看不到真理,黑白都分不清楚。至此,他自比斯宾诺莎——问题在于,斯宾诺莎是被教会禁锢起来,人们必须离他三公尺距离,不许说话也不觉得没道理。他呢?放逐在人群中间,与大家摩肩接踵,呼吸一平方尺之内的空气,共享汗味脚臭尿臊气，一天就算有四十八个小时，也挤不出一分钟属于他个人的时间。劳累和苦闷，监视和敌意，在这样的情况下封住嘴巴，遭遇是不太一样的。完全不一样！

据结果看，这种不一样更加显著。翻翻对他的最后一次审讯记录便知，他是预备带着花岗岩脑袋去见他的老祖宗了。

问：你今后还继续放毒吗？

答：我说的全是真理。我在大学就学政治经济学，革命导师马克斯恩格斯反复强调过，阶级斗争和无产阶级专政……

问：你顽固到底！你不想想后果吗？

答：如果放弃真理，我就不叫铁守忠了。

问：混蛋。这样下去，要判你个死罪！

答：为真理为忠诚而死，死得其所嘛。你们说我这是顽固，可是你们不懂得，在这种社会大动荡中，需要有我这样的思想，我这样的人，对党对人民忠心不变，可谓冰冻三尺非一日之寒也……

问：那么你对你的所有反动言论都承认了？

答：都承认，这还是一部分，我要说的东西更多。

问：铁守忠，给你一个改造机会，你愿不愿意？

答：不愿意。自从我接触了马克思主义的革命理论后，几十年来我一直不断地改造自己，抛弃私心杂念，从国家和人民的利益出发考虑问题……

十　武器

雷九斤显然醉得不省人事了，面孔红得可怖，眼珠凸出来，扯住杨歪头的袖子一股劲地摇撼，嘴里含糊不清地乱喊。杨歪头也有七八分醉意，身体摇摇晃晃，叮着雷九斤一口一个“屁精”，一口一个“娘娘腔”，并且不时地尖声怪叫，扮着滑稽的鬼脸。李爽没怎么喝，都知道李爽的酒量有限，两口三口便能将他放倒。这会儿，他心事重重，慢慢地嚼着花生米，凝视门外停车场上一辆辆型号和颜色不一的汽车。刘二牛仰靠在椅子靠背上，闭着眼睛有一句没一句地哼京戏，刘二牛的脖子凸现一粒粒紫红小疖子，以及淡黄的脓头，让人看了腻歪。

这四个人一共喝了三斤半白酒，两斤黄酒。雷九斤喝得最多，不会少于两斤白酒。雷九斤贪杯是出了名的。他原是市管会的物价员，常与一些小商小贩打交道，酒有得喝，越喝酒量越大。他喜欢和酒友打擂，十有八九以他烂醉如泥而告终。他喝过酒后往往兴奋异常，做出某些莫名其妙的事来，与本来的他判若两人。熟人都了解他平时没什么脾气，话不多，很少发火，他老婆一贯骑在他脖子上作威作福。他的原名叫雷家振，没有人弄得明白为什么后来大家喊他雷九斤，他本人也不反对这种称呼。

事情发生得太突然了，谁都不敢想象。李爽担保雷九斤自己也绝对不曾想到。杨歪头一口一个“屁精”，一口一个“娘娘腔”，翻来倒去重复。李爽后来非常后悔没有及时拦住杨歪头，因为当时就他一人是清醒的。

他把注意力放在想心事上，随他们三人在旁边撒酒疯。等到他蓦然发现雷九斤手里握了枪，想站起来制止的时候，离事情的发生只差了一两秒钟，无论他当时采取何种办法都来不及了。反过来说，如果他采取了什么的话，很可能与杨歪头、刘二牛一样立即去见阎王。

可以肯定这一点，是“屁精”和“娘娘腔”这两个概念激怒了雷九斤。他从腰里拔出五四式手枪，顶住杨歪头的胸膛，嘟嘟囔囔道：“你再讲一句，再讲一句老子就要你的命。”

按常理说，杨歪头拿他这举动当作是玩笑并不错，两人是老酒友嘛，又同一个战斗分队里搭档，因此杨歪头朝地下吐了口东西，说：“屁精，娘娘腔，你他妈的找死啊！”杨歪头的话音未落枪声便响了，枪声非常炸耳，像闷在一只大缸里，耳膜都震痛了。

刘二牛惊得从椅子上差点摔下来。刘二牛此时大惊小怪地叫着：“雷九斤你要死了，你怎么真的开枪呢？”

雷九斤摇摇摆摆向外走去，临跨出门时对仍在大惊小怪叫喊的刘二牛望了望，口水拉拉的，笨熊似的回转身，走近刘二牛，用枪指着他的脑袋，咕噜了一句含糊不清的话，然后连开两枪。

李爽吓呆住了，铁铸木雕般的坐着不动。雷九斤与他对视了一小会儿，凸出的眼珠如无光的旧瓷器，呼嗤呼嗤喘气，甩着手里的枪，想将枪口冒出的烟甩掉，说了句：“我没惹他们。”便摇晃着出了门，走到白茫茫的日光下。李爽没来得及缓过气，灵魂出窍了，不敢向旁边两个血糊糊的死人看一眼。

人们纷纷朝这边跑来。人们刚吃过午饭，听见枪声，不知道发生了什么异常情况，纷纷朝这边跑来了。李爽那时心里已经明白，这是最危险不过的。雷九斤的口袋中至少装有二十几颗子弹，老天爷，二十几颗子弹！这个念头刚闪过，外面又响起了炸耳的枪声，接着响起了许多人的惊叫声。

李爽一急之下从椅子上蹦跳起来，像凶狠的弹簧。他口中念念有词，要死了，要死了。于是飞快拔出手枪，子弹上膛。妈的要死了，要死了！然后一阵风似的冲出去。

当通讯员送来第三次紧急求援的口信时，周德林已集合好了队伍，分乘四辆大卡车风驰电掣般朝面粉厂方向猛扑。周德林坐在第一辆卡车的驾驶室，不断催逼驾驶员快点再快点。

已是下午五点多钟。周德林望着迎面撞来的鹅黄色太阳，路边的楼房和树木隐退到背景里去，飞快地向后消逝，像无情的雨滴急射而过。周德林渴望的场景不会以他的想法创造出来，即使投入进去也是平淡无奇的。

此前，他接到老曲的电话，骚扰火车站的一部分“联指”武装人员已被击溃，但是我方损失惨重，第三分队副队长秦国良和他的胞弟双双负伤，生命垂危。其他十几位受伤战士都已送往医院，到目前为止传来一人死亡的消息。另外一个严重情况是存放大量物资的二号仓库被熊熊烈火吞没，因为“联指”预先在半路拦截了消防车。老曲在电话中急促地强调，火势太大了太大了，没法靠近，他已下令往火里扔手榴弹，希望能将大火炸灭。老曲说，根据在场人员报告，“联指”是从郊外悄悄迂回至火车站附近，隐蔽得非常巧妙，等到哨兵发觉，即刻鸣枪告急那会儿，他们已完成包围圈，开始实施有效的攻击。老曲最后触及了问题的实质：“联指”的武器装备远远优于我们，每到交火之时我们总处于下风。你看，我们的伤亡和损失一次比一次大。

周德林还在催促司机快快快，一颗炸弹在离车头二三十米远的路中央爆炸了，接着又有第二颗炸弹在稍远处炸开了。浓烟顿时挡住视线，石子和沙粒哗啦啦地打在车玻璃上。驾驶员慌急中不慎歪了下方向盘，卡车呼地朝人行道驶去，在周德林一迭声的刹车刹车的叫喊下才算回过神来，猛地踩住制动闸，车头已陷入了路旁一幢楼房的大门内。整个车身受到剧烈震荡，挡风玻璃像冰珠似的哗地震碎。周德林从车窗探出上身对后边吼叫：下车下车下车，打打打他们狗日的！

他和他的人纷纷跳下车来时，马路前后响起了爆豆般的枪声。紧随着他的驾驶员一头栽倒在地，鲜血从背脊上喷涌而出。与此同时，他看见几个手下人在烟雾中倒下了，像树叶似的飘落。

周德林的车队遭遇了伏击。婊子养的！战术运用得这么娴熟和得当,婊子养的——他蓦地被刺激感煽动得激情澎湃。对手不好对付,对手算计得十分精当。那就拼一拼吧,他妈的拼它一拼!

他弓着腰蹲在车轮旁边。此时四周浓烟滚滚,根本看不清什么。子弹打在车头上当当当响,溅出明亮的火星。密集的枪声中间杂着爆炸声。火药味呛得喉咙痒痒的,灼热的气浪使得胸脯发闷,视线模糊。他弓着腰蹲在车轮旁边东张西望,无法做出决定。

赵复从后面泥鳅似的溜到他身边,气喘吁吁地说:“队长,我们被卡在这儿了,前后左右都被他们封住了。怎么办?”他问:“后面车上的人呢?”赵复回答:“正在设法组织火力,准备突围。”他问:“打算弃车逃跑?”赵复用泥鳅样的目光粘住他,蠕动嘴唇说:“等你下命令。”赵复的面孔涂抹着恐慌的苍白的色泽,让他蓦然寻见某种内心的对应物,仿佛紧攥在手掌中,于是向头顶的天空望去——升到高空的褐黄色烟,像伸展着怪形怪状躯体的大鸟,投下无形的不祥阴影,洒落在他的暴躁的心头。这时的天空变成残片似的辽阔的墓地,从头顶直压下来。

他斜睨着赵复,突然拼了命地吼叫:“往前冲!踏平他们!”

周德林确实是个让死神发抖的亡命之徒,连子弹都绕过他的身体,不敢伤害他一根汗毛。他左右放着枪,一路狂喊着往前冲。子弹从耳边擦过。爆炸的碎片四处散开。火光和硝烟使街道两旁的高高矮矮的楼房布景似的飘缈,灼热的气浪像密不通风的大铁箱。他手下的人受到他的鼓舞,从惊恐和慌乱中挣脱出来了,组织起火力了。机枪冲锋枪步枪手枪一齐开火,不管三七二十一乱打一气,大大削弱了对方的火力。

周德林命令赵复带领一队人马沿左边街道往右打,他自己率领另一队人马从右边街道往左边打,形成强大的交叉火力,以最快的速度突出包围圈。

对方占据着有利位置。几挺索命的机枪的连发声清晰可辨,子弹飞蝗般乱撞,楼房的碎玻璃和石灰渣雨滴似的掉下,硝烟和灰尘呛得喉咙胀痛,眼泪直淌。周德林不敢朝他的队员张望,不愿去了解死伤情况,唯恐瓦解自己的战斗意志。整个街道烧着了,皮肤烤得裂开了,汗湿的衣服都烤干了。

周德林的子弹打完了。他命令手下人马上撤离,他独自一人殿后。满地狼藉的街道上躺着不少人。四辆卡车都在熊熊燃烧,枪声依旧密集。他张口骂了句:婊子养的。才转身跑出两三步,脚底一滑,摔了个四仰八叉。那一瞬间他失常地感到惊慌了:负伤了!我是不是负伤了?

入夜以后天空深处的闷雷一声声临近了,带着挑衅的威逼的气势。此刻每个人的内心都被急剧翻滚的乌云激起不安,从他们的神态中便一目了然。相应来说,闷雷受到每个人的情绪的感应,也变得烦闷而焦躁,在厚密的乌云的缝隙中撞来撞去,像发怒的野猪,两支长长的獠牙随时预备撕裂带血的皮肉。

周德林的车队浩浩荡荡开向地处螳山的部队弹药库。周德林坐在打头那辆卡车的驾驶室里,表情与刀疤之间夹着某种特别的肃穆的神色,紧闭的嘴唇时而抽动一下,仿佛突然想起要对自己说一两句话。借着车外反射的微光,他望见自己在镜子中的有些陌生的外观。

雪亮的灯柱在坑坑洼洼的路面跳跃,电线杆和树木飘飘忽忽往后退,像被牵引的缓缓后移的舞台布景。引擎的起伏声逐渐演化为幻觉,某种经验开始紊乱和交错。幻觉感超过了感观所容纳的范围,仿佛成了独立的实体,主宰他的此时的所见所闻。

最终,他们被十几个武装战士拦阻在弹药库大门前。周德林事先交代他的手下,如果解放军上前阻拦,必须迅速有效地解除他们的武装,不惜一切代价将武器抢到手。他专门调来八辆大卡车两辆中型客车,组成抢运武器的庞大车队。老许默认了这次计划。老许从大局出发不得不默认周德林的计划。近来“联指”方面的武器越来越厉害,从最近几次交火的情况可以看出,这样下去“红司”很快要吃大亏,说不定哪一天会被他们一举扫平。

周德林发现弹药库门前站着这么多如临大敌的战士,估计解放军已经得到消息,那就只有华山一条道了。

老曲靠近他悄悄地问:怎么办?

他朝老曲投过一个不满的眼神。

周德林突兀地对老曲嘟囔了一句:记住,赵复还躺在医院里。他向他那帮全副武装的手下达命令:缴他们的枪!

十几个解放军战士拉动枪栓,一位班长模样的人叫道:退后退后,否则我们要执行任务!

周德林这边的人毫不示弱一齐举枪对准十几个战士。周德林这边有六七十支枪,全是上了膛的。

弹药库门前两盏雪亮的灯将所有因紧张而收缩的面孔照得一清二楚。闪电已经消失在头顶的云层中,也许消失在人们发生细微战栗的心脯间。这种不可避免的枪口之间的对峙,意志与意志之间产生的吱吱嘎嘎摩擦——这声音,如金属的摩擦声一样,令人心颤,令人惊骇和恐怖。周德林冷笑着对解放军战士说:开枪啊,你们有种就朝造反派开枪。

造反派和解放军战士相距不过两三米,两三米的对峙几乎是不真实的——就是说,几乎在一分钟时间内,十几个解放军战士全被造反派下了枪,被驱赶到了一边。

这时候从里面急匆匆跑出来一个军官,那个班长模样的人喊他"连长"。"连长"矮墩墩的个子,约三十岁,面孔黝黑而油亮,一双炯炯有神的大眼睛。他的草绿色军服让汗水浸湿了。他站在当门口,所有人都听见他这么说:造反派同志们,请你们千万不要冲动。这里是军事重地,中央早有指示,任何造反派组织不得冲击军事重地!

周德林走上前用枪顶住"连长"的腹部,小声说:让开,让我们进去。

老曲在后边用劲喊了一声:队长!

"连长"慢慢地张开双臂,用更坚定的声调说:"造反派同志们,如果你们一定要进去,那就踩着我的尸体进去吧!"

周德林回头环顾他的手下,看到一双双鬼火样的眼睛,远远近近胡乱地飘浮。他木然地看着,并没有意识到手指会扣到板机——可是枪声响了,特别炸耳,震出一身冷汗。

他听见老曲狂叫一声:周德林!

十一　回家

田秀兰对着镜子呆呆地注视面颊上的妊娠斑，大小不均的褐色斑点从血脉深处一点点泛到皮肤表层来，像翩翩的蝴蝶翅膀，给她的整个神情平添了一层灰暗，一层沮丧。这样的感觉横亘在她和镜子之间，促成了无可挽回的对抗情绪。仿佛两个互相憎恨的人偶尔相遇，饱含怨毒的眼色，一边互相看着一边心怀恶念。田秀兰没有工夫顾及多愁善感的情调，她只限于考虑实际情况。一阵阵令她酸软的妊娠反应，不仅切身感觉到，而且追随她前后左右，像无数营营的绿苍蝇，在意识的边缘飞绕，产生无始无终的晕眩感，睁眼和闭眼都能看到一叶叶金箔在飘扬。

阳光射到屋里来，反光如涟漪般荡漾，每个角落都明亮起来，虚虚的光裹挟她压榨她。是什么东西在眼前飞散，远离而去，不经意间又迅速返回？这样的去去回回，与她气弱的呼吸一样。她感觉阳光像羽毛虚虚地飘，掩蔽了所有东西的轮廓。她对此既熟悉又陌生，或许是因为心境的缘故，即使是熟悉的东西她也照样无法认清它。熟悉的东西突然变成陌生，是刹那间感觉到的，犹如被心底窜出的黑晃晃的野兽一下扑倒在地，四肢被牢牢踩住，仰面望到羽毛般的虚光，变得多么异样啊。

她原先坐在饭桌边用手撑着下巴，看着哑孩蹲在门口玩他的小铃铛。叮铃铃叮铃铃。哑孩把小铃铛凑近耳边使劲摇晃。哑孩的光头在阳光下发亮，发亮又发暗了，发暗又发亮了，变得多么异样啊。她被铃铛声搅扰得心烦，迫不得已转过身，面朝被涟漪般反光映照的墙壁。墙上贴着毛主席画像，贴着李铁梅和杨子荣的剧照。

田秀兰穿着一身灰蓝工作服，身体圆鼓鼓的，和她苹果似的面孔一样，虽然圆鼓鼓，却结实而富有弹性，一眼可以看出是个精力旺盛的女人，深藏激情和耐力，在不同的场合显示不同的能耐。李爽时常拿她某方面的本事开涮，不惜自我贬损，一方面自我贬损，一方面将她的本事在伙伴面前炫耀，抬高他得天独厚的优越感。其实他总是找各种借口躲避，今天肚子疼明天闪了腰。田秀兰心里明白，只要上了床，就会想到那码子事儿。她喜欢让李爽平伏在自己身上，希望李爽一直平伏在自己脱得光光的身体上。她需要被按压的感觉，被搓揉的和被戳入的感觉，在肉身的承受力和欲望的期待之间，维持一种健康的活力，越有活力便越觉得新鲜，因而乐此不疲。李爽迟早会被她逗引起来，达到与她同样的亢奋。她是个行家里手，懂得如何把李爽的潜能一点点挖掘出来加以利用。双方都为每一个进展暗自窃喜。离尽头还远着，那就顺流而下，向欲望的更深处挺进。细细地回忆那些直截了当的肉体厮磨，那些销魂的战栗和呻吟。快乐的震荡来自于胸脯和腹下，手指和脚底，全身最细小神经。有时候她会将李爽掀翻在地，像动物一样——她觉得自己宛若被火烧着了的动物，恨不得用劲啃咬用劲吮吸。欲望被想象力撑满了，找不到出口，淤积在厚厚的肉体中，只有一处通道，必须由他来开启。开启还不够，跟随许多别出心裁的花样经。李爽喜欢她的胖胖壮壮的身体，特别喜欢她多肉的滚圆的大腿，并拢的时候看不见缝隙。他养成了一项嗜好，拿手插在她夹紧的两腿间上下移动，如剖开绵软的果囊。她的肉胸，她的皮肤，包括那种恰到好处的起伏，在他的手掌和指尖一遍遍抚摸下领略无穷的美妙感受。外部的光滑和内部的光滑，像一束诱人的花儿，被他紧紧地握住，并且希望永远地握住。

田秀兰现在只能考虑具有可行性的问题。有关回忆方面，显得那么恍然那么虚幻，就如吸在实际生活之上一层薄薄的灰尘，轻轻一掸便无踪影，它已在非常遥远的地方，而且失去了期待的余地。

田秀兰痛恨面孔上的妊娠斑。此种时刻，她有一万条理由痛恨，不仅是累赘，更是羞耻。关键时刻输了这一着，将累赘背在自己身上，就因为肚子里多了一小块血肉,将她完完全全削弱了。李爽这个十足的贼坯倒逍遥自在,一头劲地替“红司”卖命,邀功请赏。贼骨头。身边那帮人都是一些什么货色?暴徒,流氓,罪犯,痴鬼,吃狗屎的。她无可奈何输了这一着,且不说呕吐和晕眩,连她一向引以为自豪的双臂也如软塌塌的棉花,松松垮垮,被身体内源源无尽的酸水控制住了。她气虚无力,怎能够抵御越来越严重的形势?她本来不承认自己恐惧了,她的与生俱来的泼辣劲一向是拒绝恐惧的。越来越乱了,死个把人就像死一只老鼠或蟑螂。她躲在自己的意识里独自发抖,恐惧如梦魇昼夜缭绕。她肯定不是为了自身的安危,自身毫无重要性可言,仅仅是一道反射的光影。哑孩的铃铛和胸口的呕吐感就是这么提醒她来着。

李爽这个十十足足的贼坯,贼骨头。她不再对他抱有希望。结婚这么多年两人一直相亲相爱。平常人都了解,夫妻间除了柴米油盐,在一只锅里吃饭一张床上睡觉,还得生儿育女,承担做父母的责任。最让两人痛惜不已的是儿子的残疾,先天性哑巴,转过几家大医院,最后只能认命。

算一算李爽将近一个月没有踏进这个家门了。这个狠心的贼坯啊,也许在哪一次武斗中受了伤,也许丧了命。她何苦为这个狠心的贼坯牵肠挂肚?为他担惊受怕?即使嘴上骂他一百遍,心里还是为他祷告,求老天爷保佑。鬼才知道,这个贼坯心里还装着她和哑孩吗?

要是李爽这时候莽莽撞撞跑回家,才叫阎王爷有眼!她这边的人都知道李爽是周德林手下的得力干将,传说血债累累,列入了必杀的名单里,有碍于她的面子,不怎么张扬而已。

田秀兰勉强撑着饭桌站起来。饭桌上碗筷还没来得及收拾,几粒苍蝇飞来飞去。苍蝇无意中撞着她的小臂,如滚烫的子弹使她心惊肉跳。午饭过后她突然感觉难受无比,憋出一阵阵冷汗。她看到镜子中自己面色苍白,嘴唇失去了血色,双眸被涟漪般的反光映照得恍惚不定,胸中强烈的呕吐感接连不断地涌动着,就如深底里乌七八糟的沉渣统统泛起来,散发出令人恶心的酸臊味。

哑孩抬起脸来朝她傻望。哑孩的面孔上横一道竖一道的脏痕,眼睛白漾漾的，嘴巴张得老大。哑孩对妈妈的变化一无所知，一股劲地摇晃铃铛。田秀兰嘴角挂着一丝无奈的笑，招手让哑孩到她身边来。她被铃铛声纠缠得心烦，叮铃叮铃，如虫子啮咬耳膜。哑孩两手背在背后走近她，仰起光脑袋以不解的目光望着她。哑孩长得很像爸爸，眼睛鼻子嘴巴都像，颈脖也是细细的。这个贼骨头。哑孩不愿让妈妈搂抱，极力挣扎，嘴里哇啦哇啦叫。妈妈亲他的额头和鼻子。妈妈笑起来。妈妈的嘴唇沾上了他的鼻涕。

田秀兰不清楚自己怀着什么样的心思，在极度难受中似乎夹杂某种火热的期盼，从体内最隐蔽处升发。她被它淋湿了，朝下坍塌了，可是她的身躯轻飘飘的。她推开哑孩，打算睡个午觉，关起门来好好睡它一个下午。

很多人听说过这样一个故事：甲和乙一起闲聊时，甲吐了口痰，正巧一根鹅毛飘到痰上。乙把这事当笑话讲与丙听，等到丙拿此笑话传给丁时，已改为甲吐出了一根鹅毛。最后的结果可想而知，人人都知道甲吐出了一只鹅。

田秀兰在“红司”的威名远远超过了李爽，就因为她吐出了一只鹅。人人都知道“联指”内这位心狠手辣的女将，铁娘子队的副队长。有关她的数桩暴行，经过一遍遍的渲染，简直与杀人不眨眼的魔王毫无二致。

其一，田秀兰残酷虐待“红司”俘虏，挨个儿用木棍将他们的腿打断，以此取乐；其二，田秀兰能够双手放枪，几次武斗都由她打头阵，至少有五名以上的“红司”战士死于她枪口之下；其三，田秀兰丧失了基本人性，多次企图诱捕自己的丈夫，扬言要亲手取他的性命；其四……

田秀兰本人对此也有耳闻，事情到了这一步已是百般无奈。她极力勉励自己稳住神，她现在无依无靠，只能自己勉励自己，先稳住神，采取一步步退却的做法。她已经不如以往那样热衷参与了，已经从自己的队伍中落后了。如果不是怕人家讥笑，她会干脆像有些人那样躲在家里做逍遥派。她常常在深夜时分被噩梦惊醒，梦里梦外都溢满郁闷的气氛，像浑浊的水流将她淹没。

她不得不承认女人身上那种母性的激情，确实不可违拗。那么，只能顺其自然了。

哑孩成天阶伏在后窗望光景。哑孩关在家里久了，没什么东西好让他玩不够，玩腻的东西不想再玩，于是成天阶伏在后窗望光景。他安安静静，下巴搁在小臂上，望着望着不小心睡一觉，这是常有的事。

后窗外面是一片不太平坦的泥地。两棵不太茂盛的黄连树，树干有点儿弯曲。泥地光秃秃的寸草不生，十分单调。连天空也不出现阴晴干湿的变化，射下灰茫茫的渔网样的光。

哑孩没有望见过小鸟飞到这里来，他多么巴望小鸟飞进视野里。他在门口的太阳地里看到过成群的小鸟飞进太阳里，这儿为什么一只小鸟也没有呢？但是哑孩仍然喜欢望这儿的光景。

对面人家的孩子有时绕着黄连树互相追逐，互相用竹竿打架。被打哭的小孩躺到地上耍赖，踢脚捶胸，擦了两把鼻涕便又重新和好，玩起哑孩看不懂的游戏，张大嘴巴叫唤，以很快的速度跑来跑去。

哑孩喜欢看一个扎两根小辫子的女孩，喜欢看她踮着脚跑动的姿势，就像在凹凸不平的沟里面跑动，扁扁的身影一起一伏。那个女孩的头形圆圆的，两根小辫细细的，如飘在后脑勺的薄布条。

哑孩望着望着口水就流出来了，一直流到小臂上。哑孩没有想要参与他们之中，他满足于做旁观者，在家里关久了，适应了自己的孤单，从早到晚，以孤单的眼光去看。那边也是很少见到大人，大人的世界在哑孩的孤单之外，大人一天到晚忙得要命，见不着人影。

李爽端着一桩沉甸甸的心事，隔一段时间叹一次气，胸口闷得慌。李爽试想回家一趟，哪怕看上一眼也是好的。田秀兰和哑孩的影子越来越频繁地呈现在脑海，似乎雾里看花，看久了便觉得目眩，连记忆也变得模糊一团，如泡烂的碎纸片漂在荡漾的水面，只能捞起一点粘手的残余物。脑海里形象变得混沌是由于回想太繁密的结果，仿佛反复使用某件工具，很快磨耗光了——以至造成这样一个反差，他想回家看一看的念头加倍强烈起来。

凭良心说,李爽很难相信他与田秀兰之间有多大的裂痕。做了七八年平安夫妻,有一句说一句,双方都没有地方不满意,至多为了一些鸡毛蒜皮的琐事拌拌嘴,也是玩笑的成分居多,以打情骂俏为主。李爽说不清想家的实质是什么,要是他把这个念头告诉别人,人家会拿他的念头简化成两个字:女人。哪是这么简单呢?李爽懂得感情的核心是什么,任何一种现成的比喻都是不对头的。

李爽不善于深入思考,脑子里就这么几根单纯的线路,用多了就感觉头痛欲裂。思考也好不思考也好,人是有感情的,毕竟他妈的他不是光棍一条。

自从两人分别加入了各自的造反派组织,摩擦的次数一下子加剧了。开始仅仅是抬扛,嘴巴上的争斗,你来我往,谈不上谁输谁赢,也是玩笑的成分居多。渐渐的情况有点儿不对劲,两人的关系像变了质的食物,都流露出厌弃的鄙视的神色,把外面的火药味带到家里来,一是互相攻击的次数大大增加,二是想方设法往对方的痛处捣。两人嘴巴没有了遮拦,谩骂和诅咒全用上了,有几回差一点动起手来。

李爽想不通一个女人家为什么这么热衷于派性,他妈的发了疯!好像“联指”是她的老祖宗,是她的亲爹亲妈!犯得着这样上窜下跳么?她田秀兰比谁都积极,比生孩子还积极。有一回他骂她是只发情的母狗,混在男人堆里出风头,早晚会像一堆屎让人家踩扁。“联指”那帮家伙全是杀人犯,土匪恶棍保皇派小瘪三。既然田秀兰对那帮畜生的感情超过了对他和哑孩的感情,让她去搞派性好了,让她去和派性过日子好了,老子他妈的才不在乎!

心平气和的时候想法又开叉了。李爽总想着事情不应该是这样的。两派归两派,夫妻还是夫妻。有七八年的情分垫底,一根无形的血脉牢牢相连。他感觉得到那种脉动,与热烘烘的胸膛一样,手抚在上面便产生热切的激情。他把这种确凿的内心感受当作个人秘密,独自细细品尝。

同时,他又忐忑不安疑虑重重,并不是担心自己一厢情愿的想法破产,破产倒没有了不起的,如果证实了某种他不能接受的现实该怎么办?李爽心想与其痛苦的等待,不如尽早试一试。

李爽躲在离家门二三十米远的墙角边观察了一阵,四周静悄悄的,没发现异常情况。路灯被砸得一盏不剩,连绵不断的黑暗,影影绰绰,房子的黑影和树的黑影,都被连绵不断的黑暗抹平了,似乎不会有什么危险隐藏在里面。李爽刚才急匆匆赶路,端着一颗怦怦乱跳的心,走得汗流浃背,藏在墙角边停留的当口,将嘴巴藏在臂弯里连连打了几个喷嚏。他觉得自己犹如泥浆里急急流窜的鱼,浑身每个关节都乏力,不灵便。他奇怪在紧要时刻怎么会这样,身体不听话,拖意志的后腿。他不是把一切都想好了么?最始料不及的事莫过于从左边或右边射来一颗致命的枪弹,正中太阳穴,血浆和脑髓一齐喷出来,并且刚好倒毙在自己的家门口。

李爽猫着腰来到家门口时又一次产生动摇,从脚底开始,连带整个身体不由自主撼动着,如站在风浪中的小舟上。他的双手设法伸进去抓住蹦跳得过于激烈的心,紧紧抓住不放。可是他的心跳比他的双手更有力,如大功率的隆隆作响的马达,这是没有办法的事。感谢黑暗的掩护,什么东西都看不清楚,他的恐惧也就很容易被消化。

他努力找出一个自圆其说的结论,是因为出了汗的缘故,是因为入秋后的夜气和夜风,浑身一阵阵哆嗦。缝纫机厂的周围地区都实行了戒严,荷枪实弹的"联指"战斗队队员四处巡逻,路口垒起了防御工事,沙袋石块树段铁丝网什么的,配备了重武器。楼顶上和窗户也布置了火力,有专人站岗。这片街区地形比较复杂,大路小巷四通八达。他对这儿了如指掌,单枪匹马闯回家,没有与同伴打招呼。如果他事先说出去,大家都会拼命阻止他。

晚饭前李爽对同伴撒了个谎,从昌盛饭店后院的铁栏门溜到小街上,在那儿徘徊了一小会儿。他决心回家一趟。他凭借茫茫夜色匆匆赶路时,突然感到后悔,后悔之后是恐惧,仿佛背后随时可能伸来一双致命的手,掐住他的瘦脖子,掐得他无法喘息,又不让他马上断气,就像时常浮现于噩梦中那种斥之不去的窒息感，浑身上下都有开裂的危险。

眼看危险如石块噼里啪啦落下，恐惧是免不了的。李爽经历过许多血腥的场面，对恐惧习以为常了。

他说不清是什么原因抑制了他的勇气，隐约望见黑气在不近不远的地方缓缓上升，如招魂的幡。他心里填满了不祥的预兆，越是临近自家的门口，越是被奇怪的幻觉所拥抱。他们是不是张开罗网暗笑着等他钻进来呢？黑暗掩蔽了他同时也掩蔽了他们。他现在回头还来得及。

门刚开一条缝李爽便像敏捷的猫倏地蹿进了屋。

这个场面——夫妻俩如两个陌生人相互惊愕地对视。他手里捏着钥匙，钥匙的黄铜坠子晃啊晃的。他的额头暴出一粒粒豆大的汗珠，软塌塌地依靠在门上。田秀兰抓着一件待缝补的衣服，使劲抓着，木雕般坐在饭桌边。两人的惊愕表情被昏黄的灯凝结住了，像呼吸一样被凝结住了。只有李爽手里的钥匙坠子晃啊晃的。

田秀兰差一点大叫起来。李爽看到她的表情急剧变化，真相露出来了，毛发竖起来了，马上要猛扑上来了，像雌性动物张嘴咬人时的那种架势。李爽摆好对付袭击的架势，站成一个马步姿势，双手握紧拳头。他妈的！他妈的你又不是回家干架来的！他的心头遭受自己一阵猛烈的拳打脚踢，身体立即变虚变软了，反映到他那副可怜巴巴的表情上，像摇尾乞怜的狗。

田秀兰确实差一点大叫起来，可是她没有叫。她张了张嘴，分明只是叹息了一声。她听见她对自己静悄悄地说，这贼骨头是在找死啊。

结婚那一天李爽喝多了，又吐又闹，出足了洋相。等喝喜酒闹新房的人走光了，田秀兰关上门，帮他洗掉身上的脏物，抱了他上床，让他舒舒服服睡大觉，自己守护在一边，细细地看他，时不时捏捏他的鼻子，扳开他的眼皮，逗他玩儿。李爽睡得呼噜呼噜，大半夜没有动一动。天亮时分微微睁眼望望田秀兰，又要睡过去，突然想起什么，笑了。田秀兰毫不气馁守大半夜，等他明白过来，两人一齐不好意思笑了。李爽糊里糊涂说，现在还是洞房花烛夜吧？田秀兰红着脸说，你来啊，你会吗？李爽爬起来吻她的面孔，边吻边说，不会也得会嘛，总不能请一个师傅在旁边手把手教吧。田秀兰撒着娇捶他，那你快点显显本事，快点啊。李爽和田秀兰以后动不动就开这方面的玩笑，不断有所发明创造。你有你的招式我有我的花样，都不甘落后。李爽说这样的玩笑就像吸鸦片，可提精神了，是不是？

哑孩从门里跑出来，一眼望见站在妈妈面前的爸爸，爸爸低着头对妈妈说话。爸爸穿着一件很长的衣服，又黑又瘦，好像身体变小了。爸爸变小了。变小了。变小了。

哑孩傻乎乎地站在变小了的爸爸面前，觉得很陌生很害怕，想转身跑进里屋去。他的嘴巴张成一个O字形，眼睛闪动水淋淋的光。爸爸一把抱起他，用力亲他的鼻子和脸蛋，搔他的胳肢窝，想逗他笑呢。哑孩嗅到爸爸身上那股沥青味儿，头发里散出的汗酸味道。爸爸的硬硬的手指硌得他胳肢窝疼痛。

哑孩哇啦哇啦叫着想从爸爸身上挣脱开，可是爸爸紧抱着他。他感觉爸爸的手臂瑟瑟发抖，脸上的笑如哭一样难看，一道道僵硬的皱纹，嘴里喷出酸醋样的气味。爸爸抱着他，坐到饭桌边的凳子上，将他夹在两腿之间，打着手势问他想爸爸吗？想吗想吗？

哑孩伸出舌头，像幼狗呜呜地叫着，使劲摇头，一边摇头一边转过脸望着妈妈。妈妈的面色与平时大不相同，每次发火打他的时候就是这种面色。哑孩的眼睛有些发涩，是该他睡觉的时间了，可是他心惊胆战地望着妈妈，不明白眼前这回事。想都没想到，临睡觉前爸爸突然出现了，变小了，因此觉得又陌生又害怕。

妈妈紧绷着面孔对爸爸说话。妈妈不歇气地对爸爸说话。哑孩伸长脖子去听，在他一片寂静的世界里事情突然变得什么都小了，和他爸爸一样，变得这么让人不相信。哑孩其实是对妈妈不满意，他被爸爸夹在两腿之间，朝妈妈狠狠地瞪了一眼。

哑孩忙得穿梭一般，先拿了铃铛给爸爸看，又把装了苍蝇尸体的纸盒放到爸爸手里，哇啦哇啦地叫，急乱地打手势。哑孩的眼睛从爸爸脸上跳到妈妈脸上，小小的鬼精灵懂得联络大人的感情了。

哑孩心里明白只要妈妈一发火，爸爸就会像前一次那样跑掉，从此再也不回家。哑孩踅在妈妈旁边悄悄地拉她的衣角，那双宛如幼狗般的眼睛，默默哀求着。可是妈妈很烦他。妈妈打着手势威胁他，要他进屋去睡觉。爸爸背过脸望着墙上的黑影，爸爸的脊梁汗湿了一大块。哑孩判断出来，大人之间用这样的方式说话太危险了。他没有办法可想，只有躺到地上哭它一场。

田秀兰万万没想到这个找死的贼坯这时候摸回家来。有一两分钟时间她差不多处于空白状态，一切全被旋风席卷而去。她在旋风里上下颠倒，完全失重了，失真了。

田秀兰想起必须立即告诉他，也许是最后的机会，必须让他知道危险近在眼前。然而，田秀兰被暴怒紧紧夹住，像无情的铁箝从背后伸过来，砰地夹住了。暴怒之外是强裂到极点的骇怕，心里发生剧烈的疼痛，全身的神经都战栗起来了。

她眼前呈现某种幻觉：门外一群全副武装的家伙正在蹑手蹑脚围拢，用手势相互联络，等着抓一只瓮中之鳖。这个找死的贼骨头啊！

她来不及整理混乱不堪的思路，一个念头像闪电照耀着，如果立即赶走他会不会救他一命？在险情出现之前告诉他，让他立即逃走。然而，最初的惊愕烟云似的飘走了，田秀兰看着它缓缓消逝的身影，在昏黄的灯影里变淡，直至一无所有。相对来说，她对自己否定之后的否定仍然迷惘，举棋不定，想不起用一个什么样的动作来表达，或者一个表情。

于是田秀兰做出最能够表达此刻内心感受的决定。

她特地以咬牙切齿的口气说："死回来干吗？那边有吃有住，又有升官发财出风头的机会，还不够？"

李爽赔着笑脸小心翼翼地说："我每天都想回家来看看，放心不下。"

她鼻孔里嗤了一声,说:“这个家容不了你,马上给我滚,省得我用棍子打你出去!”

李爽依然赔着笑脸轻声说:“我冒了这么大的危险回家看你们,秀兰,我真的放心不下。”

“冒这么大的危险?”她突然怒火中烧,恨不得甩手赏他两个嘴巴,“你死了才好!谁稀罕你这个贼坯!”

李爽打定主意不和她顶撞,扮了个怪样,笑了笑。

“秀兰,你有火就发吧,我不生气。”

“你他妈的生气?你还有资格生气?你不是一心为你们组织卖命吗?你不是喜欢冲锋陷阵吗?不是干了许多惊天动地的事迹吗?不是周德林眼里的红人吗?人人晓得你李爽是了不起,‘飞虎队’的得力干将,怎么还会想到还有这个家?”

李爽的嘴唇抖了几下,垂下脑袋。

“秀兰,我们别说这些好不好?”

田秀兰哪有心思和他打嘴仗啊?她真是五内俱焚,又紧张又绝望,浑身淌冷汗,眼睛都急红了。门外一丝动静也没有,然而她的目光穿透了假象,料想之中,一张张兴奋的急切的面孔。围拢了。乌黑的枪口。无数黑影如波浪汹涌而来。这个找死的贼骨头。她心里猛然发出一声吼叫:救他一救吧。先告诉他吧,哑孩和肚子里的那个……田秀兰的心发起抖来……

“我不管你干了多少坏事,你想活命就赶紧走!”

“我不走。我不怕。你又不会去通风报信。”

“放屁!你这只猪猡。不识好歹的东西!”

“秀兰,我真的想你,很想你们。”

田秀兰阴沉沉地冷笑。她没有采取进一步的措施,相反走近门边侧耳听听外面的动静。稍等片刻,朝李爽打了含义不详的手势。她走到了门外,走到阒无人声的黑暗中,机警地观察。她违反了本意,拗不过心里那个模糊的倔强的欲念,或许仅仅是一种被抚摸的需要,那样强烈,一瞬间想法全变了。她心里清楚这只是一个提示,通过某个细节就意会到了，这是两人之间长期以来的默契，相互传递而积累起的牢固的习惯。尽管在风口浪尖，险情重重，习惯却不那么容易改变。

她回到屋里看见李爽眼睛掠过一道疑虑的暗光，随之又明朗起来，掩饰不住露出欣喜的笑容，一道道皱纹在昏黄的灯影下舒展开来。

哑孩三番两次从床上跳下来，跑出去骚扰爸爸。哑孩如愿以偿了，爸爸妈妈不再像两只斗鸡，和以前一样坐在饭桌边说话了。哑孩有一次看见妈妈用劲捶打爸爸，爸爸边躲边笑，双手抱住脑袋往妈妈胸前拱，闹着玩儿。

妈妈很讨厌哑孩跑出跑进，妈妈做着威胁他的手势，逼他睡到床上不许再动。哑孩心定了，只要妈妈不赶爸爸走，明天一睁眼就能看到爸爸睡在那张大床上，和妈妈并头睡在一起。以前爸爸妈妈就是这样睡的，有时还打架，不是你压着我就是我压着你，闹着玩儿。哑孩迷迷糊糊想着往事，嘴角挂了一丝甜甜的笑。他瞌睡极了，终于睡着了。

田秀兰的心弦刚刚放松了一些，蓦然又绷紧了。她暗中恶狠狠地骂自己没出息。李爽放在她肩膀上的手不知不觉滑到胸脯上，停留在那儿，手指发挥出无可抵挡的作用，利用它的饱绽和弹性，恰到好处地令它颤动，从乳头那一小点开始，飞快浸润全身。田秀兰在毫无思想准备的情况下发出一声呻吟，被这个贼骨头钻了空子。不是她不小心让出了空当，或许是胸脯主动迎合的。她呻吟了一声，后面的问题就难澄清了。

田秀兰实在恨自己不争气。假如她像一块生铁，一尊怒目金刚，谅这个贼骨头不敢碰她一个小拇指。然而他的手顺利进入她的衣襟，没有遭到丝毫抵抗，占领了她原本打算固守的堡垒。他有效地击垮了她。她希望灯光再昏暗些，把神情和动作全遮掩起来，也就算了。她甚至感到巨大的屈辱，为自己丧失意志而哀痛，这样的时刻，是在拿身家性命开玩笑！

李爽一个小时前想见田秀兰是出于关切或者挂念，现在却受生理原则的支配，反而简单明了。也许因为积聚过久的缘由，一种愿望完全覆盖了其他所有想法。田秀兰一如既往地丰腴诱人，红扑扑的面容，闪亮的大眼睛，领口敞开着，透过衣裳体察得出她滚圆的膀子，滚圆的腰身和厚实的腹部，包括肉嘟嘟的大腿部位。他被激浪般的热血冲得胸口嘭嘭作响，血管膨胀起来，浑身全是软的。

他口干舌燥，呼着粗气，故意加重呼粗气的声音，以此接收望眼欲穿的信号。事情有了明显的转机。他在听到她的一声呻吟之后，随即发现她眼睛里跳跃饥渴的光芒，那种雌性特有的春情。她和他一样，鼻息又急促又烫人。

田秀兰在一瞬间警醒过来，一把将他搡得老远。经历了短暂的战栗，她重新怒火中烧。她无意间触到他衣裳里的硬邦邦的家伙。他是带枪的。他腰里插着两支手枪。田秀兰心里大叫一声，尽快赶他走，救他一命——尽管她对趁早赶他走能否救他一命这一点已抱有怀疑态度。她这边的人把李爽列为最重要的危险人物之一，决不会手下留情。门外可能早就荆棘丛生，这个贼坯只剩下等死的份了。然而——然而，她坚信存在着一线希望。

李爽涎着笑脸，油腔滑调，我才不管派性不派性，我就是要和你搞男女关系。说这句话时他心中并不是没有疑惑，田秀兰的反常情绪令他警觉起来。他站在离她两步远的地方，背靠着里屋的门框，别转脑袋向着里屋——心旬再次受到情感热潮的有力拍击。里屋黑咕隆咚的，听见哑孩均匀的呼吸声。这是他的家，他的老婆孩子。他使劲咽了口口水，伸手去拉里屋的开关线。

田秀兰抢先跑进里屋放下蓝布窗帘。这个没脑子的猪猡，当真不知道形势的严重性？她这边的人只要确证他回到家，就会尽一切办法除掉他，除此之外，没有第二种可能性。放下面子来讲清楚吧，看在多年夫妻的情分上，她极力鼓励自己——告诉他真实情况，帮助他赶紧跑掉。

田秀兰向挂在墙上的一支五六式冲锋枪瞥了一眼，枪管和枪托隐隐闪烁冷光。她发现李爽也盯上了那支冲锋枪。并且李爽霎时间满面孔惊讶,惊讶之上笼罩了重重的疑云。他两手叉腰,欲言又止,尔后悄悄地朝后退了一步。从他的游移不定的眼神中可以看出,他已幡然醒悟到自己眼下的处境了。田秀兰抓紧时间说,你快走啊,赶紧逃!

然而猛烈的敲门声响起来。

完了完了完了。来不及了——田秀兰扑过去想拉住他的膀子,他一闪身躲开。他妈的想暗算我!他疾速拔出两把手枪,摆好朝门外射击的姿势。田秀兰不失时机再次猛扑过去,如一阵旋风裹住他,压低声怒吼,你这死人快跳后窗逃,他们人多,有备而来!

李爽几乎是被田秀兰抛出后窗的,在地上滚了几滚,头昏脑胀爬起来,定了一下神。他看不清黑暗中是否有埋伏,如有埋伏就必死无疑了。李爽毕竟是经过战场考验的,马上镇定下来,慢慢向前移动。

他手中握着两支手枪,能够抵挡一阵。黑暗对他十分有利。应该利用黑暗迅速逃离这儿。李爽在紧要关头想得很简单,田秀兰是参与者,浓缩她刚才对待他的方式,便坐实了怀疑——从此他不会再回头望一望了。

他对这一带地形了如指掌,头脑里迅速构想好突围的方案。当他直起身体预备往左侧溜跑时,无数支手电光向他射来,并响起一片缴枪不杀的狂吼。

田秀兰木雕似的立在窗前,身后一抹昏暗的灯影。她的脑壳中挤轧着与现实毫不相关的各种念头,手指甲抠进窗户的木框里。前门被砸开了,四五个气咻咻的持枪的男人冲进来,四下张望一遍,然后一声不吭跑出去。田秀兰只顾凝望后窗外面,唯一的心愿和盼望——老天爷,老天爷帮帮我吧!她的泪水溢满了眼眶,鼻子发酸。所有至尊至贵的东西都不如他的安全重要。枪声响起的时候她感到离奇,不真实,而且无比遥远。她看到了——李爽被无数道手电光缚住了,举着两把手枪。枪声响起,他一头栽倒在地,像一只从高处扔下的死狗或死猫。

她跌跌爬爬跃到他跟前。他还有一口气,身上好几个血窟窿。她摸到了热乎乎的血,明白了,她的爱人要死了。她的爱人要死了。他仰躺在她面前,被无数道晃动的手电照着。周围站满了踢踢沓沓的黑影。他拿垂死的迷糊的眼睛望着她。望着她。旁边某个家伙笑了笑说，还没死，怎么办？另一个家伙用枪戳了戳她爱人的心口，她听见最后一声枪响。

当时，她把食指塞进嘴里，狠命一咬，格嘣一声——她听见，那是梦中的声音。

只有哑孩，嘴边挂着一丝笑，睡得香极了。

十二　夜里

枪声和炸弹爆炸声响了整整一夜。清晨时分城市上空硝烟滚滚，黑色的和白色的烟，被熊熊火光染成血红色，顺着风向往西南面缓缓飘移。天色渐亮的时候枪声和爆炸声有所松懈了，仿佛经过整夜的激烈震荡，疲惫了，需要喘口气了。

市民们紧闭门窗，躲在自制的简易掩体内——模仿电影里的做法，用几层棉被撸在桌子上，洒上泥土，浇上少量水。近处和远处的枪炮声，一层覆盖一层，像夜里的黑暗一样虚渺。剧烈的爆炸声，震得地面和空气瑟瑟发抖，门窗的玻璃哐哐啷啷碎落，就像随时会落到自身头上。

火光映红的夜空弥漫刺鼻的硝烟味和焦臭味。子弹流星似的拖着长长的尾巴，在黑暗中画出繁复的线条，使视觉发生错位，黑暗变得时而浅时而深，不可预测，一会儿倒悬，一会儿移动，增添了心理上的恐惧和焦灼。由于大部分地区停电的缘故，人们借助跃动的火光来判断战场的距离。女人和孩子不断发出惊叫，似乎炸弹炸穿了墙壁，弹片钻进了肉体。

谁也没想到突然打得这么激烈，但又没有超出意料之外。两派都积聚了这么久的能量，到了不得不爆发的程度。就如空气里的煤气含量早已饱和，一点小小的火星马上酿成冲天烈焰。

两派都在等待这一天，等待试一试真正的实力，看看谁最终占上风。甚至占上风亦非主要，两派近一年多来互有胜负的大大小小摩擦，总该做一个最后的总结，对双方皆是一种最好的交代。

除了极少数好战分子有预谋有计划，绝大部分“红司”和“联指”的成员都糊里糊涂，等到战斗打响以后盲目地参与进去。因此战场的调度完全是失控的，一团混乱。配备武器的人员统统自觉和不自觉地行动起来，听任在场的大小头头的胡乱指挥，或攻击或防御，这就造成武斗的规模无限地扩大，最终演变成一场彻头彻尾的混战。

从来自于其他城市和地区的报告看，此起彼伏的武斗形势毫无疑义也是催化剂。人们被无数小道消息和谣言弄得晕头转向。一会儿说部队参与了某城市的武斗，动用了飞机坦克大炮，死伤好几万人。一会儿说某地区某某派被集体屠杀，尸积成山血流成河。一会儿说中央文革赞成文攻武卫，哪一方胜利就支持哪一方。诸如此类。人们心里越来越没底了，灾难的火球滚到哪儿，哪儿就立即燃烧起来。

战斗先在郊外的炼油厂打响，逐步波及到轧钢厂、自来水厂和发电厂，然后向市区一点点蔓延。本来是小范围内的零星战斗转眼间扩散为大混战，那是傍晚前的事。

入夜后，市区也四下盲动起来，如一口煮开的锅。先是“联指”围攻自行车厂，与自行车厂的“红司”守卫人员发生激战。接下来是“红司”突袭“联指”设在市一中的据点，同时又派出大量战斗人员向解放路运动，准备直接攻取“联指”总部百货大楼。而“联指”方面做出的迅速反应是，在最短的时间内拿下火车站，截断“红司”的退路，以进行全面的反攻，力求一举歼灭“红司”的武装力量。

战场一旦摆开，双方的意图未能贯彻，显得毫无章法。整个战场被分割成一个个零散的小型战斗群落，四处开花，各自为政，我中有你，你中有我，战成一团乱麻。特别在入夜以后，更是乱上加乱，双方的战斗人员在黑暗和混乱里拆散，重新组合，又再拆散，原先的编队已面目全非。有经验的人从乱枪乱炮中一听便知，这样的战斗不过是一场带有极端危险性的游戏而已。

周德林缓步走进老许的办公室，里面站满了神色慌张的人。老许正对着话筒声嘶力竭地大喊大叫，发了疯似的捶打桌子。刘志学凑近周德林耳边说，他们刚刚洗劫了工农医院，抓走了我们四十多个伤员。

老许接完电话，像只泄气的皮球颓坐到藤椅上，眼睛发直了，脸上大汗淋漓了。周德林克制住心里薄薄一层的轻蔑，暗暗耻笑着，他料想大家的眼光很快会集中在自己身上。他故意加重脚步走到窗户前面。

外面一阵重一阵轻的枪声和爆炸声，救火车长长短短的鸣笛声，哨子声和引擎声，混杂一团。黑暗中的灯光与火光，被灯光和火光染成杂色的烟雾，向四处延伸，向兴奋的边际延伸，向延伸之处延伸。他的优越感油然而生。他被这样的气氛所渲染，同时又渲染气氛本身。刚才，他从楼顶急步跑下来，楼梯和走廊拥挤着一群又一群无头苍蝇样的人，磕磕撞撞，乱喊乱叫，一派杂乱无章的景象。他推搡着，怒骂着，甚至拿拳头维持秩序。

形势极为严峻。但是问题出在哪里？如果依他做法，何至于弄成今天这样的被动局面？

他转回身不朝任何人望。天花板上的吊灯，由于自发电的电力不足而抖抖瑟瑟。他相信除他之外所有人的内心都是抖抖瑟瑟的。

周德林靠近老许，像安慰一个绝望的病人，这没什么，我已做了准备，马上带人进攻消防大楼，那儿藏着他们的伤员。老许狐疑地瞟了他一眼，交换俘虏吗？周德林肩膀上压着一屋子人的眼光。他心里耻笑了，冷笑了，以旁若无人的口气说，现在不是为几个伤员伤脑筋的时候，要把主动权握在手里，做到这一点，一切都好办。

老许办公桌上的电话又发狂地响起来，老许无力地挥挥手，无奈地沉重地说，市革委会要求我立即去，老方，小刘，老于，德林都要去，他们的车就在楼下等。裘政委命令，“联指”的头头也必须去。

周德林向满屋子人睃巡，煞白的面孔和煞白的神情。

他面带着微笑地说，别听那一套，裘政委胃出血住院了，谁有这个资格召集我们？为安全起见，我提议，总部的人马上撤往郊区。

老许的金鱼眼睛鼓得滚圆，鼻孔也是滚圆，脸庞刹那间烧得通红。他一秒钟之内就猜透了周德林的意思。老许墩实的身坯明显瘦了一圈，正因为此，连带他的神情也毫无保留地削弱了，颓然了。但他仍然是第一把手，牢牢靠靠的许司令，众望所归的许司令，在任何时刻他可以当众发号施令。他猛捶一记桌子，这么吼叫，周德林，你小子想篡权?!

消防大楼被浓烟吞没了。周德林猫着腰蹲在临时工事后面，一时无法判断炮击以后的实际效果。枪声暂时停歇了。周德林看看手表，才几分钟，密集的枪声突然又像从浓烟中钻出来，向他所在的位置猛扫。

周德林下决心吃掉面前的敌人。他命令老曲从火车站调来一门105 口径的榴弹炮，以便炸开一个缺口，突袭进去，减少弟兄们的伤亡。老曲根据对方火力配置的情况判断，其中可能有部队的人直接参战，因此老曲主张喊话，要求解放军战士赶快退出。

周德林凶神恶煞地吼叫，开炮！给老子继续开炮！

炮击的威力显示出来了，在接连几声震耳欲聋的爆炸声后，前面的枪声终于稀疏下来。

第一分队百十来个人装备了八挺重机枪——原来的两挺重机枪和几门迫击炮，全调去守卫火车站了，其余的全使用五六式冲锋枪和 M3 冲锋枪，威名赫赫，号称铁军。队伍由复员军人和民兵骨干组成，周德林将它划归自已亲自掌管，作为机动力量，随时听候调配。

在他一声令下，百十来个蛰伏在黑暗当中的矫健的身影如离弦之箭，跃过瓦砾碎石成堆的街道，冲过丢弃着各种东西的狼藉的空地，绕过烧着的汽车和障碍物，朝目标猛扑过去。

浓烟和火药味熏得人睁不开眼睛，火光之中爆发耀眼的火星，映照一簇簇飞速行进的身影。

离消防大楼门厅的大门越来越近了，前面又响起哒哒哒的机枪声。有人倒下了。又有人倒下了，老曲扔出两颗手榴弹。周德林平端冲锋枪一边猛扫一边大喊，冲啊冲啊！

大门已炸成一个大窟窿，门和门框都炸没了，露出破残的水泥钢筋。他第一个踏入大门，听见身后的老曲连声叫喊当心当心。老曲采取半跪姿势，手抱机枪点射着。一个躲在楼梯口的家伙刚露头就被射中，扑倒

前面又响起哒哒哒的机枪声。有人倒下了。又有人倒下了，老曲扔出两颗手榴弹。周德林平端冲锋枪一边猛扫一边大喊，冲啊冲啊！

在地，两腿还不住地蹬踢。墙角有一个被削去脑袋的尸体，赤着膊，只穿了一条短裤。地上洒满了玻璃碴碎砖，石灰和弹壳，一摊摊殷红的血迹。

他的手下如潮水般涌进来了。整个大楼的灯突然间全熄灭了，陷入一片漆黑之中。周德林扯着嗓子大喊，分散搜索，格杀毋论！百十条粗壮的喉咙一迭声地回应，格杀毋论！格杀毋论！

有关惨案的内情只有少数目击者知晓——他们都是惨案的直接参与者。百十来号人上上下下搜索之后，发现抵抗者们已逃之夭夭，仿佛一眨眼升空或者遁地了，只抛下死无对证的十几具尸体。

周德林在配电房找到三个军人。他们不带武装，平心静气地对他说，我们只负责值班，其余的情况一概不知。周德林不答话，照准靠前那一个当胸狠狠来了一拳，撇着嘴唇说，不交代实情，一切罪状由你们负责。

精明的赵复第一个发现秘密，急匆匆地赶到来了，悄悄报告周德林，十多个“联指”伤员没有来得及运走，藏在下面地下里。

周德林咬咬牙，让赵复不要声张，亲自领了几个人下去，清点完地下室的伤员人数，总共十四个，都是重伤员，惊恐地挤作一团。周德林对赵复耳语了一番。大家看到赵复脸上的肌肉抽搐几下，哭似的笑了笑。

地下室的铁栅栏门被两把大铁锁锁住，几根粗大的水管通进去，开足消防龙头。哗哗哗——不到半小时地下室的水就没顶了。

从混乱的枪炮声中根本无法判断战况，加之许多互相矛盾的消息，别有用心的谣传，如滚烫的烟尘，笼罩在每个人的头顶。人们变得异常疯狂。譬如某个人眼见弟弟死在眼皮底下，他便彻底失控，一路乱打乱杀，凡遇见受伤的“联指”人员一律处死，手段极其残忍。甚至不顾周德林的阻止，举起一块大石头将一个俘虏砸得脑浆迸裂。据说最后他是被自己人一枪了断在臭水沟里。这样的小枝小节时有发生，无法统计确切的数字。由于所有的战斗单位中断了有效的联络，大家对胜败的概念也随之变得模糊不清。私下里都在议论，到了这时候，无所谓有利或不利了，自己活着才是最重要的了。

自行车厂的战斗一直很激烈，周德林派出两支装备精良的人员去增援，之后便消息全无。解放路、卫东路、卫彪路、运河大桥的枪声紧一阵松一阵。市中、农学院、市总工会和运河区委大院也是打打停停。火车站的外围有过短时间交火，大约是“联指”的小股突击队，企图抢夺“红司”的炮阵，就像“红司”打算突袭百货大楼后面的那座土坡，摧毁他们的炮兵一样，双方在很多方面的部署和战略如出一辙。

柴油机厂最先起火，熊熊火势映红了半边天。运河两岸连片的平房跟着遭了殃，包括河里一些船只，被火星引燃，烧起来了。市中心的居民区有一度也着了火，是靠居民自己组织起来扑灭的。

火车站是当之无愧的争夺重点。“联指”曾预想沿铁路两端进行夹击，但是他们抽不出更多的力量，只能虚张声势起到一点牵制作用。那里是“红司”的老巢，由老曲负责指挥，可以确保万无一失。

昌盛饭店仍在手中，几经“联指”重炮轰击，轮番进攻，岌岌可危了。周德林最后一次回到昌盛饭店，已近午夜两点，留守在这儿的刘志学神情惶惑地告诉他，老许最终采纳了他的意见，把总部迁到了郊外，共调走十几辆汽车和五百多名弟兄，带走这里一半以上的枪支弹药。老许临走时反复交代，要周德林千万要留有余地，否则今后不好向上面交账。

周德林和刘志学登上顶楼平台，望着同一个方向。深黑的夜幕像被大风吹皱了的湖水，与脚下震荡不已的楼板一样发出不间断的震波。两人抽着烟沉默了很久，最后商量后决定，将周德林手里的机动力量和留守昌盛饭店的人员编成两个分队，再从火车站调些人员和重武器来，对百货大楼实施一次最大火力的攻击。如果大功告成，就可扭转眼下这样的混战局面。周德林慷慨激昂地强调，狭路相逢勇者胜，战场上的力量对比全靠抓住战机，以攻为守，化被动为主动。刘志学已学会了以周德林的意见为意见，把周德林的意见当作指示那样不折不扣地执行。

战斗是在解放路上展开的。周德林没料到进攻从开始就出现了麻烦。调来的两门 112 口径榴弹炮都是哑的。进攻消防大楼时用的那门 105 口径的榴弹炮只打了两三发炮弹也他妈的哑了。这样的话，只能靠几支掷弹筒,几辆卡车改装的土坦克了。轻武器的威力是远远不够的,停止行动又是不可能的。

周德林犹豫了,惶惑了。行动继续下去意味冒险和赌博——从解放路东端到达百货大楼几里多地,对手肯定设下了重重罗网。对手对他周德林和周德林风格早已吃透了,比他自己更了解他了,他们设下了重重罗网等他去钻。他知道,撕不开缺口他的全部人马会被抑死在里面。

周德林之为周德林,就在于他绝不肯半途而废,绝不肯向对手妥协。他手下集中了几百号英雄好汉,是战无不胜攻无不克的,那就……

一致公认,解放路上的拉锯战最为壮观和惨烈,攻守双方都经历了毁灭性的打击和灾难。而周德林从头至尾处于劣势,以仓皇败退而告终。

十三　退却

裘政委胃出血不得不住进远离市区的四〇二医院。他接到两派大规模冲突的报告，一个翻滚从正在输液的病床上滑下来，一屁股坐到地上。

裘政委事前有所觉察，住进医院前反复交代市革委会其他领导成员，一定要制止两派冲突，一旦发觉风吹草动，立即以市革委会的名义召集两派头头开会，把他们集中起来。裘政委抱着一线希望，全然料不到两派的头头既不把市革委会放在眼里，也不把他个人放在眼里。

市区传来更多坏消息了，越来越严重了。不停的炮击造成很多地方燃起大火，而且无法扑救，消防大楼本身就在燃烧。加上天黑停电，激战正酣，只能眼看大火蔓延。特别午夜之后，市革委会也中弹起火了。裘政委从电话里得知这一情况，再也按捺不住，命令警卫员立刻备车，他要亲自上阵，他要去制止他们。这帮王八蛋！

这段时间，军区首长以及省革委会领导好多次来电询问收缴造反派武器的情况。他从他们冷淡的口气中听出，上头对他非常不满，已失去了耐心。他何尝不想快刀斩乱麻？没有明确的权限和政策界限，中央三令五申禁止武斗，全国各地大大小小的武斗从来就没有停息过。除非抓一批关一批杀一批，将执意闹事的坏头头统统清除，才谈得上控制局势。否则，只好眼看这帮王八蛋无法无天，拿他们一点办法也没有。

裘政委一个阶段以来积劳成疾，事无巨细都等着他出面处理。前些天他泡在各种会议里，磨破了嘴皮子，饱一顿饿一顿，精力和体力极度疲倦，终于导致大量胃出血。他的身体虚弱得不成样子，面色焦黄、浮肿，眼珠无光，说话有气无力。

裘政委整个身体都在发抖，勉强穿好军服，颤颤巍巍站起来。医院院长和几个年长的军医在一旁极力劝阻。医院院长翻来覆去说，不行啊老裘，这样要出大问题，要出大问题啊。裘政委呓语般的回答，我去，我亲自去，朝我来好了，我可以死给他们看。

裘政委听见外面的汽车喇叭声，起步向门口走去，才跨出两步便哇地吐了一大口鲜血，身体晃了晃差点儿栽倒。

裘政委处于半休克状态了，张着满是血沫的嘴巴，冰冷的面孔上挂着一丝不易察觉的冷笑，说了半句话，这帮王八蛋……

近五点了吧？歪在卡车驾驶室座椅上的刘志学血快流光了，紧闭双目，疼痛感消失了，不再发出呻吟声。刘志学在最后的清醒时刻挂念起周德林来。周德林的运气比他好，不会轻易被弹片削成血葫芦。周德林的世界仍然是枪林弹雨。要来的迟早要来。弥留之际想法变单纯了。他在等待一种可能性，等候最后的机会，最后的一刻。

通讯员把周德林从枪林弹雨里喊了来。

早来十分钟，或六七分钟，周德林还能够和刘志学握一握手，在这个世界上最后互相望一眼。人迟早都要踏上黄泉之路，有先有后而已，到了那边，谁知道是一副什么样子呢？

周德林察看了刘志学浑身上下的伤口，好似从血坑中拖出来，干结的血痂像一层硬邦邦的漆膜。

“为什么不马上送他妈的医院！”

周德林猛击一拳把守护在刘志学旁边的那个年轻保镖打翻在地，用枪口戳着他的胸膛，发疯似的一口气骂了十几个操你妈的。

那个年轻保镖像只寒流中的雏鸡，抖抖瑟瑟回答：“不知往哪家医院送，都在打，路都被堵了……”

周德林和刘志学兵分两路进犯百货大楼，刘志学从解放路一侧的红旗路迂回。他这边的火力配备较之周德林那边逊色得多，人员素质也不理想，战斗力明显弱多了，基本上陷在原地没有进展。周德林考虑到刘志学不行，只要求他牵制一些对方的注意力，等他这边得手后再回头来吃掉那一块。

周德林还是过高估计了刘志学，或者反过来说，过低估计了“联指”的实力。不到两小时的战斗，刘志学那边已经溃不成军，不要说进攻，就是守在原地相持一段时间都难上加难。许多怕死鬼趁着黑暗弃枪逃跑了，剩下一部分完全丧失斗志的人龟缩在一座小学的校园内，望眼欲穿期待派去送信的人尽快找到周德林，营救他们突出去。

刘志学是在小学门口被一颗炮弹掀翻的，浑身冒血，爬起来又跌倒，跌倒又爬起来，喊了几声救命。他的保镖将他安置在一辆报废的卡车驾驶室里，眼看他的血流光了，不再发出呻吟声了。不断有流弹撞在车身上，当当作响。对方用高音喇叭一遍遍叫嚣，乖乖投降，否则放火统统烧死。刘志学下达的最后命令是人在阵地在，坚决与阵地共存亡。

周德林得知刘志学那一路的失利的消息，无可奈何默认计划失败了。如果不尽早撤离，很可能陷于几面重围，那将是他和他的战友的绝路。他至此才算真正领教了，凭他的力量是根本啃不动“联指”这块骨头的，相反倒有被他们吃掉的危险。

当时他逼走老许，是老许越来越丧失胆魄，越来越碍手碍脚。好了，老许握住证据了，你周德林真有天大的本事？想干什么就能干成什么？

周德林要是服输就不叫周德林了，他手里还有资本。他可以命令老曲从火车站直接炮轰百货大楼，以火力支援，他才他妈的管不了会不会殃及到市革委会和近旁的居民呢！

“联指”方面抑制住刘志学那一头，迅速抽调大批人马增援解放路，企图将他钉死在昌盛饭店和百货大楼的中间地带。他们调用了所有火力，将优势牢牢在握。

周德林知道拖延一分钟，全军覆没的危险边随之增加了一分。他的人伤亡很大，弹药消耗更大。几辆改装成土坦克的汽车全都化为一堆堆废铁，丢弃在路中央。周德林从所占据的那座楼房的窗户看下去，形势十分明了，要么拼到最后一人为止，要么及早撤离——说白了是朝火车站方向逃窜。

周德林下达撤离命令已出不了门，乱透了，互相之间无法联络了。又核计不出伤亡人数，究竟该集合多少人全凭粗略的印象。对方趁这边火力减弱的当口开始大肆反攻。嚎叫声像浪涛一阵高过一阵，活捉周德林活捉周德林活捉周德林！

幸亏他们没有立即弄清楚周德林的撤离路线。他们以为周德林会逃回昌盛饭店，然后在那儿负隅顽抗，那样，正好团团围住，实现最终活捉周德林的计划。

周德林的性格中恰恰缺乏这个，不懂防守。任何时候都一心想着进攻进攻进攻，即使在力量悬殊的情况下仍然如此。

当周德林领导一帮人员转向红旗路去解救刘志学时，他的对手明显判断错了。他们从百货大楼后面那座土坡上发射炮弹，猛轰昌盛饭店。如果他们全力追击的话，周德林是无路可逃的。

他靠在一堵断墙上喘气，身旁躺着或坐着十几个与他一样又饥渴又极度疲乏的队员，不发出一点声音，黑暗牢牢遮盖了他们的表情。他仰望黑沉沉的天空，被忽明忽暗的火光掀动着，仿佛向着某个预定的方向时疾时缓地飘移。他此时偏向于臆想，脑壳变得像薄膜一般。也许黑暗仅是薄膜般的伪装，撕破它便能望见无限光明，一切清晰可辨，都在明处。他终生喜欢明打明的，就是死也要死在明处。

他已一天一夜没合过眼了，若放在平常是无所谓的。经历了这么激烈的折腾，铁打的汉子也吃不消，难怪他只有靠在断墙上喘气的份儿。

他手腕上的表不知丢哪儿了。几点钟？天快亮了吧？

不能在这地方逗留时间太长，到处都是一群群散兵游勇，分不清敌我，不巧遇上那边的人，会像嗅到腥臭的苍蝇围过来。他们差不多丧失战斗力了，每交火一次，这支破破烂烂的队伍便如被黑暗中伸出的利剑斩去一截，一截截被斩去，只剩下这十来个“飞虎队”的铁杆弟兄，在生死线上蹓来晃去。

赵复靠近他耳语道，队长，我又受伤了，走不动了。赵复的眼睛在黑暗里熠熠闪光，鼻息声像饥饿的兔子在嚼草。又受伤了？赵复才从医院里出来两三天，身上的药水味还未消退。伤重不重？我扶着你走，这儿不能停留。赵复继续说，我又受伤了，走不动了。他心里噎得慌，说几句安慰话不起作用。他突然感觉周围安静极了。飒飒的风，像一团幽闭的雾气遮隔了外界的真实，听不到，也看不到。

今天几号了？几号？他想以这方式对赵复说。幸亏有黑暗庇护着。他不希望看见赵复的表情，更不想暴露自己的无奈，无奈而绝望，绝望而悲愤。

赵复不会自怨自艾，不会找人家的麻烦，非到十分严重的程度——像上回那样，伤得太厉害了，自己照顾不了自己的时候，才会迫不得已开口求人。可是这时候求谁呢？

他感到从未有过的疲软，抬一抬手脚的力气都没有。

绝对不能停留，这儿是危险地带。远处和更远处的枪声没有间歇过。黑暗非常浓密，如深不见底潭水。无论如何枪声证明了一切，不管远近，它像毒蛇的牙齿那样不容置疑，不会因为黑暗就可以侥幸躲避过去。

哨兵从街角发来紧急信号。跟着听见汽车的引擎声，汹涌的呐喊声：到处搜一搜，到处搜一搜。车灯的光柱照亮了旁边的大楼，被烟熏黑的大楼，布满弹痕，窗玻璃十有八九破碎了。他从赵复身边一跃而起，压低声发出准备迎敌的命令。他凭直觉判断那是对方的人——不会少于二三十人，相距约四十来公尺，如打起来，无疑又是一次极大的冒险。

赵复拉拉他的衣襟，微弱地说，我和几个弟兄留下掩护，你带人马上从后面走，时间还来得及！

是啊，还来得及。他的心尖掠过一丝陌生的波纹，类似于害怕那种——孩提时期才有的那种——哆嗦。他哆嗦了。后面有一条小路通往人民公园，从那里走大路到火车站路程相对远一些，也相对安全一些。

让我像狗一样偷偷溜走？让受伤的赵复做替死鬼？这是什么话！

他不由勃然大怒——但是，他采取了安慰的方式对赵复说，你躺着别动，放心好了，我会踏平他们的。

发出命令的一刹那间，他的心头闪现某种不祥的预感，仿佛发出命令的人不是他本人，而是某个精神失常的傻瓜。

那边很多道手电光交叉地晃动，狂喊不止，胡乱放着枪。车灯依然直照那座熏黑的大楼。他深道自己这边不光是人少，缺乏弹药才是关键。每个人的子弹都所剩无几，总共还有四颗手榴弹，即便突击得手，也不可能将对方全数消灭，如果要靠肉搏战，照大伙现有的体力看，是下下策当中的下下策。

四颗手榴弹的威力充分发挥了，对方死的死，伤的伤，余下的人像炸窝的惊马，哇啦哇啦乱叫，有的往黑暗深处逃跑，有的傻站在原地不敢动。那辆汽车燃着了，火焰如吹胀的巨大红气球，猛地向上蹿。轰的一声，油箱耀眼地炸开了，比刚才的手榴弹爆炸声更响亮。他的人抓住这绝好的机会，瞄准那些惊慌失措的家伙，稳当当的如打靶一般。那些家伙中弹栽倒，鬼哭狼嚎。有人双手举枪大喊饶命。

他被这场意想不到的胜利搞懵了，冷汗淋漓，因激动而间断性地哆嗦，牙齿格格地碰响。这种信手拈来的胜利难得一见。

他应该这么决断，软弱和胆怯不属于他。他亲手击毙了两个人，借着汽车燃着的亮光，清清楚楚望见被他射中的两个家伙仰面翻倒，死狗似的一动不动了。

遭遇战的意外获胜，固然解除了眼前的危急，可是情况并不乐观。万一再跟着冒出一群呢？他已无任何应战能力了，只有坐以待毙的份了。应当趁这个空隙赶紧行动，三十六计走为上计。事实比他的设想来得更快。正当他收拢队伍准备上路，听见疯急的汽车引擎声由远而近，哒哒哒的机枪声响起来。他不得不考虑另一种对策了，不能再靠撞运气了。听赵复的吧，从后面的小路撤离吧。

后来发生的一切太混乱太离奇了，他的手下竟然顾不上等待命令——这是从未有过的事，一个个像丧家之犬拼命逃窜，将他牢牢包挟起来，不由自主加入到逃窜的行列中。

说穿了是一场逃猎，被后面的捕猎者死死追逐，寸步不放。子弹经常擦着耳边飞过。脚步声枪声和中弹者的嚎叫声，组成繁密的恐惧之网兜头撒下，大家知道落在后面意味着什么。有人倒下，爬起来，再倒下。没人关心离自己身体一寸以外的事情，除了逃窜还是逃窜。手电光如阎王的索命铁链，始终缠绕在逃窜者的脖子上，越勒越紧，不被子弹击中也要自我窒息了。然而大家抱着共同的信念，迸发身体里最后那么一点力气，那么一点意志，求生的潜力被全部挖掘出来了。

两个小时后，他从行军床上醒来，怎么也想不起，自己在身中数弹的情况下是如何跑到火车站的。老曲垂着脑袋蹲在他一侧。老曲的面孔熏得乌黑，露出眼白，不连贯地对他说，你醒了就好，这儿也顶不住了，没想到他们的力量这么强。

轰轰隆隆的爆炸声震得房屋摇晃不已，房顶的沙灰一串串震落，枪声一层叠着一层，立体的，交叉的，既远又近。他的神经已经麻木了，也许是耳膜震坏了，只听见一种平均的轰鸣声，在某个平面上。他启动嘴唇对老曲说，你去你去，打退他们，消灭他们。

天要亮了吧？要亮了。伤口都紧紧捆扎起来，减弱了一些痛楚。他示意守在一边负责照看他的那个女人走开。他不愿意让别人窥视他的秘密。他紧抿嘴唇把秘密咬住，额头上沁出越来越多的汗珠，浑身有节奏地颤抖。灯光在轰轰隆隆的摇撼中时明时暗，与他迷糊的双眸一样。

他的身体已不属于他，满头满脑的刀疤也不属于他，脱离开了，如浮尘或烟雾，一片片一团团脱离开了，把他隔离在孤寂之地，终点原来是这样的。

蕴藏在最隐蔽处的感伤按捺不住了。家里的情况怎么样了？要是自行车厂被他们拿下，妈和吕军吕红的处境呢？妈会领着表弟表妹事先逃跑吗？就此一点，让他无比难受——满头灰发的妈，年老的单薄的身体，孤独一人。没有比这更让他辛酸了。

他心里明白了，有一种东西比任何东西强大，说不清楚是什么，譬如天要亮了，那片灰蒙蒙的光一点点扩展了。就是这样的——妈和表弟表妹,此时在哪里呢?怎么样了呢?

要是事先知道结局又会怎样?他甚至有些发笑。一路逃命的时候他好像也闪过这个想法。他从来没有认为失败是不好的。不做才叫不好。他做了,因此他比所有人了不起,是个真正的了不起的人物。

老曲裹着一身焦味来到周德林身边。老曲的衣袖烧掉了,衣襟也烧掉了一块。他双手提着两把苏式冲锋枪,右手的小臂正在流血。

“怎么样了?外边……”

“就这样了。你好一点吗?”

“我们……他们……”

“再坚持一下,送你去医院。”

“我们是不是……”

“还在继续,你听不见么?”

老曲抬头仓皇四顾,这屋子就他和周德林两人。天快亮了。老曲将两支冲锋枪靠在床头,犹豫不决地从腰间掏出一把手枪。窗外灰蒙蒙的一片,晃动着跑来跑去的人影。枪声比刚才松疏了些。

“老曲,今天几号了?”

“二十七号,十月二十七号。”

“我马上……”

“队长,消防大楼那三个当兵的是谁弄死的?”

“你,他妈的……”

老曲浑身抖了一下,望着周德林的垂死的惨白的面孔,嘴角动了动,再次抬头仓皇四顾。

老曲附在周德林耳边悄声说,你不应该,上次打死了一个连长,这次又打死了三个当兵的,你不觉得不应该这么做吗?

不等周德林回答,老曲用手枪顶住他的心口,连续扣动扳机。

很多年后,本书作者在一个偶然的场合遇见老曲,我们都觉得对方有些面熟。老曲满头白发,背驼了,嗓音沙哑了,主动问我,你是不是叫小三？小三子？我笑着反问，你是老曲吧？

我们热情寒暄一番，又互相问了问近况。老曲有些不好意思，说，几十年过去了，那时你才多大？老曲打着手势比画着高度，我竟然还认得出你来，真是有缘分。

老曲的口气很轻松，简单讲述了他的经历。武斗停止后，他逃在外地避风头，最终还是被抓起来。先判了死缓，后改判为无期。老曲在监狱共呆了二十多年，出狱后摆了小摊做做小生意，自食其力，反正无家无小，日子过得其乐融融。

我和老曲没见过几面。那时我奶奶家也在“五十间”，靠周德林家近。每到夏天，我都去奶奶家住上一个月半个月。武斗期间我常看到老曲出没在周德林家。老曲很威风，又很和善。我们这些半大不小的孩子喜欢围着他。老曲的长相有特点，又光又亮的脑壳上长了鸽子蛋大的肉瘤。所以多年后我凭此标记认出了他。

老曲怎么会认出我呢？毕竟那时我才十岁多一点，三十来年过去了，他是怎么认出我的呢？

十四　倒悬

吕军望望那只老式挂钟，褐黄色的钟面和凝止不动的指针，辨认不出时间刻度，大约五点钟光景吧。吕军嘴里嘀嘀咕咕，埋怨姨妈整个下午飘在外面不回来。到了吃晚饭的时候，吕红已把泡饭烧好，炒了一碗酱油黄豆，一碗萝卜干，摆在饭桌上。吕红成了煮饭烧菜的好把式，取代了姨妈的位置，也取代了原先的自己，成了家中唯一的操持家务的人。

吕红不像哥哥老是怨天尤人。吕红天生不懂得计较别人，凡事多为别人考虑，没有吃亏或占便宜的念头。哥哥对她这种秉性很恼火，哥哥认为她应该与他一道愤怒一道撒气——譬如姨妈飘在外面迟迟不归，犯了病似的替表哥做义务宣传员。吕红却毫无怨言，拿出很多理由帮姨妈开脱，简直是天生的小媳妇秉性。

姨妈这个阶段没有其他愿望，一门心思等着两派大打一场。姨妈综合各种小道消息得出她的结论，这么长时间"蘑菇"下来，两边都耐不住了，只有大打一场，分出个高低。姨妈坚信"我们"不会输。她从各种小道消息中拎出有利部分加以发挥，把自己的想象力发挥到了极致。

她把这种情绪化的东西掺和到与每一个人的每一次谈话中。人们看到周德林的母亲比周德林还要心急，恨不得打他一个底朝天。

吃晚饭的时候外面的气氛有些异样，姨妈和吕军吕红都没及时注意到。三人围绕善恶问题展开辩论，主要的对手是姨妈和吕军。吕红的意见素来无足轻重。吕红本人对自己的意见也不重视。

姨妈和哥哥一边大嚼酱油黄豆一边滔滔不绝各摆各的理由，你来我往，争不在一个点子上。善恶问题的朴素表达是善有善报恶有恶报。姨妈的老套数是综合来路不明的小道消息，有实例有情节有数据，情绪激昂，煽动力强，只可惜很容易就被看出编造的痕迹。吕军硬是出于抬杠的动机，表示自己是个大男人，特别是在赫赫有名的表哥手下混过一个阶段，见多识广，起码应该比不识字的姨妈高出一头。

譬如姨妈把所有“联指”的死者一概说成是恶有恶报，口气十分冷酷和残忍，令人寒毛直竖。吕红看出哥哥的不服气不是出自对于“联指”的同情，而是为了维护无缘无故死难的人的声誉。远的不说，这里的厂医张医生是公认的大好人，无论刮风下雨天黑路远，一听说有病人，从来都是二话不讲，背起药箱就出门。可是结果呢？张医生在大路上被雷公活活劈死了。后来流传闲言碎语，说什么别看张医生表面像个好人，背地里不知做了多少坏事呢。

姨妈把最后一口泡饭扒进嘴里，轻蔑而含糊地说：“你以为呢？真不真假不假，真假难辨。”

吕军已经吃完了，大声回驳：

“那么成千上万的革命烈士呢？”

姨妈没被难倒，将筷子啪的搁在饭桌上，同样大声说：

“革命烈士不同，因为他们是革命的。”

吕红在一旁等着收拾饭桌，忽然像想起了什么，红着脸说：“要是我死了……我没有做过坏事。”

五点钟前厂部发出紧急通知，要求所有青壮工人立刻到篮球场集中。“五十间”这边的行动慢了半拍，晚饭过后才有专人送来消息，说“联指”要发动总攻击，很快会打过来。“联指”发疯了，妄称要血洗所有“红司”的地盘。

此前，自行车厂的一部分人员被调往昌盛饭店和火车站，因此这里的防卫非常薄弱。总部答应马上抽调精兵强将前来支援。周德林特别指示一定抽调最厉害的队伍前来，决不让“联指”的人踏入自行车厂半步。

枪声似乎越来越近，就在附近爆响，拖着长长的尾音，一声咬着一声。这种时刻大家的想法都很实际，不肯轻易相信许诺。关系到安危和生死，不能不以实际的角度考虑问题。

邻居老伯和左邻右舍纷纷跑来，挤满了堂屋，焦急地议论着形势。女人们照例叽叽喳喳争执不休，都是一些驴唇不对马嘴的小道消息。几个老人忧郁地小声地交换看法，大口大口抽着香烟，烟味和烟雾盘旋在他们灰白的头顶。只有小孩感觉不到形势的分量，依旧打闹嬉戏，在人缝中钻来钻去。

那盏油腻的昏黄的灯，在众人面孔上映出共同的色泽，共同的神情。大致是因为这种气氛本身具有共同性罢。

姨妈是个例外，激动得不能自已。

吕红时时注意着姨妈的神情。姨妈的神情和动作宛如孩子般的夸张，与她的整体形象完全不符，是一眼便可看穿的。她口无遮拦瞎说一通，对形势的估价或对结局的判断，简直像痴人说梦。好似她本人正在坐镇指挥，手下拥有千军万马。

吕红的内心是极力拒斥的：那种变了腔调的刺耳的声音，那种毫不知情却胡乱猜测的劲头，那种人人想退却又人人装模作样的做派，与此种种，让她非常难过。

情况进一步恶化了。零星枪声很快连缀成繁密的一片，像骤雨降临，终于真实地降临了。几声震耳的爆炸声，红光在深色夜幕上闪现。人们扶老携幼涌出门去探视，挤到土坡上，乱哄哄地议论着。

离这儿一里地远的厂部那边灯火辉煌，仿佛有许多人影在晃动。灯火和人影，大家懂得那是非同小可的。谁都巴望这种紧要关头出现神奇的力量，化险为夷，灯火和人影是唯一的保证。

吕红听到姨妈敞开嗓子嚷嚷，他们送死来了，送死来了。吕红没有听见任何人响应姨妈。吕红尽管看不清大家面孔上的表情，可是她断定，谁都对这样的大话抱有轻蔑和反感的情绪。

人们纷纷逃散了，枪声已经响到头上来了。只有姨妈依旧呆站在原地，伸长脖子朝厂部方向眺望。吕红使劲拉着姨妈的袖子催促姨妈赶紧回去，她的另一只手拉住哥哥衣摆，祈望他帮帮腔。吕军缩着颈脖弓着背脊像只秃鹫，嘴里的声音犹如风中的树叶，干得来劲，他妈的干得来劲。

天一下子变得这么黑，黑得心慌意乱——仿佛天地一下子倒悬过来，身不由己，鼻子如呛水似的发酸。心尖沁出颗颗冰凉的汗珠，如她的颤抖的手指那样。她不是因为骇怕而是因为担心，为姨妈和哥哥担心。你看——姨妈乖戾得令人绝望。姨妈甩开她的手，傲慢地说，我去厂部，打个电话问问你表哥，你们先回去好了。

一颗炸弹在附近炸开了，震得房顶瑟瑟发抖。有人在外面大喊大叫。火光映照窗前的苦楝树。吕红坐在床沿等候姨妈回来。将近两个小时过去了，姨妈消失在枪弹声交织的险峻里了，连回头招招手的机会都没有了。不等姨妈回来怎么决定逃还是留呢？左邻右舍骚动得厉害，都在收拾东西，准备在必要的时候弃家逃跑。吕军不时探出脑在门外睃视，口中念念有词骂了一百遍姨妈这个痴婆子。吕军对吕红说："大家都跑了，留下我们做替死鬼？"

她犹疑不决地说："总得等姨妈回来再决定呀？"

哥哥怒气冲冲地叫嚷："随她！一直不回来还一直等下去？"

她像要哭的样子，揉着眼睛说："干吗要跑？不跑不行吗？"

哥哥继续怒气冲冲地叫嚷："让人家打到家里来了，窝都端了！那帮家伙都是杀人不眨眼的！"

她真的掉泪了，抽泣着说："我们又没有参加，杀我们干什么？"

哥哥大怒道："你懂个屁！要是他们查出我们是周德林家的人，他妈的不杀死我们几遍才怪！"

她几乎像自言自语似的低声说："你一个人跑好了，我留在家等。"

她赌气似的坐在里屋的床沿，她的孤独的角落。床头的木柜上摆满了她精心编织的玻璃丝小玩意。她恍惚地望着它们，真实的日子凝结在这些可以忽略的小玩意上。她找了块布将这东西包起来，仔细地扎紧了，塞到床底下，用脚将它踢到最里边。

外面大乱起来了。有人扯着嗓子拼命狂喊，打过来了，快跑啊，他们要血洗这儿啦，要杀光我们啦。

一颗炸弹几乎就在门前爆炸，门板被滚烫的气浪掀开，烟尘滚滚，昏黄的灯霎时被淹没了。一团摇曳着的橙黄色光晕，如云层中的落日。一阵乒乒乓乓的撞击声和破碎声，间杂女人和孩子尖利的哭叫。邻居老伯一声一声地喊他的孙子，嚎哭般的凄切声调，被突然响起的一阵哒哒哒的机枪声盖住了。

吕红看见烟尘中哥哥丧魂落魄的面孔。哥哥紧捏住她的手，断断续续地说道："快逃……快逃吧，都在逃……"

一出门便听见邻居老伯与他儿媳拌嘴。邻居老伯肩了一只偌大的包裹，手里牵着五岁的孙子。他儿媳怀抱正哭得起劲的女婴，骂骂咧咧，嫌老头子行动太慢，该带的东西没带上。邻居老伯满口粗话，骂儿子，骂"联指"，骂"红司"。没走出几步，肩上的偌大包裹散落在地，人也被绊倒了，坐在地上起不来。左邻右舍各顾各的前程，没人在这种时刻能够关心一下其他人。又一时弄不清哪地方是安全的——四面八方似乎都有枪声，谁敢停下手脚帮一帮别人呢？

吕军吕红夹在他们中间，吕红的手被哥哥紧紧抓住。她的念头很简单，应该过去帮衬邻居老伯一把，这时候应该过去帮衬一把才对。她使劲挣脱了哥哥的手。

一个全副武装的矮个儿小伙子跑来了，冲着大伙儿大喊，先撤到围墙外边去，我们顶不住了，厂部要求你们疏散到围墙外边去。这一喊马上引来大家一阵猛烈的诅咒。邻居老伯的儿媳冲上前撒泼地尖叫，周德林这个不要脸的，骗了我们，亏我们家的那头蠢猪还相信他，为他去卖命。那个老婊子不是口口声声说我们多厉害吗？自己倒脚底抹油先溜了。

吵吵嚷嚷的这群人，有的发牢骚，有的询问情况。矮个儿小伙子也说不清楚该往哪儿跑，一会儿指东一会儿指西，无非火上浇油，更是激起大伙儿的怨恨，诅咒声和唾骂声一浪高过一浪。

吕军吕红心中有愧似的躲在暗处。特别是吕红——仿佛背负了坑害别人的罪名,该自己受罚才对,或者自己惩罚自己也行。

这时候枪声就在附近响起了。一股灼烫的热风呼呼吹来。这儿很快也变成战场了。某个人被流弹击中,发出一声惊悸的哀嚎。像一声信号,大伙儿又蹦又跳四散逃开,包裹背袋不要了,什么都不要了,连方向和地点也不顾了,逃命要紧。

吕红被哥哥拽着跑出几步,使劲停下来。吕红凭借暗红的光看见那个受伤的人躺在地上扭动。她认识她,她叫秀秀,秀秀姐。她的家里人呢?她的家里人怎么将她扔下了呢?吕红弓着腰像一只敏捷的小狼狗,跃到秀秀姐跟前,伸手想托起她的脑袋,不料摸着了一手黏黏的血,温热的,血腥味很浓的。她吓了一大跳,胸口即刻涌现强烈的酸烫的呕吐感。她强迫自己镇定下来,下意识地将沾血的手在秀秀姐衣服上擦了擦。秀秀姐浑身都在抽搐,喉咙里发出咔咔的声音,如快将断气的鸡。她抬手抓住了吕红的肩膀,又马上松开了,如松开的线头,垂落下去了,浑身的抽搐也很快停止了。黑暗中看不清她的面容,只是一团模糊的灰白的影子。吕红估计秀秀姐晕过去了,没办法了,总不能背上晕过去的秀秀姐逃跑吧?

吕军拖了吕红跳出围墙缺口,跑向那片长满荒草的空地。他们身前身后全是逃窜的人影,一群群,一撮撮,一边逃一边气喘吁吁互相联络着,互相鼓励着。吕红感觉脚下的泥土十分松软,海绵似的,潮湿黏脚,凹凸不平。黑暗如深水般晃荡,连带跑动的身体。想起用双手使劲地划,像凫水那样吐着气。心跳和枪声混杂起来,被自己的喘息声盖住了。杂草和荆条刺进裤管,一丝锐利的疼痛,她跑不动了。

吕红跑不动了。许多影影幢幢的人影都停在这儿了。前面的水沟泛出一抹暗光,几棵垂头垂脑的低矮的树。吕红双手撑着膝盖大口儿喘气,隐约听见婴孩的哭声和女人的骂声。她听出那女人是邻居老伯的儿媳。吕红没有犹豫,摸着声音移过去,要帮衬她一把。邻居老伯的儿媳认出吕红,没作任何表示,突然怪笑了两声,你们家的老婊子把你们也给甩下了?真是现世报!

“你脑子有病？人家怎么样关你屁事!”

“我只是顺便,帮人家一把不好吗?”

“落在后面被抓了怎么办？没听说他们杀人不眨眼么?”

“互相帮一把,有什么不对?”

“还嘴凶！逃命要紧,谁顾得上谁?”

“跑往哪里啊？哪里是安全的?”

“找表哥！我们到昌盛饭店去找表哥。”

“人家不是说那里打得最厉害吗?”

“他们懂屁！那里有许多大炮,许多机枪,堆满了弹药,队伍都由复员军人组成,我亲眼看见的!”

“你和姨妈一样。”

“你懂屁。表哥他们在螳山解放军的弹药库抢了武器,配给了参加战斗的各个分队,表哥亲口和我讲过的……”

“我不去那里,也不要你去!”

“你懂屁。不去那里去哪里?”

“……”

吕红借助黑暗牢牢控制住暴躁的哥哥,运用她与生俱来的倔强,她的软弱中的刚强。如果由着他,哥哥一定想去表哥身边看热闹。吕红急中生智提出一个方案,或许真是鬼使神差——她自己选择了这条路。她说,我们去火车站吧。她补充的理由仅仅是:那儿地方大。

十五　后来

妹妹终归是妹妹，最倔强再执拗也不过是女孩子那一套，顺着她不等于听从她。情况太特殊了，每一分钟都可能发生危险。

吕军搞不太明白，表哥这一边的实力按理不该这么单薄，让人家轻易攻下老窝。表哥一直自信满满，声称搞一次大行动，一举歼灭“联指”的全部武装力量。吕军参观过表哥那里的武器装备，除了没有飞机坦克，大炮，轻机枪重机枪，冲锋枪，自动步枪和手榴弹，不亚于正规的解放军。那些复员军人和民兵组成的战斗队，力量够厉害，怎么会这样呢？反而让对方占了上风。

吕军基本倾向于相信事实了——从傍晚开始，事实每时每刻都在起着教育作用，那就相信它吧。

兄妹俩沿了泛着幽光的水沟逃向火光闪烁的市区，走走停停，提防着随时出现不测之祸。就如在黑咕隆咚的鬼蜮，阴森森的磷火，崎岖的乱石小道，道旁扎人的荆棘，既真实又玄虚，玄虚而恍惚，在两端摇摆不定——明晰的时候很糊涂，糊涂的时候又很明晰——只能以本能的反应来对付已出现和未出现的各种情况。

他们现在远离自行车厂了。那些逃命的人散开了。偶尔有两三个人经过他们身旁，惊魂未定，压低嗓音与他们搭讪，都是些没头没脑的话。

自行车厂那边火光冲天，火光不断变换色泽而使混沌的黑暗有了层次，有了深浅的递进关系。黑暗并不代表虚空，对于观望者而言，在恐惧之外也获得了一些想象力。有时候，过于明晰的东西反倒是一种限制，让你无法发挥，像钉子那样将你钉死在上面。

周围的人家都恨起我们家的人来了。表哥做了那么多事情，反而落得一身臭屎，真他妈的不值。多为自己想一想吧，多留一条后路。你不想着自己谁来想着你呢？你死了最多给人家嘴里塞进一时的话题，过后便如嚼剩的渣子一口吐掉。人只能活一次——如果有两次三次，他妈的我非要豁出去过把瘾，不行可以从头来嘛。

也许妹妹不是这么想的，她的想法一贯稀奇古怪。她坚持要去火车站。火车站当然有火车站的好处，地方大，四通八达，总是各种事情的发端地。而且它是遥远的，在概念中和实际中都是遥远的。得经过许多道关卡，有许多料想不到的危险。说实话，他的心理负荷已近极限了，依靠幻想和侥幸心硬挺下来。紧张加上疲倦，加上黑暗中多走的冤枉路，能不能到达那儿真是个大问题。黑暗的分量有所减轻了，不像刚才那么稠密和压抑了。他稍稍放松了一些，自己给自己安慰和鼓劲。

吕军坐在岸边的水泥墩上，四周黑咕隆咚，河面泛现微弱的灰蓝暗光，隐约望见影影绰绰的船只，篷和帆，像火熏过之后发了蔫的枯枝败叶。河岸边就他们兄妹两人。他伸手摸了摸妹妹圆圆的脑袋，妹妹的小辫子。她像玩具那样无声无息。侧耳细听，除了杂乱的枪声以外全城的人都敛息屏声，或许此时他们旁边聚集着一大堆老少妇幼。你听见什么吗？在远一点的地方，每一声爆炸都像轰隆隆的闷雷，地面和空气都瑟瑟震动，抖落和裂开，

吕红实际上没有多少害怕。从家里逃出来之后一直由她确定逃跑线路。哥哥丧失了主张，慌张得如同一只锣鼓声中的麻雀，念念叨叨，瞎出主意，一会儿南一会儿北。妈妈对哥哥的评价很精辟，他就是与他的年龄不符，这样的关键时刻仍像小孩似的想入非非。别戳破这一层，随他好了，但是必须牢牢拖住他不让他自由发挥。幸亏表哥开恩及早放他回家，否则她会急死的。

吕红担心姨妈。很长时间以来姨妈疯疯癫癫，着了魔似的，与哥哥

有几分相仿，脑袋是方的，想法不会拐弯。姨妈真的去昌盛饭店了吗？不想想这么个老太婆能起什么作用？白白给别人增添累赘。要是姨妈到这时还不知深浅口口声声我家德林我家德林什么的，即使不给对方的人弄死，也难保自己这边的人肯放过她。邻居老伯的儿媳骂得多难听，简直是恨之入骨。不能怪人家，谁都愿意安安稳稳过日子，大人做大人的事，好好工作，孩子该上学的上学，不上学的好好玩儿，只有老天知道为何闹到这个地步。她对表哥的敬意一落千丈，她心目中的英雄是另一个模样。杀人多就算吗？竟然打死了解放军连长。人家尊敬他吗？只是怕他而已。一路上她默默祈祷希望意外地撞见姨妈。在精疲力竭的时候，她愈来愈为姨妈担忧了。

她设想了姨妈此时的种种可能性，一般来讲是凶多吉少的。吕红感到心尖灼烫般的难受，针刺般的难受，难受以外还带有某种愤怒，无形中发泄到哥哥的身上。

河对面的房屋从中闪过一团耀眼的火花，接着爆发了惊天动地的震响，无数火星在白色的烟雾里飞溅。过后便有火苗渐渐窜出，烧起来，照亮了河岸两边的暗空。

吕军这才看清近旁散落了形形色色的人，有的坐着有的躺着。他简直惊呆了，原来身旁这么多人啊！

河对面的火焰越来越旺了。他的思维卡住了，需要人帮衬一把。

吕红责无旁贷地拉住他的手。吕红也没想到黑暗中躲了这么多的人。她来不及细看，用尖细嗓子向大家发出警告，快逃吧，快逃吧，马上会有炮弹落到头顶来！

人们又开始新一轮的不要命的逃命。你挤我推，大呼小喊。阎王的影子重新显现了，紧跟在逃命的人的后边。

阎王披红挂绿，大步流星，拖着长长的紫红色的舌头。吕红几次回头都看见，那个高高耸立的丑陋的影子，一步不离紧紧跟随。

他们跑出不远果然听到身后响起惊天动的爆炸声，先是一声，接着又是一声。吕红听见哥哥哇哇直叫。哥哥脚下生风跑得真快。吕红具有忍受爆炸声的能力，却忍受不了紧紧跟随的阎王的影子。太丑陋了。

那种丑陋是与死尸的焦臭一样的，丑陋而肮脏。紫红色舌头像狗一样抖动着垂落。她顿时产生出强烈的恶心感，手脚绵软，跑不动了。

吕军发现妹妹重复一种动作，把辫子放进嘴里咬，用拳头敲打额角。妹妹跑得愈来愈慢了，一摇一晃的。吕军喊起来，几颗炸弹算老几？吓吓人的！

吕军突发奇想，跳进河怎么样？躲过这一晚不就行了么？可是他发觉河里的船也烧着了，火光映红了整个河流。

吕红大口喘着粗气，望了一眼空落落的河岸。人们逃到哪里去了？莫非自己刚才迷迷糊糊打了个盹？恶心感依然强烈。她知道她跨越不了它。她此生是跨越不了的，不管何时何地，它都会以这样的方式呈现出来。

十六　车站

大街上阒无一人。几堆余烬冒着浓烟。火药味一阵稀一阵厚。地上一个个深深浅浅的弹坑。到处是乱七八糟的杂物，亮晶晶的弹壳。一摊摊的血迹。吕军观望了好一会儿，断定烧黑的汽车那边堆放了几具死尸，五六个还是十几个呢？这里战斗结束不久，两边的人移师到了别处继续交战。从枪响的距离和位置判断，可能是在运河大桥那边，也可能是在解放路上。

吕军心里有了底。他领着妹妹从巷口走到大街上，这是很好的机会，可以大摇大摆顺大街走向火车站了。

吕红累得吃不消了。刚才在巷子里跌了几个跟头，膝盖跌破了，火辣辣的疼，走路一瘸一拐的。吕军一股劲地催促妹妹走快些。吕军在她圆圆的脑袋上拍了一把，真没用，这点路都不会走。

吕红越来越感到自己像河面上泡沫，随波逐流，由哥哥牵到东牵到西。好在哥哥在危难之际拿出了一点做哥哥的样子，没有给她增添担忧。吕红最想知道现在的确切时间。时间过得越快她肩头的担子就卸得越快——说白了，她仍在为哥哥担忧，越是需要依靠哥哥便越为哥哥担忧。

吕军的想法始终呈现开放形态，这是注定了的。兄妹俩依着墙沿走出没有多远，吕军突然像发现了宝贝，欢叫一声——哥哥的眼睛真尖，走着走着瞥见马路中央丢弃一把枪，因此欢叫了一声。

吕军飞快地跑去取了枪，欢天喜地，平白无故拣了把冲锋枪。他把它紧紧抱在怀里，叽叽咕咕不知说些什么。

吕红急坏了，这是闹着玩儿的吗？她紧张万分四处睃盼。这儿街上阒无一人，只有空旷和烟雾，烟雾和火药味。要是此时钻出一群拿枪的人来呢？不管是哪一派的，哥哥手里的枪不就成了致命的目标吗？

“快丢掉吧，丢掉吧！”

“去！你懂屁！”

“人家会来打死你！”

“那我就先开枪，先打死别人。”

吕军摆弄着手中的枪，嘴里发出啪啪啪的开枪声。

“你不丢……我就……”

吕红急哭起来了，突然对准哥哥胸脯上狠揍一拳，双手死死抓住枪管，尖声叫道：“你不丢，我就一个人走，不要你跟着我！”

这是一个背光的缺口，前面有一棵大梧桐树，应该说隐蔽得很好。那群带枪的人一路吆吆喝喝过来了，手电光乱晃，朝天放着枪，活像电影里进村扫荡的日本鬼子。吕军将妹妹挡在身后，心里一边发抖一边祈祷，眼看那群家伙差不多簇拥而过了，还未来得及庆幸，听见其中有个嗓子喊开了，那边有人，那边有人！

兄妹俩像受惊的兔子被揪出来，抖抖索索地辩解，我们是外地人，来这儿走亲戚的。一个粗壮汉子特别凶，用枪托在吕军身上连捣好几下，把吕军捣得嗷嗷直喊。兄妹俩被押至路中央，许多支手电光直射在他们面孔上，睁不开眼睛。为首的家伙上前盘问，是哪里人？来这儿干什么？家住在哪里？深更半夜怎么不呆家里？兄妹俩努力做到口径一致，轮流着回答，接住对方的话茬，好歹没有露出多大的破绽。为首的家伙忽然笑起来，说，这样吧，小姑娘可以走了，你哥哥可没这么便宜，得跟我们走。吕红一下就哭了，求求你们，求求你们，放我哥哥一起走吧，我们是外地的老百姓啊。那群人嘻嘻哈哈，用枪将她拨到一边，押着吕军上路了。吕红哭着跟在后面哀求，惹火了那位凶恶的粗壮汉子，咔嚓拉了下枪栓，骂道，再他妈的烦老子，一枪毙了你。

吕军偷眼望望其他四个被绑着的人，他们是在大街上被捉住的，因为顺手捡了点东西，有一个人还拎了一支自动步枪，所以都被给予五花大绑的款待，不准作任何辩解，不准互相交谈，胆敢逃跑者立刻就地正法。那个拎了一支自动步枪的人是个瘸子，黝黑精瘦的，刚才一路押来已经打了个半死，一路打一路问。瘸子自称在东风菜场工作，不参加派别，从菜场卸完菜回家看见路上躺了支枪，纯粹出于好玩捡起来看看。他从来没有摸过真枪，纯粹是出于好玩，没有其他念头，也不预备拿回家去。那个凶恶的粗壮汉子打起人来不得了，一拳一脚全在实处，每一记都能听到皮肉上发出的闷响。瘸子硬是为了保命才坚持靠墙站立，鼻子嘴巴全是血，头发里也渗出许多血来，滴滴嗒嗒，胸前的衣襟全染红了。

有个上了些年纪的人不领行情，与他们争辩，称自己是老工人老先进，可以带他们去拉链厂打听，绝对属于工人阶级，站在革命派一边。吕军望见他的嘴巴鲜血直淌，牙齿呈现透明的嫩红，在火光映照下格外醒目。他头发都灰白了，深更半夜来大街上游荡什么？为首的家伙一句话便给他定了性，扒手，贼骨头，想趁火打劫。的确，他被捉的时候双手抱着一只大箱子，里面装着整叠的新衣服，这就使他跳进黄河也洗不清了。

另外两位很温顺，任他们摆布。据交代他俩都是老实巴交的外地人，在这儿皮革厂做临时工，因为住所那边打得厉害，房子起火才逃出来的。本来他俩没想拿抛散在路上的东西，逃命要紧，昏天黑地里跌了几跤，摸着了衣服包袋之类，千不该万不该起了点贪心，丧失了阶级觉悟。他俩对天发誓，绝没有参加武斗，皮革厂的造反派组织不接纳临时工。他俩确实都是一副老实巴交的样子，其中那个面颊上长着一块紫红斑记的瘦高个从被绑那一刻起就没停止过掉眼泪。连那恶鬼都懒得动手打他，仅是在绑他的时候赏了他几脚。

那伙人狡猾狡猾的。一会儿声称自己是“红司”的人，过一会儿又讲自己是“联指”的人，企图套他们的口供。他们也狡猾狡猾的，都不承认参加过派别，不表露自己支持哪一派。吕军从为首的那家伙的口气里判断，肯定是“联指”一伙的。有几次这伙人谈论起解放路的情况，得意洋洋地讲到昌盛饭店已经拿下，周德林已经全军覆没什么的，又讲起上头催促他们天亮前必须进攻火车站，全歼“红司”的残余什么的。

吕军心急如焚，即使自己度过眼下的危险，要赶在天亮前找到吕红也无异于大海捞针。在这个战火四处弥漫的城市，在滚滚浓烟和茫茫黑暗之中，吕红像一粒乱飞的虫子，不知何时便撞上了蜘蛛网。吕红怎么会了解哪里危险哪里安全呢？火车站的大战即将拉开大幕，或许她正在向那个方向奔跑呢。

吕军双手合抱后脑勺，弓身靠墙站立。他被捉时空着手，又与未成年的妹妹在一起，那伙人对他没过多怀疑。然而，迟迟得不到发落便是延误时机！每过一秒钟，一分钟，妹妹的危险就会增加一倍！五倍！十倍！

吕军望着墙上跳跃的火光，火光中的自己僵直的身影，包括其他四个战战兢兢的俘虏。他的心咚咚地狂跳，沉重地狂跳。那帮狗日的吃屎的千刀万剐的家伙正摊手摊脚坐着地上有说有笑呢！

他们想把我们怎么样？押到某个秘密地方集体枪毙？集体活埋？浇上汽油活活烧死？世界上的亲人啊！要是你们知道这一刻的情境，能伸手就伸出手拉我一把吧！想到此，不得不感谢妹妹的先见之明。若不是她哭着闹着逼你丢掉那支冲锋枪，眼下会是什么样的情景？

妹妹做得太对了，提前将他救出了百分之百的险恶境地。

那堆火的火势渐渐减弱了，焦煳的柏油味也变得淡些了。再这么等下去等于等死了。他的脑海中掠过鱼死网破的念头了，死就死吧，吕红如果出了事，你还有什么权利活？

吕军极力挺直腰板，挨枪托的部位疼痛犹在，肿起来了。他打算好用某个动作来表明，弯弯腰，咳一声，然后，提出自己的要求。然后……

他想不出更有效的办法，索性一咬牙蹲下来。怎么处置就怎么处置吧，早死晚死都是死。

那帮狗日的并没注意到。或许是光线暗的缘故，看不太清楚，反正由他这么蹲着。

他就这么蹲着。有些事情往往令人不可思议,那个瘸子竟用脚踢踢他,示意他站起来。瘸子一副人不人鬼不鬼的样子,竟有闲心思管他的事。混蛋。他朝瘸子狠狠瞪了一眼。

据事后分析,瘸子坚持要吕军站起来是没错的。瘸子怕受连累,这种关口千万别节外生枝,出于自保心理——谁不怕死呢?

就是说瘸子命该如此,继续用脚踢他,他继续不予理睬。这边的响动终于引起那边的注意了。喜欢动手打人的凶恶的粗壮汉子走过来,这个恶鬼边走边拍着皮带上的手枪套,大声吆喝,站起来!

吕军乖巧地迅速站了起来。这一瞬间,眼看那恶鬼一步步走近了,吕军的脑壳里猛然轰响了,万物凝止了。又高又大的恶鬼步步逼近了。瘸子原以为立功受奖的机会到了,抢在吕军前面说,他不服从命令,想逃跑。恶鬼站在他们面前狞笑着,抬手打了吕军一个嘴巴。吕军眼前一团混然,满嘴的血腥气,吓傻了。然而,倒霉的反而是瘸子。吕军一时弄不明白,过错是谁造成的,傻傻地望着恶鬼揪住瘸子的领口拖出去了。

瘸子拼命踢蹬着,一迭声地哀求着。瘸子被拖到断墙后面。吕军以为过分把钟便会响起一声枪声,可是没有。他看到杀人凶手从断墙后转出来之前没有枪响,是怎么处置的呢?恶鬼像没事似的大摇大摆走到吕军跟前,嘿嘿嘿狞笑着,那张凶残的面孔被熏得乌黑,面目不清,就此一点让人印象深刻。

听听恶鬼的杀人理由吧:瘸子是装的,是奸细。恶鬼没有忘记以此作为威胁,你们里面还藏着奸细,老老实实站出来,老子可以高抬贵手放你们一条生路。

两个所谓的外地人跪下来,一边磕头一边哭喊:我们不是奸细,我们是好人啊……

他妈的谁证明?哈哈哈……

我们是……我们不是……

哈哈哈……

那帮狗日的吃屎的千刀万剐的家伙,歇够了,无聊了,起身围过来,你一句我一句地寻开心。老实交代,干过什么坏事?偷过什么?抢过什么?搞过多少次破坏?强奸过几次?不老实就把你阉了,就把你扔到火堆里烤熟了让野狗吃了……

于是也轮到吕军倒霉了。你小子不像个好东西,贼头贼脑,四眼狗,他妈的不说老实话叫你马上见你老祖宗去。两个戴着柳藤帽的一胖一瘦的家伙推推搡搡把他往火堆那里逼,龇牙咧嘴地吼叫,又遮不住嘻嘻发笑。

他的脚已踩到了火堆的余烬,嗤的一声,火烫透过鞋底钻进他脚心。他惊跳起来,嗅到解放鞋散发出一股橡胶臭。他像鸡似的尖叫几声,用单脚连跳了好几跳。那伙人逗乐了,满意极了,哈哈大笑。

好家伙,他们都围上来了。跳啊,继续跳!

这下就看他如何表演了。哀求没用,眼泪没用,暂且把害怕搁一边吧。他需要把动作做得夸张,具有表演性。以他惯常采取的苦肉计,假作脚下绊了一下,一屁股坐到火堆的余烬里。危险是肯定的,裤子烧穿一个洞,屁股也烫红了,手掌烫出水泡了。

痛是够痛的,但是主动权捏在自己手里了。他就势在地上滚了两滚,做出痛不欲生的丑态,样子越丑越好……

已是后半夜了,吕军从街这一头跑向那一头,带着浑身创伤,带着浑身创伤的感觉,靠两条疲乏到极点的腿支撑着。他盼望有谁借给他一点力气,先赊一点给他,以后双倍返还。

他持续不断地跑啊跑啊,从这条街跑到那条街。

设想,偌大的城市就他一个人穿街过巷不停地跑,会吸引多少双眼睛?其中一双会不会是吕红的?只要他跑进吕红的视线,就会看见她又跳又叫,挥动双手,我在这里,我在这里呐!

他的想法毫无疑问是有创造性的,是有现实意义的。不过他忽略了两个基本条件:一是天快亮了,所剩的时间不多了;二是自己的体力快使尽了,汗快淌光了,跑不动了。

谁晓得呢？也许兄妹俩好几次错过了又跳又叫的好机会，像历史上许多著名的遗憾一样，白白错过了。

吕红有一度远远尾随被捉的哥哥，不敢靠得太近。天黑，路灯全灭了，跟着跟着不见踪影了。她蹲到墙边哭了很久，心里填满了负疚，对不起哥哥，对不起妈妈。

从相反方面讲，这恰恰成了她克服软弱和体弱的动力。马上行动起来，抱定信心——先期到达火车站，说不定哥哥就随后而至了呢？

吕红在火光的映照下冷得哆嗦，心冰冷的，拿冰凉的指尖试一下，比冰凉的指尖还冰凉。仿佛刚才被一阵急雨淋过，里里外外都精湿的。她的皮肤是异常干燥的，让街上的火和心里的火烤得干干的，结起一层盐霜状的细粒。衣服硬壳般的箍在身上。如果没有这层硬壳般的衣服，她也许很难区分现实与虚幻的界限，飘浮在两者之间，既抓不住现实也钻不进虚幻。

仅仅是心中那个亮点，一束聚光，一粒火星，引导她不遗余力地追逐，她使出吃奶的力气煽亮它，不能熄灭，千万不能熄灭。

离火车站不远了，她被前方的熊熊大火拦住了。火光如此亮丽耀眼，街道两旁的楼房清晰可见，柏油马路映出黑色的反光。密集的枪声听起来犹如泼水的声音，哗哗啦啦的，一阵紧似一阵的。爆炸声更类似于敲锣打鼓，在听觉内发生变化，像万花筒一般，每种响声都代表某样图纹。要有耐心，选择好某个适当的空隙，不能再出差错。她耳朵已经得到充分的锻炼，完成了听与看的互相转换，新鲜经验开始独立成章了，被她意识到了。

她看见听到的东西，听到看见的东西。火光枪声爆炸声，串联起来了，像什么东西晾在她眼前，她可以按自己意愿来挑选了。

这是显然的。但是，她被前方的熊熊大火阻挡了。

她无意间拐进这间临街的商店，门窗荡然无存，里面洗劫一空，黑乎乎空荡荡。借外面的火光她勉强望见地上全是碎石头和玻璃片，踏上去犹如踩在干雪地上，嚓嚓嚓地响。空气滚烫的。

拐进门的瞬间她感到些许安慰，毕竟比子弹乱飞的街上安全了。她需要一次短暂的休息。脑筋太糊涂了，糊里糊涂往战斗最厉害的地方迎来了。她问过几个路人，这么问着跑来了。

她无意间踢到一具软塌塌的东西。意识和回忆砰地撞了一记。一生中几次出现这种情境了？如果弯腰拎一把——会不会拎起一只半生不熟的膀子？不是个恐惧问题，是恐惧之外的巨大的惊诧，拎起她飞向虚无。虚无是不存在的。可是情境与情境间的联系却大于一切，高于一切。

她不得不俯下身仔细察看。那人没有死，还有鼻息声，嘴张得像青蛙一样大，胸脯和腹部全是浓稠的血污。不用细看，无论如何应该帮人一把。这个本能反应给她增添了一些力量，将那人扶起来吧，至少拖到壁角去将那人的脑袋垫高一点。她恨自己势单力薄，拖不动，拖一尺远都办不到。那人嗨嗨地叫唤两声，表示自己是个活人。活人就有活人的要求……

她是个中年妇女，受了伤，程度无法得知。她与女儿一起跑出来，女儿吓坏了，缩紧身体蹲在壁角里，双眸失去了凝聚点，像两点火星，随着身体发抖上下浮动，忘记了她妈妈的存在，是死是活都忘了。吕红花费九牛二虎之力将那人转移到她女儿一起，安顿下来。

帮人是要帮到底的——那人用微弱的嗓音告诉她，两只包掉在门外某个地方，请她去拿。吕红看清那人的女儿与自己一般大，或许还大一两岁，可惜被吓坏了，整个过程，仅仅挪了挪身体，意思是腾出点空位来。这对吕红来说已是很好地配合了。

吕红不敢马虎，从门后探出脑袋向外窥视，执行这项任务是有危险的。外面交织罗网般的枪声，红红的火光里闪耀着炽白的曳光。一声剧烈的爆炸过后往往跟随一个间隙，这便是唯一的机会了。吕红像时刻警惕的猫，窜到外面人行道上，飞快转动脖子用探照灯般的眼睛搜寻着，在某些情况下——比如此时此刻，事情往往富有喜剧性。她好不容易拖回来一只包，那人没道声谢，又指指外边。她懂了，返身回到人行道上。她没有想到，另一只包这么重，比她的体重还要重。

哪条道通向火车站呢？像一个悬而未决的答案，她无法从中解脱，更不敢作丝毫松懈。她决定不再等下去了。她与那人和那人的女儿告别过后，又在反射黑色光芒的柏油马路上奔跑了。熊熊火光照亮着她，放开脚步奔跑，挖掘体内最后一点潜力，它是她最后的庇护所。有朝一日回想起来，一定会好好地感谢它。

她在她自己的尽头奔跑，她受伤了，背上中了一枪。几乎看得到伤口歙开着，火烫的子弹钻入皮肉中，睡在里面。她的鲜血，渗过指缝，一滴一滴。剧烈的疼痛过后，疼痛像渐渐放亮的天色，漫漫无边，聚拢分散，分散聚拢，轮子似的回旋。心在翻滚。彻骨的冷。太累了。用尽了。口渴得要命，火烧火燎的。口渴不局限于感觉，没有局限了。什么也没有了。漏光了。

吕红不再有准确的记忆。流弹击中了她，击中了她的记忆。屏幕上出现一片空白。失重的。失真的。自由自在的。不再有需要了。全遗忘了，剩下这种体验，她和它融为一体了。

天边掀开第一道亮色时，她终于到达了目的地。

火车站的广场，候车室，售票棚，塔楼，面目全非了，辨认不出了，如果这就是目的地，依托在哪里呢？

随着越来越亮的天空，她亲眼看到了，广场上的重重叠叠的障碍物，无数辆烧毁的汽车，滚滚硝烟。售票棚只剩下裸露的铁架，弯曲了。候车室的窗户仍在冒烟。屋顶上的火焰如旗帜般飘扬，在青色的天幕中闪光。硝烟将所有眼见的东西熏黑了，衬托曳光般的枪弹。幸好她已习惯了枪声和爆炸声。

战斗正在进行。不远处就有三五成群的全副武装的人，站着或蹲着，大声吆喝和呼喊。他们专注于战斗，无暇过问这个扎了两条小辫子的小姑娘。他们无视她。作为小姑娘的她也见惯了这一切，也见惯了死人。她从街角拐过来的时候便看到两个仰面躺倒的死尸。有个人的死相可怖之极，额头开了天窗，红的白的，眼球挂在脸颊边。

在她的角度，并不在意看清真实，那是与她无关的。

车站广场，候车室，售票棚只是位置上的某种标志，离近了意味接近目的地了。但是她觉得很滑稽，怎么选择这地方与哥哥会面呢？

她的目的是寻找哥哥。应该迅速转到车站的另一端，那里更有希望？可能性更大？

她返回街角，从一条小巷穿过去，跳越庄稼地里的水沟，跑过一片开阔的菜地，绕过成堆的枕木、煤渣、铁丝网，在纵横交错的铁轨上跑着。

她刚想直起腰喘口气，眨眼间被背后一股强大的气流推倒在地，火烙般的巨痛霎时淹没了她。

她被那颗命中注定的流弹击中了。她躺倒在生锈的铁轨上。

她费了毕生力气，最终遂了自己的心愿。都过去了。一条迤逦而上的光亮的路。清晨的蓝天。淡淡的晨雾。与孩子时代一样，幸福的感觉强烈起来，在一点一点的迸散中升腾。将它抱在胸前，多么温暖啊。

亲人们。妈妈的手伸向她，我的孩子，孩子。深情地抚摸着，又飞快隐没了。一生一世，近在面前。生疏已久的爸爸。爸爸背影。去世多年的外婆，慈爱的笑脸。哥哥，急喘喘地跑动，身体一耸一耸。吕红吕红吕红，我来了。姨妈。表哥。对不起了，请你们原谅。身体上笼罩薄薄一层光辉。肉身和意识之间的障碍拆除了。密密麻麻的蚂蚁，气味和想象。死尸。腐臭。直到现在，可以松开了。

这世界的一角，她的一角，终于抛向后面了。

今夜的经历，浓缩过后，成为两条永恒的轨道。向所有亲人招招手。去了去了。一朵迎着晨风微微摇曳的白色花儿。

上回偶然碰面后，老曲与我保持着电话联系。老曲手巧，武斗那会儿他能使各种武器。上世纪九十年代，网络兴起，他把电脑玩得溜溜转。他常给我发邮件，发他拍的各种照片。

当然，我和老曲的许多话题依旧是武斗。他的记忆力不错，讲述了很多情节。我告诉他，我准备把这段经历写下来。他对“写下来”不加追问，只是讪讪地表示，人就是这德性，几百年几千年都一样。

她被那颗命中注定的流弹击中了。她躺倒在生锈的铁轨上。

上个月，老曲到省城看中医。他被前列腺折磨得很痛苦，这把年纪了，不想动手术了，开方吃药，保守疗法算了。我请老曲吃饭，喝了点小酒。我说起吕军，已是个小有名气的雕塑家，出国了，去美国定居了。

那时候我虽年少，大致的印象还是颇为清晰的。吕军又瘦又高，戴了副破眼镜，一双公羊般的眼睛，闪着虚光。我对吕军姨妈的记忆模糊了，似乎是个热心人，又似乎有点乖戾，不好接近。对周德林，我完全想不起来什么模样。那时周德林威名太大，我和别的小孩都敬他而远之，不敢正面看他一眼。

老曲笑呵呵地说，人家传言是他干了周德林，政府也把这事当做他的主要立功表现，实际不是这样的。是什么样子呢？老曲顾左右而言他了。

吕红的死，让我和老曲唏嘘不已。这个小丫头，又好看又文静。我记得很清楚，有一回吕红抓了把炒黄豆给我，香喷喷的，很好吃。

下部

一　说明

一九八四年下半年，我到山西省芮城县永乐宫临摹壁画。我住在永乐宫内一家人家的家里。那人家就父子两人，父亲老段是食堂炊事员，四十出头，小个子，臂膀特别短，一条腿有点儿瘸，走路的样子活像企鹅。他是个典型的老实疙瘩，没有主动和我讲过话。老段表面上冷冷的，却事事替人想得周全，是个大好人，在永乐宫二十多天时间里我受过他许多恩惠。

小段那时十六岁，因病休学在家，长得瘦弱，像个腼腆的姑娘，见了生人便会脸红。这小子对画画着了迷，拿了本速写簿涂啊画的，说是要考当地的工艺美校。小段有我这个现成的老师，兴奋得不得了，成天跟在我屁股后面，把我的每句话都当作圣旨。

那阶段我很愉快，白天临摹壁画，晚上便与段家父子呆在一起。我指导小段画画，偶尔和老段唠上几句，此外也写一些随感和笔记。

我离开永乐宫的前一天晚上，老段忽然对我说，你也喜欢写，以前有个人留了包东西在我这儿，好像是个写东西的人，你看看是什么？

我没怎么介意，拿起包裹内一本笔记本随便翻了翻，简单打听了一下这些东西的来历。

等他们父子去睡了，我独自一人在灯下读了其中一部分内容，觉得有些意思，第二天便向老段提出想把这些手稿带回南京。老段没有表示反对，好多年了，那人不会再回来取了，放在家里是桩心事，你有用就带去好了。

老段解释不清那人为何把手稿留在他手里，说那人住了两三天，临走时留下一包东西，笑着说这东西带在身边一两年了，这下好了，白茫茫的了。老段当然不会明白，因为他不识几个字，几本破本子几叠破纸而已，塞在床底下五六年了。

回到南京后，我并没有把这些破本子破纸当回事，丢进一只纸箱子，一丢就是近十年光阴。直到我着手写这部书的时候才想起，还有一份那时代的见证人的现成材料能够利用，小心翼翼请出来，发现本子和纸张上多了老鼠的齿印和尿迹，字迹也更模糊了。我从头至尾仔细阅读了一遍，发觉这是有价值的文字，只要削去些繁杂的枝叶，便可以单独成章。

我得声明，庄仲华留下的文字在我这部书里仅仅是素材，为了便于阅读，我按照“小说”的方式做了处理，在叙事习惯上也打上了我的印记。在此，我要向素未谋面的名叫庄仲华的人表示歉意——毕竟是他提供了原始的素材和一些现成的章节，并向他表示深深的敬意。

霏霏细雨下一阵停一阵，冷风如锋刃划过濡湿的铅灰色云层。对面房屋后有两棵高耸的泡桐树，光秃秃的枝条上垂挂着一个硕大的蜂巢。电线横七竖八的，一只破风筝在上面左旋右旋，拖着一段辫子似的草绳。几只懵懂的麻雀飞来飞去。为了防滑，泥泞不堪的道路铺着稻草屑。牛粪被雨水稀释了，四下流淌。一只瘦骨嶙峋的黄狗蹲在屋檐下望着我，眼睛饱含厌倦的神情。

我站在低矮的门楣下，像黄狗一样厌倦地向外张望。我鼻涕直流，脑袋如冻酥的萝卜。唉——我这身破衣烂衫，鞋子都快遮不住脚趾了，难怪接待人员对我吆五喝六。凭我的经验，小鬼比阎王凶恶，阎王有时候会装装样子，发发善心。

我谋划给老婆写封信，我要去省城。县上那帮货，互相推诿，拿我当皮球踢着玩儿。问题是我的盘缠不够了，总不能一路讨饭往省城去吧？

我这人不太合群，不习惯与人主动搭讪。

老孙头用汤婆子焐着手。这个满面孔白麻子的当家人，戴了副酒瓶底厚的眼镜，心地蛮好的，替我省过好几块钱。一个下午了，他与那个年轻女人还没唠叨够。年轻女人绕来绕去几句话，家里的男人身子有毛病，老天不帮忙，田里的麦子要烂根了。

年轻女人长得不赖，可惜面颊上生了两大块紫红的冻斑。她穿着红底碎黄花厚棉袄，灰蓝色厚棉裤，浅帮黑胶鞋破了个洞，露出一小截红棉袜。她的脖子上绕着带流苏的厚绒围巾。

我慢慢转过身来，泥地滑得要命，我踮着脚走到柜台前。老孙头朝我咧嘴笑了笑，满口焦黄的牙齿和焦黑的牙缝，上排两颗犬牙龇在嘴唇表面。

柜台齐胸高，上面放着算盘、账本、蓝塑料封皮的文件夹、搪瓷茶缸、圆珠笔。墙壁布满尿迹状的漏痕，正中央挂了只毛体“为人民服务”的镜框，旁边有一幅皱巴巴的《英明领袖华主席带领各族人民奋勇前进》的宣传画，一张住店须知的告示。屋梁上吊着一只电灯泡，由于水汽的缘故，灯影里闪烁银针样的细屑的亮点。我瞥见年轻女人偷眼望我。我简短地笑了。

老孙头戏谑地说，你不认识吧？庄老师可是号人物噢。我假装咳嗽，压低脑袋，瞟了一眼她裤管下的一小截红棉袜。她朴实地说，我认识，庄老师我们一起说说话好吧？

她的面孔上散发出一股青春的气息，与她的嗓音一样温暖如春。可是我冷得缩手缩脚，心里哆嗦着。我幽暗地说，鬼天气真是，让人不得安生。

老孙头打了个哈欠，喉咙里发出骡马打鼾似的声音，噗嗤笑了，劝你吧你不相信，蒙头睡个大觉，养养精神，天好了再出发噢。

我不愿当着年轻女人谈论自己的事。她却说，我表叔是县上的干部，我们那儿的人有事都找他帮忙。

我捂着下巴问道，你表叔干什么的？她朴实地回答，在县兽医站工作。她搓着手掌，手心发出老茧的声音，手背上满是紫红的冻斑，接着说，隔天我带你去，离这儿不远。

老孙头端起搪瓷缸放进柜台内的抽屉里，又打了个哈欠，你表叔是革委会主任还差不多,庄老师的冤枉不一般噢。她不屈不挠地说,我表叔和县上的头头经常在一起,我们公社的干部见了他都热乎得很呢。

我应该对这个好心的年轻女人表示感谢才对,说上一两句暖心话儿。然而我几乎不假思索地说道,兽医算什么干部?好赖我还是个老师!

我不该赌气。我不该在陌生的年轻女人面前赌气。她那双熠熠生辉的眼睛蒙上了一层灯影中的水汽,费解地看看我看看老孙头,伸出粉红色的舌头舔舔嘴唇。我的嘴唇是皴裂的——于是我也舔舔自己的嘴唇。

冷风从敞开的门里呼呼而入,穿过正对大门的甬道。甬道又黑又窄,两边的墙壁上挂着大大小小的不知装了什么东西的草包,不小心就能碰着脑袋。往后面去是破破烂烂的院子。院子内有一棵苍老的榆树。地上铺了一层煤渣,仍然坑坑洼洼。再后面是一排低矮的土墙瓦房,总共五间,每间门上挂着污黑的棉帘子。窗户都是用一层层塑料布蒙起来,被风刮得噗噗直响。四个男间和一个女间。女间靠在边上,门口竖着半人高的石墩子。院子中央有一口水井,旁边堆放着砖头和木梁,架起几支晒衣服的竹竿。院墙下的歪歪斜斜的栅栏大约是盛放猪羊鸡鸭用的,臭烘烘的。从院子的侧门出去直到小河边,那儿有两只屙屎撒尿的大粪缸。粪缸边丢满了垃圾和污物。

102 室是间二十多人的大通间。每张床铺相隔一尺距离,床铺是用木条拼凑的,铺着稻草和薄棉絮,窄得刚好安放身体。

这种地方肮脏便不在话下了,主要是噜嘈和吵闹。一伙南来北往的平民百姓,讲着各种稀奇古怪的方言,整日哇啦哇啦没个歇时。

四五个酒气冲天的北方佬,天晓得来这地方干什么勾当,从不出门,除了喝酒就是打牌,有时打牌打到深夜。那个令人恶心的酒糟鼻子,不管赢输反正放开嗓门乱喊乱叫,嗓音像救火车的警笛,来劲的时候一把脱掉黑棉袄,露出一身黝黑的肥肉,站在铺位上又跺脚又狂喊。

另外几位不声不响的汉子更不让人放心,神神鬼鬼,紧绷铁青的面孔,眼神游移不定——这是心术不正的坏蛋的特征,需要随时提高警惕,睡觉都得睁开一只眼睛,我吃这种人的亏吃太多了。

余下那些个老头子倒比较安静,拱成一圈压着嗓音唠家常。可是也有要命的问题,他们好几支烟枪加起来腾云驾雾,不间歇地一袋接着一袋,满屋子烟臭味。大冷天不能开门窗,快把人熏成腊肉干了。

我的铺位紧邻窗户。我找了块木板搁在窗台上,盘腿而坐,记些东西。思绪和想法的常常变成残片,与耳朵里的吵闹声和噜嘈声一样,与窗外的风声和雨声也一样。

刚才,我对年轻女人怪怪地笑了笑,心里不安而歉疚,因此落荒而逃。我憋了泡尿。我匆匆穿过甬道,穿过院子和院子的侧门,跑向小河边的粪缸。我本来可以在院子的侧门边顺手解决掉,然而我不,偏要跑到粪缸边上。

我手忙脚乱松开裤带子,这当口,我一时兴起默诵了一句:粪土当年万户侯。仿佛受到了意外的激励,胸间萦绕一股慷慨之气。举目远眺,风吹拂棉絮般的濡湿的云团,向天际缓慢浮移。天色比刚才亮了一些。小河对岸的田野一派萧杀的冬季景致。这是一九七七年的冬季,快一个月不见太阳了。一簇簇枝影疏淡的杂树林,乌鸦与麻雀,屋顶和井架,就是不见活动的影子,哪怕一条牛或一两只羊。

袅袅炊烟提醒我,快到晚饭的时候了,整整一天白白过去了。我的心里叹息一声,抖掉余尿,还未系好裤带子,便用脚去踢脚旁边的一只破瓦罐。我忘了自己的所在位置,忘了泥地有多滑,一抬脚,身体失去了平衡,看着自己像一只没用的老狗啪嗒掼下了。

我本能地拿手去撑——诸君知道,我站在粪缸边上,结果是可想而知的。

尤丽娟接到尤永的信,信里说过几天要带男朋友来见未来的丈母娘。尤永从没说起过找男朋友的事,先斩后奏,马上要带回来了。尤永今年虚岁二十四了,该找对象了。可是这孩子的脾气和她父亲一模一样,又倔强又偏执,谁的话都不听。今年虚岁二十四了,年一过就二十五了。尤丽娟结婚那年才二十一岁,可惜摊上了个倒霉丈夫,自己也跟着倒霉了,见谁都矮三分。自己的经历够说明问题了。女人的命好命坏就看她遇上哪种丈夫——当然啦,如果把这话对尤永说,她会立刻一蹦三尺高,趁机拎出她父亲来肆意贬斥一番。

尤丽娟下班回家没像往常那样生火做饭。她感觉浑身一阵阵发冷,手脚麻痹,胃痛得厉害。这情况已不是一天两天,她不介意,没看过医生。近来好像严重起来了,夜里出虚汗,白天体力不支,食欲大减,一两顿不吃是常事。尤丽娟没有往坏处考虑,身体一贯不茁壮,这儿不舒服那儿不畅快,小毛小病而已。都讲软扁担压不断,才四十几岁的年纪不至于就这么倒下吧?

她半躺在床上恍惚地想,自小到大,一种难言之痛始终紧紧跟随,犹如铁块堕在体内深不见底的地方,静下来便感觉到,按字面理解叫做疼痛,可是她怎么也表达不出。一旦她明确意识到它处于身体哪个部位——譬如胃部,譬如肝部,它就马上溜了,溜到手心或脚尖,或躲在某个更为隐蔽的地方。她知道它在体内,随血液循环——就像宿命的乌云,永远遮在她的头顶。

说白了,假如当年嫁给那个追了她两年之久的小军官,头顶的乌云是否就会驱散呢?据说人家现在已是一家大厂的党委书记,相当于厅局级的干部。女人的命运啊……

既然是宿命也就怨不得谁了,把自己的份内工作做好,不让厂里上下三等人说闲话就行了。多年来,大家都知道尤会计没出过差错,责任心强,账本清清爽爽。一九七四年她调到农机厂做主办会计。半年后财会科发生火灾,账本尽数烧毁。公安局派人来查,出纳和计账员反倒没事,独独揪住她不放,怀疑她贪污。她气得简直不想活了,成百上千的钞票在自己手上流过,眼睛都没眨过一眨,清白之身遭到众人如此诬陷,没有道理可说——要是她的背景硬,谁敢对她放一个屁?

早上还剩半碗泡饭,她用开水冲一冲,就着酱萝卜干吃下去,又省事又节约。尤永突然提出要带男朋友上门,按老规矩,女婿第一回上门见丈母娘是件大事,总该像像样样招待一下才是。她吃过半碗温凉的泡饭,嘴里发苦,堕在体内的痛从深不见底的地方浮现,将她整个儿托起来，身体飘忽着波荡着。她扶住桌沿慢慢坐下了。

外面又下起淅淅沥沥的细雨。屋檐的水滴打在石阶旁的洋铁桶里发出叮咚的响声。窗玻璃上蒙了一层白雾样的水汽。潮湿的砖地结起一圈圈霉斑。家具的油漆早已剥落，受潮后变了颜色，又脏又难看。她懒得打理。老庄只顾忙他的上访，把她和女儿搁在一边不闻不问。她不给他盘缠，他就向别人借，末了还得她出面去还。女儿在离镇子一百多里远的乡下，难得回来一次。女儿与她爸爸是前世的对头，三句话没讲完便摆开战场，非闹到鸡飞狗跳不收兵。

此刻，她的老庄刚从镇东头的汽车站下了车，顶着淅淅沥沥的细雨匆匆往家赶。老庄没想到在朝阳饭馆门口迎面撞见刚吃过饭出来的焦副校长。焦副校长衣冠楚楚，头发梳得一丝不乱，撑了把黄油布雨伞，油光光的嘴唇上衔着一根牙签。

老庄那副尊容让人不敢恭维，活像逃难的叫花子，一身泥水，两只脚的大脚趾露在外面，肩着一只豁口的背包。老庄面孔发青，眼神迷离，缩着脖子瑟瑟发抖。他弓起腰向焦副校长尴尬地笑了笑，打算加快步伐从焦副校长身旁溜跑。

“站住！我正式通知你，这个月停发你工资啦。”

“知道知道。你们看着处理好了。”

“你长期不上班……”

“无需解释，我不怪你们。”

焦副校长哼了声，仰起面孔擦身而过——去他妈的哼！

街上的人都拿眼睛朝他瞄着。跛子鞋匠停下手里的活儿，绽放出幸灾乐祸的笑容。烘山芋的斜眼女人，像刚生过蛋的母鸡高傲地斜睨着他。馄饨摊上几位男女主顾，拿胳膊肘互相捣弄，挤眉弄眼。连路边的狗也站住了，大模大样望着我。你们这些无名小辈。我老庄就敢在众目睽睽之下昂首挺胸。我没有触犯谁，谁也别想触犯我！

本书作者在庄仲华笔记里读到了许多他抄录的古人的议论，每抄一段都写下他自己的感叹。譬如这一段：

且汝独不见夫虱之处于裈？逃乎深缝，匿乎坏絮，自以为吉宅也；行不离缝际，动不敢出裈裆，自以为得绳墨也；饥则啮人，自以为无穷食也。然炎邱火流，焦邑灭都，群虱死于裈裆中而不能出。汝君子之处区之内，亦何异夫虱之处裈裆中乎？！悲夫！

……

堂堂二十世纪的中国人，我们何异于虱子！悲夫！

二　尤永

路面被轧出很深的车辄，崎岖不平，积起一个个水洼，牛粪被雨水泡稀，墨绿的水漫溢到路旁的渠沟里。沿渠沟边垒起很多肥料坑，浓汤般的水面泛着发酵过后的大小气泡。密布的阴云压得很低，又要下雨了，雨势不会太小。跃新民心急如焚。快到傍晚时分，天就要黑了。杂树林背后的村庄升起了炊烟，人语和犬吠。他的心思随着这样的嘈杂声颠簸，仿佛望见自己孤零零地站在原野中，牵挂着心上人。她去公社整整一天了，早上临走时连喊肚子痛，老毛病又犯了。劝是劝不住的，她这人个子小，脾气来得大，拿定了主意九条牛也拉不回。

别看新民长得一头熊似的，腰圆膀粗，性格却温顺如绵羊。他对尤永百般呵护，尤永说什么是什么，他从不敢违拗。

新民是本地的回乡知青，父母和兄弟姐妹全在这儿。不比尤永，一个女孩子离家在外，贪早摸黑，日晒雨淋，像壮劳力一样挣工分。大队一共来了二男三女五个知青，鱼有鱼路虾有虾路，纷纷回城去了，最差也进了社办厂，剩下尤永孤孤单单守着原先专为知青建筑的两间土屋。

新民娘生了五个儿子。新民是老大，虚岁二十六，过年二十七了。这事儿让娘操碎了心，托人介绍过好几个，没见面就被新民回绝，借口年纪轻，不想成家。新民初中毕业后回乡务农，在大队开手扶拖拉机，方圆几十里内算得上是个出众的小伙子，找个匹配的姑娘不成问题。

尤永刚来那会儿，新民头一眼就看中了，暗暗喜欢，时间越长越是喜爱，发誓非她不娶。他绞尽脑汁谋划来谋划去，一寸寸靠拢，无师自通地学会了退一步进两步的策略，不张扬，也不丧失信心。俗话说得好，只要功夫深，铁棒磨成针。尤永最终还是让他给感动了，把自己交付到他手中。至此新民已望不见身边的任何事物，眼睛里只有尤永，似乎生活在尤永创造的明亮的世界里。

尤永每个月“老朋友”来访之前都会肚痛，刀剐和箭戳，火烤和撕裂，随便怎样形容都不为过。老天让她每个月领受一回刑罚，以这么一种秘密方式持续。多少次她突发奇想，自己会在没人知道的情况下一了百了地痛死。

早上出发前她已痛得很厉害，咬牙忍着。新民看她气色不对，想劝她隔天再去，轻声细语摆了几条软绵绵的理由，见她不睬，没敢放胆阻拦。其实她隐隐地希望新民来点硬的，比方说，自作主张把她摁在床上，粗声大气命令她不准下床，像怒目金刚守候在一旁。那样的话，她会像依人的小猫咪乖乖地躺着不动，享受一点撒娇的乐趣。可是她冒着寒风细雨徒步走去又徒步走回，经历一整天的剧烈疼痛。

尤永在傍晚余光下望见新民站在路口的身影，心里又凄凉又气愤，告诫自己千万别朝他发火。她的苦痛与他无关。在某一刻——不仅是眼下，她切实感觉到两人之间在心理上和感情上的落差，不管上升或下坠，所处的基点不在同一条水平线上。她在灰色时期，对他存有某种情感的依赖，但是，大多数时候她的心气远远超出他的高度，今生今世无法达到，因此也无法弥合。新民越是体贴入微照顾她，她越是怀有闪烁不定的不安。就如此刻，她近乎于冷酷地对朝她急步迎来的新民说，只有你这种人，像痴汉等婆娘！

尤永轻描淡写讲了一点在公社遇到的事儿，故意降低姿态，表示自己对报考并不十分在乎。她清楚这是新民的沉甸甸的心病。

喝过新民娘端来的滚热的猪蹄汤，尤永恢复了一些精神，和新民坐下来说着话。新民有所预谋，苦于词不达意，自己把自己弄得很狼狈。

“尤永，你那痛……听说结了婚就好了。”

尤永的面颊顿时染上两朵红晕。

“你发神经啊！你怎么知道?”

“妈讲的,结了婚就好了。”

“你怎么与你妈说的?”

“我照实说了,你每个月都……”

尤永脱口骂了句本地粗话,别过头不理他了。尤永突然发觉自己莫名其妙地恨他,方方面面恨他,但是他有什么错呢?

“尤永,报考的事恐怕有些麻烦。”

“为什么？我低人一等吗?”

“我听说许多事,太可怕了。”

尤永定神地朝他凝望着,嘴唇蠕动几下。

昏黄的灯光中的她的寝室,占据着她而不是相反,占据着她,总有一天会吞噬她。土墙上会镌刻她的冤魂的影子么？以及湘妃竹似的滴滴泪痕？她下意识地环顾属于她的牢房,埋葬过多少噩梦和玄想。她眼前飘飘忽忽掠过一些毫不相干的事物,从空洞到具体,露珠样的人名:克娄巴特拉、贞德、简爱、薇拉·妃格念尔、黛玉、冬妮亚、甘地夫人、萧红……

新民收集了大量骇人听闻的故事,畅开言路在她面大肆渲染。上至公社下至生产队,某某书记搞了多少,某某主任搞了多少,还有武装部长民兵营长队长会计,阿猫阿狗,一茬一茬的女知青无人幸免。除非躲着他们,永远不求他们,安心留下来成家立业——看看,他的意图暴露无遗了!

尤永的思维像藤蔓一样沿着他的话语的支架缓缓地攀升,很快越过了,软软地垂挂了,她看到它的垂挂状态了。在风雨的时节里,它像烂布条似的无力地摇曳。一种油然而生的哀怨,哀怨中的失落,她的思绪开小差了,逃到主题以外了。她本身就伫立在很远的地方。

“当然,女知青本身也有责任……”

“老虎吃人,你还责怪被吃的人么?”

“尤永,我……”

尤永正被一阵疼痛逼在危急的高处,气急败坏地尖声喊道:

“快走，快走吧，我要休息！我要睡觉！”

我来省城的第一天便产生出这样的深刻感受：在我们镇上我是一粒放大的虱子，来到省城我便是缩小了的虱子。我缩小了，但并不让我气馁，相反却使我信心倍增。摩肩接踵的人全是素不相识的，陌生的，差别反而抹平了。

老天爷垂怜，雨不下了，屈尊露出一小块明晃晃的蓝天。我把它看成是好兆头，转机就在眼前啦。

我在街上对着商店的橱窗玻璃把自己打扮一番，将乱成麻雀窝的头发蘸着口水抹服帖了，领口弄周正了，衣襟拉平直了，布鞋上的泥土除去干净了。感觉好极了，一定程度上又回复到年轻时期的风貌了。

街上车水马龙，人头攒动。眼花缭乱了，不习惯这种场面了。有点恍若隔世的感觉，有点胆怯。尤其在面对省革委会信访接待办公室的大门时，感到非常胆怯，真的，非常之胆怯。我没有动摇，丝毫没有，我坚定地站立属于我的位置上。这是无可非议的。

狭窄的接待室里挤满了形形色色的上访者。我一进门便懵了，怀疑走错了地方，误入了澡堂、茶馆之类非正式场所。眼前一片混杂，耳际飞舞无数嗡嗡的苍蝇，有一种东西从意识深处钻出来，又马上融化在闹哄哄的空气里。迸散了。我迸散了。

一位和颜悦色的中年妇女接待了我，她剪着齐耳短发，脸面胖乎乎的，如养料充分的大南瓜。她穿着朴素的灰色短大衣，围着蓝色绒毛围巾。我找不到座位，只能站着向她提出我的申诉意向。我本来构思好一整套措辞，然而这样的场合我口笨舌拙，噜噜嗦嗦讲不到点子上。

“上访的人这么多啊？太多啦。”

“有冤诉冤吧。大家都等呢。”

事情真荒唐，荒唐透顶——在一群吵吵嚷嚷的衣衫邋遢的上访者中，我的位置丧失了。我一头撞上了黏黏的蛛丝样的软墙，我恨透了黏黏的蛛丝样的软墙！

那位和颜悦色的中年妇女不急不躁，端着始终如一的和善表情。我无中生有地联想起了笑容可掬的布袋和尚，我冷不丁地说道："你们的工作有一点像医生，应该搬到医院去办公才合理。"她有些愕然，而后释然地笑了笑，腔调平稳地说："我懂你的意思。我成天与你们打交道，见多了。我们的工作是有很大意义的，起到了桥梁作用，你会明白的。"

她稍停了一下，补充说："我们能够耐心听你们申诉，对你们的心理也是安慰。所有历史遗留问题都要慢慢解决，急不得。"

我忍不住问了句："你知道什么是涸辙之鲋吗？"

然后，去他妈的涸辙之鲋！我朝她行了个标标准准的军礼。第一回合这么草草收场了，该遗留一个与这种场合相吻合的记号——我想也没想便举手行了个标标准准的军礼。她愣了一下神，转而哈哈大笑。我呢？当然啦，也跟着哈哈大笑起来。

盛监委是我接触的领导干部中最富有涵养的人。不是我这个人狂妄，领导干部我也见过几个，大多是胸无点墨，官架子十足的。盛监委身上有股子儒雅之气，没有几百本书垫底是衬托不出来的。

他开宗明义说，我不是"凡是派"。我在"文化大革命"中也受到了冲击。过去那套左的东西危害不浅。左的就是左的，形左实右的提法不符合事实。包括五六十年代某些问题，都应该反思，有没有过火的地方？或者根本上就是错的？他说，他已经仔细看过我的申诉材料，如果情况属实，毫无疑问一定要平反。他还说，处理历史问题最能体现一个党派一个团体、具体到一个人的真的气魄和良心。我们面对大量遗留的冤假错案，需要做深入细致的工作，做到错一件改一件。特别是对知识分子，决不能像以往那样捂盖子，错了就要公开平反，不留历史尾巴。宋朝范仲淹说过，夫赏罚者，天下之衡鉴也，衡鉴一私，则天下之轻重妍丑从而乱焉。

他还谈了他对当前流行的理论问题的看法。老实说，大大出乎我意料。一是坦率，二是深刻。他用皮之不存毛将附焉作比喻，点出林彪、"四人帮"所犯的罪行不是问题的根本，什么极右派阴谋家之类，莫名其妙，理论上的定调得不到纠正，恰恰证明了林彪、"四人帮"的流毒远远没有肃清。马克思主义真理是不能被垄断的。汉朝扬雄捏造一堆孔子的言论,洪秀全修改西方人的《圣经》,等等之类,托古改制事实上是行不通的。

我激动无比,真的,差一点就要涕泪纷飞了。二十年来头一遭遇上真心真意替人设身处地考虑的领导干部。他也是吃够了政治风暴的苦头的人,对我的处境深表同情,我对他的同情则深表谢意。唉——实际上像我这样的人的要求真是低得不能再低了。

天还未完全放亮盛监委就下床了。他浑身铺满阴天的症候,骨节眼里那种涩涩的酸痛,与胸腔内的隐隐的滞重,迫使他直不起腰杆,像张弓似的摸索着穿好衣服,尽力克制住喉咙里一阵强似一阵的喘息。清晨的寒冷湿气于他的支气管炎最为不利。他怕吵醒病中的老伴,朦胧之中他朝病得不轻的老伴瞟了几眼,悄悄叹了口气,轻手轻脚替她偎好被子,老伴灰白的脑袋摆动了一下,没有睁开眼睛。

他侧耳聆听屋外的动静,雨滴声似乎消失了,风声依旧。夹着寒冷的湿风呜呜地吹拂他的心弦,一下就触摸到那种绷得紧紧的张力。条件反射般的,他马上感觉胸腔内翻江倒海,喉咙里一团毛茸茸的东西上下抽动,这时候非得快些跑进卫生间。

每天头一桩事是赶紧抽一支飞马牌香烟,此刻烟瘾正像许多鸟喙啄着他胸腔内的黏黏的软组织。盛监委手脚麻利擦火点上,猛吸两口,好家伙——他看见滚滚流淌的烟浪迅速平复被鸟喙啄出的狼藉褶痕。这才像他这个人,被香烟从患难中救出来。医生警告说,吸烟对你的支气管炎危害太大,非得要节制不可。人们拿他老头子开玩笑,除了睡觉,他一天只需要早中晚三根火柴,一支接着一支没间歇。有关香烟的危害问题不值得探讨。眼下他站在客厅里一两分钟内已经吸完一支,还得点上第二支。过完烟瘾,他才去厨房打开炉门,换一只新鲜蜂窝煤,上班前先替老伴灌好两瓶开水,收拾好她想吃的早饭,还得嘱咐她别忘记按时吃药。

盛监委隐约听见门外的细琐的声音,猜想是谁经过门口,这时候还不至于有人找上门来。不过盛监委是个精细人，再仔细听听，像是有人专门等候在门外。他立即过去打开大门，寒风中果然站着一男一女两个抖抖瑟瑟的人，年纪都还小，穿得十分单薄，面孔都冻紫了。两人见盛监委出现在门口，受惊似的呆滞住，畏畏葸葸的目光如行将熄灭的火星。

盛监委望了望阴黧的天际，阴黧之中绽现烙铁般的色泽，那是一抹刺痛眼球的沉重的色泽。灰蒙蒙的天空像泛滥的混浊的水，混浊的水色，表面是平静的，凝止的。盛监委指着自己的鼻子轻声问道：

“你们是来找我的吗？”

两个孩子不敢说话——在他眼里他们还是孩子，呆愣愣地站着，他看到他们的眼白像鱼肚一般的，嘴唇抽搐着，发出几乎听不见的嘟囔声。

“如果你们是找我，那就快进屋来，瞧你们冷的。”

“我们……”女孩先开口了，声音像小鸟在风中啾啭，“是代妈妈来的。妈妈生病来不了，我爸爸还被关着……”

小鸟的啾啭声被寒风刮得断断续续，微弱下去。男孩率先哭起来了，男孩的哭泣声犹如富有节奏感的细浪，一浪衔接一浪。盛监委的喉头一阵痉挛，心里不由委婉地叹息一声，自己被这声叹息感动着——人人都需要帮助，眼前这两个可怜巴巴的尚未涉世的孩子，扇动稚嫩的翅膀起飞了，可想而知他们的父母已是山穷水尽。

“我们找来找去全没用，听人说，只有找到盛监委才会解决。我们问了很多人才……找到这儿的……”

“进来吧孩子，快进屋来，瞧你们冷的。”

被上访的人堵住家门是经常的，拿不准什么时候闯来一个或几个冒冒失失的人，一般都是上访者自己，都是走投无路的可怜相。他没办法，不能对这些一身伤痛的人耍态度，必须付出极大的耐心，倾听他们各种各样的冤情。冤情冤情，自从他重新恢复工作，看到的听到的尽是这些。他相信其中绝大部分是真实的，他们每张饱经沧桑的面孔上全写满了冤字！积重难返，遍地的冤狱一时间哪会澄清呢？站在良心的角度上考虑，真该下一道罪己诏，古代皇帝都能做为何现在反而不能做呢？

盛监委蹑手蹑脚关上卧室的门，压低嗓音对两个孩子说：“我们轻轻说话好不好？我老伴身体不好，我们不要影响她。”

他拿了几块饼干发给他们，倒来两杯热水，说道：“吃一点吧，天冷，吃点东西会暖和一些。”

两个孩子的湿漉漉的鞋子上沾了烂泥，地板踩出一个个泥脚印。他们缩拢身体坐在沙发上一动不动，眼睛都不敢眨一眨，手里捏着饼干，杯子冒着白色的热气。盛监委和蔼地轻声说：“不要紧，过一会儿我带你们一起去办公室，把你们妈妈的申诉材料找出来，我先了解了解情况，你们放心好了。”

男孩抽了一下鼻子，嘤嘤地哭了。

“我爸爸没有犯罪，有人故意冤枉他……”

盛监委走过去摸摸男孩冰凉的脑袋瓜。无言以对。能说些什么呢？盛监委使劲抽着香烟。白色的烟雾从口中喷薄而出，裹住他的一头银发，裹住他的无奈和黯然。一阵彻骨的寒意令他哆嗦，他知道这是一种无法取胜的虚弱。

屋子外面是铺天盖地的白色寒流。快要下雪了吧？嗅到雪花的气味了，快来临了。它会遮盖所有差别，让泥泞中的暗淡脚印消失。这样的话，踏着积雪带领他们一道轻轻松松走去。还有更多的人在远方等候。

不要紧的，就这样在一片白色中走过去。

三　此人

每次要等孙亮催了又催小红才肯回家一趟。孙亮对岳父岳母反倒比小红有孝心,平时有事没事打个电话问候一声。不像小红,出嫁后便与盛监委夫妇一刀两断了,各过各的日子了。

俗话说,隔层肚皮隔重山,盛夫人不知暗自感叹过多少回,不满半岁抱回家,辛辛苦苦料理到她长大成人,我这个做母亲的算是没亏待她呀。怪只怪自己的肚皮不争气,要是自己生出一男半女来,哪会落得这样的结局?老头子嘴上不说什么,心里面恐怕也是汩汩荡荡的一腔苦水。从小到大把女儿当作宝贝似的,珍惜和关爱,和亲生的没有一点两样。

小红十六岁被招到解放军某师的文艺队,后来一步步调到军区政治部文工团。一九七一年进入过林彪选妃的美女圈子,到北京才被刷下来。据内幕消息透露,是政审这一关没通过。人生之路一站又一站,有多少次"幸亏"呢?这块美丽的伤疤没有影响她的前程,还幸亏了这个使她大出风头的"幸亏"。军区几位首长和他们的太太都想招她做儿媳,频频派人到她们团里来做说客,弄得团里的领导陪着她左右为难。比较来比较去,最终定下二号首长的公子。部队是官大一级压死人的地方,第二把手比第三把手或第五把手的腰杆子粗多了。

再说,局外人不知道,她心里搁着清清楚楚一笔账。别看那些首长道貌岸然,严肃得像铁面人,实质坏得要命。她费尽脑汁也躲不过去,总有被他们逮着机会的时候。她永远记得将眼泪如冰碴一样吞下肚去的日子,身体和心灵镌刻的羞辱记印,随着时间流逝一页页翻过去,她从中学会一套周旋的本领,一套非常实用的处世哲学。

孙亮不认为自己爱着小红。这个女人的内心深不可测,本性里不存在一丝一毫的天真。他喜欢天真的人,喜欢天真朴实的秉性。她的脸蛋有时像散发毒气的绚丽花朵,绚丽得炫目,却令他驻足不前。他时常望着枕头旁的妻子,内心激起莫名其妙的恐慌。他恐慌不是因为内心害怕什么。他切实感受到她的美丽吸附了许多不洁的杂质,美丽中不带有高贵,仿佛可以轻易地把情感让任何她认为用得着的人分享。

他早就有所耳闻,宁愿信其无不愿信其有。结婚后她是规规矩矩的,不管在家还是出外演出都表现得心无旁骛,眼里只有他孙亮一个人。

孙亮不像高干家庭的纨绔子弟。他胸怀抱负,有股子努力向上的劲头。他三十岁上下已是正团级干部,工作上很有些起色,无疑会有更多的晋升机会等在后头。他的矛盾在于自己不愿倚靠老头子的荫庇,却又不得不踏着老头子为他铺设的现成台阶步步升高。

基层那些营连级干部干死了又得到什么呢? 他暗自说,只有傻瓜才相信老头子们还有所谓的革命觉悟——谁不忙着为自己的权力勾心斗角? 谁不忙着替子女开辟锦绣前程?

就这一点,孙亮与岳父有共同语言。他敬重岳父的为人和品格,潜移默化受了岳父某些影响。平时在电话里唠唠家常,交换一些对形势的看法。细心的女婿了解岳父岳母的心情,三番两次催促小红回家探望两位老人。

整整三天会议盛监委只对坐在旁边的人低声讲了一句话,我认为我们应该好好作一番调查研究。

会议的主要精神是传达中央关于大力发展工农业生产的决定,要求各地拿出前所未有的高速度,大干快上。具体指标是:到本世纪末,搞出二十几个鞍钢,钢产量一点六亿吨以上。建成三十个大电站。八个大型煤炭基地。十个大油气田。十个大钢铁基地。九个大有色金属基地。十个大化纤厂。十个大石油化工厂。十个大化肥厂。决定还要求各地迅速掀起大搞农田水利基本建设新高潮。到一九八〇年为止，实现每个农业人口有一亩旱涝保收、稳产高产田。中央专门批准了国家计委提出的进口一批外国成套设备及单机和技术专利的报告，等等之类。全体省革委头头群情振奋，会场上风起云涌。新的波澜壮阔的大跃进运动又要来临了，大炼钢铁又要来临了，亩产一万斤粮又要来临了……

盛监委坐在后排的角落里，一支接一支抽烟，三天时间抽了十几包飞马牌香烟。他埋首在自己无尽的忧虑中，忧虑加上焦急。病榻上的老伴在飘散的烟雾里时显时现。老伴的病情加重了，不吃东西了，越来越虚弱了。老伴眼中的光渐渐虚散，看样子只能进医院了。老伴有一些迷信，好多老干部送进医院之后就直接送往了火葬场。老伴念念叨叨说自己不怕死，只怕留下他孤零零一个人活在这世上。

他本想请假不来参加会议，可是通知上写得郑重其事，会议筹备组又特意挂了电话，使他不好意思开口。他的忧虑写在面孔上，可是没人注意到。他们的眼睛只望见主席台上几位红光满面的主要领导。葵花永远向着太阳，统一的眼神和表情。他习惯了，他坐在不变的真理的背脊上。

会议宣布结束后，照例安排一次宴席。盛监委打定了主意，从闹哄哄的餐厅的侧门偷偷溜出来，急步走出省革委会招待所大门，走到大马路上。

这时候天色阴暗。王静安的名句洞穿了视觉的现实：天色凄凉似病夫。街上行人稀少，寒风中路灯闪闪烁烁。他面孔滚烫，耳朵滚烫，胸腔内滚烫，看到自己像一堆熊熊发亮的火焰。他的全部心思系于一个无限抽象又无限具体的念头，有关患难夫妻的诸多设想，有关来世的几个主要议题。由于过分焦急他反而宿命了。随意吧，随意吧。抬起头来，高处几缕稀淡的灰色的卷云，计算回家的路程，需要乘四站公共车，再步行二十来分钟。

盛监委一分钟内看了几次手表，又挂了电话。时间像马蹄踏在碎石上迸发火星。灯下面，他的脸色像是出水已久的鱼鳞，夹香烟的手指颤抖不已，踩着碎步在地板上晃悠悠地来回走动，来回叹息。

青灯孤影——老伴蜡黄的面容在影子后面浮游。影子后面的秘密，仿佛伸手便可以抓住，抓在手里难道能够改变么？

他力求退避，躲到自身的背面。矮小瘦弱的身影宛如轻飘飘的一张纸，感觉不到质感和分量。他分明听见了在巨幅黑暗里升起的微弱的声音：我不忍心留下你，一个人孤零零在这世上。

这话威胁性太大了。他断然决定，一分钟不耽搁，马上送老伴去医院。他挂电话问办公室要的车迟迟不来，这样的危急关头这帮混蛋掉链子了。

老伴咬牙坚持了大半天，听到他回家的动静才放松牙关。尔后她发觉身躯朝黑洞洞的深处下沉，毫无阻挡地下沉，速度越来越快。一缕富有弹性的求生意识从硬壳般的身躯里钻出来，悬垂在头顶的灯影里。他俯在她耳边轻轻地说道，去吧，无论如何去医院吧。他的声音像从汹涌的浪潮里穿越而至，颤荡不已，带着潮湿的执拗，潮湿的热度。他用额头量她的体温，紧贴她。她嗅到了他的浓重烟味，以及他的孤独和哀痛。她迷糊地设想，怎么安慰他？怎么劝解他呢？唯一可能性是凡事依着他，应允他做任何他要做的事。

医院或许是她的最后的墓地了，最后将要分手的站口，与他单个儿挥手惜别么？要是在最后的时刻……

她可以体谅一切，但是老伴不一样。小红不回来，老伴是最受刺激的。他比她执拗，她真心真意不再抱恨什么。人情是条偏窄的小路，命中注定她的同行者始终只是他一个人，手牵手走完大半生。小红是个偶然，与生活中的无数偶然一样的。

孙亮和小红鬼使神差般的出现让盛监委大为惊讶。他眼前是一片黑暗，后面也是一片黑暗。模糊的灯光扩展了黑暗的篇幅。两个身着崭新的草绿色军装的军人，双双叫他爸爸呢。他是爸爸么？这种疑惑使他突然间显得尴尬，手足无措。

“去看看母亲吧……”

孙亮与岳父抽着烟低声交谈。孙亮没想到岳母病得这么厉害。孙亮神情沉重，应该及早赶来探望，应该帮衬一把，尽一点小辈的责任。此刻到来已显得不合时宜，怪小红么？催了多少回才愿动身回家来。他的眼光里含有责备小红的意思。

你看此时的小红，叽叽喳喳像只欢乐的小鸟，声音清脆有说有笑。一会儿客厅一会儿卧室，飞进飞出，差点儿就要哼唱曲调了。搞不明白她这个人。她母亲生命垂危了啊，纵使有一万条理由，也找不出一条她可以欢天喜地的理由来。她的模样却又无法让人相信她不是欢乐的。孙亮试图拿目光制止她，允许的话，拿根鞭子当场狠狠抽她一顿。

盛监委在恍惚中力求保持注意力，保持冷静。他被小红扰乱了，乱得四分五裂。外面定是出了大乱子，医院停电了，车在路上抛锚了，洪水、冰雪、雷击、强盗、红卫兵、“四人帮”。他像患了热病浑身发冷又发烫，手抖得连烟都送不到嘴唇边。

孙亮提议，是不是给部队挂个电话，派辆车来？

盛监委愣愣地望了他一眼，沉默片刻，摇着头放声说道，再等等吧！

小红双手叉在胸前撇着嘴唇轻巧地说，那帮人真是，干什么吃的嘛。

盛监委睁圆迷糊的眼睛瞪着她，仿佛不认识她，蓦地炸雷似的吼叫，你该等你妈死了再来给她送葬！

四

连续不断的阴雨使土地又湿又烂，不适宜使用小推车，队长硬性规定一律用箩筐挑。参加过开河的人全知道，一天担子挑下来，肩膀的皮磨破了，第二天还得接着干，那滋味与受刑差不多。

在成千上万人的工地上，区与区之间，公社与公社之间，队与队之间互相展开着竞赛。每个领队都把胸脯拍得嘭嘭响，向上头保证，给自己管辖的范围加码，每天的土方数按加码的标准完成。这就苦了普通社员，每天必须提前出工推晚收工，本来一百担的任务加到一百二三十担，一天干下来累得浑身散了架，连饭碗也端不动，一头栽倒在烂糟糟的稻草铺上呼呼大睡了。

今年特别倒霉，烂泥不仅分量重，而且装和卸都艰难。挑着重担走在一步一陷的烂泥地，陡峭的滑溜溜的坡道上，得消耗许多额外的力气。

工地上怨声载道，当然只能发泄在不懂事的老天身上。谁让它连续一两个月不露太阳呢？听人说，以这种方式兴修水利完全是劳民伤财。每年花了大量劳力开挖的河道从来没适用过，旱还是旱，涝还是涝，扔在那儿摆摆样子。

正如我们省的头头为了与刘少奇反革命修正主义路线对着干，偏要搞什么江南煤田，登临某座无名山头，用木棍敲敲脚下的岩石，说，谁讲这里产不了煤？这下面就是大煤田。于是便兴师动众，大量资金和劳力砸进去，结果大家是知道的——谁见过太阳从西边出来呢？

河工累是累，队里所有男女劳力都愿意去。原因是河工吃饭不要钱粮，全由公家补贴，队里还一律每天按双倍出勤记工分。吃个把月的苦，获利是实打实的。

尤永今年按例被派往开河工地。她原想找借口逃避，偷空复习功课。虽然今年轮不上报考，还有明年呢？明年之后还有后年呢？她常常对着镜子里的自己熟悉而陌生的面容，脑际掠过《人间词》中的词句：最是人间留不住，朱颜辞镜花辞树。青春流过之后，生命的生机将荡然无存。

上中学时她的成绩名列前茅，只需要一点时间复习，努力一把，凭以往的基础，上大学愿望不会落空。考上大学后会是怎样前景？她一下想到了那句天高任鸟飞，海阔任鱼跃的对联。

队长一副贼头贼脑的样子，头上斜扣一顶褪色的棉军帽，肮脏不堪的中山装纽扣一颗不剩，腰间束了根塑料绳，露出紫红的粗糙的胸脯，眯起眼屎拉拉的老鼠眼，与她套近乎。咋样，要不要我替你编排个谎话，新民说你急奔着考大学是不是？

跃新民是这么劝过她，装病别去河工吧，吃那种无谓的苦头为什么呢？然而他妈的，我才不稀罕人家怜悯。癞皮狗样的东西也想趁机占便宜么？毛主席讲得最好，千万不要忘记阶级斗争。苍蝇不叮无缝的鸡蛋，我尤永是杆苍蝇拍子。她似笑非笑的对队长说，白吃白喝的好差使放弃掉，不傻么？

太阳盛照沸沸扬扬的开河工地，太阳终于出来了。尤永试图把自己的情绪调整得高昂一些，耐下性子规劝自己，再用劲忍受一次吧，眼看就要在辛劳的履历上画句号了。她昂着涨得通红的面孔，呼嗤呼嗤喘着粗气，挑着一担不低于一百四五十斤重烂泥一步一摇地爬坡。

坡道垫着一只只陷在泥里的稻草袋，被众人踩得滑溜溜，每跨一步都要付出双倍力气。为她装筐的家伙一点不通融，给她壮汉一样的分量，还皮笑肉不笑地戏弄她，分量不够找我添喔。尤永恨不得立刻骗了这只骚公猪。这只骚公猪又涎着笑脸说，咋样，喊我一声好听的，减掉你

她昂着涨得通红的面孔，呼嗤呼嗤喘着粗气，挑着一担不低于一百四五十斤重烂泥一步一摇地爬坡。

一半。她挺直腰板,喊你一声什么呢?喊你一声吃草的咋样!她傲气地挑起了担子——她早已汗流浃背了,踉踉跄跄了。她多么想放下担子好好的歇口气啊。

太阳使得两岸的高高耸立的鲜红的标语牌格外醒目,岸这边写着“农业学大寨”,岸那边写着“水利是农业的命脉”。高低错落的飘扬的彩旗,临时电线杆和临时工棚,喇叭里放着含糊的进行曲,连接着几里路长的开河工地。

三四十米宽的河床大约挖下了四五米深,成千上万人窝在里面。形成蚁群般蠕动的劳动场面,蚁群般热闹的嘈杂声。人头扁担和箩筐,磕磕碰碰,嬉笑打闹。讲不完的低级笑话,千篇一律又花样百出,愚蠢中的小聪明。喜欢出洋相的人和喜欢当观众的人,真是五光十色。每张面孔都被汗水浸渍,都是衣衫褴褛的普通社员,劳动是他们的本分,他们的天职。他们一天天一月月一年年过下去,不管世道如何,活儿总得由他们干。除了干活他们还会干什么呢?

尤永脱去厚棉袄,只穿一件汗湿了的衬衫,带着新民娘特意替她缝制的坎肩,扁担也是新民娘挑选的。不能用新扁担,新扁担硌肩膀。她的高帮胶鞋在人丛里是唯一的。别的人有什么穿什么,甚至打着赤脚。她是唯一的。其他知青早就逃之夭夭了,逃进各种借口的防空洞……

尤永在重担的压力下反常地微笑,反常地给已经接近极限的体力加码。身上仿佛压着一座泰山,两腿阵阵痉挛,脚踝火烫,像陷进了烧红的沙土里。肩膀刀剜似的,脑壳疯狂地发涨。激烈的心跳如鼓点撞击耳膜,撞击视觉。是太阳光太炫目的缘故?黑色屏幕上无数金星在飞舞。她松一下劲,连人带扁担箩筐一起滚下去。

后来她游离地想起自己一度昏迷的情景。她从没有输给过谁,这次一输到底了,抬不起头了,只好随遇而安了。

下午她被当作病号派往后勤组,协助几个上了点年纪的女人烧水煮饭。这是队长格外开恩。队长吸着鼻涕嬉皮笑脸地说,咋样?出洋相了吧。我说准你个假,念念书算了。然后他妈的,竟然拿胳膊肘顶了她一下。尤永瞪着他。他像乌鸦似的呱呱呱地开怀大笑。

尤永确实像个病号,面无血色,双手拢在胸前的棉袄袖子里,神情颓然而灰暗。工地上的喇叭送来含糊的曲调,水浪般荡漾,如她内心的辛酸一样。她想了想,索性半躺在稻草堆上。此刻和风煦煦,阳光灿烂。那就睡一睡吧,不管三七二十一,养养精神也是好的。

我说,女孩子一样能够做出大事来,自小就得树立目标。宋朝朱熹有句名言:书不熟,熟读可记;义不精,细思可精;惟志不立,天下无可为之事。我语重心长告诉女儿,有作为的人都是如此。所谓辄有山河人民之感;以一身任天下之重。别看你爸爸这般烂糟糟,爸爸的心没有死。醉里挑灯看剑,梦回吹角连营。

俗话说时势造英雄,爸爸是生不逢时也,壮志未酬。年轻时,我的座右铭是——悍然独立,浩然独来,先破苦乐,次破生死,次破毁誉。

女儿啊,等你涉世深了,才会理解外部力量有多强大。但是你要牢记,思想比物质坚韧得多。几千年来,刀剑铁链锈烂了,石柱石廊也倾塌了,我们唯独没有遗忘赫拉克里特、阿基米德、孔子和屈原。道理是一清二楚的。

我说,女儿你喜欢抬杠,不问青红皂白乱顶一气。你别拿爸爸看成过时的老朽。老骥伏枥,志在千里。况且我根本不老。卒然临之而不惊,无故加之而不怒,此其所挟持者甚大,而志甚远也……

尤永本来不愿再说什么,埋下头快速扒饭,菜也不吃。我顾自说:“你对我们的过去不了解,没有共产党领导人民闹革命,翻了身,中国到现在还是贫穷落后,还是东亚病夫。”

“我说了不要共产党领导么?”尤永恼火地放下饭碗,“我是说现状,像你描绘得这么美妙,怎么会出林彪、‘四人帮’?”

“这一点正好指明党是强有力的,十次路线斗争最终都胜利了,以正确路线胜利而告终……”

“嘴上两层皮,翻来翻去你都有理。”

“人总得有个基本的世界观吧。我年轻时加入革命队伍,到现在为止没觉得后悔过。毛主席讲得十分正确,只有社会主义才能救中国。这也是几百年来多少次革命的经验总结,我们要尊重事实。”

我的头脑指挥不了我的嘴巴。奇怪了,我一开口竟然全是那些报纸上的空话假话,装得煞有介事,难怪尤永要怒气冲冲进行反驳。或许就是因为她不容情的反驳把我推向了极端,激起了我这个做父亲的自尊心。即使为了面子,也非得争出个高低,非得站在她相反的立场。

当着第一次上门的女婿之面,按理不应该发生饭桌上的战争。我莫名其妙感到内心激动,不该树树我老岳丈老泰山的威信么?况且……

丽娟漾着笑脸客气地给跃新民夹菜。丽娟私下里嘀咕女儿自作主张找了个农民,今后万一成为累赘就来不及了。但是场面上这点功夫是不能将就的。看得出,丽娟的客气中蕴含不冷不热的距离感,脸上笑纹是僵硬的。亏她有心思整出这一桌菜,一碗红烧肉,一碗肉丝炒茭,一盘荷包蛋,一盘炒韭芽,一盆排骨萝卜汤。热气腾腾,很丰盛,很有面子。丽娟一向是讲究面子的。

“新民,他们父女俩就是这样,碰在一起就打嘴仗。”

跃新民在这种场合犹如落入陷阱的兔子,惊恐失措,满头满脑汗水,面孔比喝了酒还红。丽娟夹给他什么他就吃什么,连说声谢谢都不会。他吃的本事煞是可观,一大块肉三口两口便吞下肚去了。

“她现在的思想是有问题……”

“我看你真可悲。大半辈子摔打下来了,落得一脑子糊涂观念。我不看理论,看实际。接受了这许多年的再教育,我心里清楚不过,真话假话,谁也别想蒙骗我。”

“你才见过多少世面?现在的年轻人缺乏理想,只考虑个人得失,不懂事物的辩证关系,国家好了,个人才有前途!”

“国家是什么?一个抽象概念?”

“你能否认‘四人帮’被粉碎之后的变化吗?”

“妈妈你听听,我的亲爱的爸爸今天反不反常?怎么变成假模假式的卫道士了?是不是马上要平反了?”

丽娟朝跃新民瞟了一眼,无奈地嘟囔了句:“随他们去。”

我发现我此刻非常不满意丽娟还在不停地给跃新民夹菜。说话间又夹上了一大块油浸浸的红烧肉。农民就是农民,太能吃了,来者不拒。我想用眼色制止丽娟,不能节省一点么？有时候我真恨丽娟死要面子活受罪的劲头。

“我的问题迟早会解决的,我相信党的胸怀。在我们国家,抱你这种思想肯定要吃苦头……”

“人习于苟且非一日,”尤永忽然油腔滑调地之乎者也起来,摇头晃脑,“士大夫多以不恤国事,同俗自媚于众为善。知道谁说的么？你不是标榜古文底子厚么？我来考考你。”

“你这点知识,早着呢。现在……”

丽娟才标榜呢,一股劲地给跃新民夹菜,又夹了一个荷包蛋。我都故意不吃菜了,我光吃白饭,以此警示。丽娟不是个角色,以为我省给跃新民吃,不断鼓励他多吃点多吃点。我真来火,喉咙比刚才提高了三度。

“根本的问题是你怀疑一切,这样下去怎么得了!”

尤永放下碗不吃了,盯着掉落在桌上的骨头、汤汁什么的。她冷笑笑,微微摇了摇头。尤永今天缓和了,自我约束了。她在等待着跃新民加速吃完这顿倒霉的饭,吃完了就万事大吉了。

我闭起眼睛不看这个乡下来的农民就好了。凭良心说,这是今年我吃到的最丰盛的饭菜了。我有个把月没大块吃肉了。我克制住不放开肚皮吃,舍不得一顿吃光了。我的小小的把戏没得逞,我不吃丽娟照样让跃新民猛吃一通。能怪我么？这个痴婆娘！她又给那乡下小子夹过去一大块油浸浸的红烧肉啊！肉碗眼见就要底朝天了。

望着这个又土又傻的农民满嘴流油,可恶的吃相,填不满的胃口——我不由得怒火冲天,大声嚷嚷道:“怀疑一切,就要破坏一切。到时连你娘老子都跟着你一起遭殃!”

五　信赖

与诸葛白相识大大改变了我的人生态度。细想起来，在他之前没有一个人能让我心服口服。我是不佩服别人的。我觉得自己在各方面并不比别人差。回想我和诸葛白第一次见面，我却把他当成了小瘪三、无赖和骗子。

那天诸葛白打算进饭店美美地吃上一顿，碰巧当时身无分文，眉头一皱计上心来。他走到一个在街头转悠的孩子跟前，说，想进馆子吃好东西么？想吃就跟着我。孩子哪有不想吃好东西的呢？于是欢欢乐乐随他进了一家饭店。诸葛白点了荤的素的，米饭和面食，放开肚皮大吃起来。吃得满面孔放光，差不多了，擦擦嘴巴对饱得弯不下腰的孩子说，等我一下，我去去马上就来。服务员也不介意，以为是他儿子。哪料诸葛白黄鹤一去不复返，留下那孩子傻头傻脑等了又等，最终等来了服务员的几个耳刮子。

诸葛白戏称耶稣就是这样，穿家走户，时常耍些小小手段填饱肚子。我没有碰见像他这样巧舌如簧的家伙，说来说去他成了耶稣，我是他的门徒。

我多次打听他的来历，何方人士，干什么工作。他总是似笑非笑，说他什么都干什么都不干，他就是人世过客，没有其他。我也懒得追问，管他是哪路神仙，反正现在他是我旅途中的好伙伴。

说实话我是被他迷住了，这人学识渊博，简直无所不知。各式各样的话题都能够古今中外发挥一通。

我们散散漫漫走在路上，他指着路边的野花野草告诉我，这花的学名叫什么，俗称叫什么；这草可以派何种用场，张仲景用它制过哪种药，李时珍记载过它有什么药用价值。我们仰望夜空，他让我猜猜某一颗星星的名称，见我惘然不知，拍着我的肩膀告诉我，古时候的星象图把它称作什么，现代天文学又把它归类为什么，它离我们地球有多远。在他面前我像一个尚未启蒙的学童，智力变低下了，一文不值了。

我也想展示一下自己，与他谈谈哲学或文学——这方面我自认为是有资本的。结果他一开口我就发觉，我是个半瓶子醋，我的底子是一团糊不上墙的烂泥巴。他层层深入讲述中外哲学的演变发展，各种不同的观点，各种不同观点所凭借的依据、原则和立场它们之间的长短，争论的焦点。以庄子的观点：道隐于小成，言隐于荣华，故有儒墨之是非，以是其所非，而非所其是。他讲到康德如何将休谟批得体无完肤，而休谟恰恰以此得到确立，学术就是这样相辅相成。所谓的以仁心说，以学心听，以公心辨。

他说文学比哲学贴近人心，富有人情味。他给我讲解文学的含义，自《诗经》至现代散文的顺序脉络，以及英国文学、法国文学和俄罗斯文学，爱尔兰及美国的现代文学，一大串我完全陌生的作家的名字。在我的要求下，他特别详细讲述了俄罗斯文学：普希金、别林斯基、冈察洛夫、屠格涅夫、陀思妥耶夫斯基和托尔斯泰。他逐一分析他们的特点，诸如民族主义，平民观点，宗教信仰，革命和暴力。

他让我也写写东西，把写东西本身视作目的，像捷克作家卡夫卡。他拍着我的肩膀鼓励我，无须担心自己年岁大了，拉封丹动笔写他的不朽寓言时已过五十岁，笛福也是在饱经风霜之后才文思大进……

说实话，我有些紊乱了。尽管上访依旧是我的头等大事，然而我发现自己不如原先那么热情高涨了。不是信心问题，完全不是。我似乎听见某个强健的喉音在冥冥之中呼唤，刺穿里里外外的层层积垢注入心田。我的眼前展现出一条崭新的通道，那是我平生看到的最美丽的景色——当我步入其间，又觉得视线模糊了，什么也看不清了。

他形影不离地跟随着我。我们食宿在一起，乘一段车，步行一段，不急于洗刷冤屈了，倒像是悠然自得的旅游者，走马观花，没有具体的目的地，到哪儿算哪儿。

我们登上某一山巅，临风远眺，即兴吟诵：滚滚长江东逝水，浪花淘尽英雄。是非成败转头空，青山依旧在，几度夕阳红。白发渔樵江渚上，惯看秋月春风。一壶浊酒喜相逢：古今多少事，都付笑谈中。

时值天高云淡，我们两人盘腿而坐，海阔天空大谈一气，犹如坐而论道的世外高人……

自然，我也时不时地要求他快些陪我上路。诸葛白不阻拦，笑着说，该是你的跑不了，不是你的抢不来。他劝我学作"观者"，"观者"与"被观者"统一在你内心的"场"中。我说，我心里是越来越明白，然而，我抛开工作离别家庭毕竟不是为了游山玩水，必须等到水落石出，二十年的冤情真相大白，我才会有轻松自如的心境。诸葛白从不和我发生正面争执。他指着脑袋笑嘻嘻地说，关键在这里头，生死、荣辱、苦乐全在这里头。

我要讲述一件我有生以来遇到的最蹊跷最虚幻的事情。

要我确信其中的一切，我就该相信阳界和阴界是并存的，妖魔鬼怪不是虚构的。诸葛白嘲笑我早已喝得酩酊大醉了，能相信一个醉汉的胡话么？我坚信自己不是醉，不是梦，身上有指甲的掐痕为证，有余痛的感觉为证。

事情的起因是我嘴馋，逗引他请客，进馆子好好吃一顿，并开玩笑，别像上回，吃完了嘴一抹，把我留在馆子里当人质。

那时我们在离省城大约十来里路的郊区镇上。天差不多黑了，镇上一盏路灯也没有，暗黢黢的一片。街两旁的商店大多打烊了，冷冷清清。一伙民工样的年轻人，在路当中装疯卖傻，怪声怪气唱着下流歌曲，与路上几个学骑脚踏车的孩子发生了口角，互相谩骂。孩子们明显占据了上风，接下来就有妇女帮腔，拍手跳脚地骂。那帮年轻人见势不妙，且战且退，一会儿无影无踪了。

我们腹中空空地站在一头观望。诸葛白突然嗨了一声，想起来啦，这地方有我的熟人，肯定会热情接待我们。

我现在一切听信于他。天已黑了，又冷又饿，急需寻个地方落脚，喝点热的暖暖身子。一杯烫酒，一碗肉，一碗菜汤，两碗米饭，酒足饭饱后舒舒服服睡上一个好觉。

我跟着他走上一条寥无人声的乱石小径，天黑得厉害，什么也看不见。我一脚深一脚浅尾随着。

我似乎闻到了酒香和饭菜香味。这当儿他悄声说，到了，进屋后，人家让你干什么你就干什么。我开了个玩笑，这是十字坡么？别把我典了做人肉馒头卖。

开门的是位徐娘半老的胖女人，一见诸葛白便大惊小怪叫起来，哟，我的大兄弟，这么长时间你荡哪去啦？听不到你的音讯。诸葛白凑过去疾速咕噜了两句什么，随即将我推到她面前，这是老庄，我的新朋友。胖女人歪着脑袋打量我几眼，和善地笑着，你的朋友就是我们的朋友，快随我进去吧。

我们经过挂着灯笼的廊房进入一间明亮的大屋子，一看便知不像一般的人家，场面有点像古装电影。门窗都是细木格的，全套古色古香的摆设，雕花金漆。墙壁上挂了几轴山水画，几案上的铜香炉里香烟缭绕，一种沁心浸肺的醇香，让人眼清气爽。胖女人请我们落座，安排好茶水，你们稍坐，我去让他们准备晚饭。

她出去后，我迫不及待问诸葛白，这是什么样的人家？我怎么感到是在做梦。诸葛白笑道，怪你见的世面太少，俗话说少见多怪。我环顾四周，想走到门口去观察一番，考虑到礼貌，坐着没敢动。我一口将茶碗里的清茶喝光，又说，我倒要见识见识，什么样的人家有这等派头。

胖女人换了一身锦绣生辉的新衣服，款款而来，唱歌似的说，晚饭准备下了，今天是个喜日，腊月八号，要来个一醉方休。她带我们走进宽阔的院子，四面的房子都亮堂堂的，晃动着人影，传来水纹般的琴声和欢笑声。太湖石垒起的假山，水池和花台，流金烁银的闪光从视觉外边不时掠过，以及莺歌燕舞的欢乐，欢乐中的荣华富贵。

穿过院子，我一眼看见正面那间大门洞开的厅堂内已摆好整桌酒菜。一张大圆桌，铺着雪白的桌布。天哪！我走近了，呆愣地望着这桌酒菜，耳边飘飘忽忽拂动诸葛白的声音，逐一介绍菜名——蒜香鹌鹑脯、金都贵妃鸡、发财玉兔、珊瑚蟠龙鳝、竹笋天梯、踏雪寻梅、明月映翡翠、翠柳啼红——天哪！我头昏脑胀坐下来。一盘一碟的菜肴在热气里忽快忽慢地旋转。我盯着一小碟油爆花生米，从昏乱中抓住它。我的神情肯定不对劲，诸葛白凑在我耳边说，你别介意，放开肚子吃好了。

此时六七个男男女女欢声笑语鱼贯而入，纷纷落座，都与诸葛白相识，寒暄问候，今天天气哈哈哈。然后推选一位年长的美髯公当桌长，由他负责行酒罚酒。一个年纪很轻的漂亮女人坐在我身旁，朝我露齿而笑，牙齿如一粒粒的珍珠。她问我，你是第一回来么？她的声音糯得令人心慌，像她那双花瓣样的眼睛……

我不知所措垂下脑袋，喉头咕咕作响。她比尤永大不了几岁吧？她靠近些自我介绍道，复姓西门，单名云。我清了几回喉咙，想与她接个话茬，可是嘴巴里吐不出一个字。

我急中生智高举酒杯，壮着喉咙说，感谢感谢，我先喝了这一杯，各位随意。美髯公也站起来端着酒杯说，我们不行酒令，大家随意，看各人的量。胖女人拍了一下桌子，不行不行，今天有客人在场，非得一醉方休。

西门云早把我的空杯斟满了。这个西门云！只一杯已使我腾云驾雾了。不是西风压倒东风，就是东风压倒西风！我夹了一大筷菜，边嚼边举起杯子，诸位诸位，我的酒量不行，可是今天高兴，舍命陪君子！

这样的场合，我既品不出酒味也嚼不出菜味。我已离开了我，站在我的背后哂笑着观看我。我像个傻瓜似的吃力地、笨拙地、破绽百出地自我表演。

美髯公呵呵笑着，这位朋友豪气非凡，真儒雅风流之士也。我极力想看清在座的各位的面孔，他们为什么像对待大人物一样巴结我呢？

来来来，介绍一下……

可惜我的眼睛模糊一团……兴豪业嗜酒……饮酣视八极……未就

丹砂愧葛洪……我的思绪像含苞待放的花朵，花气袭人，红袖添酒。乖巧的西门云不断给我的酒杯斟满。我浑然不顾，这酒……酒与药与魏晋风度之关系……一转之丹，服之，三年得仙；二转之丹……九转之丹，服之，三日成仙。他们全是服过丹的么？

西门云也有些醉意了，猫咪似的偎依在我膀子上。我能感到她艳红娇媚的面孔滚热的，鼻孔里呼出的气息带着异香的。酒力催化我想入非非，又抑遏着我血管的强蛮冲动。

美冉公正在有声有色讲着公开审判"四人帮"的小道消息。他强调一定是公开的，一定统统判死刑。我心中蓦地大吼一声，我不相信！万一公审时他们把内幕抖露出来，账肯定算到毛的头上，怎么得了！

"我这人不信鬼神，后来遇到一件事，由不得我不信，一九六〇年我们整个村饿死了一大半人，没死的都逃荒去了，唯独我家没受大害。说来蹊跷，有一回我父亲梦见死去多年的爷爷。爷爷嘱咐他，要他藏一年的粮食，荒年要来了。我父亲是个孝子，听了爷爷的话就照着办了，深挖洞，广积粮。结果救了我们全家。"

"人活一辈子，谁没见过几桩稀奇事呢？"

"我亲眼看到，一位百岁老人化作一道青烟腾上天空。后来，我在别的地方见到他，至少年轻了五十岁。"

"我师傅今年两百八十岁了。他老人家……"

"……"

他妈的愈讲愈玄了。我忍住不笑是怕冲撞他们。那就再来三巡。今天我是英雄，是酒神，举起满满一杯，一口干了。

后来诸葛白嘲笑我，你摇摇晃晃站起来，又要跟大伙喝。我知道你醉糊涂了，想劝你别喝了，被你推到一边去了。谁不喝谁便是林彪、"四人帮"，便是蒋介石国民党。你举着杯子大叫大嚷，和这个干一杯和那个干一杯，又哭又笑，鼻涕眼泪。说起自己的身世遭遇，一连串倒霉事，女儿都不肯跟自己姓，至今尚背着一身不白之冤。我昏昏沉沉躺在车站旅店的床铺上，懒懒地听着诸葛白的一面之词，拿不出反驳的证据。

我略记个大概。当时我闹着要走。我的胃里翻腾得厉害，怕当众出丑。我要走我要走。是不是鼻涕眼泪我不清楚了，反正顾不上体面了，被四面八方的哄笑声托离地面，托离现实。我望见云端里的天都宫阙——飞檐雕栋，连连绵绵，桃红柳绿，翠鸟啾啭，天籁清音，煦风拂面，万丈金光，白鹤翩翩，群芳斗艳，奇香扑鼻，亭台楼阁，笙歌阵阵，彩霞横贯，浏览无穷，潺潺清泉，鱼翔浅底，寥寥苍穹，朱雀玄黄，神物胜境，言不可信，信不可言——无边无垠的滚滚白云，我随风旋转，风中的飘蓬。我欲乘风归去，玉宇琼楼，高处不胜寒……

西门云扶着我歪歪倒倒出门去，在暗处旋风似的呕吐一番，把五脏六腑吐了出来，成了空空的薄壳，蚕衣样的薄壳，轻轻的，轻轻的飘啊飘，在灯光映照下变得透明。我望着透明的我朝我飘来。一簇光状的绵软的物体，镀着辉煌的银色镶边。我记不得了，轮扁不可语斤……

我昏昏沉沉躺在车站旅店的床铺上整整两天才醒过来。我宁愿停留，谁不希望良辰美景永驻呢？

西门云一步步将我扶进一间空屋。我躺在一张铺着毛皮褥子的躺椅上。她端来醒酒的浓茶，像慈母那样抚着我火烧的胸脯，细声柔语安慰我。安静得出奇，万籁俱寂。娇媚的面孔和花瓣样的眼睛。散发醇香的肌肤。年轻的春猫般的身躯。我捏住了她柔软的热乎乎的小手，用力捏紧。我鼻子酸酸的，自惭形秽的感觉在这时刻狠狠打击我。我是什么东西，又老又丑的家伙。我刹那间萎缩了，一声抑制不住的哽咽，眼泪簌簌滚落。

难受吗？西门云将脑袋枕在我胸脯上，等会就好了。她把柔软的手指插进我的乱发中，慢慢梳着。歇一歇，等会儿就好了。一连串被感动淋湿的言语卡在我喉咙口。人与人，感人至深的情愫来自于某种情景，它不是抽象的，剥离一切之后才会领悟到，其实就是一个男人和一个女人。应该大胆抱住她。我醉了。醉了的人即使出错也能原谅。我揉揉火辣辣的眼睛，略微坐起些，捧起她的面孔。

吻我，你吻我呀——她英雄般的引导我——我将头埋入。我拼命吮吸。我是久旱之人。西门云若谜若梦地呻吟。宝贝宝贝。听清楚，她喊我宝贝！天地倒悬了——我成了一个年轻漂亮女人的宝贝。云开日出了。

西门云牵着我走进房间。一盏暖融融的浅红的灯。雕花床上的红绸被子翻开着，那么，红绡帐里的事该是顺理成章了。

西门云软绵绵地偎着我，我们睡吧。老天！她说的是我们，我们睡吧！

我心猿意马坐在床沿，头脑越来越清醒了。既然如此，我是不是应该自主些？西门云把一盆热水端到床前，洗一洗吧？

我不声不响地蹲下来，替她脱去鞋袜，挽起裤管，将她雪白的双脚浸在热水里，泡了片刻，拿块干毛巾仔仔细细擦拭，每个脚趾都仔仔细细擦拭过。擦干一只先搁在我的膝头，再擦另一只。我像个精雕细刻的工匠，全神贯注，不说话，不抬头与她相视，脸上力求保持诚挚的表情。西门云也以沉默响应我的一系列动作。当我打算自己也洗一洗的时候，她突然吞吞吐吐说，等会儿，你别害怕，我长了根尾巴……

六　出现

县上那帮“公家脸”把我当叫花子对待。我一出现在信访办,他们就借故回避,一个个捂着鼻子躲开。我找过县委书记,被他恶言恶语呛白一顿,好像我无缘无故寻他的麻烦。我去地委的遭遇也一样,人家不理不睬,每回都是拿了我的申诉材料往一只盛满大小信封的箩筐里一丢,我一句没说完就给他们推出门外。我第二、第三次来省城都没遇到盛监委,听说病了,又听说他调到别的地方去了。时运不济,命途多蹇。好不容易遇到个肯帮我的好人,偏又半途而废了。

现在接待我的那位冷若冰霜的女人,名叫卢燕玲,三十七八岁上下,高颧骨尖下巴,戴了副深度眼镜。她面色灰黄,绷着发白的薄薄的嘴唇,蜡像般坐在办公桌前,眼帘耷拉着,口气像冰块似的寒意逼人。

“盛监委?他是你亲戚么?”

我蹩在墙根排了很长时间队,轮到我的时候我反倒有些犹豫。我观察了很久,知道自己又得触礁了,作好思想准备闭着眼睛上吧。我刚问了句盛监委现在在哪儿,随即尝到了触礁的滋味。汩汩水浪猛地灌进来,身体随着水浪晃荡起来,眼看就要倾覆。我极力稳住神志,必须稳住,否则她一抬手便能把我扔出门去。身后是一群忍饥耐渴的绵羊样的上访者。我发现这儿的秩序已大为改观,男女老少全是噤若寒蝉,低眉顺眼。好家伙,这该归功于这位名叫卢燕玲的干瘦女人。

接待我的那位冷若冰霜的女人，名叫卢燕玲，三十七八岁上下，高颧骨尖下巴，戴了副深度眼镜。她面色灰黄，绷着发白的薄薄的嘴唇，蜡像般坐在办公桌前，眼帘耷拉着，口气像冰块似的寒意逼人。

她把我递上的材料掂了掂分量,皱着眉头顺手扔进椅子边上的一只纸箱子里。

“别弄丢了啊!”我情急之下喊了一句。

“你怎么知道会丢掉?”

是啊。我怎么知道呢?

我赶紧以低头认错的态度补充说:“我不是这个意思,我是怕……搞乱了不好收拾……”

“你怎么知道会搞乱?”

他妈的该挨揍我这张臭嘴巴。

“对不起同志。我是说,前几次我都交过,这次不放心,又带一份。前面几份可能被他们弄丢了。”

她像个聋子,皱着眉头在一张表格上胡乱填写我的姓名,工作单位,申诉内容等等,末了像不耐烦的医生挥了挥手:“喂,下一个。”

我顿时急得一蹦三尺高:

“我来这儿第四趟了,几百里路啊!”

“有力气就再跑四趟嘛。喂,下一个。”

事后,我把事情的全过程复述给诸葛白听,依然气愤难忍。我见过许多我称之为难对付的“公家脸”,像卢燕玲这种冷血动物还是第一次。我瞪着她,自卑和怒气同时以几何级数急骤增大,数秒钟内就掀翻了我。老子豁出去了。诸葛白笑了,想象得出你那副样子,头发冒烟,眼睛喷火,嘴皮子乱抖,裂着嗓门大喊大嚷,塞把刀在你手里便捅了过去。我说,我只感觉一阵昏热,杀人放火的事没来得及想,甩手赏她一个耳光倒是真的。

自一九六三年至一九七七年十多年时间内,全国实行工资冻结政策。一碗水端平,大家反而没什么意见。“文化大革命”结束了,中央出台新的工资调级政策。企事业单位的工作人员可以根据情况加几块钱,一时人心惶惶起来,因为政策并非一刀切,有的人加得多,有的人加得少,也有的人加不到,所以弄得矛盾重重。寻死觅活的,撂挑子不干的,消极怠工的，甚至有搞破坏的，林林总总，人心真是太奇怪了。

卢燕玲的丈夫邵家荣不在政策里边，一分钱也加不上。但是他认为政策是死的，是人掌握的。他数次找领导吵闹，自认为理由很充分，从一九五六年定为国家干部二十三级到现在，拿了二十来年四十七元工资。过了这一站，又要等到牛年马月才轮上？卢燕玲在一九六三年凭运气调了一级，也拿四十七元，这一次稳当当上调一级，该拿五十四元了。卢燕玲在一边冷眼旁观，看他有没有能耐把这一级工资闹到手。

有人说，家庭相当于饭店和旅馆，只多了一个功能，解决身理所需。社会按一种模式复制了成千上万个同样的家庭。好是好的，它拴住了人和人心，起到了稳定作用。它也是坏的。邵家荣就恶狠狠地说过，这个家里是我的葬身之地，我的棺材。让我们回忆一遍托尔斯泰说的：幸福的家庭都是相似的，不幸的家庭各有各的不幸。邵家荣的憎恨说明一种现实。附加一点，俗话说清官难断家务事，这是围城里的东西，公说公有理，婆说婆有理。

邵家荣是个臭名远扬的人物。他臭就臭在生活作风上，与厂内厂外好几个女人发生过不正当关系。人们传说他有病，那方面欲望来得旺盛，老婆满足不了，公狗似的到处找野女人。既是传说，就免不了添油加醋张冠李戴。他邵家荣反正浑身印满羞耻的记号，从原来机动科科长的位置上撸到这儿来看管操作台，实际上相当于一个锅炉工的地位。全厂同志在他背后指指戳戳，发生口角就敢破口大骂。前几天他到食堂买饭，满脸横肉的炊事员明显拿他的把，该是一勺子却只给了半勺子。他才咕噜了两句，满脸横肉的杂种眼睛一瞪，用勺子指着他的脑袋，你他妈的欠揍是不是，轧姘头的货！

邵家荣生就一副美男子的外貌，中等个儿，身材匀称。他再落拓总还保持衣冠整洁，注重仪表。他心里吃准了，男人通常嘴上挑剔女人贞操，暗地里巴不能与风骚女人勾搭。女人也一样，女人喜欢他这样的风情男人。他遇上的几个都是人家主动，是他将就她们而不是相反。要命的是每次偷情都暴露在光天化日之下，屎盆子扣到他头上来。

最沸腾的一次差点儿出人命，那女人的丈夫手持工具刀满厂追着他，声称让他见阎王。厂里上千号人涌到路边看热闹，像当年广播里发布毛主席最新指示的场面。他拼命跑着，裤子掉落了，耳边一片呼呼啦啦的叫喊，白屁股白屁股。他瞅准泛着绿光的废水池，一头扎了进去。

那女的名叫于琴，年糕似的皮肤，丰腴又墩实，一双桃花般的眼睛煞是诱人。她丈夫是个丑八怪，独眼龙，嗜酒成性闹事闯祸，对她从来不懂珍爱。同是天下沦落人，相逢何必曾相识。结婚后卢燕玲关心过他没有？这种折磨他是体会深切的。两人一来二去产生了感情，比和别的女人陷得更深一些。于琴也有不好的地方，太黏他了，到了不顾舆论的程度。出事那一次就是，在他的工作间里，硬要和他，他后悔自己也是心醉神迷，独眼龙踢门那当口他的裤子还未拉上，幸亏于琴帮了一把，牵制了独眼龙少许时间，让他有脱身的机会。

他不指望卢燕玲原谅，如果借此离婚最好不过。错就是错，但是错有错的根源。她卢燕玲心中该是有数的。邵家荣不知耻，不自卑。一个人只要不怕孤独就不会自卑。他有一套理论：众人是一，我也是一，是一对一的关系。再说了，各人有各人的生活乐趣。上班之外，他自个儿消磨时间，做点家务事，读读书报，捉鸟钓鱼。

已过八点钟了。他到隔壁喊了人来代为照看，自己动身去厂部找书记交涉。

书记心里非常厌恶这个邵家荣。六个厂领导中除了那个吃饭不管事的姓吴的副厂长，其他人都对他不屑一顾，他们都是正人君子，道德表率。他一眼看穿了这帮虚伪的货色，假正经。书记本人与食堂女工的事谁人不知谁人不晓？要不是女工的丈夫做缩头乌龟，不敢放一个屁，照样会上演一出好戏。厂长是个没用的人，全厂上下全知道，做绝育手术时出的医疗事故，不然能容忍自己的老婆公然找野男人么？抓着他邵家荣，拿他出气。

瓜田李下的事说不清，叫花子最恨讨饭的。他们高举伦理主义旗帜，没人对此表示异议，那么，他只好自己表示异议了。邵家荣在众人眼里是臭的，然而他从来不是胆小鬼。

他拦住从会议室出来尿尿的书记，开门见山轰了一炮。

“书记，这级工资必须给我，否则没完！”

“你缠我有什么用？这是组织上定下的事。”

“我符合条件，不给就是不合理！”

“政策规定要表现好的同志才可以。”

“我不旷工，不迟到早退，工作上不出差错，表现怎么个不好？”

“群众的眼睛是雪亮的。你要多作自我批评，争取尽快改正错误。等到下次调工资……”

“做了婊子立牌坊。老子不服！”

书记的脸色顿时紫涨得如猪肝，怒目圆睁，嘴唇滑稽地抖动着，一跺脚返身向会议室走去。他抢先一步堵住书记的去路。

“老子符合条件！老子是一九五三年的调干生，一九五六年定级到现在已经……”

“滚开！我警告你，再无理取闹，就严肃处理你！”

每天下班后卢燕玲先到单位开水炉灌两瓶开水，顺路捎回家。单位的同事都这样，揩公家的油。卢燕玲走在路上从来目不斜视，步履匆匆，在人们的印象中已经固定化了模式化了。她那副冷若冰霜的神情，灰黄的面孔，有些佝偻的身躯，提早显出了十年后的体貌特征。

卢燕玲发现邵家荣没回家，猜想他可能正叮着他们厂领导“蘑菇”。这些天他丧魂落魄，吃不下睡不好，眼圈晕出淡黑，憔悴得厉害。她丝毫不同情他。他争到争不到这级工资她其实是无动于衷的。可是她偏偏冷言冷语刺激他，让他雪上加霜。他完全是罪有应得，狗都不如。十几年来她为这个狗都不如的东西受了多少气？眼泪流成了河！

谁不晓得卢燕玲的丈夫是个臭不要脸的轧姘头货，随便什么腥的臭，歪嘴斜眼，只要是女人，一律来者不拒。人都是爱面子的。她的面子打满了横七竖八的黑叉。同事们讲到这类花边新闻时故意加大嗓门，生怕她听不清。她早已置之度外了，习以为常了。

卢燕玲唯一悔恨的是对不起儿子。儿子十二岁了，读初中了。儿子三岁的时候撞上了厄运。她从单位里打回一壶开水放在饭桌上，热得汗流浃背，进房去换一件衬衣。这当口儿子不知怎么摸到饭桌边，用手拉倒了开水壶，一满壶开水迎头淋下。正是盛夏季节，儿子只穿了一片小兜肚，漂漂亮亮的一个男孩从此变成为卡西莫多。她伤心欲绝，恨自己恨邵家荣恨老天恨所有人。经多方打听，了解到儿子十八岁左右可以做植皮整容手术，虽然恢复不到原样，会比现在好看得多。可是花费吓死人，一家四口人嘴巴缝起来不吃不喝，也攒不上这笔费用。卢燕玲不死心，把八岁的女儿送到乡下父母那儿抚养，平时省吃俭用，一分钱舍不得花。邵家荣常跟她吵，嫌她太抠。他不抽烟不喝酒，留几个零用钱都被她收刮去。卢燕玲暗中撇着薄薄的嘴唇冷笑，他这种狗都不如的东西身上有了钱骨头就更轻了。

邵家荣在卢燕玲面前不觉得羞愧。作为女人，她卢燕玲是有名无实的。她是一块冰，比死人多一口气。多少年来他和她没睡过一个被窝，夫妻间的事等于他妈的零。她没有一丝欲望，相反还厌恶。结婚不久他便尝到了苦头，十天半个月求她开恩一回，即使是了，也是坚硬干涩，毫无乐趣。她不理解这种要求是天然的，只要他提出来便是丑陋。她一面孔高傲和恶意，对他嗤之以鼻。他耐心等待过，劝她上医院看大夫，是病该及早治疗。瞧她说什么，没有这你会死吗？是的，我会死。他从此决心放下包袱轻装上阵，这世上三只脚的蛤蟆不好找，两条腿的女人多的是。凭他邵家荣，搞几个女人易如反掌。他甚至不避她的耳目，带了点故意气她的意思。有几回让她撞见了，他拥着光身子的吓得发抖的某女人，安之若素，看她怎么办。她卢燕玲真是个角色，要是大闹起来事情也就终结了。天底下真有这样的夫妻，都不提出离婚，采用消耗战，拼尽最后一点力气相互对峙着。

儿子从幽暗的房里探出半张幽暗的脸来，哑着嗓子说："爸爸回家过了，在衣橱里拿了东西又走了。"

卢燕玲把热水瓶放到厨房案板上，倒了半杯热水喝了两口，转过身望着门外将暗下的灰蒙蒙的天色。她蓦地想起了什么，脸上霎时爬满惊慌，三步并作两步冲进房间，打开衣橱门，蹲下来，手伸到角落里掏出一只小布包，里面藏着几张存折。她数了一遍，再数一遍。蘸了口水一张张翻开了看着，维系着她希冀的几片纸，从痉挛的手指间飘落。

她佝偻的身躯像风中的枯叶簌簌地抖：

“这个狗都不如的东西啊！”

加工资原本是一件有利于人民群众的大好事，说明国家的经济形势有了好转。你看，大家的精神面貌不一样了吧？比空洞的口号吸引人多了。日子会越过越好的，好日子的具体体现便是一级级往上加工资。大家脸上映着红喷喷的兴奋，下个月的工资单上就多出了几块钱啦，还补发前几个月的拖款，大家已在想象中数过多少遍那叠钞票了。

少数老弱病残，表现不好的人吃了点亏，加不上。叫他们逆来顺受也是办不到的。自古不患贫只患不均。再说了，经历过“文化大革命”这种大风大浪的考验，领导算个球，劳动人民不吃这一套。

俗话说人以群分物以类聚，因利益相关他们撮合到一起。煽风点火，传播谣言。某某人浇了一身汽油与领导同归于尽。某某人割脉自杀未果，引来家人亲戚朋友的集体示威。那意思无非鼓励这帮势单力薄的人别泄气，要拧成一股绳，团结起来与领导做斗争。

他们根本就是明里握手暗里踢脚的东西，专在背地里拆他人的台——邵家荣看得一清二楚。他不屑于和那帮下三滥为伍。他们平时吊儿郎当，工作不像工作，热衷于挖社会主义墙角，不开除算是客气了。邵家荣单枪匹马展开攻势。领导做得不合理，怎么可以借加工资揪他道德上的小辫子呢？他敢说，他在工作上不比全厂任何一个人逊色分毫。

入夜后气温骤然下降，寒风凛冽。邵家荣迟疑不决，望着自己木头人似的走近书记家那幢楼房。他躲在远处望得很真切，逼迫自己朝前迈进，中途不准停顿半步。

邵家荣偷了卢燕铃的存折，去银行取出现金，走东跑西购买高级礼品。他想利用糖衣炮弹。他在走投无路的绝境里运用这一招，实在无奈到了极点。是第一次也是最后一次。试一试吧，将目的置于面子之上，目的达到了才能真正保证自己不丢面子。

或许别的人先他一步做了这功夫。他的脑子转得太慢了，已经晚了。死马当活马医吧。书记今天能收下，他就可以高枕无忧了。万一书记非但不收，相反拿他当成行贿的典型公开曝光，想一想，如果这种可能性的比率只是百分之五十，危险性就非常之大。他还有面子吗？里子都丢光了。

邵家荣感觉每一步都踩在棉花上。不对——是双腿断了，撑不住身体的重量了，塌下去了，将自己压扁，如一摊血肉模糊的泥浆，摊在冻得硬嘣嘣的地面上，踩上去，鞋底被黏住，恶心极了。就算一次伟大的事故吧。索性将一包东西丢进结起一层薄冰的污水沟里，让污水吞没一切吧。两条牡丹牌香烟——我们时代购买这种高级香烟，需要特殊的购物券，我想邵家荣大约花高价从投机倒把者手上买来的。两听麦乳精。两盒大白兔奶糖。他拎在手里，比小偷还心虚，又心虚又胆怯。

每扇窗户都有人伸出头望着他，一双双吱吱发声的虫子似的眼睛。全亏黑沉沉的慷慨的夜幕，庇护着他仅存的一点自尊，一点信念。一个人无视某种事物，它就不存在。

要是七十岁就好了。人生七十鬼为邻。可恨不上不下这种年龄，邵家荣身上憋出许多汗来，为了这种不上不下的年龄，这个年龄的不上不下的需要，他被劫持在害怕羞耻担忧苦恼自责希望这些走马灯似的情绪的网络中。越逼越近了。随着向前跨出的每个步伐，他身上阵发性的哆嗦发展成剧烈的颤抖。他听到空冥中活塞般的喘气声，没有勇气再跨出一步了。

书记对他相当客气，听完他语无伦次的表述，呵呵地笑了，拍了拍他的肩膀。从这一点看，事情似乎有了转机。书记有书记的工作方式，上门便是半个客嘛，你老邵十几年来第一回肯上这儿坐坐，本来平时就应该多沟通，是我的责任，我要作自我批评，对你关心不够。书记一本正经作了一番自我批评，令他开不得口，又不能光坐着不讲一句话。他吞吞吐吐责骂自己不争气，辜负了领导的热忱培养，更不该对领导发脾气等等，他像一只野兽乖乖地自动地走入捕捉它铁笼子，铁门哐啷一声锁上了。

老邵，加不加给你，是党委集体讨论过的，已经决定下来。我只是党委的一员，没有权力更改党委的决定。

这么说，我这一回是轮不上了，绝对轮不上了？

老邵啊，我希望你不要背思想包袱，要好好工作，要注意群众影响，改正自己以往的错误。下一次我们会优先考虑你的。

书记你看，我这样做已经……实在不行的话……

我从来不收任何人的礼物，这一点党性立场都没有的话，我就别坐这个位置了。请你把东西拿回去，不要让我为难。

彻底没希望了吗？书记，请你再明确说一声。

老邵，说明你的思想没有转过弯来，要正确对待组织决定。

我不会。我不是你们手中的……我要证明，我是合理的……

他稍稍犹豫一下，然后毫不怜惜地扔出去，不扔不足以平心中之怒。他听到那包东西触及污水的扑通声，在印象中垂直沉入污泥里。

街上寥无一人。街灯暗淡地照出他怪模怪样的影子。如果影子能钻进地里去的话，他非常愿意紧紧跟随。等待已久的风呼呼地围过来，像一群叽叽喳喳的幽灵，他被严密地围住了。发光的路面和害了眼病似的路灯。他失去了有关寒冷的知觉。他走着，莽撞而匆促，像赶到什么地方处理一件急事。

如果卢燕铃不相信，就拒绝向她陈述缘由。把余下的钱还给她，该做什么就做什么。不抓紧做的话，还能做什么呢？

卢燕玲当然是不会相信他的，余下的钱呢？

余下的钱呢？他翻遍了身上所有口袋，余下的四百多元钱上哪去了呢？天地良心。他指天发誓，一遍遍重复下班到现在发生的一切。卢燕玲撇着薄薄的嘴唇冷笑了一声，我知道钱上哪去了，不必藏着掖着了。

万事万物全与他作对。这就没办法了。不管是丢了还是遭窃了，实质都是一样的。我会证明给你看，我他妈的死了也会证明给你看。

事情怎么进展我想已没什么神秘的了。根据事物的线性逻辑能够描绘出大致的轮廓。据我看，这桩令人扼腕惋惜的事件是完全可以避免的，至少可以得到一些适当的补救。

邵家荣从家里出走，时间不早了。他空手走出门，走出没多远又返回，手里拿了包火柴。卢燕玲假如能从他那张失神的脸上捉摸出哪怕一丝危险性，出面阻止他，是来得及的。

人在昏蒙之中往往陷于一念之差。别小看这一念之差，劝一劝或许就没事了。

卢燕玲哪有这样的思想准备呢？她撇着薄薄的嘴唇尖酸地说，准备放火去？这时刻她这么说的的确确是火上浇油。

邵家荣老老实实地点着头回答，我是要去放把火。

卢燕玲又鄙薄地说，放吧，把整个城市烧光才好。

邵家荣摇摇头，我不烧其他，只烧我负责的部分。我要让厂里供热系统两个月恢复不起来。

确切的结局我没来得及打听。据说邵家荣自己也烧成了重伤，送进医院后不久断了气。又说他放了火便主动投案自首。还有说他畏罪潜逃，以后不知去向了。

七　为难

我从省城回来的几天中丽娟常拿战战兢兢的目光偷看我，以各种理由堵在我开口之前。我反复思量，从丽娟那儿挖出钱来的可能性不大。凭良心说，我确实不好意思，把丽娟省吃俭用留下的钱全让我铺到路途上。

几天来我蒙头大睡，在睡梦中绞尽脑汁。丽娟不理解我，被巴掌山挡着了双眼。我这一生的全部价值都在平反昭雪上。尤会计虽不理解，但并不采取强硬方式予以阻拦，只想以事实教育我。中国人多事杂，要慢慢地来。尤会计按照生活的常态看待事物。你听听，人多事杂，这个朴素的比喻像不像讲述街坊邻居间的鸡零狗碎纠纷？尤会计就这点见识。她的心眼是好的，这么多年，待我算不得体贴入微，也算很关怀了。

我暂时没有把上北京的打算告诉她。从省城回来的路上我发狠劲决定去北京，我要去北京申诉，告御状。孟姜女能把长城哭倒，我就洗清不了自己这点冤屈么？

整个下午我躺在床上，迷迷沉沉地做梦，最近发生的事残阳似的进入。脑海里映出一片浩瀚的金红色的光泽，鎏金般的广袤海面，无限的苍穹，清澈的透明的暖风，画出粼粼波光。每一笔都随意而旖旎，美轮美奂。笔触欢快地跳跃。金红色的光波宛如流金烁银。置身在这种无限之中，现实和虚幻之间的界限消失了。长了根尾巴的西门云，老朋友似的坐在床边与我长久交谈……

我清醒时丽娟已下班回家。我的眼前仍映现梦里的辉煌画卷,心里藏着残阳般的余热。尽管头昏沉沉的,鼻孔有些不畅,我的精神很好。我下了床,边穿衣边向丽娟讪笑。

“睡够了?”

尤丽娟望望老庄睡肿了的眼泡。老庄的神情有点儿怪诞,伸出舌头向她讪笑。她走过去整理床铺,被窝散发热烘烘的气味。她的肚子咕噜了一下,觉得很饿。这当口窗玻璃上映照火红的残阳,室内笼罩一层怪诞的光。他的表情是红彤彤的,腾出手来在她屁股上拍一记。这一记拍在她记忆褶痕的深暗处,十多年前似乎拍过同样的一记。她感觉时光在瞬间压缩,变成一撮可以抓在手里观赏的小玩意。可是她随手抛掉了,肚子里又咕噜了一下。

窗玻璃上的残阳在她眼睛里跃动,胸脯间萌发一股不同于往常的热量。或许由于某个心照不宣的动作,她体会到她这个年龄剩余的情愫,尚未被岁月一笔勾销。若让时光倒流十几年——尤丽娟忘情地思想,或者抹去日积月累的污垢和尘埃,年轻时的鲜活的姿态仍然活跃在眼前。他嘴里时常喷出一些村野陋巷的杂碎:一双眼睛亮亮的,两个奶子翘翘的。有心上前摸一把,心里有点跳跳的。他轮换花样作弄她,令她防不胜防的恶作剧:在她鞋子内藏一样毛茸茸的东西,躲在暗处装鬼脸,诸如此类,他乐此不疲。她总是有意随他去,以他所要的效果配合他,以建立一种亲密无间的信任。凭她这么多年的了解,这种信任尽管日益淡薄,但没有连根拔去。他们没有时间和精力培土施肥。在某个特定的时机,两人会不约而同返回到过去,重演亲临的经历。

他们老了。“文化大革命”前房间里一直贴着齐白石的一幅小画《痴思长绳系日》。事实让你触目惊心,系着以往岁月的绳子断得七零八落。在这瞬间,她被热烘烘的哀怨迎面撞上,肚子里再次咕噜了一下。那种熟悉的痛像一条寸把长的鱼儿从黑咕隆咚的深处浮起。她及时伸出手去,企图将它抓在手中。折磨了她大半辈子的痛究竟是什么样子?然而,许多机会都是如此,它一摇尾巴倏地不见了。

“做晚饭吧,饿得要命。”

“你尽睡觉,不能动动手,让我歇歇享享福?”

“尤会计不懂体贴人。我在外面跑得累,回来没好好歇着,几个晚上让给了你。你昨晚还说,有个男人陪着睡真踏实。”

我紧贴着她后背,两手从她腋下伸过去搂住,手指弹奏似的按捺她早已干瘪的乳房。她的头发蒸腾难吻的油腻气味。我对自己这样的举动非常不满,心虚什么?

我的喉咙里挤压着大把言语,但是心中没有一点把握。假如说出来她一口回绝怎么办? 麻烦还不在一口回绝,接下来她会天天唠叨个没完没了。

“我没让你到外面去跑,是你自己不听我的话。”

你看,我没说错吧,她采取了以攻为守的战略。

“你一趟趟跑县里跑省里,结果还是要等中央统一的政策下来,才会一起解决。你白白浪费了这么多精力和钱财。”

我走到室外去观望残阳。天空呈现整幅的橘黄颜色,一缕缕稀淡的粉红的云烟轻轻漂流。暗霾的房顶边缘放射殷红的光芒,如一抹耀眼的镀金。十几只鸽子安静地停息在上面,一道令人感动的风景。它表明了一种可能性,假如它容纳我进入,表明什么呢? 表明相信自己比相信别人来得可靠。在残阳的余晖中,这个世界多么广大,正像眼前一片连接一片的冬季的树影。我把功利性抛开了——是六祖惠能对我揭示:不是风动,不是幡动,仁者心动。

“如果可能,我想去北京。”

“你真是疯了,老庄!”

“我知道你不同意,怕花钱,我自己想办法行不行?”

丽娟把一只瓦罐砰地搁在灶台上,听声音这只瓦罐一定破了。丽娟气得不轻,脸色都气白了。她这人不像别的泼辣女人那样会吵会闹。她走到饭桌边坐下,面朝墙壁,以示没义务做这顿晚饭给他这种不谙事理的人吃。

从他的角度看,丽娟略显弯曲的形状把他带给她的负重展示出来。是他一而再、再而三地让她弯曲。她多瘦弱、干枯啊,两鬓染霜了。我不忍心,为此哀伤而自责。

我没其他出路,不试一试绝不甘心。那就暂时用谎话诳骗她一回吧。历史请你记住,我的内心对丽娟是感激万分的。

"丽娟,我只是有这个想法,与你商量……"

我走过去把手放在她颤抖的肩膀上,弯下身与她脑袋抵脑袋,想说一句逗笑的俏皮话,可是舌头木笃笃的。我用手掌替她擦拭着涩滞的眼泪。

我们的学校解放前是座观音庙,解放后加盖了两排平房,一间厨房,一间厕所,成为方圆几十里内的中心小学。

学校坐落在镇西头的河塘对面,经过一座小小的石拱桥,一片树林,便能看到学校红漆大门。我对学校的地理位置比较满意,虽称不上世外桃源,却给人古风犹存的感觉。除了学生的读书声,课间的钟声,不闻车马嘈杂,没有人声喧闹。

尤其在宁静的傍晚时分,沿着河塘散散步,近观远眺,树影烟岚,河水清清,绿莹莹的水藻缓缓荡漾,小鱼儿穿梭其间。蹲下来捧一掬清水,小鱼儿便在手掌里游动,看见它们透明的身躯中的脊骨,两点黑黑的可爱的眼睛。我一个人沿河塘走过无数趟,年复一年,在自我麻痹中享受些许乐趣,也算是老天的最后一点垂恩。

今天上午我犹豫了很长时间,琢磨是不是向学校借款。我知道可能性微乎其微,我只是想试试。我们的校长是个上了年纪的老好人。几十年如一日,上两班低年级的语文课。他身体不太好,近年来经常十天半个月休病假。学校的工作主要由焦副校长负责。焦副校长是典型的势利眼,狗眼看人低,对下属趾高气扬,在领导面前阿谀奉承。这种人在我们社会总是如鱼得水。如果我向他开口必定是自讨没趣。我选择了下午四点多钟这个时间去学校,为的是绕过焦副校长。按常规这时候他已离开学校回家了。

我跨进学校大门看到全体老师站在狭窄的操场上。

几十双眼睛机关枪似的朝我扫射,焦灼的哒哒声,刺鼻的硝烟,我浑身霎时布满透明窟窿，变成一张纸一样的飘啊飘的画皮。我暴露无遗，我的灵魂躲在我身后瑟瑟发抖。

为什么拣这样的好时光，偏偏遇上全体老师在场？焦副校长一定会借机让你当众出丑。

他昂着头走过来了，幸灾乐祸地微笑了，走到你面前了。他的背后众志成城，他们共同沐浴在柠檬色的太阳里。柠檬色的轻慢的笑意。历史取决于某种机遇。该承认了，得到的和失去的正好成正比，随你怎么努力，命运的比例已经先验地决定了。

衣冠楚楚的焦副校长站在你面前，头发一丝不乱，面孔红润，眯起一只眼睛，故意抿着嘴唇良久不开口。他要逗弄他的猎物，当着全体老师的面，以显示他独一无二的优越感。

他说，我正要派人去叫你来一趟，马上就要放寒假，下学期的课我们已经排好。你三天打鱼两天晒网，干扰课程进度，让我们很是为难。所以我们请了代课老师。下学期你可以专心致志忙你个人的事情了。

他把一个大约十七八岁的姑娘喊到我跟前，要我把班上的工作全部移交给她。我说好的好的。我边说边朝全体老师微笑着点点头，招手问好。我怀有一种相当特殊的心情，觉得轻松快活，仿佛刚刚洗了把热水澡，换了身干净衣服……

我忽然壮着喉咙对焦副校长说，我来的目的正是这个，谈清楚，希望不要因为我而影响学校工作。我听见焦副校长身后传来碎石子般的窃笑声，连那个代我课的黄毛丫头也面露讥笑了。

我继续机械地点着头，朝学校大门退去，我是退着走的，姿势可能是滑稽的。焦副校长掉头朝大伙扮了个鬼脸，然后嘿嘿地笑出声来。于是乎，我在大伙的一片哄笑中逃出了校门。

治世则不然，不知亲疏远近贵贱美恶，以度量断之，其杀戮人者不怨也，其赏赐人者不德也，以法制行之，如天地之无私也……今乱君则不然，有私视也，故有不见也，有私听也，故有不闻也；有私虑也，故有不知也。夫私者，壅蔽失位之道也。上舍公法而听私说，故群臣百姓皆设私立方以教于国，群党比周以立其私……

故夫知效一官，行比一乡，德合一君，而征一国者，其自视也亦若此矣。

不数载而天下大坏，其有由矣。役万人，暴其威刑，竭其货贿。负锄梃谪戍之徒，圜视而合从，大呼而成群。时则有叛人而无叛吏，人怨于下而吏畏于上，天下相合，杀守劫令而并起。

庄仲华撰写了两三万字的论文提要。这里我列出较有代表性的论题：《论自尊》、《论民主》、《论法制》、《论感性》、《论理性》、《论个性》、《论大众》、《论信仰》、《论德政》、《论鲁迅精神》、《论人道主义》。他在论述中很多是以摘录为主，含沙射影，借古喻今。他的想法十分有趣，也非常庞杂。

尤永听说了邓小平批评教育部的指示：你们思想不解放，你们管教育的不为广大知识分子说话，还背着"两个估计"的包袱，要摔筋斗的。

她现阶段只关心报考的事，中央领导人对教育方面的片言只语都被当作重要资料悉心研究。总的说来形势是好的，保守派虽然从中作梗，但是他们的权力不如邓小平大，威望不如邓小平高，能力不如邓小平强。她想到自己有希望搭上末班车，心情宛如沃土中的春苗，茁壮有力，洋溢着阳光般的生机。要知道这是一个人一辈子最难得的机会啊！

社会上到处流传：十七年上大学靠分数，现在进大学靠权力。连小学生也懂得，啥文化不文化，只要有个好爸爸。她唯一担忧的是竞争太激烈，据说有上千万考生，积压了十几年，像泄洪的闸门一下打开，可想而知，不亚于你死我活的残酷的战场。她尽管抱有十足的信心，然而在很多情况下信心战胜不了运气。运气又是最不可捉摸的。

戏院门前广场东端，一个三四岁的男孩蹲在人行道边屙屎。男孩穿了一件花衬衣和一件红毛线背心，冻得缩头缩脑，满面孔污秽，大眼睛白漾漾的，手里握着一个吃了一半的烤山芋。尤永望见男孩的小鸡鸡。她走了几步，从侧面看到男孩屁股下一堆分量不小的屎。令她惊奇的是屎的颜色，她感觉那不是一堆屎，而是从一支硕大的颜料管里挤出的颜料，纯粹的正宗的橘黄色，明亮夺目，与这个时节的阳光融为一色。

戏刚刚散场。广场上仍旧停留了不少人，谈论着扮演谢瑶环的角色。尤永对京戏不在行，在吵吵闹闹的戏院里坐了半天，只记住裂帛般的一句高腔：忽听大堂一声喊，来了我忠心报国的谢瑶环。英雄崇拜是一种朴素的感情，尤其是历史上很少这样的女英雄。由于江青的原因，尤永对武则天很反感。

跃新民为了讨好她，坚持要去买零食。过节前的街市繁闹而混乱，她躲避身旁的人流，站到广场拐角的一棵大榆树下。

一位身着米色风衣的高高瘦瘦的男人走到她面前，皮肤白净，梳着光溜溜的小分头，水灵灵的大眼睛，身上香气扑鼻，手里提了只正播放着靡靡之音的索尼录音机。

交个朋友好不好？我在县粮食局工作，我的名字叫杨威。

你是马路求爱者吗？找其他姑娘去吧。

别把我看成坏人。时代不同了，交朋友的方式应该开放了。

看样子你不像有做坏事的胆量。我喜欢交敢做坏事的朋友。

我一眼看出你是个有意思的姑娘，所以主动过来和你联络。

你也很有意思，如果你是女的，一定是位引人注目的马路天使。

我们中国人太保守了，外国人就不这样。

你去过外国吗？

没有去过，电影上和书上都这么描写，人家交朋友很大方。

报纸上登了马路求爱者的故事。你是学来的吧？

我是觉得中国人太保守了。我们这一代不能再像上一代那样，我们应该有自己的思想，自己的行为方式。

这和保守有关系吗？未免有点儿可笑了！

我大大方方提出与你交朋友，你又紧张又警惕，还不保守？

你觉得你有这样的魅力，可以和所有你遇到的姑娘交朋友？

我希望我们年轻人带个头。

行啊，你带头，但是别把我带上。

事态在发展过程的当中很难判断其利弊,要等时间来证明。但是我们生命的每一个紧要关口又是转瞬若失,谁敢拿切身的幸福与时间赌输赢?这个阶段尤永苦思冥想,心里已经拿定主意,只是找不到光明正大的理由说出来。

快近年关的时候跃新民磨破了嘴皮子请她上县城看戏。跃新民恨不得向全世界炫耀,她尤永属于我的,属于我独有。

说实话,尤永和跃新民走在一起感觉十分别扭。当初怎么会应允这样一个地道的农民,一个木头木脑的乡巴佬了呢?别谈什么共同志趣,日常间的对话都是文不对题。他心地善良,忠诚厚道,会体贴人,光有这些太不够了。他与她的理想生活相距十万八千里。他根植贫瘠的底层,在那里,活着就是吃喝拉撒传宗接代。如果忍受下去,她将彻头彻尾变成一株枯树,阳光雨露清风明月都与她彻底无关。下乡这几年,她心里更加看不起乡下人了。

是因为半路杀出了程咬金?

尤永遇见了中学同学程煜东。

就在那个马路天使刚刚离去,尤永东张西望寻找跃新民的时候,命运之神让她转了个弯。程煜东正好迎面而来,先看见了她,嗨地大叫一声,不是尤永么?好家伙,尤永你怎么在这儿!

转弯是很简单的,就如斜刺里正好刮来一阵风,不知不觉改变了你所站的位置和方向。尤永和程煜东迅速交谈起来,迅速知道对方的经历,迅速了解对方都在积极准备参加高考。

尤永突然发觉这次会面非同寻常,如一扇封闭多年的窗户敞开了,清新的气流涌进来了,使她压抑的滞浊的心胸一下子变得轻快了。

跃新民看看桌上的闹钟已是八点多了,打算离开,但是不敢擅自做主,要等尤永表态。尤永明天回家过年了,在新民家吃过晚饭新民送她过来,两人一起做些必要的收拾。

尤永始终不声不响,似乎心事重重,有什么难言之隐堵在嘴边。尤永近来一直如此,神情恍惚,说话吞吞吐吐,连带她的面容都有大的变化。

他躲在暗处窥视，极力想弄清这种变化的根源，不管根源如何，变化本身足以使他心惊肉跳。他表面上不动声色，保持一贯的温顺微笑，内心早已乾坤颠倒噩梦连篇了。

很多个不眠之夜，他披衣起床，踮着脚尖溜到寒风刺骨的屋外。外面漆黑一团，坚冰似的拦住去路。假如真是失去尤永，他还有什么活的去路？恋爱中的男人就是这么脆弱，比女人更容易折断。

跃新民甚至不敢找机会与她谈一谈，宁愿焐在里面，拖一天拖一分钟都是好的。

亮度不足的电灯照在褐色的土墙上，反射到他俩躲闪的瞳孔里，都能从对方的神情中望见自己的心境。屋里屋外没有一丝响动，跃新民似乎已经走在回去的路上。寒气逼人的冬夜里，除了他本人的脚步声四周万籁俱寂，他希望听见一两声狗叫，看见一两颗绿色的星星。

尤永坐在她那张铺了厚被褥的木板床铺上，略低着头，双手拢在胸前，将一条辫子衔在嘴里，不时瞟一眼放在脚边的两只旧帆布旅行包。

尤永穿了一件粉红色外套，脖子上扎着一条鹅黄色围巾，衬托出光润秀丽的脸庞。她的刘海天然有些卷曲，额头饱满，眼睛如明镜一般，鼻子小巧，肉感的嘴唇绯红的——她在新民眼里无异于仙女下凡。

“尤永，过了年我去接你好吗？”

尤永抬起头朝他讪笑一下。她有两颗可爱的虎牙。

“接什么接？我自己不会回来吗？”

“你走了，我……要冷清死了。”

尤永悄悄吁了口气。她感觉自己在犹豫中度过了整整一个世纪，受着内心火烧火燎般的煎熬。某个念头逐渐从褐色的土墙的包围中凸现，她环顾包围了她数年之久的褐色土墙，被她恰当比喻过的地牢，阴暗潮湿的栖身之处。现在好了，只待她最后决定下来，从此便可以一无牵挂地远走高飞了。在决定下来的最后当口，她的良心受着严厉谴责：太对不起跃新民了。她知道会为此终生不安——因而她必须作出牺牲，以牺牲换来一定程度的自我安慰，哪怕仅仅是自我欺骗也好。

尤永早就怀有隐约的荒唐的想法。她应允他的当时她就意识到他俩不会有结果。她实在是爱不起来。她只是需要恋爱的形式，为了使枯燥乏味到极点的日子能够扳着手指一天天度过，应允这个细心体贴的男人进入她的生活而不进入她的情感，算作一种依赖，勉勉强强维持到现在。

他是全身心地献给了你，无所保留。那么你呢？你当然不能一拍屁股一走了事，那么，就把你唯一的资本加以使用吧。

她定神地望着坐在对面的跃新民，这位老老实实的当地农民。他的长相并不俗，浓眉大眼，身架子阔厚，蕴含一股男人的热力。可惜只在气质，终究显得浅陋露拙，缺少气质的男人在她眼里只是一具躯壳。

她酝酿了半天，桌上的闹钟声声催逼，心里越来越慌了，夹带一种神秘的恐惧，一种生理的骚动，在向她提出挑战。如果自私一些的话，完全可以不必违心去做。

"新民，你坐到我这边来。我们应该亲热一下。"

跃新民几乎不相信自己的耳朵了，醉汉似的摇晃着立起，又无力地跌坐下去。他的面孔霎时变得煞白，霎时又变得一块红布似的通红。

"明天你不是要走吗？不早点休息吗？"

尤永扭动身子撒娇地哼了两声，翕开嘴唇露齿一笑，桃红的面容和流彩的目光。以往俩人也有过一些经历，限于搂抱和接吻，总让新民当作蜜糖一样无穷地回味。她的身体笼罩着一层令他炫目的光圈，阻挡他走近，即使把她搂抱在怀中仍旧相隔这层炫目的光圈。

她向他招手，再不从命她要大发雷霆了。

跃新民鼓足勇气笨重地移到她面前，两手搭在她肩头。她有些疯狂似的起身一把搂住他，勒得他有点儿喘不过气。她把脸埋在他的肩窝，像风中的小鸟断断续续呼唤，跃新民啊跃新民……

尤永此时真有万箭穿心的感觉，被击穿了，遍体鳞伤了。苍凉的灵魂哀哀地哭泣。想一想，二十四年韶华铸就的宝贵贞操这么付出去，作为良心天平的交换，损失不能说不惨重！

回顾自懂事至今的全部历程，从没有像这样自愿站在屈辱的高地，痛遭自己的嘲笑和谩骂。她切实感受到心尖的物质化了的痛楚，如细细的钢丝一道道捆紧，血滴颗颗渗出，痛得她浑身打战，甚至超过了每个月“老朋友”来访前的剧痛。她拼出吃奶力气靠在最后的意志的防线上。不能再后退了，刀山火海也得要闯一闯。

跃新民确实惊呆了，可以说魂飞魄散了。他在一团昏乱中几次想停下来理理头绪，怎么可能？不可能是真的，绝对不是真的！他浑身烧着了，伸长脖子呼吸，眼前一片迷乱，抖个不停。

“尤永……行吗？还是不要吧……”

“你不想要吗？可别怪我哇。”

“不是的……我怕你……”

“死相！快点，我不理你啦！”

“……”

尤永已经脱了衣服钻进被窝，只露出一双跃动火苗的眼睛。跃新民有史以来第一回望见她当着他的面脱衣服的举动。他别过脸去不敢多望。他望着屋外那片寒风中的冻土，漆黑中的云团，树枝和蒿草弹来弹去，发出呼啸声，如滴滴冬雨打在沉默的河面。他分不清东南西北，犹如走到某个险象丛生的陌生之地，心中充满惊骇——但是不能否认惊骇中暗含着狂喜。他蓦地看到了希望在闪闪发光，黑暗里的明灯点亮了。正是这一点使他全身急骤扩张，一种酣畅淋漓的感觉油然而生。尽管他在这上面根本一窍不通，这不要紧，他欣喜地理智地思考，谁都有这样的第一次。

尤永触摸他滚热的僵硬的肉体，障碍总算拆除了。两人互相搂抱，互相抚摸。冰冷的被窝变得热气腾腾，像密封的浴室。他顺利地压上来，她的恐惧已经麻木。她发觉自己仅是一具活动的肉体而已，只等外部事物击破肉体便表示一个段落告终了。

她在一刹那间仍是无比紧张的，是众多渲染过头的道德说教起了作用，直到最后她还把它当成自我毁伤的证据。她刚刚感到些许撕裂的疼痛，便适时地张开嘴巴哇的一声哭了。

她奇怪热泪竟如流水一般的，止也止它不住。

八　帮助

程煜东凭他县委书记儿子的身份本来早就进大学了。县里几个头头的子女通过各种渠道,以工农兵学员的名义有进清华的,有进复旦的,最差也进了省里有名的大学。程煜东却羡慕当兵生活,毫不犹豫参了军。他运气不佳,所在部队驻扎在穷山恶水的偏远地区,粗茶淡饭闭目塞听熬了两年,借口身体有病逃了回来,窝在知青办蹲办公室,和别的同事一样,整天喝茶看报纸,无所事事。

程煜东平时倒也偶尔看看书,知识方面没有全部荒废。他得知恢复高考的消息后,开始认真复习功课,希望考出比较合意的分数,堂堂正正踏进大学校门。

中学同学现在见了面很多连名字都叫不出,唯独对尤永印象深刻。他父亲以前在尤永他们镇上当镇委书记,“文化大革命”来了,戴高帽子,游街示众,坐喷气式飞机,和尤永的老右派老子一样饱尝群众专政的铁拳。不同之处在于父亲被斗过一阵之后就搁在一边,安安稳稳做起逍遥派。尤永的老子却吃尽了苦头,新账老账一起算,打翻在地还得踏上一只脚。

镇中也成立了五花八门的造反派组织,串联、破“四旧”、斗走资派斗、打坏分子,搞派性、搞武斗。噩梦般的经历可以冲淡,但是不会全然遗忘。程煜东一见尤永马上感到发自内心的亲切,像久别重逢的老朋友,有着说不完的话儿。正如当年他俩作为“狗崽子”,没资格加入革命群众组织，只能躲在背地里发牢骚。他发觉尤永比自己强，不像他灰头土脸背思想包袱，照样挺耸胸膛一副理直气壮的模样。

她嘴巴锋利，大道理小道理一套一套。什么血统论违背历史发展，什么知识就是力量，什么知识是实现个人价值的基础之类，在当时情景下算得上是高瞻远瞩了。他们一谈几个钟头，因为有了谈话对象，两人才从孤独中自拔，变得有所期待，不那么消沉了。

程煜东随父亲搬到县城后还与尤永通过好多封信。尤永在他心目中始终像早晨八九点钟太阳，那样的热烈，那样的亲切。

县里新成立的招生办要求县中办了一个高考补习班，为的是临阵擦枪，由经验丰富的老师做些辅导。很明显，这是为县里的干部子弟开小灶。程煜东补习了两回，发觉效果很好，想到了尤永，立即给她去了信，没等她回信又急着给她妈妈厂里挂电话，没过两天又用他父亲的名义向小车队要了辆吉普车，直接开到尤永家，不由分说接了尤永上县城。

那时春节刚过，尤永接到跃新民的来信，表示无限思念和离别之苦，言下之意，如果她同意的话，他想来探望她。尤永心情坏透了，咬牙回了封信，让他千万别来，理由是来了会妨碍她复习功课。程煜东的突然到来使尤永喜出望外，去县城补习一段时间，考分将会有所提高，因此毫不犹豫，简单收拾一下急匆匆地跟车走了。

程煜东和尤永在戏院门口偶然相见，竟使他着魔似的整天思念起她来。不敢肯定这是否就叫姗姗来迟的爱情，反正激情已被她煽动起来，在激情之中筹划计策。他故意忽略她身边有没有对象这一问题，一味强求主动，说到底是因为他相信自己具有无可争辩的竞争力。

男女之间相吸相斥的磁场如何产生？也许真是俗话说的“缘分”二字。在谈对象方面程煜东并不是新手，已换过了好几个，总有不中意之处。他不急于确定，县委书记家的三公子这个身份足可招蜂引蝶了，又是青春妙龄，门槛快被热心的介绍人踏扁了。

程煜东不像他两个哥哥做事那么豁边，懂得遵循方圆规矩，把握自己的感情，也尊重别人的感情。他的另有一个优点是他想干点属于自己的事业，至少该做出比父亲像样的业绩来。这或是导致他对尤永刮目相看的原因之一。

程煜东在离县中不远的地方找了间空房子，安排尤永住下。两人现有的关系容易处理，毕竟是过去的要好同学，一起复习有助于共同提高。双方都举着这面旗帜，掩住其余想法。程煜东知道，不能过于急切，尤永自尊心很强，弄不好会啐他一面孔唾沫。

程煜东对考什么专业有些彷徨，认为文科不实用，理科又比较枯燥。听了尤永反复论证文科的好处后，开始偏重文科了。

恰恰这方面尤永高出他一筹。谈着谈着，他发现尤永潜藏着更深沉的可爱之处。除学识和记忆力的优点外，她含而不露的气质也令他倾倒。一种不温不火的状态，兼有朝气和成熟，在不给你负担和压力的情况下让你不知不觉接受她的观点，和她平素那副宠辱不惊的淡泊的外表一样。

他逐渐认识那是来自她内心的优越和高傲，不会因为社会地位或家庭背景而露怯。反倒是他，产生了无奈之感，仿佛在花园的围墙外转来转去，仰望姹紫艳红的枝梢，嗅着沁人心肺的香气，可是无法进入——有她这位威严的把门人，他一接触她的目光立即感到心虚，告诫自己万万不可贸然跨前一步。

尤永肚子里一笔明明白白的账。程煜东再念同学旧情也不可能花这样大的力气帮助她，目的性是明显不过的。她暗地里分析，他即使做出主动追求的姿态也属正常。她当然不能有任何表示。她装糊涂，摸着石头过河，等待事态自行发展。

话又说回来，她对程煜东从来不讨厌，几乎还有好感。以前，他身上就没有干部子弟那种浅薄的傲气，知道黑白是非，不把父亲的地位拿到同学中来炫耀。有的同学的父亲不过厂长科长，便自认为背景了不得了，仗势欺人，占别人的便宜。程煜东在同学中间口碑不错，给她留下了好印象，现在续上了，是顺理成章的事。

只有想起跃新民才使她心情黯然。拿这两个人比较，跃新民仅是一副躯壳而已。这一页怎么翻过去？令她辗转反侧，交织在厌恶、疲倦、无奈、自责这些烦乱的情绪中。

她到县城的第四天，程煜东就邀请她去他家玩。名义上是玩，实际上是一次正式的隆重的宴请。程家全体成员悉数登场，把她待为上宾。两位快嘴利舌的嫂子，毫无来由称赞她这样好那样好，弄得她十分尴尬，心里对程煜东好不恼恨。看样子是他刻意安排的这场三堂会审。不过，人家没有挑明，她也只好装聋作哑。

要说尤永真的恼恨程煜东是不确实的。姑娘家没有不对抬高自己身价的机会怀有觊觎之心，机会到手至少心理上该是满足的。况且，她第一次踏进官宦家庭，有一种出自平民的神秘感觉。她发觉不仅程煜东本人对她百般巴结，他的家人也乐于接纳她。其中的缘由来不及深究细察，事情来得太突然了，有些懵懂。这是无所谓的，把它看成时来运转的预兆好了。

今年过年碰上连续的好天气，为走亲串友的人提供了方便，因此村里特别热闹和忙乱。

每年的年头上总是老规矩，远近左右的亲眷朋友聚在一起喝酒吃肉，酒足饭饱之后男人们开两台牌桌，赌个小小的输赢。女人们拢成一圈边嗑瓜子花生边拉家常，唠些家长里短不着边际事儿。孩子们照例是最兴奋的，穿着五颜六色的新衣服，口袋里装了几角压岁钱，手中抓着吃食或玩具，一个个都像下雪天的撒欢的小狗。乡下人一年之中全靠年头上这几天悠闲日子，放松筋骨欢乐一番。正月一过农活便接踵而来，又得开始一年的劳作了。

跃新民强颜欢笑加入到吆五喝六的男人堆里，陪他们喝酒打牌，涨红着面孔听任别人拿尤永与他捉对儿开涮。他的笑容是刻在他脸上的招牌，为的是不冲淡现场的欢乐气氛，让别人相信他也一样兴高采烈。

每人都在热心地询问：什么时候请我们喝喜酒？有谁知道悲哀的潮水快要把他淹没了。

他的身边弥漫着酒气烟雾欢笑和喧闹。假如他独处荒野，反而不会萌生如此强烈的孤寂感觉。那些叔伯长辈、兄弟姐妹、远亲近邻、知己伙伴，一股劲地鼓吹及早成婚的种种优点，也有人拿女知青不牢靠的事例加以暗示。他们个个出于好心。可是好心又有什么用?

尤永刚走几天,心眼精细的新民娘便看出苗头不对劲。新民整天蔫头蔫脑不吭声,原本红润的脸色一下变得苍白,像生过一场大病。她小心翼翼探询过几回,新民都是没来由地发一通脾气,嫌她多嘴多舌。知子莫过于娘,自己的儿子背负着痛苦做娘的怎么会视而不见?可是她一点法子也没有,暗暗揪着心陪儿子一道受苦。

为娘的睡不着,听到儿子深更半夜起床的声音,轻手轻脚开了门出去,也跟着披衣下床,躲在门后窥望。儿子穿着单衣单裤,孤零零站在黑暗的严寒中长叹短吁,一站就是个把钟头。为娘的心碎了,眼泪扑簌簌地掉。她不敢惊动儿子。事情肯定是与尤永相关的。

新民爹是烂忠厚的人,只晓得贪早摸黑干活,没嘴葫芦似的,家里大事小事全由新民娘拿主意。新民娘非常不易,接连生了五个儿子。现在新民和两个弟弟能挣工分了,还有两个弟弟念中学。新民娘操持一家子人吃饭穿衣,一年到头除去口粮菜蔬零花,剩不下几个钱来。硬靠省吃俭用,燕子衔窝那般积少成多,总算在一年前造起了两间瓦房。儿子们长大成人了,到了替他们操心找媳妇的时候了。她巴望攒下些钱再造两间瓦房。听干部说,有的地方把社里的田划到个人头上,多收多得,我们要给每家多分自留地,每家每户发展农副产业,可以养殖,可以种菜种瓜果。要是真的实行,她家有的是劳力,几个好年成下来就发达了。这样的话,轮一轮二,先解决完老大、老二的婚事,等五个儿子都成家立业后,她就可以安下心歇口气了。

当初她得知新民和尤永要好,便心里一百个不踏实。人家是外地知青,根不在这里,一有风吹草动说飞就飞,连个影子都不会留下,这种事耳闻目睹够多了。尤永的确是讨人喜欢的丫头,长得体面,又知书识理,说实话是新民攀了高枝。因此她这个为娘的尽孝似的竭力伺奉尤永,三天两头做了好吃的款待她。夏天替她打扇,冬天帮她暖手,抢着为她洗脏衣服,诸如此类,以此弥补新民身上的欠缺。尤永三番五次过意不去,连新民几个弟弟在一旁看了也忍不住讲她这个做婆婆的太肉麻。她想到以往的担忧一旦要变为现实,难受劲儿不亚于新民,做娘的和儿子心连着心！

年头上新民娘忙着迎来送往，顾不上过多关心新民。一连好几天新民夹在男人堆里喝酒打牌，没什么异样。直到初六那天中午，轮到她家留外村的远房叔伯兄弟吃饭，开始的时候还好好的，新民虽然话不多，脸上笑眯眯的，一起闹哄哄地划拳猜令，喝了几口烧酒，情绪似乎比前些天好些了。

大约开席不到半小时，新民娘端了一盘红烧鱼从后面厨房里出来，听堂屋的饭桌上哇啦哇啦的吵嚷声，杯盘落地破碎声，心里一拎，料想要出事情。她三步并作两步跑进堂屋，看见新民活像疯子，一手揪住旁边人的胸襟，一手挥舞酒瓶，裂着嗓门狂吼怒叫。可怜那人的额头上已淌下鲜血，昏厥似的随着新民的猛烈推撞而软塌塌地摇晃。

百般犹豫后，新民鼓起勇气给尤永写了封信。

思念一个人会这样的难过，这样的痛苦。你走了后，我有一种掉了灵魂的感觉。胡思乱想得很。每一天多么慢(漫)长，每一夜多么慢(漫)长。我睡不着觉，天天睡不着。他们说我瘦了很多，脸色也不好。我一直回想那天晚上的事，到现在还不相信是真的发生过了。我觉得那是我做的梦，美好的梦，因为太美好了，我就不相信是真的了。我抱着一个梦想，希望能梦见你。真的这样。我每天睡觉前求神包右(保佑)，让我在梦中见你一次。说真话，我在梦中一次也没有见到你过，因为我睡不着觉，当然就做不成梦了。我每天要很多次到你的房子那里去，一天不知要去多少躺(趟)。我知道去了看不到什么，只有铁将军把守。这条路快给我踏兰(烂)了。我很犹豫，不去心里更难受，看到铁将军把守也是高兴的。我去的躺(趟)数多，怕村里人看了要笑话我，后来就偷偷摸摸去。饶(绕)几条路，望(往)村后面的机根(耕)路走。我觉得像个小偷了。过了年，请你告诉我回来的时间好吗？我现在最想知道你什么时候回来。如果你最近不回来，我的日子就更难受了。昨天我想了很长时间，你的家离我们这儿又不远，用不着承(乘)汽车，我借一辆自行车骑大半天就到了，早上出发，下午准能到了。这是个好办法，看你一眼，马上就骑回来。不在你们那里住夜，我骑回来吃的(得)消。夜里就到家了。但是我必须听你的回答，你要我怎么样我就怎么样。你复习功课一定很吃苦，要注意身体，考不上也不要紧的，关建(键)是身体要弄好。我妈和我们家里的人多(都)想念你，盼望你早点回来。你能抽空给我回一封信吗？如果你同意，我借一辆自行车骑来好了……

尤永再也没有回到过她插队的地方，一次也没有。她像笼中之鸟逃离之后便无影无踪了，连报手续全是程煜东托朋友来办的。

等到春暖花开的时节，太阳如被清露淋洗过一般鲜亮。麦苗绿油油的形成绿色波浪，一垄垄菜地放出悦目的青黄色，蜜蜂和蝴蝶营营地闹腾。蓝天下的远山环绕透明的烟岚。湖滨港岔泛显金箔似的水纹。树枝的嫩芽绽出银白的一点点绿。田野蒸发热哄哄的土腥味和植物的汁液味儿。村落的白墙红瓦格外醒目了。

人们的脸上抹去冬季灰蒙蒙的慵懒。牛羊欢叫着抖擞闪光的皮毛。乍暖还寒的交汇之际，万物复苏造成的阴阳两极的对比，时时在跃新民的心间产生洪钟样的振幅。要么就此消沉下去，要么重新振作起来，但是绝不能再抱丝毫幻想。

尤永离他而去了。他的心神萌生了一个奇怪的念头，尤永你死去吧，你死了才活着，才是他这一生最爱的人儿，才是他的太阳和空气。

她杳无音讯地活着相反使他感觉到她已经死了，已经不在这个世界上存在了，而这一点恰恰又最使他梦魂萦绕欲罢不能。为了压制自己火药般燃烧的思念，掐断那种不顾一切前去探望的欲念，他只能用自我折磨的办法，疯狂地损伤自己，让自己的身体无休止地处于残酷的刑罚中，每一个小时每一分钟，咬紧牙关经受剧烈的疼痛，以此转移心灵的窒息般的痛苦。他娘他爹他弟弟都看出来了，村里人也都看出来了。

人们的关切和同情对他来说无疑是毒药，是乐果和六六六粉，即使不喝下去，熏也熏得心肺中毒了。村里上下三等人都对他的品性跷大拇指。当手扶拖拉机司机这几年，替队里跑运输，帮了村里人不少忙。到县上镇上捎些锅碗瓢盆时鲜小零碎什么的，顺路捎带难得出门的村里老小一程两程的，尽力尽能为人考虑，从不借故推却。这是他家的老传统，他娘他爹一辈子如此，对几个儿子从小也是这么要求，不许坏良心，不许占便宜，所以赢得了长久不衰的好名声。说起跃家，村里人一致交口赞誉。

现在跃家老大碰到了难过的坎儿，人们好心好意出面劝说，无形中造成了极大的压力，使跃家人人个个感觉危机重重。

跃新民立下一条铁的规矩，自己就是因痛苦而死，也决不责怪尤永。

新民娘与儿子想到了一块。姻缘不合，怪人家不得。再说尤永是个本分丫头，不愿嫁过来，肯定有她的难处。新民娘目睹了儿子九死一生的惨状，这一点旁人不会了解。儿子简直是对自己下毒手。谁敢拿老虎钳一把把夹自己的肉呢？拿脑袋砰砰地撞砖墙呢？用碎玻璃戳手腕呢？她看到儿子痛得面孔像纸一样煞白，豆大的汗珠一粒粒滚落。雪雨交加的深夜，儿子脱光衣衫站在门前空地里。儿子不会意识到身后还有一双心痛欲绝的眼睛，与他一道遭受心神剧痛的老娘亲。她藏着躲着，装出不知情的模样，到了实在不行的时候，才流着眼泪和儿子说过一回悄悄话。

新民，你喜欢她，咋办呢？她不会回来了，她不会有意这么做的。你不要作践自己了，为娘的实在看不去了。

娘，我只喜欢她，世界上我只喜欢她。没有她我受不了，我想死。可我不会去死，这样做会让人家笑话我们家。我苦也苦过了，娘你放心好了。

跃新民扛着痛苦走出了痛苦的极限。他逐渐产生前所未有的强烈愿望，这辈子无论如何都与尤永维系在一起，因此有最大的理由护着尤永。离别前那一晚，她要给你，强逼你接受，现在你明白过来了，可惜你接受了，要不然你的心中会燃起更加纯洁的爱情之火。渗入了肉体气味的杂质，她的光环略显一点破损。应该怪他不好，他太愚笨，幸福中慌乱中没看出里面的蹊跷，糊里糊涂成全了。但是她的形象仍然完美无缺，在他心目中光芒万丈。这种光芒由痛苦撞击而出，显得特别尊严和高贵。

吃晚饭的时候二弟忍不住咕噜了一句，尤永不是东西，害人精。

二弟这话是为大哥抱不平，看到大哥被折磨得不像大哥了，迁怒尤永，是出于兄弟间的手足之情。然而大哥炸药似的一点就着，将饭碗砸到地上，一蹦三尺高，大骂二弟畜生，吃屎的货，就要动手打人了，被娘哭着求着硬是按住了。

新民强迫自己冷静下来，家里呆不得了，村里也呆不得了。人们出于好心纠缠他。不单如此，他的痛苦之地，伤心之地，随便看见某样东西都会联系到尤永，一切都是她的。一棵小草一块石子，在这个地方——天空的云和地上的风，鸡鸭狗猫眼里的神情，都让他心尖儿打颤。他在这里摔得太重了，无论如何爬不起来了。他爬不起来了，只能远远地逃离了。

临行前不能不最后望一眼她的土屋。

村间的泥土小道浸渍在黄昏的茶色光芒里，照出纷乱的脚印和车辙。他的影子被路旁荆树枝剪碎，聚拢，又分离，如天空的一群群的褐色小鸟，被耀眼的晚霞隔离，投下忧郁的阴影。篱笆下簇拥几许艳丽的粉红的野花，看那花瓣暗含了多少期盼，错过青春的季节，便会迅速衰落下去。

他沉重地走过，每一步都缩短了季节的距离，在一声连接一声的犬吠中走进幻想。他向前迈进，他的目标也等距地向前迈进，永远保持现实的长度。那么实际上他看不见眼前的所有景物，田垄和水闸，远方的炊烟，金红色的圆盘样的落日。

他已在千里之外，越过了崇山峻岭，湖泊平原，却来到她的土屋前面。他被一连串热泪打湿。门上那把生锈的铁锁，门畔丛生的绿草，由他亲手搭起的凉棚已经倾斜。

他将目光转向雾气弥漫的未来，路程终究是有限的，地界也是有限的。出得了县出得了省，出得了国么？出得了地球么？

但是，你一定要力求使你的步子跨得更远，哪怕逃进最偏远最荒凉的深山老林，风餐露宿，像猿猴那样生活，终归是离得越远越好。

九　位置

程书记两口子是一对奇特的搭配。程书记个儿高，胖得有些臃肿。他的任何动作都给人慢半拍的感觉，走一步路喝一口水都缺乏连贯性。开口说话更是慢慢吞吞，一字一顿的，带着老烟鬼常有的咽喉发炎的丝丝声，如一面老旧的破鼓。这样的话，他一天二十四小时除二，只能作十二小时的用途。过分肥胖必定损害健康。程书记身体不好是众所周知的，县医院的老常客，中药加上西药，当饭似的吃，过一段时间就得上省城大医院作一次全面检查。

程书记刚好六十挂零。以他的说法，正是年富力强的时候，能好好的再为党工作几年，主观上不同意从书记这个岗位退下来。程夫人姓傅名香兰，是县机关幼儿园的主任，老的小的都争着喊她傅阿姨。傅阿姨绝对称得上是县城最时髦的女人。近五十岁的人还敢花花绿绿地装扮，一年四季的服饰品种花样繁多，各式皮鞋据说就有十来双。傅阿姨也显得富态了些，身段不合她自己的要求。亏得她善于保养，看上去比实际年龄小几岁。

人人都知道，让傅阿姨高兴只要唱这出戏，夸她年轻，说她不像书记的夫人倒像书记的女儿。傅阿姨保准笑得满面开花，真的年轻起来，忸怩作态，讲话也变成姑娘腔了。

傅阿姨是个性格开朗没有暗心眼的人，凡事摆在面孔上，高兴了就笑不高兴就骂，免不了摜摜书记夫人的派头。人们认为，她为人不错，比有的领导夫人好接近得多。

说起程家的事，人人摆出一副资深专家的姿态，从历史到现状，有根有据娓娓道来，比程家的人更了解程家的情况。

傅阿姨不是程书记的原配夫人。有关这一点人们最为津津乐道，并且为此争论不休。一派人倾向于把程书记描绘成现代陈世美，遇到当时年轻风骚的傅香兰，便像苍蝇似的叮住不放，死死追逐，为了达到目的，不惜抛弃了替他生过两个儿子的原配夫人，导致原配夫人含恨离世。这种坏良心的人不会是什么好东西。另一派的观点则相反，认为程书记是无辜的。傅香兰设下圈套，百般追求组织部程副部长，费尽心机，紧追不舍了三年多时间。程副部长始终没有接受，倒是四方求医，为原配夫人治病。一直等到原配夫人病故后半年，他才与傅香兰结为夫妻。

两派人的观点是否真实并不重要，事情已经过去这么长时间，傅香兰生的儿子也二十六七岁了。就傅阿姨在程家称王称霸的情况判断，不像是她主动追求。按一般规律推断，谁开始主动，谁以后就被动。正如傅阿姨一方面出于为程书记树立威信考虑，极力否认他是抛弃原配夫人的现代陈世美，另一方面又不遗余力给自己声辩，你们看看，他那副粗样儿，大出我十几岁，又拖家带口的，难道我这么个漂漂亮亮的黄花闺女不嫁他就嫁不出去啦?

程书记家里三个儿子也是舆论分别追踪的热点。

大儿子玉龙在生资公司任经理。玉龙经理脾气大得吓死人，动不动口出脏话，骂天骂地，骄横跋扈。靠着他老子的牌头，都对他敢怒不敢言。玉龙经理非但脾气大，酒量更是大得一塌糊涂，两天一小宴三天一大宴，成群结伙摆擂台。人们总是看到他一副醉醺醺的模样，眼睛总是兔子似的通红。都传说他经济上不干净，又喜欢拈花惹草，常常折腾出一些令人捧腹的桃色新闻。

二儿子建国是县公安局审讯科科长，据说不久要提拔为副局长了。建国不像哥哥那么张狂，是个肚皮里做功夫的人。同事们表面上与他热络，恭维他迁就他，实际上都对他敬而远之，防他一着。建国不合群，什么事情都牢牢藏在心里面。他媳妇是个狠角色，私心重，多吃多占，到了不顾脸面的程度。她在县招待所做小干部，认为屈了材，把上下三等得罪光了。有人预言，如果建国将来倒了霉，根源就在那个狠角色身上。

程家老大老二与他老子一个长相，又高又胖，邋里邋遢，睡不醒似的。唯独老三，不像一个老子下的种。应该归功于傅阿姨资质好，生出这么个眉清目秀的俊男子。性格也如他母亲，心直口快，为人随和，和他共事的人都愿和他交朋友。

年刚过，县里就传开了，新书记快上任了。程昊中调到地区挂闲职，或者干脆退下来。年纪大了，身体差，能力也不行。党的工作重点转移到经济建设上，搞四个现代化，需要年纪轻、思想解放的同志顶上来。

别小看谣传，命中率一般不低于百分之九十。刘少奇倒台、林彪倒台都是这么传，上面还假模假式辟谣呢。知情人了解程书记在省里有后台，腰杆子很粗。官场上的裙带关系老百姓知之甚浅。一句话，老程没有功劳也有苦劳，多年来带病为党工作，精神可嘉嘛。党中央做出了英明决定，搞经济建设，对大家都是新课题嘛，思想要转弯，也不是一朝一夕的事嘛。程书记与省里的老首长暗中通过气，一颗定心丸落肚了。他的学问不大，却知道天不变道亦不变的祖法。谁上谁下上头说了算。

恰在这时候，省委和地委都转来群众的匿名信，状告生资公司经理程玉龙贪污挪用腐化失职等十条罪状。并且影射程玉龙的所作所为受了他这个县委书记老子的纵容，群众影响极坏，强烈要求上级派调查组进行彻底调查。一眼可以看出，这是同僚借机倾轧，想雀占鸠巢。真是他妈的卑鄙，还来“文化大革命”那一套，扇阴风点鬼火，唯恐天下不乱。

程书记是经历过大风大浪考验的人，这点小把戏在他眼里不足为奇。姜是老的辣。权仍在他手里，能够化大为小，化小为无。他示意组织部门找玉龙谈话，措辞要严厉，批评要狠，要充分体现组织的威严和力量。王子犯法与庶民同罪。让群众看看，程书记的儿子有错误照样不宽恕。同时也要按毛主席教导的，惩前毖后治病救人，以帮助教育为主，不搞“四人帮”那套一棍子打死的极左做法。坚持实事求是，如果不适合在这个岗位，就马上调离。于是几天工夫，一纸调令，这位花花太岁就去县计划生育办公室任副主任去了。

程煜东对两个同父异母哥哥一向看不惯。无法无天的东西，自古多行不义必自毙。老大被群众揭发了，靠着老头子还在台上，掩人耳目换了个地方。现在还没有人揪老二的辫子。程煜东心里清楚，老二干公安这几年，群众反映很不好，手上残留着无辜者的鲜血，吃不了兜着走的下场在后头。两个嫂子更让他恶心。一对活宝，平日里作威作福，四面树敌，把程家的脸丢光了。

程煜东对母亲也是一肚子意见。不像话，这一把年纪了，还花花绿绿像只惹眼的蝴蝶，搔首弄姿装小。县委书记的夫人可是树大招风，人家当面夸你两句，背地里不知怎的铺排你呢！他替母亲脸红，从不愿意与她一起出入。

眼下他只有一个目标，争取考个理想分数，上了大学就眼不见为净了。因此他特别看重尤永，把她当作黑暗中的启明星，未来和希望所在。他的热情越来越高涨。两人出双入对，俨然一副恋人的姿态了。

家里人对尤永的品貌无异议，要做儿媳还需相应的政治条件。母亲几次问起尤永的家庭情况，出身成分及社会关系。他都含糊其辞地应付，她父亲是一般教师，母亲是一般干部，行了吧？

尤永尚未把对跃新民的歉疚掩埋好，深感心伤不易愈合。

做过一件错事就如落下终生污点。她将它提升到道德层面加以剖析，这么做虽有理由，然而闭起眼睛思索，很大程度上仍是自欺欺人的辩解。她有什么更好的策略呢？

这也或多或少影响了她与程煜东的深入交往，面对两种无辜，生活的旋涡使她无法确定。一开场就注定了先天的缺损。她不是个苛求的人，问题是她不苛求却被推到苛求的境地，怪谁去？

程煜东确实是真心真意的，像当初的跃新民一样。反过来说，难道我是罪人吗？可以随随便便牺牲自己吗？

两人常去城西的紫霞湖畔散步。落霞与孤鹜齐飞，春水共长天一色。尤永处心积虑把话题绕远。

“好男儿志在四方,程同学认为自己是好男儿吗?”

“尤同学能不能摆摆好男儿的标准?我对照一下。”

“小荷才露尖尖角。希望是有的,希望在前头。”

“如果结伴飞翔,才会飞得更远。”

“雄鹰从不喜欢结伴飞翔,那是燕雀的事。”

“我属于传统型的人,需要看到实在的东西。”

“那我就属于未来型的,只看着前头的路。”

“昨晚我做了个梦,梦里你把我领到非常遥远的地方,走过了万水千山还不到达。我累得要命,可是喊不出声来。”

程煜东以百折不挠的毅力紧紧跟随,通过暗示、类比、隐喻表明心迹。看你尤永有多少办法加以搪塞。

晚上九点多钟上完课,他送尤永回住所。这是一个暗月之夜。唐宗宋祖稍逊风骚。成吉思汗只识弯弓射大雕。数风流人物还看今朝。他不知为何蓦然异样地激动,以一种按捺不住的口气说:

“有朝一日,我和一个我爱的女人在一个地方,手牵一个小宝宝,真是人间最大的幸福!”

“这不算什么奢望,睁眼看看,满街都是。”

许多日子来他感到彼此间的距离难以跨越,归结为胆怯和懦弱。他首次采取了单刀直入的方法:

“我一直没问你,你有没有男朋友?”

“我像有男朋友的样子吗?为何问这个呢?”

他又一次被她的口气震慑住了,幸亏暗月之夜掩盖了局促。信心像一块巨大的玻璃哗啦一声坍塌,砸在他脚背上,痛往心里面钻。他伸长脖子吸了一口寒丝丝的凉气。一种焦虑过后的绝望,他突然发觉到她刹那间的变化,轻轻搡了搡他的臂膀,吃吃地笑起来:

“程煜东有你的,跟我来这一套。别忘了我们可是从小在一条河里洗过澡的。请你大方一点好不好?”

尤永就是尤永,无论如何不会在你面前跌价。好吧。星期天该是最好的时机了。他说:“到我们家吃饭好吗?吃过饭我请你看日本电影《追捕》，据说这部片子在城市里轰动得不得了。”

十几年前程昊中是我们镇委书记，我是他治下的管制分子，想来他对我这个臭名昭著的老右派也该耳有所闻。我们有过一两回接触，把他形容为酒囊饭袋我以为一点不过分。他也肯定把我看作社会渣滓，一堆狗屎。差别天生就是这么存在着。

回想我找到他，提出我的申诉，讲了几句话就被他恶言恶语一顿抢白，喊人将我逐出他的办公室。程昊中黑着那张肉嘟嘟的肥脸，眼睛如肉堆里的一条缝，说一句话打几次逡：你以为，“四人帮”垮台了，就可以，随便什么，乱来啦？你无事，生非，想翻天？算盘别，打错啦。

令我愤怒的是他把我的合理要求当作无事生非，故意寻他的麻烦，我他妈的吃饱了撑的！他还说，你去，去上访好啦。你冤，什么啦？坐着一屁股，的屎。自己，不好好想一想！

我听说尤永竟与程昊中的三儿子好上了，真是哭笑不得。我和程昊中成为亲家了，简直是风马牛不相及的事！将来怎么坐到一张饭桌上呢？

我朝丽娟大发雷霆，骂尤永轻佻，不道德，水性杨花，贪图富贵。我宁愿要一个朴实的农民女婿，也不愿和程家结亲。说白了，我嘴上骂得痛快，心里却打起了另一番小九九。

你程昊中牛皮什么？以后用不着我老泰山亲自出马。尤永一番枕头话你儿子不乖乖照办？你儿子要你给老亲家帮点忙你敢推辞？用马谡的话说，某自幼熟读兵书，颇知兵法。山不转水转，等着瞧好了。

十　上下

我这粒虱子眼下行走在伟大首都的街道上。举世闻名的天安门广场、人民大会堂、人民英雄纪念碑、颐和园、中南海、北京猿人、万里长城、十三陵水库……

我的头脑十分纷杂，充满矛盾。我知道这取决于看问题的角度——逝者如斯，而未尝往也，盈虚者如彼，而卒莫消长也。盖将自其变者而观之，则天地曾不能以一瞬。自其不变者而观之，则物与我皆无尽也。但是，谁能绕过他面临的眼下的现实？

我在国务院信访办遇见一个上访者。他三十五岁，我看他却像六七十岁的老人，一头白发，黝黑干瘦，一株枯木似的，讲话如久病之人有气无力。他千里迢迢从新疆赶来，与我厮混熟了，把遭遇原原本本告诉了我。他说如果真有所谓的地狱，也不会比他的苦难更悲惨。

"我十六岁那年家乡遭难了，饿死的饿死，逃荒的逃荒。我听说新疆好找工作，有饭吃，便和几个同乡一起去。我们没钱，一路躲在闷罐车里。到了一个不知名的站，我渴得不行，想找点水喝。我刚跳下车，正好碰到一队犯人经过。一个解放军以为我也是犯人，揍了我一枪托，不听我辩解，押进犯人队伍里，塞上了一辆不知开往哪里的火车。我哭我喊都没用。他们打我，用烂草塞住我的嘴。两天后到了目的地，我才知道我无缘无故成了犯人，押到这儿劳改来了。我念过初中，懂得一些事理，向劳改场的领导讲明原委，请他们与我的家乡政府联系。我没犯过罪，相信事情很快就会弄清的。可是拖了一个月又一个月，我找领导申诉。他们便狠狠治我，打我，饿我，冻我，让我带了镣铐干活。后来把我押解到荒无人烟的大西北，和重犯关在一起。我想我活下来完全是靠信念支撑着，盼望有重见天日的时候。十几年来，你们在外面的人也可能吃了各种各样的苦，还是无法想象什么叫做劳改，什么叫做九死一生。我无法用语言表达。算是老天有眼，去年总算把我释放了。放也放得不明不白。我没被判刑，无缘无故成了犯人，不需要办任何手续。这世道是不是太荒唐了？我回到家乡。家乡人以为我早死了，不相信我的话，说我编出来哄他们。是啊，稍微有点常识的人都不会相信。我决心上诉，否则死不瞑目。难道十四五年冤枉官司白吃了吗？我的要求很低，还我一个公道就行。从县里到省里，这次到北京，他们说法都一样，要我体谅，要我等候。我这头白发，这副身架……”

有关这个世道的荒唐和黑暗，我的体会太深切了。

我说，我前后加起来写了有几百份材料。华主席那里寄了不下十份。中央组织部、国务院信访办、文化部、教育部我都寄过。我像抽大烟上了瘾，着了迷。没人理解我。人与人之间隔着九重高墙。

我采取没有立场的立场，没有观点的观点。捍卫某种我自己一贯反对的东西，抛弃某种我自己一向珍视的东西。我像患了不治之症那样悲观失望，又如不谙世事的孩童那样跃跃欲试。企图拨开迷雾见到天日，又想跳进深不见的悬崖，与龟蛇虫豸为伍。

我所做的努力还不够吗？

伫立在红墙外我痴痴地凝望，金黄的屋顶和苍翠的松柏。凝望它意义之外的象征性：一行黑鸟从视觉外缓缓飞过，纯蓝的天幕留下它们灰灰的身影，印在我的眼帘上，化为气泡样的粉末飘散，犹如我心头的悲哀。我向我的影子伸出手去，轻轻一掐，一声细嫩的脆响，断了。

一群冲动的诗人，才情勃发。冲动和才情与性欲无关，与酒无关。出于启蒙的强烈愿望，对社会不公的愤怒呼喊，将高贵和卑贱划定在政治范围。诗人用幽默来浓缩我们的活生生的经历：一声万岁，他妈的胡子就长出来了。

一九七八年的早春空气特别清冽。报纸上印满了“四人帮”的罪恶。各行各业的控诉。人们心照不宣,学会了用公开和私下两种表述方式。

本书作者在庄仲华的笔记里看到他用了各种曲笔,表达他对历史、现实和未来的看法。他很有意思,也很矛盾。一方面为中国文化自豪,充斥着王婆卖瓜式的自夸和优越感。一方面又对中国这样的国度竭尽讽刺挖苦之能事,批得一钱不值。他的基本结论是:中国肯定会好起来,但是肯定需要很长时间。或许是一百年,或许是一千年。

我得补充一个情节,以证明我和诸葛白之间说不清道不明的“缘分”。

我来北京所乘的那列火车挤得无立锥之地,别说来回走动,移一步都困难重重。车上大的骂小的哭,一派兵荒马乱时的景象。

我上车后一直木棍似的立着,十几个小时,腿都浮肿了。累啊什么的倒在其次,要命的是屎尿不留情,憋它不住。好不容易熬到火车到站,我随人流涌出站口,疯子似的从广场东端跑到广场西端,广场也是人山人海,哪里看到厕所呢?形势越来越急了。

后来总算发现宣传牌下有一间破旧的茅厕,我不顾一切一头扎过去,根本顾不上其他,眼前一片漆黑,慌急慌忙解开扣子,拿出来,机枪似的狂扫。

我听到女人的惊叫声,呵斥声詈骂声。等我系上裤带退出茅厕,看见里三层外三层围了许多人。几个女人指着我骂我臭流氓,我明白了,愤怒了,回骂了一句,他妈的你们才臭流氓!一个手持自行车链条的墩实的家伙给了我一下子,你傻逼进女厕所耍流氓,还他妈的嘴硬,跟老子上派出所去!

我被许多只手揪着,动弹不得,有人借机拳打脚踢。

救星出现了——诸葛白从天而降,奋力分开人群,操着一口地道的北京土话,忙不迭向众人解释。对不起对不起,他是我亲戚,第一回来北京,找不着厕所,憋急了没办法。大爷大叔大哥大姐大伙说,憋急了怎办?众人听信诸葛白,不再纠缠了,一个个嘻嘻哈哈笑着散开了。

我与诸葛白商量过上北京的事儿,没想到他已在这儿恭候了。他早我两天来了北京——这位仁兄,令我大惑不解:我来北京的日期和车次,他是从哪里知道的呢?

诸葛白让我今早在房间里等候,见见他的一个朋友。我这辈子第一回住进这种级别的地方——空军招待所,全赖他这个朋友帮忙。

我醒来时听见窗外小鸟声声啾啭,橙红的阳光映在窗帘上。我侧脸望望诸葛白的空铺,这位仁兄昨晚没有回来。我已习惯了他似风似雾的作风。我懒散地躺着不动。安静极了。

住这儿的人大约都有来历,不是首长就是首长的关系户,从服务员脸上谦恭的神色便可知晓。出门的人都有经验,服务员和营业员最难缠,一不小心就给你一顿气受。

起床后,我踱到绿茵如织的院子里。朝阳照在树冠上泛出铜绿色。露水洇湿了鹅卵石小径。修剪整齐的半人高的忍冬树上露珠闪闪。太湖石假山滴着晶莹的水滴。清澈见底的水池里游着红鲤鱼。

几步开外的葡萄藤架下两个干部模样的老者一板一眼打太极拳。我停下来,做了几回深呼吸,装模作样甩了甩手,做了几次扩胸运动,扭过头沿鹅卵石小径的踱向圆形的院门。

院门外有个篮球场大小的游泳池,水面幽深而发绿,泛着蓝蓝的粼光。一排茂密的树丛隔成了围墙。稍远处耸立一座年代悠远的宝塔,灰色的塔身蒙上青苔。一大群鸽子在塔尖的上空盘旋,哨音像少女的秋千荡来荡去。

一个身穿红色毛衣的姑娘正在泳池边忙活。她的倒影在水中化为零乱的殷红的水纹。这是一幅令人驻足的美丽画卷,我站住了出神地凝视。姑娘抬头向我露齿一笑,面孔如白玉兰般的灿烂。我赶紧朝她点头招呼,向她问好。

她用一支套了网兜的长竹竿捞水面上的杂物。见我站住了,她歇下手,笑了笑,试探着问我,您住 105 室吗? 我一边做着扩胸运动一边回答,我是住 105 室。跟着问她,您是这儿的服务员吗? 得到肯定后,我故意逗她说，您怎么知道我住105室，您认识我吗？她笑着摇头，有些羞赧似的说她认识叶军。我一下明白了，介绍我来此住宿的人叫叶军。于是我的脑子一转，趁机打听，叶军呢？我到现在还没见着。姑娘迟疑片刻，把长竹竿搁在泳池边的石阶上，走近我。这位亭亭玉立的姑娘身材和我一般高，大眼睛大嘴，皮肤比较粗糙，眉头有一颗红痣。她笑着问我，您是叶军家的亲戚？是从南方来的？来北京出差的？我含糊地附和着，等她往下说。姑娘似乎不好意思了，脸颊上飞起红晕，咬着嘴唇小声说，他呀，难得见着一面两面，忙东忙西，最近又搞起买卖来了。我唐突地问道，他父母呢，不过问么？姑娘疑惑地瞟我一眼，口气有些生硬，他哪来父母？他不是舅舅带大的么？

原先我屁也不知道，从没听说过。这会儿终于有所了解，诸葛白所说的此人的通天本事指什么。

叶军的舅舅在毛时代是个名震天下的重臣，现任中央政治局委员。那就顺理成章了，别说小小的空军招待所，就是北京饭店、中南海、钓鱼台国宾馆也住得进。

我回到房间，伸直四肢躺在床上，想入非非的念头浪潮般冲刷胸膛。别看我这人表面刻板，精明着呢，怪善于见缝插针的。

叶军很年轻，中等个子，长了张娃娃脸，讲话时喉音特别重。诸葛白把我介绍给他，着重强调，我是他很好的朋友。而叶军则是他的朋友的朋友，认识不久，却是“一见如故”。叶军非常健谈，不歇嘴地说东道西，目光时不时从我脸上掠过。我对他的脾气与为人不熟悉，不敢随意插话，僵笑着不住地点头。

叶军半躺在我的铺位上，嘴角叼着烟，说起官场和一些当官的主儿，用鄙弃的口吻谈论体制内的事物，嬉笑怒骂，一副见惯世面的派头。

我朝诸葛白瞟了一眼，他正似笑非笑望着我。我心里清楚，叶军的漫不经意的样子，恰好表明他的居高临下位置。他们这种人都是这样的，地球都围绕着他们转。

我们在房间里聊了一会儿，叶军提议一起去钓鱼台看看，他要顺便去办点事儿。钓鱼台这个名称对我们小百姓是振聋发聩的，国家首脑和外国贵宾的出没之处，国中之国，城中之城。有机会亲临，是一辈子难以想象的。我觉得有些激动，一种朦胧的慌乱，出于尊严，我表面上显得很无所谓。

另外一点，我是平生第一次坐小轿车。

我坐在车里感觉头脑晕乎乎的。叶军和诸葛白兴致盎然谈论昨晚某某人的醉态，某某女人的花边新闻，数目大得吓死人的生意买卖，一些事关国家大局的内幕消息，某某中央首长的动向。我靠在软垫上，闭着眼睛，被腾云驾雾的舒适感和满足感稳稳托起，仿佛突然找到了真正属于我的东西，恨不能平躺在上面，自由地飘流。

几天前，我把申诉材料交到国务院信访办一个姓王的同志手里。我深知我的申诉材料不过是大海里的一滴水。王同志态度倒是不错，唱了一番高调，却毫无实质内容。我又被自己料中了，失望了。我索性力求把自己放在观光客的位置，乱走乱逛。这是困难的，我天生就有这种毛病，为那些不着边际的事情揪心。风声雨声读书声，国事家事天下事。我始终没把自己的位置摆平，始终站在跷跷板上。按理说，我早该从自己摔得鼻青脸肿的事例中醒悟。什么君子为学，以明道也，以救世也。屁话，全是大屁话。我一辈子阴差阳错，牵牛的逮不住，逮了个拔桩的！

我从车窗望出去，窗外的一切都飞速闪过，化为整片的空白。这一瞬间我想到事物间的抽象关系，一种不可逆转的脆弱性。我一不小心又掉进了胡思乱想的泥淖——该高兴的时候往往更不高兴了。

我们的车从钓鱼台的北门开进去，经过一座小拱桥，沿着寥无人影的柏油路开到一幢米黄色的二层小楼前面。

刚才，小轿车在平整的柏油路上沙沙地滑行很长时间，沿途经过几幢隐没在浓荫后的式样各异的小洋楼。别说三步一岗五步一哨，连人影都见不到。我下了车恍惚地举目四顾，心里装着杂乱的念头，使劲咽口水。我感觉我的神色一定是异样的，必须把它掩盖起来。北京有多少这样的世外桃源？在我的设想里，应该到处是荷枪实弹的警卫，以及无数双监视的眼睛。我只看见洁净的玻璃上映照着白云，白云之上碧蓝的天。

叶军与两个迎上前来的女服务员逗趣，说笑一阵，然后将我们带进一间宽敞的会议室。

回想起来，我这人总是不幸的。叶军要诸葛白陪他去见一个重要人物，让我待在会议室里喝茶，一刻钟便回来。这没问题，我正好独自一人仔细玩味这地方的风景，喝着香味扑鼻的清茶，享用养尊处优式的安静。

然而，足足两个小时了，左等右等，已到吃午饭时间了，我的肚子咕咕叫了。我一边来回踱步一边暗骂他们两人。服务员替我的茶杯加过一次水，以后就不再理会。这帮宫廷仆佣势利得很，嗅觉灵敏的看家狗，不会拿我这样的人物放在眼里。我踱到门厅里，想打听一下。我不自量力了，忘记了角色与场合之间的天壤之别，忘了自己是什么东西！

“请问同志……”

“你是什么人？从哪里来的？”

“我是和叶军一道来的。”

“哪个叶军？你给我站住！”

一个大块头像一堵高墙矗立在我面前。

“把你的证件拿出来让我看看！”

另外两个人从值班室跑出来了。大块头问他们认不认识我，两个人都急着摇头。他们激起阶级斗争警惕性了，将我团团围住了。

“我们来的时候……”我像个小偷极力声辩，“有两位女同志在这里，她们可以作证的……”

“老实一点。证件呢？”

“我……没带在身上……”

“喂！跟我们走！”

“……”

事态没有进一步恶化，关键时刻叶军和诸葛白终于他妈的来了。叶军皱起眉头怪怨：“坏人能混进来么？忒神经过敏，草木皆兵！”

我说我这人总是不幸的，原因就在这里。我是人家顺手捎来的，无需顾及我的面子。我连生气的资格都没有。

十一　变戏法

诸葛白简直像只百宝箱，宝贝一样样呈现。他能手心认字，隔墙取物，腾空站立，令我惊叹不已。我在一张小纸片上随意写一个字，揉成一团，他握在手心几秒钟，便能准确识别。我写了个“人”字，简单的，他认出来了。我写了个“麋”字，复杂的，他一样认出来了。他让我把我的手绢放在门外，关上门，我眼睛一眨不眨紧盯他。他打了个响榧，朝空中一伸手，活见鬼，我的手绢到了他手里。更稀奇的是他站在凳子上，闭起眼睛默默叨念，叫我抽掉他脚下的凳子，他竟然腾在半空里朝我笑呢。

诸葛白说有特异功能的人很多，功法不一定相似。叶军也可能有，他提起叶军时诡谲地笑了，做了个语焉不详的手势。

叶军的身世我已有所了解。三十岁，父母解放前牺牲，在舅舅家长大。“文化大革命”跟舅舅一起倒霉，发配到北大荒，受着地富反坏右一样的待遇，得了风湿性关节炎、胃病、腰脊劳损等多种毛病。他返回北京后以养病为主，暂时没有合适的工作让他做。

老百姓和高干子女似乎不是生活在同一个天地。我们办任何事情都寸步难行。叶军这种人却心想事成，给他一架梯子他就敢上天摘月亮。

认识了叶军，就像有了地图和通行证，我可以在完全陌生的领域漫游。我懂得这一点，凡事计较的话，实质是与自己计较。诸葛白没头没脑对我说，事物的表象不足为奇。下趟来北京，你会有更切实的认识。

迎庆的左脚略有点儿跛，小时候得的小儿麻痹，落下了后遗症。当初龙根还在部队上，别人介绍他们俩谈对象，龙根对她这缺陷没说什么。龙根从部队复员回家，结了婚，生了一个女儿。龙根非常不乐意。本来就万事不乐意，生了女儿更是怨气冲天。他从不正眼看女儿一眼，整天闷声不响，喝了几口酒便骂大骂小，还动手打人。几个月前龙根进城去，靠战友帮忙，调他到北京去工作。龙根走后一直没有音讯，一家人为他提心吊胆。他脾气不好，动不动得罪人。在部队就是为一点小事闹崩了，提前一年复员回家。进了厂也是与人合不来，磕磕绊绊，有时动了气干脆闷在家里不上班，书记厂长都批评他，不允许他随随便便犯自由主义。

迎庆随身带着一只尼龙丝袋子，每天下班后顺路到菜场捎些菜回去。最近半年她难得买荤腥，不是白菜就是大葱。菜场的人都熟悉，知道她家紧，几分钱的菜，不过秤，随手抓一把塞进她的尼龙丝袋。迎庆是极知趣的人，满脸堆笑付一两枚硬币赶紧走开。

菜场是所歪歪倒倒的简易棚子，四面半墙，雨和雪，风和阳光都畅通无阻跑进来。凹凸不平的泥地没一处是干的，湿漉漉滑腻腻，像禽兽的内脏，发出臭烘烘的霉腐气味。里面总共三个营业员。一个中年女人，浑身上下饱绽白里透红的脂肪，每个动作伴随呼哧呼哧的喘气声，仿佛胸膛内放了一只风箱。另外两个男的奇瘦无比，像挤得一点不剩的牙膏皮，全身用绣花针也挑不出几两肉来。有风言风语说，两个牙膏皮合用胖女人，被这块大海棉吸干了。胖女人和瘦男人的故事很提精神，休管真不真实，人们有这种窥私的癖好，以期一点想象性的刺激。

昨晚迎庆做了个千载难逢的美梦，梦见龙根对她恩爱异常，又是爱抚又是热吻，一边说着让她耳烫心跳的亲昵话儿，感动得她直掉泪。早上起床后她感到眼睛发胀，鼻子有些酸酸的，梦中还真是哭了。迎着红彤彤的太阳，晨风吹拂发烫的脸庞，她突然惊喜地想起这或许是一个预兆，龙根要回来了。

明知是凭空乱想，她却认起真来，整天都像掉了魂似的，事事出差错。同事以为她病了，每当她带病坚持上班的时候就是这样的。大家知道这位县劳模一向以厂为家,不到病得起不了床是不肯休息的。迎庆暗暗惭愧,心里这么念着龙根,做了一个梦就弄得神魂颠倒,影响工作了。

迎庆走进菜场不像往常那样低头趋向蔬菜摊。今天她似乎很有勇气,进去后第一眼先望见肉墩上残留了一块肋条肉。好的,肉还未卖光。她请了半小时假,提前来菜场就是怕肉卖光了。胖女人坐在一张垫着小棉被的树桩上,手里托了只半导体收音机,架着二郎腿,一摇一晃的。她见迎庆站到肉墩前,没有起身迎客的意思,脸上的表情凝固在假寐之中。迎庆哈下腰问了声好,手里捏着皮夹子,难为情似的,指指那块大约斤把重的肋条肉,称一称行吗?

临近傍晚了,火红的阳光从西面的半墙上方射进来,菜场里明晃晃的。没有其他顾客。两个牙膏皮在叽叽咕咕斗嘴,脖子上挂着松松垮垮的围裙,像孩子穿了大人的衣服。其中一个牙膏皮头上戴着用报纸折的船形帽,小丑似的,尖削的脸面如烤焦的面饼。

胖女人懒洋洋地站起来,呼嗤呼嗤的,勾起肋条肉胡乱称了称,一块零五分,算你一块钱。

迎庆准备付钱时冷不丁斜刺里伸出一只手,像老鹰叼小鸡,抓了那块肉丢进一只蒲包里。是有名的阿混麻子老三,酒糟鼻子通红,鼻涕拉渣,嬉皮笑脸对着迎庆,咱请了朋友喝酒,没荤的不行。迎庆哪会防备这一手,气得舌头打结,是咱买下的呀,咱也是有用的呀。

可恨胖女人帮着麻子老三,你还没有付钱,算不得你的。她收下麻子老三的一元钱,表示那块肉的所有权已归麻子老三了。

总有个先来后到呀,咱先来,咱要买这块肉!

天天吃菜叶,不比咱天天吃肉喝酒,肚肠不适应,弄不好拉稀上医院,还得白白花钱看医生。

可恨胖女人和两个牙膏皮都讨好地笑着,替麻子老三帮腔。

迎庆眼泪汪汪的,低着头往家里赶。她只买了一把萎蔫的大葱。一整天她迷迷糊糊看到龙根乐滋滋地吃她做的炸酱面,肉末加辣椒丝,加两勺荤油,她使出平素的本事做了一顿美美的炸酱面,可是没有肉打底本事最大也白搭。

迎庆巴望龙根别真的回来。祈求他今天别回来。她一跛一跛地走着,遇见熟人也不抬头打招呼。想起自己的委屈,不由眼泪汪汪的。忽然又想起自己可怜而可笑,怎么断定龙根今天回来呢?不就是做了个梦么?一个梦就弄得她神魂颠倒了,让人知道不笑掉大牙才怪呢。

龙根是九点多钟到家的,一家老小都睡下了。

龙根的出现使一家老小惊奇得嘴巴半天合不拢,怀疑眼前的龙根不是真龙根。几个月前还是灰头土脸的龙根,一眨眼整个儿变了样。身着笔挺的毛料中山装。一双雪亮的皮鞋。三七分的头发梳得纹丝不乱,容光满面,像大干部似的挺胸撇嘴,搬进来一堆纸包纸盒。门外停了一辆簇新的小汽车。呆立在一旁的龙根爹过了好一会儿才敢问了句:“龙根你……在北京做什么事?咋一直没你的信儿?”

龙根坐在饭桌边他惯常的位置上。他摸出中华牌香烟,叫他爹坐下,叫他娘也坐下,朝抱着妞儿的迎庆点了下头便岔过脸去。龙根点上烟抽了一口,慢吞吞地说:“战友替咱找了个好工作,在首长身边做事儿。”

龙根爹抖抖地捻着烟卷儿,指指桌上一大堆纸包纸盒,嗫嚅道:“花不少的钱吧?你的工资够吗?”

龙根唔了一声,从胸前口袋里掏出一把钞票往桌上一搁。

“人要活络才活得像样。我现在赚得很多。这是五百元,你们先用着,吃好一点,穿好一点。人生在世不就是好好享受么?”

一叠五百元!龙根爹和龙根娘的眼珠子差点从眼眶里蹦出来,儿子在外面挖到金元宝啦!

龙根嘴角叼着烟,随手把桌上的纸包纸盒一一拆开:这是爹的茅台酒、中华烟、哔叽裤子。这是娘的高级点心、长白山人参、治胃痛的西药、做夹袄的绸料。这是大妹和大妹婿的两双皮鞋、两块衣料,小南的玩具枪。这是二妹的衣料、她一直想要的红丝围巾、一只皮包和一双皮鞋。这是给迎庆的衣服。龙根总算正眼看了看靠在房门上的畏畏葸葸的迎庆。她怀里的小妞在他目光中仍然是空缺的。这盒饼干给小妞吃吧……

一家老小傻瓜似的望着龙根，不敢刺探一句，龙根这戏法是怎么变的？明明看到他两手空空，眨眼之间，向冥空一伸手——咦！竟然抓了大把呱啦啦的钞票。他从哪里学了这等本事呢？

从龙根爹算起，正正经经三代工人，都靠劳力吃饭，苦日子过惯了，从来不抱奢想，平平安安便是福。龙根爹做梦都想不到儿子成了暴发户，开了辆小汽车回家，搬了这么一大堆的高级货，一出手五百，眼都看花了，心里怦怦打着鼓。龙根娘目光像风里的烛火，痉挛的双手死拽住衣襟，害怕桌子上的东西都是蛇虫蛤蟆变的，像白骨精用的戏法。迎庆不敢上前一步，躲在暗处心惊胆战地打量：龙根会不会做了剪径强盗，像梁山泊的好汉？三岁的小妞时刻盯着桌上的饼干盒子，馋虫爬得嘴角痒痒，但是她怕爹，比怕狼外婆还怕。

“一月赚多少？哪来这么多钱呢？”

“这点算啥？再多咱也拿得出。”

“一个月的工资，算起来……”

“靠工资喝西北风去！你们不懂这个。”

“不靠工资靠什么呢？”

“靠本事！有本事就有一切。”

“总有个规矩。在首长身边……”

“爹你烦不烦？唠里唠叨的！”

龙根转过身怒气冲冲朝迎庆发布命令：“把东西收拾好。天生没出息，有好日子都不会享受！”

龙根发了一通火，片刻，叹了口气。

“放心好了。咱一不偷二不抢，凭本事吃饭，咱不是说了么，咱在首长身边做事。不是一般首长，是国家领导人。这是保密的，你们千万别对外边的人讲。你们没见过大世面。在小百姓眼里，皇帝挑水的扁担也是金的，这叫以己度人。到皇宫看看才会知道皇帝是怎么当的。以后我要带你们参观，你们就懂了，什么叫人过的日子。”

龙根现在是首长身边的人，是国家领导人身边的人，当然与以前大不一样了，一张嘴就把道理讲得清清楚楚。道理是道理，家里人的想法是家里人的想法。首长也好，国家领导人也好，总有一定的规矩，不能随随便便发钱给身边的人。首长和国家领导人身边一定有很多人，这么发要发掉多少钱？厂里开会时，书记讲以前毛主席一个月才拿四百多，衬衣袜子破了舍不得扔，抽的烟也不高级，一顿饭只有两三样菜。哪位首长和领导人比毛主席还大？身边工作的人有这么大的派头？

龙根爹不甘心地说道："不管在哪儿，都不能做亏心事儿，俗话说，白天不做亏心事，半夜敲门心不惊。"

龙根冷笑了一声："爹你真让咱烦透了。好好好，以后咱不回来好了，你们也别念叨！"

迎庆在一旁插话道："爹呀，在外边做事有外边的章法，咱们不出门哪懂这些个？龙根过得好大家不就放心了么？"

龙根爹只好把困惑咽下肚去。道理很简单，儿子在外面混出息了，娘老子跟着享清福。可是人无横财不发，发横财总让人于心不安。与其说于心不安还不如穷一点好，喝一口汤也舒心。

龙根爹不敢再发问。龙根娘犯了错似的低着头，生怕一句话不合适，得罪了飞黄腾达的儿子。迎庆倒是想讲点儿什么活跃气氛，讲讲她傍晚去菜场买肉的事儿，讲讲炸酱面。她嘴笨舌拙，话一出口便会招祸。龙根一向嫌她死心眼儿，骂她笨。这时候引他不高兴说不定他会拔腿就跑了。

这里最近铺了一条乌光闪亮的柏油马路，路旁种了两排树，不像以前尘埃滚滚了，汽车开过时轮胎吱吱作响。这里靠县城西端，车辆来往不如闹市那么多。孩子们喜欢上柏油路上玩儿，滚铁箍，弹玻璃球，跳房子。也有大人或半大人学骑自行车。

农具厂的宿舍区在柏油路边上，地势比路面低，都是一式的旧平房，又矮又暗。建造时缺乏规划，东一排西一排，加之到处堆放公家和私人的杂物，乱得像个大洼地里的垃圾场。

龙根家在宿舍区的边上，一家五口人住一间半房子。就这点儿面积，劈成三块。老两口占了最蹩脚的后房，仅放一张床的位置，连个窗户也没有，暗黢黢的，地洞一般的。老两口无所谓，吃饱穿暖有地方睡觉就足够了。另半间朝阳的房间是龙根的新房。龙根洁癖似的爱面子，绝不肯降低时下的标准，借钱做债非得把新房布置像个样子。结婚时买了西式床、捷克式衣橱、五斗橱、写字桌和靠背椅，往后又添置了电扇，收音机和一只黑白电视机。两个妹妹未出屋的时候就住在堂屋里。一张木板铺，白天掀掉依墙而立，否则饭桌便无处安放了。

这一带都是这样的普通人家。在同一种水平面生活有一个好处，用不着互相攀比。男人都好每天喝上一口，也就是当地的土烧酒，便宜来兮的。无需正儿八经的下酒菜，一碟煮花生米一块豆腐干，奢侈的也不过加一盘炒鸡蛋，有肉有鱼就算正经待客了。女人孩子一天三餐老花样，面糊加馍馍。菜是从来不讲究的，几样常见的蔬菜，一些腌制货，萝卜干酱菜之类。过年过节才大鱼大肉吃个够。大家闷头过日子，没觉得有什么不妥，世道的变化对他们来说仅是饭后茶余的谈资而已。

龙根的大妹就嫁在离家不远的石粉厂，步行大约半小时便到了。大妹婿也是复员军人，厂里的保卫干部，与龙根面和心不和。

龙根看到他那双贼亮的眼睛就生出一肚子气，不和他多言语，连带对大妹也爱理不理。这对占便宜的货常来娘家混饭吃，带了外甥小南。小家伙虎头虎脑的好玩，一会儿打破一只油瓶一会儿弄坏了电灯开关，小闯祸坯。龙根对他的喜爱远远超过了对自己的女儿小妞，常买些小零小碎给他，对大妹说，将来要带他出去闯荡江湖。

二妹半年前才嫁出去。月老真会开玩笑，竟然把二妹配给了一个他妈的炊事员，臭名远扬的赖汉，长得猪似的，一副可恶的蠢样，还离过一次婚，简直把龙根肺都气炸了。这个猪似的货一定是利用了二妹爱吃猪大肠的癖好，经常偷了一碗让她享用，易如反掌将长得像王丹凤的二妹骗到手，未婚先孕草草结了婚。怪只怪二妹是个贱货，一辈子吃他妈的猪大肠吧。

现在是迎庆当家，柴米油盐酱醋，冬棉夏单，把一家人的生活起居照顾得好好的。身有残疾的迎庆没有一丝儿个人要求，一切为家里人，家里人乐意她就满足。她习惯于看龙根的眼色行事，琢磨他的心思。龙根皱一皱眉她就得赶紧自个儿检讨，哪地方有漏洞，若可补救马上补救。迎庆除了左脚有些跛，身材长相都是无可挑剔。她背了自卑的包袱，心也是跛的，即使睡梦里飞跑起来都是高低不平的。

龙根待她不好也不坏，平平常常四五年下来。让迎庆安慰的是龙根虽不合群，脾气有点儿怪，倒没有什么不良的恶习。

龙根对身边的生活厌倦万分，心早飞到九霄云外，梦想着荣华富贵。他反复掂量轻重，得出一个符合实际的结论，若以正常渠道发展，今生今世多长多短已见分晓。有一天他和人拌嘴，人家一针见血直刺他的心病，你呀你呀，这辈子就别想牛皮啦，和老子一样天生做牛马的命。

凡事都有一个契机。龙根的奇思妙想从何而来呢？到底有他这么一天，鲤鱼跳了龙门。

大妹家在靠近戏院的煤渣胡同里。一所清朝的老式杂院，这种杂院在北京遍地都是，在县城却独一无二。据说是清朝某个大学士的府第。现在住了十几户人家，像只塞满臭烘烘乱物的脏口袋。

大妹依靠丈夫在杂院内身份最高的优势，树立起神圣不可侵犯的威信。她挂着居民小组长头衔，家家户户的事都要插一手，成了仲裁人、大法官。嗓门超乎寻常的大，东家长西家短。人家背地里给她起了个绰号“唠咋婆”。

“唠咋婆”近来不知为何不那么“唠咋”了。缺了她的大嗓门院子里似乎显得冷清了。燕子和麻雀也增多了。“唠咋婆”偶尔站在家门前骂人，眼泡肿肿的，好像在骂某个狐狸精，人们猜测是她丈夫动了花心，被她侦察到了。一次多么好的机会啊，全体男女老少兴奋得吃饭睡觉都乱套了，等待着看一场关公战秦琼的好戏。也有人倾向于不相信，铁面无私的保卫干部不可能沾染男女私情。看他那双贼亮的眼睛就晓得，此人骨子里都冰冷冰冷的，脑筋里只有一根阶级斗争的弦。

左看右看大妹都不像龙根家的人。说不出一副怪相，橄榄脸，三角眼，鼻孔朝天，嘴唇包不住一口蚕豆瓣大小的黄牙。身材也是，短脖子，屁股长在腰上，大腿小腿一样粗。她还来得个喜欢打扮，问题是她不会打扮，颜色款式胡乱搭配，白白糟蹋了几分贵重的衣料。

大妹极是顾家的人，像不知疲倦的燕子为这个家劳役。房是房厅是厅，窗明几净的。家具摆设全不落趟，市场上有的家里就有。最近，她如愿以偿搞了一只响当当的十二寸金星黑白电视机。

以前在家的时候，大妹就比二妹能干得多，有敛财的本事，嘴巴厉害手段更是厉害。现在她把嘴上功夫一并用到了手上，戒掉“唠咋”毛病，竟然干出了点辉煌来。

她是仓库保管员，活儿不多，空闲下来刻石壶玩儿。她跟城南一位老师傅学过，功底儿不浅。主要归功于她心灵手巧，善于动脑筋，再说里面也没什么多大的学问，只要耐心，一刀一刀不马虎就成了。

俗话说无心插柳柳成行。本来是刻着玩儿的石壶竟是值钱的，那位老师傅介绍南方人来收购，各式品种平均十块钱一把。不得了，相当于十来天的工资啊！大妹拿到第一笔四百块钱的时候，激动得眼泪都溢出来了。习惯于板面孔的丈夫也绽开了笑脸，破天荒地吻了老婆一下。

二妹在家便是贪吃懒做，白长了一张漂亮脸蛋——大伙称她像大美人王丹凤，绣花枕头。念小学留了两级，读中学，语文数学物理化学全不及格，硬靠一个作风不正经男教师出了大力才给她毕了业。那个男教师后来因奸污猥亵多名女生被判刑。办案人员来龙根家调查，被龙根狠狠地骂走了。二妹不知挨过龙根多少次拳打脚踢，龙根看着二妹的赖样儿心里就来气。馋和懒两样，老话说得没错，女人沾了这两样毛病就会变成一个烂货。

二妹中学毕业后下放到畜牧场，才去了几天就卷了铺盖溜回来。那地方不是人待的，一大堆吃高粱疙瘩长大的男人，像一群发情的牲畜，为她这么个女知青咬得不可开交。若再待下去非给他们撕成碎块儿，活活分食掉。娘老子都偏爱老小。对女儿下乡的事本就愤愤不平，硬是押牲口似的押了去，往穷乡僻壤一丢，不管人家的死活。女儿跑回来最好不过，老两口养得起她。龙根心里不乐意，嘴上也不好多说，妹妹毕竟是妹妹。

说鲜花插在牛粪上,没有比二妹嫁给猪似的二妹婿更确切了。

谁不知道二妹婿是坏蛋?眼屎鼻涕口水,鼻孔里生出一撮黑毛,给人里外都是脏的感觉。那副蠢样不提了,品性坏才让人恶心。偷盗嫖赌五毒俱全。而且你还碰不得他,拎起来一条放下去一摊。俗话说好汉怕赖汉,赖汉怕不要命的。他又赖又会拼命,谁敢惹他呢?狗见了他都打喷嚏。

这样的货色照样不缺女人,就这一点,让那些正正经经的男人又妒忌又愤恨。有人说,男人不坏女人不爱。女人真是他妈的怪,为什么爱坏男人呢?

二妹不过吃了他几碗猪大肠,两角钱一碗,十碗才两块钱,二十碗才四块钱。多他妈的便宜啊!龙根一口咬定这个大出二妹整整一轮的坏蛋在猪大肠里放了蒙汗药,麻翻了二妹才趁机上的。

不过,龙根心里清楚,二妹本来也是烂货,自轻自贱,算起来中学时破了身,至今至少沾过六七个男人了。

二妹肚子大了没办法,草草了事结了婚。龙根不准爹娘置一分钱陪嫁,不准二妹再跨进这个家门。

刚结婚那会儿还好,听说二妹婿改邪归正了,有点儿像顾家过日子的样子了,懂得疼老婆了,不再和一帮狐朋狗友来往了。

狗走千里要吃屎,狼走千里要吃人。糟糠捏不成块儿。二妹婿终究是个马尾巴拴豆腐提不起的货。老婆的肚子一天天大了,他却甩手不管了,每天一早出门半夜归家,还骂骂咧咧,摔盆子砸锅。反倒是他上了当似的,被二妹坑骗了。

二妹完全变了样儿,又瘦又黄,眼神黯淡无光,满面孔褐色的妊娠斑,掉了许多头发。龙根娘常去探望,塞几块钱,替她做掉些家务,陪她说说话散散心,教给她一些必要的护胎知识。

迎庆下意识地伸出舌头舔舔空气,舌尖上那一丝异样的甜味,勾起些许反胃的感觉。一层遮隔,她处在一层透明的遮隔之中。不知从何入手撕破它。龙根回到她身边不过三五支烟的时间，陌生人一般的，连一句话都没接上茬。

龙根有他冠冕堂皇的理由：明天一早首长要分派咱工作，必须开夜车赶回去。他是首长身边的人了，却神神鬼鬼。你们千万不能外传，这是绝密的。做首长身边的人不能光明正大么？为什么要绝密？

迎庆任当然不会提出疑问，这些事她理解不了。她只理解感情之间遥不可及的距离。龙根不肯赏她一个和蔼的笑脸。像一只来去匆匆的鸟，翼尖扫过她的猛跳的心房，倏地消失了。可是她脆弱的心被划出了血，血流不止。话要说回来，即使龙根感情上节外生枝了，迎庆依然不为自己喊冤。她仅是害怕，害怕他上当受骗。她爱惜他犹如鸟爱惜羽毛，外面的世界这么容易闯荡么？

昏淡的灯光在三人的面孔上刻出不同形状的阴影。龙根爹弯着腰一股劲抽烟，眼睛盯着黑暗的地面。龙根娘劝过他两次，睡了睡了，深更半夜了。三人大眼瞪小眼，又互相宽心地劝慰。可是怎么能安安心心睡觉呢？

“依咱看，龙根总有蹊跷在里面。”

“咱也看出了，不大对劲儿。”

“咱活了大半辈子，咋会认不清呢？”

“龙根讲咱不懂，心里总是不踏实。”

“把他的东西放起来，不要碰。”

“大妹二妹的呢？不送过去吗？”

“别跟她们讲，只当龙根没回来过。”

“吃的东西会坏掉……”

“让它们坏掉吧，”

“龙根知道了，要骂人的。”

“把它们放好，钱也收好，不让人知道。”

“……”

迎庆躺下后觉得身体飘飘忽忽的，像旋风里的一片羽毛。外面的风声打在玻璃窗上。悠远的夜空就要褪去了，晨曦随着稀淡的白雾慢慢涌来了。迎庆睁眼望着暗淡的虚空。理解是一回事,做法是另一回事。她听到爹娘轻微的叹息声,爹娘也是一夜睡不着。

后来,迎庆迷迷糊糊睡了片刻,她又梦见龙根了。

龙根站在很远很高的地方,绑缚在一根柱子上。他的脑袋耷拉着,胸前垂挂一块大牌子,看不清上面写的什么字儿,只有大红叉十分醒目。龙根听不见她哭喊,她自己也听不见自己哭喊。寂静无边,寂静像水底下的世界。她的肢体也如被绑缚一样,除了扭动脖子,徒劳地无奈地远远望着。

十二　内心

晓鹤看见叶军站在校门口东张西望，故意躲在雪松后不露面。正午的阳光像急雨般洒下，照出所有形状的阴阳两端。阴影中的事物奔腾不息，类似她潮起潮落的思绪。

按脾气她决意不理他，永远不见他，恨不得咬他两口才解气。天下竟有如此恬不知耻的人，当她面就敢炫耀他与别的女人怎么怎么。

这几天，她转来转去转不出那一刻凝固的时间的迷宫，他的无耻的话语已定格为一个记号，让她无限羞耻，又无限恶心。我方晓鹤今生第一次与男人做这种事儿，一窍不通，全由他指挥。我被一时的昏晕榨空了，周身瘫软了，一头扎进去吮吸男欢女爱的滋味，渐渐变得快活起来，狂热起来。

他是训练有素的老手，经验丰富，无比的狡猾。从头至尾都有条有理摆弄我。在我爬上激动的高峰他突然这么说，你和别的女人不一样，特别滑溜。他跷起大拇指夸奖我。这是什么意思？什么其他女人？你和其他女人也这样？他不放松动作，仿佛怀着恶意，大猩猩似的咧着嘴巴狞笑，制造出一连串动物般的喘气声。

晓鹤一贯爱洁净，爱单纯透明的事物，像一汪清浅浏亮的水，只适宜于映照风和日丽的景致。一如她花蕾似的柔弱的内心，在娇生惯养里培育，透过玻璃防护罩观看外面的风雨霜雪，从没切身体验过真实的伤痛。不料一只肮脏的脚毫不顾惜地踩入，一汪清水变得浑浊而发臭。万事万物立即龌龊透顶，恶心透顶了。

奇怪——她同时又被自己内心萌发的一反常态的向往搅得神魂颠倒，一种放任的趣味，以及一种对洁净的反叛。她的一只脚已经跨出去，眼下正处于边缘地带。其实这几天，使她忧虑的是他会不会厚着脸皮来找她——好在这冤家还是来了。

叶军没发现晓鹤躲在雪松后面么？

他特意装出一副傻呆呆样儿，东张西望。他敏锐的目光早把她从人群中拎出来。她消瘦的身影，忧郁的无精打采的神色。他的内心优哉游哉，有十二万分把握断定，这位千金小姐仍是他的掌中之物。

据说方晓鹤的追求者可以排成一个连的队列。他相信，她高贵的门庭，本人的姿色，中国最高学府的工农兵大学生，一个团的追求者也不过分。凡人凡事命该如此——她偏偏挑中了他。

他才貌双全么？错！是“门当户对”，他有一个了不起的“舅舅”！他利用这把钥匙打开了一扇扇门，步入到核心地段，神经中枢。这一切简单到了仅仅只需要开口说一句，我是某某某的外甥。

初始的惊异平复了。这一点他不知所以，获得和失去是一对孪生儿，吸收着同一种营养，像无人照管的田间的杂草拼命疯长。噩梦的枝杈蔓延到日常感受的每个角落。现实离他越来越远，地心丧失了引力，大气压力没有了。他被飘飘忽忽的状态麻醉了，又如一只危急中的狗那样时时警惕。

在他不失时机诱骗方晓鹤上床的那一刻，内心充溢着恶魔般的用意。她是越纯洁优雅，他就越是忍不住要糟蹋她，越是想看到她痛不欲生。就像垂死的守财奴妒忌别人享有他的财富一般，把脏水泼向纯洁优雅，弄脏她，弄脏这个世界，反正一切迟早不属于他。

那么，他真的爱她了么？连自己都不爱的人会爱别人？女人这个概念的弹性之大，譬如晓鹤和……迎庆，完全不能放在同一个天平上衡量。差别不光来自身体的吸引程度，是由一种神奇性质所决定，一种神奇的空间，漫游其中的时候才能感受天壤之别。

他重振旗鼓来到晓鹤面前来，用不着低头认罪，几句花腔便能把她的小性子扭过来。信不信?

晓鹤等同学走散后才从雪松后忸怩地出现。她竭力保持决绝的表情。这角色不适宜她来演,一举一动显得生硬造作。她走到叶军旁边,加快步伐,眼睛望着别处。可是她全身的神经都调动起来,关注叶军的表情变化,他的一颦一笑都连接着她战栗的呼吸。

她从他身旁走过,他并没有动响,等她一步步走出三五公尺,看着被阳光照得发白的地上她的趔趔趄趄脚印,心里哈哈大笑。他用劲咳了一声。她的背影显著地颤抖一下,仍旧摇摇晃晃走了几步,终于驻足不前了。

晓鹤紧抱双臂一言不发坐在后座。车窗外的阳光似乎更加耀眼了,如翻滚的热焰,翻滚的心潮。汽车还未开动她已处于起伏不定的速度之中,更确切地说,处于自我的分裂状态。她非常痛恨自己的软弱和轻贱。

另一个错误是她捕风捉影把他当成了皮却林。应该归罪于刚刚读完的《当代英雄》。是小说害了她。以致口气都带有模仿性质:折磨我你感到高兴么?

叶军把握着方向盘,从后视镜里盯着他的猎物。一阵欣喜一阵辛酸,为她也为自己。如果他的处境是真的,他对她的感情也就是真的。

九九归一,一切起因于他在空军招待对服务员小吕声称,我是某某某的外甥,请你们所长来,我要在这儿住几天。恐怕鬼也想不到,这么一句话,所长立即亲自出马,又是宴请又是陪同,又是介绍结识在场的达官贵人。于是便有了日后的各种奇遇,四面八方的巴结阿谀,路路绿灯。梦想插上了翅膀。

赌注下大了,离碎尸万段的日子就不会太远了。但是,谁在这种当口不怀着天高任鸟飞的侥幸心呢?

晓鹤的方案全失效了,又像先前一样听任"皮却林"摆布了。两人去饭店吃过饭,到公园散了一会儿步,表面都是平淡的样子,冷冷地搭讪,勉强地应付,实际上又靠近了。晓鹤放弃了抵抗和相持,形势迫使她趋向主动。身旁的一切,蓝天上互相追逐的白云,湖畔成双成对的人儿,比翼齐飞的鸟儿,清水里嬉戏的鱼儿。联想到同学们羡慕的目光,女伴的叽叽喳喳议论，父亲和姨妈的赞许。一种从未有过的依赖性，对这个男人的死心塌地的屈从，在她心里预先作了肯定。不是自己想和好，而是不得不和好。

叶军这人虽没多大学问，头脑却是灵光的，懂得在什么场合什么人面前讲什么话。第一次去晓鹤家他很少开口。他了解晓鹤的父亲是大知识分子，医学界的权威，为总理和众多中央首长看过病，与各行各业的头面人物有接触，社会关系四通八达。他须小心谨慎，以免被这老家伙一眼识破了。

叶军想不到“一叶障目”的典故会发生在他身上。

方医生一分钟内就认可了这位未来的女婿。某某某的外甥。方医生凭他几十年的生活阅历，深谙中国社会现实。劫难再重，皇亲国戚总能拨云见日。女儿有福分嫁这样地位的人，是方家祖宗保佑。

方医生接受过太多教训，自然而然倾向于现实主义了。眼前的实在的东西才是真的，其余的全是虚的。虚的东西正像饿肚子的人喝西北风——无论从社会角度还是从医学角度讲，没有人靠喝西北风得以活命。

方医生积一辈子奋斗之经验，确信欲立于不败之地，须唤起常备不懈之注意力，联络所有可利用之关系，为我之发展铺平道路。诚如俾斯麦所言，在上帝尚未出现时，你须耐心等待，一俟听到上帝的脚步声，就得迅速迎上去，紧紧抓住他的衣襟不放。他把现实主义简约为实用主义。这种简约告诉你，万万不要沾上我们年轻时候的幼稚病，嘴里衔了一个根横木怎能穿越森林？

都说方医生这辈子艳福不浅。一首民歌中唱的——要嫁就嫁给我，带了你的嫁妆，带了你的妹妹——他的妻妹，著名妇科权威林凤子，国内外公认的一流专家，一生钟情于姐夫，非姐夫莫嫁。当年姐姐在世的时候，三人似乎达成默契，方医生拥有事实上的一妻一妾。姐妹俩出于自愿，爱着这位才气横溢风度翩翩的美男子，多年来相安无事。旁人的好奇心始终水涨船高，各种猜测和争论——特别是许多男人，既羡慕又妒忌，时不歇地放放他一家的坏水。“文化大革命”方医生作为反动学术权威受到冲击。罪状之一便是所谓的“封建残渣余孽”，讨了大小两个老婆。造反派扬言要阉了他，替新中国妇女出口气。姐妹俩也在群众专政下死去活来。罪状是“复辟封建主义”，败坏了社会主义社会的风气。姐姐到底没有熬过来，惨死在一九六八年的斗争高潮中。

晓鹤从小就比别的孩子多了一个妈妈，享受着双份的关爱和呵护。妈妈是有名的歌唱演员，经常去外地巡回演出。妈妈不在家姨妈便住过来，照顾她和爸爸。晓鹤没见妈妈和姨妈之间发生过不愉快，亲亲热热的，和爸爸这三人像情同手足的亲兄妹。姥姥非常生气，伤心透顶。姨妈辱没了林家的门庭。姥姥上阵骂过几回，大女儿二女儿一起骂，更是声声痛骂女婿流氓，不要脸。姥姥看到事情无法挽回，一怒之下回到乡下和孤寡一生的姨婆苦度余生了。

晓鹤懂事后也感到过外界舆论的压力，人们鬼鬼祟祟问这问那，无非想从她嘴里掏可供筛选的情报。姨妈甘愿做出牺牲，妈妈又乐意认可，一家人相亲相爱，干吗要棒打鸳鸯？妈妈被迫害致死成全了姨妈，名正言顺进驻她家。奇怪的是爸爸并没有和姨妈结婚，连提都没有提过一次。

姨妈对叶军表面上是亲热的，亲热中也是含有审视的。

姨妈不止一次对方医生和晓鹤说，小伙子虽是高干家庭出生，行为举止很平民化。夹烟不是用食指和中指，而是大拇指和食指一捏，典型的劳动人民造型。喝茶也是，端起杯子吹热气，吹着吹着，咕咚一口喝干了。言语更不合规矩，词汇贫乏，词不达意，看来是被“文化大革命”耽误了。姨妈又说，我们的晓鹤要学会识别男人，在游泳中学会游泳。家庭和社会关系在其次，关键本人必须要牢靠。姨妈把“牢靠”的含义仅仅定性在个人的品德方面，这是针对一般高干子女的骄娇二气，担心性格柔顺的晓鹤吃亏。

依姨妈的地位和阅历应该具有鉴别力。她根本没往其他方面考虑，与方医生一样深信不疑。说疏漏也好失职也好，本质上仍是攀高枝的欲望在作祟。道理大家都明白，事到临头便像喝了迷魂汤似的晕头转向。

都说玩火者必自焚，可是有人一边玩火一边作壁上观。

你看，叶军轻松自如伴随晓鹤来了。娃娃脸，眼睛清澄，不带城府，仿佛阳光下的事物。他本人就是阳光，照到哪里哪里亮。叶军大大咧咧坐在阳光充足的客厅里，边抽烟喝茶，边与方医生攀谈一些边缘性话题。叶军知道方医生最感兴趣打听他“舅舅”和高层人物的近况。他故意玩起捉迷藏游戏，时不时地露一句半句，像咬过一下钩的鱼狡猾地倏忽溜开，把方医生的胃口吊在欲罢不能的半空里。

方医生一头闪亮的银发，面色红润而光洁，戴着金边眼镜，嗓音低沉。他谈笑风生，透出他这个年龄少有的健康的样子，以及他这个年龄少有的好奇心——看来，健康与好奇心是相辅相成的。但是，藏在好奇心后面的东西不幸让叶军发现了，就此牢牢掌握局面了。

因此他才敢轻松自如地说：

“晓鹤看起来和顺，其实很会恼人，我总是让着她。知识分子，喜欢耍知识分子脾气。我无所谓，我这个人对什么事都无所谓。”

方医生赶忙说：“晓鹤从小娇生惯养，很自我，你让着她一点。将来结了婚她会是个好妻子。”

晓鹤面孔红了，眼圈也有些红了。

“我很自我吗？别冤枉我好么！”

“都是骄娇二气，”姨妈有责任顾及大家的情绪，“一只碗不响，两只碗叮当，该多从自己身上找找毛病。”

“毛病小到等于零，可不能再从鸡蛋里挑骨头。”

叶军现在成了出色的心理学家：人们脆弱的外表，脆弱的尊严，像薄薄一层纸，轻轻一捅就破了。他发现角色与角色之间本质上毫无区别，都被水往低处流人往高处走的规律所支配。他内心奸笑着嘲弄方家几个傻瓜。更多的却是自我认识，不是知识分子的他也考虑知识分子的问题来了：普遍和例外是不是对立的统一？

叶军与诸葛白继续着没完没了的讨论：

你说过，进入他们的圈子，要么像瘟疫，要么像炸弹。你说我是瘟疫，还是炸弹？

不是我说的，是法国人巴尔扎克说的。有的人没有本钱，只好拿身家性命做赌注。

他们拥有一切，我一切都没有，不赌一赌怎么甘心？

人啊，就是太盲目了。

活着本身就是盲目的。

根子在人的本性，没办法。

这么说，你赞成我？

我不赞成现世一切，但是我关心我经历的一切。我希望所有人有一个好的结局。你想过自己的结局没有？

我咽不下这口气。如果我是真的，一切就合情合理了！我不服，我要搞它个天翻地覆，然后像你说的那个格瓦拉，到老挝、缅甸、不丹、阿富汗去，招兵买马打游击，解放那里的劳动人民。

想象力害人不浅，让多少人误入了歧途。

我现在全都知道了，叶军的身世全是鬼话。他是郊县一个普通工人，真名叶龙根，有家有小，一贯好逸恶劳，梦想出人头地，跑到北京碰运气。他冒名中央某某某的外甥，一般人想来简直是天方夜谭，然而这位超级骗子却大获成功。

我不认为这是一出滑稽戏。叶龙根点中了我们社会的穴位。记得一本书上说过，骗子的存在是因为有人愿意受骗。当真这么简单吗？

翻翻历史，这样的事例数不胜数。叶龙根不是第一个，也不可能是最后一个。大家擦亮眼睛等着瞧吧。

叶龙根扒在满是菜汁残酒的桌上，乜着通红的眼睛，口齿含糊不清。我从来没有一个舅舅，什么中央的地方的，全哄你们的。他又喝了四五杯，接连打嗝儿，嬉笑着突然嚎啕大哭，捶胸顿足，我就要翘辫子了，上断头台了，到时收尸的人都没有！

他把晓鹤一把搡出老远，颤抖的手指指着她，趁早给我滚远一点，要不然你得给老子陪葬！

诸葛白说得没错，赢得越多心里越慌。数字是一种怪东西，积少成多的过程也是从量变到质变的过程。握有大把钞票，拥有招之即来的女人，以及摆阔显威的场面，都是九霄云外的东西。与阎王签订的合约随时到期，因此拼命浪费，提前透支。他嚎啕大哭完全发自真心。

诸葛白竖起一根手指，你知道郢书燕说的故事么？

方医生和姨妈听晓鹤说起情况，确实“郢书燕说”了。两人第一反应是叶龙根想耍滑头了，另有新欢了。这帮八旗子弟！这帮王八蛋！

方医生真是悲愤交加，一边咳嗽一边大骂，吐着唾沫，雍容之气全收起来放进衣兜里了。做了亏本生意，如何忍得住不骂几句粗话解解气呢？

姨妈相对冷静一些，不一定是另有新欢，此人是个做内功的能手，内心藏着不可告人的秘密。俗话说，人心隔肚皮，各有各的梦。姨妈只差一小步就勘破内情了。她却掉过头来悄悄劝说晓鹤，求同存异，相互谅解之类，完全是绥靖主义那一套。

叶龙根愈加反常，晓鹤反而愈加冷静。

放暑假了，她故意提出要去他舅舅家。他从小没有父母，舅舅是唯一的家长，怎么说都应该见见家长吧？

晓鹤希望光明正大，希望他站在阳光下做出承诺，而他偏偏选择了阴暗的洞穴，继续施放迷雾。

人冷静下来，理智就占了上风。晓鹤的内心有样东西冉冉升起，像天安门前每天清晨迎着朝霞哗哗飘扬的五星红旗，成为推动她的一股力量。

我要见你舅舅，你不带我去我就自己去！

你进得了中南海？你就别给老子找麻烦了。

为什么不让我去？你舅舅官再大，也不能六亲不认！

我舅舅高踞九霄之上，从不与凡人来往，连我也见不着。

别以为你可以一手遮天，最终落得搬石头砸自己脚的结局！

我不砸脚，砸头，像砸西瓜，噗嗤一声，红的白的溅得满世界都是。你趁早躲得远远的。

十三　说吧

诸葛白最后一次见到叶龙根，叶龙根已处于谵妄状态。他抓着诸葛白的手拼命地摇晃，语无伦次，说了半天不知所云。诸葛白尽力让他安静下来，望着他一面孔的病态，眼睛通红。桌上地上竖着倒着几十只空酒瓶。末日到了。叶龙根蘸着口水在桌上写了个“死”字。老兄，我的末日到了……气数已尽。我酒后开车，撞倒了一个老家伙，送到医院抢救。交警咬住我不放。车牌是部队的，借来的，被收走了。他妈的他们起了疑心，还剩一层纸没被捅破。我够本了，死也瞑目了。

诸葛白从服务台要来开水，泡了浓茶塞到他手中。看你，不是有一个想象力丰富的计划么？拍拍屁股动身吧。由此开始——永定门—涿县—定兴—保定—定县—新乐—正定—石家庄—获鹿—井径—阳泉—寿阳—榆次—太谷—祁县—平遥—介休—灵石—霍县—洪洞—临汾—襄汾—侯马—闻喜—运城—永济—孟源—华县—渭南—临潼—西安—咸阳—兴平—武功—宝鸡—凤县—阳平关—绵阳—德阳—广汉—新都—成都—彭山—眉山—夹江—峨眉—甘落—喜德—西昌—德昌—米易—元谋—昆明—安宁—禄丰—楚雄—南华—下关—漾濞—永平—保山—龙陵—璐西—畹町镇。然后就自由了……

叶龙根军瞪着诸葛白。一口气报这么多站名，什么鸟用？除非我变作一道轻烟，变成隐身人。然而，我情愿采取另一种方式。去他妈的格瓦拉。变成一匹马不更好么？

也可以经西安—咸阳—宝鸡—天水—武山—陇西—定西—兰州—永登—天祝—古浪—武威—临泽—嘉峪关—哈密—乌鲁木齐。或者从兰州经包兰线，红圈沟—景泰—中卫—乌海—磴口—临河—乌拉特前旗—包头—土默特右旗—土默特左旗—呼和浩特。像一条鱼游入了大海，你看如何？

诸葛白临走时凝视已经睡着的叶龙根，睡梦中仍然间隙地抽搐，面色惨白的，额头上渗出细密的汗珠。

诸葛白在纸上画了一个睡着的人，头脑里升出一股烟雾。烟雾里一个人前面跑，一个人后面追。追的人手中握着一把黑旋风李逵的板斧。他将纸卷成纸筒塞在叶龙根握拢的手中，悄悄地走了。

马路对面有一家羊肉泡馍店。店门口搭着大凉棚，几个劳动人民在埋头大吃，汗流浃背，乌黑的白褂子像水里捞起的。他迷迷糊糊穿越马路走过去。一个躲在树阴下卖冷饮的女孩突然喊了一声，卖冰糕喽！他差点儿被这声喊绊了一跤，朝女孩狠狠瞪了一眼，鬼喊什么，家里死了人啦！

女孩示威似的又喊了一声，卖冰糕喽！女孩身后蹲着一个汉子，手持一把开裂的芭蕉扇，拍打身上的苍蝇，身坯像牛一般壮实，轻蔑地打量他，咕咕地窃笑。叶龙根移动脚步，像试探深浅，吃不准是继续向前还是掉头逃跑。那汉子对女孩咕噜了一句，打着哈欠伸伸懒腰，仰躺到一张破席子上，把破芭蕉扇遮住面孔，摊手摊脚睡了。

叶龙根径直走向凉棚，拣了靠墙的位置坐下。几个劳动人民走了，桌上的碗筷还未收拾。一个满脸汗水的女人懒洋洋地踅过来，问他吃什么。他指了指丢在墙根的啤酒瓶。女人撇了一下嘴，朝屋里喊道，啤酒两瓶。

叶龙根眨眨眼睛，我要两瓶了？一个走路一颠一颠的老汉一手抓一瓶啤酒出屋来，往叶龙根面前重重一搁。叶龙根望着酒瓶内的翻滚的气泡，恶声恶气道，不拿扳手来我怎么喝？老汉也恶声恶气回道，扳手刚才长翅膀飞了！

他抓起酒瓶猛地朝地下砸去，酒瓶嘭地爆炸了。他随着爆炸声跳起来，仿佛身中许多碎片。

老汉向手心里吐了一口口水，顺手操起竖在门口的一根木棍，你狗日的找死！一棍敲在桌子上，碗碎的声音比酒瓶爆炸还响亮。老汉那双细小的黏乎乎的眼睛绯红的，像蝙蝠的尖嘴，发出恐怖的嚎叫。

女人帮着拍手跳脚地破口大骂。但是，她挡住拿棍子行凶的老汉，声嘶力竭叫喊，你还不快滚，快滚啊！

叶龙根傻愣愣地站着，嘴里有股子甜腥味道，牙龈胀得酥痛。他蓦地想作些解释，结结巴巴说道，我不是故意的。还想进一步和解，掏出两张十元钞票扬了扬，赔你们，全算我的。老汉怒火万丈，我要杀了你！从女人手中挣脱出去，一颠一颠跑进屋里。

女人朝叶龙根又做手势又尖叫，他拿刀去了，你狗日的快跑啊！

叶龙根甩开大步跑出几步，回头看了一眼，老汉拎了把厨子用的明晃晃的大菜刀，一颠一颠追来。女人拍着大腿尖叫，快跑，你狗日的快跑啊！

叶龙根像受了鼓舞甩开大步猛跑，以百米冲刺的速度，把老汉远远抛到后面。灼热的风迎面撞来，太阳仿佛突然坠下来，一股强烈的恶心感，恨不能把狂跳的心吐出来。他双手撑住两腿拼命喘息。很多路人好奇地驻足观望，有人议论，是疯子。

讲我么？讲老汉么？老汉一颠一颠追了一段路，把菜刀往地下一丢，顿足捶胸，你这老不死啊，作了什么孽，是人是狗都来欺侮你啊！

正巧一辆公共汽车开来了，停在前面的站口。叶龙根紧跑几步跳上车。这下好了，离开他妈的是非之地了。

乘客不多。售票员萎猫似的打盹儿。他软沓沓地坐到滚烫的椅子上，合起滚烫的眼皮。汽车启动后稍稍凉爽了些，困倦感迅速地吞没他。车身哐哐啷啷的节奏如催眠曲，索性睡吧，睡到终点站。

朦胧间汽车到了下一站。朦胧间又到了下一站。朦胧间再到了下一站。他半醒半睡，乘客大多昏昏欲睡。老掉牙的破车，哐哐啷啷，颠簸起伏，也像人一样疲劳不堪。车窗外的景物节节后撤。他把手伸在外面试试风向，指缝里滑过最后的希望。假如跳出去的话，会不会像一片纸顺着斜线飘下去，飘到地上呢？

叶龙根到了闹市区。橱窗的大玻璃映出他陌生的模样。他觉得惊疑，整个容貌变得奇里古怪，像《西游记》里的小妖。闹市区永远人山人海。城市森林，适宜隐蔽。他从侧门进入商场，在冷饮柜买了一盒冰淇淋，边吃边逛。从这个柜台到那个柜台，从楼下到楼上。

商场内人虽多，比外边凉快一些。电扇呼呼地旋着，风是热的。叶龙根吃完一盒冰淇淋，感觉好点了，脑袋不那么昏晕迷糊了。他希望找个地方吃一顿像样的饭。他按按右边的裤子口袋，里面藏有大把的钞票，鼓鼓囊囊。他再摸了摸上衣口袋，香烟没有了。那么，第一件事该买一包香烟。

叶龙根从楼梯下来时，有个熟悉的人影在视野内一晃而过，气泡似的消失了。他的脑子不管用，像一群散乱的蜜蜂无法撮拢，并且带着尖刺，碰一下便觉得神经疼痛。这是一个信号，必须及时撤离。

他从一扇小门溜出来，钻进一条两面高墙的小胡同。匆匆走了百十步便到了另一条街。他学着电影里的办法，蹲下来系鞋带，迅速朝后察看几眼。他妈的一惊一乍。我身上没有特殊记号，谁认得我？

叶龙根急需要抽一支烟，香烟是才是镇定剂。他望见前头不远的烟摊，于是赶紧走过去。

摆烟摊的主儿是个独腿，面孔上一道三寸长的紫刀疤。他靠在树干上，与一个长着酒糟鼻的家伙侃得起劲。酒糟鼻精瘦的，相貌不善。

叶龙根要了包香烟，当即拆开叼了一支，摸出打火机点上，一两口就吸完了半支。他掏出一把钞票，抽出一张丢到烟摊上。趁独腿找零的当口，酒糟鼻子走到叶龙根身后，沙哑地对独腿说，咱去了，待会儿见。

叶龙根只觉得酒糟鼻的手膀擦了他一下。他没在意，收了零钱往裤子口袋塞，蓦地惊呆了，一大把钞票呢？半分钟前还鼓在那儿！

他转头去看酒糟鼻——这个贼骨头越走越快，几乎要跑起来了！

叶龙根飞起一脚踢翻烟摊——连带独腿一起掼倒。老子等会儿收拾你！他掉头以百米冲刺的速度朝酒糟鼻子追去。

叶龙根仰脸朝天，双手像凫水的鸭子使劲摆动，身体晃荡着，冲出没多远便感到上气不接下气，两腿棉花似的绵软了。他的面色像凋谢的李花，眼睛蒙着一层水幕，在太阳下闪亮。

酒糟鼻比兔子跑得还快，弓着腰颠着屁股，脚下生风。脚步声在胡同里漾起“踏踏”的回音，眼见就要从胡同口窜出去了。

叶龙根咬紧牙关，把全身的力气集中在脚板，如踩在弹簧上面，力求控制住身体的平衡，稍不小心便会歪倒。

他已到了奋不顾身的时刻，速度已明显地慢下来了——自己却感觉无限地加快，简直要飞起来了。离开地面，飞起来。

出了胡同口犹如出了峡谷，眼前溢满茫茫白光，白光后面许多隐蔽的事物在跃动。他放任自己的身体径直向前冲刺。

眨眼之间，一个庞然大物黑压压地轧来。来不及想象也来不及躲避。他迎上去，耳听一声开天辟地的巨响，俯瞰映照在碎玻璃上的明亮的鲜红色，箭似的射中了太阳。血雾细雨般的喷洒。真的飞起来了。

这一回迎庆的妊娠反应非常厉害。吃什么吐什么。整日头晕眼花。夜里不能睡觉，身子一沾床铺就感觉天旋地转，只能坐着熬时光。一个礼拜下来活像生了场大病，面黄肌瘦，讲话也是有气无力的。同伴都说这回肯定生儿子。回想怀小妞时很顺畅，有些乏力而已，人反倒白胖了。都说第二胎好生，可是迎庆觉得简直像过鬼门关。

龙根回家才一夜工夫，也是九点多才到家，没开汽车，没有大包小包，一副落魄的样子，几天没洗脸没刮胡子了。他先让迎庆给他弄吃的，见一家人围着，很不耐烦，下令爹娘和小妞都去睡觉。龙根一口气吃了两大碗面条，抹抹嘴唇感慨，还是家里的东西好吃。

迎庆和龙根睡在一张床上，觉得陌生，既紧张又害怕。尽量缩拢身体，把空间留给他。龙根没有表示什么，躲在被子细着嗓子唠叨，半句出半句进，前言不搭后语，不停地叹着气。龙根唠着唠着睡着了，发出很响的鼾声。迎庆一动不敢动，生怕惊醒他。她宁愿不要发生什么，天一亮他就会匆匆离去。到了半夜龙根突然醒了，喃喃地细声呼唤，摸她的颈子胸脯,后来就不作声地爬上来了。

尽管龙根不肯透露,事情明摆着,心里一定藏着大事情。龙根爹娘也看出来了,一夜没合眼,又不敢出声。天未放亮便起床了,坐在饭桌边候着,想与龙根唠几句。

天蒙蒙亮,龙根草草吃了两口饭,摸到床前吻了吻睡梦中的小妞。对战战兢兢望着他的爹娘说了句,咱这种人到哪都一样。

一个多月后天气渐渐热了。迎庆拾掇床铺时发现一只信封,拆开看,里面有一张字条,两张存折,存折上的数目之大她十辈子也挣不来。字条上潦草地写了一段话:咱这种人到哪都一样,死了也不可惜。看够了就是这么回事,最好把咱忘个干干净净……

晓鹤一连几天做着同样的梦,回到了童年,扎了两条翘翘的小辫子,打了漂亮的蝴蝶结,一手牵着妈妈一手牵着姨妈,走在一条洒满光芒的道路上。路旁鲜花盛开,多姿多彩。一株株翡翠样的树,在一层薄薄的淡蓝色烟岚后面闪闪发光。清泉从石山上流下,发出悦耳的叮咚之声。玫瑰色的天幕上,一边是绚丽的阳光,一边是柔美的月色。七彩云雾在天际缓缓变幻着,空气清新如甘泉,如一尘不染的明镜。她望见自己童年的欢颜,妈妈和姨妈的无限慈爱。她们面前有一座汉白玉雕凿成的长桥,她唱着歌儿走上去。背后突然有人推她一把,把她一下推到了对岸。她惊诧地回头一看,背景猛然间幕布似的转换。妈妈和姨妈无影无踪了。她孤身一人独立在冰冷的灰色世界。没有花没有树没有水,遍地裂缝,荆棘丛生,蛇虫乱窜。她吓得大叫大嚷。一个蒙面人突然出现了,身影动作都像他,嗓音很奇怪,像从很深的地缝中发出来。快跟我走,否则你有灭顶之灾。是你吗?这段时间你上哪啦?为什么不给我消息?我上天去了,快跟我走吧,否则来不及了。你没骗我吗?一个多月了啊,你一点不想我吗?他暴跳如雷,一把掐住她的喉咙,轻轻一提,腾起一股漫天黑风,升起来了。她像一片羽毛随风飘扬了……

十四　大意

她敲了几下门里面没动静，稍稍用力一推，门开了，有一股吸力将她猛地吸了进去。

他正在埋头写东西。她静候片刻，心跳颇有些紊乱，咳了一声。他抬头来看，愣住了，嘴巴动了动，把笔往桌上一掼，从座位上一跃而起，连声说，啊啊，尤永是你啊！

他与她紧紧握手，握住不放，握得她手掌都痛了。他的面孔泛起红潮，眼睛灼灼闪亮。她笑嘻嘻地说，我来看看你的工作环境，没打扰你吧？

她看到他兴高采烈，心里觉得安慰，觉得亲切。同时也像肉中扎进一根细刺，感到一丝疼痛。他请她坐到长沙发上，手忙脚乱替她倒来冷开水，绞了把湿毛巾让她擦汗，亲热间夹带一缕觉察得到的局促。

他侧身坐在旁边，面对着她。他脑袋里的转轴飞快地旋转，眼光被这种旋转扰乱了，有点儿急，试图寻找最能打动她的话题。

“尤永，我拿不定主意是去你家呢，还是给你写封信？有些话不敢说，我觉得你比以前脾气大了。”

“什么话？我不是主动前来了吗？”

尤永打量他的办公室，很宽敞，放着两张办公桌，另一张空的，连座椅都没有。靠壁放了一张长沙发，两张单人沙发。茶几上几只烟缸积满了烟灰和烟头。进门的左手面是一排高高的绛色木柜，顶上搁着一摞摞报纸和杂志。发黄的天花板的四边刻有花纹，中央挂着一只吱吱摇晃的电扇。木地板的暗红色油漆差不多踩没了。这是所老式房子，朝阳的木头窗户很窄，共有六扇，装着防盗的铁栅栏。窗下放了几只种花的瓦盆。

阳光带着奶黄色反光，洋溢在房间四壁。窗外的蓝天如清澈透明的水，白云反射一层淡淡的翡翠色。炎热还未消退。她犹如处在舞台上面，为自己的表演脸红。她感到懊恼，为懊恼而懊恼——心里不禁难受起来。

程煜东逐渐稳住神，占据主动了。他坐在离她一拳之隔的地方，倾斜着身体。他的眼神中贯穿了一种叫做爱情的东西，开始是以间接的样式呈现，中间作了少许停顿，这停顿是颇为传神的。

不过，无论他在外围怎么转悠，她还是看出破绽来了，说着说着，内核便水落石出了。

“尤永，说句老实话，与你谈话真累。你常常转十八个弯，让我摸不着头脑。我们直接一点不好么？”

“怪你，你布下一个又一个陷阱，我能不绕着走吗？”

“是你缺乏信任。我怎么会给你设陷阱呢？”

“事关重大，你为什么不替我想想呢？”

“想过，我想过一万遍也不止。考也考过了，取不取听天由命。现在是个好机会，一身轻松。可是你不招呼一声就打道回府了。”

“程煜东，你是好人，我是坏人，行了吧？”

“你故意在我们俩之间画一条界线。以前读书时，同桌的同学在课桌中间刻一条线，谁超过了就得挨拳头。我们之间用得着这样么？”

“你偷换概念，好像真是我不对了。”

“尤永，你觉得我很糟糕是不是？你说好了，我不生气。”

“越说越严重了！我从来没有认为你糟糕，相反，你是很不错的。问题不在这上面。我也什么都考虑过。前天和昨天你都往我妈厂里挂电话，我理解你的心情，今天特地来县城看你，坐了不到十分钟，老套数又来了。我会没有压力吗？”

程煜东站起来踱了几步，又坐下了。电扇吱吱地发出摇晃的杂音，令他无端地心烦。奶黄色的阳光如海绵吸干了空气里的水分，他的嘴唇发干，喉咙也发干。

独自一人的日子他把今后的一切打算都与尤永联系起来。今后的坦途和幸福，具体到一些生活的细节，吃什么味道的菜肴，穿什么颜色的衣服，房间的布置，天南海北的闯荡，总之都是充满着遐想和快乐的。然而，一与她面对面，谈几句话，马上感觉某种无法抹去的距离，就如口径不合的齿轮啮合不到一起，再用劲也白搭。

她像幻影一样浮现，伸手一摸却是一团空气。水中之月，镜中之花。考试前两人亲密无间，相伴相随。旁人眼里已是生米煮成熟饭的事。她本人也不避嫌疑，对外界的议论听之任之，默认了一种名分。仅仅因为他无意中流露了一句他家里人的"狗屁"说法，她便如三伏天的天气说变就变。

要是两人的关系真的很铁，这点小小的坎过不去么？罗密欧和朱丽叶死都愿意，梁山伯祝英台还盼着一起去死呢！

可是他俩挑明了么？是啊，他和她从没有挑明啊！

家里人一致对尤永的家庭成分持鄙弃态度。他们通过什么渠道了解到了详情？当然，事情终究是躲不过的。母亲明确表示此事万万不行。你上了大学还怕找不到比尤永好的对象？她这种家庭是个大包袱你懂不懂？几十年的教训还不深刻？就算她也考上了，家庭成分不会改变。她老子的问题太复杂了，我们怎么能和这种人坐一条板凳呢？

程煜东自觉地站到了尤永的立场上，心里直骂"狗屁"。这些人，感情也他妈的成了买卖交易，成了利害关系。"狗屁！"

"我知道，你对我家里人有看法。"

"程煜东，请别扯远了。"

"我恳请你，请求你……"

"你这人忒多心。考完了我该回家去呀，麻烦你够多了。再说，这一向复习迎考把我累得够呛，想好好休息休息。"

"尤永，我正式宣布，我是我，我家里人与我毫不相干！"

"别这样行不行？你不能正常一点吗？"

尤永嗔怪地略带撒娇地在他膀子上捶了一记，仿佛握着一种捉摸不定的古怪念头，从他的发急和无奈中吸取快感。她的快感和苦恼是互相覆盖的，密密匝匝的，分不出谁是谁，

她的愿望需要自尊首肯才可表露。自尊是第一的，纵马驰骋的时候自尊是她手中的缰辔，有了它才有了方向。包括她的严肃和微笑，自信和能力。如果听任他，全部可能性中只剩一种可能性了，光秃秃的失去了弹性，预示着没落的开始。她骄傲地设想未来，未来已经照亮了她。她是绝对排斥没落的。

"请你给我一个范围，省得我乱猜测。"

"列宁曾写信给托洛斯基，称他这辈子可能看不到俄国革命的成功了。结果呢？革命形势发展的速度超出了他的预想。"

"我不懂你的意思。"

"革命形势发展很快，比我们预料得要快！"

尤永拿到试卷一目十行扫了一遍，暗暗欢呼起来，全在复习范围里面。驾轻就熟，一气呵成做完所有试题，甚至没有回头检查一遍，急急交了卷子。偷看别的考生，抓耳挠腮急吼吼的模样，心里愈加踏实。根据七七届的经验，不必担心家庭问题，上头确定了原则，择优录取。她有十二分把握断定自己的分数名列前茅。依她的一贯愿望，能进北大是最好的，至少也该轮上省重点省名牌。

尤丽娟替女儿高兴。女儿有了前途，以后不会像她这样吃这么多的苦，翻不了身抬不起头。女儿成了响当当的大学生，县委书记的儿子就没多少优势而言了。

就尤丽娟的心思而言，这事着落了，就更是喜上加喜了，人家身份摆在那里。去年尤永带回家的跃新民是一步臭棋。也难怪，一个姑娘家独自生活在异乡有多艰难。别看老庄平时只关心自己平反的事，关键时刻站出来抵制，我的女儿怎能嫁给一个土头土脑的农民？老庄当着第一次上门的跃新民的面与女儿轰轰烈烈吵了一架。老庄做对了，男人毕竟是男人。父亲毕竟是父亲。

就是力量

尤永拿到试卷一目十行扫了一遍。暗暗欢呼起来,全在复习范围里面。驾轻就熟,一气呵成做完所有试题。

尤永言谈之中对程煜东颇有好感。夸奖的同时加上一段评语，这人本质是好的，可惜有些蔫呼，才分差一些，将来不会有大作为。这方面尤永受了老庄的长期熏陶，好高鹜远，不切实际，批评这批评那，养成了苛求的坏习惯。

考完了回到家，女儿有声有色讲了考试的情况，只字不提程煜东。人家帮了她多大的忙啊！包吃包住就不说了，又是搞复习材料，又是请辅导老师。完了就过河拆桥了么？

女儿几天里躺躺睡睡，看看闲书，悠然自得。每次她把程煜东的电话内容转告给女儿，都是漫不经意地来一句，知道了，便不再有下文。只有一次，也是漫不经意地嘟囔一句，有什么好摆的？

尤永码准了，若再不去县城看他，他必定会在一两天之内来她家，相对来说又会使她陷于被动。她确切地感觉脚下鼓起了一阵轻风，缓缓地上升。一种出人头地的可能性，像兴奋的血液奔流着，激荡着。此外一切都暗淡下去了，不在她关心之列。她可以做得很随意，能进能退。因为她拥有广阔的余地，尽情地纵马驰骋，享受从没有过的自尊带来的甘甜滋味。

一出门，热浪轰地汹涌而至，日光纷纷扬扬洒落，闪闪烁烁地发黑。风藏进了皱褶里，炎热犹如起泡的发烫的烂泥，尤永说这个形容一点不虚，它就像烂泥，弄得你污糟不堪。程煜东说，这是最后一个讨厌的夏天了。尤永说，你别吓人，我最害怕听最后二字了。

两人沿着楼阴往解放桥边一家饭店走去。程煜东汗淋淋的面孔时明时暗，如变化着的脸谱。他与尤永间隔一尺距离，说话时略偏过脑袋。他比尤永高出差不多一头，修长而挺拔。相衬之下尤永更加显娇小健壮，如一只有力的机灵的小兽，顺从地跟随他。她红扑扑的脸面闪耀汗珠，眼睛像清亮的水银在阴影中闪光。看看街上其他人——全被分泌物弄成混浊的难看样子。或许她是出水芙蓉演化而来。

尤永把手帕塞到程煜东手里。他没有用它来擦汗，嗅着这上面的淡淡的香味，送给我珍藏行吗？

你真要的话，一切都可以拿去。

不是哄我吧？那我全要，全要了！

该是你的迟早是你的。

程煜东把手帕细心地折起来放进口袋了，脸上堆满含义复杂的笑容。他已习惯了她的骑墙做派。八路狡猾狡猾，悄悄地进村，打枪的不要。他作了个端枪的动作，嘴里哼着鬼子进庄的音乐，扮着滑稽样儿。你的大大的坏，死啦死啦的。以其人之道还治其人之身，学她的惯用手段，油腔滑调打诨插科东拉西扯半真半假。他突然变得又快活又稚气，做着刺刀抹脖子的手势，在尤永后颈上轻轻砍了一下，拍拍手跑开，哈哈笑着逗她来追。

尤永飞快地四下逡巡，街上的行人稀稀落落，被炎热压得垂头弓腰。一两只狗伸出长长的殷红的舌头大口喘气。路边停着几辆汽车，窗玻璃聚光镜似的耀眼。满地颠晃彩色的光斑。

尤永看到他跑跑停停。应该配合他——这是放松情绪的好时机，追过去狠狠捶他两拳。

程煜东高兴得心尖儿发颤。第一次触摸到了臆想中的真实性，是从内心升发出来的，至高至新的，展现出了开阔明朗的前景，等待他迎面扑去。你可以放心大胆了，无须遮遮掩掩了。当她向你敞开时你却白白放过，你就是一只蠢猪，比蠢猪还蠢。

我反复想过，第一，你考上了我没考上，你就不会再理我。第二，你考了好大学，我上了蹩脚学校，你也一样会不理我。因此我感觉我俩的前途实际上很渺茫。

你既然讲开了，很好。让我来回答你，第一，你完全瞎想，我尤永不是这种人，除非我根本没动情。第二，我不愿意沾任何人的光，凡事靠自己，家庭门楣之类，完全不在我眼里。

那么我问你一句，你动了情没有？

你连这都看不出？要多蠢有多蠢！

傅阿姨在电话中表示要和尤丽娟谈谈有关"孩子"的事。她请尤丽娟上县城，双方家长见见面，交换一下看法。尤丽娟婉言拒绝了。她听出傅阿姨的口气里那种咄咄逼人的官太太气派。她不冷不热地回击，孩子的事最好由他们自己决定。

她不了解傅阿姨这位难缠的角色。县委书记的太太嘛，眼里哪搁得下她尤丽娟？丢下电话，傅阿姨马上喊人通知小车队派辆车来，唤上了大儿媳匆匆上路，带着前去讨伐的用心，不获全胜决不收兵。

尤丽娟忐忑不安待了一上午，回到家备感心身疲倦，饭也不想吃，扇着风儿闭目养神。一件好事必定紧随一件坏事，好心情完全抵消了。大半辈子就在这样的魔圈里转啊转。老庄两上北京之后心灰意冷，发誓不再动此念头了，听天由命了。几天一歇又像上足了发条，兴冲冲地搭车去省城，说是诸葛白在恭候。尤永进了趟县城也变了个样，一反常态大谈起程煜东来，给人家划出百分之七十点五的优点，超过了标准线零点五。据说伟大领袖毛主席也不过是三七开。这丫头疯起来比她老子更甚，自说自话要和人家去省城"散散步"，顺便"逛逛"泰山、黄山和普陀山。尤丽娟习惯了一个人守家过日子，任何时候都顾念着这个家，心无旁骛地守护着三个人共同的归巢。

傅阿姨踏进庄家的门显然吃了一惊，比她的预料破烂得多。昏暗热湿，不通风，泥地上一层滑腻的水汽。别说家具陈设，连个像样的座位都没有。尤永出产在这样的家庭，马上又给她打低了至少二十分。

傅阿姨和大儿媳都是一身丝绸装束，配上发福的体态，红润的面孔，气势自然高出一筹。她们器宇轩昂地站在尤丽娟面前，使瘦弱而干瘪的尤丽娟立时气短三分。尤丽娟极力尽她主人的身份应酬着，端凳倒水，拿来扇子，又请围在门口看光景的邻家女人代买一只西瓜。

傅阿姨和大儿媳先拿手帕垫在凳子上再坐下，不碰尤丽娟端上的杯子，对尤丽娟奉上的一瓤瓤西瓜也视而不见。傅阿姨以反客为主的口吻说，你也坐下吧，我们是来谈事情的。

尤丽娟的表情动作都是慌里慌张的。她意识到自己慌张，刻意掩饰，却更是添乱，把一杯茶水碰翻了。她在裤管上擦擦湿手，老老实实坐到门边的小凳子上，像做了错事听候主人发落的女仆。

傅阿姨穿着一件藕色中式绸缎短袖衫，衣襟镶有白色木耳边。一条飘飘的藏青真丝裤子。一双米色皮凉鞋。略鬈曲的头发用红丝带扎了根马尾巴，像女孩那样扎得高高的，讲话时随脑袋摆动一晃一晃的。她的左手腕带了只小巧的金女表，右手腕带了只雪亮的金手镯。肥胖的身躯散发一股浓香味。她比坐在旁边的大儿媳来得时髦。大儿媳皮肤黝黑的，块儿健硕，手大脚也大，露出浓重的黑汗毛，涂了胭脂的面孔一副粗俗之气，被浑身高级质料的服饰衬托得愈加显著。她用刁蛮的挑衅的眼神直勾勾瞪着尤丽娟。

尤丽娟算是什么东西？满身穷困潦倒的印记。瘦弱、干瘪，面无血色，得了痨病似的。一身皱巴巴的灰不溜秋的旧衣服，一双像垃圾箱里拣来的修修补补的破塑料凉鞋。太不配了。婆媳俩一致觉得体面高傲的尤永是一种伪装，是妖怪的画皮，被她们追到荒山野岭，终究露出了坟茔枯骨的真相。

傅阿姨鄙夷斜乜眼睛，兔子似的撅着嘴唇。

“你女儿会编故事，把自己的家描绘成一枝花。你平时就这么教育的？我倒要问问，用这种办法寻男朋友，不怕迟早被戳穿吗？”

“我不了解。她回家从不和我讲这方面的事情。”

“年纪轻轻就这样，将来还不知做出什么丑事来！”

“这是你们的看法。我的女儿……”

“我这人从不欺贫嫌穷，工人农民都可以，但是要堂堂正正。你去打听打听，我的大儿媳二儿媳都是普通人家的孩子。你不信问你女儿，开始进我的门我待她多客气。她不说真话，我儿子至今还在受她骗。”

“你儿子来过几次了，应该了解情况。”

“你们想得到什么？不撒泡尿照照！”

尤丽娟的眼泪在眼眶里打转儿，咬住舌尖，咬得舌尖发麻。她感觉一切发生在黑夜，模糊的，恍惚的，影影绰绰地晃动，相隔很近又很远。她拿手背擦了擦眼睛，抬头望着头顶的迷雾般的虚空。她蓦地看见勇敢有力的目光，是她的尤永，她的灵魂，她的支柱，注入她了，培植她了。她感到内心萌发一种振作的战栗的勇气——我的女儿出生贫贱，这有什么要紧的?

“我女儿不比任何人差一截,不稀罕什么门第。是你儿子主动的。我们从没做过亏心事,请别拿老眼光看问题。现在不是‘四人帮’时代了,有些结论会重新甄别的。高考不是恢复了么?我女儿一心一意想上大学,靠自己的能力争取前途。我们不需要撒泡尿照照自己,心里很清楚。我们没有地位,也很穷,但是人人都是平等的。”

“你跟你女儿说清楚,必须与我儿子断绝来往!”

“这是孩子自己的事情,做妈的无权干涉。”

“无赖!真不要脸!”

“请你们放尊重些,你们也是干部。”

大儿媳突然冲到尤丽娟跟前,舞着双拳。

“婊子!不给点厉害你瞧瞧你就不认识马王爷三只眼!”

曾几何时——尤丽娟后来使劲回想——

无论如何料不到县委书记家的人这么不讲理,恶狗似的吠着吼着扑上前撕咬。此时门口已围满了看热闹的邻居,男女老少,见她家门前停了小轿车,以为来了贵客,纷纷前来打探。他们看到的却是这样的场面:尤丽娟虾子似的缩着身体哭了,泣不成声,被县委书记的大儿媳死死箝住,推撞着,摇撼着,恶狗似的吠叫着。一门婊子,给老娘端屎盆子都没资格,还想进我们家门……

隔壁刘玲珍素以打抱不平而著称。她挺身而出,你们太过分了吧,又是骂又是打,有理讲理嘛。刘玲珍是人高马大的女丈夫,像个举重运动员,气势上压了人儿媳一头。她把尤丽娟护在身后,我不允许你们这样做,天王老子来了也要讲道理。

尤丽娟已经无法拣寻那时的细节。她仿佛被抛进了熊熊的熔炉,炙烤之后皮肤渗出油滴,吱吱出声。火焰烧光她的面子——犹如烧光了鸟的羽毛,黑色的烟雾忽上忽下,看见里面一抹抹白色的烟灰。

街坊邻居都喊她驼婆婆,没有人晓得她的姓名,也搞不清她是八十岁还是九十岁。反正够老了,眼昏耳聋,腿脚不灵便了。儿孙们一个个嫌她欺她。儿媳孙媳更是一个个像乌眼鸡,一天咒上几十遍,老不死,这老不死的,赖在世上叫人心烦。

驼婆婆名义上与大儿子住一起,实际上被大儿子大儿媳逐到角落里,在屋后搭了间三四平方米的简易棚,有吃剩的便端一碗半碗过去,两三顿不给吃是常事。驼婆婆没有怨言。死鬼得恶毛病走得早,二十来岁守寡,辛辛苦苦拉扯大四个儿子三个女儿。人间的种种苦头都尝过了,子孙满堂,全福全寿,该她满足高兴了。

前一向驼婆婆病了,躺在窝里哼哼。家里人都懒得去看一眼。刘玲珍拎了两瓶糖水菠萝去探望。她一进驼婆婆的窝,差点呕了,又闷热又腥臭,比狗窝还脏。驼婆婆赤身裸体躺在铺板上,瘦得只剩下一副骨架子,满身皱皮,头上留着一小撮烟灰样的白发。

驼婆婆两三天粒米未进了,想喝口水也没有,见了水果罐头嚷着要吃。刘玲珍看着她一会儿工夫便吃完了两瓶糖水菠萝。听她大儿媳讲,没见过这样的老东西,特能吃,像填不饱的耗子,伺机溜出来啃掉一只苹果,半只西瓜。半夜里都能爬起来偷吃两碗饭呢。

丽娟有时也带了吃食去看驼婆婆,留意躲开她家里人。丽娟说,驼婆婆病了几天又好了。她大儿媳又在铺排了,又在骂她偷吃了什么什么的。人真是奇怪了,生是一种信念,死是一种信念。生死以外的追求又是一种信念。

驼婆婆顽强生命力证明了什么?比崇高、不朽、永恒之类概念更坚韧?我悲叹人的所谓进化,社会的所谓进步。说到底,人的本性永远不会改变,这是造物主的不可违拗的旨意。悲夫!

听说上头有意调他进省城任农村政策调研室副主任,程书记几天来闷闷不乐。上岁数了,身体不吃硬,脑子反应不灵敏,跟不上形势发展了。去头头脑脑成堆的地方挂个闲职意义不大,不如主动退居二线算了。在这个县有些年头了,老关系多,熟门熟路,遇事有个照应,退下来种花养鸟,过过安稳日子也是蛮好的。

傅阿姨脑子进了水,吵着闹着要他应允。跟了你这个粗疙瘩窝在屁股大点的地盘大半辈子了，满街的人低头不见抬头见，都是老面孔，腻透了。你老程敢放弃眼下的好机会，没门！程昊中对此反感透了，冲她发火了。你懂什么东西！人家看我，这个县委书记，没当好，给我冷板凳坐的，亏了你，还以为拣了大便宜！

傅阿姨有话不能直说。你的两个孽种，给多少人戳背脊梁骂。老大玉龙贬到计划生育办公室，仍不吸取教训，变了法子揩公家的油，吃喝无度，贪心又重，家里买牙膏买卫生纸全了开发票找公家报销。而且花心不死，与一个叫曼华的有名破鞋搞在一起。传到大儿媳耳朵里，二话不说，带了帮手冲到人家单位里大打出手。那破鞋身背金字招牌，搞她就是破坏军婚。军婚是什么呀？人人知道那是高压线，绝对碰不得。好了，闹得满城风雨，你程家的人在众人眼里臭上加臭了。你老程昏聩糊涂，这年头人心比纸薄，人在台上一副脸，不在台上马上换一副脸。我见得多了。所以我得把握航向，免得落一个千人唾万人骂的下场。

老二建国听说老头子要调往省里，当晚便牵着全家来了。由媳妇出头纠缠老公公，什么照料服侍啦，尽小辈的孝心啦，什么儿孙绕膝前其乐融融啦，花言巧语一箩筐一箩筐地装。意思只有一个，要老头子向上面提条件，以需要照顾为理由，在省城给二儿子安排一个工作。

建国是三拳打不出一个冷屁的人，一年四季阴沉着脸。同事背地里称他“林彪”，也称“冷面杀手”。哪个家伙犯了事栽在他手里就触霉头了，不死也得脱层皮。他热衷于以折磨人为乐事，已两次失手致死人命了，死者的家属直到现在还不甘休。干公安的人最犯忌的便是心狠手毒，不管有罪的还是无辜的，拿了来不问青红皂白一顿臭打。说起来奇怪，有的人原子弹都炸不死，有的人小拇指一戳就翘辫子了。人命关天呀。一时搪塞过去是容易的，疮口上涂上点红药水，可是里面还在腐烂。叫人始终背着一桩沉甸甸的心事。老二算盘打得不错，借此机会挪个窝，离得远远的，不是说时间是医治疮口的良药么？

老程对两个不争气的孽种一无办法。关起门来讲也讲过，骂也骂过，全当耳旁风。他甚至动过大义灭亲的念头，舍不得儿子打不得狼。万不得已只能丢卒保车，撤销玉龙党内外一切职务，做行政降级处理，下放到公社做做一般人员。他一次次气得面孔发乌，朝着玉龙拍桌子大骂，这样下去，自毁前途，组织上怎么处理，我不管，逮起来法办，我也不管！对老二他一样担忧，你啊你啊，没脑子，国有国法，随你乱搞就行啦？执法犯法，是什么性质？他早想把老二从公安岗位上调开，去文教系统弄个一官半职。又怕弄巧成拙，留人以把柄。难啊难。老程外表看去行动迟缓，心里却凡事算得滴水不漏。

傅阿姨当然只关心她的亲生宝贝儿子了。煜东与老程那两个孽种相比，简直是虎和狗，龙和蛇的差别，随便哪方面都比他们强个十倍八倍。煜东凭真本事考进大学，根正苗红，又是党员，前途不可限量。

煜东也有鬼迷心窍的时候，围着那个尤永团团转，好说坏说都没用。急了就与母亲吵嘴，我就喜欢她，她是她，她家里人归家里人！

傅阿姨压着性子和他"蘑菇"。我的小祖宗，你怎么这点道理都不懂？成分不好的人在社会上终归低人一头。她家这么复杂，入党提干肯定轮不上，明摆着还会拖累你。

煜东被那小狐狸精迷住了，一拍屁股双双外出旅游了。万一头脑发热，把人家肚子弄大了就难脱身了。况且，傅阿姨通过组织部门的关系打听了一些消息，新县委书记就要来上任了。据说此人肚里有点墨水，能力强脾气也大，不守规矩的人到他手里必栽无疑。他在别的地方任职时就处分过几个腐化堕落分子。有开除党籍撤销职务的，也有剃光头坐监牢的。按能力和资格，此人早该是个副省级了，就因为是个讲原则，认死理的刺头儿，混来混去至今还是县处级。俗话说新官上任三把火，这种秉性的人最喜欢用打击前任的办法抬高自己的威望。指不定听了某些人的挑唆拿程家的人开刀，到时程家的人就是砧板上的肉，哭都来不及。凡此种种，老程怎么看不出来？

促使程昊中听从傅阿姨观点的根本原因是他听到了群众的反映，虽说有褒有贬，总起看来赞成他"滚蛋"的占多数。老百姓就像舞台下的观众，高兴了就为你鼓掌，不高兴就喝倒彩。他没听说过哪一任县委书记离任后被老百姓跷大拇指的。另外，有人向他转达各种街谈巷议，夸大事实，无中生有，极有可能是县委大院某些心术不正的人在策划。俗话说，人一走茶就凉。他人还未走那帮龟孙子已蠢蠢欲动了。

程昊中本打算主持完最后一次县委扩大会议，与大家道个别，一气之下先住进了医院。至于办调离手续和搬家之类事项，全撂给傅阿姨去料理了。

大华电影院门口聚集了闹哄哄的一大群等退票的人，手里捏着钞票，喊叫谁有余票谁有余票，一块钱一张。按原票价两毛五分，贵出了四倍。

这些天省城放映王文娟徐玉兰主演的越剧《红楼梦》，盛况空前。人们天不亮就来排队买票，更多的是单位包场。我以前看过这部片子，还记得那会儿连续几天的伤感心情。现在这部片子解放了，我希望再欣赏一遍。诸葛白提议来电影院门口等退票。票肯定难买，只存在百分之一的机会。

我们在穿梭着的等退票的人中间，也学着放声喊叫，谁有余票，一块钱一张啦。电影院门前的灯刚刚亮起，引来无数蛾子和飞虫。空气热辣辣的。人越来越多了，喊叫声淹没在一片嘈杂声里。我浑身汗湿了，快到进场时间了，我对诸葛白说，别在这儿凑热闹了，这么热，不会有指望了。

正当我们准备急流勇退时，我的耳朵在千差万别的声响中辨识出一个熟悉的嗓音：谁有余票？谁有余票？不是尤永的声音么？我的心头一颤——这鬼丫头也来省城了？

我顺藤摸瓜追踪而至，果然——不是她是谁？穿着一件水红短袖衫，矮矮的敦实的身影，两条小辫一晃一晃，站在靠路口的地方拦截那些持票者。同志同志，有余票吗？我呆了一阵，似乎非常难为情，又感觉一种极度的不快。内心的隔层里发生寒冷似的哆嗦，然而更深的隔层正放射灼人的热焰。我望见自己有点东倒西歪，如站在十字路口的瞎子，茫然失措。

我敢打赌，她绝不是一个人来的。这鬼丫头神得很！我的眼睛像探照灯迅速逡巡她身旁的人。可惜我的电力不足，望到一团混沌的攒动的人头。我没见过那个县委书记的公子。但是我的成见已是根深蒂固,就如罗密欧朱丽叶的长辈,一开始就排除不了刻骨的仇恨。

尤永见了我惊讶得张大嘴巴半晌说不出话。尔后做个让我惊讶的举动——甚至让我面红耳赤,她上前来抱住我的膀子,撒娇地摇着晃着,哼哼呀呀不知咕噜了些什么。除了孩子时候的尤永,她从来没和我有过亲热举动。我们父女之间仿佛天生存在一道堑沟。我马上断定这是她的一项阴谋,先给一勺蜜糖我尝尝,摆一个迷魂阵,好叫我放松警惕解除武装。

我怎么对待这位县委书记的公子呢?尤永把他推到我面前,我的眼睛是模糊的。天太热,灯太暗,人太多。我集中不起注意力,又愣又窘地站立着,眯眼瞟着别处。我顾不上起码的礼节和面子,按我的心理该是故意的。

诸葛白出面打圆场了。像绣花的巧手将一根根线头穿插起来——先与姓程的小子寒暄一番,又对尤永讲了一个令人捧腹的简短的笑话,气氛也就缓和下来了。这位和事佬拍着我的肩膀,好事,好事。人生四大快事,其中一桩便是他乡遇故知,更不说父女异地相会啦。我做东请大家吃冷饮。

鬼丫头探测到我的用意,看我不理不睬不给姓程的小子面子,也不搭理我了。做出顽皮样子与诸葛白说笑。老爷子说你是半个神仙,变两张票吧,我们非常想看这场电影。

鬼丫头故意制造疏离效果。老爷子你摆谱是不是?那就气气你,打个招呼算完事了。她坚持要等退票,又扬声喊叫起来,谁有余票谁有……

鬼丫头这一冷处理的手法是狠毒的,这样一来便把意外相遇带来的惊讶和尴尬抵消了,就像是在某个经常碰面的地方偶尔撞见,三言两语之后便可各走各的了。我心里窝着一股旺盛的怒火,委屈和痛心,伤感得鼻子发酸,梗着脖子一言不发。如果开口的话,肯定冲口而出的全是尖石块和铁蒺藜。我倒怕首先伤了我自己。

幸亏诸葛白制造一个缓冲带。他略施小计,化干戈为玉帛了。

诸葛白拉着大家去电影旁边一家灯火辉煌的冷饮店。我是随波逐流的，不想多说话，木头木脑跟在他们后面。我的步履迟缓和犹豫，以示我心里的疙瘩尚未解开。他们继续他们的说笑，把我扔在一边。尤其是鬼丫头，始终不拿正眼望她老子一眼。

店里的灯光呈淡蓝色。几只吊扇呼呼旋转，比外面凉爽多了。稀稀落落几个顾客，悠闲而安宁。我们四人围坐在靠玻璃窗旁的桌子边。一人一盒冰淇淋，一杯冰镇酸梅汤。我们都处在无可回避的面对面的境地，为此我必须尽力使烦躁的窘迫的心情平复下来。想想自己的身份和位置，怎么说我也是长辈。单单怄气的话，连我自己都会嘲笑自己的。

于是我在某种漫不经意地动作的掩护下，偷偷摸摸打量我们的县委书记的公子。我心里已经拿准，这小子极力讨好我，只要我稍稍转向他，便马上绽开红红的笑脸，急于想和我搭腔。但是我每次都立即掉过头去。我暗暗设问，你犯了什么毛病？总是对女儿的男友百般挑剔，欲拆散而后快？

想着想着我忽然一惊，对自己十分不满起来，自责且自愧，发怒似的抓起杯子将冰镇酸梅汤一饮而尽。

真还别说，我仔细看过那小子后心里不由产生一丝小小的震动。尤永不愧是尤永，没白做我的女儿，眼光终是不错。以前那个跃新民，虽是地道的乡巴佬，本人倒是块璞玉，可惜没足够的功夫去雕凿。姓程的小子白白净净，眉清目秀，眉宇间透露一股清纯的诚实的气息，与他那个一潭泥浆似的老子有着天壤之别。老子狗熊儿好汉。我说过乌鸦也有白的嘛！

姓程的小子毕恭毕敬回答我的提问，一口洁白整齐的牙齿。不知该归功于冰镇酸梅汤，还是他小子讨我喜欢的缘故，我感觉顿时有一股清凉之泉荡涤我的心胸，舒适了，松弛了。我以主动的套近乎的态度和这小子攀谈起来——当然啦，我的心情仍像漂浮在流水上的一块木片，忽上忽下，有时卡住了，有时顺流飞逝——处在我意志之外的流动中。

尤永得意洋洋地暗地里戏谑我，电光石火般的眼睛向我瞄来瞄去，面孔鲜艳如花瓣，被水红色衣短衫衬托出春风雨露，两根小辫子迎风招展。鬼丫头又占了上风，我在关键时刻腿一软败下阵来。但是我很高兴，突然高兴极了。

程煜东告诉我有关考试的分数情况。通过招生办的熟人打听过，尤永考了全县第一名，笃定进重点大学。他考得也算可以，比尤永差十二三分，进大学是不成问题的。

我脸颊的肌肉在跳动，浑身的神经叮叮咚咚敲击。全国山河一片红。撒下什么收获什么。他们欢天喜地迎接着大丰收。我看到了，我很喜悦。我是但问耕耘不问收获。我说应该为此干一杯。我没尽到做父亲的责任，但希望分享你们这代人的幸运。

诸葛白与尤永谈得多投机啊——理想、信仰、道德、命运、奋斗、能力和结局。诸葛白笑吟吟地对我说，你的女儿很了不起，将来会大有出息。

我几乎第一次用对待大人的方式正视尤永。长大了，成熟了。较之我印象中的孩子已换了一个人。父精母血，天然的血缘关系令我无限骄傲，也教我霎时领悟某种面临的契机。追求人生意义的愿望像爆炸过后的弹片不可收拢。那就放弃吧，这是许多日子来我心中的秘密。放弃意味着新生。我像闷在水中很长时间终于浮出水面的人，大口大口呼吸空气，生命重新慷慨地回到身上。

该为之庆贺，从窒息的误区里浮上来了，那是意志上、信仰上的超越，超越了本体……

我一身轻松，与尤永的男朋友老朋友似的热烈交谈。我们无所不谈，反使尤永疑惑不解，不相信我会突然转变。她是个能抓住细节的鬼精灵，又像刚见到我那会儿一样撒起娇来。她把不喜欢喝的冰镇酸梅汤塞给我，抢了我的冰淇淋去。嘻嘻哈哈的，嘲笑我穿得土包子模样，替我整整领口抹抹头发。今天是我有生以来最高兴的一天。我要告诉他们，我勇敢地放弃了。

“爸爸，你为什么突然想到要放弃呢？你不是一直对自己的信念坚信不疑吗？事到如今应该继续下去才对啊。”

“不识庐山真面目，只缘身在此山中。我跳出原有的圈子，回头想想，真是不值。平反了又怎么样？还能换回我的青春吗？还能重新去完成我的使命吗？还能再享受人生该有的快乐吗？”

“爸爸，我不赞成，从一个极端到另一个极端。要我说，你是受了诸葛伯伯的蛊惑。”

我向诸葛白投去歉意的一瞥。他却颔首微笑，似乎赞同尤永的说法。我稍稍顿了顿，也微笑着说：“人就是这样完成接力赛的，从你身上我看到了自己那个时候。获得这些思考是需要阅历的，除非你也和我一样走一遍。人是无所不能的，可他能像鸟一样飞吗？鸟会飞，可它会像鱼在水底游吗？鱼会游，可它能像蚯蚓在泥土里钻吗？你懂我的意思吗？”

“不懂，我表示怀疑。”

“我并不是绝望，也许相反，我看到了光明。”

诸葛白掩着嘴吃吃地笑了：“父女俩像在外交谈判桌上斗智斗勇，轻松点吧，天气这么热。”

尤永娇媚地挑了下眉头，想了想，也像他那样掩口而笑：“我和我爸爸吵惯了，不吵倒嫌太冷清了。”

我从自己的目光里探究到一种叫做慈爱的东西。它贯穿于我对女儿的新鲜的感觉里。我充满了前所未有的骄傲和喜悦。

这样的结局太美好了。我笑眯眯地望着程煜东。他已不拘束了，与大家有说有笑。这个讨人喜欢的小伙子，我感到有许多话想对他说，但一时找不到适当的入口。我转脸观望街上流动的车辆和人影，闪耀五彩的灯光。应该感谢上帝。上帝说，要有光！于是便有了光。

我说：“昨晚我做了梦，梦见一个巨大的富丽堂皇的舞台。一大群身着盛装的人在上面又跳又唱，就像万众欢庆的场面。我明白了，这是一种预示！舞台已为你们准备好，登台亮相吧，我在台下为你们尽情鼓掌！”

十五　真实

《圣经》说，倘若你的一只眼睛让你跌倒，就把它剜出来丢掉。倘若我跌倒了爬起来拍拍尘土，吹着口哨没事儿似的走掉呢？

在我们这样的时代崇高和渺小是颠倒的。世俗之所谓至知者，有不为大盗积者乎？所谓至圣者，有不为大盗守者乎？如此，我为何还要纠缠于区区个人冤情？第三次来北京，我已不是为了“我”，“我”从此后不再以我这个身份存在了。

昨天，我拿一块碎瓷片漫不经意在地上画了那么一道，我不过是无聊，蹲在泥地上乱画，却看见泥地上的划痕慢慢渗出发亮的鲜红的血珠子。我相信我的眼睛具有辨别质感的能力，不会是别的什么红色液体。我触一颗在手指上捻捻，滑腻的，有黏性的。凑到鼻子下嗅嗅，一股明显的血腥味。我受惊之下又狠劲乱画了好几道。与刚才一样，发亮的鲜红的血珠渗出来，越渗越多，我终于惊恐得像青蛙跳起一丈多高。

记得诸葛白曾经说，换一种目光就看到另一种东西，凡物都有生命，无论一块石头或一棵小草。凡物是它自己的原因，在它以外没有其他原因。有之则存，无之则亡。我对玄学一向敬而远之，但是确实，我获得了当头棒喝式的开悟，获得了一种上升：生死荣辱，像云彩，像风，像马路上的车流，像行人双眸中的无限变幻——这一切取决于你的看，取决于你的思。

早在二十世纪五十年代我就读过苍心的作品。诸葛白介绍我和他见面,令我暗暗惊讶,原来他不过四十来岁。以此推算,那时他顶多才二十来岁。真是了不起的少年才子。

苍心身材瘦而高,戴了副度数很深的玳瑁眼镜,下巴留有一撮小胡子,国字脸型,面色发黄,耳朵特别大,按相面说法他是个大福大贵之人。他穿了一身深蓝色卡其布中山装,一双圆口布鞋。

苍心操着一口标准的普通话,嗓音浑厚华滋,悦耳动听。加之他极是注意遣词造句,修辞手法的变化,观点鲜明又不过于刺激,与他谈话可以感受到语言的愉悦性。

我们走了不少冤枉路,没料到这位大名鼎鼎的作家住这种鬼地方——远离闹市的棚户区,没有路标和门牌号。转七弯八,经过污水沟,菜市,茅厕,小学,杀猪坊,酱油厂,塑料制品加工场,以及一大片弯弯倒倒的简易房,在一个臭水塘边找到了他的住所。他刚从下放地黑龙江一个农场调回北京,作家协会没房子可安排。他自己租了一间郊区菜农的窝棚暂住。

他眼下正着手写一个剧本,写两部中篇小说,还要写一系列论述现实主义的文章。我对文坛上的事不关心,听尤永谈起过,最近的有几篇写厂长写教师的小说很火爆,引出了众多争论云云。

苍心倒是对我们颇为信任,不掩饰对伪政治、伪信仰、伪文学、伪现实主义的痛恨。据说中央马上要召开一个重要会议,专门讨论解放思想的问题。从他嘴里我第一次听到了关于母亲错打孩子的说法:母亲有时候也错打孩子,孩子却永远对母亲忠心耿耿。凭良心说,这令我非常吃惊。对他的敬意一下子跌落了。什么逻辑！我们是孩子？他们是母亲？一句轻描淡写的形容,掩盖得了如此荒唐野蛮、作恶多端的事实?

苍心在作协挂了专业作家头衔,除了例会和取邮件,平时难得去机关。他整天在窝棚里倾注全力写作品。"四人帮"倒台后他已发表了三部小说,一部是写一位被无辜关押的老干部因悼念周总理而遭杀害的故事。其他两部都是写遭受不公正待遇的知识分子对党和人民矢志不渝的拳拳忠心。他的小说引起了社会轰动,读者的来信像雪片纷纷而至。

苍心信奉铁肩担道义,妙手著文章。坚信自己能够充当这个时代的刀剑与喉舌，歌颂光明，贬斥黑暗。正如他的一篇文章中里说的，人民性、党性、现实主义三位一体，任何时候都不能割裂。人民的首肯是对作家的最高褒奖。

我有个毛病，一听此类高调，就像屁眼里夹了一段屎橛子，极不舒服。还有一个可能，我对眼下的文学太隔膜了。我读过几本文学杂志，觉得没多大意思，骨子里含着一股子行气。五十年代苏联的“解冻”文学便是这样：一些忠臣奸臣的故事，坏人当道好人受苦的故事，然后一朝天子一朝臣，云开日出百废俱兴……

不是这么回事。绝对不是。当然，他们这么写又是符合上上下下能够接受的所谓“现实”的。如此，所以很不真切，昙花一现而已。生活的真实性和丰富性被削平了，榨干了，只剩下些皮相和碎渣。或者说，够泡一杯茶的茶叶却倒进了一桶水，稀稀松松，喝了也不解渴。我敢说我的笔记拿出来一点不比他们不逊色，但是我说我不，太便当了，太便当是不会有好事的。

星期三是机关政治学习的例会。会议结束后，秘书长请苍心留下有事情商量。苍心调回作协后还未和领导打过交道，心里犯了嘀咕，好事轮不上他，是不是作品得罪了谁？

苍心坐在会议室里等候。院子里有几个家伙大着嗓门争论什么，为一出描写女小偷的话剧。大家都在展开竞赛，比谁的胆子更大，更敢闯禁区，更敢揭露。苍心抽完两支烟，看见作协的老领导老乐和老文姗姗而来。

老乐和老文都是文学界声名显赫的老前辈，延安干部，在毛主席身边工作过。一个是评论家，一个是诗人。他们不摆领导架子，平易近人，在作协圈子内有口皆碑。老乐握着苍心的手连连说道，工作太忙，对你关心不够，千万原谅。老文拍拍苍心的肩膀说，你的几部作品我都看了，非常好。我们为你取得的成绩感到高兴。

老乐矮矮的，一头光光亮亮的白发，脸上挂着和蔼的笑意，像慈眉善目的老太太。老文相反，身高体胖，紫红脸膛，胡子拉碴不修边幅，操着直嗓门的东北腔。老乐亲自为苍心泡了杯清茶，拉他坐下来，他把苍心的手捏住轻轻摩挲，听说你住在窝棚里，是这样吗？苍心感觉皮肤起了薄薄一层鸡皮疙瘩，心里腻腻的，又不好意思抽回手。

苍心正襟危坐，背书似的回答，他先在劳改农场待了两年，赶上三年困难时期，差点饿死。后来到煤矿干井下工，干了五六年。有几次冒顶塌方，同伴们非死即残，他命大，从死人堆里爬了回来。后来因为身体不好调到地面做勤杂工。再后来调到矿区小学教书，一直到今年三月回到北京。他在郊区租了间屋搞创作，很满意现在的创作条件。

老文摇摇头叹了口气：最近全国作协专门搞了一次调查，“文化大革命”十年中，有一百多位著名作家丧生。我主张列出一张名单，在明年召开的文代会上宣读。我们不能忘记这段惨痛的历史教训。

老乐看着苍心，听说你在这种环境下没有放弃读书写作，光笔记本就有两箱子？谈起写作苍心挺直身子，像个新兵挺着胸膛向首长汇报活思想，我抱定这个信念，光明终将会战胜黑暗，所以不能放下手中的笔，把所见所闻记录下来，这也是个深入生活的好机会。“四人帮”刚倒台那会儿，我用了一星期时间写出一部四幕话剧，是歌颂张志新烈士的。很多人认为我热衷于暴露社会的阴暗面，还有人提出要批判我。

老乐哈哈着点点头，对自己还有什么其他打算吗？苍心的心抽紧了，用惶惑的目光看看老乐和老文。又掉头望了一眼院子里的藤架，淡蓝的花朵。阳光透过疏散的细叶闪耀亮绿的色泽。一种细雨润物的摩挲声。他被混杂的感觉浸泡着，额头上沁出一层汗珠。

他装出一副憨厚的诚实的模样，我打算一门心思搞创作，不想别的。老乐摇摇头，你是党员，应该在你肩膀上压更重的担子噢。他装出着急的样子，不不不，能写出一些像样的作品我就很满足了。老乐又摇摇头，一方面不放弃搞创作，另一方面还要担任一些行政工作。你还年轻，年富力强，组织上希望你能够挑起重担，这也是对你的信任噢。

老乐像慈母般的抓过苍心的手，轻轻地爱恋地摩挲着，我和老文，还有许多同志都是这样的，为了工作需要，有时不得不牺牲一些自己的事业，可是值得噢，作协的工作必须依靠信得过的同志去做噢。

老文净了下喉咙，党组已决定，任命你为副秘书长。原秘书长老许你是了解的，身体长期有病，几次申请退下来，党组也同意了。苍心一时懵了，舌头打结，这个，恐怕不行吧，我从来没有做过领导工作。再说，我刚来不久，资历浅，人缘又不熟。

苍心面孔红红的，心突突狂跳的，仿佛怀中抱了件重物，找不到搁放的地方。最近一向梦中常常浮现，他走在一座铺着红地毯的台阶上，眼前放射出金灿灿光芒。他几乎心怀痛苦般的惊喜，啊啊，迎接他的竟是高高的拾级而上的红地毯。试探着登上去，步履轻盈如云，被无限的金灿灿光芒簇拥，多么欣喜啊！

应该说说秦怀正了。秦怀正与苍心在五十年代被很多人喻为文学界两颗新星——两峰对峙，两水争流，各尽其妙。一个是写报告文学的好手，一个擅长诗歌和小说。两人的共同之处犹如茅盾之谓：来不及架设大炮，便用手榴弹和刺刀展开战斗了。因此，两人在“反右”中栽跟头也就顺理成章了。秦怀正被发配原籍，苍心押送黑龙江劳改农场。

秦怀正比苍心早一个月回到北京，分在文学出版社做编辑。他三番两次向领导提出，希望去新闻单位，以便重操旧业干他的老本行。

秦怀正心高气傲，不喜欢和人来往。他与苍心甚为投缘，工作再忙，一星期半个月总得寻机会凑到一起喝酒聊天，骂骂人，发泄苦恼。他比苍心容易激愤，口口声声说他们这代人心灵扭曲了，就像自小装在瓮头里长大，瓮头砸碎了，身体也残废了。

我在苍心的新住所见到了秦怀正。苍心招待我们喝酒，一包花生米，一碟腌黄瓜，半只烤鸭。我们用报纸铺在地板上席地而坐，喝得面红耳赤，喝得兴致勃勃。我是个旁听者，聆听他们的谈话，当作好玩的消遣。

秦怀正时而作沉思状，时而激动异常，大发牢骚，逮着谁骂谁。按我的经验，他是一个角色感很强的人，不太好亲近，有股子戗人的辣味。我和他接了几句话，便感到嗓子眼儿发麻。我把我对秦怀正的看法对诸葛白说了。这位仁兄吐吐舌头，李太白式的佯狂，研墨去鞋，唐明皇的评语很准确:此人固穷相也。

不过我听秦怀正讲起他年轻时的一段经历,愣住了,世界上还真有两片相同的树叶。

那时,我决定葬身水底,喂鱼虾,喂老鳖。之后反而心里坦然了,只身走向那条大河。这些时间所受的屈辱、冤枉、打骂全化为烟雾从我心头飘散。人一旦了断求生的欲念,就变得顽石一样坚硬。我要结束这一切,逃出他妈的疯人院、强盗窝。士可杀不可辱。他们别想拿我消遣取乐,这是一种最有效的抵抗。我坐在铺满嫩草的河岸,内心充满奇异的想法。我发现自己处在浓郁芬芳的春天,两岸生意盎然的碧绿,清澈的河水映照蓝天白云。阳光射在河流上漾起好闻的水草味,船只悠悠划过,船佬不时吆喝几声。一连串叮咚的水声像是特意为我演奏的乐曲。对岸斜坡上涌来一群雪白的鸭子,嘎嘎的一片撒欢的叫嚷,扑腾着跃向水中。一位穿粉红小袄的姑娘摇晃一支竹竿,将军似的威风凛凛指挥着。我站到高处向远眺望,淡淡的烟岚里间杂株株挺拔的白杨树,叶子镀上云母片似的光。广袤的田野,相嵌错落的村庄。白墙红瓦,黄泥草顶。稀薄的炊烟。天际边,青色的群山隐没在明丽的阳光之中。无限的宁静,无限温存的慰藉。我忘记了为何来这里,仿佛忙里偷闲前来观望自然光景。我心满意足掸掸尘土动身回去……

秦怀正提醒苍心万万不可迷恋做官。文艺界严格说来是没有所谓的“官”。谁比谁大靠作品说话。秦怀正对文人的官场情结深恶痛绝,当官有什么好?不过是一时的虚荣,却以失去尊严和自由为代价,成为上传下达的机器,驯服工具和螺丝钉。官场犹如兵营,只允许共性不允许个性。别林斯基把作家看成是第二政府,是良心和正义的法庭,意义非同小可。别说区区的秘书长,就算赏赐你当了作协主席,你就觉得心满意足吗?太史公曰,文史星历,近乎卜祝之间也。你难道聪明一世糊涂一时?

苍心了解秦怀正是个喜欢走极端的人,咋咋呼呼,列举那些为他所用的事例。无论在历史上还是在现实中,一个人能够写出好作品取决于他的才华和见识。苏东坡、王安石不是官么?蒙田不是官么?歌德不是官么？肖洛霍夫不是官么？事例总是一正一反的。他不欣赏那种把自己打扮成受政治迫害而采取极端反政治的人。卖身投靠当然不对，鸡蛋里挑骨头难道不是病态？两人谈到这类敏感话题时都像被对方挠胳肢窝，都夸大了对方的立场。

苍心暗中掂量，姓秦的是不是看不得我时来运转？同行之间的妒忌心历来如此。

秦怀正则怀疑自己错看了苍心。此人这么多年的苦头白吃了？好了伤疤忘了痛，这种自我毁伤太可怕了。

秦怀正和李岚结婚二十多年一直是针尖对麦芒，八辈子的冤家似的。秦怀正调回北京后借宿在亲戚屋里，十天半个月回家一趟，也是来去匆匆。秦怀正的两个人儿子一个读高中一个读初中。两个小子素来缺乏父爱，母亲又不太管家，年纪很小就学会了自己照顾自己，有一顿没一顿，衣着破破烂烂，一晃眼出落成了两个像模像样的小伙子。秦怀正有一次回家，两个儿子盘着腿坐在地上下军棋，一边咔嚓咔嚓啃着锅巴。他进门时，两个儿子眼皮也没掀一掀。妈妈呢？儿子都不抬头，不知道。

家里冷锅冷灶，热水瓶也是空的。他问儿子要不要出去吃点东西？儿子没听见似的不予理睬。他走出家门，抬头望望阴霾的天空，似乎见到游蛇般的闪电，急遽地击穿他的躯壳，一腔热血溅得到处都是。

李岚教中学语文。她批改完作业，窗外已是夜色蒙蒙了，急急忙忙收拾一番，关了门窗提了包下楼。她还得赶去菜场买两斤切面。人不吃饭能活着就好了，省掉多少事啊。她风风火火骑车赶路。天完全黑了。今天下了课找班里的调皮大王谈话，耽误时间了，说不定菜场已经打烊了。

她看到路旁的商店大多关了门，街上冷冷清清，心里焦急，猫着腰像赛车似的越骑越快。她的家离学校不太远，过一条街，拐个弯就到了。只怪她心急没注意路上的情况，到了拐弯处刚歪了一下车头，车轮碰着了行人，连人带车哐啷摔倒了。

早几年的话，摔上一两跤算不上回事儿。那时筋骨健壮，不像现在老胳膊老腿。她倒在地上哼哼呀呀半天爬不起来。这一跤摔得不轻，脚肿了，腰也扭伤了，痛得龇牙咧嘴直嘘气。她在一个好心人的搀扶下好不容易捱到家，哇哇地叫儿子出来帮忙。

秦怀正和两个儿子闻声出来，都大惊失色。三人一边合力搀她进门，一边忙着询问缘故。她痛得说不出一句连贯话儿，躺到床上，稍稍平息一下，哼哼着央告儿子快去隔壁刘老师家。万一她明天起不了床，请刘老师代一天课。

今天，秦怀正特意买了两只鸡，煮了香喷喷的一大锅，炒了两样蔬菜，拾掇停当，和两个儿子说着闲话等李岚回来。左等右等，等到天黑了。他有点冒火了。这下好了，等回家的是个痛得龇牙咧嘴直嘘气的伤兵。团圆饭吃不成了，每次都是她把他的计划一脚踹瘪的。

他一本正经提出察看她的伤处，倘若严重的话，该送医院接受治疗。她只顾摇头，说了几声谢谢。一点外伤而已，躺躺就好了。

李岚觉得好生奇怪，这人今天怎么变体贴了呢？一会儿要求察看伤势，一会儿提议送她去诊所。满屋子的肉香使她有所触动。儿子吃得津津有味，像小猪的撒欢的声音。她盯着他的脸，这是由他带来的。然而这个人码不准，一句话不合就会立马走人的。

秦怀正半个屁股搁在床沿，和李岚讪讪地唠了几句，立即感觉扭了脖子似的难以忍受。他和她从来没顺当过，一次也没有。他说，在家歇几天吧，我给你们校长挂个电话。她说你快别掺和，兴师动众，我自己会料理。他说，你还想往上爬吗？还有谁比你更积极？她说我没你那种雄心，干好份内事足矣。他说，摔疼了歇几天不很正常吗？她说学期刚开始，班里的工作交给谁去做？他说，没有你地球就不转了？

李岚晓得他是故意的——摆出关怀的姿态来，实质是为了发泄不满。她说你有你的工作，我从来不干扰。他说，我不是干扰，是关心！她说那就谢谢你啦，好了吧？

秦怀正对她简直厌恶透了，按捺不住怒气了，霍地站起来，指着她，你呀你呀，你这种女人……

有个不为人所知的情况——秦怀正下放农村的时候，与当地一个女人相好了，并且生了个名叫昭亮的私生女。这事李岚有所耳闻，她故意装聋作哑。两人的关系都冷到零度以下了，互不干涉是为上策。

秦怀正调回北京后心里惦念昭亮。他喜爱这个小丫头，昭亮曾经给过他多少人世间难得的乐趣啊。

前些日子秦怀正接到那女人的信，昭亮得了重病，需要转到北京大医院来治疗。他头脑里的阶级斗争的弦一下绷紧了，断定是那女人的诡计，拿昭亮要挟他。医院到处都有，何必千里迢迢赶来北京呢？

秦怀正的情绪坏透了。不理睬吧，万一耽误了昭亮病该当何罪？让她们来吧，万一传出去该怎么办？

秦怀正非常无奈，无奈而焦虑。反映到情绪上便显得更为怪诞，怪诞加上暴躁——在一次作协召集的座谈会上，他与几个著名作家发生激烈碰撞。座谈会成了大混战，刀光剑影，斗得一塌糊涂。

会后，老乐邀秦怀正去他家“消消火，吃顿便饭”，还请了苍心来作陪。老乐的家在作协机关后院内，他吆喝老伴赶紧弄几样下酒菜，招待我们的大作家。酒嘛——汾酒、茅台、竹叶青、洋河大曲、二锅头、应有尽有。都知道老乐没其他嗜好，每天喝这么一杯，自得其乐。说话间老文也笑哈哈地来了，右手提一篓国光苹果，左手拿两本新书。苹果送给老嫂子尝新鲜，新书是他刚出版的诗集，赠送给秦怀正，请他斧正。

秦怀正第一回上老乐家，人家是作协的头头，他对头头脑脑一向是退避三舍的。老乐家房子很宽敞，大约有四五个房间，加上厨房卫生间，够一般人家三到四家住了。苍心洗了手下厨做帮手。他们三人坐在客厅抽烟喝茶，闲话闲说。不一会儿工夫，菜上桌了：炒牛肉丝、虾米烩冬瓜、鸡蛋炒韭菜、清蒸咸鱼、白菜粉丝汤。老文扮着怪相大喊大嚷，全中国的作家都该找一个老嫂子这样的亲爱的，人生口福为最嘛。

秦怀正是没酒量的，才抿了一小口茅台，就感到胸中火烧了。连忙向老乐和老文告饶，我不行，真的不行。可恨他们都拿喝空的杯口朝着他，别太秀气了，该像你写文章那样，来来来，干了干了！

秦怀正加起来不过喝了两杯，丑态百出了。觉得肚子非常饿，饿得心慌气虚，但是没有一点胃口。好在他们不再劝酒，吃着谈着。秦怀正给自己设立了一道警戒线，多听少开口，不涉及争端。中国人惯于杯酒释兵权，酒桌上最容易软化对方意志。吃了人家的嘴软。

他懒懒地睃视他们，气氛暖融融的。然而——他的情绪的的确确是由苍心挑起的。苍心重复了不下五六遍，要团结，最要紧的是团结一致向前看。不能再像"四人帮"时期那样搞分裂，搞斗争。

怎么回事？才当几天狗屁官脑子就进水了？

不对——苍心是有意说给他的两位顶头上司听的，为了制造一个印象，他和他秦怀正之间没有共同点。狡猾的家伙，一方面表忠心，另一方面与他划清界限。

秦怀正头脑里的导火索嗤地点着了。他凝望苍心足足三分钟之久，极力显露蔑视和鄙夷的神色。怪不得日本鬼子打进中国立马招罗了几百万伪军，血液里天生就有做奴才的基因。

"中国的时间之轮是停止的，两千多年的历史凝固了。我们仍然像战战兢兢的奴才，不能多走一步路，不可多说一句话！"

"历史是呈螺旋式上升的，它有它的轴心，也即是规律。按照马克思的观点，任何人只能在历史提供的条件下创造历史，错误也是历史发展的必要的代价。"

"历史决定论最大害处就在这里，把一切看成是必然，又用必然为一切辩护。难道你看不见，一元化权力比皇权专制有过之而无不及？其暴虐、黑暗的程度登峰造极！"

"中国知识分子的特点是喜欢翘尾巴。失志时一副脸，得志时另一副脸。古人云，不谋万世者，不足谋一时；不谋全局者，不足谋一域。专注于个人得失，怎么可能与时代潮流保持一致？"

"如果你自觉自愿站在统治者的霸权立场上，一切讨论全是多余的！"

"我们还没吃够社会大动乱的苦头吗？无政府主义真的有自由可言吗？社会的改变是一朝一夕完成的吗？你连一点现实的进步都看不到吗？"

“我只看到我们仍在为最基本的生存和尊严而挣扎！”

“怨气和牢骚可以理解，不能演化为对立的立场。”

“他们仅仅丢了一块骨头，你犯得着这么拼命维护么？”

“一块骨头？就算吧。有人看了还是眼红，还是妒忌。”

“夫鵷鶵，发于南海而飞于北海，非梧桐不止，非练实不食，非醴泉不饮。于是鸱得腐鼠，鵷鶵过之，仰而视之曰：‘赫！’我虽不敢言鵷鶵，但绝不会守着腐鼠过日子！”

请注意，以上的争论并没有实际发生，是秦怀正独自一人在脑子里自编自导自演的对白。阿Q打了自己两个嘴巴。

苍心不是鸱，是泥鳅，比泥鳅还滑。

他不会给秦怀正实打实的冲突的机会。他学刘玄德的韬晦之计，两头装孙子。你铆足劲儿瞪着他，他回赠给你一个呆乎乎的笑。他只说要搞好团结，是中性词。表面听来没有立场，抓他不住。团结错的么？你总不至于敢说团结是狗屁吧？

秦怀正在斗智方面矮了苍心一截，人家使个虚招，缩回去了。他在这儿一头劲地备战备荒，兵马未动粮草先行。人家缩回去了，嬉皮笑脸作壁上观。还未动手他已败了，败军之将不言勇，想来是一个临场经验的问题。他妈的苍心学什么会什么，会什么精什么。

秦怀正心里窝着一团火，归咎于两杯该死的酒。他的面孔红得可怖。他又听苍心说了，英雄海量。这是拍老乐和老文的马屁。两个老头都是酒鬼，一杯接着一杯。他们是英雄，我是狗熊。苍心平时不喝酒，却是天生的酒篓子，像喝水似的毫无反应，只是面孔有点儿发青。

秦怀正摸摸自己滚烫的脸颊。我脸红了，喝酒脸红是忠臣。他指着苍心的面孔，他是奸臣。

忠臣也好奸臣也好，他们全都嘻嘻哈哈。

他没辙了，霎时明白了。你好斗你便是傻瓜，十足的笑料。你以为呢？他们邀请你来喝酒，你却一腔壮志豪情来赴鸿门宴。你得承认你玩不过人家。要团结不要分裂，要光明正大不要搞阴谋诡计……

老乐是个多精的老家伙啊。曹刿论战。一鼓作气，再而衰，三而竭。

秦怀正完全丧失了起初的气焰。牢骚太盛防肠断啊。莫道昆明池水浅，观鱼胜过富春江。懂吗？秦怀正鸡啄米似的点着头，懂的懂的，我太心急了，该做什么还是清楚的。清楚就行。我们经历了十年浩劫。郭老讲得好，现在艺术的春天来到了，我们一定要倍加珍惜。既要解放思想，大胆实践，又要把握正确的政治方向。为民请命，揭露阴暗都是好的，不过，有关自由和规律，动机和效果，个性和人民性这些方面，还得以毛主席在延安文艺座谈会的讲话为指针，万万不能好心办坏事。

秦怀正像做了错事的小学生接受老师训诫，不再有说不的勇气。

全盘接受吧——老乐待你多么亲切，轻轻摩挲你的肩头。你成了一只受宠的娇滴滴的猫咪，在温暖的抚摸下呼噜呼噜享用舒适。

老乐敞开笑脸朝他，哄孩子似的。会议上，你有的话是有道理的，有的就冲动了点。你是有社会影响的，是有一定号召力的，一言一行都受人关注。在大是大非前一定要自觉地站在党的立场上，这是党的最基本的要求。

秦怀正鸡啄米似的点着头。

我知道，我知道自己的毛病，性急，好冲动，不成熟。

苍心及时为他献上了美言。

老秦我很了解，第一是正直，第二是正直，第三还是正直。列宁说只有两种人不犯错误，一种是没有出生的，还有一种是进了棺材的。

秦怀正舒展一下肢体，向苍心投去感激的一瞥。

苍心临走前借着一面巴掌大的镜子浑身上下照了个遍，穿上这套刚买的新衣服有些别扭。再乔装打扮也成不了年轻人，两鬓灰色了，脸上的皱纹纵横交错，黄土高坡似的，深度镜片后的缩小的细眼珠，瘦脖子，腰背驼了。他自我贬低一番，换上原先的旧衣服，脱掉擦得雪亮的皮鞋，套上一双圆口旧布鞋。

倘若对方以貌取人他就马上抬腿走人。

以貌取人的女人都是爱慕虚荣的。老童男都做到这年份了，千万别在人家面前掉价了。二十多年前，苍心尝过一次恋爱的苦汁，和一个比他小三岁的爱好文学的女学生缠绵了两年之久，后来被人家一脚踢开。他并不责怪女方，庆幸早断早好。很多人才结婚又离了，哪来所谓的坚贞的爱情呢？

姑娘名叫粟瑶，中学数学老师。二十六岁，属大龙，身高一米六五，体重一百零四斤。高中毕业，干部家庭，兄弟姊妹五人，她排行老小。粟瑶起先给他写信时仅仅声称自己是文学爱好者，也在练习写作，希望能得到他这位“如雷贯耳”的著名作家的指导。在往后的来信里渐渐表露出爱慕的心迹，寄来一张张阳光灿烂的相片。

他对此感到一阵阵恐慌。似真似假，梦非梦。这位老童男熬到今天竟然交起桃花运了。当然，目前他还把它当作字面上的东西，纸上谈兵而已。他没敢把此事透露给任何人。粟瑶单方面定下了日期，请他即使下刀子、地震、火山爆发也要去天坛公园赴约。若等他不来，她就一直在那里等下去，变成盐柱为止。

她出现时候他的喉咙连打了几个嗝，像被冷气噎了。她本人比相片漂亮太多了，标标准准一个美人儿。朝阳般的气息，温柔的热力，绒毛样的亲密，没有丝毫陌生和隔阂。小鸟依人的娇态，青春的嗓音，伴随一串“银铃般的”笑声，尤其是她眼睛里溢流的饱满的笑意，无法形容，世上的词汇太贫乏了。

他呆了半晌，竟产生出掉泪的感觉，无法相信这个事实。她已先验地接受了他，根本不来注意他的外貌年龄。她挽住他的膀子欢天喜地说个不停。

粟瑶穿着一件圆领粉黄色运动衣，胸前嵌着灰蓝条纹，深绿色裤子，一双白球鞋。她的身段苗条而矫健。九月的阳光啊，在他心中漾开一片兴奋的蔚蓝色海浪，与玫瑰色的天际相接。花树齐发。群莺乱飞。海市蜃楼般的彩虹。这世界充满了“银铃般的”笑声。他又一次产生出落泪的感觉。

她和他紧紧靠拢，像一对真正的恋人，引来游客好奇的质询的目光。毕竟属于两代人了，他完完全全可以做她的父亲了。他的面孔火辣辣的，心始终怦怦乱跳。不敢斜视，不敢加快或放慢步子，如拉得紧紧的弓弦，一松手便随箭飞走。她却快乐而骄傲，骄傲而高昂，旁若无人，欢天喜地说个不停，笑个不停。

粟瑶的话又多又密，想把自己的见解一下全倒出来让他检验，让他做出评价。她对他无限崇拜，把他的话当作金科玉律。

他和颜悦色地倾听，不作赞同或反对的表示。她不满意了，娇嗔地推推他的膀子，说呀说呀，说说你的看法呀。

他笑了笑，指着一片草坪说，我们到那边坐坐吧。他大致了解到她的现有程度，好的，就让我做她的导师吧，她还早，有待好好塑造。

他拉着她的手坐下来，平静多了。

他说你知道当年梁启超怎么评价袁世凯的？她怎会知道呢？他的用意是以她的数学专业来说明，她刚才提起的被她大加赞赏的几个作家与他相比不足挂齿。他不能直截了当对她明言自己才是最优秀的。他转了个弯子，梁启超这么说过，若拿袁世凯和曾国藩做比较，属于小数点之后几位数的人物。小数点之后几位数——她似乎似懂非懂，拿一块花手帕在手指上绞来绞去，微微翕开小巧的粉红的嘴唇，调皮地笑一笑，用劲点着头。

他掏出手帕揩揩眼角，防止眼屎不合时宜地沁出来，又不时擦拭嘴唇，防止沾上唾沫星子。他循循善诱给她讲解文学创作的奥妙，经典的意义，技巧性和艺术性。又谈起他正在着手创作的一部中篇小说。他告诉她这部小说的主人公是位老布尔什维克，坚信革命真理，在受到了极其不公正的打击后依然忠心不改，以极其坚韧的意志克服常人难以承受的困难，体现出了真正的布尔什维克精神。钢铁就是这样炼成的。他还说到了象征着中华民族自我净化、自我发展的黄河长江，那种生生不息的生命力。他说到了祖国母亲的伟大和艰辛，说到爱情、友谊和生死考验。为什么我的眼睛里常含着泪水，因为我对这片土地爱得深沉。

他说到动情处声音哽咽了，喉头痉挛了。自己也奇怪哪来这般激情，以致强烈地感染了粟瑶。两人执手相看泪眼，竟无语凝噎。他一时梳理不出自己的激情哪部分是真实的，哪部分是表演的。

毫无疑问她是真实的。她紧握你的双手，含泪而笑。我知道这都是你的经历。你吃了那么多的苦,不会再发生了,再也不会了,今后你不再是孤独一人了。

苍心再一次产生了落泪的感觉,被巨大的强烈的幸福感彻底吞没了。九月的阳光啊,甘露般的融化他。他融化了。此前他死也想象不到女人的温柔和关爱蕴含如此之大的能量——眨眼之间全变了,时间变了岁月变了乾坤变了身份变了年龄变了。

颂词疾雨般射向心坎。谁说福不双至?

捷报频传,龙凤呈祥。吃得苦中苦,方为人上人。梦里昭示的图景演化成了现实。他脚踏实地,站起来,抹去欢乐的眼泪。他拉起她娇小柔软的手,展望天坛闪光的尖顶。尖顶背后的湛蓝的天空,他的眼光越过了所有视野内的人影,与高高的遥远的天际接壤。

他给她说了一个小故事:

我们矿区有个很大的水潭,大伙叫它大水潭。水又清又亮,周围几百户人家的生活用水全靠它。传说潭底有个活泉眼,一直通到东海龙宫,所以永不枯竭。

几百年前这儿是个露矿。有一天劳工都在开采作业,坡坎上来了一位卖花姑娘,拿着会变颜色的七彩花儿,引得劳工全来围观。正在此时泉眼喷出壮观的水柱,眨眼工夫变成汪洋一片。都说是观音娘娘显灵救了劳工们。

夏天有许多人下大水潭游水。水特别凉,有的地方摸到底,有的地方从没人敢去,据说几十丈深,下面的水像冰水一样冷。有这么个规律,隔一两年必淹死一个人。我亲眼见过两次,死者的亲属在潭边烧一捧火招魂。

有一年大旱,大半年不下雨。烈日当空,地都龟裂了,大水潭也一点点浅下去。熬了一段时间,最后干得滴水不剩。干枯的潭底,高低不平,也没有特别深的地方,更没有泉眼和洞穴。被烈日晒得发黑的水草,灰暗的蚌壳,鹅卵石和黑淤泥,很难想象原先一潭清水的潭底竟是如此。传说的美好是因为它的神秘。一旦真相裸露,要多难看有多难看。

晚上近十点钟，苍心感到胸口有些不适。当时他正伏案写作，没介意，喝了杯热水，在屋子里走了几步，做几个扩胸动作，之后又继续埋头大干。写到兴头上，思如泉涌，聆听笔尖发出吱吱的声音，不亚于世上任何悦耳的乐曲。

他在原有的故事里插入了一段爱情戏，只有爱情才使生活丰满和完善。他宁愿把它当作美妙的童话，不！比生活真实的童话。是粟瑶手把手教给他，亲爱的粟瑶本身便是真实的童话。令他边写边产生无限的感动，因感动而坚信其真实。他忽视了胸口不适这一危险的信号……

在苍心伏案写作的时间里我和诸葛白在大街上游荡，谈论着我那石沉大海的申诉。我怀着言之不尽的茫然，望着雾气朦胧的街道，少量行人和车辆，昏暗的路灯，路上一片片枯黄的树叶，天幕泛出深紫的颜色。诸葛白了解我的心思，将手搭在我的肩膀上。这就够了，此时不需要什么安慰的语言。我知道自己并不悲伤，不绝望，不再有悲欢苦乐。一切已经过去。秋风过后地上一片洁白。我的归宿也许是洁白之外的事。有生之年我不可能达到涅槃的境界。我可以把再生的机遇等同于自然生命的延续，它或是一种好死不如赖活的哲学，或是一种勘破红尘的脱俗之举。

我把这些想法断断续续讲给诸葛白听，我的心情越来越平静如水。他笑眯眯地说，你已从一种绝对观念中走出来了。绝对是观念的第一误区，是一条永无尽头的笔直的直线。

同一时间，粟瑶正沉浸在诗意的幸福之中，趴在桌上写她滚烫的日记。粟瑶写下的第一句话是：他把无限的诗意带进了我的生活。她手中的钢笔微微颤抖，胸间涌现一股激情的热浪，面孔发烫了。她向一面小圆镜瞟了一眼，立即羞赧地偏过脸去，仿佛镜子里映现出“他”的火热的目光。

夜深人静了，她愈加心潮澎湃、兴奋不已了。脑海里浮现眼花缭乱的繁闹场面：锣鼓喧天欢声笑语。红绸飞舞彩旗飘飘。他紧紧拥着她，让她尽情享用他的体温他的气息。他和她像得了孙悟空的法术，拔地而起，愈变愈大，充满于天地之间。花瓣如飞絮飘扬，石头上长出绿叶，遍地结出鲜果，河流荡漾绿波，山峦披上红装。

她写道：我爱他的才华，爱他的思想，爱他的年龄，爱他的经历，爱他的眼睛，爱他的鼻子，爱他的笑容，爱他的声音，爱他的手指，爱他的姿势，爱他的装束，爱他走路，爱他沉默，爱他说话，爱他皱眉，爱他的眼泪，爱他不好意思，爱他爱他爱他……

必然中包含着偶然，偶然中体现出必然。我发觉，这两个概念其实是不可违拗的命运——像两面高墙合成的胡同。人的认识局限在这条胡同里。它是独立于认识之外的，是无限和绝对的。相反人是有限的和相对的。这样便造成一种疏离，我们永远无法认识它们。我们是被我们制造的概念遮蔽的。至少，我们像鸟栖于一枝，像鱼息于一隅，像虎卧于一石，像星星挂在空中，像宝塔竖在地上，像禾苗栽在田野，像心脏在胸腑搏动，像溪流在平原沉浮，像长安街的灯光彻夜闪亮。

我们感受到的变与不变就那么一点范围。例如这一刻，我怎么会知道丽娟在做什么？尤永在做什么？跃新民、程煜东、盛监委、老孙头、焦副校长、孙亮、小红、西门云、卢燕玲、程昊中、傅香兰、迎庆、方晓鹤、方医生、林凤子、苍心、秦怀正、李岚、粟瑶、老乐和老文在做什么？还有成千上万我熟悉的和不熟悉的人，他们在做什么？

我记得当时诸葛白这么提议，我们去看看苍心，他肯定还没睡呢。我欣然答应了。我们不过是想打发掉一些时间，与其回去躺在床上想心事，不如到朋友那里聊聊天。这个想法无异于老天照应，天不亡苍心也。

可以设想，倘若我们不及时赶到的话，苍心将因心脏病突发而一命呜呼。我们少了位朋友，中国少了个作家，粟瑶失去了一次爱情。

十六　空中望见你的倒影

前两年这里遭到强烈地震，死了许多人和牲畜。我们到达时仍能看见地震留下的残骸和遗迹。胡德贵向我叙述他刚才的经历，我马上联想到这是地震的后遗症。

胡德贵挑着担子慢悠悠地走在回来的路上。时近傍晚了，红彤彤的太阳落到树丛后面。路旁人家的烟囱里冒出了炊烟，空气中飘拂饭菜的香味，引起他的肚子一阵咕咕叫。他使劲咽了几口口水。一只满身癞疤的杂毛狗不远不近跟随他。

胡德贵在破砖窑前的空地上遇见绰号"律师"的女人。"律师"的真名叫胡珠花，刚死了男人，头发上夹着一朵布做的白花。两人相遇后站下来搭了几句讪。这时候胡德贵发现一些大大小小的红光球在四周蹦跳，有的西瓜大，有的鸡蛋大，飞快地蹦跳，仿佛无数隐身人在拍打。胡德贵和"律师"吓傻了，大气不敢出。这些大大小小的红光球有的撞在破砖窑上，有的碰在树干上，发出沉闷的橐橐声。胡德贵和"律师"站直了不敢动，像两根木桩。一个苹果大小的红光球碰到了胡德贵的小腿，像挨砸一样，不烫，也不疼。他吓得腿肚子抽筋了。

不一会儿工夫又有了新的奇景。所有红光球飞速聚集，合并成一个泛着五颜六色的巨大光球，比破砖窑还高，在空地上滚动，轻轻飘飘如气球一般。滚着滚着腾空了，越腾越高，与落在树丛后的太阳一样，消失不见了。

胡德贵边说边挽起裤管让我看。他的小腿肚上有一块鸡蛋大的黑痕，像涂了墨汁。胡德贵说不痛也不痒，说着憨憨地笑了。

离开北京后，我们在一个叫胡庄镇的地方停下了。我莫名其妙犯了病，发高烧，上吐下泻。诸葛白找了郎中给我打针挂水，在一家客栈住下来。过了两三天，我的神志清醒了，可是眼睛不行了。眼前一片白茫茫的光，如一团浓浓的白雾。我心里一急，不由大喊大叫，我的眼睛看不见啦，瞎啦！

接下来的几天我真惨了，什么都看不见，就是一片白茫茫的光，睁眼闭眼都是如此。亏得诸葛白，从山上采来草药，捣鼓出又苦又辣的汁液让我喝，喝了两三天逐渐好转了，能见度达到百分之五十了。诸葛白又捣鼓出一种更难喝的新药。他说，不要紧，再有几天就会恢复了。

巴掌大的胡庄镇窝在四座山丘中间，像锅底里的一小块平地。一条砾石铺就的弯弯绕绕的公路擦边而过，成为同外界联系的唯一纽带。这儿的本地人大多干手艺活：箍桶匠、铁匠、铜匠、锁匠、木匠、鞋匠、补锅匠、泥瓦匠。还有扎纸人的、做糖人的、做扫帚的、看相算命的、修电器的、修自行车的、修手表的、修拉链的、修伞的，无所不有。我没见过任何一个地方汇集这么多手艺人。大家早出晚归各忙各的，典型的自足自闭的小社会。

客栈实际上就是一户人家多余的半间屋子。除了两张木板床，便一无所有了。估计一年半载不会有客来住。男主人是个哑巴，女主人是个聋子。夫妻俩虽是聋哑人，却像两只警惕的狗，在我们身边嗅来嗅去。

我们待了这么多天，很少有人和我们主动搭话。看来本地人不希望外来的陌生人打扰。与我们混熟并对我们友善的只有胡德贵一个人。

胡德贵是个箍桶匠，与大家一样每天一头雾水出门，一身疲惫归家。有一回，我问他收入如何。他憨憨一笑，光棍汉一条，日子总能过得下去。胡德贵憨憨一笑就暴露了显而易见的意图，因为他跟着谈起了“律师”。这是所有光棍的下意识，心里藏着某个女人，便如纸包不住火。

胡德贵吸着口水讲述"律师"的种种事迹,赞赏不已。仿佛她是个千手观音,谁都少不了她。按我们的理解,"律师"绰号指的是公正无私、热心肠、受大伙拥戴之意。这女人挺有威信。胡德贵连连点头,有威信有威信,真是了不起,谁碰上难事都愿意找她。她半夜还起来巡逻,搞治安。谁家婆婆媳妇斗气了,夫妻俩干架了,都由她出面调和。谁家老人发个病,小孩跌破头颅,她一听说,放下手里的活儿就去了。她帮人家端汤熬药,刮痧按香灰,从来都无怨无悔的。

最令胡德贵感叹不已的是"律师"好人没好报,患了几十年痨病的丈夫不知咋的说死就死了。家里还有两个男娃,大的是天生的哑巴,小的是天生的傻子。你们说说,一个好女人摊上这种命有多亏?

胡珠花的哑巴大儿子小男近来着了魔。像发情骆驼,整天上蹿下跳,把写了"胡小男要女"的纸条贴得到处都是。逢人便哇啦哇啦比画交媾的手势,还把直挺挺的家伙掏出来给人参观。吓得左邻右舍的女孩都不敢出门了。

胡小男今年二十整了,又瘦又高,由于他长年累月关在屋子里做油灯的缘故,腰背成了弓形,胸脯凹了下去。胡小男做的油灯不但好用耐用,而且精致美观。镇上的人用电灯不用油灯,有不少人家买一盏放着当摆设。远近乡里的农民则认准了他的手艺,连洋灯罩都竞争不过他。

胡小男自制了一套军官服,一顶大盖帽,肩章上画了三颗金星,以示自己是个大将军。他做了十几个奖章挂在胸前,每回出门都引来一群羡慕的孩子在他身后排成长龙。胡珠花的傻瓜二儿子才六岁。胡珠花本人也弄不清他怎么跑到这世上来。以她的说法,她多少年没沾过男人了。傻儿子除了吃饭睡觉,平时躲在桌子底下不出来。有的人讲,这孩子身上长了一种穿山甲似的绿颜色的鳞片,动一动就会发出呱呱的声音。

反正我始终没见过胡珠花,有关她的事迹全凭胡德贵一个人的证词。天下之大无奇不有,就算有人告诉我某某人长了两个脑袋四只脚我也相信。我现在只看事实本身而不问原因。但是事实本身终是一阴一阳,一正一反,它在你意想不到的时候朝你袭来。结果呢?你和诸葛白像拳打镇关西的鲁提辖,忙忙似丧家之犬,急急似漏网之鱼,慌不择路,逃之夭夭。

我眼睛的能见度恢复到了百分之五十,看东西仍是模模糊糊。因此这段时期内凡事只了解个轮廓。譬如胡珠花的外表如何,镇子上形形色色人是什么模样,在我的脑子里都是似是而非的影像。

诸葛白似乎看出些蹊跷,口气中含有某种不安。他说过几次了,等我的眼睛再复明些,赶紧离开。或许诸葛白早就心中有数,为了我安心休养才没事先透露。

那天晚上我听到外边有人议论,说胡德贵死了,死在他自己屋里,已死了两天了。浑身发紫发黑,牙齿也是黑的,一看就是被毒死的。大家觉得匪夷所思,胡德贵一辈子没得罪过谁,本地人不可能下此毒手。我一方面向胡德贵默默致哀,同时也感到事态严重,人们怀疑到我们头上来了。偏偏诸葛白整个下午没个人影。我望着一团雾晕般的灯,摸索着走到门边。外面漆黑一团,好像有许多双鬼火似的眼睛直勾勾地盯住我。我心里塞满恐慌,转回屋内,在床头摸着了一面巴掌大的破圆镜。

倘若我不在做梦的话怎能相信是真的?我看见镜子中一团白雾向我急驶而至。我想都来不及想便一头撞入,跌倒在光滑的砖地上。白雾消退了,一个干瘦丑陋的中年女人站在离我两三步远的地方,双手背在身后,满脸狞笑。我惊呆了,下颌乱抖,努力站起来,又跌倒,再站起来。那女人开口说,我是“律师”,专做你们的裁判,你们都是该死的,我要将你们全部毒死。她说着,从身后亮出一根拐杖,上面长出许多枝杈和绿叶。她把它高高擎起,这是我那死鬼用过的拐棍。拐棍发芽了,死鬼在催我走了。我要把你们全毒死才安乐,才随死鬼走。

我说出去肯定无人相信。我经历过,只有我本人相信。我大骇,也只有我本人能体会。

胡珠花的庐山真面目从没暴露过,算是一个奇迹。

实际上她是十恶不赦的投毒犯,前前后后毒死过十几人。她比赫鲁晓夫和林彪更善于伪装，非但没被识破，还博得了好的名声。她那患痨病的丈夫是同谋犯，两个变态狂真是天生的一对。前世不知作了多少孽，老天惩罚他们生了两个废物儿子，今生又来害人了。

他们唯一的乐趣便是盘算如何用神不知鬼不觉的办法毒死邻人。一个出点子一个实施。家里的开支大部分都用于买老鼠药了，已是一贫如洗了。死鬼咽气时想喝一口骨头汤都没如愿。

两个变态狂以为自己是在为国家办事。邻人中谁不是个东西谁就该死，只毒坏人不毒好人，坏人死了留下的全是好人，世界就太平无事了。好坏是由他们决定的，取决于谁是否顺眼。

他们一个是法官一个是律师，列了黑名单，一个个地解决。丈夫死后，就剩胡珠花自己了，任务落到一个人头上来。胡珠花日思夜想，有些恍惚。有一回偶尔瞥见放在门后的死鬼的拐棍。无根无底——死鬼用了几十年，竟长出了许多新鲜的枝杈和绿叶。胡珠花顿时泪水化作倾盆雨，死鬼在催她了，不能再等了。她咬咬牙先拿最容易下手的胡德贵开刀，然后，再做一回开天辟地的大事业，把家里储存的所有毒药投进镇上几口水井里。

半夜时分，诸葛白急匆匆推门而入。我嗅到他身上的臭汗味道，听他扼要解说，胡珠花丧心病狂，将镇上几口水井全洒了毒药，想要全镇人的性命。他费了九牛二虎之力把水井统统推倒填没了。他催我马上收拾东西连夜撤离。既然如此，我忿忿地说，你为何不当场逮住她，送交派出所处理。诸葛白来不及向我解释，只应了句，若这样，本地人会不管三七二十一先要我的命。

我们正慌急慌忙整理东西，外面传来一阵嘈杂声。诸葛白说，投毒犯跑在我们前面了，快走吧。

我们刚拉开门，早就守候在外边的男哑巴和女聋子哇哇大喊起来。不知诸葛白念了什么咒，两只老猪狗一下卡壳了，我们才顺利脱身了。

我是什么也看不清的，肩头肩着一只包裹，手里提着一只旅行袋，跌跌撞撞的。我听到远处有人吼叫，围住围住，别让他们跑了……

黑暗中有几簇火光闪耀着。叫喊声和狗吠声响成一片。还有踢踢踏踏的脚步声,离我们很近。诸葛白紧拽着我的手腕。道路高低不平,我感觉我们是在绕着弯子跑,一会儿飞奔,一会儿蹲下。耳边经常有石块飞啸而过——我只能凭听觉了解事态的变化。

后来,我们匍匐在一道臭气熏天的堑沟里。到处都有火把和手电晃动。本地人封锁了所有出口,循着旮旮旯旯胡乱搜索。有一度就离我们几米远,议论纷纷的。有个刺耳的女腔叽叽喳喳不停嘴,我早看出了,这两个外地人是流窜来的阶级敌人,骗取胡德贵信任,再害死他。现在又把我们的水井填平了,想让我们大伙全干死。她就是胡珠花。诸葛白对我耳语,当心点,她想让我们做替死鬼。

我们是怎么脱身的我只记得个大概了。反正后半夜我们一直被一群想弄死我们的人死死追逐。我们一会儿跑一会儿躲,一会儿躲一会儿跑。

与诸葛白在一起,我心里有底。我们终于跑出来了,这时天渐渐亮了。另一桩奇迹发生了——我的眼睛完全复明了!

我看清了一切:粉红的朝霞,乳白色的晨雾,青青的山脉,以及我们身后弯弯曲曲的山路。

我想说,我们的历险对我而言犹如我的眼疾。因为什么也没看清,一团混沌,回想起来仿佛缺乏真凭实据。

我们从西安大雁塔下来,爬上华山,在北峰等了一通宵看日出。

我们坐在露湿的岩石上几个小时不说话。天色破晓的时候,我看到脚下激涌苍茫的云海,东方绽出一抹嫩红,反射在云海的波纹间,天开始放亮了。我听见上苍睁开睡眼的声息,眼前无限浩瀚。

我们经受了整夜的寒风侵袭,在矗立于西北大地的峰巅上,真正领会到高处的冷。它区别于一切生理的冷,区别于铁、水、石头这些物质的冷。也与风霜、冰雪、严冬不同,我们的身体感受不出。这种冷凝固在我们的意识里。

我望着东方那一抹嫩红,蓦然悟出人间的事物太局限了,甚至不是一个局限的问题，根本便是彻头彻尾的谬误。

我指着茫茫云海对诸葛白说，跳进去，这是最美妙的去路。

我们拜谒了著名的山西晋祠，不久便来到荒凉的永乐宫。

我们住在一个叫老段的伙夫家里。说来有缘，那天我们在破败的三清殿门前歇脚。已过午饭时分，我们又饥又渴。我对诸葛白说，可惜草地上的石碑不能当饭吃。诸葛白笑着回我，如果得道成仙，靠喝西北风就能存活。我们说话的当口老段来了，四十不到年纪，小个子，发黑的围裙拖至膝盖。他的臂膀特别短，走起路来滑稽地一甩一甩，一条腿有点儿瘸。

老段用典型的当地腔向我们说，是来看壁画咧？没吃的，跟我走吧。有缘的人不需要牵线搭桥——在我们又饥又渴之时，老段自动送上门来了。

老段有个很可爱的儿子，十岁左右，我们管叫他小段。小家伙像《红岩》里的小萝卜头，脖子细瘦，脑袋又大又圆，苍白的面孔上一双乌黑发亮的眼珠。与沉默寡言的老段不同，小段像麻雀一样围着我们叽叽喳喳。好像他才是家里的主人，指使他父亲干这干那。

小段迫不及待领我们去他的小屋看他画的画儿。墙壁上贴满了大大小小的纸片，用铅笔和蜡笔画了人像、仙人、妖怪、八路军和日本鬼子。还有飞机大炮、马、狗、猫、鸟什么的。我们边看边称赞小家伙画得好，将来一定能做个大画家。

这块地方交通不便，很少人前来。老段做公家的伙夫，没几个人用膳。本地人一日三餐老花样，馒头面汤加豆腐。老段不让我们吃那种粗陋的食物。他每天拾掇出一些新花样，葱卷、面条、鸡蛋饼之类，买了本地的坛子酒，把我们待为上宾。

老段的老婆很早就去世了，一个人又当爹又当娘，任劳任怨拉扯小段。好心人劝老段再找个暖被窝的，过日子有个照应。老段呃呃哼哼不放口，担心小段在后娘手里受委屈。小段从小喜欢画画，父亲答应他等他长大了，送他到省城念图画学堂，做城里人。

小段喜欢书上的素描和油画，最讨厌这儿殿里的壁画，难看得要死。

前些时北京来了一位白发老教授，背着很重的大包，住在殿上，天天照着壁上的画又是拍照又是描画，感叹什么国宝，国宝的。

这段时间我睡了很多觉，养足了精神。白天我们到附近村里转悠，买些便宜的鸡和鸡蛋捎给老段做下酒菜。当地人只有一根脑筋，不懂讨价还价，你给多少他收多少。晚上我们围着小木桌剥花生，唠些奇闻异趣。老段是光听不开口的，连笑都难得笑一下。我们已了解他的为人，待人之真之诚之善，令人感动。有一回我们想付点粮票和钱给他，这些天吃他的喝他的，太不好意思。哪想他一下生气了，一整天铁板着脸，不理睬我们。

梁园虽好，终非久留之地。

我问起诸葛白我们下一站的地点，他笑而不答。于是我懒懒地说，到哪算哪吧。他拍着我的肩膀哈哈大笑，好一种参悟的境界。

明天该出发了。刚才我到外边独自溜达了一会儿。朦胧的月光穿过茂密的树叶洒下来，四周黑黢黢的。两旁厢房的玻璃浮现些许散乱的月色，如缓缓飞舞的白蝴蝶。草丛中发出声声秋虫的长鸣，加深了空远和寂寥，宛如另一个僻静的空灵的世界。

我踏在略带湿滑的砖地上，悄然移动步子。夜雾冰凉的，凝结在我的睫毛上。我的脑海映现许多不同种类的画面，与夜雾有关。我的想法与此相连，它洗濯尘世的欲念，如传说中的瑶池……

我仰望天空，望见树杈间的薄雾般的云团在飘移。我什么都不想了。我什么都想到了。圣人无言，至人无我。无言也好，有言也好。无我也好，有我也好。我看到的一切，我经历的一切，都这么告诉我，跨出这一步不过是一种示意，早晚而已。

到了明天，重新开始之时，把它交给老段。老段不识字，我把写下的这些字交给不识字的人，正如此刻我仰对无言的夜空……

第一稿　1994 年 5 月——1996 年 8 月

第二稿　2014 年 7 月——2014 年 9 月

图书在版编目（CIP）数据

木马 / 李小山著. — 南京：江苏凤凰文艺出版社，2015
ISBN 978-7-5399-8348-6

Ⅰ. ①木… Ⅱ. ①李… Ⅲ. ①长篇小说—中国—当代 Ⅳ. ①I247.5

中国版本图书馆 CIP 数据核字(2015)第 096916 号

书　　名	木 马
著　　者	李小山
责任编辑	黄孝阳　汪　旭
出版发行	凤凰出版传媒股份有限公司
	江苏凤凰文艺出版社
出版社地址	南京市中央路 165 号，邮编：210009
出版社网址	http://www.jswenyi.com
经　　销	凤凰出版传媒股份有限公司
印　　刷	南京爱德印刷有限公司
开　　本	652×960 毫米 1/16
印　　张	29. 25
字　　数	410 千字
版　　次	2015 年 9 月第 1 版　2015 年 9 月第 1 次印刷
标准书号	ISBN 978–7–5399–8348–6
定　　价	49.00 元